© Jörg Steinmetz

SAM BOURNE

ist das Pseudonym für Jonathan Freedland (Jahrgang 1967). Nach seinem Politik- und Ökonomiestudium in Oxford arbeitete Freedland als Reporter bei der »Washington Post« und für »Newsweek«. Er ist nun Redakteur und Kolumnist beim »Guardian« in London und leitet eine Sendung bei BBC Radio 4. Für seine journalistische Tätigkeit wurde er mehrfach ausgezeichnet. Er hat zwei Sachbücher publiziert, ein Memoir über die jüdische Identität seiner Familie. »Die Gerechten« ist sein erster Roman.

DIE GERECHTEN

SAM BOURNE

DIE GERECHTEN

Thriller

Aus dem Englischen von Rainer Schmidt

Weltbild

Die englische Originalausgabe erschien 2006 unter dem Titel
The Righteous Men bei HarperCollins, London.

Besuchen Sie uns im Internet:
www.weltbild.de

Genehmigte Lizenzausgabe
für Verlagsgruppe Weltbild GmbH,
Steinerne Furt, 86167 Augsburg

Übersetzung: Rainer Schmidt
Umschlaggestaltung: Jarzina Kommunikations-Design, Köln
Umschlagmotiv: AKG Images, Berlin (© Erich Lessing)
Gesamtherstellung: Clausen & Bosse GmbH,
Birkstraße 10, 25917 Leck
Printed in Germany
ISBN 978-3-8289-8695-4

2010 2009 2008 2007
Die letzte Jahreszahl gibt die aktuelle Lizenzausgabe an.

Für Sam,
hineingeboren in eine liebevolle Familie

1

FREITAG, 21.10 UHR, NEW YORK

Die Nacht jenes ersten Mordes war erfüllt von Gesang. Die St. Patrick's Kathedrale in Manhattan erbebte unter den Klängen des Händel'schen »Messias«, dieser großartigen Chormusik, die unfehlbar jedes noch so müde Publikum aus dem Tiefschlaf reißt. Die Stimmen brandeten wie eine Woge unter das Dach der Kathedrale. Es war, als wollten sie es durchbrechen und hinaufsteigen, hinauf bis in den Himmel.

Auf zwei der besten Plätze saßen ein Vater und sein Sohn. Der ältere Mann hatte die Augen geschlossen, wie immer bewegt von seiner Lieblingsmusik. Der Blick des Sohnes ging hin und her, zwischen den Musikern – die schwarzgekleideten Sänger, der Dirigent, der sein ergrauendes Haar wild nach hinten schüttelte – und dem Mann an seiner Seite. Es gefiel ihm, dass er ihn ansehen, seine Reaktionen erahnen konnte; es gefiel ihm, dass er ihm nah war.

Heute Abend gab es Grund zum Feiern. Einen Monat zuvor hatte Will Monroe Jr. den Job bekommen, von dem er träumte, seit er nach Amerika gekommen war. Erst Ende zwanzig, war er jetzt Reporter auf der Überholspur – bei der *New York Times*. Monroe Sr. lebte in einer anderen Welt; er war Jurist, einer der fähigsten seiner Generation, und diente heute als Bundesrichter im Zweiten Gerichtshof des Appellationsgerichts. Aber Leistung und Erfolg erkannte er auch anderswo, und ihm war klar, dass der junge Mann an seiner

Seite, dessen Kindheit er fast vollständig versäumt hatte, einen Meilenstein erreicht hatte. Heute Abend bekam er seinen Lohn. Er griff nach der Hand seines Sohnes und drückte sie.

In diesem Augenblick, keine vierzig U-Bahn-Minuten entfernt und doch in einem anderen Universum, hörte Howard Macrae die Schritte hinter sich. Er hatte keine Angst. Fremde mochten diese Gegend von Brooklyn meiden; sie hieß Brownsville und war berüchtigt für ihre verkommene Drogenszene. Aber Macrae kannte jede Straße, jede Toreinfahrt.

Er war ein Teil der Landschaft. Als Zuhälter mit rund zwanzig Jahren Erfahrung war er mit Brownsville verdrahtet. Und er war gerissen genug, um dafür zu sorgen, dass er in dem Bandenkrieg, der die Gegend zerriss, jederzeit neutral blieb. Ständig wechselnde Parteien prallten aufeinander, aber Howard blieb konstant auf seinem Platz. Niemand hatte je versucht, das Revier in Frage zu stellen, in dem seine Huren seit Jahren ihrem Gewerbe nachgingen.

Deshalb beunruhigten ihn die Geräusche, die er hinter sich hörte, nicht weiter. Aber er fand es merkwürdig, dass die Schritte nicht aufhörten. Sie waren dicht hinter ihm, das war klar. Warum sollte ihn jemand verfolgen? Er drehte den Kopf und warf einen Blick über die linke Schulter. Dann schnappte er nach Luft und wäre beinahe über seine eigenen Füße gestolpert. Da war eine Pistole, wie er sie noch nie gesehen hatte – und sie zielte auf ihn.

In der Kathedrale sang der Chor, als sei er ein einziges Wesen. Die Lungen der Sänger arbeiteten wie die Blasebälge einer mächtigen Orgel. Eindringlich erklang die machtvolle Botschaft:

Und die Herrlichkeit des Herrn wird offenbart, und alles Fleisch miteinander soll es sehen: denn des Herrn Mund hat es verheißen.

Howard Macrae schaute wieder nach vorn, und instinktiv

wollte er losrennen. Aber er fühlte ein seltsames Stechen in seinem rechten Oberschenkel. Das Bein wollte nachgeben, unter seinem Gewicht einknicken, und es gehorchte ihm nicht. *Ich muss rennen!* Aber sein Körper reagierte nicht. Er bewegte sich wie in Zeitlupe, als wate er durch tiefes Wasser.

Jetzt verweigerten auch die Arme ihren Dienst, sie wurden träge, dann schlaff. Sein Hirn, eben noch auf Hochtouren, wurde von Schwere überwältigt; ihm war, als sei es von einer Hochwasserwoge überflutet. Er war so müde.

Er rannte nicht mehr, er lag am Boden und umklammerte den rechten Oberschenkel. Das Bein und alle anderen Gliedmaßen wurden taub. Er blickte hoch, aber er sah nichts als blinkenden Stahl.

In der Kathedrale schlug Wills Puls immer schneller. Der Spannungsbogen des »Messias« erreichte seinen Höhepunkt, das spürte das Publikum. Eine Sopranstimme schwebte über den Zuhörern:

Wenn Gott für uns ist, wer kann wider uns sein?
Wer will die Auserwählten Gottes beschuldigen?
Es ist Gott, der gerecht macht, wer ist der, welcher verdammt?

Macrae sah hilflos zu, wie das Messer über seiner Brust schwebte. Er versuchte zu erkennen, wer dahinter war, aber er sah kein Gesicht. Das blinkende Metall blendete ihn; die harte, blanke Oberfläche schien das ganze Licht des Mondes einzufangen. Er wusste, dass er Angst haben sollte, und die Stimme in seinem Kopf sagte ihm, dass er Angst hatte. Aber die Stimme klang seltsam fern – als schildere ein Radiosprecher ein fernes Footballspiel. Howard sah, wie die Messerklinge näher kam, aber immer noch war ihm, als passiere das alles jemand anderem.

Das Orchester spielte fortissimo, und Händels Musik brandete durch die Kirche mit einer Wucht, die Götter wecken konnte. Alt und Tenor sangen wie aus einem Munde und fragten:

O Tod, wo ist dein Stachel?

Will war kein Liebhaber klassischer Musik wie sein Vater, aber bei der Macht des »Messias« sträubten sich auch ihm die Nackenhaare. Während er weiter nach vorn schaute, stellte er sich das Gesicht seines Vaters vor, sah es vor seinem geistigen Auge: hingerissen. Er hoffte, dass unsichtbar unter der Entrückung auch ein wenig Freude darüber war, diesen Augenblick mit seinem Sohn teilen zu können.

Die Klinge senkte sich zuerst auf die Brust. Macrae sah die rote Linie, die sie hinterließ, als sei das Messer nur ein roter Filzstift. Die Haut schien Blasen zu werfen, und er begriff nicht, warum er keinen Schmerz fühlte. Das Messer fuhr nach unten und schlitzte seinen Bauch auf wie einen Sack Getreide. Der Inhalt quoll heraus, warmes, weiches, schleimiges Gedärm. Howard beobachtete das alles, bis das Messer sich schließlich hob. Erst jetzt sah er das Gesicht seines Mörders. Sein Kehlkopf presste ein Keuchen des Entsetzens hervor, als er ihn erkannte. Das Messer bohrte sich in sein Herz, und alles war dunkel.

Die Mission hatte begonnen.

2

FREITAG, 21.46 UHR, MANHATTAN

Der Chor verbeugte sich, der Dirigent senkte den verschwitzten Kopf. Aber Will hörte nur ein Geräusch: das Klatschen seines Vaters. In den paar Jahren, seit er ihn kannte, hatte er immer wieder gestaunt, welche Dezibelstärken diese beiden großen Hände hervorbringen konnten – als schlügen zwei Holzplatten aneinander. Eine fast verlorene Erinnerung stieg in ihm auf. Es war auf einer Schulabschlussfeier gewesen, damals in England – das einzige Mal, dass sein Vater da gewesen war. Will war zehn Jahre alt, und als er die Bühne betrat, um den Lyrikpreis in Empfang zu nehmen, war er sicher, dass er im Beifall von tausend Eltern ganz deutlich das Klatschen seines Vaters hören konnte. Er war stolz gewesen auf die mächtigen Eichenholzhände dieses Fremden. Sie waren stärker als die jedes anderen Mannes auf der Welt; dessen war er sicher.

Die Lautstärke war nicht geringer geworden, seit sein Vater, jetzt Anfang fünfzig, in die mittleren Jahre gekommen war. Er war schlank und fit wie immer, und sein weißes Haar war kurz geschnitten. Joggen und Fitness-Workouts waren seine Sache nicht, aber Segeltörns am Wochenende vor Sag Harbor hielten ihn in Form. Will applaudierte weiter und sah seinen Vater an, aber dessen Blick blieb nach vorn gerichtet. Will wusste, dass er ihn ansah, aber er verzog keine Miene. Als Will die leicht gerötete Nase seines Vaters sah, begriff er erschrocken, warum. Die Augen des Mannes waren feucht: Die Musik hatte ihn gerührt, und er wollte nicht, dass der Sohn seine Tränen sah.

Will lächelte bei sich. Ein Mann mit Händen, so stark wie Bäume, ließ sich von einem Engelschor zu Tränen rühren. In diesem Moment fühlte er das Vibrieren. Er zog seinen Blackberry hervor, und auf dem Display stand eine Nachricht aus der Lokalredaktion: »Job für dich. Brownsville, Brooklyn. Mordfall.«

Sein Magen tat einen kleinen Satz, dieses Aerobic-Manöver, in dem sich Aufregung und Nervosität bemerkbar machen. Die Lokalredaktion der Times hatte ihm die »Nachtschicht-Cops« zugewiesen, die traditionelle Feuerprobe für Überflieger wie ihn. Seine Bestimmung mochte sein, als Nahost-Korrespondent zu arbeiten oder das Pekinger Büro zu leiten, so die Logik der Zeitung, aber zuerst galt es, die Grundlagen des Journalismus zu erlernen. »Sie werden noch reichlich Zeit haben, über Militärputsche zu berichten«, sagte die Zeitung. »Aber erst müssen Sie über eine Gartenausstellung berichten können.« Oder wie Glenn Harden, der Chef der Lokalredaktion, sagte: »Sie müssen die Menschen kennen lernen, und das können Sie hier.«

Während der Chor noch seinen Applaus entgegennahm, wandte Will sich an seinen Dad, zuckte entschuldigend die Achseln und deutete auf seinen Blackberry. *Arbeit*, formte er lautlos mit dem Mund, und dann griff er nach seiner Jacke. Diese kleine Rollenumkehr bereitete ihm klammheimliches Vergnügen. Nachdem er jahrelang im Widerschein der steilen Karriere seines Vaters gelebt hatte, war es jetzt an ihm, dem Ruf der Arbeit zu folgen. Er winkte seinem Vater zum Abschied zu. »Mach's gut«, flüsterte der ältere Mann.

Draußen winkte Will ein Taxi heran. Der Fahrer hörte eben die Nachrichten auf NPR. Will bat ihn, das Radio lauter zu stellen. Nicht, dass er Nachrichten über Brownsville erwartet hätte – er tat es einfach immer, im Taxi und sogar in Geschäften und Cafés. Er war schon als Teenager ein Nachrichten-Junkie gewesen.

Die Hauptmeldung hatte er verpasst, und sie waren schon bei den Auslandsnachrichten. Eine Meldung aus Großbritannien; anscheinend war der Schatzkanzler, Gavin Curtis, in Schwierigkeiten. Will spitzte die Ohren. Entschlossen, der *Times* zu beweisen, dass seine Talente über die Lokalredaktion hinausgingen, und den Chefs klarzumachen, dass er in Oxford Wirtschaftswissenschaft studiert hatte, hatte er schon an seinem zweiten Tag bei der Zeitung einen Artikel für den »Wochenrückblick« eingereicht. Sogar eine Headline hatte er entworfen: »Gesucht – ein Banker für die Welt.« Der Internationale Währungsfonds suchte einen neuen Leiter, und es hieß, Curtis sei der Spitzenkandidat für den Posten.

»... wurden die Vorwürfe erstmals in einer britischen Zeitung erhoben«, sagte die NPR-Stimme, »die ›Unregelmäßigkeiten‹ auf den Konten des Ministeriums entdeckt haben wollte. Ein Sprecher des Ministers hat heute jeden Korruptionsverdacht entschieden zurückgewiesen.« Will machte sich eine Notiz, während eine Erinnerung in ihm aufstieg. Er unterdrückte sie sofort.

Im Augenblick gab es Dringenderes. Er wühlte sein Handy aus der Tasche und schickte Beth eine kurze Nachricht. Sie teilte inzwischen seine britische Leidenschaft für SMS-Messages. Sein Daumen brachte es nach Jahren der Übung zu übernatürlicher Geschwindigkeit, und er tippte Zahlen, die zu Buchstaben wurden: »Mein erster Mordfall! Komme spät. Lieb dich.«

Jetzt sah er sein Ziel schon vor sich. Rote Lichter kreisten lautlos in der Septemberdunkelheit; sie saßen auf den Dächern zweier Streifenwagen des NYPD, die Kühler an Kühler voreinander standen. Die beiden Wagen bildeten ein pfeilförmiges Dreieck, das einen Teil der Straße abschirmte. Vor ihnen war ein eilig aufgezogener Kordon aus gelben Polizeibändern. Will bezahlte das Taxi, stieg aus und sah sich um. Heruntergekommene Mietshäuser.

Er ging auf das erste Absperrband zu, und eine Polizistin kam ihm entgegen, um ihn aufzuhalten. Sie sah gelangweilt aus. »Kein Zutritt, Sir.«

Will suchte in der Brusttasche seiner Leinenjacke. »Presse?«, fragte er mit hoffentlich gewinnendem Lächeln und hielt ihr seinen frisch gedruckten Presseausweis entgegen.

Sie schaute weg und winkte knapp mit der Hand. Okay.

Will duckte sich unter dem Absperrband hindurch und ging auf eine Gruppe von vielleicht einem halben Dutzend Leuten zu. Reporter. Ich komme spät, dachte Will verärgert. Einer war in seinem Alter – groß und mit unglaublich glattem Haar und unnatürlich gepudert aussehender Haut. Will war sicher, dass er ihn kannte, aber er wusste nicht, woher. Dann sah er den gekräuselten Draht, der aus seinem Ohr kam, und erinnerte sich: natürlich, Carl McGivering von NY1, dem 24-Stunden-Nachrichtensender im New Yorker Kabel. Die übrigen waren älter, und die abgegriffenen Presseausweise, die sie um den Hals trugen, ließen erkennen, woher sie kamen: *Daily News*, *Post*, *Newsday* und eine ganze Reihe von Lokalblättern.

»Bisschen spät, Junior«, sagte der Knorrigste unter ihnen, anscheinend der Altmeister der Kriminalreporter. »Was hat dich aufgehalten?« Die Sticheleien der alten Hasen, das hatte Will schon in seinem ersten Job beim *Bergen Record* in New Jersey gelernt, gehörten zu den Dingen, die ein Reporter wie er einfach schlucken musste.

»Aber ich würde mir an deiner Stelle kein Bein ausreißen«, sagte der alte Mann von *Newsday*. »Ein Bandenmord von der Feld-Wald-und-Wiesensorte. Messer sind anscheinend in letzter Zeit große Mode.«

»›Messer: die neuen Pistolen‹ – könnte ein schicker Artikel fürs Moderessort werden«, witzelte der von der *Post* und rief damit großes Gelächter hervor. Will hatte das Gefühl, er habe eine Versammlung des Reporter-Veteranen-Vereins gestört. Vermutlich war das eine Spitze gegen ihn, die andeuten sollte, dass er (und vielleicht auch die *Times*) viel zu verweichlicht seien, um dem Macho-Geschäft des Mordes gerecht zu werden.

»Habt ihr den Toten schon gesehen?«, fragte Will. Er war sicher, dass es einen Fachterminus gab, den er, wie allen auffiel, nicht benutzte. Kadaver vielleicht.

»Ja. Da vorn.« Der Alte deutete mit dem Kopf auf die beiden Streifenwagen und hob den Styroporbecher mit Kaffee an den Mund.

Will ging auf den Platz zwischen den beiden Polizeiwagen zu, eine Art künstliche Lichtung in diesem Großstadturwald. Zwei Cops gingen unaufgeregt hin und her; der eine hatte ein Clipboard in der Hand, aber ein Polizeifotograf war nicht zu sehen. Will musste ihn verpasst haben.

Auf dem Boden, unter einer braunen Decke, lag die Leiche. Er ging näher heran, um besser sehen zu können, aber einer der Cops versperrte ihm den Weg. »Von hier ab kein Zutritt für Unbefugte, Sir. Alle Fragen bitte an den DCPI da drüben.«

»DCPI?«

»Deputy Commissioner of Public Information?« Als spräche er mit einem begriffsstutzigen Kind, das das kleine Einmaleins vergessen hatte.

Will trat sich innerlich in den Hintern für diese Frage. Er hätte sich durchbluffen sollen.

Der DCPI stand auf der anderen Seite und sprach mit dem Typen vom Fernsehen. Will musste um den Leichnam herumgehen und war nur einen Schritt weit von dem toten Howard Macrae entfernt. Er starrte die Decke an und versuchte zu erraten, was für ein Gesicht darunter lag. Vielleicht offenbarte die Decke die Konturen, so ähnlich wie die Tonmaske eines Bildhauers. Aber das stumpfbraune Leichentuch gab nichts preis.

Der DCPI, eine Polizistin, war mitten im Redefluss. »... wir vermuten, es geht entweder um eine Abrechnung zwischen SVS und Wrecking Crew, oder das Prostitutionsnetwork Houston versucht, Macraes Revier zu übernehmen.«

Erst jetzt schien sie Will zu bemerken. Sofort änderte sich ihr Gesichtsausdruck und gab zu verstehen, dass sie ihn nicht kannte. Die Jalousien waren heruntergegangen. Will kapierte: Das lässige Geplauder war nur für Carl bestimmt.

»Könnte ich kurz die Einzelheiten erfahren?«, fragte er.

»Männlicher Afroamerikaner, Alter dreiundvierzig, zirka hundertachtzig Pfund, Name: Howard Macrae. Heute Abend, zwanzig Uhr siebenundzwanzig, tot aufgefunden Ecke Saratoga und St. Mark's Avenue. Ein Anwohner auf dem Weg zum 7-Eleven hat den Leichnam gefunden und die Polizei alarmiert.« Sie deutete mit dem Kopf zum Supermarkt hinüber: da drüben. »Todesursache anscheinend Durchtrennung von Arterien, innere Blutungen und Herzversagen nach wiederholten, brutalen Messerstichen. Das New York Police Department geht davon aus, dass es sich um Mord handelt, und wird mit allen Mitteln dafür sorgen, dass der Täter zur Rechenschaft gezogen wird.«

Ihr Blablabla-Tonfall verriet Will, dass sie sich an vorgefasste Formulierungen hielt, wie sie alle DCPIs zu verwenden hatten. Wahrscheinlich stammten sie von einer externen Beraterfirma, die auch die Mission des NYPD dazugeschrieben hatte: *Wird mit allen Mitteln dafür sorgen.*

»Noch Fragen?«

»Ja. Was haben Sie da gerade über Prostitution gesagt?«

»Wir sprechen jetzt über Hintergründe?«

Will nickte und stimmte damit zu, dass er alles, was die DCPI sagte, benutzen durfte, solange er sie nicht zitierte.

»Der Typ war ein Zuhälter. Als solcher bekannt bei uns wie auch bei allen, die hier wohnen. Hatte ein Bordell in der Atlantic Avenue, nicht weit von Pleasant Place. So 'ne Art altmodisches Hurenhaus – Mädels, Zimmer, alles unter einem Dach.«

»Aha. Und was sagen Sie dazu, dass er hier mitten auf der Straße gefunden wurde? Ist das nicht ein bisschen merkwürdig, dass man nicht mal versucht hat, den Leichnam zu verstecken?«

»Ein Bandenmord. Die arbeiten so. Knallen sich ja auch gegenseitig aus dem vorbeifahrenden Auto ab. Das passiert in aller Öffentlichkeit, vor Ihren Augen. Dass der Tote nicht versteckt wird, ist eigentlich der springende Punkt. Es ist eine Message. Jeder soll wissen: ›Das haben wir getan, und es ist uns egal, wer es weiß. Und mit dir würden wir es auch tun.‹«

Will kritzelte, so schnell er konnte. Dann dankte er der Polizistin und holte sein Handy aus der Tasche, um der Lokalredaktion zu berichten, was er erfahren hatte. Er solle sofort kommen, sagte man ihm, es sei noch Zeit, es in der Spätausgabe unterzubringen. Sie brauchten nur ein paar Zeilen. Will war nicht überrascht. Er hatte die *Times* selbst lange genug gelesen, um zu wissen, dass so etwas nicht gerade ein Stoff war, für den man die Titelseite umbaute.

Weder der Redaktion noch der DCPI noch den anderen Reportern gegenüber erwähnte er, dass dies der erste Mordfall war, über den er je berichtet hatte. Beim *Bergen Record* waren Morde ziemlich selten gewesen, und man hatte sie nicht an Grünschnäbel wie ihn vergeudet. Das war sehr schade, denn es gab ein Detail, das ihm ins Auge gefallen war, das er aber sofort beiseite geschoben hatte. Die routinierten Reporter hatten überhaupt nichts bemerkt, nur Will. Dummerweise nahm er jedoch an, dass es reine Routine war.

Was er nicht wusste: Es war alles andere als das.

3

SAMSTAG, 0.30 UHR, MANHATTAN

Er klickte auf den »Senden«-Button, schob seinen Stuhl in der Redaktion zurück und reckte sich. Es war halb ein Uhr nachts. Er sah sich um: Die meisten Schreibtische waren leer, nur in der Layout-Abteilung waren noch alle da – sie bauten die Seiten, schnitten aus und fügten ein, schrieben um und polierten das Endprodukt, das in ein paar Stunden auf den Frühstückstischen von Manhattan ausgebreitet werden würde.

Er wanderte durch das Büro, leicht berauscht vom Hochgefühl nach der Abgabe, einer Mischung aus Adrenalin und Erleichterung, die kam, wenn eine Story fertig war. Sein Blick ging über die Tische der Kollegen im Flackerschein der Fernseher, auf denen CNN stummgeschaltet flimmerte.

Es war ein Großraumbüro, aber ein System von Trennwänden ordnete die Schreibtische zu kleinen Viererzellen. Als Neuling hatte er seinen Tisch in der hinteren Ecke. Der Blick durch das nächste Fenster ging auf eine Backsteinmauer, die Rückwand eines Broadway-Theaters mit einem verblichenen Plakat für eins der am längsten laufenden Musicals in der Stadt. Mit ihm im Abteil saß Walton, der früher das Büro der *Times* in Delhi geleitet hatte, bevor er unter irgendeiner dunklen Wolke nach New York zurückgekehrt war. Will hatte noch nicht herausfinden können, welches Vergehen Walton begangen hatte. Auf seinem Schreibtisch lag ein einzelner gelber Notizblock, umgeben von säuberlich angeordneten Papierstapeln. Die Handschrift auf dem Block war so eng und winzig, dass man sie nur aus nächster Nähe würde entziffern können; Will vermutete, dass es eine Art Sicherheitsmaßnahme war, mit der Walton verhindern wollte, dass Neugierige einen Blick auf seine Arbeit warfen. Warum ein Mann, der wegen seiner Degradierung zur Lokalredaktion wohl kaum an Geschichten von nationaler Sicherheitsrelevanz arbeitete, solche Maßnahmen ergriff, hatte er noch nicht herausbekommen.

Dan Schwarz' Schreibtisch daneben war kurz vor dem Zusammenbrechen. Schwarz war investigativer Journalist; er hatte kaum Platz für seinen Stuhl, denn der Boden rings um den Tisch war vollgestellt mit Pappkartons. In seinen Papieren steckten andere Papiere, und sogar der Bildschirm seines Computers verschwand fast unter ungefähr einhundert gelben Post-it-Zetteln, die ringsherum am Rand klebten.

Amy Woodsteins Tisch war weder analfixiert ordentlich wie Waltons, noch war er eine Gefahr für die öffentliche Gesundheit wie Schwarz'. Er war einfach unordentlich, wie es sich für eine Frau gehörte, die eine Vielzahl von Deadlines einzuhalten hatte; ständig hastete sie davon, um ein Kindermädchen abzulösen, einen Babysitter hereinzulassen oder ein Kind aus dem Kindergarten zu holen. An ihrer Trennwand hingen keine Zeitungsausschnitte wie bei Schwarz und keine eleganten, aber vergilbten Postkarten wie bei Walton, sondern Bilder ihrer Familie. Ihre Kinder hatten Locken und ein breites Lächeln, das die Zähne blitzen ließ.

Er kehrte zu seinem eigenen Tisch zurück. Bisher hatte er weder Zeit noch Mut gefunden, ihm seine persönliche Note zu geben. An der Trennwand hingen noch die Verlagsmitteilungen, die da gewesen waren, als er seine Stelle angetreten hatte. Er sah, dass das Licht an seinem Telefon blinkte. Eine Nachricht.

Hi, Baby, Ich weiß, es ist spät, aber ich bin noch nicht müde. Ich hab 'ne gute Idee, also ruf mich an, wenn du fertig bist. Es ist jetzt kurz vor eins. Melde dich bald.

Seine Stimmung besserte sich auf der Stelle. Er hatte damit gerechnet, sich nachher auf Zehenspitzen in die Wohnung schleichen und vor dem Schlafengehen noch ein Schälchen Crispies herunterschlingen zu müssen. Was mochte Beth vorhaben?

Er rief sie an. »Wieso bist du noch wach?«

»Keine Ahnung – der erste Mord meines Mannes vielleicht? Vielleicht ist es auch nur, was so alles läuft im Moment. Jedenfalls kann ich nicht schlafen. Hast du Lust auf Bagels?«

»Was – jetzt?«

»Ja. Im Carnegie Deli.«

»Sofort?«

»Ich ruf mir ein Taxi.«

Der Gedanke ans Carnegie Deli gefiel Will – vielleicht sogar besser als die Realität. Ein Coffeeshop, der niemals schlief, wo alte Comedy-Hasen vom Broadway sich mit blutjungen Revuegirls nach der Show auf ein Pastrami-Sandwich trafen, wo die Leute die Frühausgabe der Morgenzeitung lasen und die Seiten nach Kurzmeldungen über ihren neuesten Hit oder Flop absuchten, während ihre Tassen unaufhörlich mit dampfendem schwarzen Kaffee gefüllt wurden – das alles war so sehr New York. Die Kellnerinnen mussten gehetzt aussehen, und die Leute in der Schlange sollten sich drängeln – so wollte er es haben, denn es passte zu seiner Vorstellung von New York. Einer Touristenvorstellung, wie er sehr wohl wusste. Vermutlich sollte er darüber inzwischen hinweg sein, denn immerhin lebte er schon seit über fünf Jahren in Amerika. Aber den Eingeborenen nahm man ihm einfach nicht ab.

Er war vor ihr da und ergatterte einen Tisch hinter einer

lärmenden Gruppe von Paaren mittleren Alters. Den Gesprächsfetzen, die er mitbekam, konnte er entnehmen, dass sie nicht aus Manhattan, sondern aus New Jersey kamen. Wahrscheinlich waren sie im Theater gewesen, sicher in einem der seit Ewigkeiten laufenden Musicals, und jetzt vollendeten sie ihr New-York-Erlebnis mit einem nächtlichen Imbiss.

Dann sah er sie. Er wartete einen Augenblick, ehe er winkte, und sah sie an. Sie hatten sich in seinen letzten Wochen an der Columbia University kennen gelernt, und er hatte sich sofort und bis über beide Ohren in sie verliebt. Wenn er sie sah, machte sein Herz noch immer einen Satz: das lange dunkle Haar, das ein hellhäutiges Gesicht umrahmte, die weit auseinander liegenden grünen Augen. Ein Blick, und man konnte sich nicht wieder losreißen. Diese Augen waren wie tiefe, kühle Seen, in die er hinabtauchen wollte.

Er sprang auf, um sie zu begrüßen, und sofort roch er ihren Duft. Er begann in ihrem Haar mit einem Aroma aus Sonnenschein und Brombeeren, das vielleicht von einem Shampoo stammte, sich aber mit ihrer Haut sofort zu einem neuen Parfüm vereinte, das ihr allein gehörte. Das Epizentrum lag auf den zwei, drei Fingerbreit Haut unter ihrem Ohr. Er brauchte nur sein Gesicht an diese Stelle zu drücken, und sofort war er ganz erfüllt von ihr.

Und jetzt lockte ihr Mund. Beth hatte volle, weiche Lippen; er konnte ihre Rundung spüren, als er sie küsste. Unvermittelt öffneten sie sich gerade weit genug, um ihre Zunge durchzulassen; sie streifte seine Lippen und berührte seine eigene Zunge. Leise, so leise, dass niemand außer ihm es hörte, stöhnte sie auf, ein lustvoller Laut, der ihn auf der Stelle erregte. Er wurde hart, und als sie es fühlte, stöhnte sie noch einmal, überrascht und erfreut.

»Du freust dich wirklich, mich zu sehen.« Sie setzte sich ihm gegenüber an den Tisch. Froh, endlich im Warmen zu sein, streifte sie ihren Mantel ab. Sie sah, wie er sie beobachtete. »Willst du mich anmachen, Alter?«

»Könnte man sagen.«

»Was essen wir? Ich dachte an Cheesecake und heiße Schokolade, aber Tee wäre vielleicht auch nicht schlecht.« Will starrte seine Frau immer noch an. Er sah, wie ihr Pulli sich über die Brüste spannte, und fragte sich, ob sie das Carnegie nicht lieber vergessen und schnurstracks in ihr großes warmes Bett gehen sollten. »Was ist denn?« Sie tat empört. »Konzentrier dich!«

Sein Pastrami-Sandwich, dick belegt und mit Senf getränkt, wurde serviert, als er ihr gerade erzählte, wie die Oldtimer am Tatort ihn behandelt hatten. »Und dieser Carl Wieheißt-er-gleich …«

»Der Fernsehtyp?«

»Ja. Der zieht vor der Polizistin die große Plattfußnummer à la Raymond Chandler ab …«

»Machen Sie halblang, Kleine, Sie wissen doch, ich hab 'n Freund in der Stadt, der ist Anwalt …«

»Genau. Und ich bin Mr. Grünschnabel von der verweichlichten *New York Times* …«

»Na, verweichlicht kam es mir nicht vor, was ich da vorhin gefühlt hab.« Sie zog die Brauen hoch.

»Darf ich jetzt zu Ende erzählen?«

»Verzeihung.« Sie wandte sich ihrem Cheesecake zu; sie stocherte nicht darin herum wie die meisten Frauen, die man in New York sah, sondern verspeiste ihn mit großen, herzhaften Bissen.

»Jedenfalls war es ziemlich offensichtlich, dass er die Innenbahn hatte und ich nicht. Also hab ich mir überlegt … vielleicht sollte ich mal anfangen, ein paar ernsthafte Polizeikontakte zu knüpfen.«

»Was denn – mit Lieutenant O'Rourke saufen, bis ihr beide unterm Tisch liegt? Kann ich mir irgendwie nicht vorstellen. Außerdem wirst du nicht lange in dem Ressort arbeiten. Wenn Carl Wie-heißt-er-gleich immer noch über Verkehrsstaus auf Staten Island berichtet, wirst du als Korrespondent im Weißen Haus oder in Paris arbeiten oder sonst wo an einem wichtigen Ort.«

Will lächelte. »Dein Glaube an mich ist rührend.«

»Ich mein's ernst, Will. Ich weiß, es sieht nicht so aus, weil ich Kuchenkrümel im Gesicht hab, aber ich mein's ernst. Ich glaube an dich.« Er nahm ihre Hand. »Weißt du, welchen Song ich heute bei der Arbeit gehört hab? Es war merkwürdig, weil man solche Songs im Radio kaum noch hört, aber es war schön.«

»Was war's denn?«

»Ein John-Lennon-Song. Den Titel weiß ich nicht mehr, aber er singt von all den Dingen, an die die Leute glauben, und sagt: ›Ich glaube nicht an Jesus, ich glaube nicht an die Bibel, ich glaube nicht an Buddha‹ – und all das andere, weißt du, Hitler und Elvis und was weiß ich noch, und dann singt er: ›Ich glaube nicht an die Beatles, ich glaube nur an mich, an Yoko und an mich.‹ Und da hab ich plötzlich innegehalten, mitten im Warteraum in der Klinik. Weil – du hältst es bestimmt für bescheuert – weil ich genau daran eben auch glaube.«

»An Yoko Ono?«

»Nein, Will. Nicht an Yoko Ono. Ich glaube an uns, an dich und an mich. Daran glaube ich.«

Instinktiv verspürte Will immer den Drang, aus solchen Momenten die Luft herauszulassen. Er war zu sehr Engländer für derart unverhohlene Gefühlsäußerungen. Er hatte so wenig Erfahrung damit, dass er kaum wusste, wie er reagieren sollte, wenn man sie ihm zeigte. Aber in diesem Augenblick verkniff er es sich, einen Witz zu reißen oder das Thema zu wechseln.

»Ich hab dich ziemlich lieb, weißt du.«

»Ich weiß«, sagte sie, und dann lauschten sie beide dem Geräusch ihrer Kuchengabel auf dem Teller.

»Ist bei der Arbeit heute etwas passiert, das dich so … na ja, so nachdenklich gemacht hat?«

»Sozusagen. Du erinnerst dich an den Jungen, den ich behandle?«

»Junge X?«, fragte er scherzhaft. Beth hielt sich gewissenhaft an die Vorschriften zur ärztlichen Schweigepflicht; nur gelegentlich und auf sehr verschlüsselte Weise sprach sie außerhalb der Klinik über ihre Fälle. Natürlich verstand und respektierte er es. Aber es machte es ihm schwierig, ihr die gleiche Unterstützung zukommen zu lassen, die sie ihm gab, und ihre Karriere mit der gleichen Energie zu fördern. Als die Personalpolitik in der Klinik unangenehme Entwicklungen genommen hatte, war er mit den entscheidenden Persönlichkeiten vertraut gemacht worden und hatte ihr raten können, welche Kollegen sich als Verbündete eigneten und welche sie lieber meiden sollte. In ihren ersten gemeinsamen Monaten hatte er sich vorgestellt, wie sie ganze Abende lang über schwierige Fälle sprachen und wie Beth seinen Rat zu einem rätselhaften Klienten suchte, der sich nicht öffnen wollte, oder zu einem Traum, der sich nicht deuten ließ. Dann malte er sich aus, wie er seiner Frau die Schultern massierte und dabei bescheiden die revolutionäre Idee vortrug, mit der ein verstummtes Kind endlich zum Reden gebracht werden könnte.

Aber Beth war nicht so. Zum einen schien sie es weniger nötig zu haben als Will. Für ihn war etwas erst wirklich passiert, wenn er mit Beth darüber gesprochen hatte. Sie dagegen kam allein von der Stelle, sie hatte ihren eigenen Tank.

»Ja, okay. Junge X. Du weißt, warum ich ihn behandle, oder? Man wirft ihm eine Serie von schwerwiegenden Brandstiftungen vor – genauer gesagt, er hat sie tatsächlich begangen. In der Schule. Im Haus der Nachbarn. Einen ganzen Abenteuerspielplatz hat er abgefackelt.

Ich rede jetzt seit Monaten mit ihm, und ich glaube nicht, dass er auch nur eine Spur von Reue zeigt. Ich musste auf die fundamentalen Dinge zurückgreifen und versuchen, ihn dazu zu bringen, dass er das Konzept von gut und böse anerkennt. Und weißt du, was er heute getan hat?«

Beth schaute zu einem Tisch hinüber, wo zwei Kellner bei ihrer Spätschichtmahlzeit saßen. »Erinnerst du dich an Marie, die an der Aufnahme arbeitet? Sie hat letzten Monat ihren Mann verloren und ist sehr deprimiert; wir haben alle darüber geredet. Und irgendwie muss dieser Junge – Junge X – etwas mitbekommen haben, denn heute kommt er mit einer Blume und schenkt sie ihr. Eine wunderschöne langstielige, pinkfarbene Rose. Die konnte er nicht einfach irgendwo gepflückt haben; er musste sie gekauft haben. Und selbst wenn er sie geklaut hatte, macht das nichts. Er reicht Marie die Rose und sagt: ›Die ist für Sie, zur Erinnerung an Ihren Mann.‹

Na, Marie ist einfach sprachlos. Sie nimmt die Rose, krächzt ein Dankeschön und verschwindet auf der Toilette, um sich die Augen auszuweinen. Und allen, die es mit ansehen, Schwestern, Pfleger, zerreißt es das Herz. Ich komme heraus und finde das gesamte Team in heller Auflösung. Und mittendrin steht dieser kleine Junge – und plötzlich sieht er genau so aus: wie ein kleiner Junge – und weiß nicht genau, was er da getan hat. Und das überzeugt mich davon, dass es echt war. Er sieht nicht selbstzufrieden aus wie jemand, der sich ausgerechnet hat: ›Hey, das wird mir ein paar Sympathien einbringen.‹ Er sieht nur ein bisschen verdattert aus.

Bis zu diesem Augenblick hatte ich den Jungen als kleinen Gangster gesehen. Ich weiß, ich weiß – zumindest ich sollte inzwischen über solche ›Schubladen‹ hinaus sein.« Sie malte die Anführungsstriche um das Wort Schubladen in die Luft, zweifellos als Parodie auf die Leute, die diese Geste dauernd machten. »Aber wenn ich ehrlich bin, ich hatte ihn als eine fiese kleine Ratte betrachtet. Ich konnte ihn nicht leiden. Und dann macht er diese kleine Geste, die einfach so wundervoll ist. Weißt du, was ich meine? Eine ganz einfache, gute Tat.«

Sie schwieg. Will wollte nichts sagen; er wartete ab, ob noch mehr kam. Schließlich brach Beth das Schweigen. »Ich weiß nicht«, sagte sie, und ihr »Wie auch immer«-Ton ließ erkennen, dass die Episode vorüber war.

Sie unterhielten sich noch eine Weile über das, was sie beide im Laufe des Tages erlebt hatten. Ein paar Mal beugte er sich über den Tisch, um sie zu küssen, und jedes Mal hoffte er, dass die sanfte Zungenliebkosung sich wiederholen würde. Aber sie verweigerte sich. Als sie sich vorbeugte, sah er ein Stück ihres Rückens und den Rand ihrer Unterwäsche über dem Bund ihrer Jeans. Er liebte es, Beth nackt zu sehen, aber der Anblick ihrer Unterwäsche trieb ihn zur Raserei.

»Die Rechnung bitte!«, sagte er und konnte es nicht erwarten, mit ihr nach Hause zu kommen. Beim Hinausgehen schob er die Hand unter ihr T-Shirt, strich über die glatte Haut ihres Rückens und ließ die Hand südwärts unter ihre Jeans wandern. Als sie auf dem Gehweg waren, umfasste er schon ihr Gesäß. Sie ließ ihn gewähren. Er wusste nicht, dass er dieses Gefühl an seiner Hand und in seinem Kopf noch tausendmal heraufbeschwören würde, ehe die Woche vorüber wäre.

4

BROOKLYN, SAMSTAG, 8 UHR

Sie hören die Weekend Edition. Die Schlagzeilen heute Morgen: Hoffnung für Hauseigentümer, nachdem die Bundesbank den Zinssatz um einen Viertelprozentpunkt angehoben hat. Der Gouverneur von Florida erklärt einen Teil des Staates zum Katastrophengebiet, nachdem Hurrikan Alfred abgezogen ist. Und schließlich: Ein Skandal nach britischer Art. Aber zuerst weitere Nachrichten …

Es war acht Uhr, und Will war noch kaum bei Bewusstsein. Sie waren erst kurz vor drei eingeschlafen. Ohne die Augen zu öffnen, streckte er den Arm nach seiner Frau aus. Aber wie er es erwartet hatte, fand er sie nicht. Beth war schon weg; an jedem vierten Samstag im Monat tat sie Wochenenddienst in der Klinik, und heute war Samstag. Die Energie der Frau war unglaublich. Und er wusste, die Kinder und ihre Eltern dort würden nicht ahnen, dass die Psychiaterin, die sie behandelte, nur auf einem Zylinder lief. Wenn sie mit ihnen beschäftigt war, schien der Motor mit voller Kraft zu laufen.

Will wälzte sich aus dem Bett und ging zum Frühstückstisch. Er wollte nichts essen, er wollte die Zeitung sehen. Beth hatte ihm einen Zettel hingelegt – »Klasse Story, Süßer. Großer Tag heute, lass uns einen schönen Abend machen« – aber sie hatte auch den Lokalteil auf der richtigen Seite aufgeschlagen. B3. Hätte schlimmer sein können, dachte Will. »Mord in Brownsville – Hintergrund Prostitution?«, lautete die Schlagzeile über dem knappen Dutzend Absätze. Und darunter stand sein Name. Als er angefangen hatte, als Journalist zu arbeiten, hatte er eine Entscheidung treffen müssen; genau genommen hatte er sie schon in Oxford getroffen, als er für den *Cherwell*, die Studentenzeitung, geschrieben hatte. Sollte er seine Artikel als »William Monroe Jr.« oder einfach als »Will Monroe« zeichnen? Aber er wollte auf eigenen Füßen stehen, und das bedeutete, dass er auch seinen eigenen Namen haben musste. Also: Will Monroe.

Er warf einen Blick auf die Seite eins des Lokalteils und blätterte dann nach vorn zum Hauptteil, um zu sehen, wer unter seinen neuen Kollegen – und somit Rivalen – erfolgreich war. Er checkte die Namen unter den Artikeln und ging dann duschen.

In seinem Kopf nahm eine Idee Gestalt an; sie wuchs und wurde konkreter, als er sich anzog und auf die Straße ging, vorbei an den jungen Paaren, die Buggys schoben oder gemütlich in einem der Cafés an der Court Street frühstückten. In Cobble Hill lebten viele Leute wie Beth und er: Berufstätige um die dreißig, die das einst heruntergekommene Viertel von Brooklyn in einen kleinen Yuppie-Himmel verwandelten. Als Will zur U-Bahn-Station Bergen Street ging, merkte er, dass sein Schritt schneller und zielstrebiger war als der der anderen. Auch für ihn würde es ein Arbeitswochenende werden.

In der Redaktion angekommen, ging er geradewegs zu Harden, der gerade die *New York Post* durchblätterte. Das Tempo, mit dem er es tat, ließ seine Geringschätzung erkennen.

»Glenn«, sagte Will, »wie wär's mit ›Anatomie eines Mordes – das wahre Leben hinter der Verbrechensstatistik‹?«

»Ich höre.«

»So ungefähr: ›Auf den ersten Blick scheint Howard Macrae nur eine weitere Kurzmeldung auf den hinteren Seiten zu sein, eins von vielen Mordopfern in New York City. Aber was für ein Mensch war er? Wie sah sein Leben aus? Warum wurde er ermordet?‹«

Harden hörte auf, in der *Post* zu blättern, und blickte auf. »Will, ich wohne in einem Vorort in South Orange, und meine größte Sorge besteht darin, meine beiden Töchter morgens in die Schule zu kriegen.« Das entsprach nicht nur seiner Vorstellung des Durchschnittslesers; es war die Wahrheit. »Was interessiert mich da ein toter Zuhälter in Brownsville?«

»Schon klar. Er ist ein Name aus den Polizeiakten. Aber meinen Sie nicht, dass unsere Leser wissen möchten, was wirklich passiert, wenn in dieser Stadt jemand ermordet wird?«

Er sah, dass Harden unschlüssig war. Er war knapp an Reportern; heute war das jüdische Neujahrsfest, und die Redaktion der *Times* war selbst für Wochenendmaßstäbe entvölkert. Aber er wollte auch nicht gern zugeben, dass er inzwischen so blasiert, so angeödet war, dass selbst ein Mord ihn nicht mehr interessierte.

»Na schön. Rufen Sie ein paar Leute an, fahren Sie rüber. Mal sehen, was Sie zusammenkriegen. Wenn was dran ist, können wir darüber reden.«

Will bat den Taxifahrer, sich zur Verfügung zu halten. In den nächsten paar Stunden musste er mobil sein, und deshalb brauchte er den Wagen. Wenn er ehrlich war, fühlte er sich auch sicherer, wenn er das beruhigende Gehäuse eines Autos in der Nähe wusste. Auf den Straßen dort war er ungern völlig allein.

Kurze Zeit später fragte er sich schon, ob die Fahrt der Mühe wert gewesen war. Officer Frederico Penelas, der erste Polizeioffizier am Tatort, war ein wortkarger Gesprächspartner und lieferte nur einsilbige Antworten.

»Als Sie dort ankamen, gab's da einen Menschenauflauf?«

»Nein.«

»Wer war da?«

»Nur ein, zwei Leute. Die Lady, die uns angerufen hatte.«

»Haben Sie mit ihr gesprochen?«

»Nur im Einzelnen aufgenommen, was sie gesehen hat und wann sie es gesehen hat. Und ihr für ihren Anruf beim New York Police Department gedankt.« Auch das stammte offensichtlich aus dem Skript der Beratungsfirma.

»Ist es Ihre Aufgabe, eine Decke auf das Opfer zu legen?«

Penelas lächelte zum ersten Mal, aber es wirkte eher spöttisch als freundlich. *Du hast wirklich keine Ahnung.* »Das war keine Polizeidecke. Die Polizei benutzt Leichensäcke mit Reißverschluss. Die Decke lag schon auf ihm, als ich ankam.«

»Wer hat sie dann hingelegt?«

»Keine Ahnung. Schätze, derjenige, der den Toten gefunden hatte. Aus Pietät oder so was. Sie hatten ihm auch die Augen zugedrückt. Das machen die Leute: Sie sehen's im Kino.«

Penelas wollte den Namen der Frau, die den Leichnam gefunden hatte, nicht herausrücken, aber die DCPI, die Will gleich darauf anrief, war zugänglicher – natürlich, ohne dass er sie zitieren durfte. Jetzt hatte er den Namen, wenn auch keine Adresse. Das war zumindest ein Ausgangspunkt.

Er musste die Umgebung des Tatorts nach ihr absuchen. Als eins fünfundachtzig großer Upper-East-Side-Typ in Chinos und blauem Leinenjackett kam er sich in dieser Gegend lächerlich und auffallend weiß vor. Die Häuser waren nicht völlig verwahrlost, aber ziemlich heruntergekommen. Graffiti, Treppenhäuser, die nach Pisse stanken, und – allen modischen Theorien der Universitätskriminologen zum Trotz – jede Menge zerbrochene Fensterscheiben. Er würde sich die Leute vorknöpfen müssen, die er auf der Straße traf, und hoffen, dass sie redeten.

Als Erstes nahm er sich vor, sich an die Frauen zu halten.

Ihm war klar, dass es ein feiger Vorsatz war, aber das war kein Grund, sich zu schämen. Bei einem hoch angesehenen Auslandskorrespondenten hatte er einmal gelesen, die besten Kriegsberichterstatter seien Feiglinge. Die Wagemutigen lebten nicht lange. Das hier war nicht gerade der Nahe Osten, aber ein Krieg – ob es nun um Drogen, Gangs oder Rassenhass ging – fand hier sehr wohl statt.

Die erste Frau, die er ansprach, wusste nichts, und bei der nächsten war es nicht anders. Die dritte hatte den Namen schon gehört, konnte aber nichts damit anfangen. Sie schickte ihn zu jemand anderem; bald darauf sprach ein Nachbar den nächsten an, und schließlich stand Will vor der Frau, die Howard Macrae gefunden hatte.

Sie war Afroamerikanerin, Mitte fünfzig, und hieß Rosa. Vermutlich war sie eine Kirchgängerin, dachte Will, eine der schwarzen Frauen, die verhinderten, dass Gemeinden wie diese hier vollständig untergingen. Sie war bereit, mit ihm zum Tatort zu gehen.

»Na ja, ich war im Supermarkt und hatte Brot und Mineralwasser gekauft, und dann sah ich da einen großen Klumpen auf dem Gehweg. Ich weiß noch, ich hab mich geärgert, als ich näher kam, weil ich dachte, da hätte wieder jemand Möbel auf die Straße geworfen. Aber dann sah ich, dass es kein Sofa war oder so was. Nein. Es war zu klein und irgendwie klumpig.«

»Da haben Sie gesehen, dass es ein Toter war?«

»Erst als ich ganz dicht davor war. Bis dahin sah es einfach aus wie ein ... na, wie ein Klumpen, wissen Sie.«

»Es war dunkel.«

»Ja, ziemlich dunkel und ziemlich spät. Aber als ich davor stand, dachte ich: Das ist kein Sofa, und das ist kein Sessel. Das ist ein Toter, der da unter der Decke liegt.«

»Verzeihung, aber ich muss noch mal zum Anfang zurück. Was haben Sie gesehen, bevor die Decke auf die Leiche gelegt wurde?«

»Sag ich doch. Eine dunkelbraune Decke mit einem Toten drunter.«

»Die Decke war schon da? Dann waren Sie nicht die Erste, die ihn gefunden hat?« *Verdammt.*

»Doch, ich war die Erste. Ich hab die Polizei angerufen. Niemand außer mir. Sie haben's von mir erfahren.«

»Aber der Leichnam war schon zugedeckt.«

»Genau.«

»Die Polizei glaubt, Sie hätten die Decke darüber gelegt, Rosa.«

»Na, dann irrt sich die Polizei. Wo soll ich denn mitten in der Nacht eine Decke hernehmen? Oder glauben Sie, die Schwarzen hier schleppen für alle Fälle immer eine mit sich rum? Ich weiß, es ist ziemlich übel hier in der Gegend, aber so übel nun auch wieder nicht.«

»Gut.« Will überlegte etwas verunsichert, wie er fortfahren sollte. »Wer hat denn die Decke dort hingelegt?«

»Ich sag Ihnen das, was ich auch der Polizei gesagt hab. Ich hab ihn so gefunden. War sogar 'ne gute Decke. Schön weich. Cashmere vielleicht. Hatte jedenfalls Klasse.«

»Entschuldigen Sie, ich komme nochmal drauf zurück: Kann es sein, dass Sie doch nicht die Erste am Tatort waren?«

»Kann ich mir nicht vorstellen. Die Polizei hat's Ihnen doch sicher erzählt: Er war noch warm, als ich hinkam. Als wär's gerade erst passiert. Das Blut lief noch raus. Sprudelte beinahe – wie Wasser bei einem Rohrbruch. Schrecklich, einfach schrecklich. Und wissen Sie, was merkwürdig ist? Seine Augen waren geschlossen, als hätte sie jemand zugedrückt.«

»Sagen Sie nicht, das waren Sie auch nicht.«

»Aber ich war's nicht. Hab ich nie behauptet.«

»Was glauben Sie dann, wer es getan hat? Wer ihm die Augen zugedrückt hat, meine ich?«

»Wahrscheinlich halten Sie mich für verrückt – wenn man bedenkt, wie sie den armen Kerl abgestochen haben. Aber es war fast so, als ob … Nein, Sie glauben bestimmt, ich bin verrückt.«

»Nein, das glaube ich nicht. Reden Sie weiter.« Will beugte sich vor, eine Haltung, die er oft instinktiv einnahm. Groß zu sein war ein Vorteil, denn es konnte einschüchternd wirken. Aber diese Frau wollte er nicht einschüchtern; sie sollte entspannt bleiben, und wenn er den Rücken krümmte, konnte sie ihm in die Augen sehen, ohne dass sie aufschauen musste. »Erzählen Sie nur.«

»Ich weiß, dass der Mann auf schreckliche Weise ermordet wurde. Aber der Leichnam sah aus, als hätte man ihn irgendwie, wissen Sie, zur Ruhe gebettet.«

Will nagte stumm am seinem Stift.

»Sehen Sie? Hab's ja gesagt. Sie halten mich für verrückt. Vielleicht bin ich's ja auch.«

Will dankte der Frau und ging weiter durch die schmuddeligen Straßen. Nach wenigen Blocks kam er in eine wirklich miese Gegend. Die mit Brettern vernagelten Mietshäuser hier, das wusste er, waren Crack-Höhlen. Junge Männer drückten einander unauffällig braune Päckchen in die hohle Hand und schauten dabei in eine andere Richtung. Das waren die Leute, die er nach Howard Macrae fragen musste.

Will hatte das Jackett inzwischen ausgezogen – es war ein warmer Septembertag –, aber trotzdem stieß er auf deutliche Ablehnung. Sein Gesicht war zu weiß, sein Akzent zu verschieden von dem, der hier gesprochen wurde. Die meisten hielten ihn für einen Polizisten in Zivil, von der Drogenfahndung wahrscheinlich; der Wagen, der ihm in einigem Abstand folgte, verstärkte diesen Eindruck vermutlich noch. Die meisten Leute gingen weg, wenn sie sein Notizbuch sahen.

Der erste Fingerzeig kam wie immer – von einer einzigen Person.

Will fand einen Mann, der Macrae gekannt hatte. Der Mann wirkte ein bisschen verschlagen, aber vor allem gelangweilt, und anscheinend hatte er gerade nichts Besseres zu tun, als ein Weilchen mit einem Reporter zu plaudern, um sich die Zeit zu vertreiben. Er redete und redete und erzählte in allen Einzelheiten von längst vergangenen und völlig bedeutungslosen lokalen Auseinandersetzungen und Streitereien, als wären sie für die *New York Times* von brennendem Interesse. »Das müssen Sie mal in Ihre Zeitung schreiben, mein Freund«, sagte er immer wieder mit bronchitischem Raucherlachen. *He-he-he.* Leute wie ihn bei Laune halten zu müssen, dachte Will, gehörte vermutlich zu den Risiken seines Berufes.

»Okay, und was ist jetzt mit diesem Howard Macrae?«, fragte er, als sein neuer Bekannter in seiner Analyse des fehlerhaften Ampelsystems in der Fulton Street kurz Luft holen musste.

Es stellte sich heraus, dass er Macrae nicht besonders gut gekannt hatte, aber er kannte andere, bei denen das anders war, und er führte Will herum und machte ihn mit den Leuten bekannt. Immer, wenn er den Reporter jemandem vorstellte, lieferte er dazu ein unbezahlbares Charakterzeugnis: »Er ist okay.«

Nach einiger Zeit fügte sich ein Bild zusammen: Macrae war unzweifelhaft ein ausgewiesener Unterweltler gewesen. Er hatte ein Bordell geführt, schon seit Jahren, und in der halbseidenen Community hatte er anscheinend Hochachtung genossen: Anscheinend war er gut in seinem Beruf als Zuhälter. Sein Puff lief gut, und er hielt ihn in Ordnung – brachte sogar die Wäsche der Mädels in den Waschsalon. Will ließ sich das Etablissement zeigen, und er konnte immerhin sagen, dass es nicht annähernd so abscheulich aussah, wie er es sich vorgestellt hatte – eher vielleicht wie eine Klinik in einer ärmlichen Gegend. Auf dem Boden lagen keine Injektionsnadeln herum, und er sah sogar einen Trinkwasserkühler.

Die Nutten erzählten ihm alle die gleiche Geschichte: »Sir,

da gibt's nichts anderes zu sagen. Er hat Ficks verkauft. Das war sein Job. Er hat das Geld kassiert, hat uns bezahlt und den Rest behalten.«

Howard war mit seinem Zuhälterdasein anscheinend zufrieden. Das Bordell war sein Reich, und er war offenbar ein angenehmer Gastgeber gewesen. Nachts, erfuhr Will, hatte er laute Musik gemacht und dazu getanzt. Manchmal holte er seine Bongos heraus und trommelte mit. Howards Tanzen und Trommeln waren zum Markenzeichen des Ladens geworden.

Erst am späten Abend fand Will, was er den ganzen Tag gesucht hatte: Jemanden, der Howard Macraes Tod aufrichtig betrauerte. Will hatte das Bestattungsinstitut angerufen. Sie warteten darauf, dass der Leichnam vom Leichenschauhaus zu ihnen überstellt wurde. Will ließ sich hinfahren. Es war eine heruntergekommene Bude, deprimierend sogar nach den Maßstäben der Umgebung. Will fragte sich, wie viele dieser »Feld-Wald-und-Wiesen-Bandenmorde« sie wohl zu bearbeiten hatten.

Nur die Empfangssekretärin schien im Haus zu sein, eine junge Schwarze mit den längsten, am exotischsten lackierten Fingernägeln, die Will je gesehen hatte. Sie waren der einzige Farbtupfer im ganzen Laden.

Er fragte sie, ob jemand sich gemeldet habe, der die Beerdigung Howard Macraes übernehmen wollte. Irgendwelche Verwandten? Nein, niemand. Das Mädchen hatte den Eindruck, dass Macrae keine Verwandten hatte. Will schnalzte mit der Zunge. Er brauchte mehr persönliche Details, mehr Farbe, wenn aus diesem Stück etwas werden sollte.

Er fragte eindringlicher nach. Hatte sich wirklich niemand wegen Mr. Macrae gemeldet? Überhaupt niemand? Ach, jetzt, wo Sie fragen, sagte das Fingernagelmädel. Endlich, dachte Will. Da war eine Frau, die hat gegen Mittag angerufen. Wollte wissen, wann die Beerdigung ist. Wollte ihm die letzte Ehre erweisen.

Sie fand ein Post-it mit der Telefonnummer der Frau. Will rief sie auf der Stelle an. Als die Frau sich meldete, sagte er, er rufe aus dem Bestattungsinstitut an, und er wollte sich mit ihr über Howard Macrae unterhalten. Kommen Sie ruhig her, sagte sie.

Im Wagen holte Will seinen Blackberry aus der Tasche und tippte eine kurze E-Mail an Beth. Seine ganze elektronische Kommunikation hatte einen festen Takt: Blackberry am Tag, wenn er wusste, dass seine Frau in der Nähe eines Computers war, und SMS in der Nacht, wenn sie es nicht war.

Brauche kurze Psychologie-Lektion. Gleich Interview mit Frau, die das Mordopfer kannte. Hab ihr gesagt, ich bin von der Bestattungsfirma. Muss ihr jetzt die Wahrheit sagen: Wie mach ich das, ohne dass sie wütend wird und mich rausschmeißt? Brauche deine Meinung sofort, hab nur ein paar Minuten Zeit. xx W

Zum Glück war Beth eine schnelle Mailerin. Sie dachte schnell, sie tippte schnell. Keine zwei Minuten später blinkte das rote »Antwort«-Lämpchen.

Sie SOLLTE dich rausschmeißen. Du wirst ja im Eiltempo ein verlogener Drecksack von der Presse. Mein professioneller Rat? Sag ihr: »Das ist vielleicht die einzige Möglichkeit, die Wahrheit über Howard Macrae ans Licht zu bringen.« Niemand hat etwas gegen »die Wahrheit« (außer dir). Und wenn ihr so viel an dem Kerl liegt, dass sie das Bestattungsinstitut angerufen hat, wird sie auch wollen, dass seine Geschichte wahrheitsgemäß erzählt wird. Aber ein Drecksack bist du trotzdem. B

Es dämmerte schon, als Will an die Fliegentür klopfte. Eine Frau steckte den Kopf aus einem Fenster im ersten Stock. Anfang vierzig, schätzte Will. Schwarz, attraktiv. Ihr Haar war geglättet und hatte einen kastanienbraunen Schimmer. »Komme sofort.«

Sie stellte sich als Letitia vor; ihren Nachnamen wollte sie nicht sagen.

»Mein Name ist Will Monroe, und ich muss mich zuallererst entschuldigen.« Er plapperte los: Dies sei seine erste große Story, und er habe nur gelogen, weil er auf keinen Fall seinen Chef enttäuschen dürfe – aber dann sah er, dass sie ganz ungerührt war. Sie warf ihn nicht hinaus, sondern hörte ein bisschen ratlos zu. Er brach ab und lieferte einen vorgefertigten Spruch ab: »Hören Sie, Letitia, vielleicht ist dies die einzige Möglichkeit, die Wahrheit über Howard Macrae ans Licht zu bringen.« Aber er sah schon, dass das gar nicht notwendig war – im Gegenteil, Letitia war anscheinend froh über die Gelegenheit zum Reden.

Sie führte ihn ins Wohnzimmer. Überall lagen Kinderspielsachen herum.

»Waren Sie mit Howard verwandt?«

»Nein.« Letitia lächelte. »Nein, ich bin dem Mann nur einmal begegnet. Aber das hat auch genügt.« Na also, dachte Will. Jetzt kommen endlich harte Fakten über diesen Macrae. Er war plötzlich aufgeregt: Vielleicht kannte Letitia ein finsteres Geheimnis über Macrae, das den Mord erklären könnte. Dann wäre er sogar der Polizei voraus.

»Wann war das?«

»Vor ungefähr zehn Jahren. Mein Mann – er kommt gleich nach Hause – war damals im Gefängnis.« Sie sah Wills Gesicht und fügte hastig hinzu: »Nein! Er hatte nichts verbrochen. Er war unschuldig. Aber wir konnten die Kaution für ihn nicht aufbringen. Er saß in dieser Zelle, Nacht für Nacht. Ich konnte es nicht ertragen. Ich war schließlich ganz verzweifelt.« Sie sah Will an, und in ihrem Blick lag die Hoffnung, er werde den Rest auch so verstehen und sie brauche es nicht vorzubuchstabieren.

»Alle Welt weiß, dass es hier nur zwei Methoden gibt, schnell zu Geld zu kommen. Entweder Sie verkaufen Drogen, oder …«

Jetzt hatte Will verstanden. »Oder Sie verkaufen … oder Sie gehen zu Howard.«

»Genau. Ich hab mich selbst verabscheut, weil ich auch nur auf den Gedanken gekommen war. Ich bin als Chorsängerin in der Methodistenkirche aufgewachsen, Mr. Monroe.«

»Will. Ich verstehe Sie.«

»Ich wurde anständig erzogen. Aber ich musste meinen Mann aus dem Gefängnis freibekommen. Also ging ich … zu Howard.«

Ohne hinzuschauen, kritzelte Will in sein Notizbuch: *Tränen in den Augen.*

»Ich wollte das Einzige verkaufen, was ich besaß.« Jetzt weinte sie wirklich. »Ich konnte zuerst gar nicht reingehen. Hab mich im Dunkeln rumgedrückt und gezögert. Howard Macrae sah mich. Ich glaube, er hatte einen Besen in der Hand und fegte. Er fragte mich, was ich wollte. ›Kann ich dir helfen?‹ – so ähnlich. Ich sagte ihm, was ich wollte. Ich sagte ihm, warum ich das Geld brauchte. Ich wollte nicht, dass er dachte … Sie wissen schon.

Und da tat dieser Mann, den ich noch nie gesehen hatte, etwas ganz Merkwürdiges.«

Will beugte sich vor.

»Er drehte sich um und marschierte in das … Haus, und ich nehme an, es war sein Zimmer, in das er ging. Er schloss es auf und fing sofort an, das Bett abzuziehen.«

»Das Bett abzuziehen?«

»Ja. Zuerst hatte ich Angst; ich wusste ja nicht, was er mit mir vorhatte. Er faltet das Bettzeug zusammen, legt es in einem Stapel auf das Bett und fängt mit dem Nachttischchen an. Stellt es zurecht. Zieht den Stecker aus dem CD-Player, nimmt seine Uhr ab. Tut alles auf den Haufen. Und dann fängt er an, den ganzen Aufbau zur Tür hinauszuschieben, und scheucht mich zur Seite. Das Bett ist eins von diesen teuren, groß und mit richtig guter Matratze, so ein feines Modell eben. Es ist schwer, aber er schiebt und zerrt, bis er es draußen hat. Und dann lässt er die Klappe an seinem Pikkup herunter, einem vergammelten alten Ding, und wuchtet das Bett mitsamt Kissen und Decken hinten auf die Ladefläche. Und dann den ganzen Rest. Ich schwöre Ihnen, ich hatte keine Ahnung, was der Mann vorhatte. Dann dreht er das Fenster herunter und sagt, ich soll um den Block und zur Ecke Fulton Street gehen. ›Wir treffen uns da in fünf Minuten‹, sagt er.

Völlig ratlos gehe ich um den Block, wie er es gesagt hat, und da steht der Truck vor einer Pfandleihe. Und Howard Macrae zeigt auf das Bett, und dann kommen Männer aus der Pfandleihe, nehmen es herunter, und der Boss gibt Macrae Geld. Und ehe ich mich versehe, gibt Macrae dieses Geld mir.«

»Ihnen?«

»Ja. Sie haben richtig gehört. Es war so merkwürdig. Er hätte mir ja einfach ein paar Scheine geben können. Aber nein, er macht diese aufwändige Sache, als ob er alle seine weltlichen Güter verkaufte, oder so. Und ich werde nie vergessen, was er dabei sagte: ›Hier ist ein bisschen Geld. Hol deinen Mann aus dem Knast – und werde keine Nutte.‹ Ich hab auf ihn gehört. Ich hab die Kaution bezahlt, und ich hab niemals meinen Körper verkauft, niemals. Dank diesem Mann.«

Von der Haustür kam ein Geräusch. Will drehte sich um. Er hörte Stimmen: drei oder vier kleine Kinder und ein Mann.

»Hi, Honey.«

»Will, das ist mein Mann Martin. Das sind meine Töchter Davinia und Brandi, und das ist mein Junge – Howard.« Letitia ermahnte ihn mit einem Blick zum Schweigen. »Martin, der Mann kommt von der Zeitung. Ich bringe ihn gerade zur Tür.«

In der Haustür flüsterte Will: »Ihr Mann weiß nichts davon?«

»Nein, und ich hab auch nicht vor, es ihm zu erzählen. Kein Mann sollte so etwas von seiner Frau wissen.«

Will wollte entgegnen, er sei anderer Ansicht: Die meisten Männer waren sicher geehrt, wenn ihre Frau zu einem solchen Opfer bereit wäre. Aber er hielt den Mund.

»Trotzdem heißt sein Sohn Howard.«

»Ich hab ihm gesagt, das sei immer schon mein Lieblingsname gewesen. *Ich* kenne den wahren Grund, und das genügt. Howard ist ein Name, den der Junge mit Stolz tragen kann. Ich sage Ihnen, Mr. Monroe, und der Herr ist mein Zeuge: Der Mann, den sie gestern Nacht umgebracht haben, mag an jedem Tag seines Lebens, den Gott ihm geschenkt hat, gesündigt haben – aber er war der gerechteste Mann, den ich je gesehen habe.«

5

SAMSTAG, 21.50 UHR, BROOKLYN

Am Abend in der Küche, wo sie immer miteinander sprachen, folgte Will dem eingespielten Rhythmus ihres Zusammenseins: Beth kochte Pasta, und er folgte ihr und spülte jeden Topf, jeden Löffel ab, wenn sie ihn benutzt hatte. Das war eine raffinierte Strategie, fand er: Vorausplanend verhinderte man so, dass nach dem Essen ein Berg Geschirr abgewaschen werden musste. Er erzählte ihr, was er im Laufe des Tages erlebt hatte.

»Der Kerl ist ein mieser Zuhälter, aber als er diese Frau in Not sieht, verkauft er seinen persönlichsten, seinen elementarsten Besitz, um ihr zu helfen. Einer Frau, die er nicht mal kennt. Unglaublich, nicht?«

Beth rührte im Topf und schwieg.

»Ich meine, ich weiß natürlich nicht, was Glenn daraus machen wird, aber diese Frau, diese Letitia, hatte das Gefühl, Macrae habe ihr das Leben gerettet. *Sie* gerettet. Das ist doch was, oder? Ich meine, daraus lässt sich doch eine Story machen.«

Beth schien mit den Gedanken ganz woanders zu sein. Will fasste es als Erfolg auf: Anscheinend hatte seine Geschichte ins Schwarze getroffen und seine Frau in kontemplatives Schweigen gestürzt.

»Aber genug davon. Wie war's bei dir heute?«

Beth hob den Kopf und hörte auf zu rühren. Sie schaute ihn eisig an.

»O Gott, gerade wird mir klar –« Beths Zettel heute morgen. *Großer Tag heute.* Er hatte ihn gelesen und vergessen. Sofort.

Beth schwieg und wartete darauf, dass er sich erklärte. »Ich bin heute Morgen aus dem Haus gegangen und hab mich in diese Story verbissen. Anscheinend hab ich mein Handy auf stumm gestellt, während ich die Frau interviewte. Hast du mich angerufen?«

»›Gerade wird mir klar.‹ Wie kannst du das sagen? Es kann dir doch nicht ›gerade klar werden‹. So läuft das nicht, Will. Nicht das.«

Sie sprach mit einer eisernen Ruhe, die Will Angst einjagte. Dieser Tonfall war Situationen vorbehalten, in denen Beth wirklich wütend war. Vermutlich hatte sie diese stählerne Härte in der psychologischen Ausbildung erworben: Niemals die Fassung verlieren. Auf abstrakter Ebene bewunderte er es, aber wenn er es selbst abbekam, fand er es unerträglich.

»Ich denke seit Wochen an nichts anderes, und dir wird ›gerade klar‹. Du hast es komplett vergessen!« Jetzt wurde sie lauter. »Du hattest den ganzen Tag –«

»Ich hab gearbeitet –«

»Du arbeitest immer, und wenn du nicht arbeitest, denkst du an die Arbeit. Du denkst nicht einmal an das, was das Wichtigste in unserem Leben sein sollte – und ich kann weder essen noch schlafen noch duschen noch sonst etwas tun, ohne daran zu denken.« Ihre Augen wurden feucht.

»Sag mir, was sie gesagt haben.«

»So einfach kommst du nicht davon, Will. Wenn du wissen willst, was sie gesagt haben, hättest du mit mir ins Krankenhaus kommen sollen. Du hättest bei mir sein sollen.«

Diese letzten Worte waren schwer wie Blei. Natürlich hätte er bei ihr sein sollen. Wie hatte er es vergessen können? Sie hatte Recht: Er hatte seit dem Aufwachen an nichts anderes als an diese Story gedacht.

Er wusste, dass er die Diskussion über Verfahrensfragen – warum hatte er den Termin versäumt? – beenden und zum Inhaltlichen kommen musste: Was hatten die Ärzte gesagt? Aber wie sollte er den Wechsel hinbekommen? Er kannte nur einen Menschen, der sofort wüsste, wie man ein solches Gesprächsmanöver hinbekam und welche psychologischen Tricks dabei halfen. Dieser Mensch war Beth.

»Baby, ich bin wirklich im Unrecht. Es ist unverzeihlich, dass ich den Termin versäumt hab. Aber ich möchte wirklich wissen, was sich ergeben hat. Über das andere – über mich und meine Arbeit – werden wir reden, das verspreche ich dir. Aber jetzt musst du mir einfach sagen, was herausgekommen ist.«

Sie hatte sich an den Tisch gesetzt. Den hölzernen Löffel hielt sie noch in der Hand. In einem kaum hörbaren Flüsterton, als habe sie keine Luft mehr in sich, fing sie an zu sprechen. »Sie haben mich gar nicht untersucht; es war nur eine kurze Unterhaltung. Sie meinten, wir sollen es noch drei Monate versuchen, bevor sie eine Behandlung in Betracht ziehen.« Sie schniefte und griff nach einem Papiertaschentuch. »Sie sagen, wir sind beide kerngesund, und wir sollten uns noch Zeit nehmen, bevor wir den nächsten Schritt unternehmen.«

»Das ist doch gut, oder?« Halb war ihm klar, dass es ein taktischer Fehler war – dieses voreilige Umschalten auf den »Kopf hoch«-Modus, noch ehe die Phase des schweigenden Zuhörens vollendet war. Auf der rationalen Ebene wusste er, dass Beth vor allem reden, sich alles vom Herzen reden musste, statt zu argumentieren, zu erklären, irgendetwas zu verteidigen. Das wusste er im Kopf, aber sein Mund hatte andere Vorstellungen – er wollte sofort, dass alles wieder in Ordnung war.

»Nein, zufällig halte ich das nicht für gut, Will. Ich finde es überhaupt nicht gut. Es macht alles nur noch rätselhafter, verdammt. Wenn meine Eizellen so perfekt und deine Spermien so irrsinnig fit sind, wieso zum Teufel KRIEGEN WIR DANN KEIN BABY?«

Sie warf den Holzlöffel an die Wand, wo er einen Jackson-Pollock-Druck mit Tomatensauce bekleckerte, und dann sprang sie auf und rannte ins Schlafzimmer. Will lief hinterher, aber sie schlug ihm die Tür vor der Nase zu, und er hörte sie weinen.

Wie hatte er nur solchen Bockmist machen können? Er hatte versprochen, sich am Nachmittag ein oder zwei Stunden Zeit zu nehmen und mit ihr in die Klinik zu fahren. Stattdessen hatte er gearbeitet und für den Rest des Tages alles andere vergessen. Er hatte sogar über den Blackberry eine Nachricht, in der es um seine Arbeit ging, an Beth geschickt, genau zum Zeitpunkt ihres Arzttermins. Er wusste, was seine Frau, die Psychologin, dachte: Er stürzte sich in seine Arbeit, um sich mit dem eigentlichen Problem nicht beschäftigen zu müssen. Vier Jahre verheiratet, zwei Jahre ungeschützter Sex, ein Jahr ernsthaftes »Bemühen« – und noch immer war Beth nicht schwanger. Will wusste, dass es so aussah, aber in diesem Fall irrte sie sich. Dies war keine neue Entwicklung in seinem Leben. Er war schon immer ehrgeizig gewesen. Schon auf dem College in Oxford hatte er hart gearbeitet; wenn er nicht in der Redaktion des *Cherwell*, der Studentenzeitung, Dienst getan hatte, hatte er versucht, Artikel über das Universitätsleben in der Fleet Street anzubringen. So war er.

Das Telefon klingelte.

»Will?«

»Oh, hallo, Dad.«

»Ich wollte nur hören, ob dir das Konzert gefallen hat.«

»Ja, natürlich. Es war wunderbar.« Will fuhr sich mit den Fingern durch die Haare und schaute zu Boden. *Wie hatte er so dumm sein können?* »Ich hätte dich anrufen sollen. Ein erstaunlicher Chor.«

»Aber du klingst bedrückt.«

»Nein, bloß müde. Es war ein langer Tag heute.«

»Woran arbeitest du?«

Beths Anwesenheit hinter der geschlossenen Schlafzimmertür erfüllte das ganze Apartment wie heißer Rauch. Er sollte hingehen, durch die geschlossene Tür mit ihr sprechen, sie herauslocken oder versuchen, zu ihr hineinzukommen.

»Du erinnerst dich, dass ich nach dem Konzert gerufen wurde, wegen eines Mordfalls? Na ja, das war nichts als ein Feld-Wald-und-Wiesen-Bandenmord –«

»Ist der Ausdruck von dir – ›Feld-Wald-und-Wiesenmord‹?«

»Nein. Das ist der Jargon der Polizeireporter.«

»Passt nicht zu dir.«

»Wie auch immer, es geht darum, einen Fall zu nehmen, der für alle ein stinknormaler Mord ist, und zu sehen, was wirklich passiert ist. ›Ein Blick hinter die Statistik.‹ Das Leben hinter dem Tod. So ungefähr.«

»Eine gute Idee. Was hast du bis jetzt herausgefunden?«

»Dass das Opfer ein mieser Zuhälter war.«

»Na, das ist nun keine große Überraschung. Nicht in der Gegend. Aber ich kann's nicht erwarten, deinen Artikel über den IWF zu lesen; das ist doch sehr viel eher dein Gebiet, nehme ich an. Hör zu, Will – Linda winkt. Es gibt ein Dinner bei Habitat – du-weißt-schon-wer ist auch da –, und man erwartet, dass wir dabei sind. Bis bald, ja?«

Selbst an seinen freien Abenden, dachte Will, gab es für seinen Vater und seine »Partnerin« – ein Wort, dass Will nur in Anführungszeichen über die Lippen brachte – immer nur moralisch wertvolle Unternehmungen. »Habitat für Humanität« war eine seiner bevorzugten Wohltätigkeitsorganisationen. »Mir gefällt es, einem Anliegen Zeit und Mühe zu widmen, nicht nur Geld«, hatte Monroe Sr. schon mehr als einmal erklärt. »Man soll sein Herz öffnen, nicht nur seine Geldbörse.« Im Büro des Richters hing ein Foto, das ihn selbst und den ehemaligen Präsidenten der Vereinigten Staaten – »du-weißt-schon-wer« – zeigte: Beide standen in Holzfällerhemden auf einer Leiter, und der Expräsident hielt einen Hammer in der Hand. Sie beteiligten sich an einer der Veranstaltungen, die das Markenzeichen von Habitat waren: Sie bauten ein Haus für Obdachlose an einem einzigen Tag. Irgendwo in Alabama.

Will wunderte sich über die Wohltätigkeitsleidenschaft seines Vaters. Genauer gesagt, er betrachtete sie mit Argwohn. Die zynischste Deutung war die, dass er damit seine Karriere beförderte und das Image des William Monroe Sr. als Mann von hervorragendem Charakter polierte, der sich vorzüglich für einen Platz im Obersten Bundesgericht der Vereinigten Staaten eignete. Will fragte sich, ob sein Vater ganz konkret seine Chancen bei den christlich-fundamentalistischen Interessengruppen verbessern wollte, die so entscheidenden Einfluss auf die Ernennungen zum Obersten Gericht ausübten. Einige der Konkurrenten seines Vaters waren ausgesprochen überzeugte Christen. Ein säkularer Liberaler wie William Monroe Sr. konnte schwer dagegen ankommen. Aber wenn es ihm gelang, ein paar harte, gottlose Kanten an sich abzuschleifen, dann war das seinem Ziel sicher förderlich. Das zumindest war die Deutung seines Sohnes.

Will ging auf Zehenspitzen zum Schlafzimmer und öffnete die Tür einen Spaltbreit. Beth schlief fest. Er schloss die Tür wieder, holte sich, was von der Pasta übrig war und aß direkt aus dem Topf. Ihm war, als hätte sich in der Wohnung auf einmal eine hohe Mauer aufgerichtet – und stünde nun zwischen ihm und Beth. Er griff nach der Fernbedienung und setzte sich vor den Fernseher, um CNN zu sehen.

Zu den Auslandsnachrichten. Weitere Schwierigkeiten in London für den britischen Finanzminister, Schatzkanzler Gavin Curtis, der heute von der Kirche unter Beschuss genommen wurde. Der Bischof von Birmingham wandte sich an das Oberhaus, um den Druck auf den Minister zu verstärken.

Will richtete sich auf und sah genauer hin. Curtis sah gehetzt aus und viel älter, als Will ihn in Erinnerung hatte. Er war auf einen Besuch nach Oxford gekommen, als Will dort studiert hatte; damals war er in der Opposition gewesen, im Schattenkabinett zuständig für Umweltpolitik. Er war als Hauptredner in der Oxford Union Society aufgetreten, dem großen Debattierclub, und das Thema war gewesen: Steht das Ende der Welt bevor? Will war damals Redakteur des *Cherwell* gewesen – und hatte sich selbst den noblen Auftrag erteilt, den Politiker bei seinem Besuch zu interviewen.

Er hatte seit Jahren nicht mehr daran gedacht, aber damals hatte Curtis ziemlich großen Eindruck auf ihn gemacht. Er hatte Will ernst genommen und ihn wie einen richtigen Journalisten behandelt, obwohl Will damals höchstens neunzehn Jahre alt gewesen war. Und das Komische war: Curtis war ihm damals überhaupt nicht wie ein Politiker vorgekommen, sondern eher wie ein Lehrer. Er hatte im Gespräch immer wieder auf Bücher und Filme verwiesen und wissen wollen, ob Will etwas von diesem obskuren holländischen Theologen gelesen oder jenen umstrittenen polnischen Film gesehen hatte. Nach dem Gespräch, das sie in zwei abgewetzten Ledersesseln in der Bibliothek der Union geführt hatten, hatte Will sich unzulänglich gefühlt, aber er war auch überzeugt gewesen, dass Curtis bald vergessen sein werde: Er wirkte viel zu intellektuell für das blutige Handwerk der hohen Politik. Als sein Interviewpartner dann seinen Aufstieg im Kabinett fortgesetzt hatte, war Will über seinen Mangel an politischer Vorausschau beschämt gewesen.

CNN zeigte jetzt einen weißhaarigen Geistlichen im grauen Anzug, unter dem ein kleines Stück des violetten Priestergewandes hervorschaute. Das zorngerötete Gesicht des Bischofs hatte fast die gleiche Farbe. CNN beschrieb ihn als Führer des britischen Gegenstücks zu Amerikas »Gemeinschaft der Werte«, eines höchst moralstrengen Flügels evangelikaler Erweckungschristen. »Dieser Mann ist voller Sünde!«, erklärte er unter zustimmendem und ablehnendem Gemurmel des Hauses. »Wenn es zutrifft, dass er öffentliche Gelder unterschlagen hat, muss er aus dem Amt gejagt werden!«

Will schaltete den Fernseher ab und ging zum Computer. Beth würde bis zum nächsten Morgen schlafen. Er überlegte, ob er sie wecken sollte, damit sie miteinander sprechen könnten. Sie hatten eine Regel: Niemals im Streit schlafen gehen. Aber sie schlief so fest, dass er kaum Punkte machen würde, wenn er sie jetzt weckte. Er hatte ihr Gesicht gesehen. Im Laufe einer Nacht konnte sie ein Dutzend verschiedene Ausdrucksformen zeigen: heitere Ruhe, gerunzelte Stirn, ironische Amüsiertheit. Mehr als einmal war Will aufgewacht, weil sie im Schlaf über irgendeinen unergründlichen Scherz lachte. Aber jetzt hatte er, obwohl das herbstbraune Haar fast das ganze Gesicht bedeckte, die Sorgenfalte auf ihrer Stirn sehen können. Sie sah sehr konzentriert aus. Er stellte sich vor, wie er die Stirn mit einer sanften Berührung glatt strich. Vielleicht sollte er hineingehen und es tun. Aber nein, dachte er. Was, wenn sie aufwachte und ihr Krach weiter ging? Es war besser, die Sache ruhen zu lassen.

Dann konnte er genauso gut auch die Nacht durcharbeiten, die Macrae-Story schreiben und sie gleich morgen früh abliefern. Zumindest würde das Harden beeindrucken. Und es wäre ein Grund, das Schlafzimmer heute zu meiden.

Er setzte sich ans Keyboard, aber seine Gedanken schweiften immer wieder von Letitia, Howard und den Straßen von Brownsville ab. Er wusste, was Beth sich wünschte, aber die Biologie oder sonst irgendetwas stand ihnen im Weg. Die Einstellung der Klinik hatte ihn ermutigt: Lassen Sie sich Zeit. Aber Beth war es nicht gewohnt, als Patientin behandelt zu werden. Sie saß lieber auf dem anderen Stuhl. Und sie brauchte Klarheit: eine Diagnose, ein Behandlungsverfahren.

Außerdem, auch das wusste er, war das Schwangerwerden nur ein Teil der Geschichte. Beth ärgerte sich mehr und mehr über seine berufliche Tunnelsicht, seine Entschlossenheit, Karriere zu machen. Als sie sich kennen lernten, sagte sie immer, wie gut ihr seine Energie gefalle; sie fand sie sogar sexy. Sie bewunderte ihn, weil er sich weigerte, einfach mit dem Strom zu schwimmen und vom Ansehen seines Vaters zu profitieren. Er hatte es sich nicht leicht gemacht – er hätte mit achtzehn nach Amerika gehen und kraft des väterlichen Namens locker einen Studienplatz in Yale bekommen können –, und das bewunderte sie. Aber jetzt wollte sie, dass sein Ehrgeiz sich ein wenig abkühlte. Es gab andere Prioritäten.

Kurz nach vier schlief er ein. Er träumte, er sei auf einem Bootsteich und steuerte ein Stakboot wie ein kitschiger Gondoliere. Ihm gegenüber saß eine Frau und ließ ihren Sonnenschirm kreiseln. Wahrscheinlich war es Beth, aber er konnte sie nicht sehen. Er blinzelte, um das Gesicht zu erkennen. Aber die Sonne blendete ihn.

6

MONTAG, 10.47 UHR, MANHATTAN

Der gute Sünder: Die Geschichte eines New Yorker Lebens – und Todes

Will starrte seinen Artikel an – nicht auf B6 oder B11, nicht mal auf B3, sondern auf A1: auf der Titelseite der *New York Times*. Er hatte ihn in der U-Bahn auf der Fahrt zur Redaktion angestarrt, dann noch ein wenig auf dem letzten Stück Fußweg, und schließlich hatte er einen großen Teil seiner Zeit am Schreibtisch darauf verwendet, so zu tun, als starre er ihn nicht an.

Bei der Ankunft hatte ihn ein Bombardement von Glückwunsch-Mails empfangen, von Kollegen, die nur einen Schritt weiter saßen, und von alten Freunden auf anderen Kontinenten, die von seinem Erfolg über die Online-Ausgabe der Zeitung erfahren hatten. Gerade nahm er am Telefon weiteren Beifall entgegen, als er eine kleine Welle spürte, die durch sein Schreibtischabteil zog, einen lautlosen Strom von Energie, das Kraftfeld eines Magneten, der sich Eisenspänen nähert. Es war Townsend McDougal, der ausnahmsweise vom Olymp herabgestiegen war und unter dem Fußvolk wandelte. Krumme Rücken richteten sich auf, Gesichter erstarrten lächelnd. Will sah, wie Amy Woodstein reflexhaft an den Hinterkopf griff, um ihr Haar aufzuschütteln. Der altgediente »City Life«-Kolumnist versuchte, seinen Schreibtisch mit einer einzigen Wischbewegung des

Unterarms aufzuräumen, und fegte dabei zwei zerknüllte Marlboro-Päckchen in seine Schublade.

Das Oberkommando der *New York Times* war immer noch dabei, sich an McDougal zu gewöhnen. Er war erst vor ein paar Monaten Chefredakteur geworden – ein ungewöhnlicher Kandidat für diesen Posten. Seine unmittelbaren Vorgänger waren aus dem Teil der New Yorker Gesellschaft gekommen, der viele der bekanntesten Namen der Stadt hervorgebracht und viel zu ihrem Humor und ihrer Sprache beigetragen hatte – aus der Gruppe der jüdischen Liberalen. Frühere Chefredakteure der *New York Times* sahen aus und redeten wie Woody Allen und Philip Roth.

Townsend McDougal war von einem ganz anderen Schlag. Ein Aristokrat aus New England mit *Mayflower*-Stammbaum und WASP-Manieren, trug er im Sommer einen Panamahut und im Winter Troddelslipper. Aber nicht das weckte Beklommenheit bei den Veteranen der *Times*, als bekannt wurde, dass er Chefredakteur werden würde. Nein, was ihn und die *New York Times* zu einer so ungewöhnlichen Verbindung machte, war die Tatsache, dass Townsend McDougal ein Wiedergeborener Christ war.

Noch hatte er keine obligatorischen Bibelstunden eingeführt, und er verlangte auch nicht, dass die Reporter sich zum abendlichen Redaktionsschluss die Hände zum Gebet reichten. Aber für einen Tempel der Säkularität wie die *New York Times* war es doch ein Kulturschock. Die Kolumnisten und Kritiker der Zeitung waren in diesem Bereich an einen zwar nicht spöttischen, aber doch sehr distanzierten Tonfall gewöhnt. Evangelikales Christentum war etwas, das dort draußen im Überflugsterritorium existierte, im endlosen Mittelwesten oder im tiefen Süden zwischen den Küsten. Niemand äußerte es explizit – schon gar nicht schriftlich –, aber es herrschte doch die unausgesprochene Überzeugung, dass die Religion der Wiedergeborenen ein Reservat der einfachen Leute sei. »Bau auf Jesus« war etwas für Frauen in

Polyesterhosen, die sich im Fernsehen Pat Robertson ansahen, oder für genesende Alkoholiker, die »umkehren« mussten und ihre Erlösung mit einem Autoaufkleber bekannt gaben. Es war nichts für kultivierte East-Coast-College-Absolventen wie sie.

Townsend McDougal brachte alle diese Ansichten durcheinander. Jetzt mussten *Times*-Journalisten ihre gewohnte Arithmetik überprüfen, die »säkular« mit »intelligent« gleichsetzte. Von jetzt an war Religion nicht mehr eine Frage des schlechten Geschmacks, wie lange Haare oder Fertiggerichte. Es galt sie mit Respekt zu behandeln. Diese Veränderung wurde schon wenige Wochen nach McDougals Ankunft bemerkbar, von den Modeseiten bis zum Sportteil. Dabei hatte der neue Chefredakteur nicht einmal ein Memo herumgeschickt. Das brauchte er nicht.

Jetzt spazierte er durch die Lokalredaktion, und sein Blick ging in eine ganz bestimmte Richtung.

»Hör mal, ich muss Schluss machen«, sagte Will ins Telefon – hoffentlich leise genug. Als er auflegte, sprach McDougal ihn an.

»Willkommen im Allerheiligsten, William. Auf der Titelseite der größten Zeitung der Welt.« Will spürte, dass er rot wurde. Nicht aus Verlegenheit über das Kompliment, nicht mal wegen McDougals Trompetenstimme, die sein Loblied mit einem Akzent durch das Büro posaunte, der so kultiviert war, dass man meinen konnte, man sei in England – obwohl das schon peinlich genug war. Es war das »William«, das ihm peinlich war. Will hatte angenommen, sein Vater und McDougal seien sich einig, dass die Freundschaft zwischen ihnen kein Thema für die Öffentlichkeit sei. Will wusste, dass er ohnedies mit Vorbehalten zu rechnen hatte – als ehrgeiziger junger Schreiber auf der Überholspur –, ohne dass seine Kollegen auch noch annehmen mussten, er sei Nutznießer des uralten, karrierefördernden Vitamins namens Vetternwirtschaft.

Aber jetzt war es raus; McDougals Lautstärke hatte dafür gesorgt. Die internen E-Mails würden nur so hin und her schwirren: Rate mal, wer mit dem neuen Boss per Vornamen verkehrt? Will hatte sich auf seine Stellung beworben wie jeder andere auch: Er hatte einen Brief geschrieben und war zu einem Vorstellungsgespräch erschienen. Aber das würde jetzt niemand mehr ernst nehmen. Er spürte, wie sein Hals glühte.

»Sie haben einen guten Anfang gemacht, William. Haben sich wenig verheißungsvolles Rohmaterial vorgenommen und daraus einen Artikel für die Seite eins gemacht. Manchmal wünschte ich, ein paar Ihrer reiferen Kollegen wollten ein ähnliches Maß an Fleiß und Elan zeigen.«

Ob McDougal es absichtlich darauf anlegte, ihm das Leben zur Hölle zu machen? War das eine Art Initiationsritus, wie er in der »Schädel und Knochen«-Verbindung in Yale praktiziert wurde, wo er und sein Vater so gute Freunde geworden waren? Genauso gut hätte der Chefredakteur ihm eine Zielscheibe auf den Rücken malen und unter den Kollegen Armbrüste verteilen können.

»Danke.«

»Ich werde mehr von Ihnen erwarten, William. Und ich werde diese Story mit Interesse weiterverfolgen.«

Mit einem dezenten Rascheln seines maßgeschneiderten grauen Anzugs war Townsend McDougal verschwunden. Die Reporter, die bis dahin in Habachtstellung an ihren Schreibtischen gesessen hatten, sackten wie auf Kommando wieder in sich zusammen. Der »City Life«-Kolumnist zog seine oberste Schublade auf, fischte die Zigaretten heraus und nahm Kurs auf die Feuertreppe.

Auch Will hatte ein dringendes Bedürfnis. Ohne nachzudenken, wählte er Beths Nummer. Nach dem zweiten Klingeln gab er auf. Sie jetzt wegen eines beruflichen Triumphs anzurufen, würde nur all das bestätigen, was sie über ihn gesagt hatte. Nein, er hatte noch Buße zu tun.

»Tja, William.« Walton hatte seinen Stuhl der freien Fläche zugedreht, die sie mit Woodstein und Schwarz gemeinsam hatten. Er schaute zur Decke und lächelte herablassend. Dabei wirkte er wie ein bösartiger Schuljunge.

Terence Walton war fast fünfzig Jahre alt, aber er hatte etwas Infantiles an sich mit seiner entnervenden Gewohnheit, während der Arbeit Computerspiele zu spielen und tastenklappernd alle möglichen Aliens abzuknallen, um »auf das nächste Level« zu gelangen. Seine Finger schienen ständig auf der Suche nach Ablenkung zu sein; sowie er ein Telefongespräch beendet hatte, führte er das nächste. Und immer wieder ging er außerdienstlichen Tätigkeiten nach – ein Radioauftritt hier, ein hoch bezahlter Vortrag dort. Seine Arbeit von Delhi aus hatte höchstes Lob gefunden, und er wurde regelmäßig als Experte nachgefragt. Sein Buch, *Terence Waltons Indien*, hatte die amerikanische Öffentlichkeit mit einem Land bekannt gemacht, von dem sie kaum etwas wusste.

Aber intern hatte man etwas weniger Hochachtung vor Walton. So viel hatte Will schon mitbekommen. Schon sein Arbeitsplatz bestätigte das: Als zurückgekehrter Auslandskorrespondent war er hier neben dem jüngsten Rekruten der Lokalredaktion platziert. Das war kaum die Behandlung, die man einem Star entgegenbrachte. Was Walton wirklich getan hatte, um diese Herabsetzung zu verdienen, wusste Will noch nicht.

»Wir haben schon über Ihren Frontpage-Triumph gesprochen. Gute Arbeit. Natürlich gibt es Zweifler und Skeptiker, die sich fragen, welchen Nährwert diese Geschichte haben soll, aber zu denen gehöre ich nicht. Nein, William, ich nicht.«

»Will. Ich heiße Will.«

»Das scheint der Chef anders zu sehen. Da sollten Sie vielleicht mal mit ihm reden. Wie auch immer – ich stelle nur die Frage: Was sucht eine solche Story auf der Seite eins dieser Zeitung? Ich fürchte, unser neuer Chef hat die Bedeutung der unteren linken Spalte noch nicht ganz verstanden. Sie ist nicht für amüsante oder interessante ›Facetten des Lebens‹. Sie soll ein Fenster in eine neue Welt sein.«

»Ich glaube, das war mein Artikel auch. Er hat ein Stereotyp über das Großstadtleben von New York korrigiert. Der Tote schien eine Schmuddelexistenz zu sein, aber er war eben besser, wissen Sie.«

»Ja, das ist wunderbar. Und großartig geschrieben! Erstklassige Arbeit. Aber vergessen Sie nicht, was man über Anfängerglück sagt: Es ist sehr schwer, diesen Trick zweimal abzuziehen. Ich glaube, dass selbst Sie nicht allzu viele ›Geschichten über alltägliche Menschen‹« – er sprach diese Worte mit zuckersüßer Stimme aus – »finden werden, die bei der *New York Times* auf Interesse stoßen. Zumindest nicht bei der *New York Times*, bei der ich immer gearbeitet habe. Einmal ist ein Erfolg, William – zweimal wäre ein Wunder.«

Will wandte sich wieder seinem Computer zu und warf einen Blick in den E-Mail-Posteingang. *Woodstein, Amy.* Im Betrefffeld stand: *Kaffee?*

Fünf Minuten später stand er in der riesigen Kantine der *Times*, die zu dieser Vormittagsstunde ziemlich verlassen war. Er ging vor den Vitrinen auf und ab, in denen *Times*-Merchandise angeboten wurde: Sweatshirts, Baseballkappen, Spielzeugmodelle alter *Times*-Lieferlastwagen. Amy erschien neben ihm; sie hatte eine Tasse Kräutertee in der Hand.

»Ich wollte Ihnen nur sagen, dass es mir Leid tut, was ich eben gehört habe. Das ist der Nachteil bei der Arbeit hier: eine Menge Testosteron, wenn Sie wissen, was ich meine.«

»Das war schon in Ordnung –«

»Die Leute hier sind sehr konkurrenzbewusst. Terry Walton ganz besonders.«

»Den Eindruck hab ich allerdings auch.«

»Kennen Sie seine Geschichte?«

»Ich weiß nur, dass er in Delhi war und dass er sozusagen gezwungenermaßen zurückgekommen ist.«

»Man hat ihm Spesenbetrug vorgeworfen. Beweisen konnte man nichts, und deshalb ist er noch beim Blatt. Aber Vertrauensprobleme gibt es auf jeden Fall.«

»Im Zusammenhang mit Geld, meinen Sie?«

»O nein, es geht nicht nur um Geld.« Sie lachte ein wenig bitter.

»Um was dann?«

»Hören Sie, ich hab's Ihnen nicht gesagt, okay? Aber ich rate Ihnen, Ihre Notizbücher einzuschließen, wenn Terry in der Nähe ist. Und sprechen Sie am Telefon lieber leise.«

»Kapier ich nicht.«

»Terry Walton klaut Storys. Dafür ist er berühmt. Als er im Nahen Osten war, hieß er nur ›Der Dieb von Bagdad‹.«

Will lächelte.

»Das ist eigentlich nicht sehr komisch«, sagte Amy. »Es gibt Journalisten auf der ganzen Welt, die die ganze Nacht von Terry Walton und seinen Untaten erzählen könnten. Will, ich meine es ernst: Schließen Sie Ihre Notizen weg, Ihre Unterlagen, alles. Er wird sie lesen.«

»Deshalb schreibt er so.«

»Wie?«

»Walton hat eine winzige Handschrift, absolut nicht zu entziffern. Das macht er absichtlich, ja? Damit niemand seine Notizen lesen kann?«

»Das weiß ich nicht. Ich sage nur: Seien Sie vorsichtig.«

Als er wieder in die Redaktion zurückkam, sah er, wie Glenn Harden ein Post-it an seinen Monitor klebte. *Besuchen Sie mich doch mal.*

»Ah, da sind Sie ja«, sagte Harden. »Ich hab 'ne Nachricht von der überregionalen Redaktion bekommen. *Go west, young man.*«

»Wie bitte?«

»Nach Seattle. Bates' Frau liegt in den Wehen, und wir müssen einspringen. Anscheinend haben sie keine eigenen Reporter, und deshalb halten sie uns die Bettelschale entgegen.« Harden wurde lauter. »Ich hab alle meine Reserven durchwühlt und ihnen Walton angeboten, aber der hatte irgendeine lahmarschige Ausrede und hat Sie vorgeschlagen.« Walton telefonierte und hörte nicht zu. »Reden Sie mit Jennifer; sie besorgt Ihnen einen Flug.«

»Danke«, stammelte Will, und ein Lächeln breitete sich auf seinem Gesicht aus. Dies war eine große Chance und ein ernsthafter Vertrauensbeweis. Gut, es war nur eine Vertretung, nur auf Zeit. Aber Harden würde die Lokalredaktion bei den New-England-Snobs vom überregionalen Teil nicht blamieren wollen. Er würde seine Redaktion von der besten Seite präsentieren. Will schluckte heftig: Und das war er.

»Ach, und packen Sie Ihre Gummistiefel ein.«

7

DIENSTAG, 10.21 UHR, BUNDESSTAAT WASHINGTON

Und ich habe euch gezeigt: Jesus Christus ist das Licht und der Weg. Wir haben heute ein Wunder gesehen …

Christliche Erbauung und Countrymusic – eine Kombination, auf die immer Verlass war: Selbst im entlegensten Hinterwald, wo keine anderen Stationen mehr beim Sendersuchlauf auftauchten, konnte man jederzeit durch den Äther mit dem Wort des Evangeliums beglückt werden. Auf den Passhöhen im Staat Washington war das nicht anders.

Er näherte sich dem Hochwassergebiet, das sah er. Die Straßen waren zunehmend verstopft, bald blinkten vor ihm die Lichter der Noteinsatzteams, und schließlich sah er beruhigt eine Flotte von gleichförmigen weißen Satelliten-Trucks: das Lokalfernsehen. Er war am Schauplatz seiner Story angekommen.

Er hängte sich an einen Fotografen, der anscheinend wusste, was er tat. Zum einen hatte er die richtige Ausrüstung – nicht bloß die übliche Fotografenweste mit genug Taschen, um den Besitz einer Kleinfamilie unterzubringen, sondern auch schenkelhohe Gummistiefel für Fischereibedarf, eine wasserdichte Hose und Handschuhe, die aussahen, als habe die NASA sie für ihn entworfen.

Will watete hinter ihm her in die Flut. Eiskaltes Wasser kroch an seinen Hosenbeinen herauf. Kurze Zeit später hatten sie einen Platz in einem Polizeiboot gefunden und ließen sich von einem überschwemmten Haus zum andern fahren. Er sah, wie eine Frau mit einer Winde in Sicherheit gebracht wurde; auf dem Arm hielt sie das Einzige, was ihr in ihrem Haus wichtig gewesen war: ihre Katze. Ein Mann stand schluchzend vor seinem Laden und sah zu, wie die Investition seines Lebens wie Laub in der Gosse davonschwamm.

Ein paar Stunden später saß Will wieder in seinem Mietwagen. Nass bis auf die Haut beugte er sich über den Laptop.

»Die Menschen im Nordwesten sind an die Launen der Natur gewöhnt – aber deren neuester Stimmungsumschwung hat ihnen den Boden unter den Füßen weggerissen«, fing er an und schilderte dann detailliert die individuellen Leidensgeschichten. Ein, zwei Zitate von den Behörden und ein hübscher Schlusssatz über die Tücken des Klimas – von dem Mann, der seine Schreibwarenhandlung verloren hatte –, und er war fertig.

Im Hotel rief er zuerst Beth an. Sie war schon im Bett, aber sie berichtete ihm von ihrem Tag, und er erzählte von seiner nassen Reise ins Hochwassergebiet. Beide waren zu erschöpft, um das Gespräch wieder aufzunehmen, das sie nie wirklich beendet hatten.

Er schaltete die Lokalnachrichten ein: Bilder vom Snohomish-Hochwasser. Will erkannte die Gesichter wieder, die er gesehen hatte. Sein Mitgefühl galt dem Reporter, der die Liveszenen aufnahm: Der Mann war immer noch dort.

»Nach einer kurzen Pause weitere Neuigkeiten zum Mordfall Pat Baxter. Bleiben Sie dran.« Will kehrte zu seinem Computer zurück und hörte nur mit halbem Ohr, was aus dem Fernseher kam.

… das fünfundfünfzigjährige Opfer tot in seiner Hütte aufgefunden … Polizei nimmt an, dass es sich um einen fehlgeschlagenen Einbruchsversuch handelt … umfangreiche Beschädigungen, aber gestohlen wurde nichts … Baxter stand seit Jahren unter polizei-

licher Beobachtung … kurze Zeit lang Hauptverdächtiger bei der Suche nach dem Unabomber … keine Verwandten.

Will fuhr herum. Ein Wort hatte seine Aufmerksamkeit geweckt. Er gab »Unabomber« bei Google ein und absolvierte einen kurzen Auffrischungskurs über einen bizarren Fall, der das FBI zwei Jahrzehnte lang in Atem gehalten hatte. Jemand schickte Paketbomben an Unternehmen an der Ostküste und hinterließ eine Spur von obskuren Hinweisen. Irgendwann veröffentlichte der Täter ein »Manifest«, ein quasiakademisches Traktat, das sich las wie das Werk eines Eigenbrötlers mit einem tiefen Misstrauen gegen jede Technologie. Außerdem schien er von einem tiefen Groll gegen die Regierung besessen zu sein.

Will fand einen neuen Artikel auf der Website der *Seattle Post*.

Mit dieser Auffassung stand der Unabomber im Einklang mit einer Bewegung der neunziger Jahre, die auch den ermordeten Pat Baxter zu ihren zuverlässigen Anhängern gezählt hatte. Denn das war die Zeit der bewaffneten Milizen – amerikanische Staatsbürger, die sich gegen einen vermuteten Angriff der US-Regierung rüsteten. Am Ende verbreiteten sie sich über das ganze Land, aber ihren Ursprung hatten sie im pazifischen Nordwesten, und nirgends waren sie stärker.

Will rief das Archiv der *New York Times* auf und arbeitete sich hindurch. Die ersten Artikel, die erschienen, waren auffallend wohlwollend; sie beschrieben die Milizen als »Wochenendsoldaten« – übergewichtige, zu große Schuljungen, die sich ächzend und keuchend mit Kriegsspielen unterhielten. Aber bald änderte sich der Tonfall.

Die Schießerei bei Ruby Ridge 1992 zwischen einem weißen Rassisten und dem FBI, bei der Ersterer Frau und Kind verlor, und die ein Jahr später stattfindende Belagerung in

Waco, Texas, ließen eine Welt zum Vorschein kommen, von der die meisten Amerikaner – zumal die in den Medienredaktionen in New York – nie gehört hatten. In dieser Welt war Washington das Zentrum einer schemenhaften »Neuen Weltordnung«, verkörpert durch die verhassten Vereinten Nationen, die entschlossen waren, freie Menschen auf der ganzen Welt zu versklaven. Wie sonst konnte man die mysteriösen schwarzen Hubschrauber erklären, die über dem ländlichen Amerika gesichtet wurden? Welche Bedeutung konnten die Zahlen auf der Rückseite der Straßenschilder sonst haben? Das waren doch sicher verschlüsselte Koordinaten, die der US-Army eines Tages helfen sollten, ihre Mitbürger in Konzentrationslager zu treiben.

Je mehr Will las, desto mehr wurde er gefesselt. Diese zivilen Kämpfer glaubten an die irrwitzigsten Theorien – über Freimaurer, die Bundesbank, geheime Botschaften auf Dollarscheinen, geheimnisvolle Verbindungen zu europäischen Banken.

Manche waren so sicher, dass die Schaftstiefel-Bürokraten der Bundesregierung es auf sie abgesehen hatten, dass sie sich in die Berge zurückgezogen hatten – sie hielten sich in Berghütten im hintersten Idaho und im Bergland von Montana versteckt, und sie hatten ihre Verbindung zu den Behörden in jeglicher Form abgebrochen: Sie trugen keinen Führerschein bei sich, und sie weigerten sich, irgendwelche amtlichen Papiere zu unterschreiben. Manche hatten sich buchstäblich aus allen staatlichen Netzen gelöst; sie produzierten sogar ihren eigenen Strom, statt sich durch nationale Elektrizitätswerke versorgen zu lassen.

Und das alles waren keine Spielchen. Am zweiten Jahrestag der Feuersbrunst von Waco wurde das Alfred P. Murrah Building, ein Bürogebäude der Behörden in Oklahoma, durch eine gewaltige Autobombe zum Einsturz gebracht; dabei kamen 169 Menschen zu Tode. Die Täter waren keine islamistischen Extremisten, sondern amerikanische Jungs, deren Köpfe von einem ebenso großen Hass auf die amerikanische Regierung erfüllt waren.

Die *Seattle Times* brachte ein Foto von Baxter bei einer Kundgebung in Montana im Jahr 1994, die allerdings eher wie eine Messe aussah, mit Ständen, an denen Aussteller ihre Produkte vorstellten. Baxter bot Fertiggerichte an – mit der militärischen Bezeichnung »MRE« – »Meals Ready to Eat«. Anscheinend trieb er einen regen Handel mit Trockennahrung, kleinen Zelten und ähnlichen Sachen: Survival-Ausrüstungen, die den freiheitsliebenden Amerikaner in der kommenden Apokalypse mit Essen und Unterkunft versorgen würde. In der abgehobenen Welt der regierungsfeindlichen Bewegung war Baxter vielleicht keine Berühmtheit, aber er gehörte doch wenigstens zum Inventar.

»Er war ein großer Patriot, und sein Tod ist ein schwerer Schlag für alle Freiheitsliebenden«, erklärte Bob Hill, ein selbst ernannter Kommandant der Milizen von Montana.

MITTWOCH, 9 UHR, SEATTLE

Zu seiner Beunruhigung hatte das Telefon nicht geklingelt. Als er um neun schließlich aufwachte – in New York war es Mittag –, sah er, dass auf seinem Handy keine entgangenen Anrufe angezeigt waren. Er griff zu seinem Blackberry, aber da waren nur unwichtige E-Mails. Irgendetwas war nicht in Ordnung.

Er holte seinen Laptop vom Tisch auf das Bett, bis das Kabel sich straff spannte. Er rief die Website der *Times* auf: Keine Spur von seiner Story. Er klickte sich weiter zum Inlandsteil: Links zu Storys aus Atlanta, Chicago und Washington D.C. Er klickte und klickte – da war etwas aus Seattle. Aber es war nur eine AP-Meldung, am Morgen verfasst. Sein eigener Artikel war nicht zu finden.

Er rief Beth an. Die Klinik musste sie über den Pager ans Telefon rufen.

»Hi, Baby. Hast du heute schon die Zeitung gesehen?«

»Ja, es geht mir gut, danke. Wie nett, dass du danach fragst.«

»Entschuldige, es ist nur ... hast du die Zeitung da?«

»Nein, aber ich kann eine holen. Warte.« Eine lange Pause. »Okay. Was soll ich suchen?«

»Irgend was von mir.«

»Danach hab ich heute Morgen schon gesucht. Hab aber nichts gefunden. Ich dachte, vielleicht arbeitest du heute noch dran.«

Will schnalzte leise mit der Zunge: Natürlich würde er heute nicht mehr daran arbeiten. Es war ein tagesaktueller Bericht – über das Wetter, Herrgott nochmal. Im Journalismus gab es keine verderblichere Ware als Meldungen über das Wetter.

»Hast du im Inlandsteil nachgesehen? Auf jeder Seite?«

»Ja, Will. Es tut mir Leid. Heißt das, sie haben's nicht gebracht?«

Genau das hieß es: Seine Story war gekippt worden.

Er atmete tief durch, um sich für den Anruf in der Redaktion zu wappnen. Wenn sich jemand anders als Jennifer, die Sekretärin, melden sollte, würde er auflegen.

»Inland?« Es war Jennifer.

»Hi, Jennifer. Will Monroe hier. In Seattle.«

»Oh, hi. Wollen Sie mit Susan sprechen?«

»Nein! Nein, nicht nötig. Ich hab nur eine kurze Frage. Das Stück, das ich Ihnen gestern gemailt hab – über das Hochwasser? Wissen Sie, was daraus geworden ist?«

Jennifers Stimme wurde leiser.

»Sozusagen, ja. Ich hab gehört, wie sie darüber sprachen. Es sei ganz ordentlich und so weiter, aber Sie hätten vorher nicht mit ihnen darüber gesprochen. Wenn Sie es getan hätten, hätten sie Ihnen gesagt, dass sie gestern keine Story brauchten.«

»Aber ich hab doch …« Natürlich. Er hatte nur mit Jennifer telefoniert und ihr gesagt, wo er war und was er vorhatte. Er hatte einfach angenommen, dass er etwas abliefern sollte. Hatte Harden nicht gesagt, er sollte seine Gummistiefel einpacken?

Jetzt ging ihm ein Licht auf: Er war nur für alle Fälle hier. Er hielt Bates den Platz warm. Die ganze Quälerei im kalten Wasser war umsonst gewesen. Wie peinlich – er hatte sich benommen wie ein übereifriger Praktikant. Ein dummer Fehler.

»Warten Sie, Susan will mit Ihnen sprechen.«

Drei Zeitzonen weiter machte Will sich auf eine Abreibung gefasst.

»Hi, Will.« Die Leiterin der überregionalen Redaktion war am Apparat. »Hören Sie. Lassen Sie uns so verfahren, dass Sie nichts einreichen, wenn wir nicht vorher darüber gesprochen haben. Okay? Vielleicht suchen Sie sich was, das Sie interessiert, stochern ein bisschen herum und stellen fest, ob es sich lohnt. Und was aktuelle Nachrichten angeht: Lassen Sie Ihr Telefon eingeschaltet, und wir rufen Sie an, wenn wir etwas brauchen.«

Will frühstückte niedergeschlagen. Er hatte Mist gebaut, und zwar großen. Inzwischen würde Jennifer die Geschichte im kleinen Kreis der Jungredakteure bei der *Times* herumerzählt haben, und sie würden sich auf seine Kosten kaputtlachen. Der Golden Boy mit dem einflussreichen Daddy war auf den Boden zurückgeholt worden.

Es gab nur eine Lösung. Er musste eine richtige Story an Land ziehen. Irgendwie musste er in dieser entlegenen Gegend voller Schnee, Wald und Kartoffeln eine Geschichte finden, die den Leuten in New York beweisen würde, dass sie keinen Fehler gemacht hatten. Und er wusste auch schon, wo er anfangen würde.

8

MITTWOCH, 3.13 UHR, BUNDESSTAAT WASHINGTON

Der Flug über den Staat Washington war kurz, aber unruhig, die Fahrt von Spokane aus atemberaubend. Die Berge waren so schön, dass es beinahe wehtat, und der Schnee auf den Gipfeln sah aus wie reinster Puderzucker. Die Bäume ragten bleistiftgerade auf, und sie standen so dicht beieinander, dass das Licht, das im Vorbeifahren zwischen ihnen hindurchstrahlte, stroboskopartig blitzte.

Er fuhr nach Osten, und bald würde er in Idaho sein, in dem schmalen, lang gestreckten oberen Teil des Staates, der aussah, als zeigten die Vereinigten Staaten ihrem Nachbarn Kanada den Mittelfinger. Er fuhr durch Cœur d'Alene. Der Name ließ an ein schweizerisches Skidorf denken, aber tatsächlich war der Ort bekannt als Heimat einer Rassistenbewegung namens Aryan Nations. Will hatte Bilder davon im Netz gesehen: Männer in Phantasie-Nazi-Uniformen, das Schild »Nur für Weiße« an der Ortseinfahrt. Es wäre faszinierend gewesen, hier Station zu machen, aber er wollte woanders hin.

Sein Ziel lag hinter dem Idaho-Finger im westlichen Teil Montanas. Die Straßen waren schmal, aber das machte Will nichts aus. Er fuhr gern durch Amerika, das Land der endlosen Straßen. Er liebte die Reklametafeln, die Werbung für ein fünfunddreißig Meilen weit entferntes Möbelgeschäft machten. Er liebte die »Dairy Queen«-Raststätten, und er liebte die Autoaufkleber, die ihm über die politischen, religiösen und sexuellen Präferenzen der anderen Autofahrer Auskunft gaben. Außerdem hatte er seinen Angriff zu planen.

Er hatte bereits mit Bob Hill telefoniert; der Mann erwartete ihn. Entgegenkommenderweise hatte Hill genau der Medienkarikatur des hinterwäldlerischen Waffennarren entsprochen. Er hatte Will nach seinem vollen Namen und seiner Sozialversicherungsnummer gefragt. »So kann ich Sie überprüfen. Rauskriegen, ob Sie der sind, für den Sie sich ausgeben.« Will versuchte sich vorzustellen, was Hills Recherchen ergeben würden. Ein Brite? Das wäre okay. Die meisten Amerikaner mochten Briten. Selbst wenn sie die europäischen Schwuchteln mit ihrem schlaffen Händedruck nicht ausstehen konnten, waren Briten in Ordnung: Sie waren sozusagen Ehrenamerikaner. Der Vater ein Bundesrichter? Könnte problematisch sein; Bundesbeamte verabscheute man. Aber Richter warf man meist nicht in einen Topf mit dem Rest der verhassten Bürokraten, die »die Regierung« darstellten. Manchmal betrachtete man sie sogar als Beschützer der Freiheit, die den Klauen der Politiker Einhalt geboten. Aber wenn Hill wirklich gründlich suchte, würde er in Richter Monroes Vergangenheit genügend finden, das bei ihm Anstoß erregen würde. Hoffentlich grub der Mann nicht zu tief.

Was noch? Die Eltern geschieden: Das könnte den Milizleuten gegen den Strich gehen. Wohlgemerkt, das hier war nicht Alabama, die Survivalisten waren nicht das Gleiche wie die christliche Rechte. Manches deckte sich, aber sie waren nicht identisch.

Seine schweifenden Gedanken fanden ein Ende, als er die Schilder sah: »Willkommen in Noxon, 230 Einwohner.« Er warf einen Blick auf den Zettel, der auf seinem Schoß lag: Hills Wegbeschreibung. An der Tankstelle sollte er links in eine Straße abbiegen, die sich in einen Feldweg verwandeln würde. Der Allradwagen schwankte in den ausgefahrenen Lehmfurchen hin und her und verdiente sich – dachte Will wenigstens – die zusätzliche Gebühr, die er und daher die *Times* dafür hatten bezahlen müssen.

Nach einiger Zeit kam er zu einem Tor. Kein Namensschild. Er wollte Hill anrufen, wie sie es vereinbart hatten, aber als er die Nummer zur Hälfte gewählt hatte, sah er durch die Frontscheibe einen Mann auf sich zukommen. Anfang sechzig, Jeans, Cowboystiefel, schwere alte Jacke. Der Mann lächelte nicht. Will stieg aus.

»Bob Hill? Will Monroe.«

»Haben Sie uns gut gefunden?«

Will ließ eine Lobeshymne auf Hills wunderbare Wegbeschreibung los – schamlose Schmeicheleien, die das Eis brechen sollten. Sein Gastgeber grunzte nur beifällig. Dann stapfte er eine harte Lehmböschung hinauf und ging auf ein dichtes Waldstück zu. Erst als sie näher kamen, sah Will einen Lichtschimmer zwischen den Bäumen, und er begriff, dass dort eine erstklassige getarnte Hütte stand.

Hill griff zu einem Schlüsselbund, der schwer an einer Gürtelschlaufe hing und zu einem Gefängniswärter gepasst hätte. Er schloss die Tür der Hütte auf.

»Da ist ein Sessel. Machen Sie sich's bequem. Ich werd Ihnen was zeigen.«

Will nutzte die paar Sekunden Zeit, um sich umzuschauen. An der Wand hing ein metallener Schild mit militärisch wirkenden Insignien. Er blinzelte: MoM. »Militia of Montana«. Daneben ein paar gerahmte Fotos, unter anderem eins von seinem Gastgeber, der den Kopf eines Bocks in den Händen hielt. Auf einem Stahlregal ein Karton mit Handzetteln. Will spähte hinein: »Die Neue Weltordnung: Operation Takeover.«

»Bedienen Sie sich. Nehmen Sie einen.« Will fuhr herum; Bob Hill stand dicht hinter ihm. Ledernacken, Vietnam-Veteran – natürlich wusste er, wie man sich an einen schlichten Zivilisten wie Will Monroe heranschlich. »Hab ich selbst geschrieben. Mit Hilfe des verstorbenen Mr. Baxter.«

»Er war also … sehr engagiert?«

»Wie ich Ihnen am Telefon sagte – ein erstklassiger Patriot. Bereit, alles für die Freiheit seines Vaterlandes zu tun, selbst wenn seine Mitbürger zu verblendet waren, ihre Gehirne zu verseucht von der Propaganda der Hollywood-Elite, um zu begreifen, dass ihre Freiheit in Gefahr ist.«

»*Alles* zu tun?«

»Was immer dazu nötig ist, Mr. Monroe. Sie wissen doch, wer das gesagt hat, nicht wahr? Oder war das vor Ihrer Zeit?«

»Es war vor meiner Zeit, aber ich weiß es trotzdem. Es stammt von Malcolm X und war ein Slogan der Black Panthers.«

»Sehr gut. Und wenn es gut genug war für deren Kampf gegen die ›White Power‹, ist es auch gut genug für unseren Kampf um die Freiheit Amerikas.«

»Gehört dazu auch Gewalt?«

»Mr. Monroe, wir wollen mal nichts überstürzen. Sie können mir so viele Fragen stellen, wie Sie wollen; ich hab genug Zeit. Aber zuerst will ich Ihnen was zeigen. Mal sehen, ob sich die großen Ostküsten-Intellektuellen der *New York Times* dafür interessieren.«

Hill hatte inzwischen hinter einem ramponierten alten Stahlschreibtisch Platz genommen, der gut in das Büro einer Autowerkstatt gepasst hätte. Er reichte Will, der immer noch stand, zwei zusammengeheftete Blätter.

Will brauchte einen Augenblick, um zu begreifen, was er sah: den Autopsiebericht über Pat Baxter.

»Kam heute Morgen per Fax aus Missoula.« Missoula war die nächste größere Stadt.

»Was steht drin?«

»Oh, ich will Ihnen die Überraschung nicht verderben. ich finde, Sie sollten es selbst lesen.«

Will verspürte leise Panik: Das war der erste Autopsiebericht, den er je gesehen hatte. Es war fast unmöglich, ihn zu entziffern; die einzelnen Rubriken waren unverständliches Medizinerlatein, und die handschriftlichen Eintragungen darunter waren ebenso rätselhaft. Mit schmalen Augen las er, was da stand.

Endlich stieß er auf einen verständlichen Satz. »Schwere innere Blutungen nach Schussverletzung, Quetschungen an Haut und Eingeweiden. Allgemeine Bemerkung: Nadelstich am rechten Oberschenkel, vermutlich kürzlich erfolgte Anästhesie.«

»Er wurde erschossen«, begann Will unsicher. »Und anscheinend wurde er betäubt, bevor er erschossen wurde. Was sehr merkwürdig ist, das gebe ich zu.«

»Ah, aber es gibt eine Erklärung dafür. Lesen Sie weiter, Mr. Monroe.«

Wills Blick wanderte weiter über das Dokument und suchte nach Fingerzeigen. Die Kritzelschrift und die Druckqualität des Faxes machten die Sache nicht einfach.

»Seite zwei«, half Hill. »Allgemeine Bemerkungen.«

»Verletzung innerer Organe: Leber, Herz, Niere (einzeln) – schwer. Andere Bauchorgane – zerrissen.«

»Was springt Ihnen ins Auge, Mr. Monroe? Ich meine, welches Wort stürzt sich geradezu auf Sie und packt Sie bei der Gurgel?«

»Bauchorgane«, hätte Will beinahe gesagt, denn dieses Wort klang ungeheuer wuchtig. Aber er wusste, dass Hill etwas anderes hören wollte.

»Einzeln.«

»Junge, Junge. Ihr Oxford Boys seid wirklich genauso gescheit, wie alle sagen.« Hill hatte offenbar wirklich recherchiert. »So ist es. Einzeln. Was, glauben Sie, ist da los, Mr. Monroe? Welche seltsame Faktenkombination haben die prächtigen Polizisten von Montana bisher so geflissentlich übersehen? Na, ich werd's Ihnen sagen.«

Will war erleichtert; dieses Ratespiel brachte ihn ins Schwitzen.

»Mein Freund Pat Baxter wurde betäubt, bevor er ermordet wurde. Und als man seine Leiche findet, fehlt eine Niere. Wenn Sie zwei und zwei zusammenzählen, was kriegen Sie dann?«

Will sagte leise, fast zu sich selbst: »Wer immer das getan hat, hat ihm eine Niere entnommen.«

»Nicht nur das – deshalb wurde er umgebracht. Er sollte aussehen wie ein Raubüberfall. ›Ein verpatzter Einbruch, bei dem alles schief ging‹, haben sie im Fernsehen gesagt. Aber das sind Verschleierungsmanöver. Das Einzige, was die stehlen wollten, war Pat Baxters Niere.«

»Warum um alles in der Welt will jemand so was tun?«

»Ach, Mr. Monroe. Lassen Sie mich doch nicht die ganze Arbeit allein erledigen. Machen Sie die Augen auf! Wir haben hier eine Bundesregierung, die mit Bio-Chips experimentiert!« Er sah, dass Will ihm nicht folgen konnte. »Barcodes, die unter der Haut implantiert werden! Damit können sie alle unsere Bewegungen überwachen. Es gibt gute Indizien dafür, dass sie das jetzt bei neugeborenen Kindern tun, gleich im Kreißsaal. Ein elektronisches Überwachungssystem, das es der Regierung ermöglicht, uns buchstäblich von der Wiege bis zur Bahre zu verfolgen.«

»Aber warum sollten sie Pat Baxters Niere haben wollen?«

»Die Bundesregierung wandelt auf geheimnisvollen Wegen, Mr. Monroe, um ihre Wunder zu vollbringen. Vielleicht wollten sie etwas in Pats Körper einpflanzen, und der Plan ging schief. Vielleicht ließ die Betäubung nach, und er fing an, sich zu wehren. Vielleicht haben sie ihm auch schon vor Jahren etwas eingepflanzt, und jetzt wollten sie es zurückhaben. Wer weiß das schon? Vielleicht wollte das FBI auch nur die DNA eines Dissidenten untersuchen, um das Gen zu finden, das einen echten freiheitsliebenden Amerikaner hervorbringt, und es dann auszumerzen.«

»Das klingt ein bisschen weit hergeholt.«

»Zugegeben. Aber wir reden hier über einen militärisch-industriellen Komplex, der Millionen von Dollars für die Entwicklung von Techniken zur Kontrolle über unsere Köpfe ausgegeben hat. Wissen Sie, dass es ein geheimes Pentagon-Projekt gab, bei dem sie herausfinden wollten, ob ein Mensch eine Ziege töten kann, indem er sie einfach anstarrt? Das hab ich mir nicht ausgedacht. Es mag weit hergeholt sein. Aber ich hab inzwischen gelernt, dass ›weit hergeholt‹ und ›nicht wahr‹ zwei sehr verschiedene Dinge sind.«

Irgendwann schaffte Will es, Bob Hill auf ein weniger irrsinniges Gelände zu bugsieren und nach den biographischen Details zu Baxters Leben zu fragen, die er benötigen würde. Ein paar konnte er aus Hill herausholen, unter anderem eine Hintergrundstory über Baxters Vater: Baxter Sr. war ein Veteran aus dem Zweiten Weltkrieg, der beide Hände verloren hatte. Er war verzweifelt, weil er nicht arbeiten konnte; von seiner GI-Rente konnte er seine Familie kaum ernähren. Hill meinte, Baxter sei ein Sohn gewesen, der im Groll gegen eine Regierung aufgewachsen war, die einen jungen Mann fortschickte, damit er für sein Land tötete und sein Leben riskierte, und ihn dann im Stich ließ, wenn er heimkehrte. Als die Geschichte sich für Baxters eigene Generation in Vietnam wiederholte, war seine Verbitterung vollkommen.

Das war brauchbar: eine leicht verdauliche psychologische Erklärung, wie sie für jede gute Story benötigt wurde, in der Zeitung genauso wie im Kino. Der Artikel nahm allmählich Gestalt an.

Er bat Hill, ihn zu Baxters Hütte zu führen. Sie nahmen Wills Allradwagen, und der Motor heulte laut, als sie auf dem zerfurchten Feldweg weiterfuhren. Nach kurzer Zeit sah Will das Gelb der polizeilichen Absperrbänder. »Weiter kommen wir nicht. Ist ein gesicherter Tatort.« Will griff in die Tasche. Als könne er Gedanken lesen, fügte Hill hinzu:

»Ihr schicker New Yorker Presseausweis wird Sie auch nicht weiterbringen. Die Bude ist versiegelt.«

Will stieg trotzdem aus, nur um ein Gefühl für den Schauplatz zu bekommen. Was da stand, sah aus wie ein Schuppen – eine simple Blockhütte, wie sie eine wohlhabende Familie zum Lagern von Kaminholz benutzen würde. Angesichts ihrer winzigen Ausmaße war es schwer zu glauben, dass hier ein Mann gewohnt hatte.

Er bat Bob Hill, ihm das Innere zu beschreiben, so gut es ginge. »Ist einfach«, sagte sein Führer. »Da ist fast nichts drin.« Ein schmales eisernes Bettgestell, ein Stuhl, ein Herd, ein Kurzwellenradio.

»Klingt wie eine Gefängniszelle.«

»'ne militärische Unterkunft trifft's eher. Pat Baxter hat gelebt wie ein Soldat.«

»Spartanisch, meinen Sie?«

»Yep.«

Will wollte wissen, mit wem er sonst noch reden sollte. Freunde? Verwandte?

»Die Militia of Montana war seine einzige Familie«, antwortete Hill – ein bisschen zu schnell, fand Will. »Und selbst wir haben ihn kaum gekannt. Hab diese Hütte das erste Mal gesehen, als die Polizei mich herkommen ließ. Da sollte ich identifizieren, welche Kleider ihm gehörten und was die Mörder vielleicht zurückgelassen hatten.«

»Die Mörder – im Plural?«

»Sie glauben doch nicht, dass jemand eine so große Operation allein vornimmt, oder? Dazu war ein Team nötig. Jeder Chirurg braucht eine Krankenschwester.«

Will fuhr den Mann wieder zu seiner eigenen Hütte. Sie mochte primitiv sein, aber er hatte den Verdacht, dass Bob Hill woanders wohnte, in einem Haus, das nicht annähernd so karg war wie Baxters. Der Ermordete war offensichtlich ein extremer Extremist gewesen.

Sie tauschten E-Mail-Adressen aus und verabschiedeten

sich, und Will setzte seine lange Fahrt fort. Bob Hill war ohne Frage ein bisschen verrückt – ein Gen für Dissidenten, du lieber Himmel –, aber die Sache mit der Niere war wirklich merkwürdig. Warum hatten Baxters Mörder ihm eine Betäubungsspritze gegeben? Und warum besaß er nur noch eine Niere?

Er fuhr von der Route 200 herunter, um Tank und Magen zu füllen. In einem Imbisslokal bestellte er ein Soda und ein Sandwich. Im Fernseher liefen die FOX-Nachrichten.

Nach London – und weitere Neuigkeiten über den Skandal, der die britische Regierung zu stürzen droht.

Sie zeigten einen gehetzt aussehenden Gavin Curtis, der im Blitzlichtgewitter der Fotografen und Fernsehkameras aus einem Auto stieg.

Wie eine britische Zeitung heute meldet, finden sich in den Unterlagen des Finanzministeriums eindeutige Unstimmigkeiten, die nur von ganz oben autorisiert worden sein können. Während Oppositionspolitiker die vollständige Offenlegung aller Konten fordern, erklärt Mr. Curtis' Sprecher lediglich, es gebe ›keinerlei Unregelmäßigkeiten …‹.

Ohne nachzudenken, machte Will sich Notizen. Nicht, dass er sie jemals brauchen würde: Curtis' Chancen, jetzt noch an die Spitze des Internationalen Währungsfonds aufzusteigen, waren praktisch gleich Null. Während er zusah, wie Curtis um die blökende Journalistenmeute herumbugsiert wurde, wanderten seine Gedanken auf trivialeres Gelände. Wieso hat er einen so alltäglichen Wagen? Dieser Gavin Curtis sollte der zweitmächtigste Mann in Großbritannien sein, aber er ließ sich in einem Auto herumkutschieren, das aussah, als gehöre es einen Staubsaugervertreter. Lebten alle britischen Minister so bescheiden – oder war das eine Eigenart von Gavin Curtis?

Bei einem Anruf im Büro des Sheriffs von Sanders County erfuhr er, dass Baxter, auch wenn das FBI im Zusammenhang mit dem Unabomber-Fall gegen ihn ermittelt hatte, nicht vorbestraft gewesen war. Man hatte ihn aufmerksam beobachtet, aber dabei hatte sich nichts ergeben: ein oder zwei unerklärte Reisen nach Seattle, aber kein Hinweis auf irgendwelche Straftaten. Er hatte eine saubere Weste gehabt.

Will blätterte in seinem Notizbuch zurück. Er hatte, so gut es ging, alle wichtigen Informationen aus dem Autopsiebericht aufgeschrieben, auch den Namen am Ende des Dokuments: Dr. Allan Russell, Pathologe, Forensische Abteilung, Staatliches Labor für Gerichtsmedizin. Vielleicht konnte dieser Dr. Russell ihm sagen, was Mr. Baxters Milizkamerad nicht wusste. Wie war Pat Baxter gestorben – und warum?

9

MITTWOCH, 18.51 UHR, MISSOULA, MONTANA

Er war zu spät gekommen; das gerichtsmedizinische Labor war bereits geschlossen. Daran war auch nichts mehr zu ändern: Das Personal war nach Hause gegangen. Er würde morgen wiederkommen müssen. Das hieß, er würde die Nacht in Missoula verbringen müssen. Er stieg im Holiday Inn ab: die dritte Nacht mit Zimmerservice und Fernbedienung. Als Erstes rief er Beth an.

»Ich glaube, du machst die Sache vielleicht ein bisschen zu kompliziert«, sagte sie. Er hörte, dass sie gerade aus dem Bad kam.

»Aber sie ist kompliziert. Dem Kerl fehlt eine Niere.«

»Du musst eine Krankenakte sehen. Vielleicht – wie heißt er gleich wieder?«

»Baxter.«

»Vielleicht hatte Baxter ein chronisches Nierenleiden. Irgendein Verweis darauf, auf Dialyse, auf irgendwelche Probleme mit den Nieren – und du hast eine Erklärung.«

Will schwieg.

»Ich verderb's dir, nicht wahr?«

»Na ja, was den Nachrichtenwert angeht, ist es sicher ein Kopf-an-Kopf-Rennen zwischen dem Tod eines alten Mannes mit einem Nierenleiden und einem Fall von Organraub und Mord. Aber, ja, du hast schon Recht: Der Organraub könnte doch einen Tick besser sein.«

Will war froh, dass sie wieder miteinander flachsen konnten. Seit ihrem Streit waren ein paar Tage vergangen, und die Wunde verheilte allmählich.

Am nächsten Vormittag wurde er in Dr. Russells Büro geführt – und er sah es sofort: Die Urkunde an der Wand trug ein Emblem, das er gut kannte. Ein offenes Buch mit lateinischen Worten, und darüber zwei Kronen.

»Ah, Sie waren in Oxford. Genau wie ich. Wann haben Sie dort studiert?«

»Ein paar Jahrhunderte vor Ihnen, nehme ich an.«

»Das glaub ich nicht, Dr. Russell.«

»Nennen Sie mich Allan.« Ein guter Anfang – endlich.

»Wissen Sie, Allan, es steht noch nicht fest, dass ich darüber schreiben werde, aber ich muss gestehen, diese Pat-Baxter-Geschichte fasziniert mich«, begann er, als ließe er sich zu einem freundlichen Schwatz an der Dozententafel nieder. Er merkte, dass sein englischer Akzent plötzlich ausgeprägter klang.

»Lassen Sie mal sehen.« Russell wandte sich seinem Computer zu. »Ah ja: ›Schwere innere Blutungen nach Schussverletzung, Quetschungen an Haut und Eingeweiden. Allgemeine Bemerkung: Nadelstich am rechten Oberschenkel, vermutlich kürzlich erfolgte Anästhesie.‹«

»Wie definieren Sie ›kürzlich‹, Allan?«, fragte Will und hoffte, dass sein Tonfall hinzufügte: *Ich frage aus rein akademischem Interesse.*

»Ich würde sagen, unmittelbar zuvor.«

»Sehen Sie, ich muss sagen, genau das ist es, was mich fesselt. Warum anästhesiert ihn jemand, bevor er ihn umbringt? Was soll das?«

»Vielleicht wollten sie die Schmerzen des Opfers lindern.«

»Tun Mörder so was? Das ergibt doch keinen Sinn. Es sei denn …«

»Es sei denn, der Mörder war Mediziner. Die Macht der Gewohnheit: Vor jedem Eingriff eine Spritze.«

»Na ja, ich weiß nicht. Aber vielleicht wollte er etwas anderes tun, bevor er ihn umbrachte. Eine Operation vornehmen.«

»Wie kommen Sie darauf?«

»Na ja, ich dachte, Baxter fehlte eine Niere.«

Russell lachte. Will hatte Mühe zu sehen, was daran komisch sein sollte. »Ich verstehe, worauf Sie hinauswollen.« Russell grinste immer noch. »Sagen Sie, Will, haben Sie je einen Toten gesehen?«

Sofort musste Will an Howard Macrae denken, den Toten unter der Decke auf der Straße in Brownsville. Seinen ersten. »Ja. In meinem Job ist das schwer zu vermeiden.«

»Dann werden Sie nichts dagegen haben, noch einen zu sehen.«

Es war nicht so kalt, wie er gedacht hatte. Will hatte sich ein Leichenschauhaus vorgestellt wie einen riesigen Kühlschrank, wie die kalten Lagerräume im hinteren Teil eines großen Hotels. Aber das hier sah eher aus wie eine Krankenhausstation.

Ein Helfer schob eine Bahre hinter einen Vorhang; Will vermutete, dass dahinter der Untersuchungsraum lag. Ohne jede Vorwarnung zog Russell das Laken zurück.

Wills Magen krampfte sich zusammen. Der Leichnam war steif, wächsern, gelblich grün. Der Geruch war widerlich, und er schien in Wellen zu kommen: Ein, zwei Sekunden glaubte er, es sei vorbei, oder er habe sich daran gewöhnt, aber dann kam er wieder. Will hätte sich am liebsten auf der Stelle übergeben.

»Man muss sich doch erst irgendwie dran gewöhnen. Tut mir Leid. Wollen Sie es sich trotzdem anschauen?«

Will trat einen Schritt näher. Russell deutete auf die Bauchgegend, aber Will war gebannt von Pat Baxters Gesicht. Die Zeitung hatte Fotos gebracht, aber die waren körnig gewesen – hauptsächlich Standbilder von Fernsehaufnahmen. Jetzt sah er die wettergegerbten Wangen, die Augen und den Mund eines Mannes, der aussah, als sei er mittleren Alters, weiß und arm. Er hatte einen ziemlich langen Bart, der in einem anderen Kontext elegant, beinahe staatsmännisch ausgesehen hätte. (Will musste unversehens an Charles Darwins Gesicht denken.) Aber Pat Baxter sah damit aus wie ein Obdachloser, ein versoffener Penner, der neben einer Mülltonne im Park schlief.

Russell zog das Laken um Baxters Oberkörper zurecht; Will sah, dass er etwas verhüllen wollte – wahrscheinlich die Schusswunden. »Schauen Sie genau hin. Können Sie es sehen?«

Will beugte sich vor. Russell fuhr mit dem Finger an einem Strich auf der leichenweißen Haut entlang. »Das ist eine Narbe.«

»Im Nierenbereich?«

»Würde ich sagen, ja.«

»Und stammt die aus der Mordnacht?«

Russell deckte den Toten wieder zu, zog die Gummihandschuhe aus und ging zu einem Waschbecken in der Ecke. Er fing an, sich die Hände zu schrubben, und redete dabei über die Schulter. Die Sache schien ihm Spaß zu machen.

»Tja, natürlich ist das schwer zu sagen – angesichts der umfangreichen Verletzungen an Haut und Eingeweiden.«

»Aber was ist Ihre professionelle Ansicht?«

»Meine Ansicht? Diese Narbe ist mindestens ein Jahr alt. Vielleicht zwei.«

Will war enttäuscht. »Dann ist es nicht in der Nacht passiert? Die Mörder haben Baxter nicht die Niere herausgenommen?«

»Leider nicht. Sie sehen enttäuscht aus, Will. Ich hoffe, ich habe Ihnen Ihre Story nicht verdorben.«

Doch, das hast du, du Arschloch, dachte Will. Aber dann fiel ihm etwas ein, das Beth am Abend zuvor gesagt hatte, als er ihr am Telefon alles erzählt hatte.

»Da wäre noch etwas, das mir helfen könnte. Glauben Sie, wir könnten einen Blick in Baxters Krankenakte werfen?«

Russell hielt ihm einen kurzen Vortrag über das Arztgeheimnis, aber dann gab er nach. Sie kehrten in sein Büro zurück, und er holte die Akte auf seinen Monitor.

»Wonach suchen wir?«

»Vielleicht das Datum, an dem Baxters Niere entfernt wurde.«

Russell schwieg und ließ die medizinischen Daten über den Bildschirm scrollen. Schließlich drehte er sich um. »Das ist merkwürdig. Es gibt keine Unterlagen über eine Nierenoperation.«

Will richtete sich auf. Er dachte an die Instruktionen, die Beth ihm gegeben hatte. »Auch nichts über frühere Nierenprobleme? Irgendwelche Erkrankungen? Nierenversagen, Dialyse? Irgendwas?«

Jetzt dauerte die Pause noch länger. Leise Verblüffung lag in Russells Stimme, als er schließlich antwortete. »Nein.«

Will spürte, dass er und der Arzt jetzt etwas gemeinsam hatten: Sie waren gleichermaßen verdutzt: »Gibt es überhaupt irgendwelche medizinischen Aufzeichnungen?«

»Probleme mit dem Knöchel im Zusammenhang mit einer Kriegsverletzung. Vietnam wahrscheinlich. Davon abgesehen – nichts. Ich hatte einfach angenommen, er sei ein Nierenpatient gewesen, dem eine Niere entfernt worden ist. Sein Krankenbericht scheint mir vollständig zu sein. Aber über eine Niere steht kein Wort darin. Ich muss zugeben, ich bin überrascht.«

Es klopfte leise an der Tür, und eine Frau kam herein – die Pressesprecherin des gerichtsmedizinischen Labors, sagte Russell.

»Verzeihen Sie die Störung, Dr. Russell, aber wir kriegen massenhaft Anrufe wegen der Sache Baxter. Anscheinend hat ein Bekannter des Toten heute mit einem Rundfunksender gesprochen und gesagt, er glaube, Mr. Baxter sei einer Art Leichenräuber-Verschwörung zum Opfer gefallen.«

Bob Hill, dachte Will. Also keine Exklusivstory.

Russell zog die Stirn kraus. »Ich bin gleich da.«

Will wartete, bis die Tür sich wieder geschlossen hatte, bevor er Russell fragte, was er der Presse sagen werde. »Tja, die einfachste Erklärung – dass Baxter chronisch nierenkrank war – können wir jetzt nicht mehr abgeben.« Das lag an Will. Er wusste zu viel. »Wir werden uns was überlegen. Ich bringe Sie hinaus.«

Will wollte gerade losfahren, als jemand ans Wagenfenster klopfte. Es war Russell, atemlos und immer noch in Hemdsärmeln.

»Ich hab hier einen Anruf. Sie will mit Ihnen sprechen.« Er reichte sein Handy durch das Fenster.

»Mr. Monroe? Mein Name ist Genevieve Huntley. Ich bin Chirurgin im Swedish Medical Center in Seattle. Ich habe den Bericht über Mr. Baxter in den Nachrichten gesehen, und Allan hat mir gerade erzählt, was Sie darüber wissen. Ich glaube, wir müssen uns unterhalten.«

»Gern.« Will suchte nach seinem Notizbuch.

»Ich brauche ein paar Zusicherungen von Ihnen, Mr. Monroe. Ich vertraue der *New York Times*, und ich hoffe, dieses Vertrauen wird erwidert. Ich habe geschworen, für mich zu behalten, was ich Ihnen erzählen werde. Ich erzähle es jetzt nur, weil ich fürchte, dass es schlimmer sein könnte zu schweigen. Es darf nicht passieren, dass sich Leute hier verrückt machen wegen eines angeblichen Organdiebstahlsrings.«

»Ich verstehe.«

»Das glaube ich nicht. Ich bin nicht sicher, ob es irgendjemand von uns versteht. Ich bitte Sie nur darum, dass Sie das, was ich zu sagen habe, mit Ehrfurcht, Würde und Respekt behandeln. Denn das verdient die Sache. Drücke ich mich klar aus?«

»Ja.« Will war sehr gespannt, was er jetzt hören würde.

»Okay. Mr. Baxters wichtigstes Anliegen war Anonymität. Nichts anderes hat er erbeten für das, was er getan hat.«

Will schwieg.

»Mr. Baxter kam vor ungefähr zwei Jahren zum Swedish Medical. Er hatte einen weiten Weg hinter sich, wie wir später erfuhren. Als er auftauchte, nahmen die Schwestern an, er sei ein Fall für die Notaufnahme; er sah aus wie ein Landstreicher. Aber er sagte, er sei kerngesund, er wolle nur mit einem Arzt in unserer Transplantationsabteilung sprechen. Er wolle eine Niere spenden.

Wir fragten als Erstes, wem er die Niere spenden wolle. Ging es um ein krankes Kind? Oder um ein Familienmitglied, das eine Niere benötigte? Nein, sagte er, ich will meine Niere einfach jemandem geben, der sie braucht. Offen gesagt, meine Kollegen nahmen sofort an, dass ein psychisches Problem im Spiel sei. Solche ›unspezifischen‹ Angebote kommen praktisch niemals vor. Für uns war es auf jeden Fall das erste Mal.

Ich schickte Mr. Baxter weg. Ich sagte ihm, so etwas komme bei uns nicht in Frage. Er kam zurück, und ich schickte ihn wieder weg. Beim dritten Mal unterhielten wir uns lange. Er sagte, er wünschte, er wäre reich auf die Welt gekommen. Denn dann, sagte er – ich erinnere mich genau an seine Worte – denn dann hätte er die Freude erleben können, die es bereitete, riesige Summen Geldes zu verschenken. Es gebe so viele Menschen, die Hilfe brauchten, sagte er. ›Was bedeutet denn das Wort ‹Philanthropie›?‹, fragte er mich. ›Es bedeutet Liebe zu deinem Mitmenschen. Und warum sollen nur reiche Leute ihre Mitmenschen lieben dürfen? Ich will auch ein Philanthrop sein.‹ Er war entschlossen, eine andere Möglichkeit zu finden, etwas zu verschenken – selbst wenn das bedeutete, seine eigenen Organe zu verschenken.

Ich kam zu dem Schluss, dass er es wirklich ehrlich meinte. Ich führte die nötigen Untersuchungen durch, und es gab keinerlei medizinische Einwände. Wir machten sogar psychologische Tests, und sie ergaben, dass er geistig völlig gesund und durchaus in der Lage war, diese Entscheidung zu treffen.

Er stellte nur eine einzige Bedingung. Wir mussten absolute Geheimhaltung, totale Vertraulichkeit schwören. Der Empfänger dürfe nicht wissen, woher die neue Niere kam. Das sei sehr wichtig. Dieser Mensch dürfe nicht das Gefühl haben, ihm zu Dank verpflichtet zu sein. Und kein Wort an die Presse. Darauf bestand er. Er wolle keinen Ruhm.«

Leise, beinahe zaghaft, fragte Will: »Und da haben Sie's gemacht?«

»Ja. Ich habe die Operation selbst durchgeführt. Und ich sage Ihnen, ich glaube, auf nichts in meiner Laufbahn bin ich so stolz wie auf diese Operation. Uns allen ging es so: dem Anästhesisten, den Schwestern. An diesem Tag herrschte im OP eine ganz besondere Atmosphäre – als sei etwas wahrhaft Bemerkenswertes im Gange.«

»Und die Operation verlief ohne Komplikationen?«

»Ja. Der Empfänger vertrug das Organ ausgezeichnet.«

»Darf ich fragen, um was für einen Empfänger es sich handelte?«

»Es war eine junge Frau. Mehr sage ich nicht.«

»Und obwohl sie jung war und er alt, hat es geklappt?«

»Ja. Natürlich haben wir die Niere untersucht und aufmerksam überwacht. Wissen Sie, Baxter war über fünfzig, aber das Organ arbeitete, als wäre er vierzig Jahre jünger. Sehr kräftig, völlig gesund. Perfekt.«

»Und für die junge Frau hat es alles verändert.«

»Es hat ihr das Leben gerettet. Die Mitarbeiter und ich wollten nach der Operation ein kleines Fest für ihn geben, um ihm zu danken. Es wird Sie nicht wundern, dass es dazu niemals kam. Er entließ sich selbst, bevor wir ihm auch nur Auf Wiedersehen sagen konnten. Er verschwand einfach.«

»Und danach haben Sie nie wieder etwas von ihm gehört?«

»Doch, einmal noch, vor ein paar Monaten. Er wollte Vorkehrungen für den Fall seines Todes treffen ...«

»Tatsächlich?«

»Geraten Sie nicht zu sehr aus dem Häuschen, Mr. Monroe. Ich glaube nicht, dass er wusste, dass er sterben würde. Aber er wollte sicher sein, dass alles, sein ganzer Körper, Verwendung finden würde.« Dr. Huntley lachte leise und wehmütig. »Er fragte mich sogar, welches die optimale Art zu sterben sei.«

»Die optimale Art?«

»Von unserem Standpunkt aus. Wie wir, sagen wir, sein Herz am besten zu einem Empfänger bringen könnten. Ich glaube, weil er so abgelegen wohnte, befürchtete er, sein Herz könnte unbrauchbar sein, wenn es – beispielsweise nach einem Verkehrsunfall – im Krankenhaus ankäme. Das einzige Szenario, das er natürlich nicht in Betracht gezogen hatte, war ein brutaler Mord.«

»Haben Sie eine Vermutung –?«

»Ich habe keine Ahnung, wer am Tod dieses Mannes interessiert sein konnte, nein. Das habe ich gerade schon zu Dr. Russell gesagt. Ich kann mir nur vorstellen, dass es ein absolut willkürliches, furchtbares Verbrechen war. Denn niemand, der ihn kannte, hätte diesen Mann ermorden wollen. Niemand.«

Sie schwieg, und Will ließ sie schweigen. Das hatte er gelernt: Sag nichts, und dein Interviewpartner wird die Leerstelle manchmal mit dem besten Satz des ganzen Interviews ausfüllen.

Als Dr. Huntley wieder sprach, klang ihre Stimme brüchig. »Wir haben darüber gesprochen, als es passierte, und wir haben heute wieder darüber gesprochen. Meine Kollegen und ich sind uns einig. Was dieser Mann getan hat, was Pat Baxter für einen Menschen getan hat, dem er nie begegnet war und nie begegnen würde – das war wirklich das Gerechteste, was wir je erlebt haben.«

10

FREITAG, 6 UHR, SEATTLE

Um sechs Uhr morgens wachte er in seinem Hotelzimmer in Seattle auf. Er hatte die Story von Missoula aus in die Redaktion geschickt und sich dann auf den weiten Rückweg quer durch das Land gemacht. Beim Schreiben hatte ihn ein einziger, köstlicher Gedanke beflügelt: Friss das, Walton. Was hatte dieses Arschloch gesagt: *Einmal ist ein Erfolg, William, zweimal wäre ein Wunder.*

Will betete zum Himmel, dass er es richtig gemacht hatte. Seine größte Sorge war, dass die Redaktion zu viel Ähnlichkeit mit der Macrae-Story finden würde: Ein guter Mensch unter lauter Schurken. Deshalb hatte er dem Milizen-Aspekt großes Gewicht gegeben und das Ganze mit einer Menge Lokalkolorit ausgestattet. Jetzt konnte er nur das Beste hoffen. Er hatte sogar mit dem Gedanken gespielt, das Zitat über Baxter als den »Gerechten« wegzulassen; das Gleiche hatte die Frau über Howard Macrae gesagt. Es konnte aufgesetzt wirken. Aber wenn er es ignorierte, wäre das Willkür gewesen.

Er griff nach seinem Blackberry. Das rote Licht blinkte vielversprechend: neue Messages.

Harden, Glenn: *Gute Arbeit, Monroe.* Das war es, was er hören wollte. Es bedeutete, dass er es geschafft hatte. Wenn er jetzt nur Waltons Gesicht sehen könnte. Die nächste Mail sah nach Spam aus; der Absendername war nicht klar, sondern bestand aus einer sinnlosen Zeichenkette. Will wollte sie gerade löschen, als er das einzelne Wort im Betreff-Feld sah. *Beth.* Er öffnete die Nachricht, und das Blut gefror ihm in den Adern, bevor er alles gelesen hatte:

RUFEN SIE NICHT DIE POLIZEI. WIR HABEN IHRE FRAU. ZIEHEN SIE DIE POLIZEI HINZU, UND SIE WERDEN SIE VERLIEREN. RUFEN SIE NICHT DIE POLIZEI, ODER SIE WERDEN ES BEREUEN. IN EWIGKEIT.

11

FREITAG, 21.43 UHR, CHENNAI, INDIEN

Die Nächte wurden kühler. Trotzdem zog Sanjay Ramesh es vor, hier im klimatisierten Büro zu bleiben, statt sich der erstickenden Hitze der Stadt auszusetzen. Er wollte warten, bis die Sonne ganz untergegangen wäre, ehe er nach Hause fuhr.

Auf diese Weise ersparte er sich nicht nur die feuchte Hitze, sondern auch die Tortur an der Haustür. Jeden Abend saß seine Mutter bis in den späten Abend hinein mit ihren Freundinnen draußen, wo sie tratschten und sich über ihre Gesundheitsprobleme beklagten. In solcher Gesellschaft brachte er meist kein Wort über die Lippen – wie eigentlich in fast jeder Gesellschaft. Dazu kam, dass der September für die Verhältnisse in Chennai ein kühler Monat sein mochte, aber es war immer noch quälend heiß und klebrig. Hier in diesem Raum, einem Großraumbüro von den Ausmaßen eines Flugzeughangars, ausgefüllt von zahllosen Reihen schallgedämpfter Kabuffs, war das Klima genau richtig. Für das, was er zu tun hatte, war es die perfekte Umgebung.

Er arbeitete in einem Callcenter, einem der vielen tausend, die überall in Indien aus dem Boden geschossen waren. Vier Etagen, vollgestopft mit jungen Indern, die Anrufe aus Amerika oder aus Großbritannien entgegennahmen, von Leuten in Philadelphia, die Probleme mit ihrer Telefonrechnung hatten, und von Reisenden in Macclesfield, die wissen wollten, wann der Zug nach Manchester fuhr. Wenigen davon – wenn überhaupt einem – war klar, dass ihr Anruf auf die andere Seite der Welt geleitet wurde.

Sanjay gefiel der Job. Für einen Achtzehnjährigen, der zu Hause wohnte, war die Bezahlung nicht schlecht, und er konnte den Schichtdienst so einteilen, dass er sein Studium nicht vernachlässigen musste. Aber das Allerbeste war sein kleines Abteil hier. Da hatte er alles, was er brauchte: einen Stuhl, einen Tisch und vor allem einen Computer mit einer schnellen Verbindung zur Welt.

Sanjay war jung, aber er war ein Veteran des Internets. Er hatte es entdeckt, als sie beide noch in den Kinderschuhen steckten. Damals hatte es nur ein paar hundert Websites gegeben, vielleicht tausend. Das Netz war gewachsen, und er auch. Das World Wide Web war wie eine binäre Zahlenfolge expandiert – 1, 2, 4, 8, 16, 32, 64, 128 –, und seine Größe hatte sich scheinbar mit jedem Tag verdoppelt. Heute umspannte es den Globus mehrfach. Körperlich hatte Sanjay bei diesem Tempo natürlich nicht mitgehalten – er war ein schmächtiger, dünner Junge –, aber im Kopf war es ihm gelungen, fand er. Er wuchs mit dem Internet und entdeckte täglich neue Gebiete des Wissens und der Neugier. Von seinem Zimmer im ersten Stock des Hauses hatte er Reisen nach Brasilien unternommen, er hatte den Grenzdisput von Nagorny-Karabach verfolgt, über indonesische Cartoons gelacht, einen Blick in die Welt eines schottischen Wohnwagennarren geworfen, die Tabellen der flämischen Junioren-Fechtmeisterschaften studiert und die Interessen der Baumfarmer von Taipei ergründet. Kein Winkel menschlichen Treibens blieb ihm verschlossen. Das Internet zeigte ihm alles.

Auch die Bilder, die er nicht hatte sehen wollen – die, die ihn zu dem Projekt veranlasst hatten, das er vierundzwanzig Stunden zuvor vollendet hatte. Als Hacker war er ein Spätentwickler; er war erst mit fünfzehn dazu gekommen, und die meisten fingen schon vor dem Teenageralter damit an. Er hatte die üblichen Spielereien getrieben – sich in die Zielliste der Nato gehackt und war einen Mausklick davon entfernt gewesen, das Computersystem des Pentagon stillzulegen –, aber jedes Mal hatte er diesen letzten Mausklick unterlassen. Chaos zu stiften reizte ihn nicht. Damit würde er nur vielen Leuten eine Menge Ärger bereiten, und davon gab es schon genug auf der Welt; das hatte er beim Surfen im Netz gelernt.

Jetzt hätte er am liebsten laut gelacht – teils über seine eigene Genialität, teils über den Streich, den er denen gespielt hatte, die er sich als Gegner auserwählt hatte. Er hatte Monate gebraucht, um ihn zur Vollkommenheit zu bringen, aber es hatte funktioniert.

Er hatte ein gutartiges Virus entwickelt, das sich mit dem gleichen Tempo über die Computer der Welt ausbreiten konnte wie die giftigen Varianten, die andere Junggenies ausbrüteten und die diese im Jargon des Web zu Crackern statt zu Hackern machten.

In diesem Augenblick war es eher seine Methode als sein Ziel, was ihn so vergnügt stimmte. Wie die meisten Viren war auch seins darauf ausgerichtet, sich über gewöhnliche Desktop-Computer zu verbreiten, die ständig mit dem Internet verbunden waren. Während Leute in Hongkong oder Hannover an ihren Keyboards saßen und E-Mails an Freunde tippten oder ihre Bankgeschäfte erledigten oder einfach schliefen, war sein Baby in ihren Rechnern fleißig bei der Arbeit.

Er hatte ihm ein Ziel gegeben, das es suchen sollte, und wie jeder andere auch hatte es Google benutzt, um es zu finden. Für den User unsichtbar sammelte es im Hintergrund seine Suchergebnisse und setzte sie dann ein, um das zu erstellen, was Sanjay als seine Feindliste betrachtete. Und die Websites auf dieser Liste würden den Zorn des Virus zu spüren bekommen. Wie bei jeder Website würde auch ihre Programmierung irgendeinen Fehler, einen Bug, enthalten, und die Herausforderung bestand darin, ihn zu finden. Zu diesem Zweck stellten Hacker (und Cracker) eine Anzahl von so genannten »Exploits« auf, die dazu gedacht waren, den Programmierfehler auszulösen. Das konnte dadurch geschehen, dass man ein kleines Datenpäckchen abschickte, mit dem die Software nicht rechnete – vielleicht genügte dazu ein einziges unerwartetes Zeichen, ein Semikolon oder so etwas. Man wusste es erst, wenn man es ausprobiert hatte. Sanjay empfand es wie mittelalterliche Kriegführung: Man schoss Hunderte von Pfeilen auf eine Festung ab und wusste, dass vielleicht nur einer den Spalt in der Mauer finden würde. Bei jeder Festungsmauer sah dieser Spalt anders aus, jede hatte eine andere Schwachstelle. Aber wenn die Liste der Exploits umfangreich genug war, fand man sie irgendwann. Und wenn man sie hatte, konnte man die Website und den Server, auf dem sie lag, abschalten. Dann war sie weg – einfach weg.

Und diese Websites verdienten es, abgeschaltet zu werden. Aber Sanjay hatte den Kampf gegen sie noch ein Stück weiter entwickelt. Die meisten Hacker verwahrten die Liste ihrer Exploits auf einem einzigen Server, für gewöhnlich irgendwo im Banditenterritorium des Internet, unerreichbar für die Regulatoren. Rumänien und Russland waren die beliebtesten Gegenden dafür. Aber diese Methode hatte einen fatalen Nachteil: Wenn die angegriffenen Sites herausfanden, woher das feindliche Feuer kam, konnten sie den Server, der die Exploits enthielt, einfach blockieren. Dann hörten die Attacken auf.

Sanjay hatte eine Lösung für dieses Problem gefunden. Sein Virus bezog das Arsenal seiner Exploits aus einer Vielzahl von Quellen und trug einen Teil davon sogar selbst in sich. Und was noch besser war, er hatte es so programmiert, dass es ab und zu zusätzliche Exploits einholte und sich so immer weiter verbesserte. Er hatte einen Zauberer erschaffen, der ständig in der Lage war, den Katalog seiner Zaubersprüche zu erweitern. Und »erschaffen« war das richtige

Wort: Sanjay hatte das Gefühl, ein lebendes Wesen kreiert zu haben. Technisch ausgedrückt handelte es sich um einen »genetischen Algorithmus« – ein Stück Code, das sich selbst verändern konnte. Das sich entwickelte.

Sein Virus veränderte die Liste seiner Exploits und sogar die Methode seiner Verbreitung – manchmal per E-Mail, manchmal über Mailinglisten, manchmal durch Bugs in Webbrowsern – im grenzenlosen Universum des Internets. Auf diese Weise pflanzte das Virus sich selbst fort, aber seine »Kinder« waren nicht identisch mit dem ursprünglichen Virus oder miteinander. Sie mutierten, indem sie sich überall in der virtuellen Welt neue Exploits und neue Methoden der Verbreitung aneigneten. Die Quellen dafür fanden sie auf den Servern in den Internet-Räuberhöhlen Osteuropas, aber auch in den Security-Foren, in denen Experten darüber diskutierten, wie man die Tricks bekämpfen konnte, die Sanjay anwendete. Sanjay war stolz auf sein Geschöpf, das um den Globus wanderte und auf eine Million verschiedene Arten mutierte und sich vervollkommnete, wodurch es zunehmend unmöglich wurde, es aufzuspüren und zu eliminieren. Selbst wenn er nie wieder einen Computer anrühren wollte, würde es ohne ihn weiter existieren. Obwohl er noch ein Teenager war, kam er sich vor wie ein stolzer Vater – besser gesagt, wie ein Ururgroßvater und Begründer einer gewaltigen Dynastie. Seine Nachkommenschaft war überall.

Und sie diente einem vornehmen Zweck. Wenn er jetzt die Resultate überflog, sah er, dass er die Parameter so engmaschig definiert hatte, dass wirklich nur die Websites zusammenbrachen, auf die er es abgesehen hatte. Innerhalb weniger Stunden würden auf der ganzen Welt sämtliche Websites, die sich mit Kinderpornographie befassten, abgeschaltet werden. Sanjay lachte, weil er sah, dass der finale Befehl, den er dem Virus einprogrammiert hatte, jetzt auch ausgeführt wurde. Alle Sites, die gewalttätige und pornographische Bilder von Kindern transportiert hatten, wurden jetzt durch ein einziges Gemälde ersetzt: Ein Bild im Norman-Rockwell-Stil der fünfziger Jahre, das einen kleinen Jungen auf den Knien seiner Mutter zeigte. Die Unterschrift lautete: *Lest euren Kindern vor*.

Sanjay machte sich auf den Heimweg, noch immer vergnügt über diesen Witz – und seinen großen Erfolg. Niemand brauchte zu wissen, was er getan hatte; er wusste es, und das genügte. Die Welt war ein bisschen besser geworden.

Auch nachts war Chennai eine laute Stadt, so lärmend, wie sie gewesen war, als sie noch Madras geheißen hatte. Deshalb, und weil seine Gedanken noch immer ausgelassen um seinen Erfolg kreisten, hörte er die Schritte hinter sich nicht. Deshalb sah und ahnte er nichts, bis er in die schmale Gasse zu seinem Haus einbog – und ihm ein Taschentuch auf den Mund gepresst wurde und er seine eigenen erstickten Schreie hörte. Er spürte einen Stich im Arm, Benommenheit erfasste ihn, und er sank hinab in den Schlaf.

Ein Nachbar rief Mrs. Ramesh, und als sie ihren einzigen Sohn tot auf der Straße liegen sah, schrie sie so laut, dass man es noch drei Straßen weiter hören konnte. Es tröstete sie nicht, dass ihr Junge – der immer davon geträumt hatte, eines Tages etwas »für Kinder« tun zu können, und der jetzt ermordet worden war, ehe er Gelegenheit dazu gehabt hatte – durch eine anscheinend schmerzlose Injektion gestorben war. Die Polizei musste zugeben, dass sie ratlos war; sie hatten so etwas noch nie gesehen. Es gab keinerlei Anzeichen für Gewalt oder – Gott behüte – Misshandlung. Dazu kam die merkwürdige Position des Leichnams. Als sei er mit großer Sorgfalt behandelt worden. »Zur Ruhe gebettet«, hatte der Sergeant gesagt. »Das muss etwas bedeuten, Mrs. Ramesh«, hatte er gemeint. »Über den Leichnam Ihres Sohnes hatte man eine purpurfarbene Decke drapiert. Und das ist, wie jeder weiß, die Farbe der Fürsten.«

12

FREITAG, 6.10 UHR, SEATTLE

Will spürte, wie ihm das Blut aus dem Gesicht wich. Sein Kopf war leicht und stofflos. Er las die Mail noch einmal und suchte nach einem Hinweis darauf, dass es sich um einen grausamen Scherz handelte. Er sah nach, ob im Adressfeld weitere Empfänger eingetragen waren; dann könnte man darauf schließen, dass es eine Spam-Mail war, die womöglich an Millionen von Adressaten gegangen war. Vielleicht war das »Beth« im Betreff nur Zufall. Aber er fand keinen solchen Hinweis. Er sprang zum Ende der Nachricht, um zu sehen, ob da eine Signatur stand. Nichts. Mit feuchten Händen schaltete er sein Handy ein, drückte im Nummernverzeichnis auf B und wählte »Beth«, den ersten Namen, der auftauchte.

Bitte melde dich. Bitte, lieber Gott, lass mich ihre Stimme hören. Das Telefon klingelte und klingelte, und dann war ein Ton kürzer als die andern: Der Anruf wurde auf die Voicemail umgeleitet.

Hi, hier spricht Beth …

Er sackte zusammen, als er ihre Stimme hörte. Eine Erinnerung ging ihm durch den Kopf. Als er sie das erste Mal gefragt hatte, ob sie mit ihm ausgehen wollte, hatte er eine Nachricht auf ihrem Anrufbeantworter hinterlassen. »Wenn es nicht gerade extrem unangemessen ist«, hatte er gesagt, »würde ich gern fragen, ob du Lust hättest, am Dienstagabend mit mir essen zu gehen.« Mit »extrem unangemessen« hatte er herausfinden wollen, ob sie mit jemandem zusammen war.

»Hello; hier ist Beth McCarthy, und die Antwort ist nein«, hatte ihre Antwort, ebenfalls auf dem Anrufbeantworter, gelautet. »Es wäre keineswegs extrem unangemessen, wenn wir am Dienstag zusammen essen gingen. Im Gegenteil, es wäre wunderbar.« Will hatte sich diese Nachricht ein Dutzend Mal angehört, als er sie bekommen hatte, und jetzt hörte er sie wieder in seinem Kopf.

Er trennte die Verbindung, und seine Hände zitterten, als er die Nummer der Klinik eintippte. »Hallo, bitte pagen Sie Beth Monroe. Ich bin ihr Mann. Bitte.«

Warteschleife. Musik von Vivaldi. Er betete zum Himmel, dass sich jemand meldete und dass dieser Jemand Beth sei. Bitte lass mich ihre Stimme hören. Aber die Musik spielte weiter. Schließlich: »Tut mir Leid, Sir, aber der Ruf wird nicht beantwortet. Gibt es einen anderen Arzt, der Ihnen helfen kann?«

Plötzlich überfiel ihn ein Gedanke. Vielleicht war sie schon seit Stunden weg. Vielleicht war sie mitten in der Nacht aus ihrem Schlafzimmer verschleppt worden. Bei ihr war es kurz vor zwölf gewesen, als sie miteinander telefoniert hatten. Vielleicht waren die Entführer um fünf ins Haus eingedrungen? Um sechs? Oder eben erst? Er war einen Kontinent weit von ihr entfernt gewesen und hatte fest geschlafen, statt seine Frau zu beschützen.

Wieder las er die E-Mail, und sein Herz krampfte sich zusammen. Er versuchte sich zu konzentrieren und studierte den Header der Nachricht, das seltsame Zeichengewirr. Ein paar Zahlen waren dabei, das Datum des Tages und eine Uhrzeit: 01 Uhr 37. Das war ein paar Stunden her, und es lieferte keinen Hinweis.

Natürlich sollte er die Polizei anrufen. Aber diese Leute, diese Schweine, gaben sich hart – als würden sie tatsächlich nicht zögern, Beth zu töten. Bei dem bloßen Wort, selbst wenn es nur ein Gedanke in seinem Kopf war, zuckte er zusammen. Er bereute, diesen Gedanken überhaupt zugelassen zu haben, denn damit schien die Möglichkeit real zu werden. Er wünschte, er könnte ihn zurücknehmen.

In seiner fast kindlichen Not sehnte er sich plötzlich nach seiner Mutter. Er könnte sie anrufen – in England wäre jetzt Nachmittag –, und es wäre ein solcher Trost, ihre Stimme zu hören. Aber er wusste, dass er es nicht tun würde. Sie würde außer sich geraten, vielleicht eine Panikattacke bekommen. Außerdem konnte er sich nicht darauf verlassen, dass sie nicht die Polizei alarmieren oder mit jemandem reden würde, der es dann täte. Tatsache war: Sie war zu weit weg, als dass er sie managen könnte, und seine Mutter war ein Mensch, der gemanagt werden musste. (Ihm wurde klar, dass dieser Ausdruck von Beth stammte. Natürlich, denn sie war einer der wenigen Menschen, die es verstanden, mit Wills Mutter umzugehen.)

Langsam dämmerte ihm, dass es nur einen Menschen gab, den er um Rat fragen konnte, nur einen, der wissen würde, was zu tun war. Mit zitternder Hand griff er nach dem Hörer des Festnetztelefons; irgendetwas sagte ihm, dass dies kein Anruf war, der über ein Handy gehen durfte.

»Büro Richter William Monroe.«

»Janine, Will hier. Ich muss sofort mit meinem Vater sprechen.« Sein Ton setzte alle gesellschaftlichen Konventionen außer Kraft, und die Sekretärin seines Vaters begriff sofort, dass es sich um einen Notfall handelte. Sie sparte sich den üblichen Smalltalk und ging einfach aus dem Weg – wie ein Auto, das Platz für den Krankenwagen macht. »Ich verbinde Sie mit dem Wagen.« Ein Mobiltelefon, dachte Will besorgt. Aber er musste sich damit abfinden; das Wichtigste war jetzt, dass er seinen Vater erreichte.

Es war eine Erleichterung, zu hören, wie er abnahm. Er war froh wie ein kleiner Junge, der seinen Vater überredet hat, zu kommen und eine Spinne totzuschlagen. Gut. Jetzt würde ein Erwachsener die Sache in die Hand nehmen. Er bemühte sich, das Zittern in seiner Stimme zu unterdrücken als er seinem Vater berichtete, was passiert war. Zweimal las er ihm die E-Mail vor, langsam und deutlich.

Monroe Sr. senkte sofort die Stimme, damit sein Fahrer ihn nicht hören konnte. Aber selbst wenn er flüsterte, hatte seine Stimme die unerschütterliche Autorität, die ihn auf der Richterbank zu einer so eindrucksvollen Erscheinung machte. Und als wäre er im Gericht, stellte er auch jetzt alle wichtigen Fragen und bedrängte seinen Sohn, ihm über den Absender der Mail zu sagen, was er wusste. Schließlich gab er seine Entscheidung bekannt.

»Es handelt sich offensichtlich um den Versuch einer Lösegelderpressung. Sie müssen über Beths Eltern Bescheid wissen.«

Beths Eltern. Er würde sie informieren müssen. Wie sollte er es ihnen sagen? »Ich muss die Polizei anrufen«, sagte Will. »Die wissen, was in solchen Fällen zu tun ist.«

»Nein, wir dürfen nichts überstürzen. Nach meiner Kenntnis gehen Kidnapper davon aus, dass die Verwandten des Entführten zur Polizei gehen; das beziehen sie in ihre Planung mit ein. Es muss einen Grund geben, weshalb diese Leute so erpicht darauf sind, die Polizei aus dem Spiel zu halten.«

»Natürlich wollen sie die Polizei aus dem Spiel halten! Das sind gottverdammte Kidnapper, Dad!«

»Will, beruhige dich.«

»Wie kann ich mich beruhigen?« Will spürte, dass seine Stimme gleich brechen würde. Seine Augen brannten. Er wagte nicht weiterzureden.

»Ach, Will. Hör zu, wir werden das überstehen, das verspreche ich dir. Als Erstes musst du zurückkommen, und zwar sofort. Fahr gleich zum Flughafen. Ich hole dich ab.«

Die fünf Stunden in der Luft waren die schwerste Zeit seines Lebens. Er starrte aus dem Fenster und wippte mit dem

Knie – ein nervöser Tic, der ihn zuletzt bei seinem Examen befallen hatte. Er wies Essen und Getränke zurück, bis er merkte, dass die Stewardessen ihn misstrauisch beäugten. Sie sollten nicht befürchten, dass er gleich das Flugzeug in die Luft sprengen wollte; also trank er ein Glas Wasser. Die ganze Zeit dachte er an seine geliebte Beth. Was hatten sie mit ihr vor? Er sah sie plötzlich vor sich – an einen Stuhl gefesselt, und ein Sadist hielt ein Messer –

Es erforderte seine ganze Kraft, solche Gedankengänge abzubrechen, bevor sie sich selbständig machten. Sein Magen drehte sich um. *Wieso war ich nicht bei ihr? Und wenn ich eher angerufen hätte? Vielleicht hat sie mich auf dem Handy angerufen, und ich hab geschlafen …*

Die ganze Zeit hielt er den Blackberry in der Hand. Er hasste den verfluchten Apparat. Er brauchte nur einen Blick darauf zu werfen, und die entsetzlichen Worte waren wieder da. Er sah sie flimmernd vor sich in der Luft.

ZIEHEN SIE DIE POLIZEI HINZU, UND SIE WERDEN SIE VERLIEREN.

Er betrachtete das Gerät; es war so klein und enthielt doch so viel Gift. Jetzt schlief es; in dieser Höhe empfing es kein Signal. Er behielt das Icon oben rechts im Auge, das ihm sagen würde, wenn sie wieder im Bereich des Funknetzes wären. Als die Maschine mit dem Landeanflug begann, warf er immer wieder verstohlene Blicke auf das Display. Die Stewardess sollte ihn nicht daran erinnern, dass »alle elektronischen Geräte abgeschaltet werden müssen, bis das Flugzeug zum Stehen gekommen ist«.

Jetzt sah er New York. Die Stadt funkelte im Nachmittag. *Sie ist da unten irgendwo.* Die Brücken, die Highways, die flimmernden Lichterketten, die die Stadt kreuz und quer durchzogen. *Sie ist irgendwo dort.*

Wieder warf er einen Blick auf den Blackberry, der feucht

vom Schweiß seiner Hände war. Das Icon zeigte an, dass er wieder Netzkontakt hatte. Jetzt begann das rote Licht zu blinken. Will bekam Herzklopfen. Er sah, wie die neuen Mails hereinkamen und sich aufreihten wie die Fahrgäste in der Schlange an der Bushaltestelle. Ein neues Kinoprogramm, eine interne Mitteilung über ein verloren gegangenes Notizbuch. Eine Eilmeldung von der BBC-Website:

Der Strom der Ehrenbezeugungen für den Schatzkanzler Gavin Curtis nimmt kein Ende. Mr. Curtis wurde heute Abend tot aufgefunden; die Todesursache ist wahrscheinlich eine Medikamenten-Überdosis. Nach Angaben der Polizei wurde er von einer Putzfrau in seiner Wohnung in Westminster gefunden; bei der Obduktion fanden sich große Mengen eines Beruhigungsmittels in seinem Blut. Man geht davon aus, dass die Polizei gegen keine weiteren Personen im Zusammenhang mit Gavin Curtis' Tod ermittelt …

Will schaute aus dem Fenster; er konnte sich vorstellen, was für ein Presserummel jetzt in London herrschte. Er war dort aufgewachsen; er wusste, wie die britische Presse sich aufführte, wenn sie Blut geleckt hatte. Seit Tagen hatten sie den Mann gehetzt, und jetzt hatten sie seinen Skalp. Will konnte sich nicht erinnern, wann es das letzte Mal vorgekommen war, dass ein Politiker sich umgebracht hatte. Meistens kam es nur zum Rücktritt, und selbst das war nur noch selten der Fall. Dieser Curtis musste eine Menge Dreck am Stecken gehabt haben.

Und dann erschien noch eine Message auf dem Blackberry. Als Absender las er wieder nur die Hieroglyphen, die nichts weiter preisgaben. Betreff: »Beth«.

Will öffnete die Mail.

WIR WOLLEN KEIN GELD.

13

FREITAG, 14.15 UHR, BROOKLYN

»Das muss ein Bluff sein.«

»Dad, das hast du jetzt schon dreimal gesagt. Aber was sollen wir jetzt tun? Sollen wir ihnen trotzdem Geld anbieten? *Fuck*, was sollen wir tun?«

»Will, ich kann dich verstehen, aber du musst dich beruhigen. Wenn wir diese Sache durchstehen und Beth zurückholen wollen, müssen wir möglichst klar denken.«

Das »Wenn« erschreckte Will. Er schwieg.

Sie waren in Wills und Beths Wohnung. Nirgendwo waren Spuren eines Einbruchs zu erkennen. Alles sah aus wie immer. Nur schienen die Decke und die Wände jetzt Kälte auszuströmen: Beth fehlte.

»Jetzt lass uns durchgehen, was wir haben. Wir wissen: Ihre oberste Priorität ist es, die Polizei aus dem Spiel zu halten; das haben sie in ihrer ersten Nachricht gesagt. Sie sagen außerdem, dass es nicht um Geld geht. Aber warum ist ihnen so viel daran gelegen, die Polizei draußen zu halten? Sie müssen bluffen. Denken wir an deine E-Mail-Adresse. Wer hat die?«

»Jeder! Die E-Mail-Adressen aller *Times*-Mitarbeiter sind nach dem gleichen Muster angelegt. Jeder kann sie sich mühelos zusammenreimen.«

Ein Telefon klingelte; Will riss sein Handy heraus und drückte panisch auf die Tasten, aber es klingelte weiter. Gelassen holte sein Vater sein Telefon hervor und meldete sich.

»Dienstlich«, formte er lautlos mit dem Mund und zog sich ins Nebenzimmer zurück, um ungestört zu telefonieren.

Sein Vater war keine Hilfe. Was er an Beistand anzubieten hatte, war entschieden von der männlichen Art – eher pragmatisch als emotional –, und damit kamen sie nicht weiter. Will merkte, wie sehr er seine Mutter vermisste. Seit er mit Beth zusammen war, hatte er diese Empfindung nur noch selten verspürt; jetzt war seine Frau diejenige, der er sich anvertraute. Aber lange Zeit hatte seine Mutter diese Rolle gespielt.

In England waren sie ein Team gewesen, vereint durch gemeinsame Einsamkeit. Zumindest nach der Version seiner Mutter waren sie und Will von seinem Vater verlassen worden und hatten selbst für sich sorgen müssen. Er wusste, dass es auch andere Darstellungen gab, auch wenn sein Vater nicht versessen darauf war, die seine zu offenbaren. Die Ehe seiner Eltern, und was aus ihr geworden war, war schon immer ein Rätsel für Will Monroe gewesen. Er hatte nie genau erfahren, was geschehen war.

Einer Version zufolge hatte Monroe Sr. seine Karriere über seine Familie gestellt: Die junge Ehe war an übermäßiger Arbeit zerbrochen. Nach einer anderen Theorie war die Geographie schuld: Die Frau hatte Heimweh nach England, der Mann war entschlossen, in der amerikanischen Justiz Karriere zu machen, und weigerte sich, die Staaten zu verlassen. Wills Großmutter mütterlicherseits, eine Lady aus Hampshire mit silbernem Haar und einem strengen Gesicht, das dem Jungen Angst eingejagt hatte, als er sie das erste Mal sah – und noch Jahre danach –, sprach einmal dunkel von der »anderen großen Leidenschaft« im Leben seines Vaters. Als er alt genug für weitere Nachfragen war, hatte seine Großmutter nur die Achseln gezuckt, und bis heute wusste er nicht, ob diese »große Leidenschaft« einer anderen Frau oder der Justiz galt.

Wills eigene Erinnerungen nutzten ihm wenig. Er war

noch nicht einmal sieben gewesen, als sich seine Eltern immer mehr auseinander lebten. Er erinnerte sich an die Atmosphäre, die Trauer, die sich herabsenkte, wenn sein Vater hinausstürmte und die Tür zuknallte. Oder an den Schock, als er seiner Mutter über den Weg lief, die nach einem der vielen Streits mit rotem Gesicht und heiser vor ihm stand. Einmal wachte er in der Nacht auf und hörte, wie sein Vater flehte: »Ich will doch nur tun, was richtig ist.« Will hatte sich auf Zehenspitzen aus dem Bett geschlichen, um seinen Eltern heimlich zuzuhören. Er begriff die Worte nicht, die sie gebrauchten, aber er spürte ihre Kraft. Während er hörte, wie seine britische Mutter und sein amerikanischer Vater erbittert miteinander stritten, kam dem Siebenjährigen eine Idee: seine Mutter und sein Vater konnten sich nicht lieben, weil sie mit unterschiedlichen Stimmen sprachen.

Als sie wieder nach England zurückgekehrt waren, gab ihm seine Mutter kaum eine Erklärung, warum sie nun dort lebten. Das Thema auch nur zur Sprache zu bringen, barg das Risiko, sie in eine verbitterte, geifernde Frau zu verwandeln, die er kaum wieder erkannte und die ihm nicht gefiel. Ihr Mann sei »ein anderer Mensch geworden, völlig verändert«, klagte sie. Will erinnerte sich an ein Weihnachtsfest, als seine Mutter auf eine Weise geredet hatte, die ihn erschreckt hatte; er konnte nicht viel älter als dreizehn gewesen sein. Die Details waren inzwischen verblasst, aber ein Wort klang ihm immer noch in den Ohren. Es sei alles »seine« Schuld, sagte sie immer wieder, »er« habe alles verändert. Ihrer Intonation war zu entnehmen, dass »er« ein Dritter gewesen sein musste, nicht sein Vater, aber er bekam nie heraus, um wen es sich handelte. Seine Mutter wirkte wie eine Paranoikerin, und Will war erleichtert, als das Unwetter abzog. Von sich aus brachte er es nie wieder zur Sprache.

Freunde – und übrigens auch seine Großmutter – waren schnell mit einer Analyse bei der Hand, als Will nach seiner

Oxford-Zeit in die Staaten ging: Es sei eine Reaktion auf das alles. Er »entscheide« sich für seinen Vater und gegen seine Mutter, meinten manche. Er versuche die beiden zu versöhnen, wie es viele Scheidungskinder täten, und biete sich selbst als Brücke an – auch das war eine flotte Erklärung für alles. Wenn er selbst eine Theorie gebraucht hätte – was er nicht tat –, hätte er sich für die journalistische entschieden: Will Monroe Jr. ging nach Amerika, um die Wahrheit über die Story herauszufinden, die seine frühe Jugend geprägt hatte.

Das erschien ihm logisch, wenn auch nur als Theorie, denn wenn das wirklich der Sinn seiner Reise nach Amerika gewesen war, hatte er gründlich versagt. Er wusste jetzt kaum mehr als bei seiner Ankunft mit zweiundzwanzig Jahren. Er kannte seinen Vater besser, schön. Er achtete ihn; er war ein höchst erfolgreicher Jurist und Richter, und er schien ein anständiger Mann zu sein. Aber was das große Geheimnis anging, hatte Will keine neuen Erkenntnisse gewonnen. Natürlich hatten sie darüber gesprochen, ein, zwei Abende lang, im Mondschein auf der Veranda des väterlichen Sommerhauses bei Sag Harbor. Aber eine strahlende Offenbarung hatte nicht stattgefunden.

»Vielleicht ist gerade das die Offenbarung«, hatte Beth eines Abends gemeint, als er nach einem dieser Vater-Sohn-Gespräche von der Veranda ins Haus gekommen war. Sie verbrachten das lange Wochenende des Labor Day bei Wills Vater und seiner »Partnerin« Linda. Beth lag auf dem Bett und las, als er hereinkam.

»Was meinst du damit?«

»Dass es kein großes Geheimnis gibt. Das ist die Offenbarung. Dass sie zwei Leute sind, deren Ehe schief gegangen ist. Das kommt vor. Es kommt oft vor. Und mehr steckt nicht dahinter.«

»Aber was ist mit dem, was meine Mutter immer sagt? Und meine Großmutter?«

»Vielleicht brauchten sie eine große Erklärung. Vielleicht

half es ihnen, zu denken, dass eine andere Frau ihn gestohlen hat …«

»Nicht unbedingt eine andere Frau«, sagte Will. »›Die andere große Leidenschaft‹ – so haben sie es genannt. Das kann alles Mögliche gewesen sein.«

»Von mir aus. Ich will nur sagen, ich kann mir vorstellen, dass eine verstoßene Frau und ihre liebende Mutter das Bedürfnis haben könnten, eine gewichtige Erklärung für das Fortgehen des Mannes zu finden. Denn sonst wäre es eine simple Zurückweisung, oder?«

Sie war damals noch nicht seine Frau gewesen, sondern die Freundin, die er in den letzten Wochen auf der Columbia University kennen gelernt hatte. Er studierte Journalismus, sie arbeitete als Assistenzärztin am New York Presbyterian Hospital. Sie hatten sich bei einem Softball-Spiel am Memorial-Day-Wochenende im Park kennen gelernt. (Noch am selben Abend hatte er seine Nachricht auf ihren Anrufbeantworter gesprochen.) Diese ersten Monate waren in seiner Erinnerung in einen dauerhaften goldenen Glanz getaucht. Er wusste, dass das Gedächtnis solche Streiche spielen konnte, aber er war davon überzeugt, dass dieser Glanz ein reales, extern verifizierbares Phänomen gewesen war. Es war im Mai gewesen, und New York erstrahlte mitten in einem herrlichen Frühling. Die Tage leuchteten wie Bernstein, und jeder Spaziergang führte sie durch funkelnden Sonnenschein. Das war nicht die Phantasie des Verliebten. Sie hatten Fotos, die es bewiesen.

Will merkte, dass er lächelte. Zum ersten Mal, seit er die Mail bekommen hatte, dachte er an Beth und nicht daran, dass sie verschwunden war. Jetzt fiel es ihm wieder ein, und er schrak hoch wie ein Mann, der aufwacht und begreift, jawohl, das Bein ist amputiert, und es war nicht nur ein furchtbarer Traum.

Sein Vater war wieder da und sprach davon, Kontakt mit dem Internet-Provider aufzunehmen, aber Will hörte nicht zu. Er hatte genug. Sein Vater war auf dem falschen Weg: Wenn sie so etwas unternähmen, riskierten sie, dass die Polizei aufmerksam wurde. Der Internet-Provider würde sicher einen Blick auf die Mail werfen wollen und sich dann verpflichtet fühlen, die Behörden zu informieren.

»Dad, ich brauche jetzt ein bisschen Ruhe.« Behutsam bugsierte Will seinen Vater zur Tür. »Ich möchte eine Weile allein sein.«

»Das ist gut und schön, Will, aber ich bin nicht sicher, dass Ruhe ein Luxus ist, den du dir jetzt leisten kannst. Du musst jede Minute nutzen –«

Monroe Sr. brach ab. Er sah, dass sein Sohn nicht in der Stimmung war zu verhandeln. In seinem Blick lag eine stählerne Härte, die seinem Vater befahl, zu gehen, ganz gleich, wie höflich er es formulierte.

Als die Tür sich geschlossen hatte, ließ Will sich mit einem tiefen Seufzer in einen Sessel fallen und starrte auf seine Füße. Er gestattete sich nicht mehr als dreißig Sekunden; dann atmete er tief durch, richtete sich auf und wappnete sich für den nächsten Schritt. Er wollte weder ausruhen noch allein sein. Er wusste genau, was er zu tun hatte.

14

FREITAG, 15.16 UHR, BROOKLYN

Tom Fontaine war Wills erster Freund in Amerika gewesen – besser gesagt, der erste Freund, den er gefunden hatte, seit er als Erwachsener in dieses Land gekommen war. Sie hatten sich im Einschreibungsbüro der Columbia getroffen; Tom stand vor Will in der Schlange.

Wills erste Regung ihm gegenüber war Frustration gewesen. Die Schlange rückte ohnehin schon langsam genug vor, aber er sah, dass der schlaksige Typ in dem Altmännermantel eine Ewigkeit brauchen würde. Alle anderen hielten ihre Formulare schon bereit, die meisten säuberlich in Druckschrift ausgefüllt. Aber der Manteltyp war immer noch dabei, im Stehen in die einzelnen Felder zu schreiben, und zwar mit einem Füller, der leckte. Will drehte sich zu dem Mädchen hinter ihm um und zog die Brauen hoch, als wolle er sagen: »Ist das zu fassen?« Irgendwann unterhielten sie sich laut darüber, wie nervig es sei, hinter einem solchen Trottel festzustecken. Die weißen Ohrhörer in den Ohren des Trottels ermutigten sie dazu.

Schließlich wühlte der Typ ewig lange in seiner Schultasche herum, bis er einen eselsohrigen Führerschein gefunden hatte, an dem das Laminat sich löste, und dann förderte er noch einen Brief von der Universität zutage. Mit beidem gelang es ihm, den Verwaltungsmitarbeiter zu überzeugen, dass er tatsächlich Tom Fontaine hieß und berechtigt war, an der Columbia University zu studieren. Philosophie.

Dann drehte er sich um und lächelte Will an. »Sorry, ich weiß schon, wie nervig es ist, hinter dem College-Trottel festzustecken.« Will wurde rot. Anscheinend hatte Tom jedes Wort gehört. (Später fand er heraus, dass die Ohrhörer nicht mit einem Walkman oder irgendwas anderem verbunden waren. Tom fand es einfach hilfreich, sie zu tragen, denn so kam es selten vor, dass ihn irgendjemand behelligte.)

Drei Tage später trafen sie sich in einem Coffeeshop wieder. Tom saß vor einem Laptop, die Ohrhörer in den Ohren. Will klopfte ihm auf die Schulter und entschuldigte sich. Sie kamen ins Gespräch, und seitdem waren sie Freunde.

Tom war anders als alle, die er bisher kennen gelernt hatte. Offiziell gab er sich unpolitisch, aber Will betrachtete ihn als einen echten Revolutionär. Ja, er war ein totaler Computerfreak – aber er war auch ein Mann mit einer Mission. Er gehörte zu einem informellen Netzwerk von gleich gesinnten Genies auf der ganzen Welt, die entschlossen waren, sich mit den Software-Giganten anzulegen, die die Computerwelt beherrschten, und sie vielleicht sogar umzulegen. Was sie Microsoft und seinesgleichen verübelten, war die Tatsache, dass diese Konzerne gegen das ursprüngliche, heilige Prinzip des Internets verstießen: dass es ein Werkzeug für den offenen Austausch von Ideen und Informationen sein sollte. »Offen« war das Schlüsselwort. Will war wie viele Journalisten auf Computer angewiesen, hatte aber nicht die leiseste Ahnung, wie sie funktionieren. In den Kindertagen des Netzes, erklärte Tom ihm – geduldig und in einfachen Worten –, war alles offen und für jedermann zugänglich gewesen. Das galt auch für die dazugehörige Software. »Open Source« nannte man sie, und das bedeutete, dass ihr internes Funktionieren für jedermann sicht- und nachvollziehbar war; jeder konnte sie verwenden und, was das Entscheidende war, nach Belieben verändern und adaptieren. Dann kamen Microsoft und seine Spießgesellen, und sie ließen aus rein kommerziellen Erwägungen die stählernen Blenden herunter. Ihre Software war »Closed Source«. Die langen Code-Reihen, die sie funktionieren ließen, waren der Öffentlichkeit verschlossen. Wie Coca-Cola ein Imperium auf einem Geheimrezept errichtet hatte, machte auch Microsoft aus seinen Produkten ein Geheimnis.

Will kümmerte das wenig, aber für Idealisten des Internets wie Tom kam das einer Entweihung gleich. Sie glaubten mit einem Eifer an das Internet, den Will nur als religiös empfinden konnte (was in Toms Fall besonders komisch war, denn er war ein militanter Atheist). Sie waren entschlossen, alternative Software zu schreiben – Suchmaschinen, Textprogramme –, die jedem, der sie benutzen wollte, unentgeltlich zur Verfügung stand. Wenn jemand einen Fehler darin entdeckte, konnte er eingreifen und ihn korrigieren. Schließlich gehörte sie allen, die sie benutzten.

Die Folge war, dass Tom nur einen Bruchteil des Geldes verdiente, das er hätte einheimsen können. Er verkaufte gerade so viel von seinem Computerverstand, dass es für die Miete reichte. Aber das war ihm gleich. Seine Prinzipien bedeuteten ihm mehr als alles andere.

»Tom, Will hier. Bist du zu Hause?«

Er hatte ihn auf dem Handy angerufen; Tom konnte überall sein.

»Nein.«

»Was ist das für eine Musik?« Er hörte im Hintergrund eine Stimme wie von einer Opernsängerin.

»Das, mein Freund, ist das Himmelfahrts-Oratorium von Johann Sebastian Bach mit Barbara Schlick, Sopran –«

»Wo bist du? In einem Konzert?«

»Im Plattenladen.«

»Bei dir um die Ecke?«

»Yep.«

»Kann ich dich in zwanzig Minuten bei dir zu Hause treffen? Es ist sehr dringend.« Er bereute sofort, was er gesagt hatte. Das Gespräch lief über das Mobilfunknetz.

»Alles okay? Du klingst irgendwie panisch.«

»Kannst du da sein? In zwanzig Minuten?«

»Ja.«

Toms Wohnung war eigenwillig, ein Spiegelbild seiner selbst. Im Kühlschrank gab es fast nichts außer Batterien von Mineralwasserflaschen – Zeugnis seiner eigenartigen Abneigung gegen jede Art von Getränken, ob kalt oder heiß. Tom trank weder Kaffee noch Saft noch Bier. Nur Wasser. Und das Bett stand im Wohnzimmer, ein Zugeständnis an seine Schlaflosigkeit: Wenn er nachts um drei aufwachte, wollte er sofort wieder online gehen und weiterarbeiten können, um ins Bett zu kippen, wenn er wieder müde war. Immer wieder veranlassten Will diese Schrullen zu einem Vortrag, in dem er seinen Freund dazu drängte, zur menschlichen Art zurückzukehren – oder wenigstens zu deren Abteilung Brooklyn. Aber heute war es anders.

Er kam herein und signalisierte Tom, er solle die Tür schließen.

»Hast du irgendwelche schrägen Gimmicks an deinem Computer – Mikrophone, Handys, Headsets, durch die das, was wir hier reden, auf irgendeine Weise, die ich nicht verstehe, ins Internet gelangen könnte?«

»Wie bitte? Wovon redest du?«

»Du weißt, was ich meine. Irgendwelchen Techie-Kram, für den ich keine Vokabeln habe. Gibt's da irgendwas, das unser Gespräch aufzeichnen und als ›Audio-Datei‹ abspeichern könnte, ohne dass du es sofort merkst?«

»Äh – nein.« Toms Gesichtsausdruck fügte hinzu: Natürlich nicht, du Psychopath.

»Gut. Denn das, was wir besprechen werden, ist furchtbar und außerdem zu hundert Prozent geheim. Es darf niemals – ich wiederhole: niemals – irgendjemandem zu Ohren kommen. Schon gar nicht der Polizei.«

Tom sah seinem Freund an, dass es ihm todernst war. Er war verzweifelt. Tom war immer blass, aber jetzt bekam sein Gesicht die Farbe von hellem Porzellan.

»Ist der eingeschaltet?« Will deutete auf einen der Computer auf dem Arbeitstisch, der am ehesten Ähnlichkeit mit seinem eigenen hatte. Es war eine dumme Frage. Waren Toms Computer jemals nicht eingeschaltet? »Ist das ein Browser?« So viel Internet-Vokabular brachte Will gerade noch zustande. Tom nickte erschrocken.

Will fragte nicht, ob Toms Computer sicher waren; er wusste, sie waren es mehr als bei jedem anderen. Verschlüsselung war Fontaines Spezialität.

Will gab seine Webmail-Adresse ein, und als die Seite aufgebaut war, tippte er seinen Namen und sein Passwort. Seine Posteingangsbox erschien. Er scrollte nach unten und klickte auf die erste Message.

RUFEN SIE NICHT DIE POLIZEI. WIR HABEN IHRE FRAU. ZIEHEN SIE DIE POLIZEI HINZU, UND SIE WERDEN SIE VERLIEREN. RUFEN SIE NICHT DIE POLIZEI, ODER SIE WERDEN ES BEREUEN. IN EWIGKEIT.

Tom stand hinter ihm, las über seine Schulter hinweg und hätte fast einen Satz rückwärts gemacht. Er stöhnte leise auf, als habe man ihn geschlagen. Erst jetzt fiel es Will ein: Tom war verrückt nach Beth – nicht auf der romantischen Ebene, er war kein Rivale, aber fast wie ein Kind wanderte Tom die paar Blocks zu ihnen nach Hause, um bei ihnen zu essen – eine Abwechslung zu den Sushi-Schachteln, die er vor seinen Monitoren verzehrte und die seine alltägliche Nahrung bildeten –, und Beths Aufmerksamkeit schien ebenso nahrhaft für ihn zu sein. Sie tadelte ihn wie eine große Schwester, und er ließ es sich gefallen; er trug sogar eine Zeit lang ein elegantes Jackett, das sie ihm kaufte, anstelle des Altmännermantels, der scheinbar an ihm festgewachsen war.

Daran hatte Will nicht gedacht: Beths Verschwinden war auch für Tom ein schwerer Schlag.

»O mein Gott«, sagte Tom leise. Will schwieg; er ließ ihm einen Augenblick Zeit, um den Schreck zu verdauen. Das nächste Stadium kürzte er ab, indem er die Schlussfolgerungen zusammenfasste, die er und sein Vater bisher gezogen hatten. Er zeigte Tom die zweite Mail, um zu verdeutlichten, dass die Kidnapper vor allem an Geheimhaltung und am Heraushalten der Polizei interessiert waren, und nicht an irgendeinem Lösegeld. Es gab dafür zwar keine Erklärung, aber die Polizei durfte auf keinen Fall etwas erfahren.

Tom nickte, und sein Blick verriet Angst und Schrecken. »Tom, du musst rausfinden, woher diese E-Mails kommen. Das würde die Polizei tun, und deshalb musst du es tun.«

Tom nickte, aber er rührte keinen Finger. Er war benommen.

»Tom, ich weiß, wie viel Beth dir bedeutet. Und du bedeutest ihr genauso viel. Aber was sie jetzt braucht, ist das Computergenie mit der laserscharfen Konzentration. Okay?« Will bemühte sich zu lächeln wie ein Vater, der seinen kleinen Sohn aufmuntert. »Du musst vergessen, worum es hier geht, und so tun, als wäre es eins von deinen Computerrätseln. Und du musst es knacken, so schnell du kannst.«

Ohne ein weiteres Wort tauschten die beiden ihre Plätze. Will ging auf und ab, und Tom fing an, auf der Tastatur zu klappern.

Das erste Resultat kam sofort. Die Hieroglyphen, die auf Wills Blackberry erschienen waren, sahen jetzt ganz anders aus.

»Ist das –?«

»Hebräisch«, sagte Tom. »Nicht jeder Rechner kann dieses Alphabet darstellen. Darum sah es bei dir so verrückt aus. Obskure Alphabete zu benutzen, ist ein alter Spammer-Trick.«

Jetzt sah Will noch etwas. Nach einer langen Reihe hebräischer Schriftzeichen sah er ein paar englische in Klammern. Auf seinem eigenen Computer waren sie gar nicht aufgetaucht, aber hier waren sie sichtbar, und sie bildeten eine normale E-Mail-Adresse: info@golem-net.net.

»Golem.net? Heißen sie so?«

»Anscheinend.«

»Ist das nicht was aus dem *Herrn der Ringe*?«

»Soll das ein Witz sein? Das ist Gollum. Mit zwei l.«

Plötzlich war der Bildschirm schwarz, und nur oben links blinkten ein paar Zeichen. War das System abgestürzt?

Tom sah Wills Gesicht. »Oh, keine Angst. Das ist nur eine ›Shell‹. Damit lassen sich Befehle schneller eingeben als über das GUI.«

Will machte ein verständnisloses Gesicht.

»GUI ist das ›Graphical User Interface‹. Der Desktop bei Windows, der dir alles so darstellt, dass du es verstehst.« Tom wusste, dass er für Will in einer fremden Sprache redete, aber er spürte deutlich, dass sein Freund etwas von ihm hören wollte. Ihm war klar, dass Will sich fühlte wie ein Taxifahrgast, der es sehr eilig hatte: Am Ende war es gleichgültig, aber es war ein besseres Gefühl, in Bewegung zu bleiben, als im Stau zu stecken, selbst wenn man dazu einen Umweg fahren musste. Genau das ging jetzt in Will vor: Er musste das Gefühl haben, dass es voranging. Ständige Kommentare würden dabei vielleicht helfen.

»Ich werde den Computer jetzt fragen, wer uns da gemailt hat.«

»Das geht?«

»Yep. Pass auf.«

Tom tippte die Worte: »Whois golem-net.net«. Es verblüffte Will immer wieder, wenn ein Computer (oder ein Computerfreak, was das Gleiche war) inmitten all der Codes und Zahlen plötzlich schlichtes, konventionelles Englisch benutzte. Aber dies war, wie sich zeigte, ein normaler Computerbefehl.

Whois golem-net.net

Tom wartete darauf, dass die Antwort auf dem Monitor erschien. In solchen Augenblicken konnte man nichts tun; Zeichen blinkten, und die Sanduhr forderte zum Warten auf. Einen Computer konnte man nicht zur Eile drängen, auch wenn die Leute es immer wieder versuchten. Man sah sie an den Geldautomaten, die Hand wie ein Krokodilrachen in Wartestellung vor dem Ausgabeschlitz, um das Geld zu schnappen, sowie es herauskäme, damit nicht einmal der Sekundenbruchteil, den das Zufassen erfordern könnte, vergeudet würde. Man sah es in Büros, wenn die Leute mit dem Bleistift auf den Tisch trommelten oder auf ihren Oberschenkeln Bongo spielten: »Na los, los los«, drängten sie den Computer oder den Drucker, der heute wieder so verdammt langsam war – wobei sie natürlich vergaßen, dass die Aufgabe, die sie hier zu erledigen hatten, noch vor zehn Jahren fast einen ganzen Arbeitstag in Anspruch genommen hätte.

»Ah, das ist interessant.«

Auf dem Bildschirm stand die Antwort, klar und eindeutig.

Kein Ergebnis für golem-net.net

»Sie haben's erfunden.«

»Und jetzt?«

Tom rief die E-Mail noch einmal auf und klickte auf einen Menüpunkt, von dessen Existenz Will nichts gewusst hatte: »Vollständigen Header anzeigen.« Sofort erfüllten mehrere Zeilen, die Will für Buchstabensalat gehalten hätte, den Schirm. Er war erleichtert, denn er wusste, dass so etwas für einen Hexenmeister wie Tom kein Datenmüll war, sondern eine Ansammlung brauchbarer Informationen. Irgendwo in diesen Reihen von Buchstaben und Zahlen steckte ein Goldkörnchen, das jemand wie Tom mit wenigen Tasten zutage fördern würde.

»Okay, was wir hier haben, ist so was wie ein Reisebericht. Es zeigt uns den Weg dieser Mail durch das Internet.

In der obersten Zeile steht das Ziel, die untere gibt den Ursprung an. Jeder Server auf dem Weg hat seine eigene Zeile.«

Will betrachtete das Display. Jeder Satz begann mit »Empfangen von …«

»Hmmm. Die Typen hatten es eilig.«

»Woher weißt du das?«

»Na ja, diese ›Empfangen‹-Angaben kann man auch fälschen. Aber das braucht Zeit – und wer immer diese Mail geschickt hat, hatte keine. Oder er wusste nicht, wie es geht. Diese ›Empfangen‹-Zeilen sind alle echt. Okay, hier steht, was wir brauchen. Da.«

Tom deutete auf die unterste Zeile, den Ursprungsort. *Empfangen von info.net-spot.biz*

»Was ist das?«

»Jeder Computer auf der Welt hat, solange er mit dem Internet verbunden ist, einen eigenen Namen. Das da ist der Computer, der deine Mail abgeschickt hat. Okay. Jetzt bleibt nur noch eins zu tun.«

Will sah ihm an, dass er sich unbehaglich fühlte. Tom arbeitete nicht gern so. Will erinnerte sich an eins ihrer ersten Gespräche; Tom hatte ihm den Unterschied zwischen Hackern und Crackern erklärt, zwischen »weißen« und »schwarzen Hüten«, White Hats und Black Hats. Will hatten diese Namen gefallen: Vielleicht ließe sich daraus eine Story machen, hatte er gedacht.

Seine Erinnerung war nur noch bruchstückhaft. Überrascht hatte er gehört, dass »Hacker« ein häufig falsch gebrauchter Terminus war. In der Laienwelt nannte man die Teenager so, die in die Rechner anderer Leute eindrangen – »andere Leute« waren Cape Canaveral oder die Nato – und dort Chaos stifteten. Für Techies hatte Hacker eine freundlichere Bedeutung: So nannten sie diejenigen, die zum Spaß, nicht aus Bosheit, im Vorgarten anderer Leute spielten. Wer Unheil anrichten wollte – Viren verbreiten, das polizeiliche

Notrufsystem stilllegen –, galt unter Freaks als »Cracker« – Hacker mit zerstörerischen Absichten.

Der gleiche Unterschied galt für White Hats und Black Hats. White Hats schnüffelten herum, wo sie nicht erwünscht waren – zum Beispiel im Rechenzentrum der größten amerikanischen Banken –, aber ihre Motive waren aufrichtig. Sie nahmen Einblick in Kundenkonten und entschlüsselten vielleicht sogar ihre PIN-Codes, aber sie stahlen kein Geld (obwohl sie es hätten tun können). Stattdessen mailten sie das, was sie erbeutet hatten, an die Sicherheitsabteilung der Bank. Eine typische Message von einem White Hat, die im Posteingang eines solchen Pechvogels der Sicherheitsabteilung wartete, konnte lauten: »Wenn ich an eure Daten komme, können's auch die Bösen. Stopft eure Lücken.« Wenn der Empfänger ein richtiger Unglücksrabe war, ging diese Mail als Kopie auch an die Konzernleitung.

Black Hats taten das Gleiche, aber in krimineller Absicht. Nicht das Mount-Everest-Prinzip (»weil er da ist«) veranlasste sie, in das Hochsicherheitsnetz eines Computersystems einzudringen. Sie wollten Schaden anrichten. Manchmal stahlen sie Geld, aber in den meisten Fällen ging es um Cyber-Vandalismus:

Es reizte sie, ein wirklich großes Jagdobjekt zur Strecke zu bringen. Viren, die in der Vergangenheit in die Schlagzeilen gekommen waren – »I Love You« und »Michelangelo« –, galten in der »Black Hat«-Bruderschaft als meisterhafte Kunstwerke.

Natürlich trug Tom einen blütenweißen Hut. Er liebte das Internet, und er wollte, dass es funktionierte. Er hackte selten, er crackte nie. Für ihn war es von entscheidender Bedeutung, dass die Welt lernte, dem Netz zu vertrauen und sich darin sicher zu fühlen. Und das hieß, dass Leute wie er, die wussten, wie die Lücken im Zaun ausfindig zu machen waren, sich zurückhielten.

Aber dies war eine Ausnahmesituation. Beths Leben stand auf dem Spiel.

Will ging auf und ab. Seine Knie waren weich, und er spürte ein flaues Gefühl im Magen. Er hatte nichts gegessen, seit er die Mail das erste Mal zu Gesicht bekommen hatte; das war jetzt ungefähr sieben Stunden her. Er ging zu Toms Kühlschrank und machte sich auf einen gesundheitsschädigenden Anblick gefasst. Aber das war unfair. Fontaine mochte blass und mager sein, aber schlampig war er nicht. Der Kühlschrank zeigte es: zahllose Flaschen Volvic und eine Schachtel Sushi. Von gestern. Will schnupperte daran und entschied, dass es noch essbar war. Er schlang es herunter, und dann bekam er Gewissensbisse, weil er Appetit hatte, während seine Frau verschwunden war. Während er noch kaute, stand ihm Beth vor Augen. Schon der Gedanke an Essen schien eine Verbindung zu ihr auszulösen. Die Abende, die sie gemeinsam beim Kochen verbracht hatten; ihr unverhüllter Appetit. Woran auch immer er dachte, Wärme, Hunger oder Genuss, fiel ihm Beth ein.

Er ging weiter auf und ab, dann blätterte er nervös in den Computerzeitschriften und obskuren Literaturmagazinen, die auf einem Stapel neben der Couch lagen.

»Will, komm her.«

Tom starrte auf den Monitor. Er hatte eine »whois«-Suche nach netspot-biz.com durchgeführt und ein Ergebnis gefunden.

»Du bist nicht glücklich darüber.«

»Na ja, es ist eine gute und zugleich eine schlechte Nachricht. Gut ist, dass ich jetzt genau weiß, woher die E-Mail stammt. Schlecht ist, dass jeder sie abgeschickt haben kann.«

»Versteh ich nicht.«

»Die Spur endet in einem Internet-Café. Da gehen ständig alle möglichen Leute ein und aus. Wie konnte ich so dämlich sein!« Tom schlug wütend mit der Faust auf den Tisch. »Ich dachte, wir kriegen eine hübsche, saubere Privatadresse. Idiot!« Will begriff, dass Tom sich selbst beschimpfte.

»Wo ist dieses Internet-Café?«

»Kommt's darauf an? New York ist eine verdammt große Stadt, Will. Millionen von Leuten kommen da in Frage.«

»Tom.« Will wurde streng. »Kannst du feststellen, wo es ist?«

Tom drehte sich zu seinem Computer um, und Will wartete.

»Da ist die Anschrift«, sagte Tom schließlich. »Das Dumme ist, ich weiß nicht, ob ich das glauben soll.«

»Wo ist es?«, fragte Will. Tom sah ihm ins Gesicht – zum ersten Mal, seit er die Kidnappermail gelesen hatte.

»In Brooklyn. Crown Heights, Brooklyn.«

»Das ist doch ganz in der Nähe. Warum glaubst du es nicht?«

»Sieh dir doch mal die Karte an.« Tom hatte eine Suche bei www.mapquest.com durchgeführt; auf dem Stadtplan, der auf dem Monitor erschien, bezeichnete ein roter Stern die genaue Lage des Internet-Cafés. Es war am Eastern Parkway.

»Ist dir klar, wo das ist?«

»Nein. Jetzt hör schon auf mit dem Blödsinn, Tom. Sag's mir.«

»Die E-Mail kommt aus Crown Heights. Das ist nur zufällig die größte chassidische Gemeinde in Amerika.«

Der rote Stern starrte sie an, ohne zu blinken. Er sah aus wie das X auf einer Schatzkarte, wie sie in Wills Jungenträumen vorgekommen war. Was mochte darunter liegen?

»Trotz des Ortes ist es doch möglich, dass sie nicht von denen kommt.«

»Herrgott, Tom, der Absender war hebräisch.«

»Ja, aber das kann eine Tarnung sein. Der richtige Name war golem.net.«

»Sieh nach.«

Tom tippte auf der Google-Seite *golem* ein und klickte auf das erste Suchergebnis. Eine Website mit jüdischen Kinderlegenden erschien. Sie enthielt die Geschichte von Rabbi Loew in Prag, der mit einem Zauberspruch aus der Kabbala, der uralten jüdischen Mystik, ein Wesen aus Lehm formte, einen großen, schwerfälligen Riesen, den er Golem nannte. Will scrollte zum Ende hinunter: Die Geschichte fand ihren Höhepunkt in Gewalt und Zerstörung, als der Golem Amok lief. Anscheinend war er der chassidische Vorläufer des Frankenstein'schen Ungeheuers.

»Also gut«, sagte er. »Ich gebe zu, anscheinend sind sie es. Aber es ergibt keinen Sinn. Warum um alles in der Welt sollen diese Leute Beth entführen?«

»Wir wissen nicht, ob es ›diese Leute‹ sind. Könnte ein einzelner Irrer sein, der zufällig Chasside ist.« Will griff nach seiner Jacke.

»Was hast du vor?«

»Ich fahre da hin.«

»Bist du verrückt geworden?«

»Ich bin Reporter. Ich werde mich umhören. Mal sehen, wer da etwas zu sagen hat.«

»Du spinnst. Warum sagst du nicht einfach der Polizei, dass du die Mail zurückverfolgt hast? Sollen die sich drum kümmern.«

»Was – um sicherzugehen, dass diese Irren Beth umbringen? Ich fahre selbst hin.«

»Du kannst da nicht einfach reinstürmen mit deinem Notizbuch und deinem englischen Akzent. Genauso gut könntest du dir ein Schild um den Hals hängen.«

»Mir fällt schon was ein.« Will sagte es nicht, aber er fand, er wurde allmählich ziemlich gut als Amateurdetektiv. Seine Triumphe in Brownsville und Montana hatten ihn zuversichtlich gemacht. In beiden Fällen hatte er eine verborgene Wahrheit ans Licht gebracht. Und jetzt würde er seine Frau finden.

15

FREITAG, 16.10 UHR, CROWN HEIGHTS, BROOKLYN

Seine erste Reaktion war Verwirrung. Er kam in der Sterling Street aus der U-Bahn und hatte zunächst das Gefühl, in einem Schwarzenviertel gelandet zu sein: An den Zeitungsständen hingen *Ebony*, *Vibe* und *Black Hair*, jede zweite Wand war mit Graffiti besprüht, und überall standen Gruppen von jungen Schwarzen in schlabbriger Combat-Kleidung und tranken aus Flaschen, die in braunen Papiertüten steckten.

Aber als er die New York Avenue überquert hatte, schlug sein Reporterpuls schneller; er spürte, dass er der Story näher kam. Auf Schildern erschienen hebräische Schriftzeichen. Manche Wörter waren englisch geschrieben, aber ihre Bedeutung war nicht weniger undurchsichtig: *Chazak V'Ematz!*, lautete die rätselhafte Verheißung auf einem davon. Ein anderes Wort erschien mehrmals – auf Autoaufklebern, Plakaten, sogar auf Zetteln an Laternenpfählen, auf denen sonst nach entlaufenen Katzen gesucht wurde. Bald erkannte Will das Wort wieder, auch wenn er keine Ahnung hatte, wie es ausgesprochen wurde: *Moschiach*.

Er begegnete einem Schwarzen, der so groß war wie ein Kleiderschrank; er hielt ein kleines Mädchen an der einen Hand und eine Zigarette in der anderen. Will war wieder verwirrt. Er war jetzt auf dem Empire Boulevard und sah indische Restaurants und Vans, die mit den Nationalfarben von Trinidad und Tobago bemalt waren. War er jetzt in einem chassidischen Viertel oder nicht?

Er bog in die Wohnstraßen ein. Die Häuser waren große Brownstones oder aus festen roten Ziegeln gebaut, als wären sie in einem Brooklyn längst vergangener Zeiten vornehme Domizile gewesen. Zu jeder Haustür führten ein paar Stufen hinauf, und rechts und links neben der Tür war eine kleine Veranda. In anderen amerikanischen Häusern, dachte Will, wäre eine solche Veranda mit einem Schaukelstuhl ausgestattet gewesen, vielleicht mit ein paar Laternen, an Halloween ganz sicher mit einem ausgehöhlten Kürbis und nicht selten auch mit einer amerikanischen Flagge. In Crown Heights wirkten sie eher unbenutzt, aber selbst hier entdeckte Will dieses Wort. *Moschiach*. Er sah es auf Aufklebern an den Fenstern und einmal auch auf einer gelben Fahne mit dem Bild einer Krone; Will vermutete, dass es sich um ein lokales Symbol handelte. Er drängte vorwärts.

Über jeder Veranda gab es einen Balkon mit einem Holzgeländer. Will stellte sich eine chassidische Version der Julia vor, wie sie von einem dieser Balkone zu ihrem Romeo herabrief. Er sah Beth vor sich, die hinter einer dieser Haustüren gefangen gehalten wurde, und plötzlich spürte er in seinen Beinen den Drang, jede einzelne dieser Treppen hinaufzustürmen und an die Türen zu hämmern, bis er seine Frau gefunden hätte.

Eine Gruppe von Teenagern kam ihm entgegen, Mädchen in langen Röcken, die Kinderwagen vor sich her schoben, gefolgt von mindestens einem Dutzend kleiner Kinder. Will konnte nicht erkennen, ob diese Mädchen große Schwestern oder außergewöhnlich junge Mütter waren. Solche Frauen hatte er noch nie gesehen, jedenfalls nicht in New York. Sie schienen aus einer anderen Zeit zu stammen, aus den Fünfzigern vielleicht oder aus der viktorianischen Ära. Man sah keine Haut; die Ärmel ihrer adretten weißen Blusen reichten bis zu den Handgelenken, und die Röcke reichten bis zu den Knöcheln. Und die Haare: Die Älteren trugen einen unnatürlich sauber geschnittenen Pagenkopf, der sich im Wind kaum bewegte.

Will schaute nicht allzu eingehend hin; er wollte nicht, dass sich jemand angestarrt fühlte. Aber er brauchte auch keine Bestätigung mehr: Dies war das chassidische Crown Heights. Im Gehen feilte er an seiner Tarngeschichte. Er würde sagen, er schreibe für die Zeitschrift New York eine neue Kolumne mit dem Titel »Die Farben des Big Apple«, in der Außenseiter über die einzelnen Segmente der wunderbar vielfältigen New Yorker Community schrieben, bla bla bla. Er würde sich als Forscher im Safarianzug ausgeben, der über die exotische Lebensweise der Eingeborenen berichtete.

Und fremdartig war diese Gegend auf jeden Fall. Verzweifelt suchte er nach irgendeinem Einstieg – nach einem Büro vielleicht, in dem er erfahren könnte, wer hier etwas zu sagen hatte. Vielleicht könnte er jemandem anvertrauen, was passiert war, damit man ihm half. Er brauchte einen Ansatzpunkt, irgendetwas in diesem rätselhaften Viertel, das er verstand.

Aber er fand nichts. Jeder Autoaufkleber schien eine Botschaft zu enthalten, die sich vielleicht zu entschlüsseln lohnte, aber alles blieb unverständlich. *Zünde Sabbathkerzen an, und du erleuchtest die Welt!* Und dort war ein Plakat für eine Show: *Bereit für die Erlösung*. Sogar die Geschäfte schienen von religiöser Inbrunst erfasst zu sein. Am »Kol Tuv«-Supermarkt hing der Slogan: *Alles ist gut*.

Er blieb vor einem Schaufenster ohne Waren stehen, das mit zahllosen Mitteilungen beklebt war. Eine davon fiel ihm sofort ins Auge.

Crown Heights ist die Heimat des Rebbe. Aus Achtung vor dem Rebbe und seiner Gemeinde bitten wir alle Frauen und Mädchen, ob sie hier wohnen oder nur zu Besuch weilen, sich zu jeder Zeit an die Gesetze der Schamhaftigkeit zu halten und die folgenden Bekleidungsregeln zu beachten:

1. *Geschlossene Halsausschnitte zu allen Seiten (das Schlüsselbein sollte bedeckt sein).*
2. *Ellenbogen sind in jeder Haltung bedeckt zu halten.*
3. *Knie sind in jeder Haltung durch Kleid oder Rock bedeckt zu halten.*
4. *Beine und Füße sind vollständig bedeckt zu halten.*
5. *Keine Schlitze.*

Mädchen und Frauen, die sich unschicklich kleiden und damit die Aufmerksamkeit auf ihre körperliche Erscheinung lenken, bringen Schande auf ihr Haupt, indem sie zu erkennen geben, dass sie keine inneren Qualitäten besitzen, die irgendeiner Aufmerksamkeit wert sind …

Das erklärte die Kleidung der jungen Frauen. Aber das Wort, das Will ins Auge sprang, hatte nichts mit Halsausschnitten oder geschlitzten Kleidern zu tun. Das Wort war *Rebbe*. Es klang, als sei das der Mann, den er finden musste.

Er blickte auf, um sich zu orientieren, und sah das Straßenschild: Eastern Parkway. Er war kaum zehn Schritte gegangen, als er noch ein Schild sah: »Internet Hotspot«. Er war da.

Sein Magen zog sich zusammen, als er eintrat. Hier war es gewesen. Hier hatte jemand an einem der billigen Tische aus hellem Holz gesessen, umgeben von imitierter Holztäfelung und grauen Bodenfliesen, und hatte die Nachricht vom Raub seiner Frau geschrieben.

Aufmerksam sah er sich im Raum um und wünschte sich den Blick eines Superhelden, der auf magische Weise jedes Detail in sich aufnahm, Röntgenaugen, die den Hinweis entdeckten, den es hier geben musste. Aber solche Augen hatte er nicht. Ruhig bleiben, befahl er sich selbst.

Das Internetcafé war chaotisch; es hatte keine Ähnlichkeit mit den Latte-Macchiato-Bars, die er aus Manhattan oder aus Cobble Hill, seiner eigenen Gegend in Brooklyn, kannte. Hier gab es weder Espresso noch Mokka noch sonst irgendeinen Kaffee. Es gab nur Knäuel von Kabeln und Drähten, Klebezettel mit gekräuselten Ecken an den Wänden und das Bild eines älteren, weißbärigen Rabbi – ein Bild, das Will inzwischen sicher ein Dutzend Mal gesehen hatte. Die Computertische standen wild durcheinander, durch schiefe Trennwände mit wenig Erfolg in separate Arbeitsplätze eingeteilt. An der hinteren Wand stapelten sich leere Computerkartons, aus denen das Styropor herausquoll, als hätten die Eigentümer die Geräte gekauft, ausgepackt und noch am selben Tag den Laden eröffnet.

Ein paar Leute waren da. Sie blickten kurz auf, als Will hereinkam, aber es war nicht annähernd so, wie er es befürchtet hatte. Er erinnerte sich an gelegentliche Ausflüge in abgelegene Pubs, die er als Student in englischen Großstädten unternommen hatte, feindselige Lokale, deren Gäste instinktiv in mürrisches Schweigen verfielen, wenn ein Fremder hereinkam. Aber die meisten Kunden in diesem Internetcafé waren anscheinend viel zu beschäftigt, um sich für Will zu interessieren.

Er versuchte, sich ein Bild von jedem Einzelnen zu machen. Als Erstes fielen ihm zwei Frauen auf. Beide trugen Baskenmützen. Die eine saß seitwärts auf ihrem Hocker, sodass sie mit der einen Hand den Kinderwagen mit ihrem schlafenden Baby wiegen konnte, während sie mit der anderen tippte. Will schloss sie sofort aus: Eine schwangere Frau konnte Beth nicht entführt haben. Die andere Frau schied ebenfalls aus: Sie hatte ein Kleinkind auf dem Schoß, und ein müderes Gesicht hatte Will noch nie gesehen. Das Kind hatte lange Locken zu beiden Seiten des Gesichts, und man konnte nicht erkennen, ob es ein Junge oder ein Mädchen war.

Die übrigen Terminals waren entweder frei oder wurden von Männern benutzt. Für Will sahen sie alle gleich aus. Alle trugen die gleichen zerknautschten schwarzen Anzüge, die gleichen offenen weißen Hemden, die gleichen breitkrempigen schwarzen Filzhüte. Will schaute jeden durchdringend an – *Hast du meine Frau entführt?* – und hoffte wider besseres Wissen, dass einer von ihnen schuldbewusst erröten oder die Flucht ergreifen würde. Aber sie starrten alle nur auf ihre Bildschirme und strichen sich über die Bärte.

Will zahlte einen Dollar und setzte sich an ein Terminal. Er fühlte sich versucht, sich in seine E-Mail einzuloggen, sodass jeder, der ihm über die Schulter sähe, sofort wissen würde, wer er war. Halb *wollte* er, dass sie wussten, er war ihnen auf der Spur und würde die Frau finden, die sie ihm geraubt hatten.

Stattdessen nahm er sich die Zeit, gründlich zu betrachten, was er auf dem Monitor sah. Jedes Terminal zeigte zunächst dieselbe Homepage an, die Website der chassidischen Bewegung. Ein Laufband auf der linken Seite zeigte Geburtsmeldungen: Zvi Chaim bei den Friedmans, Tova Leah bei den Susskinds, Chaya Ruchi bei den Slonims. Ein Banner am oberen Rand zeigte das Rabbinergesicht, das auch an der Wand hing, im Wechsel mit der Jerusalemer Skyline. Darunter stand: *Lang lebe der Rebbe Melech Hamoschiach in Ewigkeit.*

Will las den Satz dreimal, als könne er einen kryptischen Hinweis enthalten. Was *Melech* bedeutete, wusste er nicht, aber *Moschiach* war ihm inzwischen vertraut, auch wenn er es in diesem Zusammenhang noch nirgends gesehen hatte. Das Wort, auf das es ankam, war *Rebbe*. Der Mann auf dem Bild, das überall hing – ein alter Rabbi mit biblisch weißem Bart und schwarzem Hut – war ihr Oberhaupt, ihr Rebbe.

Für Will war es ein erster Durchbruch. Wenn er diesen Mann finden könnte, würde er eine Antwort auf ein paar Fragen bekommen. Eine Gemeinde wie diese war sicher hierarchisch geordnet und diszipliniert: Nichts würde hier ohne die Einwilligung des Oberhaupts passieren. Wenn Beth von Leuten aus Crown Heights entführt worden war, musste der Rebbe dahinter stehen. Und er würde wissen, wo sie jetzt war.

Eilig verließ er das Lokal; er musste diesen Rebbe so schnell wie möglich finden. Auf der Straße fiel ihm auf, dass alle Leute es plötzlich genauso eilig hatten. Vielleicht war etwas passiert. Ob sie von der Entführung erfahren hatten?

Zwei Straßen weiter fand er, was er suchte: ein Lokal, wo man essen und trinken konnte. Für einen Reporter waren Cafés, Bars und Restaurants wichtige Orte. Wenn man mit Fremden sprechen wollte, konnte man es hier besser als anderswo. Man konnte ja kaum an fremde Haustüren klopfen, und auf der Straße jemanden anzusprechen, war immer erst das letzte Mittel. Aber in einem Café konnte man jederzeit eine Unterhaltung anfangen – und eine Menge in Erfahrung bringen.

Hier gab es keine Cafés und keine Bars, aber Marmerstein's Glatt Kosher würde genügen. Es hatte weniger Ähnlichkeit mit einem Restaurant als mit einer Kantine: An einer Theke gaben stattliche, großmütterlich aussehende Frauen heiße Mahlzeiten aus. Die Gäste waren hagere, blasse Männer, die Hähnchenschnitzel, saucengetränkte Kartoffeln und Eistee hinunterschlangen, als hätten sie seit vierundzwanzig Stunden nichts mehr gegessen. Will fühlte sich an den Speisesaal im Internat erinnert: dicke Frauen, die dünnen Jungen zu essen gaben.

Aber die Szenerie hier war bizarrer. Die Männer mochten aussehen, als stammten sie aus einem Bildband über das Europa des siebzehnten Jahrhunderts, aber mehrere telefonierten mit Handys. Einer tippte etwas in einen Blackberry und las gleichzeitig die *New York Post*. Der Zusammenprall von Alt und Neu war atemberaubend.

Will stellte sich an der Speisetheke an; er hatte zwar keinen Appetit, aber er brauchte einen Grund für seinen Aufenthalt hier. Unschlüssig stand er vor der Entscheidung, welches Gemüse er nehmen sollte – matschig gekochte Brokkoli oder matschig gekochte Möhren –, und wurde sofort von einer der Babuschkas hinter der Theke zur Eile getrieben.

»Beeilen Sie sich, ich will zum Schabbes nach Hause«, sagte sie, ohne zu lächeln. Das erklärte die Eile draußen auf der Straße: Es war Freitagnachmittag, und der Sabbat begann gleich. Tom hatte so etwas erwähnt, als er bei ihm weggegangen war, aber Will hatte es nicht registriert. Er hatte nicht daran gedacht, welcher Tag heute war. Aber das war eine schlechte Neuigkeit. Wahrscheinlich würde Crown Heights innerhalb der nächsten zwei Stunden wie ausgestorben sein; niemand würde mehr unterwegs sein, und er würde nichts weiter erfahren können. Er hatte keine Wahl, er musste jetzt schnell handeln.

Er fand, was er suchte: einen Mann, der allein am Tisch saß. Für britische Weitschweifigkeit war keine Zeit. Er musste mit amerikanischer Direktheit vorgehen: *Hi, wie geht's, wo kommen Sie her?*

Der Mann hieß Sandy und war von der Westküste. Beides war eine Überraschung für Will; irgendwie hatte er erwartet, dass diese Männer mit ihren Bärten und schwarzen Hüten fremdartige Namen tragen und mit russischem oder polnischem Akzent sprechen würden. Es war ein Teil des Kulturschocks der letzten Stunde: die Erkenntnis, dass ein Eckchen dessen, was mittelalterliches Europa hätte sein können, hier und jetzt lebte und atmete, im New York des 21. Jahrhunderts. Als er jetzt einen Mann namens Sandy mit reinstem kalifornischen Akzent reden hörte, begriff er, wie wenig er über diese Welt wirklich wusste. Aber er musste sie kennen lernen, wenn er Beth finden wollte. Er fühlte sich wie ein Schwimmschüler, der merkt, dass er keinen Boden mehr unter den Füßen hat.

»Sind Sie Jude?«

»Nein, nein, ich bin Journalist.« Eine alberne Antwort. »Ich meine, ich bin hier, weil ich Journalist bin. Bei der Zeitschrift *New York*.«

»Cool. Wollen Sie über den Rebbe schreiben?«

»Ja. Na ja, unter anderem. Über die Community hier.«

Wie sich herausstellte, war Sandy noch ziemlich neu in Crown Heights. Er sei »'n Surfertyp« in Venice Beach gewesen, habe »rumgehangen, 'ne Menge Drogen genommen«. Bis vor sechs Jahren sei sein Leben ein Saustall gewesen, aber dann habe er einen Abgesandten des Rebbe kennen gelernt, der eine Nothilfeeinrichtung an der Küste gegründet hatte. Dieser Rabbi Gershon habe ihm eines Freitagabends ein warmes Essen gegeben, und so habe alles angefangen. Am nächsten Sabbat sei Sandy wieder dort vorbeigekommen und habe dann bei Gershon zu Hause übernachtet. »Und wissen Sie, was das Beste war – besser als Essen und Unterkunft?«, fragte Sandy mit einer Eindringlichkeit, die Will bei jemanden, den er gerade erst kennen gelernt hatte, fast peinlich fand. »Sie urteilten nicht über mich. Sie sagten nur, Hashem liebt jede jüdische Seele, und Hashem versteht, warum wir manchmal einen Umweg nehmen. Warum wir uns manchmal verirren.«

»Hashem?«

»Sorry, das ist Gott. Hashem bedeutet wörtlich: der Name. Im Judentum kennen wir den Namen Gottes, wir sehen ihn geschrieben, aber wir sprechen ihn niemals laut aus.«

Will ließ Sandy weiterreden. Er habe sein Leben in die Hände des Rebbe und seiner Anhänger gegeben. Er habe angefangen, sich zu kleiden wie sie, koscher zu essen, morgens und abends zu beten und den Sabbat zu ehren, indem er sich aller Arbeit und Geschäfte enthielt – kein Einkaufen, kein elektrischer Strom, keine U-Bahnfahrten –, und zwar von Sonnenuntergang am Freitag bis Sonnenuntergang am Samstag.

»Haben Sie so was früher auch getan?«

»Ich? Sie machen Witze. Mann, ich wusste nicht mal, was Schabbes war! Ich hab alles gegessen, was sich bewegte:

Hummer, Krebse, Cheeseburger. Meine Mom wusste nicht, was koscher war und was treif.«

»Und was sagt sie zu – Sie wissen schon, zu dem hier?« Will deutete auf Sandys Kleidung und seinen Bart.

»Wissen Sie, das ist 'ne Art Prozess?« Die modische Art, Sätze wie eine Frage klingen zu lassen – selbst hier. »Die Sache mit dem koscheren Essen war schwer für sie – dass ich nicht mit ihr essen kann, wenn ich sie zu Hause besuche. Und jetzt, wo ich Kinder habe, wird's knifflig. Aber zweifellos das Schwierigste für sie? Dass ich nicht mehr Sandy bin, sondern Shimon Shmuel. Das kriegt sie nicht in den Kopf.«

»Sie haben Ihren Namen geändert?«

»Als Namensänderung würde ich es eigentlich nicht bezeichnen. Jeder Jude hat einen hebräischen Namen, auch wenn er ihn nicht kennt. Es ist der Name der Seele. Ich kann also sagen, ich hab meinen wirklichen Namen entdeckt. Aber ich benutze beide. Wenn ich meine Mom besuche oder jemanden wie Sie kennen lerne, heiße ich Sandy. In Crown Heights bin ich Shimon Shmuel.«

»Was können Sie mir über diesen Rebbe sagen?«

»Er ist unser Oberhaupt und ein großer Lehrer. Wir alle lieben ihn, und er liebt uns.«

»Tun die Leute alles, was er sagt?«

»So ist es eigentlich nicht, Tom.« (Will hatte schnell nachdenken müssen. Bei all seiner Vorbereitung hatte er vergessen, sich ein Pseudonym auszusuchen. Deshalb hatte er Toms Vornamen und den Mädchennamen seiner Mutter genommen: Sandy glaubte, er rede mit einem Freelance-Reporter namens Tom Mitchell.) »Der Rebbe weiß einfach, was für uns alle richtig ist. Er ist der Hirte, und wir sind seine Schafe. Er weiß, was wir brauchen, wo wir wohnen und wen wir heiraten sollen. Insofern – ja, wir hören auf seinen Rat.«

Will sah seine Vermutung bestätigt. Der Rebbe zog die Strippen hier.

»Und wo wohnt er?«

»Hier in der Gemeinde, jeden Tag.«

»Kann ich ihn kennen lernen?«

»Sie sollten heute Abend zur *shul* kommen.«

»*Shul*?«

»Die Synagoge. Aber sie ist mehr als das. Das ist sozusagen unsere Zentrale, unser Versammlungshaus, unsere Bibliothek. Da erfahren Sie alles, was Sie über den Rebbe wissen müssen.«

Will beschloss, sich an Sandy anzuhängen. Er brauchte einen Führer, und Sandy war ideal. Er war nicht viel älter als Will, er war kein Rabbi und kein Gelehrter, keine Autoritätsperson, bei der er sich einschmeicheln musste, sondern ein ausgebrannter Hippie, der vermutlich ganz einfach um Hilfe gerufen hatte. Wären die Moonies schneller gewesen, wäre Sandy zu ihnen gegangen. Er war ein Mann, den man auffangen musste, wenn er stürzte. Aber er war jetzt Wills einziger Hoffnungsanker.

Plaudernd gingen sie zusammen zu Sandys erster Station.

»Sagen Sie, Sandy, was hat es mit dieser Kleidung auf sich? Wieso kleiden Sie sich alle gleich?«

»Ich geb zu, dass ich das am Anfang ziemlich schräg fand. Aber wissen Sie, was der Rebbe sagt? Wir sind individueller, weil wir uns so kleiden.«

»Wie kommt er denn darauf?«

»Na ja, was uns voneinander unterscheidet, ist nicht das Designerhemd, das wir tragen, oder irgendein teurer Anzug. Nichts Äußerliches. Was uns unterscheidet, ist das, was drinnen ist: unser wahres Selbst, unser *neshama*, unsere Seele. Das ist es, was nach außen strahlt. Wenn das Äußere irrelevant ist, wenn wir alle gleich aussehen, können die Menschen anfangen, das Innere zu sehen.«

Inzwischen waren sie bei einem Gebäude angekommen, das Sandy als *mikve* bezeichnete; es sei das rituelle Bad, erklärte er. Sie stellten sich in die Warteschlange, zahlten einen Dollar bei dem Aufseher, und Will ließ sich für weitere fünfzig Cent ein Handtuch geben. Dann ging es die Treppe hinunter in einen Raum, der aussah wie ein großer Umkleideraum.

Als Sandy die Tür öffnete, prallte ihnen eine Dampfwolke entgegen. Die Luft schien zu tropfen, und Will musste drei- oder viermal blinzeln, bis er wieder sehen konnte. Dann wich er zurück, als habe ihn jemand geschlagen.

In dem Raum drängten sich Männer und Jungen, die nackt oder fast nackt waren. Dürre Teenager, dickbäuchige Männer um die fünfzig mit Bärten, die von der Feuchtigkeit kraus waren, und runzlige Greise – sie alle legten ihre komplette Kleidung ab. Will war oft genug in der Turnhalle gewesen, aber da war das Altersspektrum kleiner, es waren weniger Leute da, und die Lautstärke war viel geringer. Hier schien jeder zu reden, und die kleineren Jungen schrien.

»Wir dürfen nichts am Leibe tragen, wenn wir die Mikwe betreten«, sagte Sandy. »Sonst werden wir nicht rein für den Schabbes. Unsere Haut muss überall Berührung mit dem Regenwasser haben, das in der Mikwe gesammelt ist. Wenn wir einen Trauring tragen, müssen wir ihn abnehmen. Wir müssen sein wie am Tag unserer Geburt.«

Will schaute den Ring an seinem Finger an, den Beth ihm gegeben hatte. Bei der Trauung hatte sie ihn aufgesteckt und dabei ein Gelübde geflüstert, das nur für seine Ohren bestimmt war. »Mehr als gestern, weniger als morgen.« Damit war die Liebe zwischen ihnen gemeint.

Jetzt stand er mitten unter nackten Männern. Manche legten eine fransenbesetzte Weste ab – Sandy erklärte, dass sie auf religiösen Befehl getragen wurden: eine Erinnerung an Gott, selbst unter dem Hemd –, andere legten sie wieder an, sodass die Nässe der noch nicht getrockneten Haut sie unverzüglich durchdrang, und einige murmelten Gebete in einer Sprache, die Will nicht verstand. Was für eine seltsame Welt, dachte er, dass die Liebe zu Beth mich in diesem Augenblick an diesen Ort bringen kann.

»Kommen Sie?« Sandy deutete auf das Becken. Wenn er das Vertrauen dieses Mannes gewinnen wollte, musste Will Respekt zeigen und das erforderliche Ritual mit ihm vollziehen.

»Sofort«, sagte er. Er zog sich aus und streifte auch den Trauring ab. Mit behutsamen Schritten folgte er Sandy, und er dachte dabei an seine Schulzeit und den Gang zur Gemeinschaftsdusche nach einem winterlichen Rugbytraining. Das hier hatte große Ähnlichkeit damit – bis hin zu den schwärzlichen Wasserpfützen und den vereinzelten Schamhaaren auf dem weißen Fliesenboden.

Die Mikwe selbst sah aus wie ein kleines Tauchbecken, und man tauchte tatsächlich darin ein. Die Stufen hinunter, ein, zwei Schritte weiter – und dann ließ man sich vollständig unter Wasser sinken, sodass kein Haar auf dem Kopf trocken blieb. Das tat man noch zweimal, und dann stieg man wieder hinaus. Die Temperatur war angenehm, aber niemand blieb länger im Wasser. Es war kein Badevergnügen, kein Whirlpool: Sie waren hier, um sich zu reinigen.

Als Will sich mit angehaltenem Atem unter die Oberfläche sinken ließ, erfüllte ihn plötzlich Zorn. Nicht auf die Männer hier, nicht einmal auf Beths Entführer, sondern auf sich selbst. Seine Frau war verschwunden, vielleicht in großer Gefahr – und er plantschte hier splitternackt herum. Er war nicht da, wo er sein sollte, auf einem Revier des New York Police Department, umgeben von flimmernden Computerterminals, vor denen Kidnapping-Spezialisten saßen, die allesamt rund um die Uhr arbeiteten und Telefonate verfolgten und mit Hilfe allerneuester Entschlüsselungstechniken E-Mails decodierten, bis ein Officer sich schließlich umdrehte und verkündete: »Ich hab ihn!«, worauf alles in die Mannschaftswagen stürmte und zwei Hubschrauber starteten und ein Sondereinsatzkommando mit Scharfschützen die Verbrecherhöhle umzingelte und schließlich die zitternde, aber unversehrte Beth in eine Wolldecke gehüllt herausführte, gefolgt von dem Entführer in Handschellen oder – besser noch – in einem Leichensack. Solche Gedanken gingen ihm durch den Kopf, während er mit angehaltenem Atem in dem Regenwasser hockte, das seinen Körper reinigen sollte. Ich hab zu viele Filme gesehen, dachte er, als er auftauchte, tief durchatmete und das Wasser aus den Haaren schüttelte. Aber das Gefühl in seinem Innersten verging nicht. Er sollte auf der Suche nach Beth sein, und stattdessen badete er hier mit dem Feind.

Während er sich abtrocknete und wieder anzog, sah er die Männer ringsherum unwillkürlich mit anderen Augen. Welche finsteren Geheimnisse verbargen sie vor ihm? Waren sie schuld- und ahnungslos, oder waren sie alle an der Entführung seiner Frau beteiligt? Handelte es sich um eine Verschwörung, die beim Rebbe anfing und sie alle einschloss? Er sah Sandy an, der mit Haarklammern herumnestelte und sich die schwarze Kippa auf den Kopf stülpte. Er sah jedenfalls aus wie ein Unschuldsengel, aber vielleicht verstellte er sich nur sehr geschickt.

Will dachte an ihre Unterhaltung in dem Restaurant. Er hatte geglaubt, Sandy aufs Korn zu nehmen, aber vielleicht war es ja andersherum gewesen. Vielleicht war dieser »Sandy« ihm gefolgt, seit er nach Crown Heights gekommen war, und hatte dafür gesorgt, dass er im richtigen Augenblick allein im Marmerstein's gesessen hatte? Das wäre so schwierig nicht. Waren diese Leute nicht berühmt für ihren Listenreichtum …?

Will bremste sich. Er sah, was passierte: Er geriet in Panik und ließ zu, dass ein roter Nebel seinen Blick verschleierte, während er dringend einen klaren Kopf behalten musste. Mit vermoderten alten Vorurteilen würde er Beth nicht retten, ermahnte er sich streng. Sei geduldig, bleib höflich, und du wirst die Wahrheit finden.

Sie gingen auf einen Sprung zu Sandy nach Hause. Will vermutete, dass man ihm dieses Haus einfach zugewiesen hatte: Es war in einem Stil eingerichtet, der zu ihrer Großvätergeneration gepasst hätte. Die weißen Kunststoffschränke dürften in den siebziger Jahren modern ausgesehen haben, und der Linoleumboden schien aus der Kennedy-Ära zu stammen. In der Küche waren zwei Spülbecken, und in der Ecke hing ein großer, industriemäßig aussehender Boiler mit einem eigenen Wasserhahn. An jeder Wand hingen Fotos des Mannes, den Will inzwischen als den Rebbe kannte.

Nur das Wohnzimmer wies darauf hin, dass hier ein junges Paar zu Hause war. Es wurde von einem Laufstall beherrscht, und überall lag rotes und gelbes Plastikspielzeug herum. Mittendrin saß ein kleiner Junge und schob einen Kipplaster hin und her. Am Rand einer sehr einfachen Couch saß eine Frau, die einem Baby das Fläschchen gab.

Plötzlich überfiel Will ein Gefühl, das er nicht erwartet hatte: Neid. Zuerst dachte er, er beneide Sandy darum, dass sein Heim intakt und seine Frau in Sicherheit war. Aber darum ging es nicht. Er beneidete die Frau, weil sie Kinder hatte. Dies war eine völlig neue Wahrnehmung, aber in diesem Moment wollte er wie in Vertretung für Beth das Baby und den kleinen Jungen haben. Er sah sie mit Beths Augen, als die Kinder, die sie sich so sehr wünschte. Vielleicht begriff er zum ersten Mal ihre Sehnsucht. Nein, es war mehr. Er empfand sie selbst.

Das Haar der jungen Frau war von einer kleinen weißen Haube bedeckt, die kein bisschen schmeichelhaft aussah. Darunter war die gleiche Pagenfrisur, die alle Frauen hier in Crown Heights zu tragen schienen.

»Das ist Sara Leah«, sagte Sandy flüchtig und ging zur Treppe.

»Hi, ich bin Tom.« Will streckte ihr die Hand entgegen. Sara Leah wurde rot und schüttelte den Kopf, ohne ihm die Hand zu geben. »Sorry«, sagte Will. Offenbar gingen die Sittsamkeitsvorschriften für Frauen über simple Bekleidungsregeln hinaus, und sie durften Fremde weder anschauen noch berühren.

»Okay, dann gehen wir jetzt zur *schul*!«, rief Sandy und kam polternd die Treppe herunter. Er musterte Will. »Die brauchen Sie nicht«, sagte er und deutete auf die Tasche, die Will über der Schulter trug.

»Das ist schon okay, ich nehme sie mit.« Die Tasche enthielt seine Brieftasche, den Blackberry und – was das Wichtigste war – sein Notizbuch.

»Tom, ich möchte nicht, dass Ihnen in der *schul* etwas lästig ist. Wir haben Schabbes, und am Schabbes tragen wir nichts.«

»Aber da sind nur Schlüssel drin, Geld und so weiter.«

»Ich weiß, aber wir tragen diese Dinge nicht bei uns in der *schul* oder am Freitagabend.«

»Keinen Hausschlüssel?«

Sandy zog das Hemd hoch und ließ seinen Hosenbund sehen. An einer Gürtelschlaufe hing eine Schnur mit einem einzelnen silbernen Schlüssel. Will überlegte hastig.

»Sie können Ihre Tasche hier lassen. Ich hoffe, Sie essen das Schabbesmahl mit uns; dann können Sie sie ja wieder mitnehmen.«

Will war einverstanden. Er legte die Tasche ab und konnte nur hoffen, dass Sara Leah nicht hineinschauen würde: Ein Blick auf seine Kreditkarten, und sie würde wissen, dass er nicht Tom Mitchell war, sondern Will Monroe, und dann wäre nicht viel Detektivarbeit nötig, um herauszufinden, dass er der Ehemann der entführten Frau war, von der alle diese Leute sicher wussten. Sie würde den Rebbe oder seine Handlanger alarmieren, und dann würden sie ihn in ein Verlies sperren, genau wie Beth.

Beruhige dich, das wird nicht passieren. Alles wird gut gehen.

»Okay, ich lasse sie hier.« Er stellte seine Tasche neben den Berg Schuhe und den Kinderwagen neben der Tür und folgte Sandy nach draußen.

Es war nur ein paar Straßen weit bis zur Synagoge. Zweier- und Dreiergruppen von Männern, Freunde oder Väter mit ihren Söhnen, gingen in dieselbe Richtung. Vor dem Gebäude war eine Art Piazza, wie dazu gemacht, Leuten einen Platz zu bieten, wo sie sich treffen konnten. Zwei Treppen führten von dort zum Haus hinunter. Vor der Tür sog ein Mann heftig an einer Zigarette. »Die letzte vor dem Schabbes«, erklärte Sandy lächelnd. Also war für die nächsten vierundzwanzig Stunden auch das Rauchen verboten.

Der Innenraum war das genaue Gegenteil von einer Kirche, fand Will. Er war riesenhaft wie eine Kathedrale, aber der Stil hätte unterschiedlicher nicht sein können. Genau genommen hatte dieser Raum gar keinen Stil; er ähnelte einer High-School-Turnhalle, aber auch hier waren die Wände mit der nachgemachten Holztäfelung versehen – einer Tapete mit Kiefernholzmaserung –, die er auch schon in dem Internetcafé gesehen hatte. Im hinteren Teil, vor einigen Bücherregalen, standen ein paar Reihen Bänke und Tische. Dort waren alle Plätze besetzt, und der Lärmpegel stieg immer weiter an. Will begriff bald, dass dies keine allgemeine Versammlung war, sondern ein Gewirr von mehreren Diskussionen. Paarweise debattierten Männer miteinander, und jeder war über ein hebräisches Buch gebeugt. Sie wiegten sich vor und zurück, ob sie sprachen oder nur zuhörten. Neben ihnen saß ein Zuhörer oder ein weiteres Paar, das ebenso eindringlich diskutierte. Will spitzte die Ohren.

Sie sprachen eine Mischung aus Englisch und einer Sprache, die er für Hebräisch hielt, in einem Singsangton im Takt ihrer wiegenden Bewegungen.

»Was also wollen die *Rabonim* uns sagen? Wir lernen, dass Haschem, auch wenn wir vielleicht wünschten, wir könnten unaufhörlich studieren, weil dies die größte *Mizwa* und die höchste Freude ist, die wir je erleben können, tatsächlich aber will, dass wir auch andere Dinge tun: dass wir arbeiten und unseren Lebensunterhalt verdienen.« Bei den letzten Worten senkte sich die Stimme, aber dann stieg sie wieder an. »Warum kann Haschem das wollen? Warum kann Haschem, der doch sicher will, dass wir voller Weisheit und *Jiddishkeit* sind – warum wird Er nicht wollen, dass wir ständig studieren?« Die Stimme wurde immer höher. »Die Antwort lautet« – und ein erhobener Finger deutete zur Decke und unterstrich, was der Mann zu sagen hatte – »dass wir das Licht nur schätzen können, wenn wir die Dunkelheit erfahren.«

Jetzt war sein Freund, sein Studienpartner, an der Reihe, den Faden aufzunehmen – und den Singsang.

»Mit anderen Worten, um die ganze Schönheit der Thora und des Lernens zu schätzen, müssen wir das Leben abseits des Lernens kennen. So lehrt die Geschichte Noachs jeden Chassiden, dass er nicht sein ganzes Leben in der *Jeschiwa* verbringen kann, sondern auch alle seine anderen Pflichten erfüllen muss – als Ehemann oder Vater oder was auch immer. Darum ist der *Zadik* nicht immer der Klügste im Dorf; manchmal ist der wahrhaft gute Mann ein einfacher Schuster oder Schneider, der die Freuden der Thora wirklich kennt und versteht, weil er den Kontrast zu seinem restlichen Leben kennt und versteht. Ein solcher Jude weiß das Licht wahrhaft zu schätzen, weil er die Dunkelheit kennt.«

Will konnte kaum folgen; der Stil des Ganzen war anders als alles, was er je gehört hatte. Vielleicht war es so auch in den Klöstern im Mittelalter gewesen: Mönche, die über Texten brüteten und sich inbrünstig bemühten, das Wort Gottes zu durchdringen. Er wandte sich an Sandy.

»Was studieren sie da? Ich meine, was ist das für ein Buch?«

»In der *Jeschiwa*, in der religiösen Akademie, studieren die Leute meistens den Talmud.«

Will sah ihn verständnislos an.

»Na, den Kommentar. Rabbiner debattieren darin über

die genaue Bedeutung eines jeden Worts in der Thora. Ein Rabbiner oben links auf einer Seite des Talmud streitet mit einem unten rechts über die zwei Dutzend verschiedenen Bedeutungen eines einzelnen Buchstaben in einem einzelnen Wort.«

»Und das ist es, was sie jetzt lesen?« Will deutete auf die beiden Männer, deren Diskussion er verfolgt hatte. Sandy reckte den Hals, um zu sehen, welches Buch sie vor sich liegen hatten.

»Nein, das sind Kommentare, die der Rebbe geschrieben hat.« Der Rebbe, dachte Will. Sogar seine Worte werden so andächtig studiert wie die Heilige Schrift.

Während sie sprachen, füllte der Raum sich immer mehr; noch immer kamen viele Leute herein, überwiegend in Gruppen. Manche beteten, aber nicht zusammen. Die eine Gruppe war der hinteren Wand zugewandt, die andere der vorderen. Will war schon einmal in einer Synagoge gewesen – zur Bar Mizwa eines Schulfreundes –, aber da war es nicht so zugegangen: Es war ein zentraler Gottesdienst gewesen, und einigermaßen still (wenn auch nicht so mucksmäuschenstill wie in einer Kirche). Aber hier schien überhaupt keine Ordnung zu herrschen.

Und das Merkwürdigste war, er sah nur Männer. Hunderte dieser weißen Hemden und dunklen Anzüge und nirgends ein weiblicher Farbtupfer.

»Wo sind die Frauen?«

Sandy deutete hinauf zu einem Balkon, der aussah wie eine Theaterloge, aber dort war niemand zu erkennen, weil ein von außen undurchsichtiges Plastikfenster den Blick versperrte. Man sah nur Umrisse dahinter, Schatten, die durch eine kleine Lücke am unteren Rand der Scheibe deutlicher zu sehen waren. Will fragte sich, ob dieser Spalt zur Belüftung diente. Angestrengt spähte er hinauf und versuchte, Gesichter zu erkennen, aber dann gab er auf: Er begriff, dass er nach Beth gesucht hatte.

Der Frauenbezirk dort oben bereitete ihm Unbehagen. Er fühlte sich beobachtet – als wären die unsichtbaren Frauen hinter der Scheibe Geister, die dem Treiben der Männer zuschauten. Er stellte sich ihre Perspektive vor: Er musste aus der Menge hervorstechen, der einzige Mann, der nicht in Schwarz und Weiß gekleidet war, sondern Chinos und ein blaues Hemd trug.

Von nirgendwoher kam plötzlich ein Händeklatschen. Die Männer formierten sich in zwei Reihen, als bildeten sie eine Gasse für eine Prozession. Der Rhythmus des Klatschens wurde schneller, und die Männer fingen an zu singen.

Jechi HaMelech, Jechi HaMelech.

Sandy übersetzte es ihm: »Lang lebe der König.«

Jetzt stampften die Leute mit den Füßen. Manche wiegten sich hin und her, andere sprangen tatsächlich in die Höhe.

Das Ganze erinnerte Will an die alten Archivbilder kreischender Mädchen, die auf die Beatles warteten. Aber das hier waren erwachsene Männer, die sich in erwartungsvolle Raserei steigerten. Einer war puterrot im Gesicht, er bewegte sich ruckartig hin und her, steckte zwei Finger in den Mund und stieß einen lauten Pfiff aus.

Will betrachtete die Gesichter, die sich vor ihm drängten. Sie sahen nicht alle gleich aus; manche, vermutete er, waren Russen, andere, etwas weniger förmlich gekleidete Männer waren dunkler und sahen aus wie Israelis. Einen Mann mit einem spärlichen Bart hielt er für einen Vietnamesen. Sandy sah, wen er anschaute.

»Ein Konvertit«, erklärte er mit lauter Stimme, um das Getöse zu übertönen. »Das Judentum ermutigt eigentlich niemanden zum Konvertieren, aber wenn es geschieht, ist der Rebbe sehr entgegenkommend. Sehr viel mehr als die meisten Juden. Er sagt, ein Neuling ist genauso gut wie jemand, der als Jude geboren ist – vielleicht sogar besser, weil er sich dafür entschieden hat, Jude zu sein –«

Den Rest hörte Will nicht, weil er zwischen zwei Männern nach vorn geschoben wurde. Er war Teil einer großen, vorwärts brandenden Woge – die jetzt, ohne Stichwort oder Befehl, zurückflutete.

Die Kinder schienen die Richtung zu bestimmen. Mehrere Jungen, die nicht älter als acht Jahre sein konnten, saßen auf den Schultern ihrer Väter und reckten die Fäuste immer wieder in dieselbe Richtung. Sie sahen aus wie minderjährige Fußball-Hooligans, die einen Schiedsrichter beschimpften. Aber sie wandten sich nicht an eine Person, sondern an einen Thron.

Dieses Wort zumindest kam ihm sofort in den Sinn. Es war ein großer Stuhl, mit dickem roten Samt bedeckt. In einem spartanischen Raum wie diesem stach er als üppiges, luxuriöses Möbelstück hervor. Kein Zweifel – dieser Thron wurde verehrt.

Jechi Adonenu Morenu v'Rabenu, jichje melech hamoschiach, le'dam va'ed.

Diesen Vers sang die Menge immer wieder, und zwar mit einer Inbrunst, die Will erhebend und zugleich erschreckend fand.

Er beugte sich zu Sandy hinüber und schrie ihm ins Ohr: »Was bedeutet das?«

»Lang lebe unser Meister, unser Lehrer, der Rebbe, König Messias in Ewigkeit.«

Messias. Natürlich. Das war es, was dieses allgegenwärtige Wort bedeutete. *Moschiach* war »der Messias«. Warum war er so begriffsstutzig gewesen? Für diese Leute war der Rebbe nicht weniger als der Messias.

Will reckte sich zu voller Größe auf, um über die Menge hinwegzusehen, die den Thron anstarrte und sich erwartungsvoll heiser brüllte. Sicher würde der Rebbe jetzt jeden Augenblick erscheinen. Aber wie seine Anhänger ihre jetzige Ekstase noch übertreffen sollten, wenn er käme, konnte Will sich nicht vorstellen.

Der Lärm war ohrenbetäubend. Will wollte Sandy noch etwas fragen, aber er war in dem Gedränge nach vorn geschoben worden. Er war unbehaglich dicht mit einem anderen Mann zusammengezwängt, der ihn anlächelte, erheitert von der plötzlichen Intimität. Was soll's, dachte Will.

»Verzeihung, aber können Sie mir sagen, wann der Rebbe kommt? Wann fängt es an?«

»Wie bitte?«

»Wann fängt es an?«

In diesem Moment, und bevor der Mann Gelegenheit zur Antwort hatte, fühlte Will eine schwere Hand auf seiner Schulter, und in seinem Ohr dröhnte ein tiefer Bariton.

»Für Sie, mein Freund, ist es hier zu Ende.«

16

FREITAG, 20.20 UHR, CROWN HEIGHTS, BROOKLYN

Die Hand ließ seine Schulter los, und dafür packten zwei Händepaare seine Arme. Zwei Männer nahmen ihn in die Mitte, beide kaum älter als zwanzig, aber größer und stärker als er. Der eine hatte einen rötlichen Vollbart, der andere nur ein paar spärliche Barthaare am Kinn. Beide blickten stur geradeaus und schoben ihn vorwärts durch die Menge. Will war zu erschrocken, um zu schreien, und es hätte ihn auch niemand gehört. In diesem Trubel würde man drei zusammengedrängte Männer kaum zur Kenntnis nehmen, zumal da zwei von ihnen begeistert sangen.

Er wurde vom Thron weg nach hinten zu der Bibliothek geführt, wo es etwas weniger eng war. Will war nicht gut im Schätzen – er hatte keine Erfahrung mit der Berichterstattung über Demonstrationen –, aber er vermutete, dass sich inzwischen zwei- oder dreitausend Leute in dem Gebäude versammelt hatten, und alle sangen mit solcher Lautstärke, dass die beiden ihn an Ort und Stelle hätten umbringen können, ohne dass jemand etwas gemerkt hätte.

Sie führten ihn hinter die Regale und durch einen engen, ausgetretenen Korridor. Der Rotbart öffnete eine Tür, dann noch eine, und schließlich kamen sie in einen Raum, der aussah wie ein kleines Klassenzimmer: Bänke und Tische aus dunklem Holz, Regale mit ledergebundenen Büchern und goldenen hebräischen Schriftzeichen auf dem Rücken. Mit festem Griff drückten sie ihn auf einen steifen Plastikstuhl, der mitten im Raum stand, und legten ihm eine Hand auf beide Schultern, um ihn niederzuhalten.

»Ich verstehe das nicht«, sagte Will kläglich. »Was geht hier vor? Wer sind Sie?«

»Warten Sie.«

»Warum haben Sie mich hergebracht?«

»Ich habe gesagt, Sie sollen warten. Unser Lehrer wird gleich hier sein. Mit ihm können Sie sprechen.«

Der Rebbe. Endlich.

Der Lärm dröhnte noch immer durch das Gebäude. Vielleicht war der Rebbe endlich in der Halle erschienen; vielleicht bearbeitete er die Massen, bevor er herkäme, um Will zu bearbeiten. Der Boden vibrierte wie unter den Bassklängen in einem Nightclub. Aber ob es noch lauter geworden war, als sei der Rebbe erschienen, als Will hinausgeschafft wurde, konnte er nicht sagen.

»Okay, dann wollen wir anfangen.«

Wieder die Baritonstimme, wieder hinter ihm. Will wollte sich umdrehen, aber die Hände auf seinen Schultern packten zu und hielten ihn fest.

»Wie heißen Sie?«

»Tom Mitchell.«

»Willkommen, Tom, und einen guten Schabbes. Sagen Sie mir, was verschafft uns das Vergnügen Ihrer Gesellschaft hier in Crown Heights?«

»Ich will eine Story über die chassidische Gemeinde für die Zeitschrift *New York* schreiben. Eine neue Kolumne. Sie heißt *Farben des Big Apple*.«

»Wie nett. Und warum kommen Sie ausgerechnet an diesem Wochenende?«

»Ich hab den Auftrag erst diese Woche bekommen. Es war das erste Wochenende, an dem ich konnte.«

»Sie haben nicht vorher angerufen, nicht vielleicht irgendetwas arrangiert?«

»Ich wollte mich nur umsehen.«

»Schauen, wie die Eingeborenen in ihrer natürlichen Umgebung leben?«

»So würde ich es nicht ausdrücken«, krächzte Will. Der Druck der Hände auf seinen Schultern machte sich bemerkbar. »Ich bin hoffentlich nicht unhöflich, wenn ich frage, warum Sie mich so festhalten?«

»Wissen Sie, Mr. Mitchell, ich bin froh, dass Sie mir diese Frage stellen, denn ich möchte nicht, dass Sie einen falschen Eindruck von Crown Heights und seinen Bewohnern bekommen. Gäste sind uns hier willkommen, wirklich. Wir laden sie in unsere Häuser ein. Wir sind nicht einmal gegen die Presse feindselig; schon oft sind Reporter hier gewesen. Sogar die *New York Times* hat uns gelegentlich besucht. Nein – der Grund für diesen …« Er zögerte.

»… für diesen ungewöhnlichen Empfang ist nur dies: Ich glaube nicht, dass Sie uns die Wahrheit sagen.«

»Aber ich *bin* Reporter. Das ist die Wahrheit.«

»Nein, die Wahrheit ist, Mr. Mitchell, dass jemand in Angelegenheiten geschnüffelt hat, die ausschließlich unsere eigenen sind, und ich frage mich, ob Sie nicht dieser Jemand sind.« Die Stimme war lauter geworden, und der Sprecher wartete, bis er sein Gleichgewicht wieder gefunden hatte. »Entspannen wir uns, ja? Es ist Schabbes, und wir alle haben eine harte Woche hinter uns. Wir haben schwer gearbeitet. Jetzt wollen wir ruhen. Also wollen wir uns Zeit nehmen und gelassen bleiben. Zurück zu meiner Frage. Sie haben sich eine ganze Weile mit Shimon Shmuel unterhalten, und deshalb bin ich sicher, dass Sie schon ein paar Dinge über unsere Gebräuche erfahren haben.«

Also haben sie mich beobachtet.

»Sie sind ein intelligenter Mann. Sie haben inzwischen verstanden, dass die Einhaltung des Sabbat eine unserer strengsten Vorschriften ist.«

Will antwortete nicht.

»Mr. Mitchell?«

»Ja, das habe ich verstanden.«

»Sie wissen, dass es uns verboten ist, am Sabbat etwas zu tragen, nicht wahr?«

»Ja. Sandy hat es mir gesagt. Shimon Shmuel.« Sofort bereute er, dass er Sandys hebräischen Namen hinzugefügt hatte; es klang, als wolle er sich einschmeicheln.

»Er hat vielleicht nicht erwähnt, dass es uns am Sabbat nicht nur verboten ist, etwas zu tragen. Wir dürfen auch keine Elektrizität benützen. Die Lampen, die jetzt brennen, wurden eingeschaltet, bevor der Schabbes begann, und sie werden die ganze Zeit brennen, bis der Schabbes morgen Abend zu Ende ist. Das ist die Vorschrift: Kein Jude darf sie ein- oder ausschalten. Überdies werden Sie bemerkt haben, dass es da draußen keine Kameras gibt. Und es sind noch nie welche draußen gewesen, nicht am Schabbes. Was Sie eben gesehen haben, ist noch niemals fotografiert oder gefilmt worden. Niemals – und zwar nicht, weil nie danach gefragt worden wäre. Verstehen Sie, worauf ich hinauswill, Mr. Mitchell?«

Jetzt, da er die Stimme eine Weile gehört hatte, nahm ein Bild des Sprechers vor seinem Auge Gestalt an. Er war Amerikaner, aber sein Akzent war anders als Sandys. Eher … ja, was? Europäisch? Will konnte es nicht identifizieren, aber es klang jedenfalls mehr nach New York – beinahe musikalisch. Ein Achselzucken lag in dieser Stimme, die Anerkenntnis der Absurdität des Lebens, das manchmal komisch und meistens tragisch war. Für einen Sekundenbruchteil sah er Mel Brooks' Gesicht und hörte die Stimme Leonard Cohens. Er hatte immer noch keine Ahnung, wie der Mann wirklich aussah.

»Mr. Mitchell, ich muss schon wissen, ob Sie verstehen, was ich sage.«

»Nein, ich habe keine Kamera bei mir, wenn es das ist, was Sie wissen wollen.«

»Daran habe ich weniger gedacht. Eher vielleicht an ein Aufnahmegerät.«

Auch hier hatte Will eine reine Weste. Trotz seines Alters hielt er sich an das altmodische Verfahren: Notizbuch und Stift. Das hatte nichts mit Maschinenstürmerei zu tun; es war reine Faulheit. Das Transkribieren von Bandaufzeichnungen war eine lästige Arbeit: Man machte ein halbstündiges Interview und verbrachte dann eine Stunde damit, es abzuschreiben. Den Minidisc-Recorder benutzte er nur für Interviews, bei denen es auf jedes Wort ankommen konnte – mit Bürgermeistern, Polizeichefs und solchen Leuten. In anderen Fällen blieb er bei Papier und Stift.

»Nein, ich habe nichts aufgezeichnet. Aber warum wäre es ein Problem –«

Plötzlich wurde er nach vorn und hoch gerissen. Der dunklere, jüngere Mann zu seiner Linken hatte anscheinend das Kommando dabei. Beide Männer schlangen die Arme unter seine Achseln und zogen ihn hoch, wobei sie darauf achteten, dass er sich nicht umdrehen konnte. Dann stellte der dunklere Mann sich vor ihn, und ohne ihm in die Augen zu sehen, spreizte er Wills gestreckte Arme vom Körper, griff unter seine Jacke und strich über sein Hemd, über seinen Rücken, unter seine Achseln, ganz wie ein eifriger, gewissenhafter Security-Posten am Flughafen.

Natürlich. *Aufzeichnungsgerät.* Sie suchten kein Reporter-Diktaphon. Sie suchten nach einem Sender. Sie befürchteten, er sei von der Polizei oder vom FBI. Kein Wunder: Sie waren Entführer, und sie hatten Angst, er sei ein Undercover-Cop. Die Fragen, die er gestellt hatte, seine Schnüffelei …

»Keine Wanze«, sagte der dunkle Mann, und sein Akzent bestätigte, dass er aus dem Nahen Osten kam – vielleicht ein Israeli.

»Aber das hier.« Das war der Rotbart, der während der Leibesvisitation, die sich auch auf Wills Beine erstreckt hatte, die Taschen des Gefangenen durchsucht hatte – auch die linke Innentasche der Jacke. Geheimverstecke gab es da nicht; sein Moleskine-Notizbuch zeichnete sich deutlich in der Tasche ab. Rotbart zog es heraus und reichte es dem Unsichtbaren hinter ihnen. Will wurde wieder auf den Stuhl gedrückt und hörte, wie die Seiten umgeblättert wurden.

Das Blut wich aus seinem Kopf. Seine Gedanken kehrten zurück zu Sandys Haus, wo sein Gastgeber ihn gebeten hatte, die Tasche zurückzulassen. Und Will hatte sich für so clever gehalten. Er hatte seine Tasche zurückgelassen – aber erst, nachdem er das Notizbuch herausgenommen und die Brieftasche in ein verborgenes Fach geschoben hatte. Er hatte verhindern wollen, dass Sara Leah schnüffelte. Jetzt war das Notizbuch in den Händen des Rebbe. Trottel!

Will machte sich auf eine Explosion gefasst. Je länger das Schweigen dauerte, unterbrochen nur vom Rascheln der Seiten, desto feuchter wurden seine Handflächen.

Seine Gedanken überschlugen sich, als er versuchte, sich daran zu erinnern, was in diesem Buch Verräterisches stand. Zum Glück war er nicht ordentlich genug, um seinen Namen auf die erste Seite zu schreiben. Walton tat so etwas – eine säuberliche Inschrift auf dem Vorsatzblatt. Manche Reporter benutzten sogar penible Adressenetiketten. Zumindest in dieser Hinsicht hatte ihn seine Schlampigkeit gerettet.

Aber was war mit den Unmengen Notizen, einschließlich dessen, was er allein heute in Crown Heights aufgeschrieben hatte? Die wären vielleicht okay; sie würden seine Tarnung als Reporter Tom Mitchell bestätigen. Aber hatte er nicht auch den Computerkram bei Tom notiert? Und er hatte doch sicher auch etwas über die E-Mail der Kidnapper aufgeschrieben …

Die Sekunden wälzten sich dahin – wie eine Schallplatte, die mit der falschen, viel zu langsamen Geschwindigkeit läuft. Eine leise Hoffnung erwachte. War es möglich, dass seine krause Kurzschrift, sein einzigartiges stenographisches Gekritzel, ihn retten würde? Es war ein unsystematischer Mischmasch von Kürzeln, den er schon an der Uni und später beim *Record* entwickelt hatte. Für ihn leistete er gute Dienste, aber er fürchtete den Tag, da er aufgefordert würde, dem Chefredakteur seine Notizen vorzulegen – oder, schlimmer noch, einem Richter. Er malte sich immer einen Verleumdungsprozess aus, dessen Dreh- und Angelpunkt die Exaktheit seiner schriftlichen Aufzeichnungen wäre. Er würde ganze Teams von Graphologen beschäftigen müssen, die bestätigten, dass er die Wahrheit sagte. Aber in diesem Moment war es ein Vorteil: Will wusste, dass seine Notizen praktisch unleserlich waren.

»Sie haben gegen unsere Vorschriften verstoßen, Mr. Mitchell. Wenn ich ›unsere Vorschriften‹ sage, meine ich nicht ›uns‹, die Leute von Crown Heights. Was bedeuten wir schon im großen Plan der Dinge? Wir sind Ameisen. Aber Sie haben gegen Haschems Vorschriften verstoßen.«

Ein Satz hallte Will durch den Kopf. *Du sollst kein falsches Zeugnis ablegen.* Es war fast, als habe er diesen Gedanken empfangen, statt ihn selbst zu denken. Es war eins der Zehn Gebote. Er wusste, dass sie für Christen und Juden gleichermaßen galten – und sicher hatte der Rebbe genau das im Sinn. Im nächsten Satz würde er ihn der Lüge bezichtigen. Er war erledigt.

»Ich glaube, Sie wissen, dass es uns mit diesen Vorschriften ziemlich ernst ist. Am Sabbat wird nichts getragen. Shimon Shmuel hat es Ihnen gesagt, und ich habe es Ihnen bestätigt. Es darf nichts getragen werden. Keine Brieftasche, kein Schlüssel. Kein Notizbuch.«

»Ja.«

»Dass wir diese Vorschriften ernst nehmen, Tom, bedeutet, dass sie für unsere Gäste genauso wie für uns gelten. Das verstehen Sie doch sicher. Aber hier sitzen Sie mit einem Notizbuch.«

»Ja, aber das ist das Einzige, was ich mitgenommen habe. Alles andere hab ich bei Sandy gelassen.« Will richtete seine Worte an einen Bücherschrank; sein Befrager stand hinter ihm, die Bewacher an seiner Seite. »Außerdem bin ich kein Jude. Wissen Sie, ich dachte nicht, dass diese Vorschriften auch für mich gelten.« Laut ausgesprochen klang es lahmer als zuvor in seinem Kopf. Es hörte sich an wie die Ausrede eines Schuljungen: Der Hund hat meine Hausaufgaben gefressen. Aber es war die Wahrheit. Natürlich gehörte es sich, dass er Respekt vor der Gemeinde hatte, aber das hier war verrückt. Sie konnten doch nicht so wütend sein, weil er gegen ihre Sabbatgebote verstoßen hatte, oder? Er war fast erleichtert. Wenn das der Vorwurf gegen ihn war, hatte der Rebbe in seinem Notizbuch nichts weiter gefunden.

»Sie sind kein Jude.«

»Nein. Das hab ich Shimon – Sandy … Shimon schon gesagt. Ich bin kein Jude, ich bin Reporter.« Verdammt. Jetzt hatte er diesen Fehler schon zum zweiten Mal gemacht – als wären Jude und Reporter zwei Kategorien, die sich gegenseitig ausschlossen. Ob man ihn auch für diesen Fehler bestrafen würde?

»Also das ist eine Überraschung. Ich muss zugeben, das habe ich nicht erwartet.«

Will war verblüfft, aber zugleich abgelenkt: Der Rotbart war verschwunden. Wills einziger Bewacher war jetzt dieser Israeli. Er sah jung aus. Das *Time Magazine* hatte erst vor zwei Wochen einen Artikel über die israelische Armee gebracht. Will erinnerte sich noch halb daran und wusste, dass ein Israeli mit einundzwanzig Jahren schon drei Jahre bei den israelischen Verteidigungsstreitkräften gedient hatte. Der Himmel wusste, was er da alles gelernt hatte. Der Bursche mochte aussehen wie ein halbes Kind, aber es war leicht möglich, dass er Stahl in den Adern hatte. Wieso hätte der Rebbe ihn auch sonst für eine solche Aufgabe aussuchen sollen? Unbestimmt erinnerte er sich an eine andere Information aus demselben Artikel: Viele ultraorthodoxe Achtzehnjährige wurden vom Militärdienst freigestellt, damit sie all ihre Zeit dem Thorastudium widmen konnten. Viele, aber nicht alle: Irgendetwas sagte ihm, dass dieser Mann zu denen gehörte, die das Gebetbuch gegen das Gewehr eingetauscht hatten.

»Wissen Sie, Mr. Mitchell – darf ich Sie Tom nennen? Ich habe das Gefühl, wir kommen nicht voran. Irgendetwas fehlt mir bei dieser Begegnung.«

Da war er wieder, dieser sarkastische, weisheitsmüde Unterton – als habe jede Situation etwas Erheiterndes, selbst diese. Will konnte sich kein Bild von diesem Mann machen. Seine Stimme klang warmherzig, ja, beinahe onkelhaft. Trotzdem war die Bedrohlichkeit im Raum mit Händen zu greifen, und ihr Ursprung befand sich hinter ihm.

»Ich schlage vor, wir ziehen um.«

Offenbar hatte er irgendein Zeichen gegeben, denn der Israeli legte Will sofort eine Augenbinde an. Sie war anders als beim Blindekuhspiel, wo immer ein bisschen Licht durchdringt: Sie bedeckte die Augen so vollständig, als nähme sie ihnen den Atem. Er wurde wieder vom Stuhl hochgerissen und weggeführt.

Will nahm sich vor, nicht in Panik zu geraten, nicht dem Gefühl nachzugeben, dass er mit jedem Schritt in dunkle Leere trat und von einer Klippe in den Abgrund stürzte. Er konzentrierte sich auf den Boden unter seinen Füßen, und immer wenn er einen Fuß hob, dachte er daran, wie nah der Boden war. Vielleicht sollte er mit den Füßen scharren und immer Bodenkontakt behalten? Vielleicht war das der Grund, weshalb gefesselte Gefangene immer schlurften: Nicht, weil sie deprimiert waren, sondern weil sie die Bestätigung brauchten, dass die Erde noch da war, gleich unter ihren Füßen.

Wirklich merkwürdig war das Gefühl der Abhängigkeit von dem Israeli, der seinen Arm schmerzhaft fest umklammert hielt. Will war auf seine Führung angewiesen, und er wusste, er musste jetzt aussehen, wie Blinde immer aussahen, wie Stevie Wonder oder Ray Charles, mit planlosen, durch keinerlei Logik begründeten Kopfbewegungen. Der Mann war sein Bewacher, aber er war jetzt auch sein Beschützer.

Er spürte, dass sie durch einen weiteren Korridor gingen. Sie entfernten sich weiter vom Getöse der Synagoge, das schon vor einer Weile, wie ihm jetzt bewusst wurde, zu einem lauten Rumoren abgeschwollen war. Er tadelte sich dafür, dass er nicht bemerkt hatte, wann das geschehen war, denn dieses Detail war wichtig, um die Bewegungen des Rebbe nachzuverfolgen.

Jetzt fühlte er Kälte. Sie waren ins Freie getreten, aber nur für ein paar Schritte. Er hörte das Knarren einer Tür, eines Gartentors vielleicht, und dann änderte sich die Temperatur wieder, als seien sie auf einem umschlossenen Gelände, aber noch nicht wieder in einem Haus. Er hörte ein Echo.

»Niemand hat das gern, fürchte ich, Mr. Mitchell. Tom. Aber ich werde Sie mir ansehen müssen.«

In den nächsten paar Sekunden wurde Will klar, dass dies nicht irgendein schrecklicher Zwischenfall war, der sich bald aufklären würde, sondern tatsächlich ein Albtraum. Bis jetzt hatte er sich an den Gedanken geklammert, das Ganze sei ein Irrtum oder vielleicht eine ironische Parodie der Vernehmungsszene aus eintausend Kinofilmen. Er hatte gehofft, die Identität seines Inquisitors bald zu erfahren und irgendwie weiterzukommen, und vielleicht würde es einfach aufhören. Aber jetzt war er sicher, dass diese Leute, die seine Frau entführt hatten, ihn foltern und umbringen würden, vermutlich auf sadistische Weise. Schlimmer noch – und bei diesem Gedanken drehte sich ihm der Magen um: Was immer sie mit ihm vorhatten, hatten sie zweifellos auch schon mit Beth getan.

»Nein!«, schrie er, aber es half nichts. Jemand hielt seine

Arme auf dem Rücken fest, und jemand anders schnallte seinen Gürtel auf. Eine Hand presste sich auf seinen Mund. Das konnte der Israeli nicht allein tun. Aber woher kamen all diese Hände? Wem gehörten sie? Und im nächsten Augenblick hatte man ihm die Unterhose heruntergerissen.

»Halt!« Das war der Rebbe. »Sie haben die Wahrheit gesagt. Sie sind kein Jude.«

Will konnte nur vermuten, was hier geschah: Der Rebbe stand vor ihm, betrachtete seinen Penis und sah, dass er nicht beschnitten war. »Sie sind kein Jude«, wiederholte er und befahl dann seinen Gehilfen: »Bedeckt ihn wieder. Das ist eine gute Neuigkeit, Mr. Mitchell. Ich glaube jetzt, dass Sie kein FBI-Agent und kein Polizist sind. Ich hatte diesen Verdacht, nachdem Sie mit Ihren vielen Fragen hier herumgestöbert haben. Aber diese Leute kenne ich, und ich weiß, sie hätten Ihnen erstens einen Sender mitgegeben, und zweitens hätten sie einen Juden geschickt. Und sie hätten sich für sehr schlau gehalten. O ja. Richtige Genies, die Agent Goldberg anrufen und sagen: ›Hier ist ein Auftrag, auf dem Ihr Name steht.‹ So denken sie. Schicken einen Araber, um eine muslimische Terroristenbande zu infiltrieren, schicken einen Juden zu uns. Aber Sie sind kein Jude, also arbeiten Sie nicht für sie. Das glaube ich Ihnen jetzt.«

Wills Hose wurde wieder hochgezogen, der Gürtel wurde festgeschnallt, und wenigstens in dieser Hinsicht war er aus dem Schneider: Er war kein Undercover-Agent des FBI. Die Angst, die ihn noch vor ein paar Augenblicken gepackt hatte, ließ wieder nach. Sein ganzer Körper, sein Herzschlag, seine feuchten Handflächen – alles schaltete von Alarmstufe Rot zurück auf Alarmstufe Orange.

»Sie sehen erleichtert aus, Mr. Mitchell. Tom. Das freut mich. Das Dumme ist: Wenn Sie kein FBI-Mann sind, müssen Sie für jemand anderen arbeiten. Und das ist leider sehr viel ernster.«

17

FREITAG, 21.22 UHR, CROWN HEIGHTS, BROOKLYN

Er hatte nicht lange Zeit, verwirrt zu sein. Als der Rebbe zu Ende gesprochen hatte, wurde Will im nächsten Augenblick vorwärts gedrückt, sodass er in der Taille einknickte. Seine Arme wirkten wie Hebel: Jemand packte ihn bei den Handgelenken und zog sie nach hinten, sodass Kopf und Schultern sich nach vorn neigten. Er stellte sich vor, dass er aussah wie eine Marionette, vielleicht wie einer dieser mechanischen Soldaten, die zu beiden Seiten einer Uhr auf einem europäischen Dorfplatz hervorkamen, zwei Ritter zu Pferde, die seit siebenhundert Jahre zu jeder vollen Stunde ins Turnier ritten, heute nur noch zum Vergnügen knipsender Touristen. Seine Arme und sein Oberkörper bewegten sich – aber nur, weil im richtigen Augenblick an den richtigen Schnüren gezogen wurde: die Handgelenke nach hinten, der Kopf nach vorn. Tick tack, tick tack.

Nur, dass diese Bewegung einen Zweck hatte, ein Ziel. Sein Kopf wurde nicht heruntergedrückt, um dann wieder aufgerichtet zu werden, sondern um ein Ziel zu erreichen, das dicht vor ihm war. Er wusste nicht, was es war, aber er bewegte sich darauf zu. Vorwärts.

Seine Nase fühlte es zuerst. Sie füllte sich mit Wasser. Dann seine Kopfhaut, die sich in der Kälte zusammenzog. Er gurgelte, würgte, schnappte nach Luft.

Sein Kopf war bis zum Hals ins eiskalte Wasser getaucht, und noch immer trug er die Augenbinde. Der Schock presste ihm die Brust zusammen, und sein Herz jagte. Blind und deshalb unvorbereitet, war er mit einiger Wucht in das eiskalte Wasser gestoßen worden. Fünf oder sechs Sekunden lang drückten sie ihn mit den Schultern nach unten, lange genug, dass das Wasser durch seine Nase ins Gehirn dringen konnte – so jedenfalls fühlte es sich an. Er glaubte zu ersticken.

Als er wieder hochkam, schnappte er nach Luft und hustete gleichzeitig, ein Doppelreflex wie ein Brechreiz. Aber gleich drückten sie ihn wieder hinunter, und er tauchte von neuem ein.

Diesmal war es die Kälte: Seine Augen schienen in den Höhlen zu schrumpfen, um sich davor zu schützen, und sein ganzes Kreislaufsystem schrie auf unter dem Schock dieser radikalen Temperaturveränderung.

Was war das nur? Ein Teich? Ein Eisschrank? Ein Fluss? Eine Toilette? Die Augenbinde war durchnässt, aber sie lockerte sich nicht – im Gegenteil, das Eis schien sie mit seinen Lidern zu verschweißen.

»So, Tom«, sagte die Stimme. Das Eiswasser in seinen Ohren verzerrte ihr Timbre. »Wollen wir jetzt offen miteinander sprechen?«

Statt zu antworten, spuckte Will einen Mundvoll Wasser aus, um Platz zu schaffen für das nächste, unausweichliche Untertauchen.

»Ich glaube, das ist das zweite Mal, dass Sie heute in der Mikwe sind. Sie werden richtig fromm, wie? Und sicher hat Shimon Shmuel ihnen Sinn und Zweck der Mikwe erklärt. Sie ist ein Ort der Läuterung, der Reinigung. Wir treten ein, bedeckt von den Sünden unseres Alltags, und wenn wir herauskommen, sind wir *tahor*: rein. Wir sind unbefleckt von jeder Sünde, von Lüge und Betrug. Können Sie mir folgen, Tom?«

Will fröstelte. Sein Hemd war durchnässt, und eisige Rinnsale liefen ihm über Brust und Rücken. Seine Zähne fingen an zu klappern.

»Ich will damit sagen: Ich bestehe jetzt auf der Wahrheit. Und wenn zwei oder drei Bäder in dieser Mikwe unter freiem Himmel, gefüllt mit reinstem Regenwasser, nicht genügen, um die Wahrheit ans Licht zu bringen, dann werden fünf oder sechs oder sieben es sicher können. Wir sind geduldig. Wir werden Sie in dieses eisige Wasser tauchen, bis Sie offen und ehrlich mit uns umgehen. Haben Sie verstanden?«

Anscheinend hatte er ein stummes Zeichen gegeben, denn wieder drückten sie ihn unter Wasser. Die beißende Kälte drang unter seine Haut und bis in seine Knochen, und selbst diese schienen sich zusammenzuziehen, als könnten sie sich vor der Kälte schützen, indem sie sich kleiner machten.

»Für wen arbeiten Sie, Tom? Wer hat Sie hergeschickt?«

»Ich bin Journalist«, brachte er hervor, und er erkannte seine Stimme kaum wieder. Die Kälte ließ sie weinerlich klingen.

»Das haben Sie schon gesagt, aber wer hat Sie hergeschickt? Warum sind Sie hier?«

»Das hab ich Ihnen schon gesagt.«

Noch einmal drückten sie ihn unter Wasser, tiefer jetzt. Hals, Schultern, Brust und Bauch tauchten unter, und das Wasser sickerte durch seinen Hosenbund in seine Shorts. Die eisige Feuchte erreichte seinen Unterleib.

Er wusste nicht, was er sagen sollte. Verzweifelt wünschte er sich, es möge aufhören. Er sehnte sich nach einem Handtuch, um Gesicht und Schultern zu trocknen und zu spüren, wie die Wärme in seinen Körper zurückkehrte.

Aber was konnte er tun? Wenn er die Wahrheit sagte, würde er sich und Beth in noch größere Gefahr bringen. Die Kidnapper hatten sich klar ausgedrückt: Keine Polizei. Das galt sicher genauso für private Rettungseinsätze. Sie waren gewalttätige Leute, die es ernst meinten, und er würde zugeben, dass er sich ihren Anweisungen widersetzt hatte. Er würde gestehen, dass er wirklich gelogen hatte. Warum sie

Beth entführt hatten, war ihm ein Rätsel, aber eines wusste er: Seine Anwesenheit hier gehörte nicht zu ihrem Plan. Wenn sie ihr nicht schon etwas angetan hatten, würde sein Erscheinen hier dafür sorgen, dass sie es taten.

Andererseits erschien es aussichtslos, weiter darauf zu beharren, dass er Tom Mitchell sei. Er konnte ihnen keine weiteren Informationen geben, weil es keine gab. Mitchell war eine Fiktion, und der Rebbe ahnte es. Selbst wenn Will die Kraft hätte, dem Druck zu widerstehen – irgendwann würde er einknicken, weil seine Geschichte nicht standhielt. So ging es ihm durch den Kopf, während die Hände ihn in das kalte Wasser drückten.

»Genug. Es reicht«, befahl die Stimme. »Vielleicht sollte ich Ihnen noch ein bisschen über das Judentum erklären.«

Will schnappte nach Luft und verstand kaum, was er hörte, so laut war die Explosion des Sauerstoffs in seiner Lunge. So lange hatten sie ihn noch nie untergetaucht.

»Das Judentum ist mit größter Entschiedenheit gegen jeden Mord. *Du sollst nicht töten.* Das ist das fünfte Gebot. Und es bedeutet, dass ein Mord unter keinen Umständen erlaubt ist.« Eine lange Pause folgte, als erwarte der Rebbe eine Reaktion von Will. Aber Will war zu keiner Reaktion imstande; er rang immer noch laut und heftig nach Atem.

»Ich weiß nicht, ob Sie mit einer unserer bekanntesten Lehren vertraut sind, Mr. Mitchell. ›Wer ein einzelnes Leben rettet, der rettet die ganze Welt.‹ Wirklich die ganze Welt. So wichtig ist Haschem jedes einzelne Leben. In jedem einzelnen Menschen verbirgt sich die ganze Welt, denn wir alle sind nach Gottes Ebenbild erschaffen. Darum sagt man, das Leben sei unantastbar. Heute ist das eine Phrase. Die Menschen sagen es, ohne nachzudenken. Aber was bedeuten diese Worte wirklich?« Die Stimme nahm einen musikalischen Klang an, wie er ihn in der Synagoge gehört hatte – eine Art Singsang, ein rhythmisches Auf und Ab, Antwort und Frage in einem einzigen Monolog. »Sie bedeuten, dass das Leben heilig ist, weil es Teil des Göttlichen ist. Wer ein menschliches Wesen tötet, tötet eine Erscheinung des Allmächtigen. Darum ist es uns verboten, zu töten. Es sei denn, die Umstände wären außergewöhnlich.«

Will spürte, wie die Kälte noch tiefer unter seine Haut kroch.

»Selbstverteidigung ist ein nahe liegendes Beispiel, aber nicht das einzige. Wissen Sie, das Judentum hat ein wunderbares Konzept namens *pikuach nefesh*. Damit ist die Errettung einer Seele gemeint. Es gibt keine heiligere Pflicht als *pikuach nefesh*: Fast alles ist erlaubt, wenn es darum geht, eine Seele zu retten. Rabbiner werden oft gefragt: ›Darf ein Jude jemals Schweinefleisch essen?‹ Die Antwort ist: Ja! Natürlich darf er das! Wenn er auf einer einsamen Insel gestrandet ist und nur überleben kann, wenn er ein Schwein schlachtet und isst, dann darf ein Jude es nicht nur, er *muss* es sogar! Er muss. Es ist ein göttliches Gebot: Er muss sein Leben retten. *Pikuach nefesh*.

Aber nehmen wir einen schwierigeren Fall.« Der Mann sprach, als säßen sie in einem Tutorium am Balliol College, als sei er der Tutor und Will der Student. Die Tatsache, dass Will vor ihm kniete, die Hände auf dem Rücken, durchnässt und durchfroren, schien ihn nicht zu beeindrucken.

»Wäre es uns erlaubt zu töten, wenn dies ein Leben retten könnte? Nein. Die Regeln des *pikuach nefesh* verbieten Mord, Götzendienst und sexuelle Unzucht selbst, um dadurch Leben zu retten. Wenn uns jemand befiehlt, einen Mord zu begehen, um die eigene Haut zu retten, so dürfen wir das nicht tun. Aber sagen wir, ein Mörder ist unterwegs, um eine unschuldige Familie zu ermorden. Wir wissen, wenn wir ihn töten, werden wir das Leben der Familie retten. Ist es erlaubt, in dieser Situation zu töten?

Aber vergrößern wir das Dilemma. Was ist, wenn der Mann, von dem wir sprechen, gar kein Mörder ist, wenn aber trotzdem unschuldige Menschen auf diese oder jene

Weise sterben werden, wenn er am Leben bleibt? Was sollen wir dann tun? Dürfen wir einem solchen Mann ein Haar krümmen? Dürfen wir ihn töten? Ja, denn ein solcher Mann ist, was wir einen *rodef* nennen. Wenn es keinen anderen Ausweg gibt, darf man ihn töten.

Solche Fragen diskutieren unsere Weisen in großer Ausführlichkeit. Manchmal scheint es, als seien unsere talmudischen Debatten detailbesessen: Wie viele Ellen darf die Breite eines Herdes betragen? Solche Fragen. Aber der Kern unserer Studien besteht in dem, was Sie als ethisches Dilemma bezeichnen. Und über dieses spezielle Dilemma habe ich eingehend nachgedacht. Ich bin zu einem Schluss gekommen, und ich glaube, um fair zu sein, sollte ich Ihnen diesen Schluss offenbaren. Ich glaube, es ist erlaubt, einem Menschen Schmerz zuzufügen und ihn sogar zu töten, der selbst vielleicht kein Mörder ist – dessen Schmerzen oder Tod aber Menschenleben retten wird. Ich glaube, anders sind unsere Quellen nicht zu verstehen. Es ist das, was sie uns sagen.

Um zur Sache zu kommen, Mr. Mitchell: Wenn ich zu dem Schluss komme, dass Sie letztlich ein *rodef* sind und ich anderer Leute Leben rette, indem ich Ihres beende, würde ich keinen Augenblick zögern, es zu tun. Vielleicht brauchen Sie einen Augenblick Zeit, um darüber nachzudenken.«

Eine halbe Sekunde später, als habe der Rebbe erneut das Zeichen dazu gegeben, wurde Will wieder unter Wasser gedrückt. Die durchdringende Kälte war ein Schock wie jedes Mal. Will zählte die Sekunden, um durchzuhalten. Die letzten Male hatten sie ihn nach fünfzehn Sekunden wieder aufgerichtet. Jetzt zählte er sechzehn, siebzehn, achtzehn.

Er spannte die Schultern an, um seinen Peinigern zu verstehen zu geben, dass er Luft brauchte. Sie drückten ihn noch tiefer ins Wasser. Will begann sich zu wehren. Zwanzig, einundzwanzig, zweiundzwanzig.

War dies das Fazit des Vortrags, den der Rebbe ihm gehalten hatte? Nichts Abstraktes oder Komplexes – trotz der gewundenen Exposition –, sondern eine ganz einfache Schlussfolgerung? *Wir werden dich töten.*

Dreißig, einunddreißig, zweiunddreißig. Seine Beine zappelten. Es fühlte sich an, als gehörten sie jemand anderem. Sein Körper geriet in Panik, und die Überlebensreflexe setzten ein. So sah man es auch im Kino, wenn der Mörder sein Opfer mit einem Kissen erstickte oder mit einem Strumpf erwürgte: dann fingen die Beine an, instinktiv zu tanzen.

Vierzig, einundvierzig. Oder schon fünfzig? Will konnte nicht mehr zählen. Dumpfe Farben durchfluteten seinen Kopf, wie man sie beim Einschlafen unter den Lidern sieht. Er wollte um die Frau weinen, die er zurücklassen würde, und fragte sich, ob man unter Wasser weinen konnte. Sein Bewusstsein begann zu schwinden.

Endlich ließen sie los, aber Will schoss nicht mit energischem Luftschnappen aus dem Wasser wie zuvor. Sie mussten ihn herausziehen, und er sackte zu Boden. Da blieb er liegen, und seine Brust hob und senkte sich, als sei sie unverbunden mit dem Rest seines Körpers. Er hörte von fern jemanden schwer atmen, aber er wusste nicht, ob er es selbst war.

Langsam rann das Wasser aus seinen Ohren, und er konnte wieder besser hören. Allmählich kehrte die Kraft in Arme und Beine zurück.

Etwas hatte sich verändert. Jemand war dazugekommen. Er hörte unruhiges Getuschel. Der Neuankömmling war außer Atem, als sei er gerannt. Er hörte die Stimme des Rebbe, aber sie klang abwesend, als betrachte oder lese er etwas.

»Mr. Mitchell, Mosche Menachem, der bis vor einer Weile bei uns war, ist soeben zurückgekommen.« Der Rotbart. »Er ist zu Shimon Shmuels Haus gerannt und hat eine Brieftasche geholt. Ihre Brieftasche.«

Sie hatten seine Tasche durchwühlt. Jetzt war alles aus.

Seine Brieftasche würde ihn verraten. Was war drin? Keine Visitenkarten – er stand zu tief unten in der Hierarchie der *Times*, um welche zu haben. Auch keine Kreditkarten; die bewahrte er in einem separaten Mäppchen auf, das in einem eigenen Fach in seiner Tasche steckte, wo er sie gelassen hatte. Selbst wenn Sara Leah sich nicht verkneifen könnte, einen Blick in seine Tasche zu werfen, hatte er gedacht, würde sie sicher nicht gründlich darin wühlen.

Was war noch da? Tonnenweise Taxiquittungen – aber auch irgendetwas mit seinem Namen? Hotel- und Kreditkartenrechnungen aus Seattle und dem Nordwesten hatte er in einen Extraumschlag für die Spesenabrechnung geschoben. Vielleicht war alles okay. Vielleicht würde er davonkommen.

»Nehmt ihm die Augenbinde ab und lasst seine Arme los. Bringt ihn zurück ins Bet Hamidrash.« Will war ratlos – kamen jetzt weitere Qualen, oder war dies ein Zeichen dafür, dass die Gefahr vorbei war?

Jemand machte sich an seinem Hinterkopf zu schaffen, und dann wurde es hell, als das nasse Tuch von seinen Augen genommen wurde. Er schüttelte das Wasser ab und öffnete die Augen. Er war im Freien, in einer kleinen Holzumzäunung, wie man sie benutzte, um bei großen Gebäuden die Mülltonnen zu verbergen. Er sah ein paar Rohrleitungen, und zu seinen Füßen glitzerte Wasser. Aber er hatte keine Zeit für lange Beobachtungen, denn seine beiden Bewacher drehten ihn schon um. Vermutlich, dachte er, war hier ein großer Tank, eine Tonne, in der das Regenwasser gesammelt wurde.

Durch eine Tür ging es wieder ins Haus, aber Will kam es so vor, als seien sie hier nicht herausgekommen. Es war stiller, und von den vielen Menschen war nichts zu hören. Es musste ein anderes Gebäude sein, vielleicht das Nachbarhaus der Synagoge.

Aber viel anders sah es hier nicht aus: funktionaler Bodenbelag, ein Kaninchenbau von Klassenräumen und Büros. Der Rotbart Mosche Menachem und der Israeli führten ihn in eins der Büros, und Will hörte, wie die Tür sich hinter ihm schloss.

»Er kann sich hinsetzen. Gebt ihm ein Handtuch. Und treibt ein trockenes Hemd auf.«

Die Stimme des Rebbe, immer noch hinter ihm. Die Augenbinde war fort, aber offenbar sollte er trotzdem nicht alles sehen.

»Okay, dann fangen wir von vorn an.«

Will biss die Zähne zusammen.

»Wir müssen uns unterhalten, Mr. Monroe.«

18

FREITAG, 19.40 UHR, RIO DE JANEIRO, BRASILIEN

Eine anstrengende Woche ging zu Ende; Luis Tavares spürte die Erschöpfung in den Knochen. Trotzdem wollte er noch höher hinaufsteigen; es gab noch mehr Leute, die er sehen musste.

Irgendwelches Geld floss reichlich, das konnte er überall sehen. Plötzlich war die Straße hier asphaltiert; es roch noch nach frischem Teer. Kinder drängten sich vor einem Fernseher, den er durch den offenen Eingang einer Hütte flimmern sehen konnte. Luis lächelte. Entweder hatten seine Proteste bei den Behörden gefruchtet oder jemand hatte die Elektrizitätsgesellschaft bestochen, damit diese Reihe Hütten an das städtische Stromnetz angeschlossen wurde. Vielleicht waren es auch ein paar Leute gewesen, die sich zusammengetan und einen Cowboy-Elektriker aufgetrieben hatten, der die Sache für ein paar Reais erledigt hatte.

Jorge war hin und her gerissen, ein vertrautes Gefühl. Natürlich sollte er die Achtung vor dem Gesetz predigen und Diebstahl verdammen. Aber halb bewunderte er diese Outlaws, diese Unternehmer der Favelas, die taten, was sie konnten, um ihrer Community zu helfen. Er bewunderte ihre Entschlossenheit, für ein Stück Straße oder für die Einrichtung eines Klassenzimmers zu sorgen.

Welcher Priester ermahnte Leute, die so gut wie nichts besaßen, das Wenige zu verschmähen, das ihnen das Leben erträglich machte?

Gern hätte er sich ausgeruht, aber das würde er nicht tun. Schon bei der kleinsten Pause bekam Luis ein schlechtes Gewissen. Er hatte ein schlechtes Gewissen, wenn er aufwachte: Wie viel hätte er arbeiten können, wenn er nicht geschlafen hätte? Er hatte ein schlechtes Gewissen, wenn er aß: Wie vielen Leuten hätte er helfen können in der halben Stunde, die er damit verbrachte, sich vollzustopfen? Und in der Favela Santa Marta gab es niemals Mangel an Leuten, die Hilfe benötigten. Die Armut hier war unaufhaltsam, unersättlich – wie die Brandung an einem Strand. Und Luis Tavares fühlte sich wie einst König Knut, der am Ufer stand und gegen das Meer wütete.

Er stieg weiter, auf dem Weg zu dem Rundblick, der ihn auch jetzt, nach all den Jahren, wieder überwältigen würde. Von dem Aussichtspunkt konnte er das Meer und die Stadt unter ihm ausgebreitet betrachten. An Abenden wie diesem genoss er den glitzernden Lichterteppich, das Funkeln anderer Favelas in der Ferne. Aber das Beste war natürlich das Bild, das Rio de Janeiro weltberühmt gemacht hatte: die in der Nähe aufragende Christusstatue, die die Stadt, das Land und, wie Luis glaubte, die ganze Welt bewachte. Während er aufstieg, fiel ihm zum hundertsten Mal auf, dass die Häuser mit zunehmender Höhe immer elender wurden. Am Fuße des Berges sahen sie noch aus wie Häuser. Sie waren solide gebaut, sie hatten Wände, ein Dach und Glas in den Fenstern, manche sogar fließendes Wasser, Telefon, eine Satellitenschüssel auf dem Dach. Aber wenn man den Hang hinaufstieg, wurde dieser Anblick seltener. Die Behausungen, an denen er jetzt vorbeikam, konnte man kaum noch als Unterstände bezeichnen, irgendwie zusammengehämmert, vielleicht eine Wand aus rostigem Stahl und ein Dach aus Wellplastik. Die Tür war ein Spalt, das Fenster ein Loch. So drängten sie sich aneinander und stützten sich gegenseitig wie ein großes Kartenhaus. Es war der größte Slum von Rio, unweit des wohlhabenden Strandviertels, und es war jammervoll.

Er war seit siebenundzwanzig Jahren hier – seit er das Theologiestudium absolviert hatte. Jeder Baptist sollte zu Beginn seiner Priesterlaufbahn brennende Armut kennen lernen, aber nicht alle waren so sehr davon gebannt wie er. Die »Lektion lernen« und weitergehen – das wollte er nicht. Er wollte bleiben und gegen die Armut kämpfen, auch wenn es ein ungleicher Kampf war. Er wusste, dass Armut dieses Ausmaßes wie Unkraut im Garten war: Was man heute ausrupfte, war morgen wieder da.

Dennoch weigerte er sich, das, was er hier getan hatte, als vergeblich zu betrachten. In diesen engen, stinkenden Straßen lebten mehr als zehntausend Menschen, und jeder davon hatte eine Seele, die nach dem Bild Gottes geschaffen war. Wenn nur ein einziger eine Mahlzeit bekam, die er sonst nicht bekommen hätte, wenn einer, und sei es nur für eine einzige Nacht, unter einem Dach statt auf der Straße schlief, dann war Luis' ganzes Lebenswerk gerechtfertigt. So jedenfalls sah er die Sache.

Es frustrierte ihn, dass er heute Abend nicht mit dieser Arbeit beschäftigt war: mit unmittelbarer und buchstäblicher Fürsorge – ein Teller Suppe für eine hungrige Frau, eine Decke für ein frierendes Kind –, die in jedem Augenblick etwas veränderte. Nein, heute Abend hatte er Material für einen Bericht zu sammeln, um den ihn eine Regierungsbehörde gebeten hatte.

Dass sie einen solchen Bericht überhaupt haben wollten, musste schon als Erfolg gelten, als Resultat seiner neunmonatigen Lobbyarbeit. Die Behörden, auf staatlicher wie auf kommunaler Ebene, hatten Orte wie Santa Marta schon vor Jahren abgeschrieben. Sie suchten sie nicht mehr auf, sie sorgten dort nicht mehr für Ordnung. Es waren Tabuzonen, in denen der Staat nichts mehr galt. Wer dort etwas haben wollte – ein Krankenhaus etwa oder einen Platz, an dem Kinder Fußball spielen konnten –, musste es entweder selbst beschaffen, oder er musste den

Behörden auf die Nerven gehen, bis sie sich schließlich darum kümmerten.

Und hier kam Luis ins Spiel. Er war Santa Martas Advokat geworden, der diese Woche bei den Behörden und nächste Woche bei irgendeiner internationalen Hilfsorganisation vorstellig wurde und verlangte, dass etwas für die Menschen in der Favela getan wurde – für die Kids, die zwischen stinkenden Abwässerrinnen groß wurden und auf den nahen Müllkippen nach Essbarem stöberten. Sein bevorzugtes Mittel war die Beschämung: Er forderte die Leute auf, sich Lagoa anzusehen, das Viertel jenseits des Hügels, das sich stolz als einer der reichsten Bezirke von Lateinamerika bezeichnete. Und dann zeigte er ihnen ein Kind aus Santa Marta, das in einer Woche weniger zu essen bekam, als ein Chihuahua-Schoßhündchen in Lagoa an einem Tag verknabberte.

Heute Abend sammelte er Aussagen, Zeugnisse. Er wollte mit Bewohnern der schlimmsten Teile der Favela sprechen, und sie sollten ihm erklären, warum sie eine Klinik brauchten, was diese Klinik leisten und wo sie stehen musste. Diese Informationen würde er im Rahmen seines Berichts an die Behörden weitergeben. In letzter Zeit benutzte er dabei sogar eine Videokamera, sodass die Menschen der Favela für sich selbst sprechen konnten.

Jetzt hatte er seine erste Adresse erreicht; das wusste er, auch wenn es hier keine Hausnummern gab. Er trat ein und sah zu seiner Überraschung mehrere unbekannte Gesichter, lauter junge Männer. Vielleicht war Dona Zezinha nicht zu Hause.

»Soll ich warten?«, fragte er einen der Anwesenden. Aber er bekam keine Antwort. »Wohnst du hier?«, fragte er einen anderen, einen wolfsgesichtigen Jungen, der seinem Blick nervös auswich. »Was ist hier los?«

Statt auf die Frage des Priesters zu antworten, zog der Junge eine Pistole. Luis' erster Gedanke war, dass die Waffe irgendwie komisch aussah: Sie war viel zu groß für die Hand des Jungen. Aber dann richtete sich die Waffe auf ihn. Und bevor er begriffen hatte, dass er jetzt sterben würde, hatte die Kugel sein Herz zerrissen.

Luis Tavares starb mit einem Gesichtsausdruck, der mehr Überraschung als Entsetzen zeigte. Eher waren es seine Mörder, die verängstigt aussahen. Eilig verhüllten sie die Leiche mit einer Decke, ganz wie man es ihnen gesagt hatte. Dann rannten sie panisch durch die Gassen zu dem Mann, der ihnen den Auftrag zu dieser Tat gegeben hatte. Hastig und mit fiebrigem Blick nahmen sie ihr Geld in Empfang. Sie hörten nicht zu, als er ihnen dankte, und verstanden nichts, als er sie lobte, weil sie das Werk des Herrn verrichtet hatten.

19

FREITAG, 22.05 UHR, CROWN HEIGHTS, BROOKLYN

»Ich sehe, wir haben beide einen Fehler begangen. Ihr Fehler war es, mich zu belügen, und zwar hartnäckig zu belügen, selbst unter enormem Druck. Angesichts der Umstände verstehe ich es jetzt, ja, ich finde es sogar bewundernswert.«

Wills Herz klopfte so laut, dass er kaum etwas verstand. Er hatte Angst, mehr Angst als vor wenigen Augenblicken da draußen. Der Rebbe hatte die Wahrheit herausgefunden. Irgendetwas in seiner Brieftasche hatte ihn verraten – zweifellos irgendein Kreditkartenbeleg oder eine längst vergessene Kundenkarte aus der Videothek. Der Himmel wusste, welche Qualen ihn jetzt erwarteten.

»Sie sind hier, weil Sie Ihre Frau suchen.«

»Ja.« Er hörte die Erschöpfung in seiner Stimme. Und die Angst.

»Das verstehe ich, und ich hoffe, ich würde in Ihrer Lage das Gleiche tun. Ich bin sicher, Mosche Menachem und Zvi Jehuda stimmen mir zu.« Jetzt hatten beide Gorillas einen Namen. »Es ist die Pflicht eines jeden Mannes, für seine Frau zu sorgen und sie zu beschützen. Das ist der Kern des Ehegelübdes.

Aber leider können die üblichen Regeln in diesem Fall nicht gelten. Ich kann nicht zulassen, dass Sie hier hereinstürmen, ganz gleich, wie heldenmütig, und versuchen, Ihre Frau zu retten.«

»Dann geben Sie zu, dass Sie sie hier haben?«

»Ich gebe gar nichts zu. Ich bestreite auch nichts. Das ist nicht der Sinn dessen, was ich Ihnen sagen will, Mr. Monroe. Will. Ich versuche Ihnen zu erklären, dass die üblichen Regeln in diesem Fall nicht gelten.«

»Welche Regeln? In welchem Fall?«

»Ich wünschte, ich könnte Ihnen mehr sagen, Will, ich wünschte es wirklich. Aber ich kann es nicht.«

Will wusste nicht, ob die Folter der letzten paar – waren es Stunden? Minuten? – ihn zermürbt hatte, oder ob er einfach erleichtert war, weil es zu Ende war, jedenfalls war er sicher, dass die Stimme des Rebbe verändert klang. Die Bedrohlichkeit war verschwunden; stattdessen lag eine Trauer darin, die er als Mitgefühl, vielleicht sogar Sympathie deutete. Das war lächerlich – der Mann war ein Folterer. Vermutlich funktionierte so diese merkwürdige Bindung zwischen Gefangenem und Wächter, die man als das Stockholm-Syndrom bezeichnete. Zuerst hatte er sich von dem Israeli abhängig gefühlt, als sei der ein Blindenhund und kein brutaler Gewalttäter, und jetzt entdeckte er die Menschlichkeit an seinem obersten Folterer. Eine irrationale Reaktion auf das Ende der Wasserbehandlung: Statt wütend zu sein, dass man ihm das alles angetan hatte, war er dem Rebbe dankbar, dass er damit aufgehört hatte. Das Stockholm-Syndrom, ein klassischer Fall.

Aber Will hielt sich für einen guten Menschenkenner. Er hatte immer einen guten Blick für Charaktere gehabt, und er war sicher, dass er jetzt etwas Aufrichtiges in dieser Stimme hörte. Im Vertrauen auf diese Ahnung sagte er: »Ich habe das Recht, mehr zu wissen. Ist meine Frau in Sicherheit? Ist sie … unverletzt?« Er brachte die eigentliche Frage nicht über die Lippen – Ist sie am Leben? –, weniger aus Angst vor der Reaktion des Mannes, als vielmehr vor seiner eigenen. Er fürchtete, seine Stimme könnte brechen und er könnte eine Schwäche zeigen, die er bis jetzt verborgen gehalten hatte.

»Das ist eine berechtigte Frage, Will. Ja, sie ist in Sicherheit – und sie wird es bleiben, solange niemand etwas Unbedachtes oder Dummes tut. Mit ›niemand‹ meine ich vor allem Sie, Will. Und mit ›unbedacht und dumm‹ meine ich vor allem die Polizei mit einzubeziehen. Sie würde alles verderben, und dann kann ich für niemandes Sicherheit garantieren.«

»Aber ich verstehe nicht, was Sie von meiner Frau wollen. Was hat sie Ihnen getan? Warum lassen Sie sie nicht einfach gehen?« Das hatte er nicht gewollt, aber sein Mund hatte ihm die Entscheidung abgenommen: Er flehte.

»Sie hat weder uns noch sonst jemandem etwas getan, aber wir können sie nicht gehen lassen. Es tut mir Leid, dass ich Ihnen nichts weiter sagen kann. Ich kann mir vorstellen, wie schwer das alles für Sie sein muss.«

Mit diesem letzten Satz hatte der Rebbe einen Fehler gemacht. Will spürte, wie ihm das Blut ins Gesicht strömte, und die Adern an seinem Hals schwollen an.

»Nein, Sie können sich verdammt nochmal NICHT vorstellen, wie schwer das ist! Ihre Frau ist nicht entführt worden! Sie sind nicht gepackt und mit verbundenen Augen in eiskaltes Wasser getaucht und mit dem Tode bedroht worden, von Leuten, die Ihnen nicht mal ihr Gesicht zeigen! Also erzählen Sie mir nicht, dass Sie sich irgendwas vorstellen können. Einen Scheißdreck können Sie sich vorstellen!«

Zvi Jehuda und Mosche Menachem hätten beinahe einen Satz rückwärts gemacht; sie waren über seinen Ausbruch ebenso erschrocken wie er selbst. Aber der Zorn hatte sich in ihm zusammengebraut, seit er nach Crown Heights gekommen war – tatsächlich sogar schon lange vorher. Seit die Nachricht auf dem Display seines Blackberry erschienen war: *Wir haben Ihre Frau.*

»Sie sagen, wir sollen offen miteinander sprechen. Wie wär's denn mit ein paar offenen Worten? Was zum Teufel soll das alles?«

»Ich kann es Ihnen nicht sagen.« Die Stimme klang sanfter denn je, beinahe bedrückt. »Aber die Sache, um die es geht, ist größer, als Sie es sich vorstellen können.«

»Das ist doch lächerlich. Beth ist Psychiaterin. Sie kümmert sich um Kinder, die nicht sprechen, und um Mädchen, die sich zu Tode hungern wollen. Was kann sie mit irgendeiner großen Sache zu tun haben? Sie lügen.«

»Ich sage Ihnen die Wahrheit, Will. Das Schicksal Ihrer Frau hängt von etwas ab, das sehr viel größer ist als Sie oder ich oder Ihre Frau. In gewisser Weise hat es mit einer uralten Geschichte zu tun, von der niemand sich hätte vorstellen können, dass sie je eine solche Wendung nimmt. Niemand hat es je vorausgesagt. Es gab keinen Notfallplan. Nichts in unseren heiligen Texten, das uns darauf vorbereitet hätte – zumindest nichts, was wir bisher gefunden haben. Und glauben Sie mir, wir suchen danach.«

Will hatte keine Ahnung, wovon der Mann redete. Was sollte dieses Gefasel von einer »uralten Geschichte«? Zum ersten Mal fragte er sich, ob diese Chassiden vielleicht irgendwelchen Wahnvorstellungen anhingen. Er hatte sie ja am Abend gesehen, fortgerissen von ekstatischer Verehrung für ihren Meister, den sie als ihren Messias anbeteten. War es nicht möglich, dass sie in eine Art kollektiven Wahn verfallen waren und dass dieser Mann, ihr Anführer, der Wahnsinnigste von allen war?

»Ich wünschte, ich könnte Ihnen mehr sagen, aber es steht zu viel auf dem Spiel. Wir müssen es in Ordnung bringen, Mr. Monroe, und wir haben nicht viel Zeit. Welcher Tag ist heute? *Schabbat tschuvah*? Wir haben nur vier Tage. Und deshalb darf ich kein Risiko eingehen.«

»Was soll das heißen, es steht zu viel auf dem Spiel?«

»Ich glaube, es wird Ihnen nicht weiterhelfen, wenn ich mehr darüber sage, Will. Schon, weil ich vermute, dass Sie mir kein Wort glauben werden.«

»Na, wenn Sie damit meinen, dass ich wohl kaum Vertrauen zu einem Mann haben werde, der mich beinahe umgebracht hätte, dann haben Sie Recht.«

»Das verstehe ich. Und eines Tages – sehr bald, nehme ich an – werden Sie verstehen, warum wir tun mussten, was wir eben getan haben. Alles wird klar werden. So ist das mit diesen Dingen. Und ich habe gemeint, was ich gesagt habe. Ich fürchtete, Sie seien ein FBI-Agent, und als ich bestätigt sah, dass Sie keiner waren, fürchtete ich, Sie könnten noch etwas viel Schlimmeres sein.«

»Was hätten Sie denn vom FBI zu befürchten? Und was fürchten Sie noch mehr als das FBI? Was treiben Sie denn hier?«

»Ich sehe, warum Sie Journalist sind, Will: Fragen über Fragen! Sie würden sich auch für unsere Arbeit gut eignen: Auch beim Studium der Thora geht es nur darum, die richtigen Fragen zu stellen. Aber ich fürchte, unser Frage-und-Antwort-Spiel ist für heute zu Ende. Es wird Zeit, dass wir uns verabschieden.«

»Das ist alles? Dabei wollen Sie es belassen? Sie werden mir nicht sagen, was hier vorgeht?«

»Nein, das kann ich nicht riskieren. Ich werde Ihnen ein paar Dinge sagen, die Sie sich merken können. Sie können sie später aufschreiben, wenn Sie wollen. Erstens: Diese Sache ist größer als irgendeiner von uns. Alles, woran wir glauben, alles, woran Sie glauben, steht auf dem Spiel. Das Leben an sich. Größer könnte der Einsatz nicht sein.

Zweitens: Ihre Frau ist in Sicherheit, solange Sie ihr Leben nicht durch Unbedachtheit in Gefahr bringen. Ich warne Sie eindringlich davor, nicht nur um Ihrer selbst, sondern um unser aller willen. Obwohl Sie sie lieben und beschützen wollen, beschwöre ich Sie, mir zu glauben, dass Sie als liebender Ehemann nichts Besseres für sie tun können, als sich fern zu halten. Ziehen Sie sich zurück, und mischen Sie sich nicht ein. Tun Sie es doch, kann ich nichts garantieren, weder für Sie beide noch für irgendjemanden sonst.

Und drittens: Ich erwarte nicht, dass Sie es verstehen. Sie sind ganz zufällig in all das hineinspaziert. Vielleicht nicht zufällig, sondern durch eine Reihe von Schritten, die nur unser Schöpfer ganz versteht. Aber das ist das Schwerste von allem: Ich bitte Sie, Dinge zu glauben, die Sie nicht begreifen können. Mir zu vertrauen, weil ich Sie darum bitte. Ich weiß nicht, ob Sie ein gläubiger Mensch sind oder nicht, Will, aber der Glaube funktioniert auf diese Weise. Wir müssen an Gott glauben, selbst wenn wir nicht die leiseste Ahnung haben, was er mit dem Universum vorhat. Wir müssen Vorschriften befolgen, die scheinbar keinen Sinn haben, einfach weil wir glauben. Das kann nicht jeder, Will. Um zu glauben, muss man stark sein. Aber genau das brauche ich von Ihnen: den Glauben und das Vertrauen darauf, dass ich und die Leute, die Sie hier sehen, nur für das Gute arbeiten.«

»Selbst wenn Sie dabei einen Unschuldigen wie mich ertränken?«

»Selbst wenn der Preis sehr hoch ist, jawohl. Wir sind entschlossen, Leben zu retten, Will, und für diesen Zweck ist fast jedes Mittel erlaubt. *Pikuach nefesh.* Jetzt muss ich mich verabschieden. Mosche Menachem wird Ihnen Ihre Sachen zurückgeben. Viel Glück, Will. Einen guten Weg, und so Gott will, wird alles gut. Guten Schabbes.«

Er hörte, wie der Rebbe sich von seinem Stuhl erhob und zur Tür ging, und in diesem Augenblick kam Unruhe auf. Es klang, als sei jemand hereingestürmt, und er schien dem Rebbe etwas zu zeigen. Die Männer diskutierten murmelnd miteinander. Die neue Stimme war erregt, ein lautes Flüstern. Sie brauchten sich keine Sorgen zu machen; selbst bei dieser Lautstärke hörte Will nur, dass sie kein Englisch sprachen. Es klang wie Deutsch, mit vielen »ch«- und »sch«-Lauten. Jiddisch.

Der Wortwechsel endete, und der Rebbe schien gegangen zu sein. Der Rotbart, Mosche Menachem, verließ seinen Posten an Wills Seite und trat vor ihn. Mit betretenem Blick reichte er ihm die Tasche, die er bei Shimon Shmuel zurückgelassen hatte. »Tut mir Leid, das vorhin«, murmelte er.

Will nahm die Tasche und sah, dass sie auch sein Notizbuch hineingetan hatten. Sein Telefon war da, und auch den Blackberry hatten sie nicht angerührt. Er holte die Brieftasche hervor, ein wenig neugierig darauf, zu sehen, welcher Zettel, welcher Beleg ihn verraten hatte. Er fand, wie erwartet, Unmengen von anonymen Taxiquittungen. Er durchsuchte die Fächer für die Kreditkarten, die er dort nie hineinsteckte: In einem war ein Heft mit Briefmarken, in einem anderen die Visitenkarte eines längst vergessenen Interviewpartners. Im dritten – ein Passfoto von Beth.

Er lächelte verbittert: Seine Braut hatte ihn verraten. Natürlich hatten sie sie erkannt. Sie hatte ihm das Bild geschenkt, als sie sich sechs Wochen kannten; es war im Sommer gewesen, und sie hatten das Wochenende über vor Sag Harbour gesegelt. An einem Fotoautomaten hatte sie nicht widerstehen können und auf der Stelle in der Kabine posiert.

Will drehte das Bild um, und da stand es – die Botschaft, die ihnen gesagt hatte, was sie wissen wollten: *Ich liebe dich, Will Monroe.*

Mit Tränen in den Augen blickte er auf. Er sah ein neues Gesicht vor sich; vermutlich war es der Mann, der soeben mit dem Rebbe diskutiert hatte. Er hatte ein weiches, rundes Gesicht mit Hamsterbacken, umrahmt von einem rabenschwarzen Bart. Er war dick, und mit seinem runden Kopf über dem runden Bauch sah er aus wie eine menschliche Acht. Will schätzte ihn auf Anfang zwanzig.

»Kommen Sie, ich bringe Sie hinaus.«

Er stand auf, und endlich sah er den Stuhl, auf dem der Rebbe während der Befragung gesessen hatte. Es war kein Thron, sondern ein einfacher Stuhl. Daneben stand ein kleiner Tisch, wie ihn ein Dozent für seine Notizen und ein Glas Wasser benutzen würde. Will schrak zusammen, als er sah, was darauf lag.

Es war die *New York Times*, absichtlich so gefaltet, dass seine Story über Pat Baxters Leben und Tod oben lag. Das also hatte der rundgesichtige Mann dem Rebbe gezeigt, und darüber hatten sie diskutiert. Will konnte sich denken, was der junge Mann gesagt hatte. *Der Kerl ist von der* New York Times. *Er wird niemals den Mund halten. Wir sollten ihn hier behalten, damit er nichts rumquatschen kann.*

Wenig später waren sie draußen; Will hielt das saubere weiße Hemd in der Hand, das die Chassiden ihm gegeben hatten und das er nicht angezogen hatte. Er hatte keine Lust gehabt, sich vor seinen Peinigern auszuziehen. Die Inspektion seiner Vorhaut und das Tauchbad in der Mikwe waren demütigend genug gewesen.

Sie standen vor der *schul*. Noch immer gingen dort Männer ein und aus. Will sah auf die Uhr: viertel nach zehn. Ihm kam es vor, als sei es drei Uhr morgens.

»Ich kann mich nur noch einmal entschuldigen für das, was da drinnen geschehen ist.«

Ja, ja, dachte Will. *Hebt euch das für den Richter auf*, *wenn ich euch wegen Freiheitsberaubung, Körperverletzung und dieser ganzen verdammten Geschichte verklage.*

»Tja, besser als eine Entschuldigung wäre eigentlich eine Erklärung.«

»Die kann ich Ihnen nicht geben, wohl aber einen guten Rat.« Er sah sich um, als wolle er sich vergewissern, dass niemand ihn beobachtete oder belauschte. »Ich heiße Josef Jitzhok. Ich tue sehr viel, um das Wort des Rebbe in die Welt zu bringen. Hören Sie, ich weiß, was Sie tun, und ich habe einen Vorschlag für Sie.« Er senkte die Stimme zu einem verschwörerhaften Flüstern. »Wenn Sie wissen wollen, was hier vorgeht, denken Sie über Ihre Arbeit nach.«

»Ich verstehe nicht.«

»Das werden Sie schon. Aber Sie müssen sich Ihre Arbeit anschauen. Gehen Sie jetzt.«

Dieser Josef Jitzhok wirkte sehr aufgeregt. »Vergessen Sie nicht, was ich gesagt habe. *Schauen Sie sich Ihre Arbeit an.*«

20

FREITAG, 23.35 UHR, BROOKLYN

Nie war er dankbarer für Toms exzentrische soziale Gewohnheiten gewesen. Die meisten seiner unverheirateten Altersgenossen wären spät am Freitagabend unterwegs auf der Piste gewesen, aber Tom war zu Hause und hatte nach dem ersten Telefonklingeln abgenommen. Es war seine Idee gewesen, dass Will, der durch die Straßen von Crown Hights irrte und die nächste U-Bahn-Station suchte, sich ein Taxi nehmen und zu ihm in die Wohnung kommen sollte.

Jetzt lag er auf Toms Sofa; er war todmüde, und nur eine fieberhafte Erregung hielt ihn wach. Er war in drei dicke Badelaken gewickelt; Tom hatte ihn in die Dusche geschoben, sowie er zur Tür hereingekommen war, damit sein Freund keine fiebrige Erkältung oder gar eine Lungenentzündung bekäme. Er wusste, dass sie jetzt keine Zeit mit Krankheit verschwenden durften.

Will gab sich große Mühe, ihm zu erzählen, was passiert war, aber das meiste davon war so bizarr, dass es unbegreiflich schien. Außerdem redete er wie jemand, der gerade aufgewacht war und versuchte, sich an einen Traum zu erinnern: Immer neue Details, Personen, Beschreibungen und Sätze kamen ihm in den Sinn. Nur wenig davon war so normal, dass Tom sich daran orientieren konnte, und so bemühte er sich bald gar nicht mehr, irgendeinen Sinn in das zu bringen, was er hörte. Bärtige Männer, ein knapp vermiedener Tod durch Ertrinken, ein Schild, das Frauen anwies, ihre Ellenbogen zu bedecken, ein unsichtbarer Inquisitor, ein Anführer, der als Messias verehrt wurde, eine Vorschrift, die es den Menschen für vierundzwanzig Stunden verbot, auch nur ihre Schlüssel bei sich zu tragen. Er fragte sich, ob Will überhaupt wirklich in Crown Heights gewesen war – oder nicht vielleicht eher im East Village, wo er sich eine besonders große Dosis LSD besorgt hatte, um damit auf einen der surrealeren Trips in der jüngeren Geschichte der Halluzinogene zu gehen.

Ziemlich unwiderstehlich war der Drang, zu sagen: »Hab ich's dir nicht gesagt?« Denn genau dies hatte Tom befürchtet: dass Will unvorbereitet und von Sinnen vor Sorge nach Crown Heights stürmte und wie ein Trottel seinen Feinden in die Arme lief.

Aber Will erwartete nicht nur, dass Tom seinem Bericht über die letzten verwirrenden Stunden folgen konnte, er wollte auch, dass er ihm half, seine Erlebnisse zu deuten. Was sollte der Verweis auf seine Arbeit bedeuten? Was meinte der Rebbe mit einer »uralten Geschichte«? Wieso sprach er davon, Leben zu retten? Und warum hatte er nur noch vier Tage Zeit?

»Will«, sagte Tom, nachdem sein Freund fast eine Viertelstunde lang ununterbrochen geredet hatte. »Will.« Aber der Redeschwall war nicht zu bremsen. Schließlich musste er gegen seine eigene eiserne Regel verstoßen und die Stimme erheben. »WILL!« Endlich war er still. »Will, die Sache ist zu ernst, als dass wir weiter wie zwei Amateure herumkaspern dürfen. Wir brauchen fachmännische Hilfe.«

»Was denn – die Polizei?«

»Na ja, wir sollten darüber nachdenken.«

»Scheiße, natürlich hab ich darüber nachgedacht, als ich mit dem Kopf im Eiswasser steckte. Aber ich kann das nicht riskieren. Ich hab diese Leute erlebt, Tom. Die waren bereit, mich umzubringen, auf eine bloße Vermutung hin. Weil ich keinen Sender am Leibe trug, und weil ich nicht beschnitten bin. Wegen irgendwelcher Verrücktheiten. Sie wollten mich ersäufen, und der Kerl hat mir eine vollständige theologische Rechtfertigung dafür geliefert – lauter Zeug über *Peking niefesch* oder was weiß ich. Im Wesentlichen ging's darum, dass man jemandem das Leben nehmen darf, wenn man damit Leben rettet – und derjenige, dem sie heute Abend mal das Leben nehmen wollten, war eben ich. Und vielleicht noch Beth. Deshalb – ja, ich hab dran gedacht, aber ich glaube, das Risiko ist zu groß. Das haben sie von Anfang an gesagt: Wenn ich zur Polizei gehe, ist sie nicht mehr sicher. Und jetzt, nachdem ich sie gesehen – oder nicht gesehen – habe, bin ich überzeugt, dass sie es ernst meinen. Das sind ernsthafte Leute. Sie spielen nicht rum.«

»Okay, dann brauchen wir andere Hilfe.«

»Von wem zum Beispiel?«

»Von Juden zum Beispiel.«

»Was?«

»Wir müssen uns mit einem Juden unterhalten, für den das, was du gesehen und gehört hast, wenigstens halbwegs Sinn ergibt. Wir wissen nichts. Wir haben nur das, was du unter Wasser gehört hast und was wir aus dem Internet holen können. Das ist nicht genug.«

Das leuchtete Will ein. Es stimmte: Er hatte sich auf typisch englische Weise durchgeblufft. Das lernte man in den besten Internaten: Lektionen im Verarschen. Du musst lernen, mit deinem angeborenen Witz und Charme durchzukommen. Sei niemals etwas so Langweiliges wie ein qualifizierter Experte. Sei ein begabter Amateur. Und so war er in seinen blöden Chinos und mit seinem blöden Notizbuch nach Crown Heights marschiert. Als würde ihm einfach alles in seinen charmanten englischen Schoß fallen.

Sie brauchten Hilfe.

»Und an wen hast du gedacht?«

»Wie wär's mit Joel?«

»Joel Kaufman?« Kaufman war mit Will im Journalismus-

Seminar an der Columbia gewesen und schrieb jetzt für den Sportteil des *Newsday*. »Der ist Jude, aber nur auf dem Papier. Er weiß kaum mehr als ich darüber.«

»Ethan Greenberg?«

»Ist in Hongkong. Für das *Journal*.«

»Das ist lächerlich. Wir sind in New York. Wir müssen doch Juden kennen!«

»Tatsächlich kenne ich eine Menge Juden«, sagte Will; er dachte pötzlich an Schwarz und Woodstein, die mit ihm zusammen im Büro saßen, und das wiederum erinnerte ihn daran, dass er sich den ganzen Tag über nicht in der Redaktion gemeldet hatte. Hardens E-Mail hatte er ignoriert. Er würde etwas tun müssen – er konnte nicht einfach schwänzen. Aber darüber wollte er jetzt nicht nachdenken; er schob den Gedanken beiseite und nahm sich vor, sich darum zu kümmern, wenn er von Tom wegginge.

»Das Problem ist, ich kann nicht einfach mit irgendjemandem über diese Situation plaudern. Das Risiko ist zu hoch. Es muss jemand sein, der nicht nur Jude ist, sondern sich auch auskennt. Er muss etwas von diesen jüdischen Dingen verstehen und etwas über diese Welt wissen.« Er deutete auf den Monitor, auf dem immer noch die Stadtkarte mit dem Eastern Parkway zu sehen war. »Und jemand, dem wir vertrauen können. Mir fällt niemand ein, der da in Frage käme.«

»Mir schon«, sagte Tom, aber er sah dabei nicht glücklich aus.

»Wer?«

»TC.«

»Das ist nicht dein Ernst. TC soll uns helfen, Beth zu retten?«

»Wer kann es sonst, Will? Wer sonst?«

Will ließ sich auf die Couch zurückfallen und biss die Zähne zusammen; seine Wangenmuskeln zuckten, als ständen sie unter Strom. Tom hatte wieder mal Recht. TC erfüllte sämtliche Bedingungen. Sie war Jüdin, sie kannte sich aus, und sie würde niemals ein Geheimnis ausplaudern. Aber wie konnte er sie anrufen? Sie hatten seit über vier Jahren nicht miteinander gesprochen.

Ungefähr neun Monate lang, von seinem Eintritt in die Columbia University bis zu jenem Memorial Day, waren sie unzertrennlich gewesen. Sie war Kunststudentin gewesen, und Will hatte sich in sie verliebt, bevor sie auch nur ein Wort miteinander gesprochen hatten.

Er konnte es nicht bestreiten: Er hatte sie begehrt. Sie war die Frau auf dem Campus gewesen, die jedermann bemerkte: den Diamantpin in ihrem Nasenflügel und den Piercing-Ring an ihrem Bauchnabel, den flachen, immer entblößten Bauch und den blauen Schimmer ihres Haars. Die wenigsten Frauen über sechzehn konnten sich diesen Look leisten, aber TC besaß genug natürliche Schönheit, um damit umwerfend auszusehen.

Sie waren schon bald miteinander ausgegangen und führten fast so etwas wie ein Einsiedlerleben in seinem winzigen Apartment in der 113th, Ecke Amsterdam Avenue. Sie schliefen am helllichten Tag miteinander, ließen sich chinesisches Essen bringen, sahen fern und liebten sich erneut bis in den frühen Morgen.

Der Schein trog. Die Leute sahen die blauen Haare und den Nabelring und hielten TC für einen wilden, freien Geist – eins der Mädchen im Film, die im Mondschein auf dem Dach tanzten oder spontan an den Strand fuhren, um die Fischerboote zu sehen. Aber trotz ihrer Piercings und der zerrissenen Jeans war TC nicht so. Unter dem punkigen Äußeren entdeckte Will bald einen präzisen, analytischen Verstand, der in seinem Verlangen nach Genauigkeit manchmal Furcht erregend war. Eine Unterhaltung mit TC war ein mentaler Workout: Sie ließ Will nichts durchgehen.

Sie schien wirklich alles gelesen und absorbiert zu haben – sie zitierte Turgenjew, und im nächsten Augenblick hatte sie die zentralen Leitsätze der lutherischen Doktrin bei der Hand. Die einzige Schwachstelle in ihrer Rüstung war gegen alle Erwartung die populäre Kultur. In den neuesten Entwicklungen fand sie sich gerade noch zurecht, aber wenn es um Kindheitserinnerungen ging, die sie und Will eigentlich hätten gemeinsam haben müssen, war sie komplett ahnungslos. Erwähnte er »Grease«, dachte sie an Brei, und wenn er von »Valley Girls« sprach, wusste sie nicht, in welchem Tal diese Girls lebten. Will fand es liebenswert, und außerdem war es beruhigend zu wissen, dass die menschliche Datenbank, mit der er seine Zeit verbrachte, wenigstens einen Defekt aufwies. Er vermutete, dass diese beiden Phänomene miteinander zusammenhingen: Während er wie alle anderen Kinder alberne Fernsehsendungen gesehen und trashige Popmusik gehört hatte, hatte TC gelesen, gelesen, gelesen.

Aber das war eine Vermutung. TC sprach nur andeutungsweise von ihrer Kindheit (sogar ihr Name war ein Geheimnis, ein Spitzname, den sie als kleines Mädchen bekommen hatte und dessen Bedeutung vergessen war). Ihre Eltern und Geschwister hatte er niemals kennen gelernt. Das kam nicht in Frage: Trotz ihres aggressiv areligiösen Lebens (sie bestellte ausdrücklich immer nur Jumbo-Shrimps und Schweinefleisch süß-sauer) erklärte sie knapp, ihre Familie lebe immer noch ziemlich traditionell und werde einen nicht-jüdischen Freund unter keinen Umständen akzeptieren. »Aber wir wollen doch nicht heiraten!«, sagte er dann. »Egal«, antwortete sie. »Schon die theoretische Möglichkeit, dass wir es eines Tages tun könnten, ist schlimm genug für sie. Schon, dass wir überhaupt zusammen sind.«

Sie argumentierten hin und her. Er bezichtigte ihre Eltern – von denen er nicht einmal ein Foto kannte – eines Rassismus, der nicht besser sei als der eines Antisemiten, der seiner Tochter verbot, mit einem Juden auszugehen. Sie führte ihn geduldig durch die lange, blutige Geschichte der Juden;

kundig wie immer erzählte sie ihm, wie sie auf allen Kontinenten jahrhundertelang gequält worden waren und ihr Leben und die Kultur, die sie geschaffen hatten, mit Mühe und Not erhalten hatten. Die jüdische Kultur, glaubten Menschen wie ihre Eltern, könne nicht überleben, wenn sie sich durch Mischehen und Assimilation in der allgemeinen Bevölkerung auflöste – so, wie ein Tropfen blaue Haarfarbe im Ozean verschwand. »Das glauben deine Eltern«, sagte Will. »Und was glaubst du?«

Ihre Antwort war nie klar genug, jedenfalls nicht für Will. Die Diskussionen ermüdeten ihn, und während die Illegitimität ihrer Romanze zunächst eine kribbelnde Erfahrung gewesen war und sie im Winter von Manhattan zu Verschwörern gemacht hatte, verblasste der Reiz, als der Frühling kam. Es gefiel ihm nicht, dass ihr Schicksal von einer gewaltigen äußeren Macht bestimmt wurde – von einer fünftausendjährigen Geschichte –, über die er so wenig wusste und auf die er keinen Einfluss hatte. Zu dem Zeitpunkt, als er Beth kennen lernte, wusste er bereits, dass er und TC keine Zukunft mehr hatten.

Das Ende war übel. Er war feige gewesen und hatte angefangen, sich mit Beth zu treffen, bevor er mit TC Schluss machte. Sie hatte ein Digitalfoto seiner neuen Freundin auf seinem Computer gefunden. Das war schlimm genug, aber wirklich wütend war sie darüber, dass das, was sie inzwischen »dieses Juden-Ding« nannten, sich als ein so entscheidendes Problem erwies. Sie war wütend auf ihn, weil er zuließ, dass es ein Hindernis war – dass er sie ablehnte »wegen einer Tatsache über mich, an der ich nichts ändern kann«, wie sie es ausdrückte –, aber er hatte immer das Gefühl, dass ihre Wut sich nicht nur gegen ihn richtete. Er sah, dass sie wütend auf ein Erbe war, auf eine Kultur, die sie fast vollständig aufgegeben hatte und die sie trotzdem von einem Mann trennte, den sie liebte. Bei ihrem letzten Gespräch schrien sie einander nur noch an, und das letzte

Bild, das er von ihr im Gedächtnis behalten hatte, war ein Gesicht, das wund war von Tränen. Wenn er jetzt an TC dachte, reichte es lediglich für die Platitüde, sie habe »eine Menge Probleme zu lösen« gehabt. Und gelegentlich fragte er sich, wer wohl die Oberhand behalten hatte: die strengen Eltern oder die blau gesträhnte Welt von Kunst und Abenteuer, die das Mädchen, in das er sich verliebt hatte, so sehr fasziniert hatte.

Und jetzt schlug Tom vor, er solle mit ihr Kontakt aufnehmen. Heute. Jetzt. Kurz vor Mitternacht. Er hatte ihre Handynummer; die hatte sich bestimmt nicht geändert. Aber was sollte er sagen? Wie konnte er ihr erklären, dass er sich nur bei ihr meldete, weil er etwas brauchte – noch dazu um der Frau willen, die ihn ihr weggenommen hatte? Und warum sollte sie etwas anderes tun, als die Verbindung zu trennen und sich vorzunehmen, nie wieder mit ihm zu sprechen?

Aber er war verzweifelt, und Tom hatte Recht. Sie kam dem Experten, den sie brauchten, so nah wie niemand sonst. Er musste es einfach tun. Er musste seine Gefühle, nicht zuletzt seine Feigheit, überwinden und diese Nummer wählen. Jetzt sofort.

Er ging eine Zeit lang auf und ab und legte sich seine einleitenden Worte zurecht. Es war wie beim Schreiben für die Zeitung: Wenn er den ersten Satz hatte, konnte er sich hineinstürzen und hoffen, dass sein Instinkt den Rest erledigte. Um seine Erfolgschancen zu vergrößern oder zumindest sein sofortiges Scheitern zu verhindern, wandte er außerdem einen ziemlich billigen Trick an.

Er vermutete, wenn TCs Nummer noch in seinem Telefon gespeichert war, bestand zumindest die Möglichkeit, dass auch seine noch auf ihrer SIM-Karte lebte. Er stellte sich vor, wie sein Name auf ihrem Display aufleuchtete.

Also benutzte er Toms Telefon; er wusste, dass sie diese Nummer nicht kannte. Es war ein Überfall.

»Hallo, TC? Hier ist Will.« Lärm im Hintergrund. Ein Club? Eine Party?

»Hi.«

»Will Monroe.«

»Ich kenne keinen anderen Will, Will. Nicht vorher, und nicht nachher. Was gibt's?«

Das musste er ihr lassen: eine schlagfertige Antwort, ohne eine Sekunde nachzudenken – das war nicht schlecht. Und typisch für sie: die Andeutung einer Spitze, der Verweis auf das Vergangene, schnell formuliert. Der einzige Misston war dieses »Was gibt's?«. Das war kein Satz, der zu ihr passte. Die Leichtigkeit wirkte gezwungen, und die Anspannung klang durch, mit der sie mit einem Mann sprach, den sie geliebt und der sie abgewiesen hatte.

»Ich muss dich sofort sehen. Du weißt, ich würde dich nicht auf diese Weise behelligen, wenn es nicht sehr wichtig wäre. Und das ist es. Ich glaube, es geht um Leben und Tod.« Bei dem letzten Wort schluckte er, und er wusste, dass TC es gehört hatte.

»Ist etwas mit deiner Mom? Geht's ihr nicht gut?«

»Es geht um Beth. Ich weiß –« Er konnte den Satz nicht vollenden; er wusste nicht, wie er weitergehen sollte. »Ich muss dich sofort sehen.«

Sie stellte keine weiteren Fragen. Sie gab ihm einfach ihre Adresse. Nicht ihre Privatadresse, sondern die eines Hauses mit Künstlerateliers in Chelsea. Das sei näher, sagte sie, aber Will vermutete, dass ein anderes Motiv dahinter steckte. Vielleicht war sie mit jemandem zusammen, vielleicht war es ihr unangenehm, dass sie immer noch allein war – vielleicht ertrug sie auch seine Nähe nicht in ihrer Wohnung.

Künstlerateliers. In diesem einen Wort verbarg sich eine ganze Geschichte. Es bedeutete, dass sie ihren Vorsatz ausgeführt hatte: Sie hatte davon geträumt, Künstlerin zu werden, und immer wieder hatten sie an jenen langen Nachmittagen im Bett miteinander darüber gesprochen. Er – und auch sie – hatte sich gefragt, ob sie den Mut und die Kraft dazu haben würde. Er war froh, dass sie es geschafft hatte. Mehr als das – er war stolz.

Knapp eine Stunde später trat er aus einem Lieferantenaufzug, einem dieser altmodischen Kästen mit einem eisernen Ziehharmonikagitter. Keine technische Notwendigkeit, nahm er an, sondern eher ein Künstlerfimmel: eine Kolonie von Bohemiens in einer umgebauten Konservenfabrik. Im vierten Stock stieg er aus. Es war still und dunkel hier oben. Er sah, dass eine Ecke des großen Raums für eine Bildhauerin reserviert war, die anscheinend auf weibliche Bäuche spezialisiert war. Eine Werkstatt, die aussah wie eine Schlosserei, war in Wirklichkeit der Arbeitsplatz eines Mannes, der Installationen mit Neonröhren baute. Schließlich sah er an einer Tür ein fotokopiertes Blatt mit den Buchstaben TC. Kein Vor- und kein Zuname, nur die beiden Lettern. »Geschicktes Branding«, dachte er und klopfte leise an die Tür. Instinktiv hatte er beschlossen, dass männliche, englische Höflichkeit ihn vor ihrer weiblichen, amerikanischen Wut am besten schützen würde.

Er hatte nur ein paar Sekunden Zeit, alles in sich aufzunehmen: Gemälde an den Wänden, drei weitere auf Staffeleien, und noch mehr lehnten in Luftpolster verpackt an den Wänden. Auf einem einfachen, ziemlich ramponierten Tisch standen eine Kaffeemaschine und vier ungespülte, verfärbte Becher. Daneben lagen mehrere Tüten Studentenfutter, die Mischung aus Nüssen und Trockenobst, die hier jeder gern aß, auch ohne zu studieren. Über die hintere Wand erstreckte sich eine Werkbank mit Malutensilien – Flaschen mit Verdünner, Ölfarben in zerdrückten, metallenen Tuben, Leim, Messer, diverse verrostete Schaber, Schnur – und unerklärlicherweise ein Kochbuch, in dem alle Seiten zu fehlen schienen.

Und hinten, auf einer verschlissenen roten Samtcouch, saß

TC. Sie sah kleiner aus, als er sie in Erinnerung hatte, aber alles andere war wie früher: Sie war noch immer eine Frau, die man anstarrte. Statt der alten Punkfrisur trug sie das Haar jetzt lang. Die Haarfarbe war ein natürliches Braun, aber eine blaue Strähne, ihr Markenzeichen, war noch da. Und Will konnte nicht übersehen, dass sie noch immer eine gute Figur hatte. Unter der dünnen, beinahe altertümlichen Bluse über den engen, an den Knien zerrissenen Jeans sah er den Körper, der ihn einst völlig hingerissen hatte. Im Halbdunkel blinkte etwas Metallenes: Der Nabelring war auch noch da.

Dies war der Augenblick, der ihn am meisten verunsichert hatte: Sollte er sie in den Arm nehmen, sie auf die Wange küssen, ihr die Hand geben – oder gar nichts tun? Gab es eine Geste, die unmissverständlich platonisch war und trotzdem Wärme vermittelte? Er konnte sich nicht erlauben, TC auf irgendeine Weise zu verärgern, und erst recht durfte er keine alten Wunden aufreißen.

Sie nahm ihm die Entscheidung ab: Sie stand auf und breitete die Arme aus, als begrüße sie den verlorenen Sohn. Er umarmte sie und versuchte die Umarmung durch die Art, wie er Arme und Hände einsetzte, irgendwie brüderlich wirken zu lassen. Das war es: TC sollte ihn wie einen Bruder sehen, wie einen Verwandten, den sie in der Stunde der Not nicht abweisen durfte.

Sie sehe gut aus, sagte er, aber wieder machte TC es ihm leicht; sie umging jeden Smalltalk und vermied damit alle emotionalen Sprengsätze, die sich darin verbergen könnten.

»Was hast du für ein Problem, Will?«

Er erzählte ihr alles, so knapp und methodisch wie möglich: Wie Tom die Herkunft der E-Mail aufgespürt hatte, wie er nach Crown Heights gefahren war, wie er dort verhört und in der Mikwe beinahe ertränkt worden war.

»Das muss ein Scherz sein«, sagte sie, als er das letzte Detail vorgetragen hatte, und in ihrem halben Lächeln lag entweder Ungläubigkeit, nervöse Anspannung oder Schadenfreude – oder eine Kombination von allen dreien. Aber das Lächeln verschwand, als sie Wills Gesicht sah: Sie begriff, dass es tödlicher Ernst war.

»Will, es tut mir Leid für dich und vor allem für Beths Familie.« *Beth.* Noch nie hatte er diesen Namen aus TCs Mund gehört. »Aber was genau willst du von mir?«

»Ich will wissen, was du darüber weißt. Du musst mir erklären, was ich da gehört habe. Du musst es ... ich weiß nicht, du musst es mir *übersetzen*.«

Ein kleines, betrübtes Lächeln ließ sie plötzlich älter aussehen. In diesem Augenblick wurde ihm klar, dass Altern im Grunde nur wenig mit Falten und Runzeln zu tun hatte, auch wenn das eine Rolle spielte. Aber in Wahrheit zeigten sich die Jahre in einem Gesichtsausdruck, wie er ihn gerade gesehen hatte. Das Gesicht des Alters und des Wissens.

»Okay. Du musst mir *alles* erzählen, sehr langsam und mit allen Einzelheiten, an die du dich erinnern kannst. Erzähl mir von jeder Straße, durch die du gegangen bist, von jedem Menschen, dem du begegnet bist, von jedem Wort, das sie gesagt haben. Ich mache uns Kaffee.«

Will ließ sich in den Korbsessel sinken, den sie ihm hinschob. Zum ersten Mal seit sechzehn Stunden entspannten sich seine Muskeln. Er war erleichtert: TC war auf seiner Seite. Ein Gefühl stieg in ihm auf, das er nie empfunden hatte, als sie noch zusammen waren: er wusste, sie würde sich um ihn kümmern.

Sie war, das erkannte er rasch, eine geschickte Interviewerin – geduldig und methodisch. Immer wieder verlangte sie Präzision, immer wieder fragte sie nach, um sicherzugehen, dass er nichts ausgelassen hatte. Und sie wies ihn auf Widersprüche hin, ganz nach ihrer alten analytischen Art. »Moment, du hast gesagt, außer dir waren nur zwei Leute in diesem Raum. Wer ist jetzt dieser Dritte? Was hat er genau gesagt? Hat er gesagt: ›Ich werde‹ oder ›Ich könnte‹?«

Ihre Präzision war anstrengend. Zur Erholung ließ er den

Blick über ihre Arbeiten wandern, die überall im Raum verteilt waren. Großformatige Bilder mit klassisch amerikanischen Themen – naturalistische Gemälde von gelben Taxis und alten Imbisswagen –, und sosehr er ihre technischen Fertigkeiten bewunderte, fragte er sich doch plötzlich, ob TC sich nicht den falschen Beruf ausgesucht hatte. Sie hatte einen viel zu klaren Verstand, dachte zu geradlinig und logisch, um als Künstlerin zu arbeiten. Mit diesem Kopf sollte sie eher Wissenschaftlerin oder Juristin sein – oder, angesichts der jetzigen Situation, Polizistin? Mit dieser neuen Erkenntnis hielt er sich aber klugerweise, wie er fand, erst mal zurück.

Als er fertig war, merkte er, dass TC ihm bisher überhaupt noch nichts erklärt hatte. Wenn sie etwas gesagt hatte, dann nur, um Präzision zu fordern oder ergänzende Nachfragen zu stellen. Er wusste immer noch nicht mehr als vorher, und allmählich wurde er ungeduldig. Aber er wagte nicht, seine Frustration zu äußern, und außerdem war er zu erschöpft. Seine Zunge wurde schwer.

Er wachte auf, weil sein Ellenbogen von der Armlehne rutschte. Der Geschmack in seinem Mund verriet ihm, dass er kurz, aber tief geschlafen hatte. Er hatte von Gesängen und Tänzen geträumt, und von Beth in der Mitte, wie eine Stammeskönigin umgeben von Männern in weißen Hemden und schwarzen Anzügen.

Er sah auf die Uhr: halb drei. Es war also kein Albtraum, sondern ein schrecklich langer Tag und eine Nacht, die nicht enden wollte. Es hatte angefangen, als er achtzehn Stunden zuvor seinen Blackberry eingeschaltet hatte. Und jetzt saß er halb schlafend in TCs Korbsessel, und es war immer noch nicht zu Ende.

»Hey, da bist du ja wieder.« Sie blickte von einem Skizzenblock auf, der auf ihren Knien lag. Ihr Stirnrunzeln verriet ihm, dass sie sich angestrengt konzentriert hatte.

»Wir haben Folgendes: Erstens: Sie sagen, dass Beth nicht

in Gefahr ist, solange du dich zurückhältst. Zweitens: Anscheinend geben sie zu, dass sie nichts Unrechtes getan hat, ja, dass sie vielleicht überhaupt nichts getan hat, aber sie können sie trotzdem nicht gehen lassen. Sie räumen ein, dass das unverständlich erscheint, aber sie versprechen, dass alles klar werden wird. Wir wissen, dass sie kein Geld von dir haben wollen. Sie wollen nur, dass du weggehst.

Alles in allem ist das eine sehr merkwürdige Entführung. Es ist, als wollten sie sie auf unbestimmte Zeit und aus unbestimmten Gründen *ausborgen* – und sie erwarten, dass du es hinnimmst. Wir müssen herausfinden, warum.« Dieses wir empfand Will als beruhigend, auch wenn der Rest des Rätsels – und die Tatsache, dass TC es nicht auf der Stelle gelöst hatte – alles andere als beruhigend war.

»Welche Motive könnten sie haben? Ein Hinweis ist sicher der Umstand, dass sie befürchteten, du könntest vom FBI sein. Eine wohlwollende Erklärung wäre, dass sie Angst haben, das FBI könnte wegen der Entführung gegen sie ermitteln. Weniger erfreulich wäre, dass es mit der Entführung nichts zu tun hat, sondern dass sie in irgendwelche anderen kriminellen Aktivitäten verwickelt sind und schon länger befürchten, dass die Polizei ihnen auf den Fersen ist. Ein bisschen so wie diese durchgeknallten Sekten, die nur darauf warten, dass das FBI eines Tages aufkreuzt und ihnen ihre Waffen wegnimmt.« Will musste an Montana denken, an Pat Baxter und seine Kameraden. Mein Gott, das war erst ein paar Tage her, aber ihm kam es vor wie Jahre.

»Aber das haben sie ausgeschlossen, aus ziemlich vernünftigen, nachvollziehbaren Gründen. Zu einem versteckten Sender fällt mir nichts ein, aber ich schätze, sie haben Recht mit der Annahme, dass man einen Juden als Undercover-Agenten zu ihnen schicken könnte: Das FBI würde so verfahren. Aber dass du kein Agent bist, beruhigt sie nicht – im Gegenteil. Erst als sie es ausgeschlossen hatten, kamen sie wirklich zur Sache und hätten dich beinahe ertränkt.

Auch das leuchtet irgendwie ein: Sie hätten nicht gewagt, dich zu misshandeln, wenn du ein FBI-Mann gewesen wärst. Als sie wussten, dass du keiner bist, verloren sie ihre Hemmungen. Die Frage ist, warum? Was könnte, um ihre Formulierung zu benutzen, ›unendlich viel schlimmer‹ sein? Eine rivalisierende Chassiden-Sekte? Ein rivalisierendes Kidnapper-Kartell?«

Will sah ein boshaftes Funkeln in ihren Augen, als finde sie die Vorstellung, Chassiden könnten etwas Böses im Schilde führen, erheiternd. Es ärgerte ihn, und noch immer hatte sie nichts geliefert, was er nicht schon wusste.

»Was ist mit all diesen jüdischen Details, die ich gehört habe? Was hat das alles zu bedeuten?«

»Der Satz, den du als ›Peking nie-fesch‹ verstanden hast, lautet richtig: *pikuach nefesh*. Das Beschützen einer Seele. Es wird meist im positiven Sinne benutzt, um Verstöße gegen religiöse Vorschriften zu einem guten Zweck zu rechtfertigen. Weißt du, die Israelis sagen *pikuach nefesh*, um zu begründen, warum Krankenwagen auch am Sabbat fahren dürfen. Aber diese Leute haben es mit all diesem Kram über einen *rodef* als Drohung verwendet: Sie wollten implizieren, dass das jüdische Recht ihnen erlauben könnte, dich zu töten. Oder Beth.« Will zuckte zusammen.

»*Schabbat so-und-so* – das gibt es auch. Was du gehört hast, war Schabbat tschuvah, der Bußsabbath, der wichtigste Sabbat des Jahres. Der ist zufällig heute. Es ist der Sabbat zwischen Rosch Haschana, dem Neujahrsfest, und Jom Kippur, dem Tag der Versöhnung. Wir sind mitten in den zehn Tagen der Buße, den Tagen der Ehrfurcht. Das ist eine wichtige Zeit für Juden, besonders für die ultraorthodoxen. Aber was hat der Mann, der dich verhört hat, damit gemeint, als er sagte: ›Wir haben nur vier Tage Zeit‹? Es stimmt, es sind noch vier Tage bis Jom Kippur, aber nach dem, was du erzählt hast, sprach er eher von einer Art Deadline. Er kann nicht gemeint haben, dass sie nur noch vier Tage Zeit zum

Büßen haben, auch wenn das so ist. Es muss etwas mit der größeren Sache zu tun haben, von der er gesprochen hat, als er sagte: ›Alles steht auf dem Spiel, der Einsatz könnte nicht höher sein‹, und als er von der ›uralten Geschichte‹ redete.«

»Wir haben also nicht die leiseste Ahnung, was diese Geschichte angeht, nicht wahr?« TC schaute mit gesenktem Kopf auf ihren Skizzenblock. Er sah ihr an, dass sie verzweifelt nach dem Schlüssel zu diesem Geheimnis suchte. Sie hatte die Fakten organisiert, so gut sie konnte, und sie hatte einen Katalog von Fragen. Aber das war alles, was sie hatte: Fragen.

»Nein«, sagte sie leise. »Wir haben keine Ahnung.«

»Was ist mit dem Rebbe?«

»Ach ja. Darüber musst du noch einmal angestrengt nachdenken. Hat er dir je seinen Namen genannt? Hat er sich vorgestellt?«

»Ich sage doch, ich durfte nicht mal sein Gesicht sehen.«

»Und warum bist du dann so sicher, dass es der Rebbe war?«

»Weil sie in der Synagoge alle gesungen und getanzt und auf ihn gewartet haben. Und dann wurde ich abgeführt. Diese Gorillas sagten, sie könnten nicht mit mir sprechen, bevor ihr ›Lehrer‹ da wäre. Und als er da war, haben sie getan, was er sagte. Er war offenkundig der Boss.«

»Als du in der Synagoge warst und die Hand auf der Schulter spürtest und die Stimme sagte: ›Für Sie, mein Freund, ist es hier zu Ende‹ – war das dieselbe Stimme, die dich später verhört hat?«

»Ja.«

»Aber wenn das der Rebbe war, warum haben die Leute dann nicht in seine Richtung geschaut, sondern woanders hin? Wenn er es gewesen wäre, wäre doch jedes Gesicht im Raum dir zugewandt gewesen, hätte wie rasend den Mann angestarrt, der hinter dir stand, so nah, dass er dir ins Ohr flüstern konnte. Aber das war nicht so, oder?«

»Vielleicht konnten sie ihn in dem Gedränge nicht sehen.«

»Ich bitte dich, Will. Du hast selbst gesagt, sie verehren den Mann, als sei er der Messias. Den lassen sie doch nicht einfach durch das Gedränge spazieren und erdrücken. Überleg genau: Hat er sich je selbst als den Rebbe bezeichnet?«

Verlegen erkannte Will, dass sein Peiniger nichts dergleichen gesagt hatte.

»Hast du ihn als Rebbe angeredet?«

TC hatte seine Gedanken gelesen. Die ganze qualvolle Zeit über hatte Will *angenommen*, er spreche mit dem Rebbe. Aber hatte er diese Anrede je benutzt? Nein.

»Du bist also sicher, dass der Mann, der mich heute Abend beinahe hätte umbringen lassen, nicht der Rebbe war?«

»Ich weiß es sogar.«

»Woher? Wie kannst du so sicher sein?«

»Ich bin so sicher, Will, weil der Rebbe von Crown Heights seit zwei Jahren tot und begraben ist.«

21

SAMSTAG, 6.36 UHR, MANHATTAN

Sie waren in einem erstickend heißen Land, in einem breiten Bett, über dem ein riesiges weißes Netz hing. Das Zimmer schien in irgendeinem alten Hotel aus der Kolonialzeit zu sein. Es war Nachmittag und sie liebten sich mit fiebriger Intensität, ihre Körper glitschig vom Schweiß. Besonders Beth war so nass …

Wills Herz schlug heftig. Er blickte auf ein Bett, das eng war – und leer. Und es war noch nicht mal ein richtiges Bett. Er war in TCs Atelier auf dem roten Samtsofa eingeschlafen. Sie hatte, wie sich herausstellte, ein schmales Feldbett hinter einer Trennwand am Rande des Raums. »Manchmal arbeite ich nachts«, hatte sie gesagt.

Er griff sofort nach seinem Blackberry. Nichts von den Entführern, zwei Mails von Harden, mehrere von seinem Vater, der ihn bat, sich zu melden, weil er sich große Sorgen mache. Das Handy ließ sich nicht einschalten; anscheinend hatte sich der Akku entleert, als er bei Tom war.

Er ging auf Zehenspitzen zu TCs Werkbank und stellte erleichtert fest, dass sie das gleiche Handy besaß wie er. Irgendwo musste auch ein Ladegerät sein. Beim Suchen sah er den Skizzenblock, den sie benutzt hatte. Er drehte ihn um und erkannte, dass TC sich keine Notizen gemacht, sondern komplizierte Kringel gemalt hatte. Sie waren zu einem geometrischen Muster angeordnet: Kreise, die durch gerade Linien miteinander verbunden waren wie Molekülverbindungen. War TC nebenbei auch Chemie-Expertin? Gewundert hätte es ihn nicht.

Beim Anblick ihrer hebräischen Schriftzeichen kehrte die größte und verblüffendste Erkenntnis der vergangenen Nacht mit einem Schlag zurück: Der Rebbe war tot. Sein Bild hing überall in Crown Heights, alle möglichen Websites zeigten sein Gesicht, ständig hatte man im Präsens von ihm gesprochen, der bloße Anblick seines Stuhls hatte die Leute zur Ekstase getrieben – aber trotz all dem bestand TC unerschütterlich darauf, dass der Große Rabbiner der Chassiden, der Rebbe, tot und begraben sei.

Er war zwei Jahre zuvor im Schlaf verstorben und hatte seine ganze Gemeinde und Tausende von Anhängern auf der ganzen Welt in tiefer Trauer zurückgelassen. In den letzten Jahren seines Lebens hatte sich der Glaube verbreitet, der Rebbe sei nicht nur ein außergewöhnlicher Religionsführer, sondern mehr als das. »Das Judentum glaubt, dass es in jeder Generation einen Menschen gibt, der der Messias sein *kann*«, hatte TC erklärt. »Das heißt nicht, dass er es tatsächlich ist. Aber wenn Gott entscheiden sollte, dass die Zeit der messianischen Ära gekommen ist, dann wird es dieser Mensch, dieser Kandidat, sein. Dann wird er als Moschiach offenbart werden.«

»Und sie hatten angefangen zu glauben, er sei dieser Kandidat?«

»Genau. So ging es los. Er war der Kandidat für diese Generation, nichts weiter. Aber dann wurde es intensiver. Die Leute meinten, es sei keine entfernte, abstrakte Möglichkeit, sondern die Zeit des Messias sei nahe. Und um die Wahrheit zu sagen, ich glaube, dass der Rebbe sie darin ermuntert hat. Er stachelte sie zu dieser Inbrunst an.«

»War das eine Art Egotrip?«

»Das weiß ich nicht. Er war ein erstaunlich bescheidener Mann in fast jeder Hinsicht, der in ein paar sehr spartanischen Zimmern in Crown Heights wohnte. Nach dem Tod seiner Frau widmete er sich ganz dem Studium. Er schlief nur eine oder zwei Stunden jede Nacht; in der übrigen Zeit brannte das Licht und er arbeitete, arbeitete, arbeitete. Hauptsächlich diktierte er Briefe und beriet seine Anhänger überall auf der Welt. Du musst wissen, dass es sich da um eine weltumspannende Milliarden-Dollar-Organisation handelt. Sie haben Zentren in fast jeder Großstadt, auch da, wo es kaum Juden gibt – nur für den Fall, dass jüdische Reisende Verlangen nach einem Sabbatmahl haben. Wenn er jemandem sagte: ›Du wirst in Grönland gebraucht‹, dann ging derjenige nach Grönland. Der Rebbe war wie eine Kreuzung zwischen dem obersten Geschäftsführer eines multinationalen Konzerns und dem Commandante einer Revolutionsarmee.« TC lächelte. »Bill Gates und Che Guevara in einer Person. Und das mit über neunzig Jahren.«

Will dachte an das Bild des alten Mannes mit dem schneeweißen Bart. Wie ein Revolutionär sah er nicht aus.

»Aber dann starb er, und die meisten Leute nahmen an, damit sei es vorbei. Wenn er tot war, konnte er ja schließlich nicht der Messias sein, oder?«

»Ich glaube nicht, nein.«

»Tja, aber da glaubst du falsch. Der harte Kern seiner Anhänger fing an, draußen an seinem Grab zu campieren. Wenn man sie fragte, was um alles in der Welt sie da taten, sagten sie: ›Wir warten.‹ Sie wollten bereit sein, den Rebbe willkommen zu heißen, wenn er von den Toten auferstände.«

»Bist du sicher, dass sie keine Christen sind?«

»Ich weiß, es klingt verrückt. Es gibt darüber auch eine ernsthafte Auseinandersetzung. Viele Juden sagen, Crown Heights stelle sich effektiv außerhalb des Judentums und habe einen anderen Glauben angenommen. Das Christentum, heißt es, sei einst nur eine Form des Judentums gewesen, die geglaubt habe, der Messias sei gekommen, und Crown Heights gehe jetzt genau in die gleiche Richtung.«

»Der Unterschied ist, dass die Christen immer noch auf ihn warten. Wohlgemerkt, die Christen warten auch auf seine Wiederkehr. Alle warten.«

»Die hier tun es bestimmt. Sie warten darauf, dass ihr Anführer sich offenbart – dass er von den Toten aufersteht und ihnen sagt, dass alles gut wird.«

»Du machst dich darüber lustig, oder?«

»Ein bisschen. Weißt du, theologisch gesehen könnten sie Recht haben. Es stimmt: Das Judentum sagt, im messianischen Zeitalter werden die Toten wieder leben. Und es steht nirgends geschrieben, dass der Messias nicht einer von ihnen sein kann – von den Toten, meine ich. Sie könnten also Recht haben. Es ist nur … ich weiß nicht, aber mir kommt es irgendwie *traurig* vor. Als wären sie Kinder, die ihren Daddy verloren haben.«

Will bemühte sich, TCs Darstellung – ein Kult, traumatisiert vom Verlust seines Oberhaupts – mit der Bande in Einklang zu bringen, die ihn wenige Stunden zuvor beinahe umgebracht hatte. Es war nicht leicht, da irgendein Mitgefühl aufzubringen.

»Woher weißt du so viel über sie?«

»Ich lese Zeitung«, antwortete sie sofort und mit leisem Tadel. »Es stand alles in der *Times*.«

Will hätte sich am liebsten selbst getreten. Natürlich! In seiner Hast hatte er es bei Tom versäumt, sich die älteren Nachrichtenmeldungen anzusehen, die Google ausgespuckt hatte; darin hätte er das alles sicher erfahren – zumindest, dass der Rebbe tot war. Noch ärgerlicher war, dass all das, wie TC gesagt hatte, sicher in der Zeitung gestanden und er einfach darüber weggeblättert hatte: Verrückte religiöse Nachrichten, nicht weiter von Bedeutung.

Das war letzte Nacht gewesen. Heute Morgen schlug der Blitz ein, als er das Ladegerät für das Handy neben der Kaffeemaschine gefunden hatte. Er schloss das Telefon an, und es erwachte stumm zum Leben. (Er hatte es immer »lautlos«

gestellt; man wusste nie, wann ein lautes elektronisches Zirpen einen in Verlegenheit bringen würde.) Die Voicemail-Nachrichten kamen als Erste: vier von seinem Dad, drei von Harden, zunehmend sarkastisch, und die letzte lautete: »Ich hoffe nur, Sie sind an einer Story, die so gut ist, dass *ich* den Pulitzerpreis dafür kriege, dass ich sie bringe.« Er schloss mit dem Hinweis, Will werde »auf dem nächsten Boot nach Oxford« landen, wenn er sich nicht bald wieder zum Dienst meldete. Zwei weitere Nachrichten übersprang Will nach den ersten paar Worten, weil sie unwichtig waren.

Dann kamen die SMS-Nachrichten. Eine von Tom, der ihm Glück wünschte.

Und dann das:

FOOT RUNS. B GATES.

Er rief die Option »Details« auf, aber da war nichts. Unter »Nummer« stand nur »unbekannt«. Als Zeit wurde die Stunde, Minute und Sekunde angegeben, in der Will das Telefon eingeschaltet hatte. Nutzlos. Es war nicht festzustellen, wer diese SMS geschickt und wann er es getan hatte. Angesichts dessen, dass der Sinn der Nachricht völlig im Dunkeln lag, war seine Ratlosigkeit vollkommen.

Inzwischen war TC aufgestanden; sie kam hinter ihrem Wandschirm hervor und streckte sich. Selbst in ihren männlichen Boxershorts und dem weißen T-Shirt sah sie hinreißend aus. Der Nabelring war jetzt entblößt. Will spürte eine leise Regung in den Lenden, und gleich überkamen ihn heftige Gewissensbisse. Gelüste nach der Exfreundin waren unter allen Umständen abscheulich. Aber sie zu bekommen, während die eigene Ehefrau entführt war und in Lebensgefahr schwebte, war wirklich verachtenswert. Er nickte TC nur knapp zu, schaute wieder auf sein Handy und zog reflexhaft den Bauch ein, als könne er so den Strom des erektionsfördernden Blutes stoppen, ehe es zu spät wäre.

Zu seiner Erleichterung verschwand TC wieder hinter der Wand und kam wenig später vollständig angezogen heraus. Will hielt ihr das Telefon entgegen. »Sieh dir das an«, sagte er.

TC suchte nach ihrer Brille; für die Kontaktlinsen war es noch zu früh. »Hmm«, sagte sie, als sie die SMS las.

Will erklärte ihr kurz seine bisherigen Vermutungen. »Sie muss von ihnen kommen, von den Chassiden. Offensichtlich haben sie meine Nummer vom Telefon abgelesen, als sie meine Tasche durchsuchten.«

»Nein, das würden sie nicht tun. Es wäre ein Verstoß gegen das Sabbatgebot. Und aus demselben Grund würden sie auch keine SMS versenden. Beides ist am Sabbat verboten.«

»Aber einen unschuldigen Mann in eiskaltes Wasser tauchen, das ist okay?«

»Formal gesehen, ja. Sie haben keinen elektrischen Strom benutzt und kein Feuer angezündet. Sie haben nichts geschrieben und keine Maschinen benutzt.«

»Es war also absolut koscher, was sie mit mir gemacht haben.«

»Will, das darfst du *mir* nicht vorwerfen. Ich hab diese Vorschriften nicht erfunden. Ich sage nur, sie würden niemals den Sabbat entweihen, wenn es eine Alternative gäbe. Und bisher haben sie das vermieden.«

»Aber was ist mit *Pikuach nefesh*, ... mit dem Retten einer Seele?«

»Du hast Recht. Wenn sie das Gefühl hätten, es sei dadurch gerechtfertigt, würden sie es tun. Okay – also könnte die Nachricht von ihnen kommen. Aber was bedeutet sie?«

»Ich weiß nicht. Aber ich dachte, *foot* bedeutet vielleicht ›Ende‹ oder ›Abschluss‹. Du hast gesagt, Rosch Haschana bedeutet wörtlich ›Kopf des Jahres‹. Vielleicht ist der ›Fuß‹ das Ende.« Will lächelte hoffnungsvoll wie ein Schüler, der ein Lob erwartete. TC lächelte nicht.

»Und *runs*? Warum rennt der Fuß?«

»Na ja, er geht weiter. Er läuft. Oder ›das Ende kommt näher‹. Vielleicht ist *Foot runs* die verschlüsselte Mitteilung, dass die Operation bald zu Ende geht. Und *B Gates* ist bloß eine alberne Unterschrift. Du weißt schon – Bill Gates. Micky Maus.«

TC reagierte nicht. Sie setzte sich mit dem Telefon auf die Couch und starrte auf das Display. »Reichst du mir den Block? Und einen Stift?«

Will setzte sich neben sie, um zu sehen, was sie vorhatte. Es machte ihn verlegen, ihr so nah zu sein, dass er ihr Bein an seinem spürte.

Sie schrieb etwas auf ihren Skizzenblock.

GPPU SVOT.

»Okay, das war's nicht. Versuchen wir es anders herum.«

ENNS QTMR.

»Das auch nicht.« Es klang weniger enttäuscht als kampflustig.

»Was machst du denn da?«

»Das sind Kinder-Geheimschriften. Jeder Buchstabe steht für den, der im Alphabet der nächste ist. Also ist das F ein G, das O ein P. Oder man nimmt den vorherigen; dann ist das F ein E, und O ist N. Auf diese Weise ist FOOT entweder GPPU oder ENNS. Also ist es ein anderer Code. Probieren wir noch einen.«

TC schrieb das ganze Alphabet auf die Seite, und dann schrieb sie es noch einmal rückwärts darunter, sodass ZYX unter ABC standen:

A B C D E F G H I J K L M N O P Q R S T U V W X Y Z
Z Y X W V U T S R Q P O N M L K J I H G F E D C B A

»Mal sehen, was wir jetzt herausbekommen.« Sie fuhr mit dem Finger an den Zeilen entlang, stoppte beim F und fand darunter das U. Sie schrieb es in eine neue Zeile unter die beiden ersten. Als Nächstes kamen zwei O, die zu einem doppelten L wurden. Nach einigen Augenblicken standen zwei neue Wörter auf dem Papier.

ULLG IFMH.

»Scheiße«, sagte Will. »Ich hab diese bescheuerten Spielchen so satt. Was soll der verdammte Quatsch bedeuten?«

»Wir denken nicht logisch. Leute senden nur selten SMS übers Handy, so wie hier –«

»Engländer schon.«

»Ja, aber die meisten Amerikaner nicht. Und es wäre genauso einfach gewesen, per E-Mail Kontakt aufzunehmen. Aber das haben sie nicht gemacht. Warum nicht?«

»Weil sie wissen, dass wir ihre E-Mails zurückverfolgen können. Sie müssen ja wissen, dass ich es bei der letzten geschafft hab.«

»Schon, aber das ist vielleicht von ihrem Standpunkt aus gar nicht schlecht. Vielleicht sollst du ja wissen, dass die Nachricht von ihnen ist. Nein, ich glaube, sie haben sich aus einem bestimmten Grund für diese Methode entschieden. Gib mir dein Telefon.«

Sie griff eifrig nach dem Handy, rief »SMS verfassen« auf und fing an, mit dem Daumen auf die Tasten zu drücken. Will musste ihr noch näher rücken, um zu sehen, was sie schrieb. Er roch den Duft ihrer Haare und musste sich zwingen, nicht tief einzuatmen. Im Handumdrehen hatte dieser Duft die Erinnerung an lange, verschwitzte Nachmittage im Bett geweckt.

Das löste wiederum eine weitere sinnliche Erinnerung aus, an das Parfüm, das Beth benutzte. Er mochte es am liebsten, wenn es ganz stark war: wenn sie sich zum Ausgehen vorbereitete. Gerade wenn sie alles perfekt abgestimmt angezogen hatte, wollte er ihr eigentlich nur die Kleider vom Leib reißen und sie leidenschaftlich nehmen. Später, auf der Party, erblickte er sie dann manchmal quer über den Raum hinweg und sah unwillkürlich auf die Uhr: er wollte sie wieder zu Hause haben. Erinnerungen stürmten plötzlich auf ihn ein, von TC und von Beth, und erregten ihn. Er fühlte sich verwirrt und verloren.

TC gab das Wort FOOT ein. Dann wanderte ihr Daumen zur *-Taste. Sie drückte sie zweimal, und ein Lächeln trat auf ihre Lippen. Auf dem Display verwandelte sich das Wort FOOT in FONT, dann nacheinander in DON'T, ENOU, EMOT, DONU und schließlich ENNU, bevor es wieder zu FOOT wurde. TC notierte das Wort DON'T.

Dann schrieb sie RUNS, und die *-Taste machte daraus nacheinander SUMS, SUNS, PUNS, STOP, RUMP, SUMP, PUMP und schließlich STOR, SUNR und QUOR. Wieder notierte sie ein Wort.

»Da«, sagte sie mit der Genugtuung einer fleißigen Schülerin, die ihre Mathearbeit in Rekordzeit fertig gestellt hatte. Aus den Nonsense-Wörtern *FOOT RUNS* war eine klar verständliche Ermutigung geworden.

DON'T STOP.

Hör nicht auf.

Es war gar kein richtiger Geheimcode, erkannte Will, sondern nur eine clevere Verwendung der Worterkennungsfunktion, die auf den meisten Handys zur Verfügung stand: Für jedes Wort, das man eintippte, bot das Programm die möglichen Alternativen an, die bei der Verwendung derselben Tasten zustande kommen konnten. Um FOOT zu schreiben, drückte man die Tasten 3-6-6-8, aber weil jede Taste drei Buchstaben hervorbringen konnte, waren eben auch all die anderen Kombinationen möglich. Wer immer diese Nachricht geschickt hatte, war auf eine neue Verwendungsmöglichkeit dieser Funktion gestoßen.

TCs Genugtuung währte nicht lange. Schön, sie hatten die Nachricht entschlüsselt, aber sie wussten immer noch nicht, was sie bedeutete, und sie hatten keine Ahnung, wer sie geschickt hatte.

»Und wer zum Teufel ist dann B GATES?«

»Mal sehen.« TC griff wieder zum Telefon. »Also, für B gäbe es auch A oder C.« Sie gab das Wort GATES ein, und dafür ergab sich HATES, HAVES, HAVER und HATER.

»Was könnte das heißen?«, fragte Will. »*Hater*? Ein Hasser? Jemand, der mich hasst?«

»Oder das Gegenteil.« TC war plötzlich aufgeregt.

»Das Gegenteil?«

»Das Gegenteil von einem Hasser. Ein Freund.«

»Aber das steht nicht da.«

»Doch. *Haver*. Das ist das hebräische Wort für Freund. B GATES ist *A Haver*. Ein Freund. Die Nachricht bedeutet: Hör nicht auf. Ein Freund.« Sie stand auf und ging ruhelos auf und ab. »Wer könnte ein Interesse daran haben, dich in deiner Entschlossenheit zu bestärken? Wer könnte denken, dass du sonst vielleicht aufgibst?«

»Die Einzigen, die überhaupt von dieser Sache wissen, sind mein Vater, Tom, du und die Chassiden selbst.«

»Und sonst niemand, da bist du sicher. Niemand sonst weiß, was passiert ist?«

Der Gedanke an Harden und die Redaktion durchzuckte ihn: Er würde sich bald melden müssen.

»Nein. Niemand weiß es. Und da weder du noch Tom noch mein Dad mich anonym kontaktieren, bleiben die Chassiden. Vielleicht haben wir's mit einer Spaltung zu tun.«

»Was meinst du damit?«

Es gefiel ihm, dass er TC ausnahmsweise einen Schritt voraus war. Politik war nie ihre Stärke gewesen.

»Eine Spaltung in den Reihen der Feinde. Das hier kann nur jemand geschickt haben, der gehört hat, was der Rebbe gestern zu mir gesagt hat – ich meine, der Rabbi, der gestern mit mir gesprochen hat. Und er muss wollen, dass ich seine Anweisungen ignoriere. Offenbar ist er nicht einverstanden mit dem, was der Rabbi tut. Er will nicht, dass ich aufhöre. Und ich glaube, ich weiß, wer es ist.«

22

SAMSTAG, 8.35 UHR, PORT-AU-PRINCE, HAITI

In letzter Zeit kam er nur noch einmal in der Woche zur Kontrolle her. Die Geheime Kammer schien jetzt von allein zu laufen und verlangte nur ein Mindestmaß an Aufsicht. Seine Besuche hatten jetzt weniger praktische als vielmehr sentimentale Gründe: Er sah es gern, dass seine kleine Erfindung so gut funktionierte.

Natürlich war es nicht seine erste Erfindung. Unten im Hafen hatte er eine neue Roll-on-Roll-off-Methode zum Entladen der Schiffe eingeführt, die aus Lateinamerika kamen und in die USA weiterfuhren. Er hatte es nicht so geplant, aber es hieß, sein System habe den Drogenhandel des Landes revolutioniert. Er hatte lediglich die Effizienz des Import-Export-Handels erhöhen wollen, aber dank ihm konnte das Kokain, das aus Kolumbien kam, ohne langen Aufenthalt nach Miami weiterbefördert werden. Von dort verbreiteten sich die Pakete innerhalb von Stunden wie in einem Spinnennetz über die amerikanischen Großstädte, nach Chicago, Detroit und New York. Haitis Drogenbosse brüsteten sich damit, dass von zehn Linien Koks, die in den Nasenlöchern amerikanischer Bürger verschwanden, mindestens eine durch Port-au-Prince gegangen war.

In seinen gesellschaftlichen Kreisen erwarb Jean-Claude damit Prestige. Unter den Dollarmillionären von Petionville in ihren elektrozaungesicherten, von hohen Mauern umgebenen Villen zerbrach sich niemand den Kopf über die ethisch einwandfreie Herkunft ihres Reichtums. Es genügte, wenn man einen Mercedes fuhr und seine Frau nach Paris fliegen ließ, wo sie ihre Garderobe einkaufte und sich die Highlights im Haar nachtönen ließ. Als die Amerikaner 1994 hier einmarschierten, bezeichneten sie die Villenbewohner von Petionville als MAE – Moralisch Abstoßende Elite –, und Jean-Claude gehörte dazu.

Vielleicht hatte sein Verstand sich deshalb die Geheime Kammer ausgedacht: als eine Art Wiedergutmachung. Er wusste nicht, woher die Idee sonst hätte kommen sollen: Sie war einfach fix und fertig in seinem Kopf erschienen, als habe sie nichts mit ihm selbst zu tun.

Die Kammer war nichts weiter als ein einstöckiges weißes Gebäude, eine bessere Hütte und kaum auffälliger als der Unterstand an einer Bushaltestelle. Das Entscheidende waren die Türen an allen vier Seiten, die immer unverschlossen waren.

Das System war einfach. Zu jeder Zeit konnte ein Reicher herkommen und Geld in der Kammer deponieren. Und zu jeder Zeit konnte ein Armer kommen und sich nehmen, was er brauchte.

Das Schöne daran war die Anonymität. Die Türen waren mit einer automatischen Schließanlage ausgerüstet, die dafür sorgte, dass sich immer nur eine Person in der Kammer aufhalten konnte. So war sichergestellt, dass Gebende und Nehmende einander nie begegneten. Die Reichen wussten nicht, wer von ihrer Freigebigkeit profitierte, und die Bedürftigen wussten nicht, wer ihnen geholfen hatte. Die Wohlhabenden von Port-au-Prince hatten keine Gelegenheit, sich vor den Beschenkten aufzuspielen oder ihre Bedürftigkeit für unzureichend zu befinden. Und den Armen blieb das Gefühl der Dankespflicht erspart, das Mildtätigkeit zur Demütigung machen kann.

Die vier Türen gaben der Sache den letzten Schliff. So konnte es keinen Geber- und Nehmereingang geben, und wenn man jemanden ein- oder ausgehen sah, wusste man nicht, auf welche Seite er gehörte.

Jean-Claude hatte nur noch eines tun müssen, damit es wirklich funktionierte. Er musste sich eine haitianische Nationaleigenschaft zunutze machen, die unter den Reichen von Petionville mit ihren Four-Wheel-Drives und den Bitterarmen aus der Cité Soleil gleichermaßen verbreitet war: den Aberglauben.

Er sprach mit den Heilern und Voodoopriestern, die bei der MAE hohes Ansehen genossen, und schob denen, die sich besonders gut darauf verstanden, Gerüchte zu verbreiten, ein paar Dollar zu. Nicht lange, und die Reichen von Port-au-Prince glaubten, sie würden einen Fluch auf sich laden, wenn sie die Geheime Kammer nicht aufsuchten und taten, was richtig war.

So stand Jean-Claude jetzt lächelnd in der Kammer und betrachtete die Schale voller US-Dollar und heimischer Währung. Sogar ein paar Schmuckstücke waren dabei. Wer draußen vorüberging, musste ihn für einen gewöhnlichen Besucher halten; seine Rolle bei der Einrichtung der Kammer war niemandem bekannt außer den paar Heiligen Männern, deren PR-Talente er sich zunutze gemacht hatte.

Er hob eine weggeworfene Lebensmittelverpackung vom Boden auf, als das Licht flackerte und dann erlosch. Da alle vier Türen geschlossen waren, war es jetzt stockfinster in der Kammer. Im Stillen verfluchte Jean-Claude die Elektrizitätswerke.

Aber es blieb nicht lange dunkel. Jemand riss dicht hinter ihm ein Streichholz an. Anscheinend hatte der Stromausfall die automatische Schließanlage ausgeschaltet, denn sonst hätte der Mann nicht hier sein können.

»Verzeihung, aber hier darf immer nur eine Person herein. Das ist die Regel.«

»Ich kenne die Regel, Monsieur Paul.« Die Stimme kannte er nicht. Sie sprach Französisch, nicht Kreolisch.

»Nun, vielleicht gehe ich dann besser hinaus, damit Sie tun können, was Sie hier zu tun haben.«

»Aber dazu brauche ich Sie hier.«

»Nein, nein. Das hier ist privat und vertraulich, mein Freund. Darum nennen wir es die Geheime Kammer. Was hier vorgeht, ist *geheim*.«

Das Streichholz war jetzt heruntergebrannt, und pechschwarze Dunkelheit erfüllte den Raum.

»Hallo? Sind Sie noch da?«

Keine Antwort. Es war totenstill, bis Jean-Claude plötzlich aufschrie, als zwei starke Hände sich um seinen Hals schlossen. Er wollte protestieren, wollte fragen, was er getan habe, wollte dem Mann erklären, dass er so viel Geld mitnehmen könne, wie er brauche – es gebe doch keine Einschränkungen, keine Maximalsumme. Aber er bekam keine Luft. Er röchelte – ein sandig trockenes Rasseln, das kaum noch menschlich klang. Seine Beine zitterten, und seine Hände umklammerten den Unterarm des Mannes, der ihn erdrosselte.

Es half nichts. Eine neue Art von Dunkelheit durchdrang die alte, und er sackte zusammen. Der Fremde riss ein neues Streichholz an, bückte sich und schloss dem Toten die Augen. Er murmelte ein kurzes Gebet, verbeugte sich vor dem Toten, richtete sich auf und klopfte sich den Staub von den Kleidern. Er ging zu der Tür, durch die er hereingekommen war, und stellte sorgfältig den Stromkreis wieder her, den er vor wenigen Minuten unterbrochen hatte. Dann trat er hinaus in die Nacht, anonym und unbemerkt, genau so, wie Jean-Claude es gewollt hatte.

23

SAMSTAG, 8.40 UHR, MANHATTAN

Bei ihrer nächtlichen Unterhaltung hatte TC sich nicht weiter für Josef Jitzhok interessiert. Sie hatte sich auf den »Rebbe« konzentriert, auf das, was in dem Klassenzimmer und in der Mikwe passiert war. Aber jetzt richtete sie das Scheinwerferlicht ihres Verstands auf den kurzen Wortwechsel, der am Ende von Wills unglückseligem Aufenthalt in Crown Heights gestanden hatte.

»In einem Punkt irrst du dich«, sagte sie. »Es leuchtet nicht ein, dass Josef Jitzhok die Zeitung mitgebracht hat, um darauf hinzuweisen, dass du für die *New York Times* arbeitest, und dass sie deshalb auf der Hut sein müssen. Das *wussten* sie schon. Sie haben die erste E-Mail an deine *Times*-Adresse geschickt. Als sie herausbekommen hatten, dass du nicht Tom Mitchell warst, sondern Will Monroe, wussten sie auch genau, mit wem sie es zu tun hatten. Mit Beths Ehemann. Einem Reporter der *Times*.«

»Warum hatten sie dann meine Story auf dem Tisch? Warum hat Jitzhok sie mitgebracht?«

»Du weißt nicht, ob er sie mitgebracht hat. Vielleicht war sie die ganze Zeit da.«

»Nein, ich weiß genau …« Will brach ab. Nach dem Fiasko mit dem Rebbe wusste er überhaupt nichts mehr genau. Er glaubte einen Neuankömmling gehört zu haben, das Rascheln von Papier und eine aufgeregte Diskussion – aber gesehen hatte er nichts. Vielleicht hatte er es falsch gedeutet.

»Und was hat Josef Jitzhok – nennen wir ihn JJ, das spart Zeit. Was hat JJ draußen zu dir gesagt?«

»Er hat sich entschuldigt für das, was drinnen passiert war. Ich hielt es für dummes Geschwätz, auf das ich nichts geben konnte. Aber vielleicht wollte er mir zu verstehen geben, dass er mit der ganzen Geschichte nicht einverstanden war. Vielleicht ist er ein Abweichler! Und vielleicht kann er uns helfen. Als Insider, weißt du?«

»Will, ich weiß, dass du gestresst bist, aber wir müssen kühl und gelassen bleiben. Das hier ist kein Film. Sag mir, was er gesagt hat.«

»Okay, also – er hat sich entschuldigt. Und dann hat er noch was über meine Arbeit gesagt. ›Wenn Sie wissen wollen, was hier vorgeht, sehen Sie sich Ihre Arbeit an.‹«

»Hmmm.« TC ging wieder auf und ab und blieb dann vor einem Bild des Chrysler Building stehen, das aussah, als schmelze es in regnerischem Dämmerlicht. »Dann hat er deinen Artikel in der Zeitung gelesen und weiß, was du tust. Bis dahin wusste er es möglicherweise nicht.«

»Aber du hast doch gesagt, das wussten sie schon, als sie mir mailten.«

»Ja. *Sie* wussten es. Der Rabbi und seine Gehilfen, die dir die Mail geschickt haben, wussten es. Aber dieser JJ gehört vielleicht nicht zum inneren Zirkel. Ihm war es vielleicht neu.«

»Dann ist er möglicherweise doch da hineingeplatzt und hat sie gewarnt, dass ich ein Reporter sei und Ärger machen könne.«

»Möglicherweise. Aber irgendetwas stimmt daran nicht. Wenn er in diesem Raum war, muss er genug Vertrauen genießen, um zu wissen, was vorgeht. Es muss etwas anderes dahinter stecken. Aber okay, sagen wir, du hast Recht. Was da vorgeht, gefällt ihm nicht. Also bricht er das Sabbatgebot, um dir per SMS zu sagen, dass du nicht aufgeben sollst. Okay. Warum tut er es verschlüsselt?«

»Falls ihm jemand über die Schulter blickt? Oder es in seinem Nachrichtenausgang findet?«

»Ja. Das kann sein. Und ich nehme an, was er dir gestern Abend gesagt hat – ›Schauen Sie sich Ihre Arbeit an‹ –, hängt damit zusammen. Vielleicht will er damit sagen, du sollst tun, was du auch bei deiner Arbeit tust: Genau hinschauen und weiter Fragen stellen.«

»Ich schätze, das heißt es. Hör nicht auf, bohre weiter.«

»Gut. Das heißt es also. Okay.« Will sah, dass sie nur halbwegs überzeugt war. »Und was willst du jetzt tun? Antworten?«

Daran hatte Will noch nicht gedacht, aber sie hatte Recht. Auf »Antwort« drücken, eine SMS zurückschicken und sehen, was passieren würde. *Wer sind Sie?* Das könnte JJ verschrecken. *Was soll ich tun?*

Er durfte jetzt nichts falsch machen. »Was meinst du?«

»Ich meine, ich brauche jetzt einen Kaffee.« Sie schaltete die Maschine und – offensichtlich aus reiner Gewohnheit – das Radio ein. Es war ein großes, altmodisches Gerät, mit Farbe bespritzt wie das Radio eines Bauarbeiters.

Will ließ sich auf das Sofa fallen und wartete auf eine Eingebung. Irgendetwas musste ihm einfallen, damit diese Qual zu Ende wäre. Beth hatte jetzt eine Nacht in Gefangenschaft verbracht. Der Himmel wusste, wo und in welchem Zustand sie war. Er hatte gesehen, wie skrupellos diese Leute sein konnten, als sie ihn bis zur Bewusstlosigkeit ins eisige Wasser tauchten. Welche Schmerzen mochten sie Beth zufügen? Welche Vorschriften würden ihnen erlauben, eine Frau zu verletzen, die, wie sie selbst zugaben, nichts Böses getan hatte? Er stellte sich vor, wie groß ihre Angst sein musste. *Denk nach!*, drängte er sich. *Denk nach!* Aber er starrte nur auf sein Handy mit der knappen, verschlüsselten Ermutigung – *Don't stop* – und auf seinen Blackberry, der bisher nur schlechte Neuigkeiten gebracht hatte. Beide schwiegen beharrlich.

Im Radio plärrte irgendeine Erkennungsmelodie und kündigte den Beginn einer neuen Sendung an. Will sah auf die Uhr. Es war neun.

Guten Morgen. Hier sind die Nachrichten zum Wochenende. Der Präsident kündigt eine neue Initiative im Nahen Osten an. Der Kongress der Südstaaten-Baptisten eröffnet einen Feldzug gegen den so genannten »Hollywood-Schmutz«. Und aus London weitere Enthüllungen zum Skandal des Jahres.

Das meiste bekam Will nicht mit, aber die neuesten Nachrichten über Gavin Curtis erregten seine Aufmerksamkeit. Wie sich herausstellte, hatte der rotgesichtige Geistliche, den Will am Abend zuvor im Fernsehen gesehen hatte, Recht gehabt: Curtis hatte ungeheure Summen aus öffentlichen Kassen abgezweigt. Nicht nur ein paar Millionen, was ihn schon reich genug gemacht hätte, sondern immer wieder Hunderte von Millionen. Anscheinend war das Geld auf ein Nummernkonto in Zürich geflossen. Der bescheidene Schatzkanzler Curtis, der in einem unauffälligen Auto durch die britische Hauptstadt gefahren war, hatte sich zu einem der reichsten Männer der Welt gemacht.

In seiner augenblicklichen Stimmung fand Will sogar diese Nachricht persönlich deprimierend. Sie bestätigte in großem Maßstab alles, was er in den letzten vierundzwanzig Stunden gelernt hatte. Man konnte niemandem trauen, jeder führte etwas Böses im Schilde. Wie um sich selbst zur Ordnung zu rufen, erinnerte er sich an Howard Macrae und Pat Baxter. Beide hatten Gutes getan – aber sie waren Ausnahmen.

»Sschh. Hör zu.«

TC hielt einen leeren Kaffeebecher auf halber Höhe vor sich, als könne schon das Abstellen zu viel Lärm machen und das Radio übertönen. Sie drehte das Radio lauter. Will erkannte die Stimme des Nachrichtensprechers von WNYC, der die Lokalmeldungen verlas.

Interpol unternahm heute Morgen einen seltenen Ausflug nach Brooklyn, in das hauptsächlich von Chassiden bewohnte Viertel Crown Heights. Nach Angaben einer Sprecherin des NYPD wurde in Zusammenarbeit mit der thailändischen Polizei in einem Mordfall ermittelt. NYPD-Sprecherin Lisa Rodriguez zufolge wurde der Leichnam eines bedeutenden thailändischen Geschäftsmannes im Bangkoker Zentrum der Chassiden entdeckt. Der Mann wurde seit mehreren Tagen vermisst und war vermutlich das Opfer einer Entführung. Der zuständige Rabbiner des Zentrums in Bangkok befindet sich in Untersuchungshaft, und die thailändischen Behörden haben über Interpol das NYPD ersucht, im internationalen Hauptquartier der Chassiden hier in New York weitere Ermittlungen anzustellen.
Das Wetter: In Manhattan ist auch heute wieder mit kühlem …

TC war blass. »Ich muss hier raus«, sagte sie abrupt. Es klang erstickt, beinahe panisch. Sie lief umher und sammelte alles Wichtige ein – Handtasche, Telefon –, und Will sah gleich, dass es nichts zu verhandeln gab. Sie gingen.

Als er sie beobachtete, bekam er Angst. TCs Reaktion war nicht misszuverstehen: Sie glaubte, Beth sei ermordet worden, oder man werde sie noch umbringen. Bis jetzt war es ihm nicht klar gewesen, aber TCs bisher beinahe unbekümmerte Ruhe war ebenso aufreizend wie tröstlich gewesen. Vielleicht war es doch nicht so schlimm, schien sie auszudrücken. Aber als er sah, wie TC das eiserne Ziehharmonikagitter des Aufzugs zuschob und ungeduldig auf die Knöpfe drückte, damit das verdammte Ding schneller fuhr, wusste er sich dieser Illusion beraubt. Seine Hände wurden feucht. Während er den Amateurdetektiv spielte, war seine geliebte Beth vielleicht erwürgt oder ertränkt oder erschossen worden … Er schloss vor Entsetzen die Augen. *Mehr als gestern, weniger als morgen.*

Draußen packte TC sein Handgelenk. Sie ging nicht neben ihm her, sondern schleifte ihn hinter sich her wie eine

Mutter, die ihr widerstrebendes Kind in den Kindergarten bringt. »Wo gehen wir denn hin?«, fragte er.

»Wir werden jetzt auf ihr eigenes Spiel einsteigen, aber auf unsere Art. Mal sehen, wie ihnen das gefällt.«

Zwei Straßen weiter war das NetZone, ein Internetcafé, in dem es tatsächlich Kaffee gab und außerdem eisgekühlte Smoothies »aus Früchten, aus ganzen Früchten und nichts als Früchten«, wie die Werbung behauptete. Neben modisch verschlissenen Sesseln lagen einladende Stapel der *New York Times* mitsamt Sonntagsmagazin und der Kunst-und-Freizeit-Beilage, die üblicherweise schon vierundzwanzig Stunden im Voraus erschien. Das Net Spot am Eastern Parkway schien sehr weit weg zu sein.

Aber TC war nicht hier, um Cappuccino zu trinken. Sie war auf einer Mission. Nachdem sie die Gebühr bezahlt hatte, setzte sie Will an ein freies Terminal.

»Okay, log dich ein.«

Will wusste plötzlich wieder, wie es gewesen war, als er mit ihr zusammen war. Er hatte sich immer gefühlt, als sei er der Juniorpartner und sie die Chefin. Er hatte immer gedacht, es liege daran, dass sie eine geborene New Yorkerin und er ein Zugereister war; sie kannte sich aus in einem Land, das ihm fremd war, und er hatte sich gefügt. Aber jetzt war er seit sechs Jahren in Amerika, und sie machte es immer noch so. Sie war einfach gern der Chef, begriff er.

»Moment«, sagte er. »Lass uns erst darüber reden. Was genau soll ich denn tun?«

»Log dich in deine E-Mail ein, und ich zeig's dir.«

Will wollte sich weigern und sich dem Kontrollzwang, den er an seiner Exfreundin nach all den Jahren erneut erkannte, widersetzen. Aber es gab wichtigere Schlachten zu schlagen. Eine triviale Frage kam ihm in den Sinn. »Warum müssen wir das hier tun? Warum benutzen wir nicht einfach den Blackberry?«

»Weil ich nicht denken kann, wenn ich mit den Daumen tippe. Jetzt log dich schon ein.«

Gehorsam gab er die Buchstabenkombination ein, die es den Mitarbeitern der *New York Times* erlaubte, von außen auf ihre E-Mail zuzugreifen. Name, Passwort, und er hatte seinen Posteingang vor sich. Nichts Überraschendes – nur die Liste von eingegangenen E-Mails, die er schon auf dem Blackberry gesehen hatte.

»Wo ist die letzte Nachricht von den Entführern?«

Will scrollte nach unten, bis er sie gefunden hatte: den Zeichensalat im Absenderfeld und den Betreff »Beth«. Er öffnete die Nachricht.

WIR WOLLEN KEIN GELD.

Die Nachricht aus Thailand ließ diesen Satz nur noch grausamer aussehen. Wenn sie kein Geld wollten, worauf hatten sie es dann abgesehen? Auf die reine, kranke Lust am Töten? Will spürte, wie ihm Zorn und Verzweiflung das Blut in den Kopf steigen ließen.

»Okay, jetzt auf den ›Antwort‹-Button klicken.«

Will tat es, TC schob ihn beiseite und setzte sich neben ihn auf den Stuhl, sodass sie einander von den Knien bis zu den Schultern berührten. Sie zog das Keyboard zu sich herüber und fing an, mit zwei Fingern zu tippen.

Ich bin Ihnen auf der Spur. Ich weiß, was Sie in Bangkok getan haben, denn Sie tun das Gleiche hier in New York. Ich werde zur Polizei gehen und sagen, was ich weiß. Dann wird man wegen zwei schwerer Straftaten gegen Sie ermitteln, nicht zu reden von Freiheitsberaubung und Körperverletzung in meinem Fall. Sie haben Zeit bis heute Abend, einundzwanzig Uhr, um mir meine Frau zurückzugeben. Andernfalls werde ich reden.

Will las den Text zweimal und sah TC an, die unverwandt auf den Monitor schaute. Ihr Profil war nur ein paar Handbreit entfernt, und an ihrem Nasenflügel funkelte ein winziger Diamant. Schon so oft hatte er ihr Gesicht aus diesem Blickwinkel gesehen, und es war merkwürdig, es jetzt nicht zu küssen.

»Meine Güte«, sagte er schließlich. »Das klingt ziemlich heftig.« Vielleicht war es doch zu explizit, sein Erlebnis vom vergangenen Abend zu erwähnen. Er erinnerte sich an eine Vielzahl von Gerichtsverfahren aus jüngerer Zeit in den USA und in Großbritannien, bei denen E-Mails von Journalisten eine Rolle gespielt hatten. Was würde man mit dieser hier anfangen? Sie enthielt unverhüllte Drohungen und das Angebot, ein Kapitalverbrechen nicht zur Anzeige zu bringen – und das alles von einer Mailadresse der *New York Times*. *Scheiß drauf* – etwas anderes konnte er nicht denken. Seine Frau schwebte in größter Gefahr, und da war alles erlaubt. TCs Text traf mit scharfen Worten mitten ins Ziel. Er wollte auf den »Senden«-Button klicken, als ihm etwas auffiel.

»Warum einundzwanzig Uhr? Warum ausgerechnet dann?«

»Weil sie es vielleicht erst lesen, wenn der Sabbat vorbei ist. Sie müssen Gelegenheit haben, zu reagieren.«

Der Irrsinn dieser Situation war im Laufe der Zeit nicht verblasst. Fromme Mörder, die mit Vergnügen töteten, aber Skrupel hatten, vor der erlaubten Stunde einen Computer einzuschalten – das war einfach zu bizarr. TC hatte ihm erklärt, dass der Sabbat am Samstag in einer bestimmten Minute zu Ende ging – nicht zu einem unpräzisen Zeitpunkt wie »bei Sonnenuntergang« oder »wenn es dunkel ist«, sondern um neunzehn Uhr zweiundvierzig. Aber wer keine Uhr hatte, konnte aus dem Fenster sehen, und wenn er drei Sterne erkennen konnte, wusste er, der Sabbat war vorüber, und die normale Arbeitswoche hatte begonnen.

Will hatte keine Ahnung, wie die Chassiden reagieren würden. TC hatte so schnell agiert, und ihr Drang zum Handeln hatte sich nahtlos in seine Wut auf die Kidnapper gefügt, dass er kaum über die Konsequenzen ihres Schreibens nachgedacht hatte. Aber wer wusste schon, wie diese seltsamen, unberechenbaren Leute reagieren würden? Der wütende Trotz der Message würde das Fass vielleicht zum Überlaufen bringen und sie so sehr provozieren, dass sie beschlossen, Beth zu ermorden. Wenn sie es täten, wäre es seine Schuld – weil er einer Laune gefolgt war, die ausgerechnet seiner Exfreundin in den Sinn gekommen war. Eine Sekunde lang stellte er sich die Qualen kommender Jahre vor; er würde lernen müssen, mit einer schweren Schuld zu leben.

Aber was blieb ihm anderes übrig? Fügsamkeit hatte ihn nicht weitergebracht – er wäre fast ertränkt worden, und jetzt wusste er, dass diese Leute nicht zögerten, jemanden umzubringen. Er musste ihre Aufmerksamkeit wecken, musste sie zu der Einsicht zwingen, dass sie für den Mord an Beth bezahlen würden. Ihre E-Mail verriet ihm, dass sie auf sein Schweigen angewiesen waren – und indem sie seine Frau verschonten, konnten sie es erkaufen.

Außerdem tat es gut, sich zu wehren. Er erinnerte sich, wie er sich am Abend zuvor gefühlt hatte, als er vor dem Sabbat mit Sandy in das warme Wasser des Reinigungsbades gestiegen war. Er hatte sich seiner Nacktheit geschämt, seiner Bereitwilligkeit, mit der er sich entkleidet hatte, um sich bei Leuten einzuschmeicheln, die er als seine Feinde hätte bekämpfen sollen. Nun, jetzt war er angezogen und stand aufrecht, und er stellte sich ihnen. Mit dieser Mail kämpfte er um seine Frau und handelte wie ein Mann.

Er klickte auf »Senden«.

»Gut«, sagte TC und drückte seinen Oberschenkel. »Gut gemacht.«

Ihre Begeisterung war ansteckend; Will empfand sie als Erleichterung. Endlich hatte er etwas unternommen.

Er hatte große Lust, sich in einen der geräumigen Sessel des Cafés fallen zu lassen. Er war erschöpft. Aber TC trieb ihn schon wieder zur Eile. Sie war nicht einfach nervös, sah

Will – sie hatte sich etwas überlegt. *Natürlich*: TC befürchtete, die Chassiden könnten Will selbst aufs Korn nehmen. Auch wenn sie anfängliche Zweifel gehabt haben mochte, jetzt war sie davon überzeugt, dass die Männer von Crown Heights nicht mit sich spaßen ließen. Die Nachricht aus Bangkok hatte sie bekehrt.

Als sie das Café verließen, vibrierte Wills Handy in der Tasche. Er wartete, bis sie auf der Straße waren, bevor er auf das Display schaute: *Dad privat.* Der Ärmste – seit Stunden rief er an, und Will hatte ihm nicht mal eine SMS geschickt.

»Hallo?«

»Oh, Gott sei Dank. Will, ich war außer mir vor Sorge.«

»Mir geht's gut. Ich bin müde, aber es ist alles okay.«

»Was zum Teufel ist passiert? Am liebsten hätte ich die Polizei angerufen, aber ich wollte erst warten, bis wir wenigstens miteinander gesprochen haben. Es ist eine solche Erleichterung, deine Stimme zu hören.«

»Du hast mit niemandem gesprochen? Dad?«

»Natürlich nicht. Jetzt sag – hast du Nachricht von Beth?«

»Nein. Aber ich weiß, wo sie ist und wer sie gefangen hält.«

TC deutete auf das Handy und drohte mit dem Finger wie eine Lehrerin. Will kapierte.

»Dad, vielleicht sollten wir nicht übers Handy darüber sprechen. Kann ich dich nachher anrufen?«

»Nein, sag es mir sofort! Ich werde fast verrückt vor Sorge. Wo ist sie?«

»In New York. In Brooklyn.«

Sofort bereute Will, dass er es gesagt hatte. Mobiltelefone waren nicht abhörsicher, das wusste er von den Experten in der Redaktion: Der Polizeifunk war leichter zu empfangen als das National Public Radio. Für jemanden, der sich damit auskannte, war es ein Kinderspiel, Handy-Gespräche aus dem Äther zu pflücken.

»Dad, es ist mein Ernst. Es darf keinen übereilten Rettungsversuch geben. Kein Anruf beim Polizeichef, mit dem du in Yale studiert hast. Das würde wirklich alles vermasseln, und Beth könnte es das Leben kosten.« Seine Stimme zitterte; er wusste nicht, ob er seinen Vater anschreien oder weinen sollte. »Versprich es mir, Dad. Versprich mir, dass du nichts unternehmen wirst.«

Die Antwort seines Vaters konnte Will nicht verstehen; ein Piepton in der Übertragung übertönte ein Wort.

»Okay, Dad, ich muss Schluss machen. Wir unterhalten uns später.« Er hatte keine Zeit für Artigkeiten; er musste seinen Vater abwimmeln und feststellen, wer ihn da anzurufen versuchte.

Er drückte die Tasten, so schnell er es mit seinem vor Müdigkeit zitternden Daumen konnte, aber da war kein Anruf. Der Piepton hatte eine ankommende SMS signalisiert.

TC lehnte sich an seinen Oberarm, um das Telefondisplay sehen zu können.

»Nachricht lesen?«, fragte das Telefon blöde. *Natürlich will ich sie lesen, du Idiot!* Will drückte auf die »Ja«-Taste, aber die Tastatur war gesperrt. *Verdammt.* Weiteres Tastendrücken – er musste einen Umweg nehmen: Erst »Mitteilungen«, dann »Eingang« aufrufen und warten, während das Display versprach: »Ordner wird geöffnet.« Und endlich erschien die Nachricht: kurz, knapp – und absolut rätselhaft.

24

2 Down: Moses to Bond.

Nachdem TC den Code geknackt hatte, war diese Message kein großes Rätsel mehr – er wusste, dass sie sie in wenigen Augenblicken entschlüsseln würden –, aber beängstigend war sie doch. Die Nonsense-Wörter konnten alles Mögliche bedeuten. Wenn nun eins davon »Beth« bedeutete?

TC griff nach dem Handy und fing an, auf die Tasten zu drücken, aber plötzlich hörte sie auf. »Die 2 kann A oder B oder C bedeuten. Aber für *down* bietet das Korrekturprogramm keine Alternative. Es muss ein anderer Code sein.«

»Nein, es ist eine Kreuzworträtselfrage.«

»Was?«

»*2 Down*. Zwei senkrecht. Wie im Kreuzworträtsel.«

»Okay. Und was ist *Moses to Bond*? Darin läge eine Bewegung – wir sollen irgendwie Moses zu Bond bringen. Aber was zum Teufel ist Bond?«

»James Bond? Es könnte eine Zahl sein. 007, weißt du?«

TC sah ihn verständnislos an.

»Vielleicht bedeutet es: Von sieben aus zwei senkrecht. Dann blieben fünf.«

»Das könnten die Fünf Bücher Moses sein. Aber das gibt nicht viel her. Hey, mir ist kalt.«

Sie standen immer noch auf der Straße. »Da.« Sie zeigte auf ein McDonald's.

Wenig später hielt sie ein Bacon-Brötchen in der einen Hand und kritzelte mit der anderen Kombinationen von Buchstaben und Zahlen auf ein Blatt.

»Wie wär's mit Bond Street?«, fragte Will, der hinter ihr auf und ab ging. »Moses zur Bond Street?«

TC sah ihn wortlos und mit hochgezogenen Brauen an.

»Okay, okay.«

»Wir müssen es gründlich durchdenken.« Sie strich alles durch, was sie bisher geschrieben hatte. »Was hast du ihm in deiner Antwort geschrieben?«

Will wollte gerade nach den Pommes frites greifen, aber er hielt inne.

»Nichts«, sagte er mit vollem Mund.

»Wie bitte?«

»Ich wollte ihm antworten. Ich wollt's gerade tun. Aber dann kam die Sache mit Bangkok in den Nachrichten, und es wurde vergessen.«

Er rechnete fast damit, dass TC auf diesen Lapsus eingehen würde. *Es wurde vergessen* hatte sie immer »Feiglingspassiv« genannt. Es war seine feige Art gewesen, zu sagen, dass er etwas vergessen hatte. (TC hatte diesen Ausdruck für eine alte Wohnungsgenossin geprägt, die sich zwar über den Zustand der gemeinsamen Küche geärgert hatte, aber zu feige gewesen war, TC unmittelbar zur Rede zu stellen, und deshalb erklärt hatte: »Das Geschirr wurde vergessen.« Daher und in alle Zukunft: das Feiglingspassiv.)

Der Gedanke daran weckte eine Erinnerung, die jahrelang vergraben gewesen war – die Erinnerung an die alternative Grammatik, die er und TC entworfen hatten und die den eigentlichen Gebrauch der Sprache reflektierte, die Art und Weise, wie Emotionen darin zum Ausdruck kamen. Da gab es das »aggressive Passiv«, den »präsumptiven Konjunktiv« und – Wills Lieblingsform – die »allzu vollendete Vergangenheit«, benutzt von Leuten, die in Nostalgie schwelgten. *Wie sehr müssen wir anderen Leuten damit auf die Nerven gegangen sein*, dachte Will, als er an die Welt der neunmalklugen Privatscherze dachte, die er und TC einmal zusammen bewohnt hatten.

»Aber das macht es nur umso spannender«, sagte TC, ohne auf Wills »Feiglingspassiv« einzugehen. »Dann ist es keine Antwort. Es ist eine zweite Nachricht, die er von sich aus geschickt hat. Das lässt vermuten, dass es Josef Jitzhok einigermaßen dringend ist: zwei SMS an einem Morgen.«

»Die letzte kann auch von gestern Abend stammen«, sagte Will. »Aber okay. Warum könnte es ihm dringend sein?«

»Ich weiß nicht.« TC sprach leise; abwesend starrte sie auf Wills Handy und nahm ab und zu einen Schluck von ihrem Schoko-Shake. »Er hatte es eilig.«

Sie drückte ein paar Tasten, schrieb etwas, drückte auf weitere Tasten. Ein kurzes Lächeln der Befriedigung, dann Stirnrunzeln.

Da. Sie schob das Blatt über den Tisch.

Two down. More's to come.

Zwei erledigt. Bald mehr.

Beide starrten die Lösung stumm an, und die Freude über die Entschlüsselung wich neuer Ratlosigkeit.

»Er treibt Spielchen mit uns«, sagte Will. »›Schön, ihr habt zwei meiner Nachrichten entziffert. Ich schicke euch mehr.‹ Solange wir … ja, was sollen wir denn tun?«

»Wir müssen ihn wissen lassen, dass wir es verstanden haben, aber dass wir weitere Informationen brauchen. Wir dürfen ihn nicht verärgern. Wenn er uns helfen will, müssen wir ihn bei Laune halten. Antworte ihm.«

Will nahm das Telefon und warf TC einen Blick zu, der sagte: »Ich hoffe, du hast Recht.«

Danke. Ich werde nicht aufhören. Und ich will mehr hören. Können Sie mir etwas sagen? Bitte.

Jetzt konnten sie nur warten. TC war sicher, dass McDonald's ein hinreichend anonymes Versteck war, aber Will war davon überzeugt, dass noch ein anderes Motiv dahinter steckte: Sie wollte ihn nicht in ihrer Wohnung haben. Es war eine Sache, ihn in ihrem Atelier auf dem Sofa schlafen zu lassen, aber in ihrer Wohnung ginge ihr die Intimität wohl doch zu weit. Er verstand es; in gewisser Weise teilte er ihre Bedenken.

Aber irgendwo mussten sie warten. Wenn die Chassiden erst nach Sonnenuntergang oder nach dem Erscheinen der drei Sterne antworten konnten, blieb bis dahin nichts zu tun – es sei denn, Josef Jitzhok schickte ihnen noch eine seiner rätselhaften Nachrichten.

Sie kam fast eine Stunde später und klang noch unsinniger als die ersten.

Bake Noete Moped.

Diesmal drückte Will die Tasten und notierte die Resultate auf seinem Block. Als er beim dritten Wort ankam, drehte sich ihm der Magen um. TC reckte den Hals, und als sie sah, was er geschrieben hatte, schnappte sie nach Luft.

Bald neue Morde.

25

SAMSTAG, 11.53 UHR, MANHATTAN

Die anderen Gäste starrten sie entweder unverhohlen an oder taten, als merkten sie nichts. TC versuchte, Will zu beruhigen. Er hatte mit der Faust auf den Tisch geschlagen und dann einen Kaffeebecher an die Wand geschleudert. Eine Kellnerin erschien mit einem Wischmopp.

»Wir müssen uns bemühen, einen klaren Kopf zu behalten«, sagte TC.

»Wie soll ich einen klaren Kopf behalten? *Fuck*, das ist eine Morddrohung.«

»Vielleicht will er uns warnen.«

»Uns warnen? Er sagt, sie werden Beth umbringen.«

Das Telefon vibrierte wieder. TC griff danach, bevor Will Gelegenheit dazu hatte. Zum ersten Mal ein Satz im Klartext.

Aller guten Dinge sind drei.

TC betrachtete den Satz nur einen Augenblick lang und suchte dann die Korrektur-Alternativen. »Aller« erbrachte gar keine, und die andern ergaben keinen Sinn. Nein, folgerte sie, das hier war eine neue Chiffre. Vielleicht war es noch nicht mal das. Vielleicht sollte es nur eine Warnung sein. *Beeile dich, verschwende keine Zeit.* Sie zeigte Will das Display. Irgendwie beruhigte es ihn: Eine direkte Drohung war hier nicht zu erkennen. Es klang eigentlich eher nach einer Aufforderung zum Handeln.

TC betrachtete den Satz eine Zeit lang und schrieb ihn

dann auf ihren Block unter die ersten drei Messages. Will sah, dass sie die verschlüsselten Worte säuberlich auf die linke und die Auflösung auf die rechte Hälfte des Blattes geschrieben hatte, und er sah sie als Schulmädchen vor sich: eine Schülerin, die immer ein ordentliches, wohlgefülltes Mäppchen hatte.

TC kaute auf ihrem Stift und versuchte, das neueste Rätsel mit Blicken zu bezwingen. Will wartete. Er stocherte in seinem Junkfood, kaute an den Fingernägeln, trommelte auf dem Tisch und versuchte, die Zeitung zu lesen, aber er konnte sich nicht konzentrieren. Er hörte, wie nebenan ein Paar miteinander stritt. »Ich glaube dir nicht«, sagte die Frau gerade. Als er diese Worte hörte, riss es ihn fast in seinem Sessel hoch, denn ihm fiel ein Abend im Carnegie Deli ein. Beth hatte einen wunderbaren Satz gesagt, ganz ohne Ironie, auch wenn er versucht hatte, den Moment mit einem Witz zu entspannen. »Ich glaube an dich und mich«, hatte sie gesagt. Plötzlich wünschte er, er hätte damals Beth mit den gleichen Worten geantwortet. Denn es stimmte. Sie war sein Glauben.

Das Handy vibrierte.

Viele Köche verderben den Brei.

Diesmal las er es laut vor. Er kannte die Antwort auf seine nächste Frage, aber er stellte sie trotzdem: »Hast du das erste geknackt? ›Aller guten Dinge sind drei‹?«

»Noch nicht. ›Viele Köche verderben den Brei.‹ Was könnte das bedeuten?« TC schrieb die Worte in eine Ecke zwischen ein paar Notizen.

»Keine Ahnung«, sagte Will, um irgendetwas zu sagen. »Das ist doch kein Zusammenhang mit der ersten Message. Da sollten wir auf etwas Gutes warten, nach zwei schlechten Ereignissen. Warnt er uns jetzt, nicht die Polizei einzuschalten, weil es zu ›viele Köche‹ sind? Oder dass es bei den Chassiden verschiedene Gruppen gibt?«

»Aber was hilft uns das?«

»Ich weiß verdammt nochmal doch auch nicht. Vielleicht will er uns damit etwas sagen. ›Verzettelt euch nicht‹, oder so was. Vielleicht versucht er, uns zu helfen.«

»Nein. Wenn er uns helfen wollte, würde er nicht mit diesen beschissenen Rätseln kommen.«

Das Handy vibrierte. Das Display leuchtete auf: »Eine neue Nachricht.«

Wenn zwei sich streiten, freut sich der Dritte.

Kaum hatte Will den Spruch vorgelesen, murmelte TC: »Aller guten Dinge sind *drei*. Wenn *zwei* sich streiten, freut sich der Dritte. *Viele* Köche verderben den Brei. Vielleicht meint er mit *viele*, wir sollen die *drei* mit der *zwei* multiplizieren? Könnte *sechs* etwas bedeuten? Vielleicht müssen wir das ganz anders sehen. Vielleicht sollen wir die Buchstaben als Zahlen verstehen.«

»Wie bitte?«

»Na ja, genau wie die SMS-Nachrichten funktionieren, bloß umgekehrt. Dort sind es Buchstaben und Worte, die aus Zahlen gebildet werden. Möglicherweise ist dies hier das Gegenteil. Wir sollen die Buchstaben als Zahlen verstehen.«

»Ich kapier nicht, was du meinst, TC.«

»Also, wir könnten die Anzahl der Buchstaben in jeder Nachricht zählen. Die Summe könnte was bedeuten. Oder jeder Buchstabe hat einen Zahlenwert. Du weißt schon, A ist eins, B ist zwei.«

Will sah sie ratlos an. Aber TC beachtete seine Verwirrung nicht. In fliegender Eile schrieb sie auf ihrem Block, addierte Zahlenreihen, strich sie aus, errechnete neue Summen.

Vielleicht eine Minute später summte das Telefon wieder.

Man soll den Tag nicht vor dem Abend loben.

Will reagierte gereizter auf jede neue Nachricht. Wenn das eine Hilfe sein sollte, warum musste es dann so undurchsichtig sein? Am liebsten hätte er den jungen Josef Jitzhok beim Kragen gepackt und geschüttelt. *Wenn du uns hel-*

fen willst, dann hilf uns einfach. »Was soll das sein – eine Sammlung von Gemeinplätzen? *Man soll den Tag nicht vor dem Abend loben.* Was zum Teufel heißt das? Wie um alles in der Welt sollen wir das so schnell lösen?«

»Beruhige dich, Will. Im Moment ist es alles, was wir haben. *Er* ist alles, was wir haben. Vielleicht ist er jetzt irgendwo, wo er schreiben kann, ohne dass man ihn beobachtet, und er will möglichst rasch alle seine Messages abschicken.«

Das leuchtete ein. Will biss sich auf die Lippe. Er wollte jetzt keinen Streit mit TC anfangen – nicht jetzt, wo sie sich so angestrengt auf ihre Rolle als inoffizielle Kryptographin konzentrierte.

Er ging wieder auf und ab. Fettige Hamburgerdünste drangen ihm in die Poren. In einer Ecke lief ein Fernseher. NY1, der Nachrichtensender im New Yorker Kabel, zeigte Bilder aus Bangkok: »Rabbiner aus Brooklyn wegen Mordverdachts festgenommen.« Der bärtige Verdächtige trug die übliche Kleidung – weißes Hemd, schwarzer Anzug, Filzhut. In Handschellen wurde er von zwei finster blickenden thailändischen Polizisten abgeführt. Er hielt entschlossen den Kopf gesenkt – aus Scham, oder um nicht erkannt zu werden. Es war ein bizarres Bild. Als Nächstes sah man Polizisten des NYPD, die zu Fuß in Crown Heights erschienen, statt wie üblich mit ihren Streifenwagen aufzukreuzen – eine Geste der »Rücksichtnahme«, die anscheinend vom Büro des Bürgermeisters angeordnet worden war.

Die Fernsehbilder ließen eine Diskussion aufflammen, die Will und TC im Laufe des langen Nachmittags schon ein paar Mal geführt hatten.

»Ich sollte wieder hinfahren, und zwar auf der Stelle.«

»Und was willst du da tun? Dich noch einmal unter Wasser tauchen lassen?«

»Nein. Ich würde ihnen sagen, was ich – was *du* in der E-Mail geschrieben hast. Dass ich weiß, was sie tun, und dass sie einen Handel mit uns abschließen sollen.«

»Das ist zu riskant. Du könntest etwas Falsches sagen, und dann eskaliert die Situation weiter. Der Vorteil der E-Mail besteht darin, dass wir genau kontrollieren können, was gesagt wird.« *Was gesagt wird* – das Feiglingspassiv. Offensichtlich wollte TC nicht gern zugeben, dass sie Will die Worte in den Mund gelegt hatte.

»Ich kann Beth doch nicht einfach bei ihnen lassen. Wer weiß, wozu sie imstande sind, wenn sie sich jetzt unter Druck gesetzt sehen. Vielleicht rasten sie aus. Einer dieser Gorillas dreht dann vielleicht ein bisschen zu heftig an der Schraube oder hält ihren Kopf zehn Sekunden zu lange unter Wasser –«

»Du fängst schon wieder an. Gerätst in Panik. Das ist wie beim Bergsteigen: niemals nach unten sehen. Du darfst an all das nicht denken. Außerdem wimmelt es da heute von Polizei; sie werden nicht wagen, irgendetwas zu tun, solange die da ist. Aus all den SMS von Josef Jitzhok geht eins ziemlich deutlich hervor: Es ist noch nichts entschieden. Nichts hat sich geändert, nichts Schreckliches ist passiert.«

»Du glaubst bloß nicht, dass sie von Josef Jitzhok sind.«

»Ich bin nicht sicher, das ist alles.«

So war es schon ein paar Mal gegangen, und am Ende waren sie beide immer in ein mürrisches oder erschöpftes Schweigen verfallen. Jedes Mal dachte Will dann daran, dass es zwischen Beth und ihm nie Zank gegeben hatte. Diskussionen, ja, Streit, aber niemals Zank. Den hatten er und TC zu einer olympischen Disziplin entwickelt.

Immer wieder störte eine neue SMS die Konzentration. Die Nachrichten, die Will anfangs mit nervöser Erwartung geöffnet hatte, wurden allmählich zur Routine, ja, sogar langweilig. Will ließ sich die neueste anzeigen.

Wehe den Besiegten.

Das klang bedrohlich – als fühlten die Entführer sich als Sieger, die mit Beth anstellen würden, was sie wollten. Will spürte, wie sein Hass auf diese Leute wuchs.

»Jetzt drohen sie uns.«

»Wehe den Besiegten«, wiederholte TC langsam, was Will vorgelesen hatte. Als nehme sie ein Diktat auf. Will sah ein Gittermuster auf ihrem Block, Zeile um Zeile ausgefüllt mit den Nachrichten von JJ.

»Was hast du inzwischen raus?«

»Die Zahlen haben überhaupt nichts gebracht. Ich hab versucht, Anagramme aus den Sätzen zu machen, aber es gibt keins, das einen Sinn ergibt. Ich hab sie als Akrostichon aufgeschrieben –«

»Als was?«

»Als Akrostichon. Die ersten Buchstaben eines jeden Satzes bilden ein Wort. ›Rosen sind rot‹ gibt ein R, ›Veilchen sind blau‹ gibt ein V. Manche Psalmen sind so angelegt. Fügt man die ersten Buchstaben der Zeilen aneinander, ergibt sich eine neue Zeile. Das war ein Trick: ein zwölfzeiliges Gedicht mit einer unsichtbaren dreizehnten Zeile.«

»Verstehe. Und was ergibt sich dabei?«

»Bisher? Wir haben G, Z, W, E, W. Also nichts.«

»Worauf zum Teufel will er hinaus? Moment mal.« Wieder kam eine SMS.

Müßiggang ist aller Laster Anfang.

Will verlor allmählich die Übersicht. TC musste hier denken wie ein Großmeister auf einem Schachturnier, der in einem Saal umherspazierte und hundert Partien auf hundert Brettern gleichzeitig spielte. Sie hatten lange gebraucht, um eine einzige Message zu entziffern. Jetzt hatte sie sieben auf einmal.

»Hör zu, Will. Wir können das alles erst entschlüsseln, wenn es aufhört. Immer wenn ich eine Theorie ausprobiere, kommt die nächste Nachricht, und alles ist geplatzt. Wir müssen warten, bis wir alle seine Nachrichten haben. Erst dann können wir herausfinden, was der Kerl uns sagen will.«

»JJ.«

»Wenn er es ist, ja.«

»*Fuck*, wer sollte es denn sonst sein?«

»Lass mich in Ruhe damit, Will.«

Er konnte ihr nicht verdenken, dass sie genervt war. Er wusste, er benahm sich unerträglich, wenn er Zorn, Angst und Erschöpfung an ihr ausließ. Sie brauchte sich das alles nicht bieten zu lassen. Sie konnte einfach weggehen – und ihn hilflos sitzen lassen.

Er wollte sich entschuldigen, aber es war zu spät. Sie hatte sich abgewandt und vermied klug jede weitere Auseinandersetzung. Schade, dass sie diese Klugheit beide nie besessen hatten, als sie noch ein Liebespaar waren.

Keine zwei Minuten später kam die nächste Nachricht:

Der Apfel fällt nicht weit vom Stamm.

Und dreißig Sekunden danach:

Kleine Ursache, große Wirkung.

Himmel, der Kerl ging einem auf die Nerven. Die Mühe, die er auf diese Messages verwandte, die Sprüche, die er da zusammentippte, wenn er doch nichts weiter tun musste, als ein paar einfache Worte zu schreiben: die Adresse, wo Beth zu finden war. In Will stieg die Wut tief aus seinem Körper auf, bis er die Zornesadern an seinem Hals spürte.

Die letzte SMS hatte er TC noch gar nicht gezeigt, als er schon zurück schrieb: *Schluss mit diesen albernen Spielen. Sie wissen, was ich haben will.*

Kaum hatte er die Antwort abgeschickt, bereute er es. Was, wenn er Josef Jitzhok damit verärgert hatte? TC hatte Recht: Er war alles, was sie hatten. Und schlimmer noch: Wenn diese Antwort von den Hardlinern in Crown Heights abgefangen wurde, würden sie augenblicklich wissen, was JJ trieb und dass er mit dem Feind kommunizierte, und dann würden sie ihn bestrafen. Will sah ihn vor sich – in einem Hausdurchgang am Eastern Parkway, über sein Handy gebeugt, vielleicht mit einem Gebetsschal getarnt. Zwei Männer, die ihn von hinten packten, ihm das Telefon aus der Hand rissen, und ihn zum Verhör zum Rabbi schleiften.

Aber zugleich fühlte er neue Energie. Die Passivität der Situation war unerträglich – einfach dazusitzen und mit ausgestreckten Händen darauf zu warten, dass die Hinweise wie Brosamen vom Tisch dieser Leute fielen. Es tat gut, sich zur Wehr zu setzen.

Allmählich wurde der Himmel draußen dunkel. Will ging auf und ab und hielt den Blackberry mit feuchter Hand umklammert. Um neunzehn Uhr vierzig nickte TC ihm zu: Der Sabbat war zu Ende. Sofort erwartete Will, dass das rote Licht blinkte. Nein, nein, meinte TC, sie sollten ihnen noch mindestens eine halbe Stunde Zeit geben. Nach dem Sabbat kam die *Havdalah*-Zeremonie, bei der man den Tag der Ruhe mit Wein, Gewürzen und einer geflochtenen Kerze verabschiedete. Dann ging man von der Synagoge nach Hause, wo man noch einmal Havdalah feierte. Die meisten Leute würden sich danach vermutlich frisch machen wollen. Und selbst wenn sie Wills Nachricht auf einem Computer zu Hause oder im Büro lasen, würden sie dort nicht antworten, denn dort wären sie zu leicht aufzuspüren – nicht von Will natürlich, aber von der Polizei. Also mussten sie wieder ins Net Spot. Das alles würde mindestens eine Stunde dauern, und selbst das war optimistisch kalkuliert, warnte TC. Will wusste ja, dass er ihnen eine Mail geschickt hatte, aber sie wussten es nicht, und warum sollten sie sich mit dem Nachsehen beeilen?

Aber vielleicht war heute alles anders. In Crown Heights wimmelte es von Kriminalpolizei, die in Zusammenarbeit mit Interpol in einem Mordfall ermittelte. Der Rabbi, der Will ausgequetscht hatte, würde von seinem gewohnten Ritual abweichen müssen. Er würde Fragen beantworten, und dabei würde es nicht um die richtigen Abmessungen eines talmudisch korrekten Herdes gehen. Man würde ihn verhören – und zwar unter Druck. (Die Vorstellung dieser Rollenumkehr gefiel Will.) Wenn eine solche Atmosphäre dort herrschte, dann hätten sie vermutlich hundert Gründe, so schnell wie möglich ihre E-Mail zu checken. Sie warteten vielleicht nicht auf eine Nachricht von Will, aber sie mussten mit ihren Leuten in Bangkok kommunizieren. Vermutlich würden sie ihre Laptops hochfahren, sowie es theologisch vertretbar war.

Um acht bestätigte sich Wills Ahnung. Zwanzig Minuten nach Sonnenuntergang blinkte das Rotlicht an seinem Blackberry. Will öffnete die E-Mail und sah die gleiche hieroglyphische Schrift, die er schon kannte.

Betreff: Beth.

Sie verlieren den Boden unter den Füßen. Ertrinken Sie nicht.

26

SAMSTAG, 20.01 UHR, MANHATTAN

Er hatte keine Zeit für ein Seminar mit TC. Er antwortete sofort.

Ich könnte direkt zur Polizei gehen. Was hab ich zu verlieren?

Er wartete. TC saß ihm gegenüber; sie hatte die Knie angezogen und wiegte sich vor und zurück. Will wusste nicht, ob er sie je so nervös gesehen hatte, dass sie diese Embryonalstellung einnahm. Das Publikum bei McDonald's hatte sich geändert. Die Stadtstreicher und vor sich hin murmelnden Obdachlosen waren verschwunden, ersetzt durch überwiegend männliche Twenty-somethings, die noch einmal auftankten, bevor sie durch die Bars zogen. Das Rotlicht leuchtete wieder.

Sie haben alles zu verlieren. Sie könnten sie verlieren.

Wiederum überlegte Will nicht lange. Das war es, was er von Anfang an gewollt hatte: die direkte Konfrontation mit den Entführern. Als er ihnen am Abend zuvor begegnet war, hatte er sich als ein anderer ausgegeben. Er hatte höflich sein müssen. Jetzt, da das Versteckspiel vorbei war, konnte er sie bei den Hörnern packen.

Rührt sie an, und ihr habt zwei Morde am Hals. Mein Beweismaterial wird euch das Genick brechen. Lasst sie frei, oder ich nagle euch fest.

Diesmal dauerte die Pause quälend lange. Dann leuchtete das Rotlicht, und Will stürzte sich auf das kleine blaue Gerät.

Medikamente zu Tiefstpreisen für jeden Bedarf. Wir liefern. Spam.

Ein paar Minuten vergingen. Dann:

Rufen Sie jetzt 718-943-7770 an. Benutzen Sie kein Aufzeichnungsgerät. Wir werden es merken, wenn Sie es tun.

Will malte sich aus, was am anderen Ende vorging. Zweifellos saß einer der Gorillas, Mosche Menachem oder Zvi Jehuda, im Net Spot und las und schrieb die Mails, wie es der Boss am Telefon ihm auftrug. Und jetzt hatte der Boss etwas zu sagen, das er der E-Mail nicht anvertrauen wollte, nicht einmal unter dieser Tarnadresse. *Gut*, dachte Will. Sein Gegner zeigte zum allerersten Mal eine Schwäche. Er sah TC an, die an den Fingernägeln kaute.

Er zog sein Handy heraus und tippte langsam und sorgfältig wie ein Chirurg die Nummer ein. Seine Hände zitterten. Dieser Mann machte ihm Angst.

Es klingelte nur einmal. Jemand nahm den Hörer ab, sagte aber kein Wort. Er würde den ersten Schritt tun müssen.

»Hier ist Will Monroe. Sie haben mich gebeten anzurufen.«

»Ja, Will. Zunächst möchte ich für das, was gestern passiert ist, um Verzeihung bitten. Ein schlimmer Fall von Verwechslung – zum Teil dadurch herbeigeführt, dass Sie den Fehler begangen haben, Ihre Identität zu verschleiern. Ich halte es für richtig, über die derzeitige Situation zu reden.«

»Da haben Sie verdammt Recht. Sie müssen mir meine Frau zurückgeben, oder ich sorge dafür, dass wegen zweifachen Mordes gegen Sie ermittelt wird.«

»Beruhigen Sie sich, Mr. Monroe.«

»Ich habe keine Lust, mich zu beruhigen, Rabbi. Gestern hätten Sie mich beinahe umgebracht, und Sie haben ohne Grund meine Frau entführt. Ich bin bis jetzt nur deshalb nicht zur Polizei gegangen, weil Sie angedroht haben, meine Frau umzubringen. Aber jetzt kann ich es tun und Sie in dem Fall in Bangkok zusätzlich belasten, indem ich den Ermittlungsbehörden sage, dass Sie bereits hier in New York jemanden entführt haben. Wenn Sie meine Frau dann umbringen, verstricken Sie sich nur noch tiefer.« Will war sehr zufrieden mit seinem Vortrag; er klang vernünftiger, als er selbst erwartet hatte.

»Gut, ich werde eine Vereinbarung mit Ihnen treffen. Wenn Sie nichts sagen und mit niemandem sprechen, werden wir unser Bestes tun, um Beth am Leben zu halten.« *Beth*. Es klang merkwürdig, den Namen von dieser Baritonstimme zu hören, deren Timbre durch die metallische Kompression des Telefons kaum verändert war.

»Was heißt ›unser Bestes‹? Wer ist denn da noch beteiligt? Sie haben das alles getan, und Sie sollten die Verantwortung dafür übernehmen. Entweder garantieren Sie mir für ihre Sicherheit oder Sie tun es nicht.«

Ganz ungeplant rief dieser Satz einen neuen Gedanken hervor, und er sprach ihn aus, ehe er vollendet war.

»Ich will mit meiner Frau sprechen.«

»Tut mir Leid.«

»Ich will sofort mit ihr sprechen. Ich will ihre Stimme hören. Zum Beweis dafür, dass sie ... unversehrt ist.«

»Ich glaube, das ist keine gute Idee.«

»Es ist mir egal, was Sie glauben. Und das werde ich der Polizei nur zu gern sagen. Ich will ihre Stimme hören.«

»Das wird ein Weilchen dauern.«

»Ich rufe Sie in fünf Minuten wieder an.«

Will legte auf und atmete aus, als habe er den Atem angehalten. Das Blut pochte in seinen Adern. Er war überrascht von seiner eigenen Bestimmtheit. Aber anscheinend hatte es funktioniert; der Rabbi hatte sich nicht geweigert.

Will zählte die Minuten. Er starrte auf den Sekundenzeiger, der über das Zifferblatt wanderte. TC wusste nicht, was sie sagen sollte.

Eine Minute verging, dann noch eine. Ein dumpfer Schmerz erwachte in seiner Stirn; zu lange hatte er die Muskeln in seinem Gesicht angespannt. Das Ende des Plastikstifts, auf dem er kaute, brach zwischen seinen Zähnen ab.

Vier Minuten. Will stand auf, streckte sich und bog den Kopf zur linken, dann zur rechten Schulter. Es knackte laut in seinem Nacken. Er schaute das Telefon an, und vier Minuten und fünfzig Sekunden, nachdem er aufgelegt hatte, wählte er die Nummer noch einmal.

»Will Monroe. Lassen Sie mich mit ihr sprechen.«

Statt einer Antwort hörte er ein paar Klicklaute, als werde der Anruf weiterverbunden. Jemand atmete, und dann: »Will? Will, ich bin's. Beth –«

»Beth, Gott sei Dank, du bist es. Oh, Liebste, ist alles okay? Ist dir was passiert?«

Stille – und dann klickte es dreimal. »Beth?«

»Ich musste die Verbindung leider trennen. Aber jetzt haben Sie ihre Stimme gehört, und Sie wissen, dass sie –«

»Herrgott, Sie haben uns ja kaum eine Sekunde Zeit gelassen.« Will schlug mit der Faust auf den Tisch, und TC sprang erschrocken zurück. Ein Tumult von Gefühlen durchströmte ihn. Weniger als eine Sekunde lang hatte er nur Erleichterung und Freude verspürt: Es war Beths Stimme, ganz unverkennbar. Bei ihrem bloßen Klang bekam er weiche Knie. Und dann war sie weg gewesen, abgeschnitten, bevor er Gelegenheit hatte, ihr zu sagen, dass er sie liebte.

»Ich konnte nicht riskieren, Ihnen mehr Zeit zu geben. Es tut mir ehrlich Leid. Aber ich habe getan, was Sie wollten. Sie haben die Stimme Ihrer Frau gehört.«

»Sie müssen mir JETZT versprechen, dass ihr kein Haar gekrümmt wird.«

»Ich habe schon gestern Abend versucht, es Ihnen zu erklären, Mr. Monroe. Will. Diese Sache liegt nicht allein in unseren Händen, nicht in meinen, nicht in Ihren. Hier sind sehr viel größere Mächte im Spiel. Es ist etwas, das die Menschheit seit Jahrtausenden befürchtet.«

»Ich verstehe nicht, was das heißen soll.«

»Nein, und das kann ich Ihnen nicht verdenken. Es gibt nicht viele, die es verstehen würden, und deshalb können wir es auch der Polizei nicht erklären, so gern wir alle es täten. Sie würde es sicher nicht verstehen. Aus irgendeinem Grund hat Haschem es uns überlassen, das Problem zu lösen.«

»Woher weiß ich, dass Sie nicht versuchen, mich mit einem Trick zum Schweigen zu bringen? Woher weiß ich, dass Sie nicht vorhaben, meine Frau umzubringen, wie Sie diesen Mann in Bangkok umgebracht haben?«

»Ah, nichts schmerzt mich mehr als das, was dort vorgefallen ist. Das Herz eines jeden Juden weint vor Verzweiflung darüber.« Er schwieg. Will ließ ihn schweigen. Abwarten, bis der Interviewpartner die Leere ausfüllt …

»Ich werde ein Risiko eingehen, Mr. Monroe. Ich hoffe, Sie fassen es so auf, wie es gemeint ist: als Geste des Vertrauens von meiner Seite aus. Ich werde Ihnen ein Geheimnis anvertrauen, das Sie leicht gegen mich verwenden könnten. Indem ich es Ihnen offenbare, zeige ich Ihnen ein gewisses Maß an Vertrauen. Ich hoffe, dass Sie danach auch mir etwas mehr Vertrauen entgegenbringen können. Verstehen Sie?«

»Ich verstehe.«

»Was in Bangkok geschehen ist, war ein Unfall. Es stimmt, wir wollten Mr. Samak in Gewahrsam nehmen, wie wir es mit Ihrer Frau getan haben, aber wir hatten keineswegs die Absicht, ihn zu töten. Gott behüte.« TC war um den Tisch herumgekommen; sie saß dicht neben Will und drückte das Ohr an die Rückseite seines Handys.

»Was wir nicht wussten, was wir nicht wissen konnten: Mr. Samak hatte ein schwaches Herz. Ein kräftiger Mann, aber ein schrecklich schwaches Herz. Die … Maßnahmen, die wir ergreifen mussten, um ihn in Gewahrsam zu nehmen, waren leider zu viel für ihn.«

Einen kurzen Augenblick lang dachte Will wie ein Journalist: Er hatte dem Mann ein Geständnis abgerungen. Kein

Mordgeständnis vielleicht, aber einen Totschlag hatte er zugegeben. Es erfüllte ihn mit professionellem Stolz, dass die New Yorker Polizei trotz intensiver Befragungen wahrscheinlich kein so gutes Resultat erzielt hatte.

»So ist es gewesen, Mr. Monroe, und auch wenn es Sie erstaunt, das zu hören: Ich habe Ihnen bei allen unseren bisherigen Begegnungen nur die Wahrheit gesagt. Ich wiederhole noch einmal, ich gehe ein großes Risiko ein, indem ich so offen mit Ihnen spreche. Aber irgendetwas sagt mir, dass Sie meine Geste richtig verstehen und mein Vertrauen nicht missbrauchen werden. Vertrauen Sie auch mir – aus Ihrem eigenen Interesse, Will. Vertrauen Sie mir, weil ich Ihnen gesagt habe, ich werde mein Bestes tun, um Ihre Frau am Leben zu erhalten. Aber tun Sie es auch um dessentwillen, was ich Ihnen gestern gesagt habe und jetzt noch einmal wiederhole: Hier entfaltet sich eine uralte Geschichte, und sie droht eine Entwicklung zu nehmen, die die Menschheit seit Jahrtausenden fürchtet. Ihre Frau ist Ihnen wichtig, Mr. Monroe. Natürlich ist sie das. Aber mir geht es um die Welt, um die Schöpfung des Allmächtigen.«

Jetzt wartete der Rabbi darauf, dass Will das Schweigen beendete.

Will wusste es, aber er konnte nicht anders: »Was soll ich tun?«

»Sie sollen nichts tun, Mr. Monroe. Überhaupt nichts. Halten Sie sich aus allem heraus, und haben Sie Geduld. Es dauert vielleicht noch ein, zwei Tage, und dann werden wir alle unser Schicksal kennen. Auch wenn Sie Beth sehnlichst wiedersehen wollen, ich bitte Sie eindringlich abzuwarten. Mischen Sie sich nicht mehr ein, spielen Sie nicht den Amateurdetektiv. Warten Sie einfach. Ich hoffe, Sie werden tun, was richtig ist, Will. Gute Nacht. Und möge Gott Sein Gesicht über uns allen leuchten lassen.«

Es klickte. Will sah TC an, die wie er ausatmete, als habe sie die Luft angehalten.

»Es ist so merkwürdig, seine Stimme zu hören«, flüsterte sie und fügte hinzu: »Ich meine, nachdem wir so viel über ihn geredet haben.«

Will hatte sich ein paar Notizen gemacht, während der Rabbi sprach, damit er und TC seine Worte analysieren könnten. Aber das Auffälligste war der Ton gewesen. Hätte er Harden über dieses Gespräch informieren müssen, wäre dies der Aufmacher gewesen: Der Rabbi hatte versöhnlich geklungen, aber da war noch etwas anderes – fast so etwas wie Trauer.

Das Schweigen war nicht von Dauer. Das Handy hatte wieder eine SMS empfangen.

Gut Ding will Weile haben.

Und unmittelbar danach:

Vorsicht ist besser als Nachsicht. Das war's.

Will las es laut vor, und TC wollte wissen, wo sich der Punkt in diesem Satz befand. Es seien zwei, antwortete Will. Sicher? Sicher. Es fiel ihm schwer, sich zu konzentrieren. Immer wieder hörte er Beths Stimme: *Will? Will, ich bin es, Beth.*

»Okay«, sagte TC. »Angenommen, er meint, was er sagt. Dann wird nichts mehr kommen. Die Nachrichten sind komplett.«

Vor ihr auf dem Tisch lagen zehn Zettel. Auf jedem stand eine der nacheinander angekommenen Nachrichten.

Aller guten Dinge sind drei.

Viele Köche verderben den Brei.

Wenn zwei sich streiten, freut sich der Dritte.

Man soll den Tag nicht vor dem Abend loben.

Wehe den Besiegten.

Müßiggang ist aller Laster Anfang.

Der Apfel fällt nicht weit vom Stamm.

Kleine Ursache, große Wirkung.

Gut Ding will Weile haben.

Vorsicht ist besser als Nachsicht. Das war's.

TC hielt ihren Block auf dem Knie und betrachtete die Anordnung der Sprichwörter. Die Nachrichten waren zu Gruppen geordnet. »Man soll den Tag nicht vor dem Abend loben« und »Gut Ding will Weile haben« handelten von der Zeit. »Aller guten Dinge sind drei«, »Viele Köche« und »Wenn zwei sich streiten« bildeten zusammen das numerische Thema, mit dem TC es schon versucht hatte. »Der Apfel fällt nicht weit vom Stamm« und »Kleine Ursache, große Wirkung« beschrieben kausale Zusammenhänge und lagen beieinander. Die übrigen lagen abseits, jeder Zettel eine Insel für sich allein. TC legte ihren Skizzenblock neben die Zettel auf den Tisch. Das oberste Blatt war fast schwarz, so viel hatte sie darauf geschrieben. Überall standen durchgestrichene Wörter und Halbsätze, rückwärts und diagonal geschriebene Buchstabenreihen. In jeder denkbaren Ordnung hatte sie die neun Botschaften aufgereiht, und sie hatte den jeweils ersten Buchstaben jedes Satzes unterstrichen, um das Akrostichon zu bilden, von dem sie gesprochen hatte. Will sah die Resultate: AZWMMWMDK und KDMWMMWZA und diverse andere Kombinationen, aber keine davon ergab irgendeinen erkennbaren Sinn.

Als habe sie seine Gedanken gelesen, schlug TC das oberste Blatt zurück und zeigte ihm das nächste. Es war ebenso dicht mit Buchstabenkombinationen und gescheiterten Anagrammen beschrieben, nicht anders als das nächste und das übernächste Blatt. Stundenlang hatte sie sich den Kopf zerbrochen.

Will empfand plötzlich große Dankbarkeit. Ohne sie wäre er sehr einsam gewesen. Aber es führte kein Weg daran vorbei: Trotz all ihrer Bemühungen und seiner Hilfe hatten sie das zehnteilige Rätsel nicht lösen können. Sie waren gescheitert.

»Ich kann nicht glauben, dass ich so dämlich war.«

»Was?« Will blickte auf. TC hatte sich zurückgelehnt, die Hände auf dem Kopf verschränkt, und schaute an die Decke.

»Ich war unglaublich blöd.« Ungläubig lächelnd schüttelte sie den Kopf.

»Sagst du mir bitte präzise, wovon du redest?« Will hörte, dass seine Stimme über die Maßen höflich und englisch klang – wie immer, wenn er sich bemühte, ruhig zu bleiben.

»Es war so nahe liegend, und ich hab's so kompliziert gemacht. Wie viele Stunden hab ich jetzt damit verbracht?«

»Soll das heißen, du hast die Lösung?«

»Ich hab die Lösung, ja. Was hat er uns geschickt? ›Viele Köche verderben den Brei.‹ ›Gut Ding will Weile haben.‹ Er hat uns Sprichwörter geschickt. Sprüche. Zehn Sprüche.«

»Stimmt. Also … sorry, aber du wirst es mir erklären müssen. Ich sehe, dass es zehn Sprüche sind. Das Dumme ist nur, wir wissen nicht, was sie bedeuten sollen.«

»Sie bedeuten gar nichts. Sie sollen nichts bedeuten. Er schreibt zehn Sprüche. Denn dort sollen wir nachschlagen. Sprüche, zehn.«

27

SAMSTAG, 20.27 UHR, MANHATTAN

Er war schon genauso lange da wie sie, und wahrscheinlich murmelte er auch genauso laut vor sich hin. Er war allein, mittleren Alters und wahrscheinlich obdachlos; sein Gesicht war aufgequollen von Sonne, Regen und Kälte. Im Laufe des Nachmittags hatte Will gesehen, wie er ein halbes Apfeltörtchen gegessen hatte, das er von einem Mann bekommen hatte, der einen iPod trug (der Mann hatte nicht mal die Ohrhörer herausgenommen), und vielleicht anderthalb Tüten Pommes frites.

Will wusste, dass es der Mann war, an den sie sich wenden mussten. Sein andauerndes Gemurmel war nicht ausschließlich aus einem wirren Kopf gekommen. Hin und wieder hatte er laut aus der in schwarzes Plastik gebundenen Bibel vorgelesen, die er in der Hand hielt.

Will war sein planloses Predigen im Laufe des Nachmittags auf die Nerven gegangen, genau wie vielen anderen Gästen, die sich wohlweislich nicht allzu dicht neben den Mann gesetzt hatten. Aber jetzt war er ihm dankbar.

Mit einer heißen Tasse Kaffee ging er vorsichtig auf ihn zu. Aus der Nähe sah er, dass die Nase des Mannes von geplatzten Äderchen überzogen war. Zu viel Sonne? Zu viel Alkohol? Will wusste es nicht, und in diesem Augenblick war es ihm auch ziemlich gleichgültig. Er wollte nur eines.

»Sir, möchten Sie vielleicht eine Tasse Kaffee? Er ist ganz frisch.«

Der Mann blickte mit wässrigen Augen zu ihm auf. Das Weiße der Augäpfel war gelb.

»Wo der Herr nicht bei uns wäre, so sage Israel, wo der Herr nicht bei uns wäre, wenn die Menschen sich wider uns setzen: so verschlängen sie uns lebendig, wenn ihr Zorn über uns ergrimmte.«

»Ja, Sir, da haben Sie sicher Recht«, warf Will ein, als der Mann Atem holte. Aber es half nichts, der Mann redete weiter.

»So ersäufte uns Wasser, Ströme gingen über unsre Seele; es gingen Wasser allzu hoch über unsre Seele.«

»Sir, es tut mir Leid, wenn ich Sie hier einfach belästige, aber könnten Sie mir wohl für einen Augenblick Ihre Bibel leihen?«

»Gelobet sei der Herr, dass er uns nicht gibt zum Raub in ihre Zähne! Unsre Seele ist entronnen wie ein Vogel dem Stricke des Voglers; der Strick ist zerrissen, wir sind los.«

»Ja, Sir, das denke ich auch. Aber dürfte ich einen kurzen Blick in Ihre Bibel werfen?« Will beugte sich vor und wollte ihm das Buch aus der Hand nehmen. Aber der Mann war überraschend stark und wollte nicht loslassen.

»Unsre Hilfe steht im Namen des Herrn, der Himmel und Erden gemacht hat.«

»Ja, ja, das ist auch meine Ansicht. Jetzt geben Sie mir kurz das Buch.« Aber der Mann hielt es noch entschiedener fest. Will zerrte daran, aber der Mann ließ nicht locker und murmelte weiter vor sich hin.

Will blickte auf: TC war dazugekommen. Er saß inzwischen fast neben dem Tramp und versuchte, ihm das Buch waagerecht aus der Hand zu ziehen. Er wusste, dass es lächerlich aussehen musste, wie er hier dem alten Mann seine Bibel wegnehmen wollte.

»Sir«, sagte TC leise, »glauben Sie, wir könnten zusammen beten?« Der McDonald's-Prediger verstummte. TC sprach weiter, und in ihrer sanften Stimme lag pure Vernunft. »Darf ich vorschlagen, dass wir unseren Text aus dem Buch der Sprüche nehmen, Kapitel zehn?«

Ohne ein Widerwort öffnete der Mann das Buch und blätterte in den knisternd feinen, eng bedruckten Seiten. Nach wenigen Augenblicken begann er zu rezitieren:

Die Sprüche Salomos. Dies sind die Sprüche Salomos. Ein weiser Sohn ist seines Vaters Freude; aber ein törichter Sohn ist seiner Mutter Grämen.

Will wollte ihm über die Schulter spähen, um den Rest des alten Textes möglichst schnell zu überfliegen. Für ihn klang es wie die übliche biblische Mischung aus Tiefgründigkeit und Undurchsichtigkeit. Die Bibel wirkte immer so auf ihn: Die Worte waren eine anrührende Musik, aber ihre Bedeutung erschloss sich immer nur mit großer Mühe. Meistens – in der Kirche oder beim Morgengebet in der Schule – war ihr Klang einfach wie eine Welle über ihn hinweggespült. Jetzt, in dieser surrealen, spontanen Gebetsrunde, geschah es wieder.

Ihr Vorbeter war beim zweiten Vers angelangt.

Unrecht Gut hilft nicht; aber Gerechtigkeit errettet vor dem Tode.

Will las eilig weiter, Vers um Vers, und sein Blick verharrte bei allem, was ihm irgendwie verständlich oder, besser noch, vertraut vorkam. Ein Wort fiel ihm immer wieder auf. Es war im zweiten Vers erschienen, und da stand es wieder, in Vers drei.

Der Herr lässt die Seele des Gerechten nicht Hunger leiden; er stößt aber weg der Gottlosen Begierde.

Und wieder in Vers elf:

Des Gerechten Mund ist ein Brunnen des Lebens; aber den Mund der Gottlosen wird ihr Frevel überfallen.

Und in Vers sechzehn:

Der Gerechte braucht sein Gut zum Leben; aber der Gottlose braucht sein Einkommen zur Sünde.
In Vers einundzwanzig stand es auch:

Des Gerechten Lippen weiden viele; aber die Narren werden an ihrer Torheit sterben.

Wohin er auch schaute, das Wort sprang ihm von der Seite entgegen. In seinem übermüdeten Zustand hörte er beinahe Stimmen, wütende Männerstimmen, die es ihm entgegenbrüllten. Da war es wieder, in Vers vierundzwanzig:

Was der Gottlose fürchtet, das wird ihm begegnen; und was die Gerechten begehren, wird ihnen gegeben.

Er hörte das gleichförmige Gemurmel des Obdachlosen und sah dabei den Rabbi von Crown Heights vor sich, wie er sich wiegte, während er Vers fünfundzwanzig las, und wie seine bärtigen Jünger sich mit ihm wiegten.

Der Gottlose ist wie ein Wetter, das vorübergeht und nicht mehr ist; der Gerechte aber besteht ewiglich.

Das Wort kam immer wieder. Vers achtundzwanzig:

Das Warten der Gerechten wird Freude werden; aber der Gottlosen Hoffnung wird verloren sein.

Vers dreißig:

Der Gerechte wird nimmermehr umgestoßen; aber die Gottlosen werden nicht im Lande bleiben.

Am Ende erschien es noch einmal, im letzten Vers:

Die Lippen der Gerechten lehren heilsame Dinge; aber der Gottlosen Mund ist verkehrt.

TC schaute dem Mann immer noch über die Schulter und las die Verse; er hatte die Augen inzwischen geschlossen und zitierte die Worte aus dem Gedächtnis. Aber Will hatte genug gehört. Er richtete sich auf, ging zu TC und flüsterte ihr ins Ohr:

»Ich muss los.«

Er wusste, sie konnten jetzt stundenlang darüber diskutieren und jeden einzelnen Satz nach seiner vielfältigen Bedeutung abklopfen wie zwei scharfsinnige Talmudschüler. Aber manchmal musste man sich einfach an seinen ersten Instinkt halten. So arbeitete man als Journalist. Man saß in einer Pressekonferenz und bekam ein umfangreiches Dokument, und dann musste man es in fünf Minuten durchblättern, erkennen, worum es darin ging, die richtigen Fragen stellen und wieder gehen. In Wirklichkeit brauchte man mindestens vier oder fünf Stunden, um es zu lesen, aber Journalisten glaubten gern, dass solche Einschränkungen nur für mindere Sterbliche galten.

Will vertraute auf seine Urteilskraft. Außerdem hatte er das Diskutieren, das Entschlüsseln, das Interpretieren satt. Er wollte weiterkommen. Seit Stunden saßen sie hier im Lokal und atmeten die süßlich stickige Luft der Fastfoodküche.

Er hatte gehört, was er hören musste. Er wusste genau, wohin er jetzt gehen musste – und er wusste, er musste allein gehen.

28

SAMSTAG, 21.50 UHR, MANHATTAN

Eine lange Reihe von Aufzügen, und kaum eine Menschenseele, die damit fahren wollte. Wahrscheinlich war es am Wochenende in allen großen Bürogebäuden so: Sie funktionierten weiter, ein Wachmann stand im Eingang, das Licht in der Kantine brannte, aber sie waren eigentlich nur die leere Kulisse des alltäglichen Betriebs.

Das Foyer der *New York Times* wirkte besonders verlassen. Montags morgens um zehn war es hier rappelvoll: Vertriebsleiter drängten sich mit Graphikdesignern in die Aufzüge, und jeder zweite hielt einen dampfenden Becher mit überteuertem Kaffee in der Hand. Aber jetzt war es leer und still, und nur ein gelegentliches »Ping« verkündete, dass ein Aufzug ein paar Stockwerke nach oben gefahren und wieder zurückgekommen war.

Will nickte dem diensthabenden Securitymann zu, und der reagierte mit einem knappen Hochziehen der Brauen. Er verfolgte ein Baseballspiel auf einem Monitor, der zweifellos eigentlich an die interne Video-Überwachung der Feuertreppe oder des Hintereingangs angeschlossen sein sollte. Will zog seine Karte durch und fuhr hinauf in die Redaktion.

Er war froh, hier zu sein. Er arbeitete noch nicht lange bei der *Times*, aber sein Büro war schon eine vertraute Umgebung. Und nach Hause zu gehen, kam nicht in Frage. Bei der bloßen Vorstellung, zu hören, wie die Tür ins Schloss fiel, und in die stille Wohnung zu kommen, schauderte ihn. Die Bilder an der Wand, ihre Kleider im Schrank, ihr Duft im Bad – schon der Gedanke daran war beängstigend.

Außerdem hatte Josef Jitzhok ihm noch etwas anderes gesagt, bevor er angefangen hatte, ihm rätselhafte SMS-Nachrichten zu schicken. *Schauen Sie sich Ihre Arbeit an*, hatte er gesagt. Und über »Sprüche, zehn« hatte er sich klarer ausgedrückt.

Als er die Redaktion betrat, vermied er absichtlich jeden Blickkontakt mit allen, die ihm begegneten. Um diese Zeit waren hier hauptsächlich Produktionsmitarbeiter und keine seiner befreundeten Kollegen, aber er schaute trotzdem stur geradeaus und ging zielstrebig auf seinen Schreibtisch zu.

Als er näher kam und über die dünne Trennwand schauen konnte, bekam er Herzklopfen. Auf seinem Platz stand ein Karton. Hatte JJ davon gesprochen? Hatte er wörtlich gemeint, was er gesagt hatte? *Gehen Sie in Ihr Büro, dort finden Sie alles*? Einen Karton mit lauter Antworten?

Will wusste, dass er phantasierte, aber er konnte nicht anders: Das letzte Stück legte er im Laufschritt zurück. Er griff nach dem Karton, spürte sein Gewicht und riss ihn auf. Er war leichter, als seine Größe vermuten ließ, und schwer zu öffnen. Endlich ließ sich die Oberseite aufklappen, und Will schob die Hand hinein und berührte etwas Weiches, Fleischiges – wie eine Frucht. Was zum Teufel war das? Er wühlte weiter und fühlte etwas Feuchtes. Seine Finger schoben sich in eine Öffnung und hoben den ganzen Gegenstand wie an einem Haken heraus.

Ein Halloween-Kürbis. Will hatte die Finger in die Augenhöhlen geschoben.

Eine Karte war dabei.

Die Good Relations Company lädt zu einem besonderen Abend …

Irgendeine blöde PR-Veranstaltung. Die Einladung zu Promotion-Events in New York wurden immer absurder und exzessiver: FedEx-Pakete mit hohen Zustellkosten enthielten einen silbernen Schlüssel, der dann die Eintrittskarte zur Präsentation eines neuen Ericsson-Handys darstellte. Dem englischen Puritaner in ihm widerstrebte diese grelle Verschwendung. Spontan ergriff er den Kürbis und schleuderte ihn durch den Raum. Er landete vor Schwarz' Schreibtisch und zerplatzte.

Es wird ihm kaum auffallen.

Er warf einen Blick auf die Post: Rundschreiben und Pressemitteilungen, soweit er es übersehen konnte. Wenig Neues war gekommen – eine Einladung zu einer Party im Britischen Konsulat in New York; ein Handzettel für eine Tagung irgendeiner evangelikalen Gruppe, der Kirche des Wiedergeborenen Jesus; ein Infoblatt über die Krankenversicherung bei der *Times* – sonst sah der Papierstapel genauso aus wie am Montag, als er zuletzt in der Redaktion gewesen war.

Das war vor nicht mal einer Woche gewesen, aber ihm kam es vor wie ein ganzes Menschenleben. Es schien ihm als gehörte es in eine ganz andere, goldene Ära – in die Zeit vor der Entführung. Wie gut war es ihm da gegangen, als er über die Landstraßen von Montana gedonnert war und keine größeren Sorgen gehabt hatte als den unzuverlässigen Geschmack der überregionalen Redaktion. Natürlich hatte er es da nicht zu schätzen gewusst; er war sogar dumm genug gewesen, niedergeschlagen über den Patzer nachzugrübeln, den er mit seiner Hochwasser-Story begangen hatte. Eins von Beths Lieblingsliedern ging ihm durch den Kopf – besser gesagt, eine Zeile davon. Joni Mitchell sang: *»You don't know what you've got till it's gone.«* Was du hast, weißt du erst, wenn es weg ist. Aber dann war es nicht mehr Jonis, sondern Beths Stimme. Sie sang sehr gern, und er hörte ihr mit Begeisterung zu. In einer Ecke ihres Wohnzimmers verstaubte eine alte Gitarre, ein Erinnerungsstück an Studententage, als sie alte Songs über Liebe und Leid gesungen und sich dabei selbst begleitet hatte. Sie sang nur noch selten dieser

Tage. Will musste sie mit großem Aufwand beknien. Aber wenn sie es tat, hob sich sein Herz.

Wills Augen brannten. Am liebsten hätte er geweint bei dieser unverhofften Erinnerung an seine Frau. Er wollte das Notizbuch beiseite legen, den Kopf auf die Arme sinken lassen und die Erinnerung festhalten, wie ein Kind eine Seifenblase einfangen will, ohne dass sie platzt.

Stattdessen machte er sich auf die Suche nach dem Notizbuch, das er vor fünf Tagen hier liegen gelassen hatte. Er hatte es in Brownsville mitgehabt und beidseitig voll geschrieben. Das musste er sich ansehen.

Es lag nicht unter dem Stapel Pressemitteilungen, und auch nicht in dem Stapel Zeitschriften und Zeitungen, die er bereits angesammelt hatte, um Ausschnitte zu machen (das tat er theoretisch gern, aber er kam nie dazu). Er durchsuchte die Schubladen, die er an seinem ersten Tag mit Post-it-Zetteln, Visitenkarten, Batterien und einem alten Kassettenrecorder (für den Fall, dass sein Minidisc-Recorder kaputtgehen sollte) voll gestopft hatte. Auch hier nichts. Er warf einen Blick auf seinen Stuhl und auf den Boden, und dann wühlte er noch einmal durch die Papierstapel.

Er sah sich in dem kleinen Kabuff um, und sein Blick verharrte auf dem Foto von Amy Woodsteins kleinem Sohn, der anscheinend einen Ringkampf mit seiner Mutter machte. Beide lachten, und Amys Gesicht zeigte eine entspannte Fröhlichkeit, die weder sie noch sonst jemand hier in der Redaktion je zeigte.

Plötzlich klang ihre Stimme in seinem Kopf.

Ich rate Ihnen, Ihre Notizbücher einzuschließen, wenn Terry in der Nähe ist. Und sprechen Sie am Telefon lieber leise.

Langsam drehte er sich zu Waltons Schreibtisch um. Er sah sauber aufgeräumt wie immer aus, und nirgends lag überflüssiges Papier herum. Nur ein einziger gelber Schreibblock.

Will ging langsam hinüber, und instinktiv huschte sein

Blick nach rechts und links, um sich zu vergewissern, dass niemand in der Nähe war. Er strich mit der Hand über den Tisch, als müsse er sich durch eine Berührung bestätigen, dass er wirklich so leer war, wie er aussah. Da war nichts. Er hob den gelben Block hoch und sah nach, ob noch etwas darunter lag. Nein.

Seine Hand näherte sich der Schreibtischschublade. Sein Blick wanderte weiter durch den Raum, als er daran zog. Sie glitt heraus – ungefähr einen Fingerbreit, aber nicht weiter. Abgeschlossen.

Will setzte sich auf Terry Waltons Stuhl und fing an, nach dem Schlüssel zu suchen. Er musste hier irgendwo sein; niemand trug den Schreibtischschlüssel an seinem Schlüsselbund mit sich herum, oder? Er strich mit der Hand unter der Tischplatte entlang – vielleicht war der Schlüssel dort mit Klebstreifen befestigt. Er tastete sich immer weiter vor, bis seine Hand in der Mitte der Tischplatte angekommen war. Nichts.

Er lehnte sich zurück. Wo konnte der Schlüssel sein? Es gab hier praktisch kein Versteck. Auf dem Tisch waren nur der gelbe Block und ein paar klägliche Souvenirs aus Waltons Glanzzeit als Auslandskorrespondent: eine Leninbüste und – das bizarrste Stück – eine Schneekugel, die aber keine schlittenfahrenden Kinder oder Rentiergespanne enthielt, sondern einen väterlich aussehenden Saddam Hussein, der zwei Kindern die Arme entgegenstreckte. Ba'ath-Kitsch, zweifellos erworben, als Walton über den ersten Golfkrieg berichtet hatte. Ohne nachzudenken, hob Will die Kugel auf, um sie zu schütteln und den irakischen Diktator ins Schneegestöber zu stürzen. Als die ersten Flocken herumwirbelten, sah er es. Unter dem Boden der Plastikkugel klebte ein dünner silberner Schlüssel.

»Guten Abend, William.«

Will erstarrte. Er war ertappt worden. Langsam drehte er sich auf dem Stuhl um.

Der Mann stand im Schatten und war kaum zu sehen. Aber Will erkannte das Profil, bevor er die Gesichtszüge ausmachen konnte. Townsend McDougal, der Chefredakteur der *New York Times*.

»Oh, hallo. Guten Abend.« Seine Stimme klang nervös, erschöpft und panisch.

»Eifer und Engagement sind mir ja schon begegnet, William, aber das hier geht doch sicher weit über Ihre Pflichten hinaus. Nicht nur, dass Sie an einem Samstagabend schuften – Sie tun es auch noch am Schreibtisch eines Kollegen. Überaus fleißig.«

»Aah. Ja. Sorry. Stimmt. Ich hab was gesucht. Ich dachte, ich hab vielleicht mein Notizbuch hier liegen lassen. Auf Terrys Schreibtisch, meine ich.«

McDougal reckte theatralisch den Hals und suchte den Schreibtisch ab, als sei das eine schwierige Aufgabe, obwohl der Tisch sichtbar leer war.

»Scheint aber nicht da zu sein, nicht wahr, William?«

»Nein, Sir. Anscheinend nicht.« Das »Sir« war ihm sofort peinlich. Außerdem merkte er, dass er so weit zurückgelehnt auf Waltons Schreibtischstuhl saß, dass er umzukippen drohte – wie ein Mann, der mit einer Waffe bedroht wurde.

»Wir haben Sie gestern nicht in der Redaktion gesehen, William. Harden hat schon befürchtet, Sie seien entführt worden.«

Will lief es eisig über den Rücken, als kämpfe er gegen eine schwere Grippe an. Er war so müde.

»Nein, ich arbeite an etwas. An einer Story.«

»An was für einer Story, William? Haben Sie wieder einen überraschenden Helden für uns gefunden? Einen weiteren Rohdiamanten wie diesen heiligmäßigen Zuhälter? Noch einen organspendenden Irren?«

Will hatte einen furchtbaren Gedanken. Entweder wollte der Chef sich über ihn lustig machen, oder – was noch schlimmer wäre – er war skeptisch. Die Zeitung war ein gebranntes Kind: Junge Männer, die es nicht abwarten konnten, sich einen Namen zu machen, hatten sich als schöpferische Autoren statt als Journalisten betätigt – und die *New York Times* hatte ihre Erzeugnisse geschluckt und auf Seite eins gebracht. Noch heute erzählte man von dem Jayson-Blair-Skandal, der einen von Townsends Vorgängern den Kopf gekostet hatte. Blairs Geschichten waren genau das und nichts weiter gewesen: Geschichten.

Will wurde bewusst, wie er jetzt aussehen musste. Unrasiert und nervös trieb er sich aus unerfindlichen Gründen spät am Samstagabend in der Redaktion herum.

»Es ist nicht so, wie Sie denken, Sir.« Wills Zunge war schwer vor Müdigkeit, und er hatte einen trockenen Mund. »Ich wollte nur im Zusammenhang mit der Brownsville-Story etwas checken. Ich habe mein Notizbuch gesucht und dachte, vielleicht hat Walton –«

»Was sollte Walton mit Ihrem Notizbuch anfangen, William? Sie dürfen nicht alles glauben, was man Ihnen hier in der Redaktion erzählt. Denken Sie daran, Journalisten sagen nicht immer die Wahrheit.«

Wieder eine verhüllte Spitze gegen Will und seine Storys. Wollte er ihn auf seine vornehme Ostküstenart bezichtigen, die Storys über Macrae und Baxter getürkt zu haben? Er hatte natürlich nichts direkt ausgesprochen. Die ganze Zeit über blieb der Chefredakteur reglos und aufrecht stehen, und seine Gesichtsmuskeln bewegten sich kaum. Diese aufrechte Haltung war das Kennzeichen des Aristokraten aus Massachusetts, aber der unverwandte Blick war eine andere Sache. Es war die Pokermiene eines vollendeten Büropolitikers.

»Ich glaube gar nichts. Ich wollte nur meine Notizen noch einmal durchsehen.«

»Gibt es an der Story etwas, dessen Sie nicht sicher sind, William?«

Verdammt.

»Nein, ich hab mich nur gefragt, ob nicht noch mehr dahinter steckt.«

»Oh, da bin ich ganz sicher.«

Wieder eine Spitze.

»Sie müssen vorsichtig sein, William. Sehr vorsichtig. Journalismus kann ein gefährliches Geschäft sein. Nichts ist wichtiger als die Story, sagen wir immer. Und das ist beinahe die Wahrheit. Aber nicht ganz. Es gibt immer etwas, das noch viel wichtiger ist, William. Und wissen Sie, was das ist?«

»Nein, Sir.« Er stand plötzlich wieder im Büro des Schuldirektors.

»Ihr Leben, William. Darauf müssen Sie Acht geben. Also hören Sie auf meine Worte: Seien Sie sehr vorsichtig.« Er machte eine lange Pause. »Ich werde Harden sagen, dass Sie sich ein bisschen ausruhen.«

Mit diesen Worten verschwand der Chefredakteur im Halbdunkel und glitt majestätisch hinüber zur überregionalen Redaktion. Will ließ sich auf Waltons Stuhl fallen und tat einen hörbaren Seufzer. Der Chef hielt ihn für einen Junkie, der demnächst abstürzen und die *Times* mit sich reißen könnte.

Und jetzt »ruhte er sich ein bisschen aus«. Das hörte sich nach einem Management-Euphemismus an. Er wurde beurlaubt, bis sie sich vom Wahrheitsgehalt der Storys über Macrae und Baxter überzeugt hätten. War sein Notizbuch vielleicht deshalb verschwunden? Hatte Townsend es als Beweismaterial an sich genommen?

Er wollte zu seinem Schreibtisch zurückkehren, als er merkte, dass er immer noch die Schneekugel mit Saddam in der Hand hielt. Sie war feucht von seinen verschwitzten Fingern. Während des ganzen Gesprächs mit Townsend hatte er sie fest umklammert gehalten. Das musste toll ausgesehen haben: nicht nur weit aufgerissene Augen, sondern die ganze Zeit eine geballte Faust.

Als seine Finger sich öffneten, sah er den schlichten kleinen Schlüssel, der ihm zweifellos Waltons Schreibtischschublade öffnen würde. Er wusste, es war Wahnsinn, jetzt damit weiterzumachen, nachdem sein Chef ihn in aller Form gewarnt hatte. Aber ihm blieb nichts anderes übrig. Seine Frau war eine Geisel, und vielleicht fand sich in seinem Notizbuch ein Hinweis darauf, wie sie zu befreien wäre.

Will sah sich um, ob auch niemand in der Nähe war. Wohlweislich drehte er sich einmal um sich selbst – Townsend war unbemerkt von hinten herangekommen. Dann riss er den Klebstreifen mit dem Schlüssel ab und schob ihn ins Schloss. Ein kurzer Versuch, und er ließ sich drehen.

In der Schublade lagen mehrere hellbraune Akten säuberlich übereinander. Dazwischen blinkte, kaum verborgen, die Spiralbindung eines Reporterblocks. Will zog ihn hervor und sah den Namen, der auf den Umschlag gekritzelt war.

Brownsville.

O Gott. Woodstein hatte die Wahrheit gesagt. Walton hatte sein Notizbuch gestohlen. Der Himmel wusste, warum. Die Story war bereits erschienen. Es gab keinen Knüller zu stehlen. Was konnte ihm das Buch nützen? Will schob die Frage beiseite: Es gab genug Rätsel zu lösen, ohne sich auch noch mit Waltons bizarrer Neigung zu journalistischer Kleptomanie zu beschäftigen.

Will wollte sofort anfangen zu blättern, aber zuerst musste er die Schublade wieder verschließen, den Schlüssel unter die Schneekugel kleben und an seinen eigenen Tisch zurückkehren – und das alles, ohne bemerkt zu werden. Weshalb er davor noch Angst hatte, wusste er nicht – der Chef hatte ihn bereits ertappt, und der Schaden war angerichtet.

Trotzdem schlug er das Notizbuch erst auf, als er wieder an seinem Platz saß. Er überlegte, wie er vorgehen wollte. Zuerst eine schnelle Suche nach etwas, das nicht hineingehörte: nach einem Zettel, der zwischen den Seiten klemmte, nach einer gekritzelten Notiz in einer Handschrift, die nicht seine eigene war. Vielleicht hatte Josef Jitzhok durch irgendeinen unergründlichen Zaubertrick eine Botschaft hineingeschmuggelt: *Schauen Sie sich Ihre Arbeit an.*

Will blätterte schnell und überflog die Zeilen auf der Suche nach etwas Unbekanntem. Aber da war nichts, nur seine eigene Kurzschrift. Es war so still, selbst CNN auf lautlos gestellt, dass das Blättern laut zu hören war. Sogar sein eigenes Gehirn konnte er hören.

Einen Augenblick lang geriet er in Aufregung, als ihm zwei Zeilen ins Auge sprangen, die eindeutig von anderer Hand stammten – aber das waren die Kontaktadresse von Rosa, der Frau, die Macraes Leiche gefunden hatte, von ihr selbst in sein Notizbuch gekritzelt. Will fiel ein, dass er versprochen hatte, ihr ein Exemplar des Artikels zu schicken, wenn er erschienen wäre.

Da stand keine rätselhafte Telefonnummer, keine eingeschmuggelte Botschaft – aber wie hätte das auch sein können? Er wusste ja nicht, wie lange das Notizbuch schon in Waltons Schublade versteckt gelegen hatte.

So starrte er angestrengt den einen Hinweis in seinem Buch an, von dem er schon gewusst hatte – die Notiz, die ihn veranlasst hatte, das Buch zu suchen. Da war es, auf einer der letzten Seiten, mit Sternchen umgeben, das Zitat, das den Artikel vollendet hatte – von Letitia, der treuen Ehefrau, die bereit war sich zu prostituieren, um ihren Mann aus dem Gefängnis zu holen.

»Ich sage Ihnen, Mr. Monroe, und der Herr ist mein Zeuge: Der Mann, den sie gestern Nacht umgebracht haben, mag an jedem Tag seines Lebens, den Gott ihm geschenkt hat, gesündigt haben – aber er war der gerechteste Mann, den ich je gesehen habe.«

Im nächsten Augenblick war er wieder in Montana und sprach mit Beth am Telefon. Will wurde klar, dass dies sein letztes Gespräch mit ihr war, bevor sie entführt wurde. Er berichtete ihr von seinen Recherchen über Leben und Tod von Pat Baxter. Er hörte seine eigene Stimme, wie er begeistert erzählte, ohne zu merken, dass Beth mit den Gedanken woanders war.

»Weißt du, es ist komisch. Es fiel mir gleich auf, weil keiner das Wort mehr in diesem Sinne benutzt – oder kaum jemand. Aber die Chirurgin, die Baxter operiert hat, gebrauchte es, genau wie diese Letitia. Sogar beide auf die gleiche Weise, im gleichen altertümlichen Sinne: ›der gerechteste Mann, den ich je gesehen habe. Das Gerechteste, was wir je erlebt haben.‹ Ist das nicht merkwürdig?«

Er hatte die Sache mit Beth nicht weiter besprochen, denn ihm war rasch klar geworden, dass sie kaum hinhörte. Sie war völlig beschäftigt mit dem Thema, das auch ihn hätte völlig beschäftigen müssen: ihr Problem, schwanger zu werden. Sein Mund wurde trocken. Vielleicht musste Beth sterben, ohne je Mutter geworden zu sein.

Aufseufzend schob er den Gedanken beiseite und starrte auf das Blatt in seinem Notizbuch, auf das, was er da geschrieben hatte: *der Gerechteste, den ich je gesehen habe.*

Er hatte mit dem Gedanken gespielt, auf dieses unheimliche Echo hinzuweisen, als er die Baxter-Geschichte geschrieben hatte, aber beinahe sofort hatte er ihn verworfen: Es wäre zu wichtigtuerisch erschienen, eine Ähnlichkeit zwischen zwei Storys zu erkennen, die in Wirklichkeit nichts weiter miteinander gemeinsam hatten als seinen Namen. Baxter und Macrae hatten an entgegengesetzten Enden des Kontinents gelebt, und die beiden Todesfälle hatten nichts miteinander zu tun. Einen Widerhall des einen Mordes in einem zweiten zu entdecken, ergab journalistisch nur Sinn, wenn beide Fälle in der Öffentlichkeit detailliert bekannt waren. Aber das war hier nicht der Fall, und darum hatte Will darauf verzichtet. Und erst an diesem Abend hatte er wieder daran gedacht, als er und TC mit dem obdachlosen Bibelprediger im McDonald's gewesen waren. Fast jeder Vers aus dem zehnten Kapitel des Buchs der Sprüche hatte dieses Wort enthalten, und es war so oft vorgekommen, dass es kein Zufall sein konnte. *Der Gerechte.*

Zunächst war er skeptisch gewesen. Die Morde konnten nichts miteinander zu tun haben. Schwarze Zuhälter in New York und weiße Irre im Hinterwald von Montana verkehrten weder in denselben Kreisen, noch hatten sie dieselben Feinde. Welten lagen zwischen ihnen, im Leben wie im Tode.

Aber diese beiden exzentrischen Geschichten waren einander doch auf seltsame Weise ähnlich. Beide Männer waren zweifelhafte Charaktere gewesen und hatten doch eine gute Tat begangen. Eine außergewöhnlich gute Tat sogar. *Gerecht.* Und beide waren ermordet worden, ohne dass es hier wie da einen Verdächtigen gab.

Will drehte sich zu seinem Monitor um. Er rief die Website der *Times* auf und suchte seine Story über Macrae. Er wollte die Story ganz analytisch lesen, um zu sehen, ob darin etwas Neues zu entdecken war.

Die Polizei spricht von einem brutalen Messerangriff und zahlreichen Stichen in den Leib des Opfers. Nachbarn zufolge entspricht diese Art des Mordens der neuesten Mode unter rivalisierenden Banden: »Messer«, sagt einer, »sind die neuen Pistolen.«

Die Morde selbst waren unterschiedlich begangen worden: Baxter hatte man erschossen, Macrae erstochen. Will öffnete die Baxter-Story in einem neuen Fenster. Er scrollte nach unten, bis er zu den gerichtsmedizinischen Angaben kam, zu Art und Zeitpunkt des Todes. Schließlich fand er die Stelle, die er suchte.

Zunächst hegten Mr. Baxters Miliz-Kameraden den Verdacht, es handele sich um einen makabren Fall von Organdiebstahl. Seine philantropische Tat war ihnen unbekannt, und daher vermuteten sie, Mr. Baxter habe seine Niere zum Zeitpunkt seines Todes verloren – eine Theorie, die umso plausibler erschien, als der Leichnam Spuren einer kürzlich erfolgten Anästhesie aufwies: einen Nadelstich.

Will las weiter, als lese er die Story zum ersten Mal. Er hätte den Autor verfluchen können: Da stand nichts weiter über die mysteriöse Injektion. Die Sache blieb unklar.

Er griff zu seinem aktuellen Notizbuch, das er mit nach Seattle genommen hatte. Er blätterte darin, bis er das Interview mit Genevieve Huntley fand, der Chirurgin, die Baxters Niere entnommen hatte. Er erinnerte sich, wie er mit ihr gesprochen hatte – am Steuer seines Mietwagens, das Handy ans Ohr geklemmt. Er hatte sie einfach reden lassen und sich gehütet, ihr ins Wort zu fallen. Seinen Notizen zufolge hatte er keine weiteren Fragen nach dem Nadeleinstich gestellt. Rückblickend wusste er auch, warum nicht: Er hatte die Sache für unwichtig gehalten, nachdem die Chirurgin ihm von der Nierenspende berichtet hatte. Die Story hatte sich geändert; es ging nicht mehr um blutrünstige Organräuber, sondern um einen rechtschaffenen Mann, und dieses unpassende Detail war dabei in Vergessenheit geraten. Außerdem hatte sie gesagt, dass keine weitere Operation stattgefunden habe, und deshalb hatte eine kürzlich erfolgte Injektion nicht ins Bild gepasst.

Aber jetzt blätterte er zu seinem Gespräch mit dem Gerichtsmediziner aus Oxford zurück, mit Allan Russell. »Unmittelbar zuvor«, hatte er gesagt, sei dem Opfer die Nadel in den Schenkel gestochen worden. Es war merkwürdig, aber unzweifelhaft: Baxters Mörder hatten ihn zuvor betäubt.

Will klickte sich zurück zu der Macrae-Story. Kein Wort von einer Injektion. Nur eine Unzahl von Messerstichen.

Will lehnte sich zurück. Wieder hatte sich eine Eingebung in Luft aufgelöst. Er hatte geglaubt, einen Zusammenhang zwischen den beiden Morden finden zu können – nicht nur das merkwürdige Zusammentreffen des Wortes »gerecht«, sondern etwas Handfestes, eine Verbindung, die auf ein Muster schließen lassen könnte. Aber da war nichts.

Was also hatte er? Zwei Mordopfer, die gute Taten getan

hatten. Das war alles. Und in einem Fall, bei Baxter, gab es ein merkwürdiges Detail: Er war betäubt worden, bevor man ihn umbrachte. Das war bei Macrae nicht der Fall.

Das heißt – Will hatte keine Ahnung, ob es der Fall war. Die Polizei hatte es nicht erwähnt, aber er hatte auch nicht danach gefragt. Er hatte Macraes Leiche nicht gesehen, er hatte nicht mit dem Gerichtsmediziner gesprochen. Die Story hatte keinen Anlass dazu gegeben. Und wenn er nicht gefragt hatte, hatte es auch sonst niemand getan. Der Fall Macrae war ja keine große Sache gewesen. Über die bloße Meldung hinaus hatte keine Zeitung etwas darüber gebracht – bis auf seine eigene Story in der *New York Times* natürlich.

Will holte sein Handy aus der Tasche und rief das Nummernverzeichnis auf. Es gab nur einen, der ihm helfen konnte. Er drückte auf J. Jay Newell.

29

SAMSTAG, 22.26 UHR, MANHATTAN

»Jay.«

»Jay, Gott sei Dank, dass ich dich erreiche.« Newell gehörte zu Wills Freundeskreis an der Columbia University, und er hatte die ungewöhnlichste Laufbahn von allen eingeschlagen: Er war zum New York Police Department gegangen und hatte dort eine kometenhafte Karriere gemacht. Über all die alten Doughnut-Mampfer hinweg war er auf dem besten Wege, Polizeichef in einer Großstadt zu werden, ehe er vierzig wäre. Die Cops der alten Garde betrachteten ihn mit der gleichen Abneigung, die Will von den Zeitungsveteranen entgegengebracht wurde. »Will hier. Ja, mir geht's gut. Na ja, ich bin in einer gewissen Klemme, aber das kann ich jetzt nicht erklären. Du musst mir einen riesengroßen Gefallen tun.«

»Okay.« Das Wort klang gedehnt, als warte Jay darauf, zu erfahren, was für eine Art Gefallen sein Reporterfreund da im Sinn hatte.

»Jay, du musst was für mich überprüfen. Ich hatte diese Woche einen Artikel in der Zeitung –«

»Über diese Zuhältertype? Hab's gelesen. Seite eins – gratuliere, Superman.«

»Ja. Danke. Hör zu, ich hab da nie einen Blick in den Obduktionsbericht geworfen. Hast du Zugang dazu?«

»Wir haben Wochenende, Will. Ich bin gerade irgendwie … weißt du …« Will sah auf die Uhr; es war später

Samstagabend. Jay war Single und hatte eine Menge Freundinnen. Vermutlich hatte er in einem spektakulär unpassenden Augenblick angerufen.

»Ich weiß. Aber du bist doch sicher befugt, dir anzusehen, was du willst und wann du willst.« Der alte Schmeicheltrick – Jay würde niemals zugeben, dass er diese Befugnis zufällig nicht hatte.

»Was willst du wissen?«

»Ich will wissen, ob es irgendwelche ungewöhnlichen Wundmale am Leichnam des Ermordeten gab.«

»Ich dachte, die hätten eine Million Mal auf ihn eingestochen.«

»Haben sie auch, aber er war immer noch an einem Stück. Ich muss wissen, ob er so was wie einen Nadeleinstich am Körper hatte.«

»Ein schmieriger Zuhälter aus Brownsville? Soll das ein Witz sein? Die Typen knallen sich die Drogen in solchen Mengen in die Venen, dass er wahrscheinlich aussah wie ein Nadelkissen.«

»Das glaub ich nicht. Keiner von den Leuten, mit denen ich gesprochen hab, hat irgendwas über Drogen gesagt.«

»Okay, mein Freund. Wie du meinst. Soll ich dich unter dieser Nummer zurückrufen?«

»Ja. Und ich brauch's wirklich schnell. Danke, Jay. Ich bin dir was schuldig.«

Plötzlich hörte er Stimmen und ein kurzes Auflachen. Es klang, als komme eine Gruppe von Männern in seine Richtung. Dann, lauter als die andern, Townsend McDougals Stimme. Er redete gänzlich im Zeitungsjargon.

»Können wir das vierundzwanzig Stunden zurückhalten? Haben wir es exklusiv?«

Will hatte keine Ahnung, warum sie Kurs auf diesen trostlosen Teil der Landschaft im dritten Stock nahmen; sie hatten auf ihrer Seite keinen Mangel an Besprechungszimmern. O Gott – vielleicht suchte Townsend ihn! Vielleicht kam er mit einem ganzen Trupp von leitenden Angestellten, um ihn ins Verhör zu nehmen.

Das durfte er nicht riskieren, nicht jetzt. Blitzschnell, und ohne sich die Zeit zu nehmen, genau hinzusehen, schob Will alles Wichtige – Handy, Notizbücher, seinen Stift, den Blackberry – vom Schreibtisch in seine Tasche, drehte sich um und ergriff die Flucht. Der einzige Vorteil dieser abgelegenen Ecke der Redaktion, erkannte er, bestand in ihrer Nähe zur Hintertreppe. Er hatte sie noch nie benutzt, aber jetzt war es die einzige Möglichkeit.

Als er draußen war, sog er die Nachtluft tief in die Lunge. Unter der *Times*-Uhr blieb er stehen, lehnte sich an die Wand und schloss erleichtert die Augen.

Zu dieser späten Stunde war kaum noch jemand unterwegs. Unter normalen Umständen gefiel ihm diese Atmosphäre: zu arbeiten, wenn der Rest der Stadt es nicht tat, ein halb leeres Büro zu verlassen und in das nächtliche Manhattan hinauszuspazieren. Es war etwas ganz anderes als das übliche Gewimmel in dieser Straße. Niemand war zu sehen, nur ein einsamer Tourist in ärmelloser Vlies-Weste und Baseballcap stand vor einem der Aushangfenster der *Times* und betrachtete zweifellos eine alte Druckmaschine oder ein gerahmtes Foto, auf dem der selige Mr. Sulzberger Harry Truman die Hand schüttelte. Er schien zu frieren, wie er da so herumstand. Aber Will hatte es eilig, wegzukommen. Er schaute gar nicht hin.

30

SAMSTAG, 23.02 UHR, MANHATTAN

TCs Zimmer sah genauso aus, wie er es sich vorgestellt hätte – und jetzt wurde ihm klar, dass er es sich tatsächlich schon vorgestellt hatte. Vielleicht ein Dutzend Mal, seit er mit Beth verheiratet war, hatte er länger als ein, zwei Sekunden an TC gedacht. Das waren ausgedehnte Tagträume gewesen, in denen er ihre Stimme, ihr Gesicht, ihren Duft heraufbeschworen hatte. In diesen Träumen – manchmal hatte er dabei aus einem Flugzeugfenster geschaut, manchmal auch am Steuer des Wagens gesessen, während Beth auf dem Beifahrersitz schlief – war er TC aus ihrer gemeinsamen Vergangenheit in eine Gegenwart gefolgt, die er nur in seiner Phantasie kannte. Dann gab er sich große Mühe, sich ihr Gesicht, vier Jahre älter, vorzustellen. Oder sie bei der Arbeit zu sehen. Oder sich den Mann auszumalen, mit dem sie jetzt zusammen war.

Bei diesen Ausflügen sah er die Tür ihres Apartments, die sich öffnete und einen Blick auf Bücherregale und cremefarbene Sofas und einen vernachlässigten kleinen Fernseher bot. Er musste sich anstrengen – aber nicht zu sehr, damit der Zauber nicht zerstob –, um TCs Geschmack auf den heutigen Stand zu bringen. Es war zu einfach, sie in ihrer Studentenwohnung zu sehen, als wäre sie in ihrem gemeinsamen romantischen Winter an der Columbia erstarrt wie eine Fliege im Bernstein. Er wollte sich seine frühere Freundin vorstellen, wie sie jetzt war.

Und er hatte gute Arbeit geleistet. Das Zimmer war nicht so bohemehaft wie das Atelier, in dem er sie in der vergangenen Nacht gesehen hatte. Ein großer Teil der Möbel sah unbestimmt exotisch aus – dunkle Holztische, die vermutlich aus Indien oder Thailand stammten, und zwei bezaubernde marokkanische Fensterläden aus mattblauem Holz, die aber nicht an einem Fenster, sondern wie Gemälde an der Wand hingen. Souvenirs, vermutete Will, von einer eindrucksvollen Reise: TC war schon eine furchtlose Weltenbummlerin gewesen, als er sie kannte.

Aber es gab keine Räucherstäbchen, keine Batiktücher auf den Sofas. Er wusste, dass TC ihn nicht gern hereingelassen hatte, aber als er sie auf der Straße angerufen hatte, nachdem er aus der Redaktion geflohen war, hatte sie gesagt, sie habe das Herumsitzen in Fastfood-Lokalen satt. Sie müsse duschen und in ihrem eigenen Bett schlafen – und zum Teufel mit dem Risiko. Will, der erst am Nachmittag in einer SMS an JJ geschrieben hatte, er habe genug von »albernen Spielchen«, wusste genau, was sie meinte. Er fragte einfach nach ihrer Adresse und erklärte, er werde gleich da sein. Vermutlich war es für sie beide einfacher, wenn sie keine Gelegenheit hatte, nein zu sagen.

Als er hereinkam, tat sie, als sei das nichts Besonderes: kein feierliches Aufreißen der Tür, kein Rundgang durch das Apartment. Sie kniete auf dem Boden ihres Wohnzimmers – es gab keinen Eingangsflur –, umgeben von gelben Post-it-Zetteln. Auf jedem stand ein Bibelvers. Will erkannte sie wieder: Kapitel zehn, Buch der Sprüche.

TC hatte ihren Skizzenblock auf dem Schoß, und sie betrachtete das Muster, in dem sie die Zettel angeordnet hatte. Will hockte sich neben sie und betrachtete ihr Werk.

Sie hatte sie wieder zu Gruppen geordnet, aber diesmal sah Will nicht sofort, nach welchem Prinzip. Er suchte nach dem Wort »gerecht«, aber er fand es in mehreren Gruppen. Allmählich dämmerte ihm, wie hart sie arbeitete. Sie hatten einander seit vier Jahren nicht gesehen, und trotzdem stürzte sie sich ohne Zögern auf diese Aufgabe, als ginge es um ihre eigene Familie, als wäre es einer ihrer Lieben, dessen Leben da auf dem Spiel stand.

»Danke«, sagte er leise, beinahe flüsternd. Er war so froh, dass er nicht allein war, dass er auf dieser ungewollten Suche eine Partnerin hatte, eine Verbündete, der er vollkommen vertraute. Er sah das dicht beschriebene Blatt auf ihrem Skizzenblock, sah die Post-its ringsum auf dem Hartholzboden und fühlte überwältigende Dankbarkeit gegen diese Frau, die ihm nicht nur emotionalen Halt, sondern außerdem einen rasiermesserscharfen Verstand bot. Es war, als habe sie ihn gerettet.

Beinahe unwillkürlich hob er die Hand und berührte ihren Nacken; seine Handfläche lag auf ihrer Haut, und die Fingerrücken streiften ihr Haar. Sie hatte den Kopf gesenkt wie ein schüchternes Schulmädchen, das einen Preis entgegennahm, aber jetzt hob sie ihn und sah ihm in die Augen. Und wieder ging ohne sein Zutun ein Strom durch seine Hand, und er zog sie dichter an sich heran.

Sie bewegte sich, er bewegte sich, und dann berührten ihre Lippen einander in einem federleichten Kuss. Er roch ihre Haut – ein Duft, der seine Muskeln schwächte und zugleich sein Blut rauschen ließ. Es war ein vertrautes Gefühl, wie er es mit TC schon tausendmal verspürt hatte.

Sein Inneres schien zu schmelzen, während ihn Erregung durchfuhr.

Plötzlich hielt sie inne und packte seinen Arm mit einer Eindringlichkeit, die nichts mit Begierde zu tun hatte.

»Sschh! Was ist das?«

Es war ein metallisches Klappern, das jetzt wieder zu hören war. Es schien aus dem Apartment zu kommen. Beide saßen bewegungslos da. Wills Hand lag immer noch an TCs Hinterkopf, und er kam zu sich. Was um alles in der Welt tat er hier? Beth saß gefangen in irgendeinem gottverlassenen

Kerkerloch, und er trieb es hier mit seiner Exfreundin auf dem Fußboden ihres Apartments. Die Scham gerann in seinem Magen, und ihn ekelte vor sich selbst.

Er nahm die Hand weg und wich zurück. Er war erschöpft, sagte er sich, und seine seelische Verfassung war kläglich. Es war ein Reflex gewesen, ein Hilfeschrei, die Tat eines Verzweifelten, der menschlichen Trost gesucht hatte. Es war seine Dankbarkeit gegen TC, es war die Vertrautheit der ehemaligen Geliebten, es war ein Fehltritt, ein Augenblick des Irreseins. Es war das unglückselige Nebenprodukt einer Krise. Alle diese Erklärungen gingen ihm durch den Kopf, und er wusste, dass sie alle stimmten. Aber überzeugen konnten sie niemanden, ihn am allerwenigsten.

TC straffte sich wieder und packte Wills Arm fester. Das Geräusch war wieder zu hören, ein metallisches Klirren. War jemand in der Wohnung, mit einer Elektrosäge, die er in eine Decke eingewickelt hatte?

Will sprang auf und stürzte zur Couch neben der Wohnungstür, wo er seine Jacke abgelegt hatte. Er schob die Hand in die Jackentasche und hielt sein Handy hoch, sodass TC es sehen konnte. Der Vibrationsalarm hatte den Schlüsselbund klirren lassen.

»Verdammt, da hat jemand angerufen.«

Will wählte die Nummer der Voicemail. *Sie haben eine neue Nachricht.* Sein Herz pochte. Das war der erste Anruf, den er versäumt hatte, seit Beth verschwunden war. Wenn es nun eine wichtige Neuigkeit gewesen war? Oder Beth selbst, die sich von ihren Ketten befreit und auf Händen und Knien zu einem Telefon gekrochen war, um ihren Mann anzurufen, der sich nicht meldete, weil er gerade mit seiner Exfreundin herumknutschte? Will war entsetzt über sich selbst.

Endlich wurde die Nachricht abgespielt.

»Hey, Superman.« Es war Jay Newell. »Keine Ahnung, worum es hier geht, und man wird mir den Arsch aufreißen, wenn bekannt wird, dass ich auch nur in deine Richtung gefurzt habe. Es bleibt also streng unter uns, okay? Capito? Also, jetzt kommt's. In dem Obduktionsbericht über deinen Freund Howard Macrae heißt es – Trommelwirbel …: ›Einstichwunde am rechten Oberschenkel, vermutlich …‹ – und jetzt pass auf: ›… vermutlich verursacht durch Betäubungsgeschoss.‹« Newell gluckste. »Ist das zu fassen? Ein *Betäubungsgeschoss*? Wie sie es im Zoo benutzen, um Elefanten zu narkotisieren? Anscheinend schießt man die mit einem großen Safari-Gewehr ab. Und die Blutuntersuchung ergab, dass der Typ zum ZT eine Scheißladung eines Anästhetikums im Leibe hatte. Sorry – ZT ist der Zeitpunkt des Todes. Ich rede wie ein Cop! Hilfe!! Na, okay, ich hoffe, damit kannst du was anfangen. Ruf mich mal an. Wir sollten uns mal wieder treffen. Und grüß deine hinreißende Frau von mir.«

Will kippte auf die Couch, als wäre ihm der Boden unter den Füßen weggezogen worden. Der Schlüsselbund in der Jacke bohrte sich ihm in den Rücken. Er hatte nie damit gerechnet, dass seine Theorie sich als zutreffend erweisen würde. Ein Zuhälter aus Brownsville und ein verrückter Milizionär aus Montana – das war ein diametraler Gegensatz. Er hatte Newell angerufen, um sich zu vergewissern, dass die Morde an Macrae und Baxter nichts miteinander zu tun hatten. Wenn das bewiesen wäre, würde er nach anderen, wahrscheinlicheren Möglichkeiten suchen können.

Aber Josef Jitzhok hatte gesagt, er solle sich seine Arbeit anschauen, und das hatte er getan. Bevor Beth entführt worden war, hatte sie aus zwei bizarren Storys bestanden, die an entgegengesetzten Enden des Kontinents spielten. Aber jetzt hatte Will den Beweis, dass sie trotzdem zusammenhingen. Im Leben hatten beide Opfer eine ungewöhnlich gute Tat getan, und beide waren betäubt worden, bevor man sie ermordet hatte. Das konnte kein Zufall sein.

Will fühlte neuen Schwung. Endlich hatte er einen echten Fortschritt gemacht. Eine Ahnung hatte sich bestätigt.

Irgendwo in den Ereignissen der letzten Woche lag der Schlüssel zu Beths Entführung und folglich auch zu ihrer Befreiung. Er war einen großen Schritt weitergekommen.

Will sprang auf und wollte TC von seinem Durchbruch erzählen, aber nach zwei Schritten blieb er stehen. Die Erinnerung an das, was vor ein paar Minuten passiert war, ließ ihn innehalten. Zu der Scham und dem Abscheu über seinen Verrat an Beth kam jetzt noch Verlegenheit. Er hatte sich an TC herangemacht, und jetzt würden sie beide so tun müssen, als wäre das nie geschehen. (Obwohl man nicht gerade sagen konnte, dass TC ihn abgewiesen hätte. Bis der Vibrationsalarm des Telefons den Bann gebrochen hatte, war sie genauso aktiv gewesen wie er.)

Aber noch etwas anderes ließ ihn zögern. Ganz sicher bedeutete es etwas, dass Baxter und Macrae auf die gleiche Weise umgebracht worden waren – aber was? Was hatte es mit Beths Entführung zu tun, dass es zwischen den beiden Mordfällen einen Zusammenhang gab? Baxter und Macrae hatten ein paar tausend Meilen weit voneinander entfernt gelebt, aber auch in einer ganz anderen Welt als Beth – und übrigens auch in einer anderen als die Chassiden. JJ hatte gesagt, er solle sich seine Arbeit anschauen – aber wie konnten diese drei Ereignisse zusammenhängen?

Er ging auf und ab und mied dabei den Bereich, der mit TCs gelben Zetteln bedeckt war. Konnten seine Artikel die Chassiden veranlasst haben, Beth zu entführen? Sie war am Freitagmorgen verschwunden, als die Baxter-Story erschienen war. Konnte irgendetwas in dem Artikel Anlass zu der Entführung gegeben haben? Gab es in der Kombination von Baxter und Macrae etwas, das für die Chassiden Grund genug war, Beth in ihre Gewalt zu bringen?

Will rief sich den Abend in Crown Heights in Erinnerung. Die Zeitung mit seinem Artikel über Baxter hatte in dem Zimmer gelegen, in dem man ihn verhört hatte. Die Chassiden hatten darüber diskutiert. Und es war nicht sein Name als Verfasser gewesen, was sie interessiert hatte; sie hatten schon gewusst, dass er Reporter bei der *Times* war. Sie hatten ihre E-Mail ja an seine *Times*-Adresse geschickt. Nein, es war die Story selbst. Besser gesagt, dachte er jetzt, die *beiden* Storys.

Er griff nach seinem Handy, rief den Nachrichteneingang auf und scrollte durch die Messages von JJ. Zehn enthielten die Sprüche, und dann kam die elfte. Entschlüsselt lautete sie: *Zwei erledigt. Bald mehr.*

Er und TC hatten angenommen, es handele sich um eine Bestätigung – wie bei einem Computerspiel: *Herzlichen Glückwunsch, Sie haben das zweite Level bezwungen: die Burg des Schreckens. Machen Sie sich bereit, das Heiligtum des Feuers zu betreten …*

Aber jetzt verstand Will es anders: »Zwei erledigt« bezog sich auf Macrae und Baxter. Aber wer waren die übrigen?

31

SAMSTAG, 19.05 UHR, KAPSTADT, SÜDAFRIKA

Er war immer hergekommen, als es eine rein weiße Gegend war. Dieser sanft geschwungene helle Sandstrand war sein Lieblingsplatz. Als Student hatte er hier die Mädchen begafft und kastenweise Bier getrunken. Damals hatte die ganze Welt geglaubt, sein Land stehe in Flammen und verzehre sich in einem Rassenkrieg. Aber so hatte es sich nicht angefühlt, jedenfalls nicht für ihn. Er war weiß und wohlhabend und amüsierte sich bestens. Er kannte ein, zwei Leute, die Petitionen unterschrieben, aber ansonsten drang die Politik nicht in sein Leben ein. Außerdem war er als Afrikaaner im ländlichen Herzen von Transvaal in der Überzeugung aufgewachsen, dass die Rassentrennung – Apartheid genannt – nicht anstößig, sondern naturgegeben sei. Auf der Farm hatten Kaninchen und Rinder ihren jeweils eigenen Platz gehabt und sich nicht vermischt. Was war bei Schwarzen und Weißen da anders?

Heute sah der Strand so schön aus wie immer. Das Wasser funkelte im Mondschein. Er schaute hinaus auf den Atlantik und hörte hinter sich das Treiben in den Bars, aber heute war das Publikum gemischt: Schwarze, Weiße und solche, die man in seiner Jugend Farbige genannt hatte. Er versuchte den Lärm auszublenden; er wollte seinen eigenen Gedanken zuhören.

War er stolz auf das, was er getan hatte? Er wusste es nicht genau. Erleichtert – das ganz sicher. Er hatte diesen Augenblick monatelang geplant. Jeden Tag hatte er ein anderes Dokument mit nach Hause genommen – manchmal ein Diagramm, manchmal eine algebraische Zahlenreihe –, bis er das ganze Portfolio beisammen hatte.

Er atmete tief aus. Er dachte an die Jahre auf der Universität, gefolgt von weiteren Jahren der Promotion, die er großenteils im Labor verbracht hatte. Mit siebenundzwanzig war er Forschungspharmakologe gewesen, und in den nächsten fünfzehn Jahren hatte er an einem einzigen Projekt gearbeitet, das den Codenamen »Operation Help« trug. Andre van Zyl gehörte zu einem Team, das ein Heilmittel gegen Aids suchte.

Natürlich waren sie nur Teil eines größeren Unternehmens. Die Zentrale des Forschungsprojekts war in New York, und weitere Teams arbeiteten in Paris und Genf. Die Außenabteilung in Südafrika war kleiner, und der Grund für ihre Existenz war ihre »klinische Resonanz«, wie es in der Literatur des Unternehmens genannt wurde: Südafrika hatte einen unerschöpflichen Vorrat an Aidskranken.

Seit Jahren erprobten sie jetzt neue Mittel an verschiedenen Gruppen. Andre war bei mehreren dieser Tests dabei gewesen; Kliniken irgendwo draußen auf dem Land nahmen hundert kranke Männer und Frauen auf, markierten fünfzig als Kontrollgruppe und gaben den Übrigen das neue Medikament. Andre hatte am Computer gesessen, wenn die Resultate kamen. Immer wieder war sein Bericht zu derselben Schlussfolgerung gekommen: wirkungslos, Resultate statistisch vernachlässigbar. Weitere Arbeit erforderlich.

Aber vor neun Monaten war ein Datensatz von einem Versuch gekommen, der nicht zu ignorieren war. Die Sample-Gruppe hatte eine Besserung gezeigt, wie man sie noch nie gesehen hatte. Die Symptome wurden nicht nur im Zaum gehalten – sie existierten nicht mehr. Anscheinend stellte das Mittel das Virus nicht nur ruhig, sondern vertrieb es aus dem Körper.

Knapp eine Woche später waren Wissenschaftler des Genfer Teams eingeflogen, um sich die Patienten selbst anzusehen. Ein paar Tage später war der Projektleiter aus New York gekommen. Unverzüglich ordnete er an, dass die Kontrollgruppe ebenfalls mit dem neuen Medikament zu versorgen sei – aus »humanitären Gründen«.

Darüber hatte Andre lachen müssen. Denn er wusste, was als Nächstes geschehen würde. Der Big Boss aus Amerika würde einen Aufsatz in *Nature* veröffentlichen, seinen Durchbruch hinausposaunen und sich um den Nobelpreis bewerben, der ihm sicher war, und die amerikanische Medikamentenzulassungsbehörde würde das neue Mittel prüfen. Sowie es den Zulassungsstempel hätte, würde es in den Handel kommen und das Unternehmen, für das sie alle arbeiteten, zu einem der reichsten der Welt machen. Sie hatten den Heiligen Gral der Medizin des 21. Jahrhunderts gefunden: ein Heilmittel gegen Aids. Das einzige Problem waren Leute wie Grace, die Frau, die Andre in einem der ersten Erprobungsverfahren kennen gelernt hatte. Weil sie zu arm war, um die Antiretroviralmedikamente zu kaufen, die sie brauchte, war Aids das Todesurteil für sie – nicht eine Krankheit, mit der sie leben konnte wie die Betroffenen in Europa und den USA. Dieses Heilmittel würde kein Heilmittel für sie und die Millionen Frauen, Männer und Kinder auf der ganzen Welt sein, die ihr Schicksal teilten. Das Medikament würde sie nicht erreichen, weil es zu teuer war. Das Unternehmen hatte ein Patent auf das Mittel, das erst in zwanzig Jahren auslaufen würde. Bis dahin hatten sie das Monopol und konnten dafür verlangen, was sie wollten.

Und so war er heute zu FedEx gegangen und hatte einen großen Karton abgeliefert, adressiert an einen Mann in Bombay, den er noch nie gesehen hatte. Verehrt und geschmäht als König der Kopierer, hatte dieser Mann ein Vermögen damit verdient, Schwarzkopien der neuesten westlichen Medikamente zu einem Zehntel des Marktpreises an Länder der

Dritten Welt zu verkaufen. Mit einigen der ersten Aidsmittel hatte er es auch getan. Jetzt würde er in den nächsten ein, zwei Tagen eine vollständige Herstellungsanleitung für dieses Medikament erhalten. Andres Anweisung war klar. »Stellen Sie es her und verteilen Sie es an die ganze Welt. Sofort.«

Die Sonne ging allmählich unter, und inzwischen konnte er die Wellen besser hören als sehen. Jetzt wollte er in eine Bar gehen und ein Bier trinken. Der Himmel wusste, wann er wieder Gelegenheit dazu haben würde. Schon morgen konnte die Firma seinen Diebstahl und seinen Verrat entdecken und ihn unter einem Dutzend Vorwürfen verhaften lassen. In Anbetracht der Summen, die auf dem Spiel standen, würden sie ein Exempel statuieren müssen: Er konnte auf Jahre ins Gefängnis wandern.

Deshalb wollte er diesen Abend genießen. Er trank etwas, er flirtete. Und als ein schönes Mädchen mit langen, bronzebraunen Beinen und einem Rock, der kaum den Hintern bedeckte, auf ihn zukam, lief er zu seiner Bestform auf. Sie lachte über seine Scherze; er legte die Hand auf ihren glatten, nackten Schenkel.

Die Fahrt in ihrem Cabrio wurde an jeder Ampel von langen Zungenküssen unterbrochen. Sie stolperten in ihr Apartment, und ihre Kleider fielen Stück für Stück zu Boden. Und als sie ihm einen Drink machte, stürzte er ihn dankbar hinunter, ohne den pulvrigen Bodensatz zu bemerken, der unaufgelöst tief unten im Glas lag.

Er hustete ein bisschen; ihm wurde schwindlig, und er nahm sich vor, beim nächsten Mal weniger zu trinken. Während er langsam das Bewusstsein verlor und dem Tod entgegensank, hörte er die Stimme des Mädchens. Was sie leise rezitierte, klang wie ein Gedicht. Vielleicht wie ein Gebet.

32

SAMSTAG, 23.27 UHR, MANHATTAN

Ohne Gewissensbisse und sexuelle Begierde hätte Will ihn vielleicht gar nicht gesehen.

Er hatte TC noch nichts von Jay Newells Anruf und seinem Durchbruch erzählt, als sie sich auf Zehenspitzen aufrichtete, um ein Buch aus einem der obersten Regale zu nehmen. Die dünne Bluse über den Jeans rutschte hoch und entblößte die straffe, makellose Haut ihres Rückens. Und trotz seiner Beschämung fing er schon wieder an, die Konturen ihres Körpers zu betrachten. Er wandte sich ab.

Um keinen Zweifel daran zu lassen, dass er sie *nicht* anstarrte, schaute er bemüht woanders hin, und zuerst fiel sein Blick auf ihren Schreibtisch. Stapel von Papier lagen dort, Ausschnitte aus Zeitschriften, hauptsächlich aus Kunstmagazinen, aber auch ein paar aus dem *New Yorker* und dem *Atlantic Monthly*. Programmhefte einiger Filmkunstkinos, ein, zwei Bekleidungskataloge, drei dicke *Vogue*-Hefte und ein handgeschriebener Brief.

In einem Vorstellungsgespräch hätte er seinen nächsten Impuls als »professionelles Interesse« dargestellt, aber in Wahrheit war er einfach neugierig. Er zog das Blatt zwischen einem *New York Times*-Sonntagsmagazin und einem Programm des Lincoln Center heraus, bis er einen Blick auf die obere Hälfte werfen konnte.

Der Brief war in einer Sprache geschrieben, die er nicht kannte, in Schriftzeichen, die er nicht lesen konnte. Aber es war eindeutig ein Brief; es war ein privater Briefbogen, und das Datum in der rechten oberen Ecke bestand aus konventionellen Zahlen.

Er hätte sich daran erinnert, wenn TC eine Fremdsprache gesprochen hätte. Im Gegenteil, eines der wenigen Gebiete, auf denen sie nichts vorzuweisen hatte, war das der Fremdsprachen, das wusste er. Sie hatte immer gesagt, wie sehr sie es bedauerte, niemals Französisch oder Spanisch gelernt zu haben; trotz ihrer umfassenden Bildung hatte sie dazu nie die Zeit gefunden.

Egal, dachte er und tadelte sich insgeheim dafür, dass er seine Energie auf eine so unwichtige Sache verschwendete. Er wandte sich ab, zog den Vorhang beiseite und schaute aus dem Fenster. Draußen stieg ein Paar aus einem eben geparkten Volvo. Vielleicht kamen sie aus dem Kino oder von einem Essen mit Freunden. Er und Beth sähen genauso aus, wenn sie ein normales Leben genießen könnten. Die bloße Vorstellung erschien jetzt absurd. Zum hundertsten Male seit jenem kurzen Telefongespräch vor einigen Stunden hörte er ihre Stimme. *Will? Will, ich bin's. Beth.*

Er wandte seinen Blick ab, die Straße hinauf. Zwei Halbwüchsige in Oversized-Jeans schlenderten vorbei, und eine Frau im mittleren Alter hielt eine einzelne Blume in der Hand. Sofort stand Will vor Augen, wie ihm Beth im Carnegie Deli die Geschichte vom Jungen X erzählte, der der trauernden Sekretärin Marie eine Blume geschenkt hatte. Beth hatte sein Handeln, seine menschliche Reaktion tief bewegt. Will war überzeugt, dass sie es gewesen war, die diesen wilden, geschädigten Jungen in irgendeiner Weise dazu motiviert hatte.

Direkt unter ihm, auf dem Bürgersteig gegenüber, stand der Mann mit der Baseballcap.

Will erkannte ihn nicht gleich wieder. Selbst als er die blaue Vlies-Weste sah, funkte es nicht sofort. Aber etwas in seiner Haltung, eine gewisse Entspanntheit, ließ erkennen, dass er nirgendwohin unterwegs war, sondern hier sein wollte. Und Will ging ein Licht auf.

Er riss den Vorhang zu und trat einen Schritt zurück. Er hatte diesen Mann heute Abend schon einmal gesehen – er hatte ihn für einen einsamen Touristen gehalten, der das Gebäude der *New York Times* betrachtete und sich den Aushang anschaute, als habe er nichts Besseres zu tun. Und jetzt stand derselbe Mann draußen vor TCs Haus. Das war kein Zufall.

»TC, wie viele Ausgänge hat das Haus?«

Sie sah von der alten King James-Bibel auf, die sie gerade aus dem Regal genommen hatte. »Was? Wovon redest du?«

»Ich glaube, jemand ist mir gefolgt, und ich glaube, wir müssen sofort verschwinden. Aber den Vorderausgang können wir nicht benutzen. Fällt dir was ein?«

»Du machst Witze. Wie soll irgendjemand –«

»TC, wir haben keine Zeit für Diskussionen.«

»Hinten ist eine Feuertreppe, die in den Hinterhof führt.«

»Zu riskant. Hinten könnte auch jemand stehen. Gibt es hier einen Hauswart?«

»Einen was?«

»Du weißt schon, einen Hausmeister.«

»O ja. Ein netter Kerl. Wohnt im Souterrain.«

»Kennst du ihn? Bitte sag mir, dass er eine Schwäche für dich hat.«

»Ein bisschen, ja. Warum? Woran denkst du?«

»Das wirst du gleich sehen. Pack alles ein, was du vielleicht brauchst.«

»Was ich wozu brauche?«

»Um die Nacht woanders zu verbringen. Ich glaube, wir können nicht riskieren, heute nochmal herzukommen.«

Er drängte sie, sammelte hastig ihre Post-it-Zettel ein, sein Telefon und den Blackberry, und stopfte alles in die geräumigen Taschen seiner Jacke. Er hörte, wie TC in ein paar Schubladen wühlte.

An der Wohnungstür sahen sie sich noch einmal um. TC griff gewohnheitsmäßig zum Lichtschalter, aber Will hielt ihren Arm gerade noch rechtzeitig fest.

»Wir wollen doch nicht zeigen, das wir weggehen.«

Will hatte noch eine Idee. Wie so viele sicherheitsbewusste New Yorker hatte TC Zeitschaltuhren an diversen Lichtschaltern. Man benutzte sie, wenn man verreiste, als Phantombewohner, die morgens und abends zu verschiedenen Zeiten das Licht ein- und ausschalteten. Ohne zu fragen, ging Will zu der Uhr für das Wohnzimmer und stellte sie auf Mitternacht. Nein, zu adrett. Zehn vor zwölf. Dann ging er in TCs Schlafzimmer. Er vermied es, sich allzu eingehend umzuschauen, um die Barriere der Diskretion zwischen ihm und seine Exfreundin nicht vollends einzureißen, und dort stellte er die Uhr so, dass das Licht um Viertel vor zwölf ein- und zwanzig Minuten später ausgeschaltet wurde. Wenn sie Glück hatten, würde der Spanner dort draußen vermuten, dass Will und seine Freundin schlafen gegangen waren.

Als alles getan war, gingen sie hinunter ins Kellergeschoss. Überheizt, wie es war, und mit den Reihen klinkenloser Türen sah es aus wie ein unmenschlicher Ort zum Leben. Aber Mr. Pugachov, der russische Hausmeister, war hier zu Hause. TC klopfte leise an seine Tür. Dahinter hörte Will zu seiner Erleichterung einen Fernseher. Knarrend öffnete sich die Tür.

Zu Wills Überraschung war der Hausmeister kein mürrischer alter Mann in einer durchlöcherten Strickjacke und ausgelatschten Pantoffeln wie die Schulhausmeister seiner Jugend, sondern ein gut aussehender Mittdreißiger, der eine verblüffende Ähnlichkeit mit dem einstigen Schachweltmeister Gary Kasparow hatte. In Anbetracht der Migrationsbewegungen aus der ehemaligen Sowjetunion wäre es keine große Überraschung gewesen, wenn dieser Mann, der die Aufgabe hatte, tagsüber die Post anzunehmen und Rohrbrüche zu reparieren, tatsächlich ein Schachgroßmeister gewesen wäre.

»Miss TC!«, rief er, und aus der Freude in seinem Gesicht wurde Enttäuschung, als er Will sah.

»Hallo, Mr. P.« Sie flirtete. Gut, dachte Will.

»Was kann ich für Sie tun?«

»Na ja, es ist eine komische Situation, Mr. P. Aber mein Freund und ich haben uns eine hübsche Geburtstagsüberraschung für seine Frau ausgedacht.« *Ein netter Touch. Sie macht ihm klar, dass ich nicht ihr Lover bin.*

»Und der Geburtstag fängt jetzt gleich an.« TC sah theatralisch auf die Uhr. »Um Mitternacht, genau gesagt.« Sie klang atemlos und eifrig.

»Die Sache ist die«, übernahm Will. »Wir müssen das Haus verlassen, ohne dass sie uns sieht. Sie steht draußen. Ich weiß, es klingt verrückt, aber ich dachte, vielleicht haben Sie eine Möglichkeit, uns zu verstecken, einen Karren oder einen Wagen, mit dem Sie uns durch den Hinterausgang hinausschieben können.«

Will sah, dass der Schachweltmeister nicht wusste, was er sagen sollte. Er starrte die beiden verständnislos an. TC ließ ein Lächeln erstrahlen, das man noch vom Weltraum aus hätte sehen können, aber es half nichts. Der Hausmeister war ratlos. Will beschloss, zu internationalen Verständigungsmitteln zu greifen.

»Hier sind fünfzig Dollar. Bringen sie uns in einer von diesen Mülltonnen nach draußen.« Er deutete auf eine Reihe großer Plastiktonnen auf Rädern, die neben der Hintertür standen.

»Ich soll Miss TC in die Mülltonne stecken?«

»Nein, Mr. P. Sie sollen uns *beide* hineinstecken und ein Stück die Straße hinunterschieben. Hundert Dollar. Okay?«

Will beschloss, die Verhandlung zu beenden. Er drückte dem Hausmeister das Geld in die Hand und ging zur Hintertür. Dann deutete er auf den Schlüsselbund am Gürtel des

Hausmeisters. Mr. P, immer noch kopfschüttelnd, schloss die Tür auf. Will zeigte auf die blaue Tonne mit der Aufschrift »Papier« und ließ sie von dem Mann so dicht wie möglich an die Tür rollen. Er kippte die Tonne auf die Seite, der Deckel klappte auf, und der Inhalt quoll heraus. Zeitschriften, Telefonbücher und Computerprospekte ergossen sich auf den Boden. Der Hausmeister machte ein grimmiges Gesicht, und Will gab ihm noch einen Zwanziger.

Es war nicht schwer, in die waagerecht liegende Tonne hineinzukriechen; Will tat es geduckt, als schiebe er sich in einen Tunnel. Er rollte sich zusammen, legte sich auf die Seite und winkte TC zu sich herein, und dann kauerten sie Seite an Seite wie eine Walnuss in einer blauen Plastikschale.

Will nickte, und Gary Kasparow klappte den Deckel zu. Mit aller Kraft und einem tiefen leisen Grunzen stellte er die Tonne wieder senkrecht, neigte sie ein Stück zur Seite und fing an zu schieben. Erschrocken fiel Will ein, dass sie weder den Weg noch das Ziel besprochen hatten.

Sie wurden heftig durcheinander geschüttelt, aber keiner gab einen Mucks von sich. Ihre Knie berührten sich, und ihre Gesichter waren nur einen Fingerbreit voneinander entfernt, und als Mr. P über ein Schlagloch im Hinterhof fuhr und sie beide hochgeschleudert wurden, hätten sie am liebsten gekichert, so lächerlich war diese Situation. Aber der Gedanke ans Lachen brachte ihm den Ernst der Lage ins Bewusstsein: *Beth*.

Sie fühlten, dass es langsamer voranging; Mr. P wurde anscheinend müde. Will klopfte leise an die Wand. Die Tonne senkte sich wieder in die Waagerechte, und sie konnten hinauskriechen. Der Hausmeister hatte gute Arbeit geleistet; er hatte fast drei Häuserblocks hinter sich gebracht und war dabei immer in dem schmalen Hof hinter den Gebäuden geblieben. Da hatte sie sicher niemand gesehen.

Sie verabschiedeten sich von ihm, und TCs kurze Umarmung, dachte Will, war dem Mann vermutlich mehr wert als das Doppelte seines Barhonorars. Sie sahen ihm nach, als er verschwand: Ein russischer Emigrant, der um Mitternacht eine leere Tonne durch die Straßen von New York rollte. Das war das Schöne an dieser Großstadt: Nichts war so außergewöhnlich, dass irgendjemand Notiz davon nahm.

Sie klopften sich den Staub von den Kleidern, und Will zupfte ein Stück von einer Fernsehzeitung von TCs Kragen. Noch nie war er so froh über die rigorosen Recycling-Verordnungen der Stadt New York gewesen. Ohne sie hätten er und TC in einer stinkenden Mülltonne flüchten müssen.

»Okay.« Er sah sich um und versuchte sich zu orientieren. »Jetzt müssen wir ungefähr sechs Straßen weit nach Norden. Am besten im Laufschritt.« Sofort lief er los.

»Was zum Teufel ist hier los, Will?«, fragte TC, als sie ihn eingeholt hatte. »Du siehst einen Typen mit einer Baseballkappe, und als Nächstes springen wir in eine Mülltonne? Und jetzt müssen wir rennen? Was soll das?«

»Ich hab ihn schon mal gesehen. Vor dem *Times*-Gebäude.«

»Bist du sicher? Wie kannst du das sagen – mit einem Blick aus dem fünften Stock? Du hast ihn doch bloß einen Moment lang gesehen.«

»TC, glaub mir, es war derselbe Mann.« Er wollte ihr von der Haltung des Mannes erzählen, aber ihm war klar, dass es sich verrückt anhören würde. Und zu viel Sauerstoff würde es außerdem kosten. »Er trug die gleichen Kleider. Er war da, um mich zu beobachten. Oder uns.«

»Du glaubst, die Chassiden haben ihn geschickt?«

»Natürlich. Vielleicht gehört er auch selbst zu ihnen. Er braucht ja nur andere Sachen anzuziehen, und dann sieht er ganz normal aus.«

TC warf ihm einen Blick zu.

»Du weißt schon, wie ich das meine. Er verschwindet in der Menge. Ich hab letzte Woche in Crown Heights gesehen – mein Gott, das war ja erst gestern! Ich hab *gestern* in

Crown Heights gesehen, dass viele von denen ganz gewöhnlicher amerikanischer Herkunft sind.« Er geriet außer Atem. »Es ist ja kein Problem für sie, die Tracht abzulegen und amerikanische Alltagskleidung anzuziehen, wenn ihre ›Mission‹ es erfordert.«

TC sah ein, dass er Recht hatte. Und das machte ihr Angst.

Will dagegen hatte noch selten so zielstrebig ausgesehen. Sie waren an ihrem Ziel angekommen: an der Penn Station. Er stürmte die Treppe hinunter, immer zwei Stufen auf einmal, und folgte den Schildern zur Long Island Rail Road. Am Ticketautomaten blieb er stehen, drückte auf ein paar Tasten und wartete, die Hand vor dem Ausgabeschlitz. TC begriff, dass sie keine Ahnung hatte, wo er hinwollte.

Das Timing war perfekt; sie brauchten nur fünf Minuten zu warten, und schon kam der »Milchkannenzug«, wie Will es nannte – anscheinend ein britischer Ausdruck für den verschlafenen Bummelzug, der nach Mitternacht fuhr, um null Uhr fünfunddreißig, genau gesagt. Sie hatten den Wagen fast für sich allein; nur in einer Ecke hockte ein unrasierter Mann und schien seinen Rausch auszuschlafen.

»Mit diesem Zug bin ich immer zu meinem Dad hinausgefahren, bevor wir das Auto hatten«, sagte Will, und sofort bedauerte er das »wir«: Es kam ihm unfreundlich vor, der allein stehenden TC sein verheiratetes Leben unter die Nase zu reiben. Und die Reue erinnerte ihn sofort daran, dass er und TC nicht ein einziges Wochenende in Sag Harbor verbracht hatten; er war ihrem Beispiel gefolgt und hatte ihre Beziehung praktisch geheim gehalten. TC war seinem Vater nur einmal begegnet, und sie hatten nie Zeit miteinander verbracht. Beth dagegen hatte sofort Zugang zu Monroe Sr. gefunden; das war einer der Gründe, weshalb ihm damals alles so richtig erschien.

Schweigen senkte sich auf sie herab. TC brach es schließlich, sie wühlte in ihrer Tasche und holte den letzten Gegenstand hervor, den sie eingesteckt hatte, bevor sie das Apartment verlassen hatten. Die Bibel.

»Gott, das hätte ich beinahe vergessen.«

Sie blätterte eilig in dem Buch. »Hier. Das Buch der Sprüche. Kapitel zehn.«

»Haben wir das nicht schon geklärt? Wir haben gefunden, was wir finden sollten: gerecht, gerecht, gerecht.«

»Ich weiß, aber ich bin eine Streberin. Ich will es noch ein bisschen studieren.«

»Wonach suchst du?«

»Das ist das Dumme. Ich weiß es nicht. Aber irgendetwas sagt mir, dass ich es wissen werde, wenn ich es sehe.«

33

SONNTAG, 3.08 UHR, SAG HARBOR, NEW YORK

Das Haus in Sag Harbor sah aus wie immer. Der Schlüssel lag unter dem Blumentopf, und die Heizung lief, genau wie Wills Vater es dem örtlichen Hausmeister angeordnet hatte. Will machte sich im Haus zu schaffen; er schaltete die Lampen ein, setzte den Wasserkessel auf.

Er brühte Tee auf, fand ein Päckchen Kekse mit einem Verfallsdatum im 21. Jahrhundert und setzte sich an den großen alten Eichenholztisch, der Monroe Sr.s erlesen rustikale Küche dominierte.

Sofort überfielen ihn Erinnerungen. Die langen Winter im englischen Internat, in denen Will jede der dreitausend Meilen spürte, die ihn von seinem Vater trennten. Die Freude, wenn ein Paket ankam, das oft irgendetwas wunderbar Amerikanisches enthielt – etwa ein Päckchen Bubblegum oder, unvergessen, einen ledernen Baseball. Und dann die Aufregung, wenn er in den Sommerferien in ein Flugzeug gesetzt wurde, als »allein reisender Jugendlicher« auf dem Weg zu seinem Dad. Jene Augustwochen in Sag Harbor waren der Höhepunkt in Wills Jahresablauf. Selbst jetzt, zwanzig Jahre danach, konnte er noch den Kloß in seinem Magen fühlen, wenn der September näher kam und er wieder zum Flughafen musste – und wieder für ein Jahr von seinem Dad getrennt war.

Will zwang sich zurück in die Gegenwart. Er hatte schon im Zug angefangen, aber nun konnte er ihr endlich in Ruhe erzählen, was ihm auf den Nägeln brannte, seit er den Anruf auf seinem Handy abgehört hatte. TC hörte zum ersten Mal von Jay Newell und von dem Gespräch, das Will am Abend mit ihm geführt hatte. Aber sie begriff schnell; als Will ihr berichtet hatte, was Jay auf seine Voicemail gesprochen hatte, brauchte sie seine Hilfe nicht, um eins und eins zusammenzuzählen.

»Baxter und Macrae wurden also beide betäubt, bevor man sie ermordete. Beide galten bei Leuten, die sie kannten, als Gerechte, und JJ zufolge – und wenn du das Buch der Sprüche, Kapitel zehn richtig liest – ist diese Eigenschaft in irgendeiner Weise von Bedeutung und könnte erklären, was es mit der Verschwörung der Chassiden auf sich hat: warum sie Beth entführt haben, warum der Mann in Bangkok sterben musste, warum sie dich – oder uns – heute Abend verfolgen ließen. Das ist in groben Zügen deine Theorie, nicht wahr?«

»Es ist inzwischen ein bisschen mehr als eine Theorie, TC. *Zwei erledigt, bald mehr. Bald neue Morde.* Das hat er geschrieben. Es war direkt an mich gerichtet! Er hat meine Artikel in der *Times* gelesen und sagt: Okay, zwei hast du, aber es wird weitere geben. Mit anderen Worten, sie hängen mit allem anderen zusammen! Siehst du das nicht?«

»Doch, doch, ich sehe es.« TC sah, dass Will in Erregung geriet. Sie wollte ihn nicht reizen, und sie wollte auch nicht die Rolle spielen, die sie in ihrer Beziehung so oft gespielt hatte, die Rolle der haarspalterischen Pedantin, der Spaßverderberin, die jederzeit einen intellektuellen Torpedo bereithielt, der – genau gezielt – jede neue Idee leckschlagen und versenken konnte.

»Ich sehe durchaus, dass zwischen all dem ein Zusammenhang bestehen muss. Das Dumme ist … besser gesagt, mein Problem ist, dass ich nicht ganz begreife, wie wir von dem Komplex Macrae/Baxter/Gerechtheit – der zugegebenermaßen faszinierend und unglaublich ist – zu dem ›weiteren‹ kommen, das angeblich bevorsteht.«

Sie hatte ihr Bestes versucht, um ihm ihre Bedenken schonend beizubringen, aber sie konnte nicht anders: Sie dachte die Dinge geradlinig durch und brachte sie dann auch so zum Ausdruck.

Sie sah ihm am Gesicht an, dass es schief gegangen war. Die kindliche Begeisterung, die er noch vor ein paar Sekunden gezeigt hatte – der gleiche aufgeregte Eifer, in den sie sich einmal verliebt hatte –, war verschwunden. Er sank auf seinem Stuhl zusammen.

»Nein, Will, sei nicht enttäuscht. Es ist ein großer Schritt nach vorn. Wir stehen sicher kurz vor der Lösung. Lass uns ein bisschen schlafen, und dann denken wir über den Rest nach.«

Sie legte ihm eine Hand auf die Schulter, und Erinnerungen durchströmten sie beide wie ein Stromschlag. »Los, wir schaffen das.«

Unvermittelt sprang Will auf und stürmte aus der Küche. Sie lief ihm nach.

»Will, Will! Bitte, tu das nicht.«

Als sie ihn eingeholt hatte, sah sie, dass Will nicht weggelaufen war, weil er gekränkt reagierte. Es ging nicht um sie, erkannte sie erleichtert. Will hatte eine Idee!

Die Wände im Arbeitszimmer seines Vaters waren vom Boden bis zur Decke mit Büchern ausgefüllt: in Leder gebundene Gesetzeskommentare, gesammelte Prozessakten, zahllose Bände mit Urteilen des Obersten Gerichtshofs, die bis ins 19. Jahrhundert zurückreichten. An einer anderen Wand stand zeitgenössische Literatur, Bücher über Politik und die Verfassung und natürlich juristische Fachliteratur. Alles war mit dem Ordnungseifer eines Bibliothekars aneinander gereiht, nach Themen gruppiert und in jeder Kategorie alphabetisch geordnet. Ihr Blick fiel auf die religiöse Abteilung: *Dokumente der christlichen Kirche* von Henry Bettenson, *Die frühe Kirche* von Henry Chadwick, *Von Christus bis Konstantin* von Eusebius, *Die frühe christliche Doktrin* von

JND Kelly. TC fragte sich, ob Wills Vater ein strenggläubiger Christ war.

Will ignorierte die Bücher. Ihn interessierte der Computer auf dem Schreibtisch seines Vaters. Er schaltete ihn ein und suchte nach den neuesten Nachrichten über die Festnahmen in Bangkok. Eine Agenturmeldung von Associated Press scrollte über den Bildschirm; er überflog sie eilig: Er suchte etwas. Er markierte zwei Wörter mit dem Cursor: den Namen des Entführungsopfers in Bangkok, Samak Sangsuk. Er kopierte den Namen, wanderte mit dem Cursor nach oben rechts zum Google-Fenster und fügte ihn dort ein.

Es wurden keine mit Ihrer Suchanfrage – samak sangsuk – übereinstimmenden Dokumente gefunden.

Vorschläge:

- *Vergewissern Sie sich, dass alle Wörter richtig geschrieben sind.*
- *Probieren Sie unterschiedliche Stichwörter.*
- *Probieren Sie allgemeinere Stichwörter.*
- *Probieren Sie weniger Stichwörter.*

Er wollte fluchen, aber etwas brachte ihn zum Schweigen – nicht TC, sondern ein unüberhörbares Knarren im Korridor. Dann knarrte es noch einmal, und noch einmal. Kein Zweifel. Jemand war im Haus.

34

SONNTAG, 0.12 UHR, MANHATTAN

Er hatte lange genug gewartet. Als das Licht in der Wohnung erlosch, wurde er misstrauisch. Man hatte ihm gesagt, dieser Mann sei verzweifelt auf der Suche nach seiner Frau. Da leuchtete es nicht ein, dass er um Mitternacht seelenruhig schlafen ging.

Außerdem befürchtete er, dass er hier allmählich Verdacht erregte, wenn er stundenlang vor einem Wohnhaus auf und ab spazierte. Auch wenn in Manhattan niemand von irgendetwas Notiz zu nehmen schien, war es riskant.

Er rief seine Vorgesetzten an und bat um Erlaubnis zum Handeln.

»Also gut. Aber arbeite sauber. Verstanden?«

»Verstanden.«

»Der Herr sei mit dir.«

Er wartete, bis jemand das Haus betreten wollte. Es war eine Frau, die offensichtlich aus einem 24-Stunden-Supermarkt kam; sie trug eine große Einkaufstüte auf dem Arm. Er brauchte nur eine Sekunde für die paar Schritte bis zur Haustür.

»Gestatten Sie«, sagte er und hielt ihr die Tür auf, als sie aufgeschlossen hatte. Dann folgte er ihr ins Gebäude.

Während sie sich an ihrem Briefkasten zu schaffen machte, lief er die Kellertreppe hinunter. Dabei zog er sich eine Skimaske über das Gesicht.

Hinter einer Tür hörte er einen Fernseher. Er klopfte an

und wartete. In seiner Hand spürte er den kalten Stahl der Pistole, die er ziehen würde, sowie die Tür sich öffnete. Es würde nicht lange dauern.

Mr. Pugachov machte erschrocken einen Satz rückwärts und hob sofort die Hände.

»Gut so. Bleiben Sie hübsch ruhig. Wir wollen ganz entspannt sein. Sie müssen mich nur in eine Wohnung im fünften Stock bringen. Die mit Blick auf die Straße. Wo das hübsche Mädchen wohnt. Sie wissen, wen ich meine. Ein mächtig hübsches Mädchen.«

Der Mann sprach mit einem Akzent, den Pugachov noch nie gehört hatte; die New Yorker, die er kannte, hörten sich anders an. Aber er verstand, was er sagte. Er tastete mit einer Hand hinter die Tür.

»Hey! Hände hoch! Was hab ich gerade gesagt, Mister?«

»Entschuldigung«, stammelte Pugachov. »Ich will nur den Schlüssel. Schlüssel!« Er deutete hinter die Tür, und der Mann mit der Skimaske sah eine Reihe von nummerierten Haken, an denen die Ersatzschlüssel für jedes Apartment in diesem Gebäude hingen.

Er schob Pugachov zur Tür hinaus und zur Hintertreppe. Den Aufzug zu nehmen was zu riskant, auch wenn es schon spät war. Er hatte die strenge Anweisung, sich nicht sehen zu lassen.

Oben angekommen, schloss der Hausmeister zögernd die Wohnungstür auf und rief ein zaghaftes Hallo. Die Pistole bohrte sich in seinen Rücken.

Der Mann mit der Skimaske knipste eine Taschenlampe an und suchte die Schlafzimmertür. Dann schob er seinen Gefangenen darauf zu.

»Aufmachen.«

Pugachov drehte langsam den Türknauf. Der Mann langte an ihm vorbei und stieß die Tür auf.

»Keine Bewegung!« Er leuchtete mit der Taschenlampe auf das Bett. Es war leer. Er fuhr herum und rechnete mit einem Angriff von hinten, aber da war niemand. Er packte Pugachov beim Kragen und fing an, die Türen der Wandschränke aufzureißen. Er richtete die Pistole in die dunklen Höhlen, aber da war niemand. Er stieß die Badezimmertür mit einem Fußtritt auf, sprang hindurch und drehte sich einmal um sich selbst: Nichts.

Er durchsuchte das ganze Apartment und leuchtete in jede Ecke.

»Aus dieser Geschichte können wir etwas lernen. *Yes, sir.* Man soll seinem Instinkt vertrauen. Ich dachte mir, dass sie weg sind, und sie sind weg.«

Er schaltete das Licht ein und sah sich eingehend um, ohne Pugachov dabei aus den Augen zu lassen.

Er klappte TCs Laptop auf, startete den Internet-Browser und ließ sich die Liste der zuletzt besuchten Websites anzeigen. Dann zog er einen silbernen Stift und ein schwarzes Notizbuch heraus und schrieb auf, was er sah. Pugachov bemerkte, dass er enge schwarze Lederhandschuhe trug.

Dann fiel sein Blick auf einen halb aufgebrauchten Post-it-Block. Der oberste Zettel war leer, aber er hielt ihn trotzdem ans Licht. Und wie so oft, sah er auch hier die Spuren von Wörtern und Zahlen, die sich beim Schreiben des letzten Zettels durchgedrückt hatten. Erstaunlich, dass die Leute diesen Fehler immer wieder machten. Er hätte Will Monroe für schlauer gehalten.

Er nahm den Telefonhörer ab und drückte auf die Wiederholungstaste. Auf dem Display erschien die Nummer 1-718-217-5477117366727434l. So viele Ziffern konnten nur eins bedeuten: Monroe hatte eine computerisierte Hotline angerufen, bei der man sich durch Drücken verschiedener Zahlen weiterleiten ließ. Der Mann notierte sich die vollständige Zahlenreihe und drückte dann auf die Wähltaste.

Herzlich willkommen bei der Long Island Railroad …

Der Rest war simpel: Er brauchte nur die Ziffernfolge zu drücken, die er sich notiert hatte. »1« für Tonwahl, »1« für Fahrplaninformationen und dann die ersten fünf Buchstaben seines Startbahnhofs: »73667«. Ganz einfach. Die weibliche Computerstimme nannte ihm die Abfahrtszeit der nächsten drei Züge von Penn Station nach Bridgehampton, der Station für Sag Harbor.

Er ließ den Blick noch einmal durch das Zimmer wandern und entdeckte einen einsamen gelben Zettel auf dem Boden. Er hob ihn auf.

Vers 11: Des Gerechten Mund ist ein Brunnen des Lebens; aber den Mund der Gottlosen wird ihr Frevel überfallen.

Er steckte den Zettel ein und sah Pugachov an. »Okay, mein Junge. Gehen wir von Bord.« Er deutete mit der Pistole zur Wohnungstür.

Pugachov griff zum Türknauf und drehte sich dabei leicht zur Seite, sodass er dem Maskierten die Schulter zuwandte. Er erinnerte sich an die Ausbildung, die er vor langer Zeit im Wehrdienst bei der Roten Armee erhalten hatte, und entschied, dass der richtige Augenblick gekommen sei. Blitzschnell packte er den Mann beim Handgelenk, riss seinen Arm unter der Schulter hindurch und schleuderte ihn im Handumdrehen zu Boden.

Die Pistole war heruntergefallen. Pugachov wollte sich danach bücken und bekam im nächsten Augenblick einen Fußtritt zwischen die Beine. Er krümmte sich, und ein Arm schlang sich um seinen Hals. Er versuchte Ellenbogenstöße anzubringen, aber er konnte sich nicht bewegen; der Mann hielt ihn fest im Schwitzkasten und schien übermenschliche Kräfte zu besitzen. Pugachov hörte seinen Atem an seinem Ohr.

Mit äußerster Anstrengung gelang es ihm, seinen Arm zu befreien und nach dem Kopf des Mannes zu schlagen. Aber er traf nicht. Seine Finger krallten in die Luft, und dann bekamen sie etwas zu fassen. Er brauchte einen Moment, um zu erkennen, dass es keine Haare waren. Aus dem Augenwinkel sah er, was er da gepackt hatte: Er hielt die Skimaske in der Hand.

Plötzlich ließ der Mann ihn los. Pugachov sackte keuchend zusammen. Er war nicht mehr die durchtrainierte Kampfmaschine, die er in seiner Jugend gewesen war; der Militärdienst in Afghanistan war lange her. Vielleicht hatte der Fremde das begriffen; vielleicht war ihm klar, dass Pugachov keine ernsthafte Bedrohung für ihn war, und er würde ihn gehen lassen.

»Ich fürchte, Sie haben gerade einen großen Fehler gemacht, mein Freund.«

Pugachov hob den Kopf und sah einen sehr viel jüngeren Mann, als er erwartet hatte. Er hatte außergewöhnlich blaue Augen, beinahe feminin in ihrer Schönheit. Es war, als gingen scharfe, helle Lichtstrahlen von ihnen aus.

Er hatte wenig Zeit, sie zu betrachten, denn die Sicht wurde ihm versperrt – von der Mündung eines Schalldämpfers, der genau zwischen seine Augen zielte.

35

SONNTAG, 4.14 UHR, SAG HARBOR, NEW YORK

TC stand stocksteif da und starrte Will an. Das Geräusch war zu regelmäßig für die Musik, die ein altes Haus machen konnte, das Knarren von betagtem Holzwerk. Kein Zweifel, es waren Schritte, was sie da hörten. Will ergriff den schweren Schürhaken, der vor dem Kamin hing. Er sah TC an, legte den Finger an die Lippen und schlich zur Tür hinaus und durch den Korridor zur Küche. Von dort schien das Geräusch zu kommen. Als er näher kam, hörte er ein Rascheln, als blättere der Eindringling in irgendwelchen Papieren. Dann sah er den Schatten eines hochgewachsenen Mannes. Sein Herz klopfte, und seine Kehle war ausgedörrt.

In einer einzigen Bewegung sprang er um die Ecke und hob den Schürhaken über den Kopf – und ließ ihn krachend zu Boden fallen. Im letzten Augenblick war er seinem Ziel ausgewichen, und er hatte sein Opfer nur um Haaresbreite verfehlt.

»Herrgott, Will! Was machst du denn?«

»Dad!«

»Du hast mich zu Tode erschreckt. Ich dachte, es wären Einbrecher. Himmel!«

Monroe Senior ließ sich auf einen Stuhl fallen und presste beide Hände an die Brust.

»Aber Dad, ich wusste doch nicht –«

»Moment, Will, ja? Lass mich erst wieder zu Atem kommen. Moment.«

Als Will nach TC rief, war die Verblüffung seines Vaters vollkommen. »Was, um Himmels willen, geht hier vor?«

Will tat sein Bestes und berichtete seinem Vater, was in den letzten Stunden geschehen war; er erzählte von den SMS-Nachrichten, dem Buch der Sprüche, seinem Besuch in der Redaktion, dem Verfolger und der Flucht zur Penn Station.

Er hörte geduldig zu, trank den Tee, den TC ihm gemacht hatte – der große Richter war ganz Vater.

»Ich hätte dir sagen sollen, dass ich hier bin. Ich bin gestern Abend hergefahren. Ich hatte nichts von dir gehört und ging vor Sorge schier die Wände hoch. Ich dachte, das Meer rauschen zu hören und die Seeluft zu atmen, könnte mir gut tun. Beth ist deine Frau, Will, aber sie ist auch meine Schwiegertochter. Sie gehört zur Familie.« Er warf einen Blick auf TC, deren Wangen sich gerötet hatten.

»Es tut mir Leid, dass wir Sie geweckt haben«, sagte sie, als ob sie das Thema wechseln wollte. Dann gähnte sie: »Ich könnte wirklich ein bisschen Schlaf gebrauchen.«

»Stattgegeben. Will, das Gartenzimmer ist bezugsfertig.«

Will ärgerte sich. Wollte sein Vater ihm befehlen, von TC getrennt zu schlafen – als habe er den Verdacht, dass sie das Bett miteinander teilen würden, wenn es nach ihnen ginge? War er etwa deshalb hier? Von der hässlichen Ahnung getrieben, sein Sohn betrüge seine geliebte Schwiegertochter?

Aber vielleicht hatte der Richter noch einen viel dunkleren Verdacht. War es möglich, dass er sich einbildete, sein Sohn habe die ganze Geschichte inszeniert, um wieder mit seiner Exfreundin zusammen sein zu können? Ihm wurde klar, dass er seinen Vater sehr sparsam informiert und ihn kaum an der Suche nach Beth beteiligt hatte, und er hatte sich beharrlich geweigert, die Polizei zu informieren. Es war fast dreißig Jahre her, dass William Monroe Sr. als Strafrechtler gearbeitet hatte, aber er hatte bestimmt nichts von seinen Kenntnissen vergessen.

Und was noch schlimmer war: Will wusste, dass er kein Recht hatte, empört zu sein. Schließlich hatte er seine Lippen noch wenige Stunden vorher auf TCs gedrückt. Und es war keine flüchtige Berührung gewesen, sondern ein richtiger Kuss.

Er war zu müde, um noch etwas zu sagen. Stumm fügte er sich seinem Vater und ging die Treppe hinauf zu TC, die ihn auf dem Absatz erwartete. Ihre betretene Haltung ließ erkennen, dass sie das Gleiche spürte wie er: den Argwohn seines Vaters und das schuldbewusste Eingeständnis, dass dieser Argwohn nicht völlig unbegründet war.

SONNTAG, 0.33 UHR, MANHATTAN

»Gute Arbeit, junger Mann. Und dein Enthusiasmus ist mir eine Freude, wirklich. Aber jetzt ist es besser, du hältst dich zurück. Wegen Long Island mache ich mir keine Sorgen. Dich brauchen wir hier in der Stadt.«

»Wo soll ich mich aufstellen, Sir?«

»Tja. Sie werden ja nicht lange auf Long Island bleiben, oder? Er wird zurückkommen müssen. Zur Penn Station also. Sieh zu, dass du dort bist, um ihn zu begrüßen.«

36

SONNTAG, 9.13 UHR, SAG HARBOR, NEW YORK

Er hatte das Telefon eingeschaltet gelassen und neben sich auf das Kopfkissen gelegt. Aber er war so erschöpft, dass das kurze Vibrieren einer neuen Nachricht ihn kaum weckte. Stattdessen schlängelte es sich in seinen Traum.

Er schloss gerade die Tür zu seiner Wohnung auf. Als er eintrat, sah er Beth in der Küche, ein Kind an ihre Hüfte gepresst. Sie erschien ihm kampfbereit, als ob sie den kleinen Jungen – oder war es ein Mädchen? – gegen jeden Eindringling beschützen wollte. *Tritt zurück*, schienen ihre Augen zu sagen. Sie sah wild aus, ungezähmt. *Ich verstehe*, dachte Will im Traum. *Das ist Junge X*. Und wie auf ein Stichwort, als Echo dieser Erkenntnis, ertönte jetzt eine Glocke …

Wie man einen Taucher vom Boot aus an die Wasseroberfläche heraufhievt, zog sein Verstand ihn langsam aus den Tiefen des Schlafes herauf. Reflexhaft griff er nach dem Telefon und hielt es sich vors Gesicht.

Eine neue Nachricht.

fOrtY

Er sprang aus dem Bett und lief durch den Korridor zu TCs Zimmer, das – anders als die meisten anderen – nicht zum Meer, sondern auf den großen, im englischen Stil angelegten Garten hinausblickte. Die Sonne strahlte in den Korridor, und man hörte das Rauschen der Brandung. Es war nicht zu leugnen: Sein Vater hatte sich ein herrliches Fleckchen ausgesucht.

Sein Vater. Erst jetzt fiel ihm die Begegnung in der Nacht wieder ein. Beinahe hätte er seinen Dad niedergeschlagen, und er hätte ihn leicht umbringen können.

Aber jetzt hatte er keine Zeit, darüber nachzudenken.

»Okay«, sagte er, als er TC wachgerüttelt hatte und sie an einem des runden Dutzends Kissen lehnte, die die Haushälterin seines Vaters routinemäßig auf jedem Bett verteilte. »Neue SMS. *Forty*.« Er hielt das Telefon in die Höhe.

»Vierzig? Das heißt, vierzig SMS?«, krächzte sie und blinzelte schlaftrunken.

»Nein. ›Forty‹ ist die Nachricht. Schau.«

»Warum hat er es so komisch geschrieben?«

»Ich weiß es nicht. Fang schon mal mit dem Entschlüsseln an. Ich muss jemanden anrufen.«

»Will? Ich hab einen Mordshunger. Machst du uns was zum Frühstück?«

Er sah auf die Uhr. Halb zehn. Seinen Blackberry hatte er schon gecheckt. Nichts Neues aus Crown Heights. Sie glaubten ganz sicher nicht, dass er sich dem gefügt hatte, was der Rabbi gestern am Telefon gesagt hatte – dass er sich zurückhielt und einfach abwartete. Es war offenkundig, dass sie es nicht glaubten, denn sie hatten einen Mann beauftragt, ihm auf den Fersen zu bleiben. Sie wussten, dass er weiter bohren würde.

Halb zehn. Inzwischen würde jemand von der Auslandsredaktion im Hause sein. Während er die Nummer wählte, verzog er das Gesicht in einem stillen Stoßgebet. *Bitte mach, dass es Andy ist.*

In der Auslandsredaktion der *New York Times* arbeiteten mindestens vier Volontäre. Drei kannte er nicht mit Namen, aber einen hatte er kennen gelernt. Andy war schätzungsweise vier Jahre jünger als er, und seit sie in der Schlange in der Kantine miteinander geschwatzt hatten, hatte er Will zu seinem Mentor auserkoren. Er stammte aus Iowa und hatte einen trockenen Humor, den Will auf der Stelle sympathisch gefunden hatte.

»Auslandsredaktion?«

»Andy?«

»Persönlich.«

»Gott sei Dank, dass du es bist.«

»Will, bist du das?«

»Ja. Warum?«

»Nur so. Ist bloß, dass …«

»Was?«

»Alter, wenn ich jedes üble Gerücht glauben würde, das ich hier höre …«

»Welches üble Gerücht?«

»Es heißt, der Chef hat dir gestern den Marsch geblasen. Angeblich hat er dich dabei ertappt, wie du in einem fremden Schreibtisch rumgeschnüffelt hast, verstehst du? Ich hab allen gesagt: ›Hey, investigativer Journalismus ist ein hartes Geschäft.‹«

»Danke, Andy.«

»Ist es denn wahr?«

»Sagen wir mal so: Es ist nicht völlig unwahr.«

»Hmm. Na, es ist zumindest ein neuer Ansatz zur Karriereförderung, würde ich sagen.«

»Hör zu, Andy, du musst mir einen Gefallen tun. Ich brauche die Nummer des *Times*-Korrespondenten in Bangkok.«

»John Bishop? Hinter dem sind heute alle her, Mann. Er läuft schon auf dem Zahnfleisch.«

»Wieso?«

»Siehst du keine Nachrichten? In Brooklyn wimmelt es von Polizei. Anscheinend haben die Typen mit den schwarzen Hüten in Thailand jemanden umgebracht. Die Lokalredaktion bringt die Sache. Walton arbeitet dran.«

»Walton?«

Das hatte gerade noch gefehlt: weiteres Gestichel von dem Notizbuchdieb. Er würde hinter seinem Rücken mit Bishop sprechen müssen.

»Ja. Ich hab gehört, Walton wollte sich drumherum drücken – wegen Wochenende und so weiter. Anscheinend hat er stattdessen dich vorgeschlagen, aber sie haben ihm gesagt, du wärest, na, du weißt schon ...«

»Ich wäre was?«

»Du wärest im Moment nicht verfügbar.«

»So haben sie sich ausgedrückt?«

»So ähnlich. Sag mal, was ist denn los, Will? Bist du krank oder was? Irgendwas Schlechtes geraucht?«

Er wusste, dass Andy versuchte, den Ernst der Lage zu überspielen und sich vor allem über die absurde Vorstellung lustig zu machen, dass man den schwer arbeitenden, verheirateten Will Monroe im Verdacht hatte, ein drogenabhängiger Freak Brother zu sein. Aber darüber konnte Will nicht lachen. Das Geflachse seines Freundes bestätigte nur seine schlimmsten Befürchtungen: Er war tatsächlich vom Dienst bei der *New York Times* suspendiert, und es war genau das passiert, was er befürchtet hatte: Er war in der Redaktion zum Gesprächsthema Nummer eins geworden, zum Gegenstand der Spekulationen am Wasserspender. Die Tatsache, dass dies eine triviale Angelegenheit war, neben seinen anderen Sorgen kaum eines Gedankens wert, machte die Verzweiflung seiner Lage nur noch augenfälliger.

»Nein, Andy. Ich hab nichts Schlechtes geraucht. Genau gesagt, ich hab überhaupt nichts geraucht. Aber ich kann mir vorstellen, wie das alles aussehen muss. Ausgezeichnet, Spitzenklasse. Einfach sagenhaft, verdammt.«

»Tut mir Leid, Alter. Kann ich was tun?«

»Ja, die Telefonnummer wäre eine große Hilfe. Handy, wenn's geht.«

»Na klar, das geht. Aber vergiss nicht, die sind zwölf Stunden früher dran als wir. Jetzt ist es da kurz vor zehn Uhr nachts.«

Will nahm sich keinen Augenblick Zeit, um das Telefonat mit Andy zu verdauen. Während er die lange Nummer nach Bangkok wählte, malte er sich aus, wie die Volontäre und jungen Reporter der *Times* in diesem Augenblick das New Yorker Mobilfunknetz mit SMS-Nachrichten über Will Monroes Aufstieg und dramatischen Fall heißlaufen ließen, aber das war alles. Er schob diese Gedanken beiseite und konzentrierte sich auf das Rufzeichen an seinem Ohr.

»Hallo?«

»Hallo, John? Will Monroe von der Lokalredaktion. Komme ich ungelegen?«

»Nein. Ich bin bloß erst seit sechsunddreißig Stunden auf den Beinen und will gerade einen Artikel fertig machen. Sie kommen in einem fabelhaften Augenblick.«

»Sorry. Ich will versuchen, es wirklich kurz zu machen. Ich weiß, dass Sie mit Terry Walton zusammenarbeiten, und ich will da nicht dazwischenfunken …«

»M-hm.«

»Aber ich arbeite hier gerade an einem Stück …« Eine schreckliche Lüge – eine, die Bishop mühelos entlarven könnte, aber Will vermutete, dass er ohnehin schon bis zum Hals in der Patsche saß, und da kam es auf ein paar Zentimeter mehr nicht weiter an. »Ich muss ein bisschen mehr über das Opfer erfahren. Mr. Sangsuk.«

»Mr. Samak. Er hieß Samak Sangsuk. Hier in Thailand kommt der Familienname zuerst. Wie bei Mao Tse-Tung, wissen Sie? Aber das alles hab ich schon rübergeschickt. Die Auslandsredaktion muss es haben.«

Scheiße. Hätte mir das Material von Andy mailen lassen sollen.

»Ich weiß, und es ist auch alles super. Es geht nur um einen kleinen Hinweis, den ich von ein paar Chassiden hier bekommen habe.«

»Ach ja? Hervorragend, Will. Was ist denn das für ein Hinweis?« Sein Ton hatte sich geändert. Die Aussicht auf brauchbare Informationen verbesserte die Manieren eines Journalisten immer.

»Ich weiß, es klingt merkwürdig, aber man hat mir gesagt, ich soll mir die Biographie des Opfers aufmerksam anschauen.«

»Ein reicher Kerl, weiter nichts, Geschäftsmann.«

»Ja, das weiß ich. Aber mein Informant« – eine Stufe über »Quelle« und deshalb sehr viel reizvoller – »meint, wenn wir ein bisschen tiefer graben, finden wir vielleicht etwas Brauchbares. Und Relevantes.«

»Wieso – war er ein Gangster? In dieser Stadt gibt es massenhaft Korruption. Das wäre nichts Neues.«

Jetzt musste er es darauf ankommen lassen. »Nein, nach allem, was ich höre, geht es um das Gegenteil. Man sagt mir, wenn wir gründlich suchen, werden wir an diesem Mann etwas sehr Ungewöhnliches finden – und ich meine nicht ›ungewöhnlich korrupt‹.«

»Na, was meinen Sie dann? Was werden wir Ungewöhnliches finden?«

»Ich weiß es nicht, John. Ich sage Ihnen, was die Chassiden mir gesagt haben. Sucht danach, und es wird alles erklären. Das hat mein Mann gesagt. Ich wollte den Tipp nur weitergeben.«

»Hier ist es zehn Uhr abends.«

»Ich weiß. Aber vielleicht sind irgendwelche Verwandten des Opfers, dieses Mr. Samak, noch wach? Freunde vielleicht?«

»Hm. Ich habe ein, zwei Nummern, die ich anrufen kann. Wenn ich was höre, schicke ich es in die Auslandsredaktion.«

Sie verabschiedeten sich, und Will atmete erleichtert aus. Jetzt verschwendete er die Zeit eines bedeutenden Auslandskorrespondenten. Innerhalb einer Woche wäre er wieder beim *Bergen Record*. Falls die ihn da noch nehmen sollten …

Er rief Andy an und bat ihn, alle Dateien, die von Bishop kämen, unverzüglich an ihn weiterzuleiten. Er hatte keine Ahnung, was der Mann der *Times* in Bangkok herausfinden würde.

»Danke für das Frühstück.«

»Scheiße, tut mir Leid. Ich hab telefoniert.« Sie hatte ein Blatt Papier in der Hand. »Hast du es entschlüsselt?«

Sie zeigte ihm das Blatt. *fOrtY*, stand da.

»Und?«

»Zuerst dachte ich, er hätte sich vertippt. Aber der Kerl arbeitet sauber und ordentlich. Alles, was er tut, ist beabsichtigt.«

»Und er hat zwei Buchstaben hervorgehoben: den zweiten und den fünften. Ich hab versucht, es laut zu sprechen. Ich dachte, vielleicht heißt es ›forty O-Y‹, aber das ergibt keinen Sinn.«

»TC.«

»Aber es ist noch viel einfacher. Es heißt ›Forty, second and fifth‹. Vierzig zweite und fünfte. Das ist eine Adresse: Zweiundvierzigste, Ecke Fünfte Straße.«

»Da ist die öffentliche Bibliothek.«

»Genau. Und das bedeutet –«

TC straffte sich plötzlich. Will sah sich um. Sein Vater war hereingekommen. Er trug seine Sonntags-Chinos.

»Gibt's Neuigkeiten?«

»Ja, wir haben eine neue SMS bekommen. Er schickt uns zur öffentlichen Bibliothek.«

»Will der Mann sich dort mit euch treffen? Du musst sehr vorsichtig sein, William.«

»Nein, er hat noch nichts dergleichen gesagt – nur die Adresse: 42nd, Ecke Fifth. Mehr haben wir nicht.«

»Na, dann will ich euch wenigstens zum Bahnhof fahren.«

Das Handy summte. Eine neue SMS.

Wagen Sie Daniel zu sein.

Will zeigte die Nachricht seinem Vater und TC.

»Oh, ich glaube, ich weiß, was das heißt«, sagte sein Vater. »Was hat Daniel getan?«

»Er war in der Löwengrube.«

»Und die New Yorker Bibliothek ...«

»... wird von zwei Löwen bewacht. Natürlich. Die Statuen.«

»Geduld und Tapferkeit, William. So heißen sie. Vielleicht will er sagen, dass du diese beiden Eigenschaften brauchst.«

»Nein, ich glaube, es ist viel einfacher«, sagte TC. »Ich glaube, er will nur sagen: Geh in die Bibliothek. Wagen Sie Daniel zu sein. Begeben Sie sich in die Löwengrube.«

Das Telefon vibrierte.

Eine neue Nachricht.

Will drückte hastig auf die Tasten. Alle drei starrten auf das Display.

Marder im Spion: Entdeckt im Obstgarten.

»Herrgott nochmal. Was zum Teufel soll das jetzt wieder heißen? Gerade dachte ich, wir wären einen Schritt weitergekommen.«

»Es klingt wie ein Kreuzworträtsel. Oder vielleicht gibt es in der Bibliothek einen Raum, in dem ein Gemälde eines Obstgartens hängt?«

»TC, was meinst du?«

»Dein Vater hat Recht. Es ist wie ein Kreuzworträtsel. Aber ich verstehe nicht ganz . . .«

»Kommt«, sagte sein Vater und beendete die Diskussion. »Wenn wir uns beeilen, erreichen wir den nächsten Zug noch.«

Als sie im Zug nach New York saßen, beobachtete Will, wie sich TC in die Arbeit stürzte. Sie kaute an den Nägeln und zappelte mit dem Knie. Dann strich sie sich wieder und wieder über die Augenbraue. Sie borgte sich Wills Notizbuch aus und fing an, darin herumzukritzeln – sie schrieb die Worte rückwärts, vorwärts und in verschiedenen Kombinationen. Nichts.

Hin und wieder machte sie eine Pause, und sie sprachen über die rätselhaften Dinge, die sie seit ihrem ungeplanten Wiedersehen am Freitagabend unaufhörlich beschäftigten, und sie versuchten, die logischen Verknotungen aufzulösen. Sie bewegten alles hin und her und suchten nach Hinweisen, die ihnen vielleicht entgangen waren.

Und schließlich, als der Zug ratternd an Flatbush Avenue und Forest Hills vorüberfuhr, gelang TC der Durchbruch.

»Es funktioniert wie eines dieser merkwürdigen Kreuzworträtsel, die ich früher immer gern gelöst habe, wenn bei dir englische Zeitungen herumlagen«, sagte sie. »›Im Obstgarten‹ ist ein Hinweis auf ein Anagramm. Im Obstgarten versteckt sich der ›Marder im Spion‹: Das ist das Anagramm.«

»Und was heißt es?«

»*Pardes Rimonim*. Das ist Hebräisch und bedeutet ›Garten der Granatäpfel‹. Ein Obstgarten.« Sie lächelte.

»Okay, aber was soll das heißen?«

»Das werden wir herausfinden.«

37

SONNTAG, 14.23 UHR, MANHATTAN

Geduld und Tapferkeit schauten wie immer in die andere Richtung. Die Löwen interessierten sich scheinbar weder für die Schätze der Gelehrsamkeit hinter ihnen noch für die Scharen der Wissensdurstigen, die vor ihnen vorbeizogen. Unbewegt behielten sie ihre Pose als steinerne Wächter, stumme Hüter des Hauses der Bücher.

Will hatte dieses Gebäude immer geliebt. Wie alle jungen Männer hatte er seinen eigenen Konservatismus mit Schrecken zur Kenntnis genommen. Aber kurz nach seiner Ankunft hatte er festgestellt, dass er eine große Zuneigung zu alten Gebäuden empfand – nein, mehr als das: Er brauchte sie. Das Englische in ihm war stärker, als er gedacht hatte; er brauchte das solide Gefühl alter Mauern und Steine. Er war aufgewachsen in einem Land, wo selbst das unbedeutendste Dorf eine Kirche hatte, die sechs-, sieben- oder achthundert Jahre alt war. Während das alles ihn umgab, bemerkte er es kaum. Aber hier, in einem Land, das noch so neu und ungeformt war, wurde ihm durch das Fehlen alter Gebäude mulmig wie einem Matrosen auf einem schwankenden Schiff.

In New York war es anders. Wie in Boston oder Philadelphia gab es hier genug ausgereiftes Gemäuer, um ihn zu beruhigen. Und die Bibliothek war ein perfektes Beispiel dafür: Das Gebäude sah aus, als habe man es aus London oder Oxford hierher nach Manhattan verpflanzt.

Beim Betreten der Bibliothek hatte Wills Telefon wieder

vibriert. Die neue Nachricht lautete: *3 times I kiss the page*. 3-mal küsse ich die Seite. Offensichtlich war das die letzte Instruktion, die sie brauchten. *Pardes Rimonim* war der Titel des Buches, wie TC bereits herausgefunden hatte. Jetzt wurde ihnen gesagt, wo sie nachsehen sollten – vielleicht war es sogar die Seitenzahl.

TC rannte beinahe die zwei Stockwerke bis in die Jüdische Abteilung Dorot. Sie sagte der Bibliothekarin, welches Buch sie wünsche und hörte deren scharfen Atemzug. »Sie meinen das Pardes Rimonim-Manuskript von 1591?« TC und Will sahen sich an. »Es ist Ihnen doch bewusst, dass dies ein äußerst seltenes und kostbares Buch ist, nicht wahr? Nur der Bibliotheksleiter oder seine Vertretung können gestatten, das Manuskript aus dem Archiv zu holen. Könnten Sie morgen wieder kommen?«

»Ich muss es sofort sehen.«

»Ich fürchte, ein solches Buch bedarf einer besonderen Erlaubnis. Es tut mir Leid.«

»Wer ist die Frau dort? Die gerade Kaffee trinkt?« TC deutete zu einem der hinteren Bürozimmer.

»Das ist die stellvertretende Bibliotheksleiterin. Es ist ihre Mittagspause.«

»Hallo! Hallo!«

Will hätte sich vor Verlegenheit am liebsten gewunden. TC hatte die Bibliothekarin praktisch beiseite geschoben und lehnte nun über den Ausgabetresen, während sie laut rief und mit den Händen wedelte, um die Aufmerksamkeit der Frau im Büro zu erregen – und das hier, in der geheiligten Stille der Bibliothek. Gelehrte, die an den fünf Tischen des Lesesaals saßen, wandten die Köpfe, um den Grund für die Störung zu erkennen. Allein, um die Ruhe wieder herzustellen, erhob sich die Frau im Büro, setzte ihren Kaffeebecher ab und kam an den Tresen.

Es funktionierte. TC wurde aufgefordert, ihren Namen und Adresse in das Benutzerregister einzutragen, ein Formular auszufüllen und sich auszuweisen. Erkennbar verstimmt verschwand die Frau, um das Manuskript aus einer verschlossenen Vitrine in einem verschlossenen Archiv zu holen – zwanzig lange Minuten, in denen Will hin und her ging und die Gesichter der Forschenden um ihn herum anstarrte.

»Hier ist es«, sagte die Frau schließlich und kam an den Tisch, an dem sich Will und TC niedergelassen hatten. Sie überreichte ihnen das Buch nicht und legte es auch nicht auf den Tisch. Stattdessen bettete sie es auf keilförmige, schwarze Styroporblöcke, so dass das Buch nicht vollständig aufgeschlagen wurde.

TC zog ihr Notizbuch heraus und griff nach ihrem Kugelschreiber.

»Nur Bleistifte, bitte. Kugelschreiber dürfen nicht in die Nähe eines Bandes dieser Bedeutung.«

»Entschuldigung. Natürlich nur Bleistift. Haben Sie vielen Dank. Wir brauchen bestimmt nicht lang.«

»Oh, ich gehe nicht weg. Ich bleibe direkt neben diesem Buch stehen, bis es wieder in seiner Vitrine liegt. Das sind die Regeln.«

TC blätterte langsam und bedächtig die Seiten um. Das Buch war ein Relikt einer längst vergangenen Zeit. Ein über vierhundert Jahre altes Manuskript aus Krakau, kostbar und schwer, in Handarbeit hergestellt. TC wagte kaum, es zu berühren.

Will setzte sich neben sie und betrachtete die neueste SMS. Im Bewusstsein, dass die Bibliothekarin sie beobachtete, flüsterte er: »Ist das was Religiöses – die Seite küssen?«

»Juden küssen ihr Gebetbuch, wenn sie es geschlossen haben – oder wenn es ihnen zu Boden fällt. Aber nicht dreimal. Und nicht auf spezielle Seiten.« TC sprach leise und ohne den Blick von dem Buch vor ihr zu wenden. Sie sah ehrfürchtig aus.

Will griff nach seinem Notizblock. Vielleicht handelte es

sich um eine mathematische Übung, die man arithmetisch notieren musste. Er schrieb »3-mal« als »3 x«. Vielleicht war das »I« eine Eins. 3 x 1 = 3. Das war nichts.

Dann warf er einen zweiten Blick auf das, was er geschrieben hatte. *Moment.* Seine Gedanken wanderten zurück zu den Mittwochnachmittagen, die er als Neunjähriger in Mr. McGregors Lateinunterricht verbracht hatte. McGregor war ein Lehrer alten Schlages gewesen; er hatte einen schwarzen Talar getragen und den Tafelschwamm durch die Klasse geschleudert, wenn er wütend war. Aber jedes seiner Worte war den Schülern im Gedächtnis geblieben. Auch die Spiele, die er mit den unteren Klassen gespielt hatte, um ihnen die römischen Zahlen beizubringen.

Eilig schrieb er »3-mal« als drei »x« hintereinander: xxx. Und jetzt »I kiss«. Wie symbolisierte man einen Kuss in einem Brief? Mit dem Buchstaben x. (Er musste plötzlich daran denken, wie Beth zum ersten Mal eine SMS mit einem x unterzeichnet hatte. Nur ein x nach ihrem Namen, aber Will war hingerissen gewesen. Das war in der kurzen, köstlichen Eröffnungsphase ihrer Beziehung gewesen, als sie sich ineinander verliebt hatten, ohne es schon laut auszusprechen. Beths »x« war eine erste Kostprobe gewesen.)

Er schrieb es hin. »xxx« für »3-mal«, und ix für »I kiss«.

xxxix.

»Es ist Seite neununddreißig.«

TC reagierte langsam; sie behandelte das Buch mit ernster Sorgfalt. Will hätte es ihr am liebsten aus der Hand gerissen, um *sofort* zu sehen, was sie da sehen sollten.

»Okay«, sagte TC schließlich. »Das ist es.«

Was sie auf der Seite sahen, war weniger ein Bild als vielmehr eine Grafik. Sie bestand aus zehn Kreisen, geometrisch angeordnet und durch ein kompliziertes Netz von Linien miteinander verbunden. Diese Art von Zeichnungen kam Will unbestimmt vertraut vor, aber er brauchte einen Augenblick, um auf den Grund dafür zu kommen. Sie sah aus wie die zweidimensionalen Darstellungen von Molekularstrukturen im Chemiebuch seiner Schulzeit.

Aber hier stand in jedem Kreis ein Wort geschrieben. Will musste die Augen zusammenkneifen, um zu erkennen, dass es hebräische Schriftzeichen waren. Es war ein merkwürdiger Gegensatz, die Geometrie und wissenschaftliche Exaktheit in einer Zeichnung, die aus dem Mittelalter stammte.

»Was ist das?«

Er sah, dass TC nicht antworten wollte. Sie war über die Zeichnung gebeugt, und ihre Schulter versperrte ihm fast den Blick.

»Ich weiß es noch nicht genau. Ich muss es mir anschauen.«

»Komm schon, TC. Du weißt genau, was es ist.« Will flüsterte lautstark. »Sag's schon.«

Befangen und in dem Bewusstsein, dass die Bibliothekarin direkt neben ihnen stand, deutete sie auf die Abbildung. »Das ist das Schlüsselbild der Kabbala.«

»Kabbala? Wie bei Madonna? Rote Bändchen und so weiter?«

TC verdrehte die Augen, und ihr Gesichtsausdruck fragte: *Wo soll ich nur anfangen?*

»Nein, das ist doch nur ein alberner Promi-Kult. Das hat mit der wirklichen Kabbala so wenig zu tun wie ... was weiß ich, wie der Osterhase mit dem Christentum. Hör einfach zu.«

»Sorry.«

»Die Kabbala ist jüdische Mystik. Eine sehr arkane Form jüdischer Gelehrsamkeit, die den meisten Leuten gänzlich verschlossen ist. Man darf sie überhaupt erst anschauen, wenn man mindestens vierzig Jahre alt ist. Und ihr Studium ist nur Männern erlaubt.«

»Und was hat es mit diesem Bild auf sich?«

»Es ist sozusagen der Ausgangspunkt der Kabbala. Es enthält alles, und es heißt ›Baum des Lebens‹.«

»O Gott.«

»Sie glauben, genau das ist es. Eine diagrammatische Darstellung der Schlüsselelemente, die Gott ausmachen. Jeder dieser Kreise ist ein *Sefirah*, ein göttliches Attribut.« Sie deutete auf den untersten Kreis. »Unten fängt es mit *Malchut* an. Das bedeutet Königreich. Die Verzweigungen sind *Yesod*, das Fundament, *Hod*, die Pracht, und *Netzach*, die Ewigkeit. Weiter geht es zu *Tiferet*, der Schönheit, *Gevurah*, der Gerechtigkeit, und *Hesed*, der Gnade. Und schließlich, an der Spitze des Baums, steht *Binah*, was so etwas wie den intellektuellen Verstand bedeutet. Rechts davon haben wir *Hochmah*, die Weisheit, und ganz oben *Keter*, die Krone. So etwas wie die göttliche Essenz.«

»Was wir da sehen, ist also ein Abbild Gottes.«

»Oder zumindest die beste Annäherung, die wir kennen.«

Will konnte nichts sagen. Ein kalter Schauer war ihm über den Rücken gelaufen, als er TC zuhörte. Vielleicht war das alles nur verrückter Hokuspokus, aber von dieser Anordnung von Kreisen und Linien, vor vielen hundert Jahren gezeichnet und über Generationen hinweg nur an solche weitergegeben, denen man den Umgang mit ihren Geheimnissen zutrauen konnte, schien eine große Macht auszugehen.

TC sagte leise: »Es ist merkwürdig, vom ›Abbild Gottes‹ zu sprechen. Die Mystiker glauben, es gäbe überhaupt nur einen Grund für das Dasein: Gott wollte Gott sehen.«

Will sah sie verwirrt an.

»Bis dahin gab es nichts. Kein Dasein, nirgends. Nur ein großes, transzendentales Nichts. Das Dumme war, dass Gott sich selbst nicht sehen konnte: Es gab keinen Raum für einen Spiegel. Also musste er ein wenig schrumpfen. Er musste sich zusammenziehen, um Platz zu machen, damit es einen Spiegel geben konnte – der Gott reflektierte. Siehst du, das steht hier.« Sie nahm ein anderes Buch zur Hand, eines, das sie bestellt hatte, während sie auf das Manuskript warteten, und das sie nun ungeduldig durchblätterte, bis sie die gesuchte Stelle fand.

»Bis zum Augenblick des *Tzimtzum*, der Einschränkung, konnte ›Angesicht nicht Angesicht sehen‹. Gott konnte sich nicht sehen.«

Will war fasziniert von diesem Bild und noch mehr von TCs Erklärung – aber er fühlte sich auch plötzlich mutlos. Dies waren tiefe theologische Gewässer: Wie tief würden er und TC darin eintauchen müssen, um den Zusammenhang zum Hier und Jetzt zu finden, zu den Chassiden, den Ermordeten und Beth?

Wieder erwachte sein Ärger über Josef Jitzhok. Wieso drückte der Mann sich nicht einfach klar aus?

Er war zwar schon einmal damit gescheitert, aber er beschloss, es noch einmal auf dem direkten Weg zu versuchen. Während TC über der Zeichnung brütete und manchmal den Kopf schräg legte, um die Worte an den Linien zwischen den Kreisen zu lesen, zog er sein Telefon aus der Tasche und schrieb eine SMS an JJ.

Sind in der Bibliothek. Sehen die Zeichnung. Wir brauchen mehr.

Er sah die Uhrzeit auf dem Display: fünfzehn Uhr dreißig. Also war es Nacht in Bangkok. Er warf einen Blick auf den Blackberry: Aus der Auslandsredaktion war nichts gekommen.

»Hör zu«, flüsterte er, »ich gehe hinaus und rufe in der Redaktion an. Bin gleich wieder da.«

»Bring mir etwas zu trinken mit.«

Kaum lag der Lesesaal hinter ihm, wählte er die Nummer der Auslandsredaktion. Andy meldete sich, bevor Will das Gebäude verlassen hatte.

»Yo, Will. Was geht? Scheiße, ich sollte dir was schicken, oder? Sorry, aber das hier ist ein Irrenhaus, schon den ganzen Nachmittag.«

»Andy! Ich hab doch gesagt, ich brauche es schleunigst!«

»Ich weiß, ich weiß. Hab Mist gemacht. Aber jetzt kommt's sofort.«

»Lies es mir vor, ja? Ich kann nicht noch länger warten.«

Will marschierte auf der großen Treppe vor dem Eingang auf und ab. Immer wieder musste er sich ducken und in Schlangenlinien bewegen, um nicht auf allzu vielen Fotos japanischer Touristen zu erscheinen.

»Will, du weißt, dass die Zeit bis Redaktionsschluss ein *bisschen* knapp ist, nicht wahr?« Er sprach mit affektiertem englischen Akzent. Andy machte sich über ihn lustig; das war ein gutes Zeichen.

»Okay, es geht los. Aber die komischen Namen muss ich überspringen, sonst dauert's zu lange.

Von John Bishop, Bangkok. Samak Sangsuk wurde gestern betrauert, von denen, die ihn am besten kannten – und von einigen, die ihn fast gar nicht kannten.

Mr. Samak, der am vergangenen Samstag einer mutmaßlichen internationalen Kidnapper-Organisation zum Opfer fiel, gehörte zur thailändischen Finanzelite und verdiente ein Vermögen mit Immobilien und Beteiligungen an der blühenden thailändischen Tourismusindustrie.«

Weiter, weiter, dachte Will.

»Aber in der Unterschicht Bangkoks war er bekannt als ›der Bestatter‹. Mr. Samak, so scheint es, hatte eine seltsame Nebenbeschäftigung, die er nicht wegen des Profits, sondern um ihrer selbst willen ausübte. Er organisierte Armenbegräbnisse.

›Mr. Samak hatte Kontakt zu allen Leichenschauhäusern, Krankenhäusern, Bestattungsinstituten‹, berichtete ein alter Freund am Samstag. »›Gab es einen Verstorbenen ohne Freunde und Verwandte, ohne irgendjemanden, der für die Bestattung aufkommen konnte, riefen sie Mr. Samak an.‹«

Wills Puls begann schneller zu schlagen.

»Will? Bist du noch da?«

»Ja. Lies weiter.«

»Früher fanden die Ärmsten von Bangkok ihre letzte Ruhe-

stätte in einem Armengrab, manchmal zu Dutzenden in einem Massengrab, ohne auch nur einen Sarg für sich zu haben. Mr. Samak fällt das Verdienst zu, dieser Praxis ein Ende gemacht zu haben – und das praktisch allein. Er bezahlte nicht nur die Bestattungskosten, sondern sorgte auch für eine Trauergemeinde, und nicht selten bezahlte er den ›Trauergästen‹ ein paar Dollar dafür, dass sie dazu erschienen. ›Wir verdanken es dem Bestatter‹, sagt ein Arzt, ›dass hier niemand mehr wie ein Hund verscharrt wurde, allein und unbetrauert.‹«

Will hatte genug gehört. Er bedankte sich bei Andy, sprang die Stufen hinunter und ließ sich die Sonne ins Gesicht scheinen. Erst Macrae, dann Baxter und jetzt Samak. Nicht einfach gute Menschen, sondern Menschen, die auf außergewöhnliche und eigenartige Weise gut gewesen waren. Das war kein Zufall mehr.

Er ging in einen Laden, kaufte zwei Flaschen Eistee und kehrte in die Bibliothek zurück; er musste TC die Neuigkeiten erzählen und herausfinden, wie sie mit der Zeichnung zusammenhingen. Ganz sicher würde sich bald alles zusammenfügen.

Aber jetzt erblickte er eine Gestalt, die bis dahin nur am Rande seines Gesichtsfelds gelauert hatte. Als habe er Angst, gesehen zu werden, drückte sich ein hoch gewachsener Mann in Jeans und einem weiten grauen Kapuzen-Sweatshirt in den Schatten. Alter, Hautfarbe und Gesicht waren unter der Kapuze nicht zu erkennen. Aber eins war klar: Er verfolgte Will.

38

SONNTAG, 15.51 UHR, MANHATTAN

Will ging schnurstracks die Treppe hinauf, ohne sich umzusehen, und lief ins Gebäude. Er spürte es, bevor er es hörte: das Klappern der Schritte hinter ihm auf dem kalten Steinboden. Er nahm Kurs auf die erstbeste Treppe und warf vom ersten Absatz aus einen verstohlenen Blick nach unten. Wie er es befürchtet hatte, war die graue Kapuze hinter ihm.

Im Laufschritt eilte er die beiden nächsten Treppen hinauf. Oben angekommen, flüchtete er sich in einen Raum voller Karteikartenkataloge und verlangsamte seinen Schritt. Trotzdem fühlte er sich zu laut, zu verschwitzt für die gedämpfte Konzentration, die den Saal erfüllte. Er schaute sich um: die Kapuze.

Er ging wieder schneller, vorbei an einem großen Trompe-l'œil-Gemälde, auf dem sich dunkle Wolken zusammenballten. Er ging auf die hintere Wand zu und erspähte eine Tür, aber als er hindurchging, sah er, dass es kein Ausgang war, sondern ein Fotokopierzimmer. Er machte kehrt, aber jetzt war der Kapuzenmann nur noch wenige Schritte entfernt.

Will sah die Flügeltür und lief darauf zu. Dahinter wimmelte es von Leuten, die eine Arbeitspause genossen. Er schlängelte sich zwischen ihnen hindurch zum Treppenhaus auf der anderen Seite und galoppierte, immer zwei Stufen auf einmal, hinunter. Eine Frau, die einen Computermonitor trug, kam ihm in die Quere, und er wollte ihr ausweichen: Er sprang nach links, aber sie tat es auch; er machte einen Schritt nach rechts, und sie ebenfalls. Er drängte sich an ihr vorbei und hörte einen Aufschrei, gefolgt von einem dumpfen Schlag und klirrendem Glas. Sie hatte den Monitor fallen lassen.

Jetzt war er in einem rückwärtigen Foyer mit einer großen Garderobe. Er lief hinein; hier begannen die regelmäßigen Bibliotheksbenutzer ihren Arbeitstag und deponierten ihre Taschen in gemieteten Schließfächern. Daneben gab es lange Garderobenstangen, an denen Mäntel hingen. Sie schlängelten sich durch den Raum wie in einer chemischen Reinigung. Der Mann mit der Kapuze kam auf ihn zu. Ruhig und gelassen.

Will musste jetzt schnell handeln. Während der Dienstmann an der Garderobe gerade in die andere Richtung sah, sprang er über den hölzernen Tresen und stürzte sich in die Menge der Mäntel hinein. Zwischen einem schweren Anorak und einem abgerissenen Fellmantel presste er sich gegen die Rückwand des Raumes. Er spürte, dass sein Verfolger stehen geblieben war. Will vermutete ihn im Garderobenraum, wo er suchend über den Tresen spähte. Er bemühte sich, lautlos zu atmen.

Plötzlich eine Bewegung. Der Dienstmann machte sich an den Mänteln zu schaffen. Er schob immer mehrere gleichzeitig zur Seite, auf der Suche nach einer Nummer. Will biss sich innen auf die Wange, um nur keinen Laut von sich zu geben. Aber der Dienstmann kam näher, noch näher, immer näher – bis er knapp einen Meter vor ihm stehen blieb. Will merkte, wie er eine Jacke herauszog und zurück zum Tresen ging.

Dann ein grauer Schatten. Sein Verfolger – er war vorbeigegangen. Will atmete aus. Vielleicht war er unentdeckt geblieben. Er würde ein paar Minuten warten, und dann würde er TC holen und schleunigst von hier verschwinden.

Aber im nächsten Moment packte ihn eine Hand – sie

schoss herein wie der Roboterarm einer Raumsonde, bevor er ein Gesicht gesehen hatte. Sie packte ihn beim Hemdkragen und versuchte ihn ins Licht zu zerren. Selbst im Halbdunkel der Mäntel sah er den Ärmel aus grauem Sweatshirt-Stoff. Zweimal bekam er den Arm mit beiden Händen zu fassen und konnte ihn von sich schieben. Aber jedes Mal kam die Hand zurück, und einmal schlug sie dabei hart gegen sein Kinn. In der Enge zwischen den Mänteln hatte Will nicht genug Platz, um auszuholen und über den Arm hinaus zu reichen, um den Mann dahinter zu treffen.

Der Kampf dauerte nicht lange. Will wurde aus seinem Versteck gezogen wie eine Scheibe Schinken aus einem Sandwich. Jetzt stand er dem Kapuzenmann von Angesicht zu Angesicht gegenüber. Zu seiner grenzenlosen Überraschung erkannte er ihn sofort.

39

SONNTAG, 15.56 UHR, MANHATTAN

»Warum sind Sie weggelaufen? Ich wollte nur mit Ihnen reden.«

»Reden? Sie wollten nur reden? Und warum schleichen Sie mir dann nach? Himmel!« Will beugte sich vor, stützte eine Hand auf das Knie und rieb sich mit der anderen das Kinn.

»Ich wollte Sie nicht ansprechen, solange Sie mit ... mit dieser Frau zusammen waren. Da oben. Ich wusste nicht, wer sie ist. Ich wusste nicht, ob es sicher wäre.«

»Na, für mich wäre es sicherer gewesen, das können Sie mir glauben. Herr im Himmel.«

Will ließ sich auf einen Stuhl fallen und rang nach Atem.

»Und was zum Teufel soll das alles, Sandy? Oder lieber Shimon?«

»Shimon Shmuel. Aber nennen Sie mich ruhig Sandy, das ist einfacher.«

»Oh, danke.«

»Es tut mir Leid. Ich wollte Sie nicht schlagen, wirklich nicht. Aber ich konnte Sie nicht weglaufen lassen. Ich muss mit Ihnen sprechen. Es ist etwas sehr Schlimmes passiert.«

»Wem sagen Sie das. Meine Frau ist entführt worden, man hat mich gefoltert, Ihr Rabbiner hat in Bangkok jemanden umgebracht, und Sie verfolgen mich ein Wochenende lang und verpassen mir zum Grande Finale einen Kinnhaken.«

»Ich habe Sie nicht das ganze Wochenende verfolgt.«

»Hören Sie auf, Sandy, ich bitte Sie. Ich hab Sie gestern Nacht vom Fenster aus gesehen. Die Baseballcap hat Ihr Gesicht verdeckt, aber ich weiß, dass Sie es waren.«

»Ich schwöre Ihnen, ich hab Sie erst heute gesucht. Nicht letzte Nacht. Letzte Nacht war ich in Crown Heights.«

»Aber irgendjemand hat gestern Abend vor dem Gebäude der *Times* auf mich gewartet. Er ist mir zum Haus meiner Freundin gefolgt und hat draußen gewartet. Und bis jetzt kenne ich nur einen, der so was tut, nämlich Sie.«

»Ich schwöre Ihnen, ich war es nicht, Will. Gestern war es noch nicht nötig zu kommen.«

»Was heißt das, nicht nötig?«

»Gestern Abend war es noch nicht passiert. Wir haben es zumindest erst heute Morgen erfahren.«

»Was war nicht passiert?«

»Josef Jitzhok.« Seine Stimme brach, und Will sah ihn an. Er hatte die Kapuze immer noch nicht abgenommen – sie diente ihm als Ersatz für die Schädelkappe und erfüllte die religiöse Pflicht, seinen Kopf zu bedecken –, aber auch in ihrem Schatten sah man, dass Sandys Augen stark gerötet waren. Er sah aus, als habe er stundenlang geweint.

»Was ist mit ihm?«

»Er ist tot, Will. Er wurde brutal ermordet.«

»O mein Gott. Wo?«

»Das weiß niemand. Er wurde in einem Hausdurchgang in der Nähe der *schul* tot aufgefunden. Heute früh. Wahrscheinlich war er auf dem Weg zum *schacharis*. Zum Morgengebet, meine ich. Sein *tallis*, sein Gebetsschal, war voller Blut.«

»Ich kann es überhaupt nicht fassen. Wer soll das getan haben?«

»Ich weiß es nicht. Keiner von uns weiß es. Deshalb meinte Sara Leah – meine Frau, Sie haben sie kennen gelernt –, ich sollte Sie suchen. Sie meint, vielleicht hat es irgendetwas mit Ihnen zu tun.«

»Mit mir? Gibt sie mir die Schuld?«

»Nein! Wer spricht von Schuld? Sie meint, es hängt vielleicht mit dem zu tun, was am Freitagabend passiert ist.«

»Sie haben ihr davon erzählt?«

»Nur das, was ich wusste. Aber Josef Jitzhoks Frau ist ihre Schwester. Wir sind verwandt, Will. Er ist mein Schwager. *War* mein Schwager.« Seine roten Augen wurden wieder feucht.

»Hat Josef Jitzhok seiner Frau irgendetwas erzählt?«

»Nicht viel, glaube ich. Nur, dass er am Freitagabend mit Ihnen gesprochen hat. Er sagte, Sie wären da in eine sehr wichtige Sache hineingeraten. Nein – das war's nicht. Etwas Katastrophales, hat er gesagt. Das war das Wort, das er gebrauchte: *katastrophal*.«

»Hat er seiner Frau sonst noch etwas erzählt?«

»Nur, dass er hoffe und bete, Sie würden verstehen, was da vor sich geht. Und Sie würden wissen, was zu tun ist.«

Will fühlte sich hilfloser denn je. Der Rabbi hatte es zuerst gesagt, und jetzt wiederholte Josef Jitzhok es aus dem Reich der Toten. Eine uralte Geschichte entfaltet sich, hatte der Rabbi gesagt. Etwas, das die Menschheit seit Jahrtausenden fürchtet. Jetzt sagte JJ, es sei etwas so Katastrophales, dass er nur hoffen und beten könne, dass Will das Richtige tun werde. Aber er war noch genauso ratlos wie zuvor. Ratloser vielleicht – in seinem Kopf drehte sich alles: das bizarre Zusammentreffen der Morde an Macrae, Baxter und Samak, drei noblen Männern, die machtvollen Redefiguren aus dem Buch der Sprüche und zuletzt das unergründliche, mystische Diagramm, das er und TC hier in der Bibliothek gefunden hatten.

»Scheiße! TC ist ja noch oben. Kommen Sie mit. Schnell!«

Wütend über sich selbst stürmte er die Treppe hinauf und durch die Gänge zurück zum Lesesaal. Sandy blieb ihm auf den Fersen. Wie hatte er sie nur so lange allein lassen können?

Er lief zu dem Tisch, an dem er vor fast einer Stunde mit TC gesessen hatte. Als er näher kam, sank ihm das Herz in die Hose. Da saß eine Frau – aber das war nicht TC. Sie war weg!

Will schlug mit der Faust auf den Tisch, und ein stechender Schmerz durchzuckte seinen Arm. Die Frau starrte ihn voller Angst an. *Wie konnte ich so dumm sein?* Jetzt hatten die Entführer ihm zwei Frauen geraubt. Er hätte sie beide beschützen müssen, und er hatte versagt. Bei beiden.

Sandy stand neben ihm, aber Will sah und hörte ihn nicht. Erst ein stetes, hartnäckiges Vibrieren an seinem Oberschenkel riss ihn aus seiner Erstarrung. Das Telefon!

Zwei neue Nachrichten.

Er rief die erste auf.

Wo bist du? Musste weg. Ruf mich an. TC.

Will atmete auf. Dank sei Gott im Himmel. Er öffnete die nächste Nachricht; sicher war sie auch von TC, und wahrscheinlich schlug sie einen Treffpunkt vor. Aber was er sah, ließ ihn zwei Schritte rückwärts taumeln.

Fiftieth and fifth.

Josef Jitzhok mochte tot sein. Aber die Rätsel lebten weiter.

40

SONNTAG, 16.04 UHR, MANHATTAN

»Wann ist sie gekommen?«

»Eben. Vor ein paar Minuten.«

»Also, das Erste, was wir daraus schließen können, ist, dass Josef Jitzhok nicht unser Informant war.«

»Das wissen wir nicht, TC. Vielleicht hat sein Mörder das Telefon an sich genommen und weitere Nachrichten abgeschickt.« Noch während er es sagte, sah er, wie absurd diese Vermutung war. Warum sollte ein Mörder ein Telefon stehlen, einen Blick in den »Gesendet«-Ordner werfen und weiter verschlüsselte Botschaften von der gleichen Sorte verschicken? Außerdem ließ sich das leicht überprüfen.

»Sandy, können Sie mir einen Gefallen tun? Rufen Sie zu Hause an und stellen Sie fest, ob Josef Jitzhoks Telefon gestohlen wurde, als man ihn ermordete.« Dann sprach er wieder in sein Handy. Er hatte eine neue Theorie für TC. »Was ist, wenn jemand sein Telefon schon früher gestohlen hat?«

»Na, dann wäre es ja auch nicht JJ gewesen, von dem die Nachrichten kamen, oder?« TC war allmählich genervt. Weil sie nicht wagte, in ihr Apartment zurückzukehren, war sie in den Central Park gegangen. Zu ihrer Erleichterung hatte sie dort Leute getroffen, die sie kannte – ein Ehepaar mit vielen Kindern. Will hörte durch das Telefon, dass sie sich inmitten der Familie befand. Kinderwagen, Kleinkinder und Picknickdecken, dachte sie, würden ihr als Sicherheitsabsperrung dienen und Entführer und Verfolger fern halten.

Er hörte Kinderlärm, ein Softballspiel und eine Mutter, die Kuchen verteilte, und dabei verspürte er jähen Neid – besser gesagt, Sehnsucht. Sehnsucht nach einem Sonntagnachmittag in entspannter, sonniger Normalität.

»Du meinst also, es war die ganze Zeit nicht JJ, sondern jemand anders.«

»Ja, das meine ich. JJ ist tot, aber die Nachrichten hören nicht auf. Ergo: Er war nicht der Absender.

»Und warum haben sie ihn umgebracht?«

»Wer?«

»Die Chassiden.«

»Wir wissen nicht, ob die Chassiden ihn umgebracht haben. Das ist eine übereilte Schlussfolgerung von dir. In Wahrheit, Will, wissen wir kaum etwas. Wir können raten, spekulieren, Theorien aufstellen, aber wir wissen sehr wenig.«

»Was ist mit der Zeichnung in der Bibliothek? Hast du da noch was gefunden?«

»Ich glaube, sie soll uns etwas sehr Einfaches sagen. Sie sagt: ›Denkt im Sinne der Kabbala.‹ Das Bild ist so komplex und hat so viele Bestandteile, dass es da nicht um eine kleine Einzelheit gehen kann, sondern nur um eine allgemeine Idee. Dieses Diagramm ist der Grundstein der gesamten Kabbala. Fast wie ein Logo.«

»Warte. Da kommt wieder eine SMS. Ich rufe dich wieder an.«

Im Gehen drückte er die Tasten, um sich die Nachricht anzeigen zu lassen. Hoffentlich war sie nicht wieder verschlüsselt. Ohne TC an seiner Seite brauchte er dringend etwas Klares und Einfaches.

Sehet den Herrn des Himmels, aber nicht der Hölle.

Sie hatten nur ein paar Straßen weit nach Norden zu gehen, um zu der Kreuzung zu kommen, die in der SMS angegeben war: 50th Street, Ecke 5th Avenue. Dort standen sie jetzt.

Vor ihnen ragte die St. Patrick's Cathedral auf wie eine unheimliche Festung. Vor kaum mehr als einer Woche hatte er mit seinem Vater hingerissen drinnen gesessen und den »Messias« gehört. Vor einer Woche und in einem anderen Leben.

Sein Vater. Ein Gefühl der Schuld durchzuckte Will: Er hatte seinen Vater kaum in die Suche einbezogen. Es war offensichtlich, dass er helfen wollte. Er hatte das gestern Abend und auch heute Morgen deutlich gemacht, hatte sogar beim Lösen der rätselhaften SMS-Nachrichten geholfen. Aber Will war ungeduldig mit ihm gewesen. Er hatte ihn als Chauffeur eingespannt, aber mehr nicht. Vielleicht standen sie sich, trotz ihres Bemühens in den letzten zwei Jahren, nicht so nahe, wie es Will gern geglaubt hätte. Die meisten Männer hätten wahrscheinlich in einer solchen Krise ihren Vater als Hauptverbündeten angesehen – aber Will war nicht wie die meisten. Der größte Teil seiner Kindheit, die prägenden Jahre seines Lebens hatte er weit weg, auf der anderen Seite des Atlantiks verbracht.

Er sah die Kirche an und dachte an den ersten Eindruck, den er bei seiner Ankunft in New York gehabt hatte. Damals war sie ihm irgendwie lächerlich vorgekommen. Trotz seiner Liebe zu alten Gebäuden fand er, dass dieses große Gewölbe, das wunderbar nach Paris, Rom oder London gepasst hätte, mitten in Manhattan absurd aussah. Eingeklemmt zwischen Wolkenkratzern aus Stahl und Glas, schien die Kathedrale mit ihren Bogenfenstern, Zinnen und spitzen Türmen, die sich in den Himmel bohrten, nicht nur am falschen Platz, sondern in der falschen Zeit zu stehen. Sie verkörperte den vergeblichen Versuch, den Ansturm des Modernen zurückzuhalten. Dies war die schnellste Stadt der Welt, und die Kathedrale stand unversöhnlich mittendarin – und versuchte, die Uhr anzuhalten.

Was konnte das bedeuten? Er winkte Sandy, er solle ihm folgen, und schob sich durch die Scharen von Touristen. Als er die Kirche betrat, umhüllte ihn sofort die ehrfürchtige Stille, die riesige Gotteshäuser erfüllt wie ein Nebel. Will ging durch das Kirchenschiff nach vorn und suchte nach irgendetwas, das auf die Nachricht gepasst hätte. Wer war der Gott des Himmels, aber nicht der Hölle?

Er sah sich um. Sandy stand immer noch in der Tür; er gaffte zu der unglaublich hohen Decke hinauf, und ein hallendes Echo ließ ihn den Kopf einziehen. Offensichtlich war er noch nie in einem solchen Gebäude gewesen. Der Kontrast zum Linoleum und zu der imitierten Holztäfelung in der Synagoge der Chassiden überwältigte ihn. Will fiel etwas ein, das sein Vater einmal gesagt hatte: dass religiöse Menschen vieles miteinander gemeinsam hätten, auch wenn sie unterschiedlichen Glaubens seien. »Derselbe Zauber wirkt auf sie alle.« Kein Zweifel: Sandy war bewegt.

Will, der seine Schulzeit und sein Studium in Oxford in weit älteren Gebäuden als diesem hier verbracht hatte, war nicht übermäßig beeindruckt von kalten Steinböden oder pseudomittelalterlicher Architektur. Er hatte eine Aufgabe: Er suchte den Herrn des Himmels, aber nicht der Hölle. Er betrachtete die große Orgel und die kleinere Altarorgel. Er betrachtete den Altar und die Kanzel, die aussah wie das Krähennest auf einem Piratenschiff. Er betrachtete die schmalen Regale, in denen Glasschalen für Kerzen standen, und die Kerzen selbst, die gratis erhältlich waren. Er schaute in die kleine Seitenkapelle, die offenbar für eine private Zeremonie geschlossen war. Er hob den Blick hinauf zu den beiden Fahnen: die erste war die Flagge der Vereinigten Staaten, die zweite die des Vatikans. Er hatte keine Ahnung, wonach er suchte.

Er ging die ganze Länge des Kirchenschiffs hinauf und ließ den Blick über die Bänke schweifen. Er schaute auf zu den Lautsprechern und Bildschirmen an den Säulen. Es gab Wandteppiche mit Inschriften, aber nichts schien auf die Nachricht zu passen. Er sah bunte Glasfenster mit Heiligen,

Hirten und hin und wieder einer Schlange, und er glaubte auch den einen oder anderen Engel zu erkennen.

Moment. Da über ihm, alles andere ringsum beherrschend, hing ein großes Kruzifix. Weißes Licht flackerte auf der Christusfigur; die Touristen standen Schlange, um es zu fotografieren.

War das der Herr des Himmels, aber nicht der Hölle? Die Unterwelt war ja das Reich Luzifers, nicht das Reich Jesu. Vielleicht war es so einfach. Vielleicht sollte er sich Jesus ansehen. Aber was dann?

Er wünschte, TC wäre bei ihm. Noch ein Paar Augen, noch ein Verstand. Sandy war nett, aber er besaß nicht die laserscharfe Beobachtungsgabe und nicht den durchdringenden Verstand, den Will jetzt nötig hatte.

Will wandte sich zum Ausgang. Er stopfte einen Dollarschein in die gläserne Spendenbox, die angefüllt war mit Münzen in tausend verschiedenen Währungen.

Draußen rief er sofort TC an.

»Hör zu, wir waren jetzt in der Kathedrale. Ich sollte den Herrn des Himmels, aber nicht der Hölle finden. Aber da ist nichts, was irgendetwas damit zu tun hat. Ich sehe jedenfalls nichts. Ja, ja, ich bin überall gewesen. Da sind Kirchenbänke, ein Kruzifix –«

Sandy zupfte ihn am Ärmel. Er wollte ihn abschütteln, aber Sandy ließ nicht los.

»Was ist denn? Ich rede hier mit TC.«

»Sehen Sie doch.« Sandy deutete quer über die Straße.

»TC, ich melde mich gleich wieder.«

Der Kathedrale gegenüber war das Rockefeller Center. Sandy lief schon los, um genauer hinzusehen. Fast ohne auf den Verkehr zu achten, überquerte er die Straße, und Will folgte ihm. Dann standen sie davor.

Vor ihm. Schimmerndes Metall, ein muskulöser Brustkorb, die Konturen eines perfekten, mythischen Körpers. Seine Schenkel waren gewaltig, jeder so dick wie ein Bison.

Der eine Fuß stand vor dem anderen, wie bei einem Gewichtheber, der sein Gleichgewicht zu halten sucht. Aber was er stemmte, war kein gewöhnliches Gewicht.

Seine Arme waren erhoben und leicht gekrümmt, um sich der Form seiner Last anzupassen. Denn auf seinen Schultern ruhte nicht weniger als das Universum, dargestellt in einem Gittermuster von Linien wie die Längen- und Breitengrade des Globus. Die metallenen Kreise waren mit den Namen der Planeten bezeichnet. Sie standen vor der größten Skulptur des Rockefeller Centers, der zwei Tonnen schweren Atlas-Statue.

»Sehet den Herrn des Himmels, aber nicht der Hölle.« Sandy murmelte die Worte wie zu sich selbst.

»Ich verstehe, warum er der Herr des Himmels ist«, sagte Will. »Aber was soll das mit der Hölle?«

Sandy bekam kaum ein Wort heraus. Er war atemlos vor Erregung. »Da gibt's eine berühmte Geschichte zu dieser Statue. Als sie aufgestellt wurde …«

»Ja?«

»… hatte man Pluto noch nicht entdeckt. Also ist da kein Pluto.«

»Und Pluto ist der Gott der Unterwelt«, flüsterte Will. *Sehet den Herrn des Himmels, aber nicht der Hölle.* Er hatte es gefunden. Er rief TC an und beschrieb ihr, was er sah.

»Du musst mich abholen«, sagte sie. »Und dann gehen wir zu dir nach Hause.«

»Warum?«

»Ich glaube, ich weiß endlich, was los ist. Und Atlas hat es mir bestätigt.«

41

SONNTAG, 17.50 UHR, BROOKLYN

Dies war nicht der Augenblick für Befangenheit. Trotzdem spürte er, dass es für TC ein seltsames Gefühl war, hier zu sein, in der Wohnung des Mannes, den sie einmal geliebt, und der Frau, die er geheiratet hatte. Er sah den verstohlenen Blick, den sie auf die Fotos warf, besonders auf die Collage der Hochzeitsbilder – vielleicht zwei Dutzend Stück, unter Glas –, die in der Küche hing.

Wenn es für TC schon seltsam war, so war es für Will schrecklich.

Er war nicht mehr hier gewesen, seit Beth verschwunden war. Jetzt sah er den Kalender mit den Notizen in ihrer Handschrift. Er sah ihre Strickjacke auf einer Stuhllehne. Ihre Abwesenheit war so spürbar, dass seine Augen brannten.

»TC, du musst mir sagen, was los ist.« Auf dem ganzen Weg vom Central Park, seit sie Sandy nach Hause geschickt hatten, hatte er sie gedrängt, zu reden. Aber sie hatte sich standhaft geweigert.

»Will, ich bin nicht sicher, dass ich Recht habe. Und ich kenne dich: Sobald ich anfange zu reden, wirst du losrennen und irgendetwas tun, und das könnte ein großer Fehler sein. Wir müssen sicher sein, hundertprozentig sicher. Wir haben keinen Platz für Vermutungen.«

»Okay, ich verspreche dir, dass ich nirgendwohin renne. Sag's mir einfach.«

»Das kannst du mir nicht versprechen. Und ich kann's dir nicht verdenken. Vertrau mir, Will. Bitte.«

»Und wann werde ich es erfahren?«

»Bald. Heute Abend.«

»Du sagst es mir heute Abend.«

»Du wirst es heute Abend erfahren. Nicht ich werde es dir sagen.«

»Jetzt mal ernsthaft, TC. Ich hab die Nase voll von Rätseln. Was soll das heißen, nicht du wirst es mir sagen?«

»Wir fahren nach Crown Heights. Die Antwort ist dort.«

»Wir? Heißt das, du kommst mit?«

»Ja, Will. Es wird Zeit.«

»Ja, das kann man wohl sagen. Ich meine, es leuchtet ein ...« Will brach ab. TC sah ihn erwartungsvoll an. Er begriff nicht gleich, was ihr Gesichtsausdruck bedeutete. Sie wartete darauf, dass er ihr noch eine Frage stellte.

»Was soll das heißen, ›es wird Zeit‹?«

»Hast du es noch nicht erraten, Will? Das ganze Wochenende? Alles, was wir getan haben? Du hast es wirklich nicht erraten?«

»Was sollte ich erraten?«

Sie wich seinem Blick aus und wandte sich ab. »Oh, Will. Ich bin wirklich überrascht.«

Er wurde lauter. »Warum bist du überrascht? Wovon redest du?«

»Es ist sehr schwer für mich, Will. Ich weiß nicht genau, wie ich es sagen soll. Aber es wird Zeit, dass ich ... na ja, zurückkehre.«

»Zurück? Nach Crown Heights?«

»Ja, Will. Zurück nach Crown Heights. Ich dachte, du hättest es schon vor einer Ewigkeit erraten. Und ich habe es dir immer sagen wollen, aber der Augenblick dazu war nie richtig. Es gab so viel nachzudenken, so viel auszuknobeln. Die Chassiden, die Entführung und ... Beth. Aber du hast ein Recht darauf, die Wahrheit zu erfahren.

Die Wahrheit also: Mein Name ist Tova Chaya Lieberman. Ich bin geboren in Crown Heights, Brooklyn. Ich bin das dritte von neun Kindern. Es gibt einen Grund dafür, dass ich diese Welt kenne, Will. Ich hab sie immer gekannt, von innen und von außen. Es ist meine Welt. Diese verrückten Chassiden? Ich bin eine von ihnen.«

42

SONNTAG, 18.02 UHR, BROOKLYN

Will brachte kein Wort hervor. Er saß auf dem Sofa, als drücke ihn ein wütender Sturm an die Lehne, und versuchte zu verdauen, was TC sagte. Zugleich spulten sich die Ereignisse der letzten achtundvierzig Stunden mit rasender Geschwindigkeit in seinem Kopf ab, und er sah jeden Augenblick in einem ganz neuen Licht. Nicht nur diese achtundvierzig Stunden, sondern die letzten fünf oder sechs Jahre. Alles, was er und TC gemeinsam erlebt hatten, sah plötzlich völlig verändert aus.

»Du hast die Familien mit einem Dutzend Kindern gesehen. Meine Familie war auch so. Ich war Nummer drei, und nach mit kamen noch sechs. Ich und meine ältere Schwester, wir waren wie kleine Mütter; wir haben den Babys die Windeln gewechselt und sie gefüttert, sobald wir alt genug dazu waren.«

»Und hast du ... du weißt schon ... hast du auch so ausgesehen?«

»O ja. Alles, was dazugehörte: lange Kleider, die bis zum Boden reichten, mausgraues Haar, Brille. Und meine Mutter trug eine Perücke.«

»Eine Perücke?«

»Ja, natürlich. Das habe ich dir nie erklärt, oder? Erinnerst du dich an die Frauen mit dem ›ungewöhnlich glatten Haar‹, die du gesehen hast, und dass sie alle die gleiche Frisur zu tragen schienen? Das waren *scheitl*, Perücken, die verheiratete Frauen aus Sittsamkeit tragen: sie dürfen ihr eigenes Haar nur ihrem Ehemann zeigen.«

»Aha.«

»Ich weiß, dir kommt das merkwürdig vor, Will. Aber du musst einfach begreifen, dass ich es wunderbar fand. Ich hab das alles verschlungen. Ich las die Geschichten im *tzena ur-e'ena*, die alten Legenden über Baal Schem Tov –«

Will sah sie fragend an.

»Den Begründer des Chassidentums. Lauter Geschichten über weise Männer, die durch den Wald wandern, und über Arme, die sich als Männer von großer Frömmigkeit erweisen und von Gott geehrt werden. Ich habe das geliebt.«

»Und was hat sich dann verändert?«

»Ich muss ungefähr zwölf Jahre alt gewesen sein. Ich malte viel in meinen Schulheften herum. Aber in diesem Alter fing ich an, selbst über das zu staunen, was ich da zustande brachte. Ich sah, dass meine Zeichnungen immer kunstvoller und, ja, ziemlich gut wurden. Aber es gab so wenig Bilder, die ich ansehen konnte. Weißt du, die orthodoxen Juden halten nicht gerade viel von Abbildern. Und eines Tages im Seminar – einer Art Mädchenschule – fand ich eins dieser Bücher mit Bildern großer Maler. Über Vermeer. Ich stahl es und versteckte es unter meinem Kopfkissen. Und es ist kein Witz – monatelang wartete ich jeden Abend, bis meine Schwestern eingeschlafen waren, und dann betrachtete ich unter der Bettdecke diese wunderbaren Bilder. Starrte sie einfach an. Und ich wusste, so etwas wollte ich auch malen.«

»Und da hast du damit angefangen.«

»Nein. Ich hatte ja nie Zeit. Im Seminar hieß es immer nur: lernen, lernen, lernen. Die heiligen Texte. Zu Hause musste ich kochen, putzen, Windeln wechseln, mit den Kleinen spielen und den Größeren bei den Hausaufgaben helfen. Außerdem teilte ich das Zimmer mit zwei Schwestern. Ich hatte weder Zeit noch Platz.«

»Das muss dich doch verrückt gemacht haben.«

»Hat es auch. Jeden Tag hab ich davon geträumt wegzukommen. Ich wollte ins Metropolitan Museum. Vermeer sehen. Aber es war nicht nur das Malen.«

»Sondern?«

»Ich weiß, es klingt komisch, wenn man mich heute sieht, aber ich war wirklich gut im Religionsunterricht.«

»Tut mir Leid, das klingt überhaupt nicht überraschend.«

»Ich war die Beste in meiner Klasse. Es fiel mir leicht. Die Texte, die vielfältigen Bedeutungen und Querverweise – das alles erschloss sich mir ganz von selbst. Einmal sagte ein Rabbiner, ich sei genauso gut wie ein Junge.«

»O Gott.«

»Ja, ich war wütend. Es bedeutete, dass es für Mädchen eine Grenze gab. Mit siebzehn, achtzehn Jahren bist du eine Frau – und das heißt, du heiratest, bekommst Kinder und versorgst den Haushalt. Männer konnten bei der *Jeschiwa* bleiben, so lange sie wollten, aber Mädchen durften sich nur die Grundlagen aneignen. Dann mussten wir aufhören. Das waren die Vorschriften. Die Fünf Bücher Moses, ein bisschen *Gemara* vielleicht, einen rabbinischen Kommentar. Aber das war alles.«

»Und die ganze Kabbala-Sache hast du also nie studiert.«

»Ich durfte nicht. Das hab ich doch schon vorhin gesagt, das dürfen nur Männer über vierzig.«

»Himmel.«

»Ja. Aber du kennst mich: Wenn es einen verbotenen Bereich gibt, will ich hinein. Ich fand ein paar Bücher unter den Sachen meines Vaters, aber ich wusste, allein würde ich nicht weiterkommen. Ich brauchte Anleitung. Also fragte ich Rabbi Mandelbaum.«

»Wer ist das?«

»Der, der mir gesagt hatte, ich sei fast so gut wie ein Junge. Ich sagte ihm, ich wollte studieren. Ich zeigte ihm alle entsprechenden Textstellen, die bewiesen, dass ich das

Recht hatte, auch als Frau zu wissen, was in diesen Büchern stand.«

»Und er war einverstanden? Hat er dich unterrichtet?«

»Jeden Dienstagabend, heimlich in seiner Wohnung. Die Einzige, die außer uns davon wusste, war seine Frau. Sie brachte immer ein Glas Zitronentee für ihn, ein Glas Milch für mich – und *rugelach*, kleine Kuchen für uns beide. So ging es fünf Jahre.« Sie lächelte.

»Und dann?«

»Er fing an, sich Sorgen zu machen. Nicht seinetwegen – er war so alt, dass es ihm egal war, was die Leute dachten –, aber um mich. Ich kam allmählich ins ›heiratsfähige Alter‹. ›Tova Chaya‹, sagte er, ›ein Mann muss sehr stark sein, wenn er sich durch eine so gelehrte Frau nicht bedroht fühlen soll.‹ Ich glaube, er hatte Angst, er könnte mich verdorben haben: Ich könnte seinetwegen als Hausfrau nicht mehr glücklich sein. Ich könnte keine gute Ehefrau werden wie Mrs. Mandelbaum. Er hatte meinen Horizont erweitert, meine Ziele höher gesteckt. Und in gewisser Hinsicht hatte er Recht.

Aber er hätte sich keine Sorgen machen müssen; ich hatte meine Flucht längst geplant. Ich bewarb mich um einen Studienplatz an der Columbia – unter einer Postfachadresse, damit niemand die Korrespondenz entdecken konnte. Ich bewarb mich um unzählige Stipendien, damit ich mir ein eigenes Zimmer leisten könnte. Ich gab mich als unabhängige Erwachsene aus; was das College anging, hatte ich keine Eltern.

Und als der Tag kam, machte ich den Kleinen das Frühstück wie immer, sagte meiner Mutter wie immer Auf Wiedersehen und ging zur U-Bahn.«

»Und du bist nie zurückgekehrt.«

»Nie.«

Tausend Fragen gingen Will durch den Kopf, aber zugleich überwältigende Antworten. Plötzlich sah er so vieles, das ihm verborgen gewesen war. TC war kein vergessener Spitzname aus der Kindheit, sondern ein Überbleibsel aus Tova Chayas früherem Leben. Und kein Wunder, dass ihre Eltern so geheimnisvoll waren: Sie gehörten in eine Vergangenheit, die sie hinter sich gelassen hatte. Und kein Wunder, dass es keine Fotos gab, denn die hätten alles verraten.

»Wissen sie denn wenigstens, dass du noch lebst?«

»Ich telefoniere mit ihnen, vor den großen Festtagen. Aber gesehen hab ich sie nicht mehr, seit ich siebzehn war.«

Alles an ihr ergab jetzt einen Sinn. Natürlich hatte sie einen brillanten Verstand, wusste aber nichts über Popmusik und Trash-TV: Sie war ohne all das aufgewachsen. Natürlich sprach sie kein Französisch oder Spanisch: Sie hatte ihre Zeit mit Jiddisch und Hebräisch verbracht.

Er dachte plötzlich an ihre Essgewohnheiten – ihre Vorliebe für chinesisches Essen, Berge von Riesengarnelen, Frühstück mit Ei und großzügigen Portionen Speck. Sie liebte dieses Zeug. Wieso? »Der Eifer einer Konvertitin«, erklärte sie verschmitzt.

Nachdem er jetzt selbst in Crown Heights gewesen war, wurde ihm klar, wie groß der Bruch mit ihrer Vergangenheit war. Er sah sie an: das enge Top, das die Form ihrer Brüste umschmiegte, den nackten Bauch, den Nabelring. Und er dachte an die Liste der Bekleidungsvorschriften, die er in Crown Heights gelesen hatte.

Mädchen und Frauen, die sich unschicklich kleiden und damit die Aufmerksamkeit auf ihre körperliche Erscheinung lenken, bringen Schande auf ihr Haupt.

Ihr Bruch mit den Chassiden hätte vollständiger nicht sein können. Und dabei hatte er ihre größte Rebellion noch gar nicht bedacht: die Beziehung zu ihm.

Die Leute in ihrer Welt hatten keinen außerehelichen Geschlechtsverkehr. Sie heirateten selten jemanden, der nicht zur chassidischen Gemeinde gehörte, und schon gar keine

Nichtjuden. Aber sie hatte eine lange, intime Beziehung zu ihm gehabt – und er war weder ihr Ehemann noch Jude. Für ihn war es eine wunderbare Romanze gewesen, aber für sie, das war ihm jetzt klar, war es die Revolution.

Plötzlich sah er TC mit anderen Augen. Er stellte sich vor, wie sie gewesen war: ein gescheites, fleißiges Mädchen aus Crown Heights, erzogen zu einem Leben der Bescheidenheit, der Mutterschaft und des pflichtbewussten Gehorsams. Was für eine Reise hatte sie da hinter sich gebracht, quer durch die Stadt und hinweg über Jahrhunderte der Tradition und des Tabus. Er stand auf, ging zu ihr und umarmte sie fest.

»Es ist mir eine Ehre, dich kennen zu lernen, Tova Chaya.«

43

SONNTAG, 18.46 UHR, BROOKLYN

Am liebsten hätte er TC stundenlang ausgefragt: über ihr Leben und über das Geheimnis, das sie so lange bewahrt hatte. Viele Juden wurden irgendwann orthodox; man nannte sie *chozer b'tschuvah*, und das bedeutete wörtlich »einer, der zurückkehrt und Buße tut«. TC hatte den anderen Weg gewählt: *chozer b'sche'ela*. Sie kehrte zurück, um Fragen zu stellen.

Aber für all das war jetzt keine Zeit, so sehr ihnen daran gelegen hätte. Sie mussten nach Crown Heights. Josef Jitzhok war ermordet worden, und sie wussten nicht, warum. Die letzte Nachricht, die Will bekommen hatte – die ihn zu der Atlas-Statue am Rockefeller Center geschickt hatte –, war nach JJs Tod abgeschickt worden, und das bewies, dass er nicht ihr Informant gewesen sein konnte. Warum also hatte jemand seinen Tod gewollt? Will war ratlos. Er wusste nur, dass die Sache immer bösartiger wurde. Der Rabbi hatte nicht gespaßt: Die Zeit wurde knapp.

Auch das, was TC ihm versprochen hatte, drängte ihn zum Handeln. Es werde alles klar werden, hatte sie gesagt, sobald sie in Crown Heights wären. Sie selbst könne ihm nicht sagen, was da vor sich ging. Aber die Erklärung warte dort. Sie müssten nur hinfahren und sie finden.

»Ich muss dein Bad benutzen. Und ich werde mir ein paar von Beths Kleidern ausborgen müssen.«

»Na klar«, sagte Will und gab sich große Mühe, nicht weiter an die potentielle Symbolkraft dieser Bitte zu denken. Er führte sie zu Beths Kleiderschrank, holte tief Luft und öffnete die Schiebetür. Sofort drang ihm ihr Duft in die Nase. Er war sicher, dass er ihr Haar riechen konnte, den speziellen Duft der Haut unter ihrem Ohr. Er atmete tief durch die Nase ein und hatte auf einmal abgrundtiefe Angst um sie.

TC nahm eine schlichte weiße Bluse heraus, die Beth zu offiziellen Arbeitsmeetings trug, meistens unter einem dunklen Hosenanzug. Sie war hochgeschlossen, sah Will. *Wir bitten alle Frauen und Mädchen, ob sie hier wohnen oder nur zu Besuch weilen, sich zu jeder Zeit an die Gesetze der Schamhaftigkeit zu halten …*

TC drehte sich um. »Hat Beth einen langen Rock? Einen richtig langen Rock?«

Will überlegte. Sie hatte zwei lange Kleider, und eins davon war besonders schön; er hatte es ihr zu ihrem ersten Hochzeitstag geschenkt. Aber das war Abendkleidung.

»Moment«, sagte er. »Lass mich da hinten nachsehen.« War Beth inzwischen dazu gekommen, es wegzuwerfen? Vorgehabt hatte sie es. Es war ein langer Rock aus tristem dunklen Samt, und Will hatte sich erbarmungslos darüber lustig gemacht: Es sei »ein Fummel für Cello spielende alte Jungfern«. Sie tat empört, aber natürlich sah sie, was er meinte: Sie sah darin tatsächlich aus wie eine dieser silberhaarigen Cellistinnen, die man in jedem Orchester finden konnte. Aber der Rock war ihr ans Herz gewachsen, und zu Wills jetzt großer Erleichterung hing er immer noch im Schrank.

»Okay«, sagte TC und ging ins Bad. »Die müssen verschwinden.« Sie legte den Kopf schräg und nahm ihre Ohrringe ab. Dann schob sie das Gesicht näher an den Spiegel und begann, in einer komplizierten Operation den Diamanten an ihrem Nasenflügel zu entfernen, und schließlich drehte sie den Ring aus ihrem Bauchnabel. Sie legte das ganze Metall auf den Waschbeckenrand.

»Und jetzt kommt das Schwierigste.« Sie wühlte eine eben gekaufte Flasche Shampoo aus ihrer Tasche, ein speziell für den beabsichtigten Zweck hergestelltes Produkt. Sie drehte den Wasserhahn auf und legte sich ein Handtuch um die Schultern. Sie biss die Zähne zusammen, als stehe ihr eine scheußliche Strapaze bevor, und senkte den Kopf unter den Wasserstrahl.

Will sah zu, wie sie sich das Haar einschäumte und wusch. Es dauerte eine ganze Weile, aber die Mühe machte sich bezahlt. Das Wasser, das ins Becken lief, färbte sich bläulichviolett. Die Farbe löste sich, wirbelte im Kreis über das weiße Porzellan und verschwand im Abfluss. Fasziniert betrachtete Will das gefärbte Wasser. Es entfernte nicht nur eine Chemikalie aus TCs Haaren, es schien die letzten zehn Jahre ihres Lebens fortzuspülen.

Er ging hinaus, um selbst ein paar Sachen zusammenzusuchen. Wie hatte der Rabbi gesagt: »In ein paar Tagen wird alles klar werden.« Das war zwei Tage her. Vielleicht rückte die Wahrheit jetzt endlich näher. Wie würde sie aussehen? Was war diese große, »uralte« Geschichte, in die er und seine Frau hineingeraten waren? Und wenn er es wüsste, würde er sie dann zurückbekommen? Würde er sie wieder in den Armen halten? Vielleicht schon heute Abend?

»So. Was sagst du dazu?«

Will drehte sich um und sah eine völlig veränderte Frau. Ihr Haar war dunkelbraun, lang und glatt gebürstet im Stil der 90er. Sie trug solide schwarze Schuhe, einen langen schwarzen Rock und eine weiße Bluse. Sie hatte sich eine dicke Steppjacke von Beth ausgeborgt; unter anderen Umständen hätte sie vielleicht chic ausgesehen, aber jetzt wirkte sie nur praktisch. Hier in seinem Apartment stand eine Frau, die sich in nichts von all den jungen Frauen und Müttern unterschied, die er zwei Tage zuvor in Crown Heights gesehen hatte. Sie sah vom Scheitel bis zur Sohle aus wie Tova Chaya Lieberman.

»Ich bin so froh um die Schuhe. Gott sei Dank, sie passen mir, und nur darauf kommt es an …«

Will begriff erst nach ein paar Augenblicken, was sie da redete: Sie erprobte den Singsangton des vom Jiddischen geprägten Akzents einer New Yorker Chassidin. Er ging ihr mühelos über die Lippen, und Will fand ihn sofort überzeugend.

»Wow. Du klingst … anders.«

»Das ist die Musik meiner Jugend.« Jetzt klang sie wieder wie TC, aber in ihrer Stimme lag eine Wehmut, die er noch nie gehört hatte. Sie nahm sich zusammen und sagte: »Jetzt du.«

»Ich?«

»Ja, du. Wir gehen zusammen. Tova Chaya würde sich niemals mit irgendeinem *schejgez* sehen lassen. Du musst zu ihr passen. Also: schwarzer Anzug, weißes Hemd. Du kennst die Regeln.«

Gehorsam suchte Will das schlichteste Outfit heraus, das er finden konnte. Einen Nadelstreifenanzug und ein weißes Hemd mit dem Ralph-Lauren-Polospieler auf der Brust musste er im Schrank lassen. Schlicht, schlicht, schlicht.

Dann schaute er in den Spiegel und hoffte, seine Verwandlung würde so überzeugend sein wie TCs. Aber sein Gesicht verriet ihn. Er mochte für einen Amerikaner durchgehen, aber für einen Juden? Nein. Er hatte den Teint und die Knochenstruktur eines Angelsachsen, dessen Wurzeln in den Dörfern Englands lagen, nicht in der Steppe Russlands.

Aber das musste kein Problem sein. Unter den Gläubigen am Freitagabend hatte er Gesichter aus Hanoi und Helsinki gesehen. Man konnte ihn für einen Konvertiten halten.

Er brauchte nur noch eines. »TC, wo kriege ich um diese Zeit eine Schädelkappe her?«

»Daran hab ich schon gedacht.« Mit schwungvoller Gebärde hielt TC eine schwarze Stoffscheibe in die Höhe. »Ich hab sie mir von deinem Freund Sandy geborgt, als wir im Park waren.«

»Geborgt?«

»Na ja, ich weiß, dass sie immer eine als Ersatz bei sich tragen. Und da hab ich zufällig einen Blick in seine Jackentasche geworfen. Hier, setz sie auf.«

Beinahe feierlich erhob TC sich auf die Zehenspitzen und setzte Will die Jarmulke auf den Kopf. Dann verschwand sie im Badezimmer und kam mit einer Haarklammer zurück. »So«, sagte sie und steckte sie fest. »Rav William Monroe, ich bin erfreut, Sie kennen zu lernen.«

Als sie im Taxi saßen, fing Will an zu zappeln, aufgeregt – und nervös. Noch nie hatte er sich für irgendeinen Zweck getarnt, aber jetzt spielte er den Undercoveragenten. Er hatte sich verkleidet und gab sich als jemand aus, der er nicht war. Seine schützende Rüstung – Chinos, blaues Hemd, Notizbuch – waren nicht da. Er fühlte sich verwundbar.

Um sich seiner zu vergewissern, griff er nach seinem Handy – einem Überbleibsel aus seinem normalen Leben. Das Display zeigte eine neue Nachricht an, anscheinend von demselben unbekannten Absender, den er bis vor kurzem für Josef Jitzhok gehalten hatte.

Sind Menschen nur, die Zahl ist klein,
Lässt zeigen sich in Ziffern zwein,
Halbieret gar, wenn jene sich vermehren,
Und gehn wir wen'ge unter, ist dem Tode aller nicht zu wehren.

Er hatte keine Ahnung, was das bedeuten sollte, aber es kam auch kaum noch darauf an. TC hatte gesagt, bald werde alles klar werden. Nur aus Gewohnheit warf er als Nächstes einen Blick auf den Blackberry. Das rote Licht blinkte: eine Eilmeldung vom *Guardian*. Aus Nostalgie hatte er den elektronischen Nachrichtenticker der Zeitung abonniert, die er zu Hause gelesen hatte. Meistens löschte er diese E-

Mail-Updates sofort; er hatte genug damit zu tun, die Nachrichten aus New York und USA zu verfolgen. Aber das Wort »Eilmeldung« tat seine Wirkung: Welche Nachricht rechtfertigte eine Extra-Mail? Er klickte sie auf.

Robin Hood in der Downing Street.
Großbritanniens heißester Skandal der letzten Jahrzehnte nahm heute eine besonders bizarre Wendung.
Der ehemalige Schatzkanzler Gavin Curtis, der sich polizeilichen Mutmaßungen zufolge in der vergangenen Woche das Leben genommen hat, verwandelt sich scheinbar über Nacht aus einer viel geschmähten Hassfigur posthum in einen Volkshelden. Sprecher des Finanzministeriums, die zuvor enthüllt hatten, dass Mr. Curtis große Summen aus dem Staatsetat auf ein privates Bankkonto in der Schweiz umgeleitet habe, gaben heute Morgen bekannt, wo dieses Geld tatsächlich gelandet ist: in den Händen der Ärmsten der Welt.
Von der Boulevardpresse augenblicklich zu einem »Robin Hood des wahren Lebens« verklärt, hat Mr. Curtis anscheinend einen großen Teil seiner sieben Jahre als britischer Finanzminister darauf verwandt, die Reichen zu bestehlen und den Armen zu geben.
»Die Hilfe, die wir von Großbritannien erhalten haben, hat sich unter Mr. Curtis verdoppelt und dann verdreifacht«, berichtet Rebecca Morris, Sprecherin der »Aktion gegen Hunger«, einer führenden Hilfsorganisation. »Wir glaubten, das sei die Politik dieser Regierung.«
Aber es war nichts dergleichen. Die großzügige Hilfe für jene, die im Krieg gegen Armut, Aids und Hunger in vorderster Front stehen, geschah auf persönlichen Beschluss von Mr. Curtis, und sie wurde dadurch ermöglicht, dass die Einzelheiten seiner Freigebigkeit sich in einem verblüffend komplizierten Labyrinth ministerieller Daten verbergen ließen.
Einige Beobachter vermuten, der Minister sei in den letzten Monaten noch weitergegangen und habe seine Programme durch die Plünderung von Mitteln finanziert, die eigentlich als Subventio-

nen für britische Waffenexporteure vorgesehen waren. »Sie bekamen eben weniger, damit die Hungernden in Afrika und die Kranken am Indischen Ozean mehr bekommen konnten«, erläuterte ein Mitarbeiter des Ministeriums gestern Abend. Ein Bericht spekulierte, dass diese Tat des Ministers zu seinem Sturz führte. »Er muss gewusst haben, welches Risiko er dabei einging«, erklärte Ms. Morris gegenüber dem Guardian. *»Trotzdem war er bereit dazu, nur damit die Hungrigsten und Schwächsten der Welt bessere Chancen bekamen. Ich kann Ihnen nicht sagen, wie viele Menschenleben Mr. Curtis gerettet hat. Manche werden es einen Skandal nennen, aber für mich waren es die Taten eines wahrhaft gerechten Mannes.«*

44

SONNTAG, 20.16 UHR, CROWN HEIGHTS, BROOKLYN

TC wollte nicht riskieren, vorher anzurufen. Sie befürchtete, Rabbi Mandelbaum könnte beim Klang einer Stimme aus der Vergangenheit zu sehr aus der Fassung geraten. Außerdem hatte sie Angst, er werde auf der Stelle ihre Eltern anrufen. Wahrscheinlich hatte ihn in all den Jahren sein Gewissen geplagt: Er hatte sich heimlich mit der jungen Tova Chaya verschworen, und man sah, was passiert war. Er musste sich selbst die Schuld geben, denn er hatte sie in ihrem Rebellieren ermutigt, statt es zu zügeln.

Deshalb wollte sie lieber an seiner Haustür auftauchen und ihm keinen Ausweg lassen. Die Adresse kannte sie noch, und als sie sah, dass im Haus Licht brannte, ließ sie den Taxifahrer warten.

»Sorry, Will. Ich brauche nur einen Moment.« Sie starrte aus dem Fenster, als könne sie sich nicht rühren. »Es ist fast zehn Jahre her. Ich war ein anderer Mensch.«

»Lass dir Zeit.«

Will starrte aus dem Wagenfenster auf die ungewöhnlich stillen Straßen. Kein anderes Auto weit und breit; niemand war zu sehen. Kein Laut war zu hören, bis auf das Autoradio, aus dem ein Song erklang. Zuerst hörte Will kaum hin, aber dann fiel ihm ein Satz des Liedtextes auf. Es war John Lennon, der erklärte, Gott sei eine Vorstellung, an der wir unseren Schmerz messen. Will hörte aufmerksam zu; der Song näherte sich dem Höhepunkt: »I don't believe in magic … I don't believe in bible … I don't believe in Jesus … I don't believe in Beatles. I just believe in me, Yoko and me, and that's reality.«

Er hatte den Song noch nie gehört – »Ich glaube nur an mich, Yoko und mich, und das ist die Wirklichkeit« –, aber sein Mund wurde trocken. Ihm war, als spräche Beth selbst zu ihm, als hätte sie es endlich irgendwie geschafft, aus ihrer Zelle eine Botschaft herauszuschmuggeln. Die Sehnsucht, die Will in diesem Moment nach seiner Frau empfand, schien alles in ihm zu erfassen.

TC gab schließlich ein Zeichen, und sie bezahlten das Taxi und gingen auf das Haus zu. Will rückte seine Kappe zurecht. Zum x-ten Mal. TC klopfte an die Tür.

Es dauerte ein Weilchen, aber Will hörte, dass sich im Haus etwas bewegte. Dann kamen langsam schlurfende Schritte zur Tür, und ein gebeugter, graubärtiger alter Mann öffnete ihnen. Er musste mindestens achtzig sein.

»Rabbi Mandelbaum, ich bin Tova Chaya Lieberman. Ihre Schülerin. Ich bin wieder da.«

Seine Augen sprachen zuerst; sie erstrahlten und wurden gleichzeitig feucht. Er schaute sie lange Zeit wortlos an. Dann nickte er sanft und trat beiseite, um seine Gäste eintreten zu lassen.

Er ging ihnen voraus und hob den linken Arm, als sie an der Tür zum Esszimmer waren: Geht dort hinein. Er selbst ging weiter in die Küche.

Der Geruch von alten Büchern war überwältigend: Das Zimmer war vom Boden bis zur Decke voll gestopft mit ledergebundenen, goldgeprägten Bänden, wie Will sie auch am Freitagabend im Verhörzimmer gesehen hatte. Heilige Texte. Die Platte des Esstischs war unsichtbar. Eine Tischdecke lag darauf, dann eine Plastikfolie und schließlich Dutzende von aufgeschlagenen Büchern. Genaues konnte man nicht erkennen; das Zimmer war von einer einzelnen, matten elektrischen Lampe erleuchtet. Aber schon jetzt sah Will: Kaum ein Wort in diesen Büchern war englisch.

An den Wänden hingen keine Gemälde, sondern nur Fotos, ein Dutzend, vielleicht mehr, und alle zeigten denselben Mann: den Rebbe. Seit über zwei Jahren verstorben, schaute er hier aus allen möglichen Perspektiven ins Zimmer, manchmal lächelnd, manchmal mit erhobenem Arm, aber immer mit eindringlichem Blick. Ein Foto zeigte den Rebbe mit Rabbi Mandelbaum zusammen. Die andern sahen aus wie professionelle Atelierfotos, aufgezogen auf kitschige Tafeln aus imitiertem Holz. Sie erinnerten Will an die Souvenirs, die man in kleinen italienischen Dörfern kaufen konnte, Bilder des Lokalheiligen.

Rabbi Mandelbaum kam herein. Er balancierte ein Tablett mit einem einzigen Glas Wasser.

»Setzt euch, setzt euch«, sagte er und hielt Will das Tablett entgegen. Will war verwirrt. Warum bekam nur er etwas zu trinken? TC beugte sich zu ihm und flüsterte: »Jom Kippur hat angefangen. Heute Abend. Nichts essen, nichts trinken.«

»Und warum gibt er mir Wasser?«

»Weil er ein kluger Mann ist.«

TC wandte sich ihrem alten Lehrer zu. »Mrs. Mandelbaum?«, fragte sie, und ihre Stimme klang zurückhaltend und sanft.

»Haya Hindel Rachel, aleha hoscholom.«

»Es tut mir Leid. *Hamakom jenachem oscha b'soch sche'ar aveley Zion v'Jeruschalajim.*« Möge der Herr dich trösten unter allen, die da trauern um Zion und Jerusalem.

Will konnte nur zuhören und zuschauen, aber er verstand TCs Körpersprache gut genug, um zu wissen, dass sie dem alten Mann ihr Beileid aussprach.

»Rabbi Mandelbaum, ich komme nach all den Jahren wieder her, weil es um Leben und Tod geht. Ich glaube, es besteht Gefahr für die gesamte Schöpfung.« Dann stockte sie und erinnerte sich. »Das ist mein Freund William Monroe.«

Der Rabbi zog kaum merklich die Braue hoch, als wolle er sagen: »Halte mich nicht für naiv, junge Dame. Ich weiß, wie es in der Welt zugeht. Ich weiß, dass ein Mann namens William Monroe kein Jude ist, ganz gleich, wie er sich anzieht. Und ich weiß auch, dass das Wort ›Freund‹ mehrere Bedeutungen hat.«

»Seine Frau ist entführt worden. Sie wird hier in Crown Heights gefangen gehalten. Will hat mit einem Rabbi gesprochen – ich nehme an, es war Rabbi Freilich.« Sie blickte kurz zu Will, der sie überrascht anstarrte: Warum hast du mir das nicht gesagt? Sie sprach weiter. »Er bestreitet nicht, sie entführt zu haben. Aber er hat nicht erklärt, warum.«

Mandelbaum wirkte kein bisschen schockiert. Er nickte nur und ermunterte TC fortzufahren.

»Wir haben eine ganze Reihe von Nachrichten über das Telefon bekommen. SMS-Nachrichten.« Sie sprach das Wort sorgfältig und deutlich aus, als könne es dem alten Rabbiner vielleicht unbekannt sein. Aber er hörte ungerührt weiter zu.

»Wir wissen nicht, von wem diese Nachrichten kommen. Aber anscheinend geben sie so etwas wie eine Erklärung für Ereignisse hier und anderswo. Ich weiß nicht genau, was sie bedeuten. Aber ich habe eine Ahnung. Und deshalb sind wir hier.«

»Fregt mich a schale.« Stell mir deine Frage.

»Rabbi Mandelbaum, können Sie Will erklären, was ein *Zaddik* ist?«

Zum ersten Mal zeigte der Rabbiner eine Regung. Er sah TC verwundert an, als frage er sich, worauf er sich hier einlasse.

»Tova Chaya, du weißt genau, was ein *Zaddik* ist. Wir haben es zusammen gelernt. Bist du dafür zurückgekommen?«

»Ich will, dass er es von Ihnen hört. Sagen Sie es ihm?«

Der Rabbiner starrte TC an, als wolle er ihre Motive ergründen. Schließlich wandte er sich zögernd an Will und begann: »Mr. Monroe, ein *Zaddik* ist ein gerechter Mann. Die Wurzel des Wortes ist *tzedek*, und das bedeutet Gerechtigkeit. Ein *Zaddik* ist nicht einfach weise oder gelehrt. Dafür haben wir andere Wörter. Ein *Zaddik* ist ein Mann von ganz besonderer Weisheit. Er verkörpert die Gerechtigkeit selbst. Das englische Wort ›gerecht‹ kommt dem am nächsten.«

Will hatte eine solche Stimme noch nie gehört. Der Rabbi, der ihn so gewalttätig verhört hatte – und der, wie er jetzt erfuhr, Freilich hieß –, hatte mit einer ungewöhnlichen Intonation gesprochen, einem musikalischen Auf und Ab, aber es war immer noch ein erkennbar amerikanischer Tonfall gewesen. Das hier klang anders. Nicht deutsch, nicht osteuropäisch, sondern wie eine Mischung aus beidem. War es der Akzent Mitteleuropas? Oder war es eher die Stimme eines Ortes, den es nicht mehr gab – die Stimme des jüdischen Europas? In dieser Stimme erkannte Will die Bilder, die er in den Geschichtsbüchern über den Zweiten Weltkrieg gesehen hatte: die Juden aus Polen und Ungarn und Russland, dunkle Augen, die ihn aus Schwarzweißfotos anschauten, Menschen an der Schwelle eines schrecklichen Schicksals, das sie nicht kannten. Er hörte die verschmitzt klagenden Klarinetten der Klezmer-Musik, die er gelegentlich im New Yorker Radio mitbekommen hatte. In der Stimme dieses einen Mannes hörte Will eine ganze verlorene Kultur.

Er kehrte in die Gegenwart zurück und konzentrierte sich entschlossen auf das, was der Rabbiner sagte.

»Unsere Überlieferung kennt zwei Arten von *Zaddikim* – die, die man kennt, und die, die im Verborgenen sind. Die Verborgenen heißen *nistarim*. Sie stehen auf einer höheren Ebene als die, deren Heiligkeit öffentlich bekannt ist. Sie sind gerecht, aber sie suchen weder Ansehen noch Ruhm. Sie haben nichts von dem Dünkel, den das Licht der Öffentlichkeit mit sich bringt. Selbst ihre nächsten Nachbarn wissen nichts von ihrer wahren Natur. Oft sind sie arm. Tova Chaya wird sich an die Märchen erinnern, die sie als Kind gelesen hat: von *Zaddikim*, die im Verborgenen lebten, als Handwerker, als Schneider oder Schuster. Sie waren oft arm und hatten bescheidene Berufe. In den Märchen sind es oft Schmiede oder Flickschuster. Hausmeister vielleicht. Und doch vollbringen diese Männer Taten von höchster Frömmigkeit. Heilige Taten.«

»Aber niemand weiß, wer sie sind?« Die Frage ging ihm ganz von allein über die Lippen.

»Ganz recht. Tatsächlich« – der Rabbiner lächelte – »wird der *Zaddik* oft alles Erdenkliche tun, um die Leute von seiner Spur abzubringen, sozusagen. Unsere Schriften sind voll von unglaublich paradoxen Geschichten: die heiligsten Männer finden sich da an den unheiligsten Orten. Das ist Absicht: Sie wollen ihre wahre Natur hinter einer Maske verbergen, und so tarnen sie sich als rohe, ja, unerfreuliche Menschen. Tova Chaya erinnert sich vielleicht an die Geschichte von Rabbi Levi Jitzhok aus Berditschew?«

»Gottes Trinker.«

»Ich sehe, du hast nicht alles vergessen, was wir zusammen studiert haben. *Gottes Trinker* ist tatsächlich die Geschichte, an die ich denke. In dieser Geschichte stellte der heiligmäßige Rabbi Levi Jitzhok fest, dass er, wenn es um die göttliche Gnade geht, von Chaim, dem Wasserträger, in den Schatten gestellt wird – von einem Toren, der von morgens bis abends *schicker* ist.« TC und der Rabbiner lachten leise.

»Das heißt, die gerechtesten Menschen erscheinen nicht selten in der entgegengesetzten Gestalt?«, fragte Will.

»Ja. Betrachten Sie es als eine Art göttlichen Scherz. Oder als den Beweis dafür, dass das Judentum eine zutiefst demokratische Philosophie ist. Die Heiligen sind nicht die, die wir am besten kennen oder die die meisten Titel im Namen führen. Und es sind auch nicht diejenigen, die am nachdrücklichsten beten, am eifrigsten fasten oder die Gebote am gewissenhaftesten befolgen. Das Maß der Heiligkeit besteht in der gerechten und großzügigen Behandlung unserer Mitmenschen.«

»Und dieser Mann, dieser Trinker, war gut zu seinen Mitmenschen?«

»Sehr gut muss er gewesen sein.« Alle drei schwiegen für einen Augenblick, und man hörte nur das geräuschvolle Atmen des Alten.

»Da gibt es eine Geschichte. Eine der ältesten.« Wieder umspielte die Andeutung eines Lächelns seine Lippen. Will sah plötzlich, was sich hinter dem Bart und dem Akzent verbarg: ein ziemlich bezaubernder Mann, alt und gebeugt, aber in seiner Jugend sicher ein charismatischer Lehrer.

Rabbi Mandelbaum war aufgestanden und schlurfte um den Tisch herum, um in das Bücherregal hinter Wills Kopf zu greifen. »Hier, das ist aus dem *Talmud Jeruschalmi*, aus dem Traktat über die Fastentage. Tova Chaya, haben wir das nicht zusammen studiert?«

Will konnte nicht folgen. »Verzeihung, woher ist es?«

TC schaltete sich ein. »Man nennt es den Palästinischen Talmud: ein Buch mit rabbinischen Kommentaren, geschrieben in Jerusalem.«

»Wann?«

Rabbi Mandelbaum hatte sich wieder auf seinen Stuhl gesetzt; er blätterte in dem Buch und antwortete, ohne aufzublicken. »Diese Geschichte stammt aus dem dritten Jahrhundert der allgemeinen Zeitrechnung.« *Die allgemeine Zeitrechnung* – eine Umschreibung für *Anno Domini*, im Jahr des Herrn, eine Formel, die kein gläubiger Jude benutzen konnte. »Es ist wahrscheinlich die älteste Geschichte ihrer Art.« Seine Augen überflogen den Text. »Gut, wir brauchen wahrscheinlich nicht alle Einzelheiten, aber in dieser Geschichte bemerkt Rabbi Abbahu, dass das Gebet der Gemeinde um Regen erhört wird, wenn ein bestimmter Mann dabei anwesend ist. Ist er nicht da, gibt es keinen Regen.

Und es stellt sich heraus, dass dieser Mann ausgerechnet in einem Freudenhaus arbeitet! Verzeih mir, Tova Chaya, dass ich von solchen Dingen rede.«

»Sie meinen«, sagte Will, »er ist ein Zuhälter? Und trotzdem ist er ein Gerechter?«

»Das sagt der Talmud.«

Will lief es eisig über den Rücken. Ihn schauderte, und seine Schultern zitterten. Er hörte nicht, was TC und der Rabbi sagten. In seinem Kopf war nur Platz für eine einzige Stimme. Sie gehörte Letitia, der Frau, die er in Brownsville besucht hatte. Er hörte sie laut und deutlich: *Der Mann, den sie gestern Nacht umgebracht haben, mag an jedem Tag seines Lebens, den Gott ihm geschenkt hat, gesündigt haben – aber er war der gerechteste Mann, den ich je gesehen habe.*

Das hatte sie über Howard Macrae gesagt, der genau wie der Mann in der Gemeinde im dritten Jahrhundert seinen Lebensunterhalt als Zuhälter verdient hatte.

»... die Geschichten scheinen eine besondere Freude an diesen Paradoxien zu haben«, sagte der Rabbi eben. »Heilige in Gestalt bescheidener oder gar sündiger Menschen.«

Will dröhnte der Kopf. Pat Baxter, der verrückte Milizionär, der sich mit bewaffneten Fanatikern herumtrieb – aber der nicht vorbestraft war und einem völlig fremden Menschen seine Niere geschenkt hatte. Gavin Curtis, verachtet als korrupter Politiker, der Gelder an die Ärmsten der Welt umgeleitet hatte. Samak Sangsuk, ein typischer steinreicher thailändischer Geschäftsmann, der in aller Stille dafür gesorgt hatte, dass die Unterschicht von Bangkok im Tode ihre Würde bewahrte.

Will konnte dem Tempo seiner eigenen Gedanken kaum folgen. Er dachte an den merkwürdig bescheidenen Wagen, mit dem Curtis vor der Pressemeute geflüchtet war. Und was hatte Genevieve Huntley gesagt? *Mr. Baxters wichtigstes Anliegen war Anonymität. Nichts anderes hat er erbeten für das, was er getan hat.* Alle diese Männer hatten Gutes getan – und alle hatten es heimlich getan.

»Und wie viele dieser Gerechten gibt es?«

Der Rabbiner sah TC an. »Das weißt du nicht? Das hat du vergessen?«

»Ich habe es nicht vergessen, Rabbi Mandelbaum. Aber Will soll es von Ihnen hören. Alles.«

»Es gibt sechsunddreißig *Zaddikim* in jeder Generation. Sie wissen vielleicht, dass im Hebräischen jeder Buchstabe auch einen numerischen Wert hat? Im Hebräischen wird sechsunddreißig durch die Zeichen *lamed*, das englische L, und *vav*, das englische V, dargestellt. Lamed ist dreißig, und vav ist sechs. Im Jiddischen sind die Gerechten bekannt als *Lamedvavniks*: die sechsunddreißig Männer, die die Welt aufrecht halten.«

Will zuckte zusammen, seine Antennen schlugen an wie auch sonst bei Worten, die eine Story für die Zeitung bedeuteten.

»Verzeihung, aber was meinen Sie mit ›aufrecht halten‹?« Er sah, dass TC nickte, und ihr Lächeln schien zu sagen: Endlich kommen wir zum Kern der Sache.

»Ah. Nun, das ist der ganze Sinn dieser Geschichte. Es tut mir Leid, Mr. Monroe, ich werde alt. Ich hätte es von vornherein sagen sollen. Bitte lassen Sie mich vorbei.« Der Rabbiner griff zu einem anderen Buch, einem der wenigen englischen Bücher in diesem Raum.

»Wir wollen sehen. Am besten fangen wir hier an. Es ist von Gershom Scholem, einem hervorragenden Gelehrten. Aus der Aufsatzsammlung *Zum Verständnis der messianischen Idee im Judentum* …« Will zappelte innerlich. *Mach schon*, dachte er. Aber er nickte höflich und machte große Augen, um den Rabbiner zu ermutigen, die akademischen Fußnoten beiseite zu lassen und ihm einfach zu sagen, was er wissen musste.

»Ah ja, da ist es. Scholem sagt, die jüdische Überlieferung

spricht von ›sechsunddreißig *Zaddikim*, auf deren Schultern – obgleich sie unbekannt oder verborgen sind – das Schicksal der Welt ruht‹.« Sein Blick wanderte auf der Seite nach unten. »›Schon in den Sprüchen Salomos lesen wir, dass der Gerechte ein Fundament der Welt ist und sie daher sozusagen aufrecht hält.‹«

»Moment, Rabbi Mandelbaum.« TC saß plötzlich ganz vorn auf der Stuhlkante. »Wo in den Sprüchen steht das?«

Langsam blätterte der Rabbiner eine Seite zurück und sagte dann: »Im Buch der Sprüche, Kapitel zehn, Vers fünfundzwanzig.«

TC holte den kleinen Stapel Post-its aus ihrer Tasche, auf denen sie die Bibelverse notiert hatte. Sie blätterte darin, und als sie gefunden hatte, was sie suchte, reichte sie Will lächelnd den Zettel.

Vers 25: Der Gottlose ist wie ein Wetter, das vorübergeht und nicht mehr ist; der Gerechte aber ist wie ein dauerndes Fundament.

»Ein Fundament«, sagte sie leise und sah Will an. »Die Gerechten sind das Fundament, auf dem die Welt steht. Ohne sie stürzt die Welt ein.«

»Tova Chaya hat es gut zusammengefasst. Es gibt einige Diskussionen über den Ursprung dieser Idee. Manche Gelehrte glauben, sie gehe auf Abrahams Streit mit dem Allmächtigen um das Volk von Sodom zurück.«

TC sah Will an, dass er von diesem Streit nichts wusste, und dass Rabbi Mandelbaum nicht vorhatte, näher darauf einzugehen. Sie schaltete sich ein. »Es geht darum, dass Gott beabsichtigte, die Stadt Sodom zu vernichten, weil sie der Sünde verfallen war«, sagte sie halb flüsternd; sie wollte es schnell hinter sich bringen und keine Nebendiskussion mit ihrem alten Lehrer eröffnen. »Abraham will einen Handel schließen: Er schlägt vor, wenn er, Abraham, fünfzig gute Menschen in der Stadt finde, solle Gott die Stadt verschonen. Gott ist einverstanden, und da fängt Abraham an zu feilschen. Er sagt: Wenn das so ist, wenn du bereit bist, sie um fünfzig Männer willen zu verschonen, wie wär's dann mit vierzig? Gott ist wieder einverstanden. Aber sie feilschen weiter, bis es Abraham schließlich gelungen ist, Gott auf zehn herunterzuhandeln. Okay, sagt Gott, zeige mir zehn gute Menschen, und ich werde Sodom verschonen. Darauf gründet sich das Prinzip, dass wir, solange es eine Hand voll wirklich gerechter Menschen gibt, alle in Sicherheit sind. Wir sind sicher, weil sie auf der Welt sind.«

»Die genaue Zahl ist umstritten«, sagte Rabbi Mandelbaum. »Manche sagen, es sind dreißig, andere sprechen von fünfundvierzig. Aber ungefähr seit dem vierten Jahrhundert einigte man sich weitgehend auf sechsunddreißig. Rabby Abaye schreibt: ›Es gibt auf der Welt nicht weniger als sechsunddreißig Gerechte in jeder Generation, auf denen *Schechina* ruht.«

»Sorry, wie heißt das?«

»Ich bitte um Nachsicht. *Schechina* ist das Leuchten Gottes, das Göttliche Angesicht.«

Immer noch halb flüsternd erläuterte TC: »Damit ist die äußere Erscheinung Gottes gemeint. So etwas wie das Göttliche Licht.« Es klang stolz, als sie hinzufügte: »Das Wort ist weiblich.«

»Damit ich wirklich alles richtig verstehe«, sagte Will zögernd. »Nach der jüdischen Lehre leben zu jeder Zeit sechsunddreißig wahrhaft gerechte Menschen. Sie mögen im Verborgenen leben, alltäglichen Berufen nachgehen, ein missratenes, vielleicht sündiges Dasein führen. Aber im Stillen und insgeheim begehen sie Taten von außergewöhnlicher Gerechtheit. Und solange sie da sind, kann uns allen nichts passieren. Sie tragen die Welt auf den Schultern.« Jetzt verstand Will den letzten Hinweis: den Atlas am Rockefeller Center, der das ganze Universum auf seinen Schultern trug.

»Und das bedeutet«, folgerte er langsam, »wenn sie nicht

mehr da sind – aus welchem Grund auch immer –, ist es buchstäblich das Ende der Welt.«

Der alte Rabbiner nickte ernst und gemessen. »Ich fürchte, genau das bedeutet es.«

45

SONNTAG, 20.46 UHR, CROWN HEIGHTS, BROOKLYN

Das war es also, wofür Menschen starben. Für nichts weiter als eine bizarre, pseudobiblische Legende. Die Verschwendung an Leben traf Will noch einmal mit voller Kraft: Welche Verrücktheit, welche Grausamkeit, dass Howard Macrae oder Pat Baxter im Namen einer irren Wahnvorstellung ermordet wurden. Wer wollte ernsthaft glauben, dass sechsunddreißig Menschen die Welt aufrechterhielten? Will hatte seinen Verstand nicht umsonst im empirisch-skeptischen Geiste Oxfords geschult. Er hatte gelernt, solchen Unsinn einfach abzulehnen. Da konnte man doch ebenso gut glauben, dass am Ende des Gartens Feen wohnten.

Aber dennoch: Was er glaubte, war in diesem Falle irrelevant. Irgendwelche Typen glaubten ganz offensichtlich daran – und zwar mit solchem Fanatismus, dass sie bereit waren, dafür auf der ganzen Welt völlig unschuldige Männer umzubringen. Wenn hier das Motiv der Mörder lag, war es unwichtig, ob es rational war oder nicht.

So räsonierte Will vor sich hin. Aber irgendetwas ließ im keine Ruhe. Es hatte etwas mit diesem Mann und seinen Büchern zu tun, mit dem Respekt, den TC ihm erwies. Etwas auch mit TC, mit Tova Chaya selbst. Diese Leute waren keine augenrollenden Irren. Sie waren die Bewahrer einer uralten Überlieferung, die seit Sodom bis heute überdauert hatte. Die Geschichte der Sechsunddreißig war in aller Stille von Generation zu Generation weitergegeben worden, von den Tagen Abrahams über die Jahrhunderte der babylonischen Gefangenschaft bis ins östliche Europa von heute. Juden waren keine schrulligen Anhänger irgendwelcher Phantasien. Der Rabbiner hatte ihm gesagt, sie glaubten nicht an Satan und den Teufel, sondern an das Böse im Menschen. In seinen Gesprächen mit TC hatte er denselben Eindruck gewonnen: Das Judentum interessierte sich weniger für das Übernatürliche als viel mehr dafür, wie lebendige Menschen einander im Hier und Jetzt behandelten. Offenbar glaubten sie weder an fliegende Untertassen noch an Krüppel, die ihre Krücken wegwarfen. Sie waren bodenständiger. Und wenn sie an die Existenz von sechsunddreißig verborgenen Gerechten glaubten, gab es vielleicht einen guten Grund dafür.

Und noch etwas dämpfte seinen sonst eher skeptischen Instinkt. Hätte er es nicht selbst herausgefunden, hätte er es nicht geglaubt – aber Macrae, Baxter, Samak und Curtis passten haargenau auf das, was der Rabbi erzählt hatte. Sie hatten außergewöhnlich gute Taten getan, und sie hatten es für sich behalten. Sie hatten die Öffentlichkeit gemieden, ganz so, wie es der Legende entsprach. Bis er zu graben angefangen hatte, waren zumindest Baxters und Macraes Taten völlig unbekannt gewesen. Die vier, von denen er wusste, hatten sich sogar als Sünder getarnt, als Leute, die man eher beschimpfen als verehren würde. Ein Zuhälter! Ein Politiker! Du lieber Himmel.

Was wäre, wenn er also die Existenz der *Lamedvavniks* einfach mal annahm? Daraus erwuchs ein neuer Gedanke. Bis zu diesem Augenblick war er nur daran interessiert gewesen herauszufinden, wie diese seltsame alte Geschichte ihn zu seiner Frau führen könnte. Aber jetzt bekam er feuchte Hände bei einer ganz anderen Vorstellung. Wenn Rabbi Mandelbaum Recht hatte, war der Angriff auf die Gerechten nicht nur ein grausames Verbrechen. Er würde Unheil über die ganze Welt bringen. Erst jetzt verstand er, was Rabbi Freilich ihm am letzten Abend am Telefon gesagt hatte. *Ihre Frau ist Ihnen wichtig, Mr. Monroe. Natürlich ist sie das. Aber mir geht es um die Welt, um die Schöpfung des Allmächtigen.*

Sechsunddreißig, dachte Will. Das waren so wenige. Sechsunddreißig Menschen auf dem ganzen übervölkerten Planeten mit seinen – wie viel? sechs Milliarden. Vier von ihnen kannte er jetzt mit Sicherheit: Baxter und Macrae in Amerika, Curtis in Großbritannien und Samak in Bangkok. Aber die Gerechten lebten im Verborgenen. Nach allem, was er wusste, konnten auch die übrigen zweiunddreißig tot sein oder im Sterben liegen, in entlegenen Ecken der Welt, gänzlich unbemerkt.

Er dachte an sein Gespräch mit Rabbi Freilich. *Hier entfaltet sich eine uralte Geschichte, und sie droht eine Entwicklung zu nehmen, die die Menschheit seit Jahrtausenden fürchtet.* Das also hatte er gemeint. Die uralte Geschichte war die Legende von den *Lamedvav*, den sechsunddreißig Gerechten. Und die Entwicklung, die die Menschheit so lange fürchtete, war nichts weniger als das Ende der Welt.

Wer immer diese SMS-Nachrichten geschickt hatte, wusste das alles, erkannte Will. Während Rabbi Mandelbaum nach einem neuen Buch griff, warf er einen Blick auf sein Handy und las die letzte Nachricht, die er empfangen hatte. Ein Gedicht in vier Versen.

Sind Menschen nur, die Zahl ist klein,
Lässt zeigen sich in Ziffern zwein,
Halbieret gar, wenn diese sich vermehren,
Und gehn wir wen'ge unter, ist dem Tode aller nicht zu wehren.

Menschen nur … in Ziffern zwein … Die zwei Ziffern waren drei und sechs. *Wenn diese sich vermehren …* Dreimal sechs ergab achtzehn, die Hälfte von sechsunddreißig: *Halbieret gar.* Und der Verfasser wusste, was auf dem Spiel stand: *Und gehn wir wen'ge unter, ist dem Tode aller nicht zu wehren.*

Will hatte Mühe, die Fassung zu bewahren. Am liebsten hätte er sein Notizbuch herausgeholt, um alle diese Informationen zu ordnen. Aber er hatte noch ein paar Fragen.

»Diese sechsunddreißig – sind das alles Juden?«

»In der chassidischen Folklore sind die *Zaddikim* für gewöhnlich lauter Juden, ja. Aber das hat eher soziologische als theologische Gründe: Wen sonst kannten die alten *Jidden*? Sie kannten nur Juden. Eine andere Welt gab es für sie nicht. In den frühen rabbinischen Schriften gibt es aber auch noch andere Ansichten über die Identität der *Zaddikim*. Manche meinten, sie alle lebten im Lande Israel, andere, es gebe auch welche außerhalb davon. Wieder andere sagten, die Gerechten seien *Gojim*, Nichtjuden also. Eine verbindliche Lehrmeinung gibt es nicht. Es können lauter Juden sein, lauter Nichtjuden oder beides zusammen.«

»Aber es sind immer Männer?«

»Immer. Darin sind sich sämtliche Quellen einig. Ohne jeden Zweifel. Die *Lamedvavniks* sind Männer.«

TC wusste, was Will dachte. *Warum halten sie dann meine Beth gefangen?*

Die Wahrheit war: Will war enttäuscht. Seit der Rabbi angefangen hatte zu reden, hatte Will versucht, einen Zusammenhang zu seiner Frau und ihrer Entführung zu finden. Schon vorher war ihm klar gewesen, dass zwischen Baxter und Macrae und Samak eine Verbindung bestand, aber was das alles mit Beth zu tun hatte, konnte er nicht erkennen. Die Theorie der Sechsunddreißig erschien ihm bizarr und weit hergeholt, aber sie konnte zumindest erklären, was in den Köpfen der Chassiden vorging. Vielleicht waren sie in irgendeinem Wahn zu der Überzeugung gelangt, Beth gehöre zu den Gerechten. Jetzt wusste er, dass das nicht sein konnte: Sie war eine Frau. Und er war so ratlos wie zuvor.

Eine neue Frage kam ihm in den Sinn, und er stellte sie sofort.

»Wer würde so etwas tun? Wer würde das Ende der Welt herbeiführen wollen?«

»Das kann nur ein Knecht des *Sitra achra* sein.«

Will runzelte die Stirn. Rabbi Mandelbaum begriff, dass eine Erklärung nötig war.

»Verzeihen Sie, ich vergesse es immer wieder. *Sitra achra* bedeutet wörtlich: Die andere Seite. In der Kabbala bezeichnet man damit die Mächte des Bösen. Leider umgeben sie uns zu allen Seiten, jeden Tag und in allen Dingen.«

»So etwas wie der Teufel oder Satan?«

»Nein, das eigentlich nicht. *Sitra achra* ist keine äußere Macht, der wir die Schuld an allem geben können, das unrecht ist. Die Macht des *Sitra achra* wurzelt in den Handlungen der Menschen. Es ist nicht Luzifer, der das Böse in die Welt bringt. Ich fürchte, Mr. Monroe, das sind wir selbst.«

»Aber warum sollten religiöse Menschen, Menschen Gottes, so etwas tun – die Gerechten ermorden?«

»Ich weiß es nicht. Wissen Sie, Mr. Monroe, wir Juden sagen, wer eines Menschen Leben rettet, der rettet die ganze Welt. Einen Menschen zu töten, ist daher ein schweres Verbrechen. Das größte Verbrechen. Und einen *Zaddik* zu töten? Das hieß, den Namen des Allmächtigen zu schänden. Aber mehr als einen zu töten? Sich vorzunehmen, sie *alle* zu töten? So viel Ruchlosigkeit kann ich nicht annähernd begreifen.«

»Es gibt kein denkbares Motiv?«

»Vermutlich ist es vorstellbar, dass jemand den Glauben daran bis an die Grenzen des Möglichen ausloten möchte. Dass er sehen will, ob es wirklich wahr ist, dass die *Lamedvav* die Welt tragen. Wenn sie alle fort sind, werden wir es wissen, nicht wahr?«

»Vielleicht glauben sie es auch schon«, erwog Will. »Vielleicht glauben sie es so sehr, dass sie das Ende der Welt herbeiführen *wollen*.«

In der Stille, die darauf folgte, fiel Will etwas auf, das er bisher zwar wahrgenommen, aber noch nicht wirklich bedacht hatte: Für jemanden, der soeben mit einer solchen Neuigkeit konfrontiert worden war, wirkte Rabbi Mandelbaum bemerkenswert ruhig. Er saß auf seinem Stuhl und blätterte in seinen Büchern, als wäre dies ein rein theoretisches Problem.

Jetzt las der Rabbiner seine Gedanken. »Niemand könnte so etwas tun«, sagte der alte Mann und lehnte sich seufzend zurück. »Denn niemand weiß ja, wer die *Lamedvavniks* sind. Darin liegt ihre Macht.«

Betreten erkannte Will, dass er daran nie gedacht hatte. Sechsunddreißig Männer, die in bescheidener Verborgenheit über den ganzen Globus verteilt lebten: Wie sollte irgendjemand wissen, wer sie waren? Und wie hatten Macraes und Baxters Mörder sie gefunden?

»Der *Zaddik* lebt verborgen – manchmal vor sich selbst, ohne dass er etwas von seiner eigenen Natur ahnt. Wenn aber einer sich selbst nicht kennt, wie kann ihn dann ein anderer kennen?«

»Also hat niemand eine Ahnung, wer die sechsunddreißig sind? Es gibt keine geheime Liste oder so etwas?«

Der Rabbi zwinkerte. »Nein, Mr. Monroe, es gibt keine Liste. Wohlgemerkt –« Mandelbaum unterbrach sich; er stand auf und suchte schon wieder nach einem Buch.

»Tova Chaya, hinter dir – da steht es. Gibst du mir das Buch von Rebbe Josef Jitzhok?«

Will schrak hoch. Er hatte wenige vertraute Worte gehört, seit er hier war, aber diesen Namen kannte er. TC sah sein Gesicht und gab ihm eine geflüsterte Erklärung.

»So hieß der vorige Rebbe. JJ wurde nach ihm genannt, aber er starb vor fünfzig Jahren.«

»Also«, sagte der Rabbi und ließ sich wieder auf seinen Stuhl fallen. »Es ist so etwas wie eine Autobiographie des Rebbe. Hier beschreibt er die *Zaddikim*, als wären sie eine

Geheimgesellschaft. Er bezeichnet sie nicht ausdrücklich als *Lamedvavniks*, aber er spricht von ihnen. Er vermutet, dass diese Leute, die in verschiedenen Städten lebten, sozusagen die Begründer des Chassidentums waren.«

Er hob den Kopf und schloss die Augen, als lese er etwas, das auf seinen Lidern geschrieben stand. Offenbar suchte er in seinem Gedächtnis. »Da gibt es auch noch den großen Rabbi Leib Sorres. Im achtzehnten Jahrhundert. Von ihm heißt es, er habe geheimen Kontakt mit den verborgenen Männern gehabt, und er habe sogar dafür gesorgt, dass sie Essen und Kleidung hatten. Das Gleiche sagt man über Baal Schem Tov, den anerkannten Begründer des Chassidentums.« Er öffnete die Augen wieder. »Aber das sind Ausnahmen. Allgemein ist man sich einig, dass die verborgenen *Zaddikim* auch verborgen bleiben. Es gibt Geschichten von Beinahe-Zusammentreffen, von *Zaddikim*, die einander fast begegnet wären – aber dann doch nicht. Und man nimmt an, dass ein Gerechter die Weisheit besitzen dürfte, einen anderen zu erkennen. Wissen Sie – dass er den Glanz irgendwie spüren würde.« Der Rabbiner lächelte wie schon einmal – ein Lächeln, das dem humorvollen, schelmischen jungen Mann gehört hatte, der Rabbi Mandelbaum einmal gewesen sein musste. »Aber eigentlich sind diese Männer unsichtbar – für einander und für uns alle.«

»Und wie könnte sie trotzdem jemand finden?«

»Das ist eine Frage von der Art, wie Tova Chaya sie immer stellte – eine Frage, die Rabbi Mandelbaum nicht beantworten kann.« Die beiden lächelten einander liebevoll zu – ein Großvater und seine liebste Enkelin. »Ich wünschte, ich wüsste es, Mr. Monroe, aber ich weiß es nicht. Dazu müssten Sie mit anderen sprechen. Mit denen, die in die tiefsten Geheimnisse der Kabbala eingedrungen sind.«

Will sah, dass der alte Mann müde wurde. Aber er wollte das Gespräch noch nicht beenden. In den letzten dreißig Minuten hatte er mehr Antworten bekommen als in den achtundvierzig Stunden vorher. Er verstand jetzt nicht nur die Vielzahl der Hinweise, die per SMS gekommen waren, sondern auch den Hintergrund – die uralte Geschichte, die sich hier entfaltete. Sicher hatte der alte Mann auch die Antwort auf die Frage, warum Beth gefangen gehalten wurde. Will musste sich nur die richtige Frage einfallen lassen.

Ein Summen ertönte, der leise Vibrationsalarm eines Handys. TC, die so sehr daran gewöhnt war, Combat-Hosen mit zahllosen Taschen zu tragen, war in ihrem langen, taschenlosen Rock plötzlich hilflos; sie wusste nicht, wo sie nachsehen sollte. Schließlich fiel es ihr ein: Sie hatte sich eine elegante Lederhandtasche von Beth ausgeborgt, die erwachsener aussah als alles, was TC selbst besaß. Das Telefon war darin. Sie flüsterte eine Entschuldigung und ging hinaus, um das Gespräch anzunehmen.

Will versuchte verzweifelt, alles aufzunehmen, was er gerade gehört hatte. Wilde Theorien über das Ende der Welt, schreckliche Warnungen vor einer großen Katastrophe. Er ließ den Kopf in die Hände sinken. Wo um alles in der Welt war er hier hineingeraten?

Plötzlich legte sich eine Hand auf seine Schulter.

»Es ist schrecklich für einen Mann, ohne seine Frau zu sein. Mrs. Mandelbaum ist seit drei Jahren tot, und mein Leben geht weiter. Ich studiere noch, ich bete noch. Aber wenn ich dann und wann nachts von ihr träume – ah, das ist ein Schabbes.«

Will hatte Tränen in den Augen. Niemand – nicht sein Vater, nicht Tom, nicht TC – hatte wirklich verstanden, wie es für ihn war, ohne Beth zu sein. Aber dieser alte Mann, dem er eben zum ersten Mal begegnet war, hatte genau das ausgesprochen, was Will fühlte.

Um den Bann zu brechen und seine Tränen zu verbergen, räusperte er sich und sammelte sich, um eine Frage zu stellen. Er wusste nicht, ob ihm die Antwort helfen würde, Beth zu finden, aber er wollte so viel wie möglich wissen.

»Was gilt als gute Tat? Was sind das für Handlungen, die den Gerechten kennzeichnen?«

»Ah, ich fürchte, so einfach kann man das nicht sagen. Man muss an die Seele des *Zaddik* denken. Es ist eine Seele von solcher Reinheit, solcher Güte, dass sie sich ausdrücke muss. Die Taten sind nur die äußere Manifestation einer Güte, die im Innern wohnt.« Er stemmte sich von seinem Stuhl hoch, zweifellos um wieder auf die Suche nach einem Buch zu gehen.

»Der Schlüsseltext des Chassidentums ist das *Tania*. In diesem Buch gibt es eine Definition des *Zaddik*. Und was steht da? In jedem Menschen sind zwei Seelen, eine göttliche und eine animalische Seele. In unserer göttlichen Seele sitzt unser Gewissen, unser Drang, Gutes zu tun, unser Verlangen, zu lernen und zu studieren. In unserer animalischen Seele wohnen unsere Gelüste nach Speise, Trank und Lust. Zwischen diesen Seelen besteht zumeist ein Konflikt. Ein guter Mensch gibt sich große Mühe, seine animalische Seele im Zaum zu halten, seine Begehrlichkeiten zu zügeln und nicht jedem Wunsch gleich nachzugeben. Das kennzeichnet den alltäglich guten Menschen – zu kämpfen!« Ein Lächeln legte sein Gesicht in tiefe Falten. Er kannte die Schwächen des Fleisches. »Aber ein *Zaddik* ist anders. Ein *Zaddik* zähmt seine animalische Seele nicht einfach. Er verwandelt sie in etwas anderes, in eine Macht des Guten. Dann ist er so etwas wie ein Motor mit zwei Zylindern, könnte man sagen. Es ist, als habe er zwei göttliche Seelen. Das gibt ihm besondere Kraft. Es befähigt ihn, die Welt zu retten.«

»Und wäre eine einzige Tat genug?«

»Was meinen Sie damit?«

»Na ja, wenn ein Mann nur eine einzige außerordentlich gute Tat tut – wäre das genug, um zu sagen, er sei ein *Zaddik*?«

»Vielleicht denken Sie dabei an ein konkretes Beispiel? Ja? Meine Antwort ist: Vielleicht mag es für uns so aussehen, als habe der *Zaddik* nur eine einzige gute Tat getan. Aber vergessen Sie nicht, diese Männer wirken im Verborgenen. Die Wahrheit ist, dass wir vielleicht nur von einer einzigen Tat *wissen*.«

»Und wie kann eine solche Tat aussehen?«

»Das ist eine gute Frage. Wissen Sie, in der Geschichte über den Rabbi Abahu und den Mann im Freudenhaus –«

»In der Geschichte aus dem dritten Jahrhundert?«

»Ja. In dieser Geschichte hat der *Zaddik* etwas sehr Unbedeutendes getan. Ich habe die Einzelheiten vergessen, aber er bringt ein sehr geringes Opfer, um die Würde einer Frau zu retten.«

Will schluckte laut. *Wie Macrae.*

»Und das scheint sich wie ein roter Faden durch die Geschichten zu ziehen. Manchmal ist es eine Tat von ungeheuren Maßstäben« – Will dachte an Finanzminister Curtis in London, der mehrere Millionen Pfund für die Armen abgezweigt hatte – »und es kann sein, dass ein *Zaddik* eine ganze Stadt vor der Zerstörung bewahrt. Manchmal ist es eine winzige Geste gegen einen einzelnen Menschen: ein Essen für einen Hungernden, eine Decke für einen Frierenden. In jedem Fall behandelt ein *Zaddik* einen Mitmenschen gerecht und großmütig.«

»Und auf diese Weise kann eine kleine Geste ein ganzes Leben ausgleichen.«

»Ja, Mr. Monroe. Der *Zaddik* mag ein sündhaftes Leben gelebt haben. Denken Sie nur an Chaim, den Wasserträger, der sich besinnungslos betrunken hat. Aber diese gerechten Taten – sie verändern die Welt.«

»Es geht also bei ihrem Gutsein nicht um das Befolgen von Vorschriften. Nicht um härene Hemden und lange Gebete. Oder darum, die Bibel Wort für Wort auswendig zu kennen. Es geht darum, wie wir einander behandeln.«

»*Bein adam v'adam.* Zwischen Mensch und Mensch. Dort wohnt das Gute, ja, das Göttliche. Nicht im Himmel, sondern hier auf Erden. In unserer Beziehung zueinander. Und es bedeutet auch, dass wir sehr umsichtig miteinander umgehen müssen. Wir müssen jeden, dem wir begegnen, mit großem Respekt behandeln, denn wir wissen ja nicht, ob der Mann, der das Taxi fährt oder die Straße kehrt oder an der Ecke bettelt, nicht einer der Gerechten ist.«

»Das ist ziemlich demokratisch, nicht wahr?«

Der Rabbi lächelte. »Jedes menschliche Leben hat den gleichen Wert. Das ist der Grundgehalt der Thora. Das ist es, was Tova Chaya jeden Tag im Seminar gelernt hat. Und was sie hier bei mir gelernt hat, bevor sie …« Der Rabbi sah wehmütig und plötzlich sehr alt aus. Er sprach nicht zu Ende.

Will fühlte sich schuldig. Nicht persönlich – er wusste, dass nicht er dafür verantwortlich war, dass Tova Chaya vor all den Jahren fortgegangen war. Aber – er hatte Mühe, es zu formulieren – er war schuldig als Vertreter der modernen Welt. Das war es. Es war das moderne Amerika gewesen, was die junge Tova Chaya von den Gebräuchen und den Rhythmen fortgelockt hatte, die das jüdische Leben Jahrhunderte lang geprägt hatten, von den russischen Dörfern bis nach Crown Heights. Es war Manhattan, funkelnde Glasgebäude, K-ROC im Radio, enge Jeans, Pizzahut, Blockbuster im Cineplex, The Gap, HBO, Hochglanzillustrierte, Andy Warhol im MoMa, Rollerblades im Central Park, *American Express*-Karten, One Click Shopping im Internet, die Columbia University, Sex vor der Ehe – alles das hatte TC verlockt. Wie konnte die mittelalterliche Konformität im chassidischen Leben damit konkurrieren? Die triste Kleidung, der reglementierte Tagesablauf, die zahllosen *Beschränkungen* in allem – was man essen durfte, was man studieren, lesen, malen durfte, wen man lieben durfte. Kein Wunder, dass TC geflohen war.

Aber zugleich sah Will, dass TC auch etwas verloren hatte, als sie fortgegangen war. Er hörte es in Rabbi Mandelbaums Stimme und sah es in TCs Augen. Und er hatte es selbst erlebt, ein paar Stunden lang am Freitagabend, bevor er gepackt und verhört worden war. Hier gab es etwas, das er kaum je gefunden hatte, nicht als Heranwachsender in England, nicht als Erwachsener in Amerika. Der schlichte Ausdruck dafür hieß »Gemeinschaft«. In den Phantasien der Menschen kam es oft genug vor. Zu Hause besaß der Mythos des englischen Dorfes, wo jeder jeden kannte, noch immer eine machtvolle Anziehungskraft, obwohl Will ihn in der Realität nie erlebt hatte. Im Amerika der Vororte hielten die Lattenzaun-Nachbarschaften mit ihrem Car-Sharing und den Straßenpartys sich immer noch gern für »Gemeinschaften« – aber sie hatten nicht das, was er in Crown Heights gesehen hatte.

Hier gingen die Leute miteinander um wie eine große, weit verzweigte Familie. Ein ausgeklügeltes Wohlfahrtssystem bedeutete, dass alle füreinander sorgten, als äßen sie aus einem gemeinsamen Topf. Kinder gingen überall ein und aus, und niemand schien den anderen fremd zu sein. TC hatte gesagt, dass daraus eine erstickende Klaustrophobie entstanden sei, und sie habe hinausgemusst, um wieder atmen zu können. Aber sie hatte auch von einer Wärme des gemeinsamen Lebens gesprochen, die sie nie wieder irgendwo gefunden hatte.

Rabbi Mandelbaum blätterte mit gesenktem Kopf in einem neuen Buch.

»Da ist noch etwas. Ich weiß nicht, ob es weiterhelfen wird oder nicht. Gershom Scholem erinnert uns daran, dass vielen Legenden zufolge einer der sechsunddreißig Männer auch unter ihnen herausragt.«

»Wirklich? Inwiefern?«

»Einer der Sechsunddreißig ist der Messias.«

Will beugte sich vor. »Der Messias?«

»›Wäre die Zeit seiner würdig, so würde er sich offenbaren.‹ So sagen es unsere Gelehrten.«

»Der Kandidat«, sagte Will leise.

»Man hat es Ihnen schon erklärt?«

»TC hat mir gesagt, in jeder Generation gibt es einen Kandidaten, der der Messias sein könnte. Wenn jetzt messianische Zeiten wären, wäre es dieser Mann. Ist die Zeit nicht die richtige, passiert nichts.«

»Wir müssen würdig sein. Andernfalls ist die Gelegenheit verloren.«

Unwillkürlich ging Wills Blick zu den Fotos des Rebbe, die überall an den Wänden hingen. Seit über zwei Jahren tot, aber die Augen leuchteten.

»Genau«, sagte Rabbi Mandelbaum, als er sah, wohin Will schaute. Und die beiden Männer sahen einander an.

Die Tür ging auf. TC stand da und umklammerte ihr Telefon. Aus ihrem Gesicht war alle Farbe gewichen, und ihre Augen waren glasig wie die eines betäubten Tieres im Schlachthof.

Sie beugte sich über Will und flüsterte ihm ins Ohr. »Die Polizei ist hinter mir her. Sie sucht mich wegen Mordes.«

46

MONTAG, 2.20 UHR, DARWIN, NÖRDLICHES AUSTRALIEN

Die Musik hatte aufgehört; deshalb war er hineingegangen. Das tat er während der ganzen Schicht, ob es Tag war oder Nacht: Auf Zehenspitzen schlich er sich ins Zimmer, nahm die abgelaufene CD heraus und legte eine neue ein. Der Schrank am Bett war voll davon – Schubert hauptsächlich –; die Tochter des alten Mannes hatte sie dagelassen. Die Familie hatte Djalu nicht gebeten, es zu tun, aber er wusste, dass sie es so haben wollten.

Er startete den CD-Player. Ein Jammern kam aus dem Nachbarzimmer; er musste gleich hinübergehen. Aber er wollte ein Weilchen bei diesem Bewohner hier bleiben, bei Mr. Clark, dem Mann, der Musik liebte. Djalu hatte ihn jeden Tag nur eine oder zwei Stunden wach gesehen; während der übrigen Zeit ließ das Beruhigungsmittel ihn schlafen. Aber in diesen wachen Minuten schienen die Klänge der Violinen und Celli, die aus den Lautsprechern ins Zimmer wehten, eine heilende Wirkung auf Mr. Clark zu haben. Seine alten Lippen öffneten sich, als wolle er die Melodien schmecken, und manchmal bewegten sie sich sogar im Schlaf kaum merklich.

Djalu nutzte diese Augenblicke, um den kleinen Schwamm in ein Wasserglas zu tauchen und Mr. Clarks Mund damit zu befeuchten. Der alte Mann, er war fast fünfundachtzig, konnte nicht mehr essen und trinken, ohne sich zu übergeben. Deshalb konnte man ihm nur auf diese Weise ein wenig Nahrung zuführen. Er starb wie so viele Leute hier – nicht an der Krankheit, die ihn vor Monaten überfallen hatte, sondern an der zwangsläufigen Unterernährung und Austrocknung. Seine Organe stellten den Dienst ein, eins nach dem andern, bis der Tod endlich eintrat.

Es war eine grausame Art, einen Menschen sterben zu lassen. Djalus Vater missbilligte sie als typisch für die »Medizin der Weißen«: lauter Wissenschaft und kein Geist. Manchmal glaubte Djalu, dass er Recht hatte; schließlich hatte er selbst hier schon schreckliche Dinge erlebt. Alte Frauen, die in ihrem eigenen Urin lagen, Männer, die stundenlang schreien mussten, damit man ihnen half, zur Toilette zu gehen. Manche Schwestern verloren schnell die Geduld; sie schrien die Bewohner an und befahlen ihnen, still zu sein. Oder sie redeten sie mit Vornamen an, als wären sie kleine Kinder.

In den ersten paar Monaten war Djalu mit dem Strom geschwommen. Als einer von nur zwei Aborigines unter den Pflegern wollte er keine Aufmerksamkeit auf sich ziehen. Seine Stellung war nicht gerade sicher – nicht mit einem Lebenslauf, der zwei Gefängnisaufenthalte zu verzeichnen hatte, einen wegen Einbruchs, einen wegen Ladendiebstahls. Deshalb hatte er den Mund gehalten, wenn der Stationsleiter den Fernseher lauter stellte, weil Stöhnen und Schreien durch den Korridor hallte.

Auch jetzt sagte er nichts. Er beschwerte sich nicht bei der Oberschwester oder dem Verwaltungsleiter; er wollte weder Aufsehen noch Ärger haben. Manchmal witzelte er sogar mit den anderen über die »runzligen alten Säcke«. Aber er tat, was er konnte.

Wenn er einen Bewohner rufen hörte, rannte er. Er gehörte zum »Team Rot« in diesem Altenheim und war für ungefähr zwei Dutzend Betten zuständig. Aber wenn er das Rufsignal eines Bewohners für Blau oder Grün leuchten sah, lief er auch hin – oft ganz verstohlen, damit keiner der Kollegen ihn sah. Er sorgte dafür, dass Mr. Martyn ein bisschen

Wasser trank und dass Miss Anderson umgedreht wurde. Und wenn sie sich beschmutzt hatten, wusch er sie behutsam und strich ihnen danach übers Haar, um ihnen ein wenig von ihrer Scham zu nehmen.

Er hörte, wie manche der Bewohner über ihn sprachen. »Schwester, ich will nicht, dass dieser Boong mich anfasst«, hatte einer gesagt, als Djalu an seinem Bett erschienen war. »Das ist nicht richtig.« Aber Djalu hatte es ihrem Alter zugeschrieben. Sie wussten es nicht besser.

Mr. Clark war nicht viel freundlicher gewesen. »Welcher bist du?«, hatte er gefragt.

»Welcher, Mr. Clark?«

»Ja, da gibt's doch noch einen Abo hier – wie heißt er gleich? Und welcher bist du?«

Aber Djalu konnte ihm nicht böse sein, nicht einem Mann, der nur noch wenige Tage zu leben hatte. Also brachte er Tee und Kekse, wenn Mrs. Clark zu Besuch kam, er brachte ihr Papiertaschentücher, wenn er sah, dass sie leise weinte, und wenn sie auf dem Stuhl neben dem Bett einschlief, holte er eine Decke für sie.

Vielleicht hatte sein Vater Recht damit, dass die europäische Medizin eine kalte, metallische Disziplin war. Also gab er, Djalu, ihr ein warmes, menschliches Gesicht – auch wenn dieses Gesicht so vielen dieser sterbenden Weißen Angst einjagte.

Um diese Zeit arbeitete er am liebsten, spät nachts, wenn er den ganzen Flur für sich hatte. Er brauchte niemandem seine Anwesenheit in den Zimmern zu erklären, brauchte keine Ausreden zu erfinden, wenn er einer Frau im ersten Stock, für die Team Rot nicht zuständig war, laut aus der Zeitung vorlas oder die Hand eines Mannes hielt, der sich nach der Berührung eines anderen Menschen sehnte.

Deshalb schrak er hoch, als die Tür zu Mr. Clarks Zimmer sich knarrend öffnete. Die Frau, die hereinkam, hielt den Finger an die Lippen, aber ihre Augen lächelten, als wolle sie Mr. Clark überraschen, und als wolle sie nicht, dass Djalu ihr den Spaß verdarb.

»Guten Abend, Djalu.«

»Sie haben mich erschreckt. Ich wusste nicht, dass Sie heute Nacht arbeiten.«

»Na, du kennst den Tod. Er schläft nie.«

Djalu sprang auf. »Ist jemand gestorben?«

»Noch nicht. Aber ich rechne damit.«

»Wer? Vielleicht könnte ich –«

»Djalu, reg dich nicht auf. Okay?« Gelassen bückte die Frau sich, zog ein paar CDs aus dem Schrank neben dem Bett und ließ sie auf den Boden fallen.

»Hey, Miss. Das ist Mr. Clarks Musik. Ich kümmere mich darum –«

»Da ist es.« Sie griff hinter die CDs und holte etwas heraus, das aussah wie ein Verbandspäckchen. Sie legte es auf das Bett, auf die Matratze neben Mr. Clarks Brust, die sich hob und senkte wie ein Blasebalg. Der alte Mann schlief tief.

Sie öffnete das Päckchen, schlug den Mull nach rechts und links zur Seite, und er sah eine Injektionsspritze und eine Ampulle mit einer klaren Flüssigkeit.

»Kommt der Arzt? Niemand hat mir etwas gesagt.«

»Nein, der Arzt kommt nicht.« Sie zog ein Paar Latexhandschuhe über und ließ sie an ihre Handgelenke schnappen.

»Wollen Sie Mr. Clark eine Spritze geben? Was machen Sie da?«

»Entspann dich, Djalu. Komm her, dann kannst du es sehen. Noch näher.«

Die Frau hielt die Nadel vor das Fenster und betrachtete die Silhouette vor dem Mondlicht. »Jetzt, Djalu, musst du Mr. Clark die Hände auf die Schultern legen. So ist es richtig. Beug dich ein bisschen vor.«

Die Frau stieß Djalu die Injektionsnadel sauber in den Hals. Ihr Daumen drückte den Kolben schnell herunter, und die Flüssigkeit schoss blitzschnell in die Vene. Djalu hatte noch eine Sekunde Zeit, sich umzudrehen. Sein Gesicht war starr vor Verblüffung. Dann kippte er vornüber und landete schwer auf Mr. Clarks rasselnd atmender Brust.

Seine Mörderin brauchte ihre ganze Kraft, um ihn von dem alten Mann herunterzuwuchten und behutsam auf den Boden zu legen. Sie sah die Wolldecke auf dem Besucherstuhl und breitete sie über ihn, nachdem sie dem Toten mit der flachen Hand die Augen geschlossen hatte.

»Ich bitte Djalu Banggala um Verzeihung für das, was ich getan habe. Aber ich habe es getan im Namen unseres Herrn, des allmächtigen Gottes. Amen.«

Sie verpackte die Spritze und die leere Ampulle wieder in dem Verbandmull, stopfte das Päckchen in ihre Tasche und ging lautlos hinaus. Mr. Clark rührte sich nicht. Wenn er überhaupt etwas hörte, dann Musik – die eindringlichen Streicherklänge eines berühmten Schubert-Stücks. *Der Tod und das Mädchen.*

47

SONNTAG, 22.10 UHR, CROWN HEIGHTS, BROOKLYN

TC ging schnell und zielstrebig voran und ließ sich nicht ablenken. Sie war in dieser Straße zuletzt vor zehn Jahren gewesen, aber sie hatte nicht vergessen, wo Rabbi Freilich wohnte.

Will musste sich beeilen, um Schritt zu halten, und stellte dabei eine Frage nach der andern. Aber TC blickte starr geradeaus.

»Sie haben die Leiche vor zwei Stunden gefunden. Auf dem Fußboden in meinem Apartment. Anscheinend hat man erst heute Morgen bemerkt, dass er verschwunden war.«

»O Gott. Und wie lange war er schon tot?«

»Seit gestern Abend. Er wurde in meiner Wohnung umgebracht, Will.« Zum ersten Mal zitterte ihre Stimme.

Will dachte an das Gesicht des Hausmeisters, an den Gary Kasparow des Kellers. Wenn er in der vergangenen Nacht ermordet worden war, dann konnte es nur wenige Minuten, nachdem er ihm und TC zur Flucht verholfen hatte, geschehen sein. Und sicher war das auch der Grund für den Mord gewesen. Ein Bild erschien jäh vor seinem geistigen Auge. *Der Mann mit der Baseballkappe.*

Erst Josef Jitzhok, jetzt Pugachov. Zwei Leute, die Will zu Hilfe gekommen waren, hatten dafür mit dem Leben bezahlt. Wer würde der Nächste sein? Rabbi Mandelbaum? Tom Fontaine?

Seit Freitagmorgen hatte Will das Gefühl, in einen tiefen Schacht zu fallen, und das Licht wich immer weiter hinter ihm zurück. Er konnte nichts mehr deutlich sehen. Der Rabbiner hatte ihm erklärt, worum es offensichtlich ging, aber was um alles in der Welt hatten Beth und er damit zu tun? Was ging sie diese mystische Prophezeiung an, eine kabbalistische Legende, die jetzt anscheinend eine internationale Mordserie in Gang setzte? Er fiel und fiel.

Und immer, wenn er gedacht hatte, jetzt sei er unten angekommen – bei dem Mord in Bangkok oder heute beim Tod JJs –, fiel er noch ein Stück weiter. Jetzt war Pugachov tot, und TC steckte in ernsten Schwierigkeiten – Mordverdacht.

»Janey sagt, die Polizei hat an jede Tür geklopft und sich nach der Bewohnerin von Apartment sieben erkundigt. Gottlob war sie zu Hause. Sie hat ihnen gesagt, wie ich heiße, und dass sie mich seit gestern Nachmittag nicht mehr gesehen hat, und das ist gut. Zum Glück war sie so klug, ihnen zu sagen, sie wisse meine Handynummer nicht. Als sie weg waren, hat sie mich gleich angerufen.«

»Und du stehst wirklich unter Verdacht?«

»Janey sagt, sie hat den Eindruck. Warum war der Mann in meinem Apartment? Es sieht aus, als sei er lebendig hineingegangen, und jetzt ist er tot. Und ich bin verschwunden. Wie sieht das aus?«

TC marschierte weiter. Ihr Atem wehte in kleinen Wölkchen durch die Luft, und ihre Wangen röteten sich. »Anscheinend haben sie eine Menge komische Fragen gestellt.«

»Was für komische Fragen?«

»Über mich und Pugachov. Ob wir intime Beziehungen hatten. Ob er mir nachgestellt hat. Mich beobachtet.«

Will sah, in welche Richtung die Polizei dachte. Pugachov, der psychopathische Hausmeister, schleicht sich nach Mitternacht in TCs Apartment. Will sie vergewaltigen. TC greift zur Pistole, erschießt ihn und flieht.

»Sie werden nicht lange brauchen, um deine Handynummer herauszubekommen. Solche Informationen sind für die Polizei kein Problem.«

»Hier.« TC hielt ein Handy ohne Akku hoch. Wenn die Polizei ihre Nummer hatte, würde sie das Telefon aufspüren können. Will hatte schon zweimal über Ermittlungen berichtet, bei denen die Kriminalpolizei jemandes Bewegungen anhand der Telefondaten rekonstruiert hatte. Diese enthielten nicht nur die Nummern, mit denen der Verdächtige telefoniert hatte, sondern auch jede einzelne Funkzelle, in deren Bereich er gekommen war. So konnte die Polizei eine Karte zeichnen, auf der sie sah, wann jemand wo gewesen war. Es sei denn, das Telefon war abgeschaltet: kein Signal, keine Spur.

»Wann hattest du es zuletzt eingeschaltet?«

»Bei Mandelbaum.«

»Sie werden nicht lange brauchen, um hinzukommen. Wird er reden?«

TC ging langsamer und sah Will an. »Ich weiß es nicht.«

Sie hatten Rabbi Freilichs Haus erreicht. Es war nicht prächtiger als irgendein anderes in der Crown Street. An der Haustür blätterte die Farbe ab, aber nicht das fiel Will auf, sondern der Aufkleber, der knapp über Augenhöhe an der Tür klebte: *Moschiach kommt.*

Wenn es eine Studentenbude gewesen wäre, hätte es nicht so unpassend ausgesehen. Aber das hier war das Haus eines erwachsenen Mannes von einigem Ansehen. Der Sticker ließ Will einen Schauer über den Rücken laufen. Seine Botschaft war klar: ein Fanatiker.

TC hatte schon angeklopft, und drinnen regte sich etwas. Durch die Milchglasscheibe sah er die Umrisse von Kopf und Schultern eines Mannes.

»Ver ist? Vi haistu?«

Jiddisch, vermutete Will.

S'is Tova Chaya Lieberman, Reb Freilich. Ich komme wegen der großen *sakono*.«

»Vos heyst?« Was soll das heißen?

»Reb Freilich, a sakono für die gantze brije.« Die gleiche Warnung hatte sie auch gegenüber Rabbi Mandelbaum ausgesprochen: eine Bedrohung für die ganze Schöpfung.

Die Tür öffnete sich, und vor ihm stand der Mann, mit dem er ausführlich gesprochen, den er aber nie gesehen hatte. Er war weder groß noch körperlich beeindruckend, aber er hatte strenge, feste Gesichtszüge, die ruhige Autorität ausstrahlten. Sein Bart war braun, nicht weiß oder grau, und er war kurz geschnitten und gepflegt. Er trug eine randlose Brille. In einem anderen Kontext hätte man ihn für den Geschäftsführer eines mittelgroßen amerikanischen Unternehmens halten können. Als er Will sah und erkannte, zögerte er und neigte dann kurz den Kopf, eine Geste, die Will als Schuldbewusstsein deutete.

»Kommen Sie lieber herein.«

Wieder mussten sie an einem Esstisch Platz nehmen – weißes Tischtuch unter Plastik, ein Raum voll heiliger Bücher. Aber dieser Raum war groß, luftig, aufgeräumt. Will sah einen Stapel Ausgaben der *New York Times*, und in einem Zeitschriftenständer lagen *Atlantic Monthly*, *The New Republic* und verschiedene hebräische Zeitungen. In einer raschen Zusammenfassung, wie sie zu seinem Handwerk gehörte, schrieb Will im Kopf eine kurze Überschrift: *Rabbi Freilich: Mann von Welt.*

»Rabbi, Sie kennen Will Monroe.«

»Wir sind uns begegnet.«

»Es muss Ihnen sehr merkwürdig erscheinen, Rabbi Freilich, dass ich hier bei Ihnen auftauche, nach all den Jahren. Ich versichere Ihnen, ich hatte nicht vor, je wieder zurückzukehren, ganz bestimmt nicht. Aber Will ist ein alter Freund von mir. Und er bat mich um Hilfe, als seine Frau verschwand. Er wusste überhaupt nichts von … meinem Hintergrund.« Sie brach ab, um sich zu sammeln. »Aber jetzt wissen wir, was vorgeht. Wir haben es uns zusammengereimt. Es hat eine Weile gedauert, und es war nicht leicht, aber jetzt sind wir uns sicher.«

Rabbi Freilich sah TC in die Augen und schwieg.

»Es sind gute Männer, die sterben. Zuerst Howard Macrae in Brownsville, dann Pat Baxter in Montana. Samak Sangsuk in Bangkok. Und jetzt dieser britische Politiker. Jemand tötet die *Lamedvavnikim*, nicht wahr, Rabbi? Jemand tötet die Gerechten der Erde.«

»Ja, Tova Chaya. Ich fürchte, so ist es.«

Will schnappte nach Luft. Er hatte mit einem zähen Kampf gerechnet, damit, das der Rabbi sich dumm stellte, Spielchen spielte und sie zwang, ihr Beweismaterial auf den Tisch zu legen. Aber er stritt überhaupt nichts ab. Will kam ein schrecklicher Gedanke. Was, wenn der Rabbi zu dem Schluss gekommen war, dass sie beide sein mörderisches Komplott tatsächlich aufgedeckt hatten und dass es deshalb keine andere Möglichkeit gab, als sie zum Schweigen zu bringen? Sie waren ihm geradewegs in die Hände gelaufen! Er brauchte den Mann mit der Baseballcap nicht, der Pugachov umgebracht hatte: Will und TC hatten ihm die Arbeit abgenommen. Wie hatten sie so dumm sein können? Sie hatten sich nicht einmal eine Strategie für dieses Zusammentreffen zurechtgelegt. TC war einfach hergestürmt …

»Es gibt tatsächlich eine Verschwörung, die sich zum Ziel gesetzt hat, die *nistarim* zu töten, die sechsunddreißig verborgenen Gerechten. Aus irgendeinem Grund findet diese Veschwörung jetzt statt, in den zehn Tagen der Buße – der heiligsten Zeit des Jahres. Das Morden hat an Rosch Haschana angefangen, und es ist noch nicht zu Ende. Wer immer dahinter steckt, muss entschieden haben, dass dies die Tage des Gerichts sind – dass ein Gerechter, der in dieser Zeit getötet wird, nicht sofort durch die Geburt eines anderen ersetzt wird. Vielleicht haben sie in unseren Schriften etwas gefunden, das wir nie gesehen haben, den Beweis für eine

Zeit der Schwebe zwischen Neujahr, wenn die Menschen in das Buch des Lebens eingetragen werden, und dem Tag des Gerichts, an dem das Buch des Lebens versiegelt wird. Während dieser zehn Tage mag die Welt besonders verletzlich sein. Was immer ihre Gründe sein mögen, sie haben sich vorgenommen, die *Lamedvav* zu töten, und anscheinend sind sie entschlossen, es bis morgen Abend bei Sonnenuntergang zu vollbringen, zum Ende von Jom Kippur.« Er stockte. »Ich dachte nicht, dass noch jemand es herausfinden würde.« Er sah Will an, ohne ihm direkt in die Augen zu schauen. »Tova Chaya war immer eine außergewöhnliche Schülerin. Und Sie, Will, besitzen eine außergewöhnliche Beharrlichkeit.«

Schönen Dank auch, dachte Will.

»Wir wissen erst seit ein paar Tagen davon. Aber ich zittere um die Welt, wenn ich daran denke. Manche werden sagen, es ist nur eine Legende, ein Märchen. Aber diese Geschichte hat tiefe Wurzeln, die zurückgehen bis zu *Avraham Avinu*, unserem Vater Abraham. Sie hat Jahrtausende überdauert. Wer immer dies alles tut, wettet darauf, dass die Geschichte nur eine Geschichte ist und keine wahre Aussage über das Wirken der Welt seit Anbeginn der Zeiten. Aber wenn sie sich irren? Sie wollen diese Vorstellung auf die Probe stellen, auf Biegen und Brechen. Und am Ende wird die ganze Welt zerbrechen.«

Der Rabbi trommelte mit den Fingern auf dem Tisch. Wenn er den Besorgten spielte, dachte Will, spielte er seine Rolle ausgezeichnet.

»Sie sagen dauernd ›sie‹«, stellte Will plötzlich fest, verblüfft über sein eigenes Selbstbewusstsein. »Aber ich bin nicht sicher, dass es ›sie‹ gibt. Ich glaube eher, es seid ›ihr‹.«

»Das verstehe ich nicht.«

»Oh, ich glaube, Sie verstehen es sehr wohl, Rabbi Freilich. Bis jetzt gibt es in diesen Fällen keinen Verdächtigen außer Ihnen und Ihren … Ihren Anhängern.« Er wusste, dass es das falsche Wort war. Der einzige Mensch, der hier Anhänger hatte, war der Mann auf den Fotos an jeder Wand. Und der war tot. »Sie haben mir gegenüber mehr oder weniger zugegeben, dass Sie Samak Sangsuk umgebracht haben.« Ein kleiner Muskel am linken Auge des Rabbi zuckte. »Und ich weiß, dass Sie meine Frau gefangen halten – auch wenn mir noch niemand erklären konnte, was sie mit all dem zu tun hat.« Seine Stimme wurde lauter und verriet einen Zorn, den er nicht verbergen konnte. Er schwieg einen Moment, um seine Beherrschung wieder zu finden. »Die Einzigen, von denen wir *wissen*, dass sie in kriminelle Aktivitäten verwickelt sind, sind Sie und die Leute, die mit Ihnen zusammenarbeiten.«

»Ich weiß, dass es so aussieht.«

»Das tut es. Und ich bin sicher, die Polizei, die Sie bereits aufs Korn genommen hat, würde sich sehr schnell ein Bild machen können, wenn sie nur die Hälfte von dem wüsste, was wir wissen. Ich glaube, Mr. Pugachov brauche ich gar nicht erst zu erwähnen, oder? Den Hausmeister in TCs – sorry, in Tova Chayas Apartmenthaus, wissen Sie? Der gestern Nacht von diesem Gorilla mit der Baseballmütze umgebracht wurde, den Sie uns aus den Hals geschickt haben?«

»Tut mir Leid, ich weiß nicht, wovon Sie reden.«

»Ach, hören Sie auf. Wir können diese Spielchen nicht mehr treiben, Rabbi. Kapieren Sie nicht? Wir wissen, was los ist.«

»Will, das reicht.« TC sprach wieder mit ihrem normalen Akzent.

»Ich kenne keinen Mr. Pugachov. Und ich weiß nichts von einem Mann mit Baseballmütze.«

»Das glaube ich Ihnen nicht. Das ist doch lächerlich. Sie haben gestern einen Mann beauftragt, mich zu verfolgen, oder? Wir haben ihn gesehen, wir sind ihm entkommen, und der junge Mann, der uns dabei geholfen hat, liegt jetzt tot in ihrer Wohnung.« Er brachte es nicht über sich, den Namen

Tova Chaya noch einmal zu benutzen. Beim ersten Mal hatte es schon merkwürdig genug geklungen. »Was glauben Sie denn, wer das getan hat? Wer?«

»Will, bitte«, sagte TC beschwörend. Aber er war nicht zu bremsen. Der Druck der letzten Tage hatte sich zu lange aufgestaut.

Der Rabbi sah angespannt aus. »Ich sage Ihnen, ich weiß von keinem Mann mit Baseballmütze. Ich habe niemanden beauftragt, Sie zu verfolgen. Ich habe Sie nicht belogen. Nicht ein einziges Mal. Als Sie mich wegen des Mannes in Bangkok zur Rede stellten, habe ich nichts bestritten. Ich habe Ihnen gesagt, dass ein schreckliches Missgeschick passiert ist. Als wir …« Er suchte nach dem richtigen Wort. »Als wir uns am *erev shabbes* – Verzeihung, am Freitagabend – begegnet sind, habe ich sogar eingestanden, dass wir in der Tat Ihre Frau in unserem Gewahrsam haben. Ich habe Sie nicht belogen. Und ich sage Ihnen auch jetzt die Wahrheit. Was da in Tova Chayas Haus passiert sein soll, hat nichts mit mir zu tun.«

»Mit wem dann, hm? Wenn Sie den Mann nicht haben umbringen lassen, wer dann?«

»Das weiß ich nicht, und das sollte Sie sehr viel mehr beunruhigen, denn es lässt vermuten, dass der Urheber dieses ganzen entsetzlichen Plans jetzt von Ihnen weiß.«

»Rabbi Freilich, ich glaube, Sie müssen uns sagen, was los ist.« TC klang jetzt wieder wie Tova Chaya. »Sie wissen etwas, wir wissen etwas. Wir alle wissen, dass die Zeit knapp wird. Der Tag des Gerichts ist schon da. Wer immer das alles tut, will seine Arbeit zu Ende bringen, bevor die Tage der Buße zu Ende sind. Wir haben keine Zeit, gegeneinander zu kämpfen. Und was haben Sie allein bisher zustande gebracht? Haben Sie dem Morden ein Ende gemacht?«

Der Rabbi senkte den Kopf und legte die rechte Hand an die Stirn. Sie wanderte nach oben, schob sich unter die Jarmulke und kehrte wieder zurück. Was TC da gesagt hatte, traf einen Nerv. Die Last seiner Sorgen schien ihn zu erdrücken. Kaum hörbar murmelte er: »Nein.«

TC beugte sich vor und drängte weiter. »Das Morden geht weiter. In vierundzwanzig Stunden haben sie vielleicht die letzten der *Lamedvavniks* umgebracht. Und wer weiß, was dann passiert. Und Sie schaffen es nicht allein. Aber wir können Ihnen helfen, und Sie können uns helfen. Sie müssen es tun. Um Haschems willen.«

Um des Namen willen. Um Gottes willen. Das ultimative Argument, dem kein Gläubiger sich entziehen konnte. Führte TC es ins Feld, weil sie wusste, auf welche Knöpfe sie zu drücken hatte? Oder sprach Tova Chaya aufrichtig, weil sie ehrlich Angst um die Welt hatte, wenn sie jetzt nicht handelten? Will wusste es nicht, aber wenn er eine Vermutung hätte aussprechen müssen, hätte er sich zu seiner eigenen Überraschung für die zweite Möglichkeit entschieden. Trotz ihrem Skeptizismus, trotz ihrer zehnjährigen Abwesenheit von Crown Heights, trotz Speckfrühstück und Nabelring ging es ihr nicht nur darum, Wills Frau zu finden, und nicht einmal nur um die verbliebenen Gerechten. Er sah es ihr an. Sie würde es nicht aussprechen, denn die Worte klangen zu schwülstig. Aber in diesem Augenblick war Will klar, dass TC von keiner geringeren Sorge getrieben wurde als von der Angst um das Schicksal der Welt.

»Tova Chaya, wir haben so wenig Zeit.« Rabbi Freilich hob den Kopf. Er nahm seine Brille ab, und sein Gesicht war von Schmerz gezeichnet. »Wir haben alles versucht. Ich weiß nicht, was man noch tun kann. Aber ich werde Ihnen sagen, was wir wissen.«

Unvermittelt stand er auf und ging zur Tür. Er setzte seinen Filzhut auf, zog seinen Mantel an und winkte den beiden, ihm zu folgen.

Draußen war es so still, wie Will es in einer Großstadt noch nie erlebt hatte. Die Straßen waren ruhig; kein Auto war unterwegs, weil an Jom Kippur das Autofahren verboten war. Junge Männer im Gebetsschal waren in kleinen Gruppen unterwegs, aber obwohl es ein warmer Abend war und die Menschen ihn gemeinsam verbrachten, herrschte keine festliche Stimmung. Crown Heights schien von Kontemplation und stillem Nachdenken erfüllt zu sein; es war, als sei das ganze Viertel eine einzige große Freiluft-Synagoge. Will war dankbar für seine Verkleidung, denn darin konnte er sich in dieser außergewöhnlichen Atmosphäre bewegen, ohne den Bann zu brechen.

Er sah jetzt, dass sie in Richtung der Synagoge unterwegs waren, und wieder fragte er sich, ob TC und er nicht geradewegs in eine Falle liefen. Freiwillig in die Höhle des Löwen spazierten – mit dem Löwen als Führer.

Aber sie benutzten nicht den Haupteingang. Stattdessen betraten sie ein Nachbargebäude, das in dieser Gegend völlig deplatziert aussah – wie der Backstein-Annex eines College in Oxford, uralt nach New Yorker Maßstäben. Draußen standen Scharen von jungen Männern, die aus dem Eingangsflur herausquollen. Aber sie brauchten sich nicht durch das Gedränge zu schieben: Sowie die Leute den Rabbi erkannten, machten sie ihm Platz. Will sah ein paar hochgezogene Augenbrauen; Will nahm an, dass sie ihm galten: Er war ein unbekanntes Gesicht. Aber als er sah, wie TC den Kopf gesenkt hielt, begriff er: Sie waren schockiert, eine Frau auf diesem männlichen Territorium zu sehen.

TC flüsterte ihm eine Erklärung zu. Sie waren im Haus des Rebbe. Hier hatte der verstorbene Anführer gewohnt und gearbeitet.

Will riss die Augen auf. Er war schon einmal hier gewesen, vor achtundvierzig Stunden.

Bald standen sie vor einer Treppe. Das Gedränge hatte sich gelichtet. Sie gingen hinauf und gelangten in einen leeren Korridor. *Geradewegs in seine Falle*, dachte Will.

Rabbi Freilich führte sie durch eine Tür, und dahinter war eine zweite. Aber er ging nicht weiter, sondern drehte sich um und erklärte: »Es zeigt das Ausmaß unserer Verzweiflung, dass ich Ihnen zeigen werde, was Sie gleich sehen. Es ist eine Entweihung des Jom Kippur, wie sie in diesem Hause noch niemals vorgekommen ist, und Gott möge verhüten, dass sie je wieder vorkommt. Wir tun es für –«

»*Pikuach Nefesh*«, unterbrach TC. »Ich weiß. Es geht um die Rettung von Menschenleben.«

Der Rabbi nickte; er war dankbar, dass TC alles verstand. Er drehte sich um und atmete scharf durch die Nase ein, als koste ihn das alles große Überwindung. Dann öffnete er die Tür.

48

SONNTAG, 23.01 UHR, CROWN HEIGHTS, BROOKLYN

In diesem Raum, erkannte Will, wäre es an einem so heiligen Abend normalerweise völlig still: kein elektrisches Licht, keine laufenden Geräte, keine Telefongespräche, kein Essen und Trinken. Selbst Will sah, dass die Szene vor ihm einen Akt des massiven Sakrilegs darstellte.

Es sah aus wie die Einsatzzentrale eines polizeilichen Sonderkommandos. Vielleicht ein Dutzend Leute saßen an Computern, umgeben von Posteingangskörben, die von Papier überquollen. Hinten an der Wand hing eine Schreibtafel voller Namen, Adressen und Telefonnummern. Unten am Rand sah Will eine Liste von Namen. Beim Überfliegen fiel sein Blick auf Howard Macrae und Gavin Curtis. Beide Namen waren durchgestrichen.

»Niemand weiß von diesem Raum – außer denen, die hier arbeiten. Und jetzt Sie. Wir arbeiten hier seit einer Woche Tag und Nacht. Und heute haben wir den Mann verloren, der sich hier am besten auskannte. Den Mann, der alles eingerichtet hat.«

»Josef Jitzhok?« Will sah einen Stapel Landkarten – darunter eine Karte von Montana – und ein paar Reiseführer: London, Kopenhagen, Algier.

»Das alles ist sein Werk. Und heute wurde er ermordet.«

»Rabbi Freilich?« TC schaltete sich ein. »Können Sie nicht einfach vorn anfangen?«

Der Rabbi führte sie zu einem Tisch im vorderen Teil des

Raumes, der aussah, als sei er für einen Lehrer, der ein Examen zu beaufsichtigen hatte. Alle drei nahmen dort Platz.

»Wie Sie wissen, sprach der Rebbe in seinen letzten Jahren oft von Moschiach, vom Messias. Er hielt lange Vorträge bei unseren wöchentlichen *farbrengen*, und oft kam er auf dieses Thema zu sprechen. Tova Chaya wird auch wissen, wie wir diese Vorträge für die Nachwelt aufbewahrt haben.«

Auf ihr Stichwort hin wandte TC sich an Will. »Weil er am Sabbat sprach, durfte der Rebbe nicht auf Tonband oder Film aufgezeichnet werden. Deshalb verließen wir uns auf unser altüberliefertes System. In der Synagoge verteilt, weit vorn, standen drei oder vier Leute, die wegen ihres erstaunlichen Gedächtnisses ausgewählt worden waren. Sie standen, meist mit geschlossenen Augen, nur wenige Schritte vom Rebbe entfernt, hörten aufmerksam zu und merkten sich jedes seiner Worte. Und sowie der Sabbat zu Ende war, setzten sie sich zusammen und spulten ihre Erinnerungen ab, und einer schrieb alles auf. Sie schafften sich alles so schnell wie möglich wieder aus dem Kopf, und sie kontrollierten sich dabei gegenseitig, überprüften hier ein Wort, fügten da eins hinzu. Ich weiß es noch: Diese Typen waren unglaublich. Sie konnten sich einen dreistündigen Vortrag des Rebbe anhören und ihn dann auswendig hersagen. Sie hießen *chazer*, und das heißt ›Wiedergeber‹. Der Rebbe sagte etwas, sie spielten es ab. Menschliche Tonbandgeräte.«

»Und, Toya Chaya, erinnern Sie sich noch, wer der brillanteste *Chazer* von allen war?«

TC bekam große Augen, als eine alte Erinnerung erwachte. »Aber er war nur ein Junge.«

»Das stimmt. Trotzdem wurde er gleich nach seiner Bar Mizwa ein *Chazer*. Er war dreizehn, als er anfing, die Worte des Rebbe wiederzugeben. Er besaß ein besonderes Talent.« Freilich sah Will an. »Wir sprechen von Josef Jitzhok.«

»Er konnte ganze Vorträge hören und sie auswendig hersagen?«

»Er sagte immer, das könne er nicht. Er könne es nur mit den Worten des Rebbe. Wenn der Rebbe sprach, ließ Josef sich selbst und seine eigenen Gedanken verschwinden. Er versuchte sich in den Kopf des Rebbe einzuschalten, eine Erweiterung des Rebbe zu werden. Das war seine Technik. Niemand konnte es so wie er. Und der Rebbe brachte ihm eine besondere Zuneigung entgegen.« Rabbi Freilich lehnte sich zurück und schloss die Augen. Seine Trauer schien echt zu sein.

»Wie gesagt, in den letzten Jahren sprach der Rebbe immer öfter von Moschiach. Er sagte, wir sollten uns auf die Ankunft des Messias vorbereiten, und erinnerte uns daran, dass der Glaube an den Messias ein Kernstück des jüdischen Glauben ist – kein entlegenes theologisches Abstraktum, sondern real. Wir sollten daran glauben: Moschiach könne im Hier und Jetzt bei uns sein.

Niemand kannte diese Lehren des Rebbe besser als Josef Jitzhok. Er hörte sie Woche für Woche. Aber er hörte sie nicht nur, er *absorbierte* sie, er nahm sie in sich auf, machte sie zu einem Teil seiner selbst. Und dann, in den letzten Tagen des Rebbe, fiel ihm, Josef Jitzhok, der selbst ein herausragender Gelehrter war, etwas auf. Er dachte an all die Predigten, die der Rebbe über das messianische Zeitalter gehalten hatte, und er sah ein Muster darin. Sehr oft zitierte der Rebbe ein *pasuk* –«

»Einen Vers.«

»Danke, Tova Chaya. Ja, der Rebbe zitierte einen Vers aus Deuteronomium. *Zedek, zedek tirdof.*«

»Nach Gerechtigkeit, Gerechtigkeit sollst du streben«, murmelte TC.

»Die landläufige englische Übersetzung lautet: ›Folge der Gerechtigkeit und der Gerechtigkeit allein, auf dass du lebest und das Land besitzest, das der Herr dein Gott dir gibt.‹ Aber es war dieses Wort, *zedek*, das Josef Jitzhoks Aufmerksamkeit erregte. Der Rebbe benutzte es so oft und immer im selben Zusammenhang – es war, als wolle er uns an etwas erinnern.«

»Er wollte Sie an die *Zaddikim* erinnern. An die Gerechten.«

»Das dachte Josef Jitzhok auch. Also las er die Texte des Rebbe noch einmal und studierte sie aufmerksam. Und da fand er noch etwas, etwas noch Faszinierenderes.«

Will beugte sich vor und starrte den Rabbi durchdringend an.

»In unmittelbarer Nähe des Zitats – *zedek, zedek tirdof* – fand sich ein weiteres Zitat. Nicht jedes Mal dasselbe, aber immer aus denselben beiden Quellen. Entweder zitierte der Rebbe aus dem Buch der Sprüche –«

»Kapitel zehn?«

»Ja, Mr. Monroe. Kapitel zehn. Ganz recht. Sie wussten das alles schon?«

»Sagen wir, ich konnte es mir denken. Aber lassen Sie sich nicht unterbrechen. Bitte fahren Sie fort.«

»Nun, also – entweder zitierte der Rebbe einen Vers aus dem Buch der Sprüche, oder er zitierte einen der Propheten, besonders gern Jesaja, Kapitel dreißig. Darüber nun geriet Josef Jitzhok in helle Aufregung. Denn Kabbalisten wissen etwas Wichtiges über Jesaja, Kapitel dreißig, Vers achtzehn. Der Vers endet mit *lo*, und das heißt ›auf ihn‹ auf Hebräisch. Der ganze Satz lautet etwa: ›Selig die, die da warten auf ihn.‹ Aber die eigentliche Bedeutung des Wortes –«

»– liegt in seiner Schreibung.«

»Tova Chaya ist schneller als ich. Das Wort *lo* besteht aus zwei Zeichen, Mr. Monroe. Lamed und Vav. Der numerische Wert ist sechsunddreißig. Nun war der Rebbe ein umsichtiger Sprecher. Nichts, was er sagte, war dem Zufall überlassen. Kein Zitat war einfach aus der Luft gegriffen. Josef Jitzhok war überzeugt, dass hier eine wohlüberlegte Absicht dahinter steckte.

Also ging er jedes Transkript noch einmal durch. Und richtig, der Rebbe sprach von Zedek, und unmittelbar darauf zitierte er einen Vers aus einem der beiden Kapitel – und zwar fünfunddreißigmal. So hinterließ er uns fünfunddreißig verschiedene Verse.«

»Aber …«

»Ich weiß, was Sie denken, Mr. Monroe, und Sie haben Recht. Es sind sechsunddreißig Gerechte. Dazu kommen wir gleich. Einstweilen hat Josef Jitzhok fünfunddreißig Verse, die ihn anstarren, und er fragt sich, was sie wohl bedeuten könnten. Er denkt an die Geschichten, mit denen Kinder wie er und Kinder wie Sie, Tova Chaya, aufgewachsen sind. Geschichten über den Begründer des Chassidentums, Baal Schem Tov, Geschichten über Rabbi Leib Sorres.«

»Männer von solcher Größe, dass sie das Privileg hatten, zu wissen, wo die Gerechten sich aufhielten.« Will sah TC an, als sie sprach; er war sicher, dass sie alles begriffen hatte.

»Genau. Nur wenigen war das Denken des Rebbe so vertraut wie Josef Jitzhok – und er kannte auch die Bedeutung des Rebbe, er wusste, dass der Rebbe einer der Großen in der chassidischen Geschichte war. Ein paar der ganz Großen waren in das göttliche Geheimnis eingeweiht worden. Es war keine absurde Vorstellung, dass der Rebbe einer von ihnen war.«

Will wollte vorgreifen und beweisen, dass er ein genauso gescheiter Schüler war wie TC. »Also nimmt Josef Jitzhok an, der Rebbe wisse, wer die Sechsunddreißig sind. Und er geht noch weiter: Er vermutet, dass die fünfunddreißig Verse einen Hinweis auf ihre Identität geben.«

»So ist es, Will. Das ist Josef Jitzhoks Vermutung. Diese Gedanken kommen ihm in den letzten Tagen des Rebbe, als dieser schon zu krank ist, um noch Fragen zu beantworten.«

»Und was tut Josef Jitzhok?«

»Er starrt die fünfunddreißig Verse an, tagelang, immer wieder. Der Rebbe will ohne Zweifel, dass man sie versteht, und er gibt diese Informationen aus einem bestimmten Grund weiter. Josef ist entschlossen, die Nuss zu knacken und festzustellen, was darin steckt. Er betrachtet sie von allen Seiten. Er übersetzt die Schriftzeichen in ihre numerischen Werte, er addiert, er multipliziert. Er macht Anagramme. Aber natürlich gibt es da ein logisches Problem.

Wie konnte die Identität der Gerechten in diesen Versen enthalten sein? Es sind andere in jeder Generation, aber die Verse bleiben immer dieselben. Selbst wenn, sagen wir, Vers zwanzig den Namen des zwanzigsten *Zaddik* in diesem Jahr enthielte, wo würden wir dann den Namen des zwanzigsten *Zaddik* des Jahres 2020 oder 2050 finden – oder in der Vergangenheit den von 1950 oder von 1850? Wie können die Namen von Menschen, die heute leben, sich in einem Text verbergen, der seit Anbeginn unverändert ist?

Und hier machten sich Josef Jitzhoks bemerkenswerte Fähigkeiten wirklich bemerkbar. Er erinnerte sich an die Antwort.«

»Sie meinen, der Rebbe hatte es ihm schon gesagt?«

»Nicht direkt natürlich. Aber der Rebbe hatte ihm die Antwort gegeben. Josef Jitzhok hatte sie gehört. Er brauchte sich nur daran zu erinnern. Und wissen Sie, was es war? Es war der letzte Satz der letzten Predigt beim letzten *farbrengen*, an dem der Rebbe teilgenommen hatte. ›Der Raum hängt ab von der Zeit. Die Zeit offenbart den Raum.‹ Das waren seine letzten Worte in der Öffentlichkeit.«

Ein Pause trat ein.

»Unglaublich«, sagte TC schließlich.

»Ich fürchte, ich kann nicht mehr folgen.« Will fühlte sich plötzlich wie der Klassentrottel.

»Keine Angst, Josef Jitzhok war genauso ratlos. Die Sätze klangen wunderschön, aber rätselhaft. *Der Raum hängt ab von der Zeit. Die Zeit offenbart den Raum.* Was bedeutet das?

Schließlich kam Josef Jitzhok zu mir und offenbarte mir seine kleine Theorie. Der Rebbe sprach oft in Rätseln und elliptischen Sätzen, zu deren Studium man viele Stunden, vielleicht sogar Jahre brauchte. Josef Jitzhok arbeitete eine ganze Nacht lang an diesem Satz. Dann hatte er das, was er einen Geistesblitz nannte, während ich sagen würde, Haschem reichte ihm seine helfende Hand.

Sie wissen vielleicht, dass der Rebbe ein großes Interesse für Wissenschaft und Technik hegte. Er las den *Scientific American*, *Nature* und eine ganze Reihe anderer Zeitschriften. Er war stets informiert über die neuesten Entwicklungen auf dem Gebiet der Neurobiologie und Neurophysiologie. Aber sein besonderes Interesse galt der Informationstechnologie. Er liebte Gadgets! Er besaß keins; er hatte nichts übrig für materiellen Besitz. Aber er wusste gern alles darüber, und das wiederum wusste Josef Jitzhok. Deshalb hatte er die Idee. Ich zeig's Ihnen.«

Rabbi Freilich nahm ein abgegriffenes, in Leder gebundenes Buch zur Hand und blätterte schnell darin, bis er die Seite mit dem Vers gefunden hatte, den er suchte.

»Welches Jahr haben wir?«

Will wollte antworten, aber TC kam ihm zuvor. »Fünftausendsiebenhundertachtundsechzig.«

Will runzelte die Stirn. »Bitte?«

»Nach dem hebräischen Kalender«, erklärte TC. »Er beginnt mit der Schöpfung. Die Juden glauben, dass die Welt seit knapp sechstausend Jahren existiert.«

»Okay«, sagte der Rabbi und schaute in das aufgeschlagene Buch. »Das Jahr ist 5768. Und hier ist ein Vers aus dem zehnten Kapitel des Buches der Sprüche. Genau gesagt, es ist der entscheidende Vers. Vers achtzehn. Josef Jitzhok probierte Folgendes aus. Wir zählen an der Zeile entlang und markieren den fünften Buchstaben.« Der Finger des Rabbiners verharrte auf dem Zeichen. »Dann den siebenten von hier aus.« Er blieb wieder stehen. »Dann den sechsten danach, und dann den achten. »Sehen Sie? Fünf – sieben – sechs – acht. Und das tun wir bis zum Ende der Zeile. Hier ist der fünfte Buchstabe ein *jud*. Der siebte danach ist ein *chay*, der sechste ein *mem* und der achte ebenfalls ein *mem*. Wenn Sie fortfahren, erhalten Sie eine ganze Reihe von Buchstaben.«

»Die sich numerisch darstellen lassen«, vermutete Will.

»Ganz recht. In einer Zahlenreihe. Hier, ich zeige Ihnen eine der ersten, die Josef Jitzhok herausgearbeitet hat.«

Der Rabbi stand auf und führte Will und TC zu einer zweiten Tafel. Säuberlich mit schwarzem Marker notiert, stand hier eine lange Reihe von Ziffern.

699331, 5709718, 30.

»Ist das eine Telefonnummer?«

»Nein. Wir haben daran gedacht, und wir haben ein paar Kombinationen ausprobiert. Nein, es ist keine Telefonnummer. Deshalb war das Interesse des Rebbe an den neuesten technologischen Entwicklungen so wichtig.«

TC starrte die Zahlen an, als könne sie sie mit der Kraft ihres Blicks aufknacken.

»Es ist«, sagte der Rabbi und konnte dabei ein kleines amüsiertes Stolzlächeln nicht unterdrücken, als sei er immer noch hingerissen von so viel Brillanz, »es ist eine GPS-Nummer. Genauer gesagt, diese Zahl enthält die Längen- und Breitenkoordinaten, die eine GPS-Nummer ergeben. Die Koordinaten des Global Positioning Systems.«

»Ich glaub's nicht«, sagte Will. »Sie meinen dieses Satellitennavigationssystem?« Das klang absurd.

»Ganz recht. Ein System, das den Globus umspannt und vom Weltraum aus beobachtet wird. Es enthält die genauen Koordinaten für jeden Punkt auf der Erde. Der Rebbe hatte offenbar darüber gelesen. Oder vielleicht wusste er es einfach.«

»Das soll heißen, diese fünfunddreißig Bibelverse enthalten die Koordinaten für fünfunddreißig Gerechte?«

»Wir konnten es auch nicht glauben, Mr. Monroe. Ein Vers zeigte einen entlegenen Berghang in Montana an; den Landkarten zufolge lebt dort niemand. Aber wir beauftragten den Mann, der unser Zentrum in Seattle leitet, sich die Gegend genauer anzusehen, und er fand eine Blockhütte, in der ein einzelner Mann wohnte. Wie in unseren Märchen, Tova Chaya: ein einfacher Mann im Wald.«

Pat Baxter, dachte Will. Die Blockhütte, die er vor ein paar Tagen selbst gesehen hatte.

»Eine andere Zahl führte zu einer Gegend im Sudan, in der ebenfalls niemand wohnen sollte. Aber auf Satellitenfotos sahen wir, dass dort in den letzten Monaten ein Flüchtlingslager entstanden war. Ein einzelner Mann sorgte dort für Menschen, die ihr nacktes Leben gerettet hatten. Die internationalen Organisationen wussten nicht einmal genau, wer er war. Und so wurde uns klar, dass wir Recht hatten. Dass der Rebbe das alles gewusst hatte.«

»Was ist mit dieser Zahl hier?« Will zeigte auf die Schreibtafel und tat sein Bestes, um skeptisch zu klingen. »Was hat sie ergeben?«

»Ich zeige es Ihnen.« Der Rabbi ging ein paar Schritte weiter zu einem der jungen Männer, die vor den Computern saßen – zweifellos seine Schüler. TC und Will folgten ihm und spähten dem jungen Mann über die Schulter. Der Rabbi deutete auf die Zahl an der Tafel und gab eine geflüsterte Anweisung.

Der Mann gab die Ziffern ein, wartete ein paar Sekunden, und dann erschien die Antwort auf dem Monitor.

11 Downing Street, London, SW1 2AB, England.

»Das war der Vers für Gavin Curtis?«

Der Rabbi nickte.

Will musste sich setzen, und zu gern hätte er etwas getrunken. Aber hier gab es nichts. Diese Männer benutzten Computer und arbeiteten hart, obwohl Jom Kippur war, weil Menschenleben auf dem Spiel standen. *Pikuach Nefesh.*

Aber sie verstießen nicht gegen Vorschriften, gegen die sie nicht verstoßen mussten.

»Das also wollte der Rebbe sagen«, stellte TC fest. »›Der Raum hängt ab von der Zeit. Die Zeit offenbart den Raum.‹ Das heißt, der Standort ist abhängig von der Zeit, vom Jahr. Und wenn man die Zeit kennt, das Jahr – wenn man die Zahl 5768 benutzt –, kennt man auch den Raum, und man kann den Standort ermitteln.« Sie schüttelte den Kopf, erstaunt über so viel Erfindungsreichtum. »Und ich nehme an, wenn man es bei denselben Versen mit anderen Jahreszahlen versucht, bekommt man andere Orte heraus. Andere Personen.«

»Nun, unsere Texte hüten ihre Geheimnisse gut, Tova Chaya. Josef Jitzhok wollte ausprobieren, was Sie da sagen. Zusammen mit ein paar Leuten hier entwickelte er ein Computerprogramm, das tun sollte, was wir hier mit diesem einen Vers getan haben: Es markierte jedes soundsovielte Schriftzeichen. Er versuchte es mit verschiedenen Jahreszahlen, und tatsächlich fand er über GPS verschiedene Ortsnamen. Aber was nützt uns ein Ortsname – Kabul oder Mainz – für das Jahr 1735? Woher sollen wir wissen, wer damals dort wohnte? Außerdem fragte Josef Jitzhok sich, ob das nicht zu einfach war.«

»Ob was zu einfach war?«

»Er war nicht sicher, ob es unbedingt immer dieselben Verse für jede Zeit sein mussten. Es waren die Verse, die der Rebbe erwähnt hatte, für seine eigene Zeit. Aber vielleicht wussten die anderen großen Weisen, die in der Vergangenheit in dieses Geheimnis eingeweiht waren – Baal Schem Tov oder Rabbi Leib Sorres –, auf andere Weise über die Gerechten ihrer Zeit Bescheid? Sie kannten ja kein GPS. Diese Methode hätten sie also kaum verstanden, oder? Da mussten sie ihre eigenen Wege finden – andere Verse oder vielleicht sogar ganz andere Methoden.

Heute weiß ich, dass es das war, was hinter dem Interesse

des Rebbe an diesen Technologien steckte. Ich glaube, ihm war klar, dass selbst die dauerhaftesten alten Wahrheiten sich äußerlich schnell wandeln können und dass sie neue Formen finden. Chassiden mussten über die moderne Welt Bescheid wissen, denn auch sie ist die Schöpfung Haschems. Auch hier ist er zu finden.«

Will und TC schwiegen, von Ehrfurcht gepackt. Es war nicht nur das Leben dieser Sechsunddreißig, was Rabbi Freilich selbst jetzt, am höchsten Fest des jüdischen Jahres, rund um die Uhr arbeiten ließ. Dieser Mann, der gebildet und in ruhigen, rationalen Sätzen sprach, glaubte offensichtlich, er habe weniger als vierundzwanzig Stunden Zeit, um die Welt zu retten. Will versuchte diesen Gedanken auszublenden und sich auf das zu konzentrieren, was ihm auf den Nägeln brannte: Beth.

»Okay«, sagte Will wie ein Captain der Polizei, der seine Leute zur Ordnung rief, »so also funktioniert das System. Die entscheidende Frage ist, wer weiß noch davon? Wer sonst könnte die Identität der sechsunddreißig Gerechten kennen?«

Sie waren zum Tisch zurückgekehrt und der Rabbi hatte sich auf seinen Stuhl fallen lassen. Die Erschöpfung stand ihm ins Gesicht geschrieben.

»Unsere größte Hoffnung waren Sie.«

»Wie bitte?«

»Als Sie am Schabbes herkamen. Am Freitagabend. Wir dachten, Sie wären so etwas wie ein Spion. Beauftragt von den Leuten, die das tun. Sie stellten Fragen, Sie waren ein Außenseiter. Vielleicht wollten Sie mehr über die *Lamedvav* herausfinden. Deshalb haben wir – habe ich Sie so grob behandelt. Dann stellten wir fest, dass Sie der –« Will merkte, dass er ihn nicht als Ehemann der Geisel bezeichnen wollte – »dass Sie etwas anderes waren.«

Will merkte, dass er wieder zornig wurde. Warum packte er diesen Mann nicht einfach beim Kragen und schüttelte ihn, bis er ihm sagte, wo Beth war? Warum ließ er sich das alles gefallen? Weil, sagte eine innere Stimme – wenn diese Leute fanatisch genug waren, um Beth ohne ersichtlichen Grund zu kidnappen, waren sie auch fanatisch genug, um sie in ihrer Gewalt zu behalten. Rabbi Freilich mochte entkräftet und erschöpft aussehen, aber hier waren ein Dutzend Männer, die stärker waren als er. Wenn er sich jetzt auf den Rabbi stürzte, würden sie ihn bald überwältigt haben.

»Gut, also bin ich es nicht. Wer sonst weiß davon?«

Der Rabbi sackte in sich zusammen. »Das ist es ja. Niemand weiß davon. Niemand außerhalb dieser Gemeinde. Und nicht einmal die Gemeinde weiß es. Es gäbe sonst eine Massenpanik. Wenn sie wüssten, dass die *Lamedvavnikim* ermordet werden, einer nach dem andern, würde hier das Chaos ausbrechen. Sie würden glauben, das Ende der Welt steht bevor.«

»Das glauben Sie doch auch, oder?«, fragte Tova Chaya mit sanfter Stimme.

Der Rabbi hob den Kopf und sah sie mit Tränen in den Augen an. »Ich fürchte, was der Rebbe gesagt hat, ist wahr. *Die welt schokelt zich und treiselt zich.* Das hat er immer gesagt, Tova Chaya. ›Die Welt zittert und bebt.‹ Und mir graut vor dem, was der Tag des Gerichts über uns bringen wird.«

Will ging auf und ab. »Also ahnt außerhalb dieser kleinen Gruppe hier niemand etwas. Nur Sie, Josef Jitzhok und ein paar Ihrer besten Schüler.«

»Und jetzt Sie.«

»Und Sie sind sicher, dass niemand ein Sterbenswörtchen verraten hat?«

»Wem denn? Wer wusste denn überhaupt davon? Warum sollte jemand danach fragen? Aber als Josef Jitzhok tot aufgefunden wurde, da ...«

»Was war da?«

»Da bestätigte sich, dass jemand weiß, was wir wissen, und mehr wissen will. Bis dahin hielt ich es für einen merkwürdigen Zufall, dass die *Zaddikim* einer nach dem andern starben. Vielleicht war es der Wille Haschems, vielleicht verfolgte Er ein Ziel, das wir nicht begreifen können. Aber der Mord an Josef Jitzhok gehört nicht zu Haschems Plan.«

»Sie glauben, jemand wollte Informationen von ihm?«

»Kurz bevor Sie heute Abend kamen, hatte ich Besuch von der Polizei. Sie glaubt, dass Josef Jitzhok vor seinem Tod gefoltert wurde.«

Will und TC zuckten zusammen.

»Was konnten sie von ihm wollen, was sie nicht schon wussten?«

»Ah, ich dachte, diese Frage würden Sie mir schon früher stellen. Denken Sie an das, was ich Ihnen über die Verse erzählt habe, die der Rebbe bei seinen Predigten zitierte und die Josef Jitzhok sich eingeprägt hatte. Nun, da fehlte ja etwas.«

»Es waren nur fünfunddreißig.«

»Ganz recht. Nur fünfunddreißig. Sie können mit der Methode, die ich Ihnen erklärt habe, Buchstaben in Zahlen und die Zahlen in Koordinaten verwandeln, aber Sie finden nur fünfunddreißig Gerechte. Liegt es nicht auf der Hand, was Josef Jitzhoks Mörder wissen wollten? Sie wollten wissen, wer Nummer sechsunddreißig ist.«

49

SONNTAG, 23.18 UHR, CROWN HEIGHTS, BROOKLYN

Wills erster Gedanke war es, Rabbi Freilich nach dem Namen des Sechsunddreißigsten zu fragen. Das war eine entscheidende Information. Wenn er und TC wüssten, wer es war, wüssten sie auch, wohin die Mörder unterwegs waren.

Aber der Rabbiner gab nichts preis. Zum einen, sagte er, lasse der Mord an Josef Jitzhok darauf schließen, dass die Mörder diese entscheidende Information immer noch nicht besaßen; sie hatten JJ foltern müssen, um sie zu bekommen. War Josef Jitzhok unter der Folter zusammengebrochen? Rabbi Freilich war fest davon überzeugt, dass er geschwiegen hatte. »Ich kannte diesen Mann«, sagte er. »Seinen Verstand, seine Seele. Niemals hätte er das Wort des Rebbe verraten.«

Er war sicher, dass das Geheimnis nicht verraten worden war. Wenn er jetzt TC und Will ins Vertrauen zöge, würde er sie nur in Gefahr bringen. Es war besser, wenn sie nichts wussten. (Will war skeptisch. Wenn er den Folterern in die Hände fiele, würden sie sich wohl kaum zunächst höflich erkundigen, ob er über brauchbare Informationen verfügte, und sich artig zurückziehen, wenn er verneinte.)

Will versuchte es anders. »Dieser sechsunddreißigste Mann – lebt er noch?«

»Wir glauben es, ja. Aber mehr will ich wirklich nicht sagen, Mr. Monroe. Mehr kann ich nicht sagen.«

»Ist er der Einzige, der noch lebt?«

»Das wissen wir nicht genau. Unsere Erkenntnisse sind lückenhaft. Wir mussten Hals über Kopf Leute in die entlegensten Weltgegenden schicken, um die *Zaddikim* zu finden. Jedes Mal sind wir bisher zu spät gekommen.«

»Soll das heißen, Sie haben die Namen erst diese Woche entschlüsselt?«

»Nein, Josef Jitzhok gelang sein Durchbruch schon vor einigen Monaten. Und wie ich Ihnen sagte, schickten wir Leute aus, um einfach zu sehen, wer diese *Zaddikim* waren.

Wir wollten sie im Auge behalten, weiter nichts. Ihnen vielleicht Essen oder Geld geben, wenn sie in Not sein sollten. Aber um Ihre Fragen zu beantworten: Dass sie sterben, wissen wir erst seit dieser Woche. Wir sind nicht sicher, aber anscheinend hat es erst vor ein paar Tagen angefangen.«

»An Rosch Haschana«, sagte TC. In ihrem Kopf arbeitete es sichtbar. »Da wurde Howard Macrae ermordet.«

»Davon haben wir erst ein paar Tage später erfahren. Als die Nachrichten von den anderen kamen. Hat es überhaupt in der Zeitung gestanden?«

»Ja«, sagte Will und atmete frustriert durch die Nase aus. »Es hat in der Zeitung gestanden.« Das war das Dumme bei der Seite B3 des Lokalteils: Die Leute lasen einfach darüber weg.

»Na ja, es waren auch hohe Festtage. Wir haben keine Zeitung gelesen. Wir haben unser Leben gelebt. Wir hatten keine Ahnung, was da vorging. Aber dann hörte der eine oder andere etwas. Unser Mann in Seattle sah die Hütte, die er besucht hatte, im Fernsehen. Der Mann, der unser Zentrum in Chennai leitet, las in der Zeitung, dass der *Zadik* in dieser Stadt – einer der jüngsten – tot aufgefunden worden war. Ein Bericht nach dem andern.«

»Wie viele sind schon tot?«

»Das wissen wir nicht. Josef Jitzhok hat ja erst vor ein paar Monaten angefangen, daran zu arbeiten. Unsere Liste war kaum vollständig, und wir konnten nicht in jedem Fall eine

Bestätigung bekommen. Dieser Mann zum Beispiel« – der Rabbi deutete auf die Tafel mit der Zahl des Schatzkanzlers – »um ihn zu finden, haben wir länger gebraucht. Es hat sich herausgestellt, dass das GPS in England ein bisschen anders ist. Das WGS84-Datum, anscheinend. Das wussten wir zuerst nicht, und als Josef Jitzhok die Zahlen zum ersten Mal auswertete, schienen sie ausgerechnet auf ein Gefängnis hinzudeuten. Eine Strafanstalt in Belmarsh. Es kam uns unwahrscheinlich vor, aber ganz von der Hand zu weisen war eine solche Möglichkeit nicht. Wir wissen, dass die wahre Natur der *Zaddikim* oft im Verborgenen liegt.

Aber als wir unsere Zahlen korrigiert hatten, bekamen wir auf der Stelle ein Resulat. Downing Street! Und zwar nicht das berühmte Haus Nr. 10, sondern das Nachbarhaus. Die Angabe war völlig klar. Zu der Zeit war dieser Curtis offenbar in großen Schwierigkeiten. Es gab einen Skandal, glaube ich. Auch das eine Tarnung.«

Will wurde ungeduldig. Genug der Vorträge, dachte er. Er wollte schlichte, harte Fakten hören, frei von allen mystischen Untertönen.

»Verzeihen Sie, aber ich will das alles ganz klar haben. Verfügen Sie über die vollständige Liste oder nicht?«

»Wir glauben ja.«

»Und wie viele von denen, die auf Ihrer Liste stehen, sind tot?«

»Wir glauben, es sind mindestens dreiunddreißig.«

»O Gott!«

»Das heißt, vielleicht müssen sie nur noch drei Leute umbringen? Es ist jetzt kurz vor Mitternacht. Jom Kippur ist in ungefähr neunzehn Stunden zu Ende.« TC, die sonst immer so ruhig sprach, klang zutiefst verschreckt.

»Rabbi, wer immer das tut, scheint ziemlich gut über jüdische Gebräuche Bescheid zu wissen. Meinen Sie nicht auch?«, sagte Will. »Ich meine, wer außer frommen Juden kennt das alles – die Gerechten, die Tage der Ehrfurcht? Sie halten sich buchstabengetreu daran. Und Sie sagen, niemand außerhalb dieser sehr kleinen Gruppe wusste etwas von Josef Jitzhoks Entdeckung.«

»Was wollen Sie damit sagen, Mr. Monroe?«

»Ich will damit sagen, dass Sie vielleicht nicht dahinter stecken, obwohl ich immerhin weiß, dass Sie ein Entführer sind. Aber es ist doch beinahe sicher, dass es jemand ist, der zu Ihrer Organisation gehört, zu Ihrer Gemeinde, oder wie sie es sonst nennen. Ich schätze, die Polizei würde so etwas einen Insiderjob nennen. An Ihrer Stelle würde ich anfangen, die Leute in Ihrer unmittelbaren Umgebung unter die Lupe zu nehmen.«

»Mr. Monroe, es ist schon spät, und die Zeit wird uns knapp. Ich habe weder die Zeit noch die Kraft, mit Ihnen zu streiten. Was Tova Chaya gesagt hat, stimmt: Wir müssen zusammenarbeiten. Also werde ich Ihnen vertrauen, auch wenn Sie mir nicht vertrauen können. Was ich Sie tun lassen werde, dürfte Ihnen beweisen, dass wir nicht hinter dieser schrecklichen Ruchlosigkeit stecken.«

»Was wäre das?«

»Ich werde Sie zum nächsten Opfer schicken.«

50

MONTAG, 0.10 UHR, MANHATTAN

Will war ein paar Mal an der Lower East Side gewesen und hatte dort Freunde besucht, die hip und raffiniert genug gewesen waren, um Häuser in den heute angesagten Ecken nördlich des East Broadway zu kaufen und zu renovieren. Er hatte die altmodischen Delis gesehen und Kaffee in den Retro-Chic-Cafés der Orchard Street getrunken. Aber er hatte die sicheren, modischen Straßen nicht verlassen. An den alten Mietshäusern war er vorbeigefahren und hatte sie als Filmkulisse betrachtet. Er hatte nie genau hingeschaut.

Aber jetzt war er dort, und in der Nachtluft fröstelte ihn vor Kälte und Erschöpfung. Seine Hand steckte in der Tasche, und in der Hand hielt er den zusammengeknüllten Zettel mit der Adresse, die er hier finden sollte.

Rabbi Freilich hatte Will und TC noch einmal zu dem Computerfreak geführt, der ihnen die erste Demonstration geboten hatte, und erklärte ihm das Problem. Gib Jesaja, Kapitel dreißig, Vers sechzehn ein, lass den Computer die entsprechenden Zeichen in den richtigen Abständen markieren, und er wird eine Zahl ausspucken. Gib diese Zahl auf einer GPS-Webseite ein, und du erhältst die Koordinaten für einen Ort: eine Hausnummer in einer Straße an der Lower East Side in Manhattan.

»Moment mal«, hatte Will gesagt. »Ist das nicht ein bisschen unwahrscheinlich? Unter den sechs Milliarden Menschen auf diesem Planeten sind sechsunddreißig Gerechte – und zwei davon sitzen in New York? Howard Macrae und jetzt dieser Typ? Das klingt mir doch ein bisschen allzu praktisch.« Das war noch keine ausgewachsene Anschuldigung, aber aus Wills Skepsis wurde allmählich Misstrauen.

Auch sie, sagte der Rabbi, hätten sich über diesen Zufall gewundert, aber dann hätten sie sich eingehender mit der chassidischen Folklore beschäftigt und herausgefunden, dass ein wirklich großer *Zadik* einen »Glanz« ausstrahlte – von dem auch Rabbi Mandelbaum gesprochen hatte –, der andere anziehen konnte. Sie vermuteten, der Rebbe sei von solcher Größe gewesen, dass zwei der *Zaddikim* sich davon angelockt gefühlt hätten. »Wie Satelliten«, erklärte Rabbi Freilich.

Das Problem war, dass in dem Mietshaus, dessen Adresse Will jetzt in der Faust hielt, mehrere Dutzend Leute wohnten. Wer von ihnen war der *Zaddik*? Die Chassiden waren schon einmal da gewesen – kurz nachdem Josef Jitzhok den Code des Rebbe geknackt hatte –, aber sie hatten ihn nicht ausfindig machen können. Der Mann in diesem Gebäude war unter den verborgenen Gerechten einer der verborgensten.

»Sie haben bessere Chancen als wir, ihn zu finden«, hatte der Rabbi gesagt.

»Warum?«

»Sehen Sie uns an, Mr. Monroe. Wir können nicht wie Sie einfach irgendwo hingehen und Fragen stellen. Wir fallen auf. Sie sind ein Reporter der *New York Times*, Sie können gehen, wohin Sie wollen, und reden, mit wem Sie wollen. Sie haben Mr. Macrae gefunden, *zechuso yogen alenu*, und Sie haben Mr. Baxter gefunden, *zechuso yogen aleinu*.« Möge seine Gerechtigkeit uns schützen. »Finden Sie auch diesen Mann. Gehen Sie und finden Sie unseren *Zaddik*.«

Also legte Will kurz vor Mitternacht seine *Kippa* ab und ging wieder hinaus in die Welt. TC beschloss, das Gleiche zu tun.

»Ich hab's mir überlegt. Ich rufe die Polizei an. Ich kann mich ja nicht ewig verstecken. Und wir haben getan, was wir tun wollten.«

»Was willst du denn sagen?«

»Dass mein Telefon den ganzen Tag tot war, und dass ich eben erst gehört habe, was passiert ist. Wünsch mir Glück. Oder besuch mich wenigstens im Knast.«

»Das ist überhaupt nicht witzig.«

»Ich weiß. Aber du kannst dir doch vorstellen, wie es aussieht: In meiner Wohnung liegt ein Toter, und ich bin den ganzen Tag verschwunden. Vielleicht hab ich morgen früh wirklich eine Mordanklage am Hals.«

»Das ist alles nur meine Schuld. Ich hab dich in diesen Irrsinn hineingezogen.«

»Nein, hast du nicht. Du hast mich um Hilfe gebeten, und ich hätte nein sagen können. Ich wusste ja, worauf ich mich einlasse.«

»Wusstest du das wirklich?«

»Nein, eigentlich nicht.«

Will beugte sich vor und wollte TC einen Kuss auf die Wange geben, aber dann wich er zurück, als sei sie von einem magnetischen Widerstandsfeld umgeben. Aber natürlich – sie durfte keinen Mann berühren und sich schon gar nicht küssen lassen – mitten im Herzen von Crown Heights. Er begnügte sich mit einem schlichten Abschied.

Will bog nun um die Ecke Montgomery und Henry Street. Sein Atem wehte in weißen Wölkchen vor ihm her. Hinter ihm lag ein kleiner, dreieckiger Park, und vor ihm stand das Haus, zu dem er wollte. Er betrachtete es von oben bis unten. Zwei oder drei Lichter brannten noch.

Und jetzt? Er hatte sich nicht überlegt, was er tun wollte, wenn er hier wäre. Kurz nach Mitternacht konnte er nicht gut an die Türen klopfen und behaupten, er mache eine Umfrage im Auftrag der *New York Times*.

Zunächst einmal musste er ins Haus kommen. Das wäre ein Anfang, dann könnte er sich die Briefkästen ansehen, die Namen ablesen, ein paar davon mit dem Blackberry bei Google eingeben. Ihm würde schon etwas einfallen.

Oh, gut. Da kam jemand aus dem Haus. Jetzt hatte er Gelegenheit hineinzuhuschen. Aber der Mann war zu schnell; er rannte fast und war kaum zu erkennen. Es war zu dunkel, und das Licht über dem Eingang war nicht hell genug. Aber als er sich nach ein paar Schritten nervös umschaute, sah Will genug.

Das Auffallendste waren seine durchdringend hellen Augen; sie waren von kaltem, glasklarem Blau. Aber Will erkannte ihn an der Haltung. Sie strahlte Selbstvertrauen und Sicherheit aus, als sei der Mann daran gewöhnt, seinen Körper zu benutzen. Die Kleidung war verändert, aber er war nicht zu verwechseln – mit oder ohne Baseballkappe.

51

MONTAG, 0.13 UHR, MANHATTAN

Wills erster Instinkt riet ihm, sich zurückzuhalten und den Mann zu beobachten. Er war es gewohnt, Dinge zu beobachten und zu sehen, wie sie sich entfalteten. Deshalb dauerte es ein, zwei Augenblicke, bis ihm klar wurde, dass das nicht genügte. Er würde den Verfolger jetzt selbst verfolgen müssen.

Er war auf der Hut. Es war kaum jemand auf der Straße, und er war leicht zu bemerken. Also blieb er ein ganzes Stück hinter dem Mann und ging so leise, wie er konnte. Er verfluchte seine schwarzen Lederschuhe, die solchen Lärm machten, und bemühte sich, nicht mit den Absätzen aufzutreten.

Aber der Mann, der vor ihm die Henry Street entlanglief, schien es eilig zu haben. Er rannte nicht, aber sein schneller Schritt erlaubte nicht, dass er sich umschaute. Will wurde mutiger; er ging schneller, so dass höchstens ein Häuserblock zwischen ihnen lag.

Der Mann trug eine einfache schwarze Ledertasche an seiner Seite; der Riemen spannte sich wie eine Schärpe über die gegenüberliegende Schulter. Will war kein Experte, aber bei dieser ordentlichen Erscheinung und den gezirkelten Bewegungen hätte er sich gewundert, wenn der Kerl nicht irgendeine Beziehung zum Militär gehabt hätte.

Inzwischen hatten sie die Clinton und die Jefferson überquert. Wo wollte der Mann hin? Zu einem Fluchtauto? Aber warum war er dann nicht gleich vor dem Haus erwartet worden? Vielleicht ging er zu einer U-Bahn-Station. Will verfluchte seine begrenzte Ortskenntnis; er hatte keine Ahnung, ob eine U-Bahn-Station in der Nähe war und wo sie sein könnte.

Plötzlich drehte der Mann sich um. Will sah die Kopfbewegung, und in einem Reflex, dessen Ursprung er nicht kannte, schwenkte Will vom Gehweg auf die Eingangsstufen vor einem Mietshaus. Zugleich griff er in die Tasche und zog seinen Schlüsselbund heraus. Für den Mann vor ihm musste er jetzt aussehen wie einer, der sein Haus betreten wollte. Der Mann ging weiter, und Will atmete geräuschvoll aus; er hatte die Luft angehalten.

Jetzt bog der Mann scharf nach rechts, und Will bemühte sich, nicht in sein Gesichtsfeld zu geraten.

»Yo, Ashley, hast du meine Telefonnummer?«

Will hatte sie nicht kommen sehen, aber jetzt standen sie vor ihm. Drei afroamerikanische Teenagermädchen versperrten den Gehweg. Will wollte sich an ihnen vorbeischieben, aber sie wollten sich einen Spaß machen.

»Wohin so schnell, Süßer? Gefallen wir dir nicht? Sehen wir nicht gut aus?«, fragte eine, und die beiden anderen quietschten vor Lachen. Er spähte über ihre Köpfe hinweg und sah, dass der Mann in eine Seitenstraße in Richtung East Broadway einbog. Er war kaum noch zu erkennen.

»Yo, hier bin ich, Honey!« Die Anführerin der drei wedelte mit der Hand vor seinem Gesicht umher. Als geborener New Yorker hätte er sie ganz sicher mit einem knappen »Verpisst euch« zur Seite schieben können. Aber selbst hier, mitten in der Nacht und mit der Aufgabe, einen Mord zu verhindern, war er immer noch Engländer.

»Entschuldigung, ich muss da vorbei. Bitte.«

Er schwenkte an Ashley und ihren Freundinnen vorbei, und hinter ihm ging neues Gegacker los. »Meine Freundin sagt, du kannst ihre Nummer haben!«

Will fing an zu rennen. An der Ecke bog er nach rechts und spähte die Straße entlang. Vor einer Haustür knutschte ein Pärchen, aber der Mann war nirgends zu sehen.

Nur zwei der Häuser hier waren keine Wohnhäuser. In beide konnte der Mann sich verdrückt haben. Bis zum East Broadway konnte er noch nicht gekommen sein, sonst hätte Will ihn sehen müssen. Er ging langsamer und schaute sich immer wieder um; er wusste sehr wohl, dass man genau auf diese Weise in einen Hinterhalt lief. Nach fünfzehn Schritten gab er auf. Es war klar, dass er den Mann verloren hatte; er musste sich in eins der beiden Gebäude geflüchtet haben, die einander gegenüber standen. Will war jetzt nah genug, um zu sehen, was für Gebäude es waren. Das eine war die Kirche des Wiedergeborenen Jesus, das andere eine Synagoge – eine Außenstelle der Chassidischen Gemeinde von Crown Heights.

52

MONTAG, 0.28 UHR, MANHATTAN

Sollte er versuchen, in eins der Gebäude oder in alle beide einzudringen und den Mann zu suchen? Ein echter Mann der Tat würde genau das tun, dachte er. Aber als er das erste Gebäude ins Auge fasste, raste eine Streife mit Blinklicht die Straße hinunter. Das war nun das Letzte, was er brauchte: dass ihn die Polizei erwischte. Wie sollte er erklären, dass er mitten in der Nacht zum Montag in eine Synagoge einbrach? Noch dazu ausgerechnet an Jom Kippur? Was hatte er überhaupt für einen Grund, den Mann zu verfolgen? Er hatte ihn aus einem Wohnhaus an der Lower East Side kommen sehen, weiter nichts. Ach ja, und er hatte ihn einen Tag zuvor vor TCs Haus stehen sehen. Dass er ein Verbrechen begangen hatte, davon hatte er nichts beobachtet. Er hörte Hardens Stimme. »Sie haben ein Notizbuch voll mit Garnichts.« Nichts außer einem furchtbaren Verdacht, der sich mit jeder Minute erhärtete.

Er machte kehrt und ging zu seinem ursprünglichen Ziel zurück, dem Haus in der Montgomery Street. Er und Rabbi Freilich hatten nur in knappen Umrissen besprochen, was er tun sollte. »Rufen Sie mich an«, hatte der Rabbiner gesagt. »Auch wenn Sie nicht ganz sicher sind – rufen Sie an.«

»Und dann?«

»Dann werden wir kommen und Ihnen helfen.«

Will wusste nicht genau, was das bedeuten sollte.

Vor dem Gebäude überquerte er die Straße und stand

nach ein paar verstohlenen Schritten vor der Haustür. Er sah einen schmalen Lichtstreifen am Türrahmen: Die Tür war nur angelehnt! Der Mann hatte sie anscheinend nicht zugezogen, weil er auch das leiseste Geräusch vermeiden wollte. Will drückte die leise knarrende Tür auf und trat ins Haus.

Perez, La Pinez, Abdulla, Bitensky, Wilkins, Gonzales, Yoelson, Alberto. Aus den Briefkästen ging nichts hervor.

Es gab einen klapprigen Aufzug, aber der nützte ihm nichts. Er würde jedes Stockwerk, jede Wohnung untersuchen müssen. Auf Zehenspitzen stieg er die Treppe hinauf. In jedem Stockwerk schaute er auf die Namensschilder an den Türen und betrachtete die Fußmatten, und einmal befühlte er einen feuchten Regenschirm, immer auf der Suche nach … ja, wonach? Er begriff, wie sinnlos seine Expedition war. Was wollte er hier finden? Eine Tafel mit der Aufschrift »Hier wohnt Mr. Gerecht, der Zaddik. Zu buchen für Hochzeiten, Geburtstage und Bar Mizwas«?

Im zweiten Stock schloss seine Hand sich um das Telefon in seiner Tasche. Er musste Freilich anrufen und weitere Informationen bekommen – irgendetwas, das die Auswahl einschränken würde. Aber dann blieb er wie angewurzelt stehen.

Die letzte Wohnungstür auf dieser Etage stand offen.

Will schlich darauf zu. Leise klopfte er an, und dann trat er ein. »Hallo«, rief er halb flüsternd. Nirgends brannte Licht; nur der Silberschein des Mondes fiel durch das Fenster zur Straße.

Er warf einen Blick nach links. Eine Einbauküche, klein und im Stil der fünfziger Jahre. Kein Retro-Chic, sondern echt: ein klobig bauchiger Kühlschrank, ein Herd mit übergroßen Knöpfen. Hier, vermutete Will, wohnte ein alter Mensch.

Er schaute nach rechts. Auf einem Tisch stand ein großes Radio. Zwei Holzstühle, die Sitzflächen mit dünnem Kunstleder bezogen; bei dem einen quoll die Polsterung heraus. Ein Sofa –

Will schnappte nach Luft und fuhr zurück. Auf dem Sofa lag ein Mann flach auf dem Rücken. Im Mondlicht glänzten die Bartstoppeln an seinem Kinn. In dem schmalen Eichhörnchengesicht saß ein dickes, schweres Brillengestell. Der Körper sah aus wie vom Alter geschrumpft; die Strickjacke war zu weit. Er schien zu schlafen.

Will tat einen Schritt auf ihn zu, dann noch einen, und dann beugte er sich über ihn, hielt ihm die flache Hand vor den Mund und wartete darauf, dass er einen Atemzug spürte.

Nichts.

Er legte dem Mann eine Hand auf die Stirn. Sie war kalt. Er tastete mit dem Finger am Hals nach dem Puls, aber er wusste schon, dass er keinen finden würde.

Fassungslos trat er zurück, und unter seinem Fuß knirschte Glas. Er schaute zu Boden und sah, dass er auf eine Injektionsspritze getreten war.

Er bückte sich danach, als es plötzlich gleißend hell wurde.

»Hände hoch und umdrehen! SOFORT!«

Will gehorchte. Er konnte nichts sehen, denn drei oder vier starke Taschenlampen leuchteten ihm direkt ins Gesicht.

»Weg von dem Toten! Recht so. Und jetzt kommen Sie auf mich zu. LANGSAM!«

Er war immer noch geblendet, aber jetzt sah er den kleinen Ring, der dicht neben einer der Taschenlampen in der Luft tanzte. Es war die Mündung einer Pistole, und die Pistole war auf ihn gerichtet.

53

MONTAG, 0.51 UHR, MANHATTAN

In gewisser Weise war es hilfreich, dass er so erschöpft war. Unter normalen Umständen hätte sein Herz so laut geschlagen, dass es die ganze Nachbarschaft geweckt hätte. Aber die Erschöpfung wirkte wie ein Dämpfer für seine Reaktionen und sogar für seine Empfindungen. Sein vorherrschendes Gefühl war müde Resignation.

Er saß jetzt in Handschellen auf dem Rücksitz eines Streifenwagens, dicht neben einem Officer des New York Police Department. Von vorn kamen ununterbrochen Polizeifunkgeräusche – und es ging immer nur um ihn. Offensichtlich stand er unter Mordverdacht.

Die Männer im Wagen verströmten einen Geruch, den Will nicht gleich identifizieren konnte, aber dann erkannte er die Mischung aus Testosteron und Adrenalin aus der Schulzeit wieder: Es war der Geruch im Umkleideraum nach einem großen Sieg. Dieser Männer waren high von ihrem Erfolg.

Und er war die Trophäe. Sie hatten ihn praktisch auf frischer Tat ertappt, wie er sich über das Opfer beugte, und seine Fingerabdrücke waren am Hals des Toten. Für die Polizisten in dieser Einheit waren die Ehrenmedaillen, die sie bekommen würden, schon jetzt mit Händen zu greifen.

»Ich habe den Mann nicht umgebracht«, hörte Will sich sagen. Die Szene war so absurd, so abgehoben vom Rest seines Lebens, dass seine eigene Stimme körperlos und fern klang. Es war, als komme sie aus dem Radio, wie eine der Nachmittagsserien der BBC, von denen seine Mutter immer gefesselt gewesen war.

»Ich weiß, wie das alles aussieht, aber ich schwöre, so war es nicht.« Plötzlich hatte er einen Geistesblitz. »Aber ich könnte Sie zu dem Mann führen, der es getan hat! Ich bin ihm gefolgt, als er aus dem Haus kam, vor weniger als einer Stunde. Ich weiß, wo er sich versteckt hat. Ich kann Ihnen sogar eine Beschreibung geben.«

Der Polizist auf dem vorderen Beifahrersitz drehte sich um und lächelte ihn ironisch an. *Natürlich kannst du das, Söhnchen. Und ich werfe nächsten Dienstag für die Yankees.*

Sie kamen im Siebten Revier an, und Will blieb trotzig. »Ich hatte den Toten gerade erst gefunden«, erzählte er, als sie ihn die Treppe hinaufführten. »Ich hatte gesehen, wie der Mann das Gebäude verließ, und da bin ich ihm gefolgt und dann zurückgekehrt. Ich dachte mir, dass er jemanden ermordet hatte, und ich hatte Recht!«

Schon während die Worte aus seinem Munde kamen, wusste er, dass sie lächerlich klangen. Der Cop, der Will von Anfang an bewacht hatte, sah ihn an und sagte: »Jetzt halten Sie Ihre verdammte Klappe.«

Zum ersten Mal, seit ihn die Polizei festgenommen hatte, durchfuhr Will Panik. Was zum Teufel machte er hier? Er musste Beth finden. Er musste da draußen auf den Straßen sein, in Crown Heights oder sonst wo, um seine Frau zu suchen – aber doch nicht hier in Handschellen bei der New Yorker Polizei. Der Gedanke an eine Mordanklage war ihm noch nicht einmal gekommen. Schon die Vorstellung, entscheidende Stunden im Kampf mit der Bürokratie der New Yorker Kriminalbehörden zu verlieren, war ein Alptraum. Jede Minute, die er hier verbrachte, bedeutete Zeit, die er nicht auf die Suche nach Beth verwenden konnte. Außerdem hatten die Chassiden keinen Zweifel an ihrer Warnung gelassen: die Zeit lief ab. Das Schicksal der Welt entschied sich in den nächsten Stunden und Minuten. Und er saß hier, untätig, buchstäblich die Hände in Fesseln.

Sie brachten ihn zum Tisch des diensthabenden Sergeanten, wo ihn jemand erwartete: der Detective, den er in dem Apartmenthaus gesehen hatte. Er hatte den Tatort inspiziert, während Will im Wagen gewartet hatte.

»Ich hab einen Gefangenen zu registrieren«, sagte er zu dem Sergeant und ignorierte Will. Der Mann – windhundgesichtig, Ende dreißig – war wohl der kommende Star des Morddezernats, dachte Will.

»Okay, dann leeren wir mal seine Taschen aus.« Der Cop, der ihn begleitet hatte, kam heran. Er hatte Will schon in der Wohnung des Ermordeten durchsucht; nachdem die Polizisten die Injektionsspritze gesehen hatten, wollten sie kein Risiko eingehen. Sie hatten ihm auch das Handy und den Blackberry abgenommen, damit er keine Komplizen informieren konnte. Jetzt kassierten sie auch den Rest: Schlüssel, Notizbuch.

»Quittieren Sie das ganze Zeug«, sagte der Detective. Jeder Gegenstand wanderte in einen klaren verschließbaren Plastikbeutel, der versiegelt wurde. Der Detective notierte alles, mit dem Sergeanten als Zeugen.

Als sie seine Brieftasche öffneten, beging Will einen der größten Fehler dieser Nacht. Zwischen den Plastikkarten war sein Presseausweis: *Will Monroe, New York Times.*

»Okay, ich geb's zu. Ich sage Ihnen, warum ich wirklich in dem Gebäude war: im Auftrag der *New York Times*. Ich schreibe eine Serie über das Verbrechen in New York, und deshalb war ich dort.«

Der Detective sah ihn zum ersten Mal an.

»Sie schreiben für die *New York Times*?«

»Ja. Ja.« Will war froh, dass er endlich eine Reaktion hervorgerufen hatte. Der Detective wandte sich ab, und der Sergeant arbeitete weiter.

Will wurde zu einem anderen Tisch geführt. Dort musste

er den rechten Zeigefinger auf einen elektronischen Scanner legen und still halten. Dann den linken und dann alle übrigen Finger. Jedes Mal erklang ein Piepton, als wäre er ein Stück Ware an der Supermarktkasse.

Weiter ging es zu einem Raum, an dessen Tür ein Schild mit der Aufschrift »Vernehmungszimmer« stand. Unterwegs reichte der Detective einer Kollegin eine Kopie von Wills persönlichen Daten. »Jeannie, kannst du die Angaben für mich überprüfen?«

In dem Raum stand ein Tisch mit zwei Stühlen. In einer Ecke stand ein Telefon, und die Wände waren kahl bis auf einen Kalender: *New York, The Empire State.*

»Okay, mein Name ist Larry Fitzwalter, und ich bin Ihr persönlicher Detective für heute Abend. Wir fangen folgendermaßen an.« Er holte ein Formular hervor und legte es auf den Tisch. »Sie haben das Recht, die Aussage zu verweigern. Haben Sie das verstanden?«

»Ja, das hab ich verstanden, aber ich würde Ihnen wirklich gern erklären –«

»Okay, Sie haben's verstanden. Können Sie bitte hier mit Ihren Initialen abzeichnen?«

»Hören Sie, ich war in der Wohnung, weil ich einem Mann gefolgt bin –«

»Zeichnen Sie hier bitte ab? Damit bestätigen Sie, dass Sie verstanden haben, was ich Ihnen gerade erklärt habe: dass Sie das Recht haben, zu schweigen. Okay. Alles, was Sie hier sagen, kann vor Gericht gegen Sie verwendet werden. Verstehen Sie?«

»Das ist ein ganz einfaches Missverständnis –«

»Ob Sie mich verstehen? Mehr will ich jetzt nicht wissen. Verstehen Sie, was ich Ihnen sage? Wenn ja, dann zeichnen Sie jetzt das gottverdammte Formular ab!«

Will sagte nichts mehr. Er ließ sich seine Rechte zu Ende vorlesen, zeichnete das Blatt ab, und der Detective schob es zur Seite.

»Okay, nachdem Sie Ihre Rechte kennen – wollen Sie mit uns reden?«

»Darf ich telefonieren?«

»Mitten in der Nacht? Wen wollen Sie anrufen?«

»Muss ich Ihnen das sagen?«

»Nein.« Der Detective holte das Telefon aus der Ecke. Die Schnur spannte sich, als er es auf den Tisch stellte. »Sagen Sie mir nur, welche Nummer.« Will hatte nicht gewusst, dass es so funktionierte.

Er wusste, es gab nur einen einzigen Menschen, den er jetzt anrufen konnte, und der Gedanke daran war entsetzlich. Wie konnte er diese Nummer wählen – mit dieser Nachricht? Er sah auf die Uhr. Es war Viertel nach zwei. Fitzwalter wurde ungeduldig.

Will diktierte ihm die Nummer. Der Detective wählte sie und reichte ihm den Hörer – und blieb sitzen. Es war klar, dass er jedes Wort mithören würde. Endlich hörte Will die Stimme, nach der er sich sehnte und vor der ihm zugleich graute.

»Hello? Dad?«

54

MONTAG, 3.06 UHR, MANHATTAN

»Ich habe eine gute und eine schlechte Nachricht für Sie, Mr. Monroe.« Das war Fitzwalter. »Welche möchten Sie zuerst hören?«

Will hob langsam den Kopf. Er hatte vierzig Minuten in dieser Zelle verbracht, aber ihm kam es vor wie vierzig Nächte. Sein Vater hatte ihm aufgetragen, sich auf das erste der verlesenen Rechte zu berufen und nichts weiter zu sagen. Als Fitzwalter sicher war, dass Will dabei bleiben würde, hatte er die Vernehmung beendet und ihn einsperren lassen.

»Die gute Nachricht lautet: Seine Ehren Richter William Monroe senior hat telefonisch mitgeteilt, dass er auf dem Weg von Sag Harbor hierher ist.«

Die Stimme seines Vaters hallte in seinem Kopf, so hörbar wie am Telefon: erst schlaftrunken, dann erschrocken, dann streng, dann enttäuscht, schließlich entschlossen. Da Will seine Jugend dreitausend Meilen weit von seinem Vater entfernt verbracht hatte, war ihm der Übergangsritus des Teenagers erspart geblieben: Er hatte seinem Vater nie gestehen müssen, dass er sein Vertrauen auf irgendeine Weise missbraucht hatte. *Dad, ich hab den Wagen zu Schrott gefahren. Dad, ich bin beim Kiffen erwischt worden.* Solche Sätze hatte er niemals aussprechen müssen. Und niemals hatte er von seinem Vater hören müssen, was alle seine Altersgenossen irgendwann gehört hatten: »Mein Junge, ich bin enttäuscht.« Es jetzt zu hören – nicht diese Worte, aber diesen

Ton –, war eine besondere Strafe, die nun noch zu allem andern dazukam.

»Mr. Monroe, hören Sie mir zu?«

»Wie bitte?«

»Die gute Nachricht haben Sie gehört. Möchten Sie jetzt auch die schlechte hören?«

»Eigentlich nicht, nein.«

»Die schlechte Nachricht ist, dass ich soeben mit der Rechtsabteilung der *Times* gesprochen habe. Die haben ein bisschen herumtelefoniert, und wissen Sie was? Sie glauben nicht, dass Sie im Auftrag der *Times* unterwegs sind. Tatsächlich, sagen sie, sind Sie für ein paar Tage beurlaubt. Vom Chefredakteur persönlich. Anscheinend haben Sie sich da ganz schön was eingebrockt, mein Freund.«

Will legte die Hände vor die Augen. Was für ein dummer Fehler: ihnen eine Lüge aufzutischen, die so leicht aufzudecken war. Jetzt war seine Verteidigung im Fall eines Gerichtsverfahrens bereits kompromittiert. Er hatte den Kardinalfehler aller Schuldigen begangen: Er hatte seine Geschichte geändert. Und mit seiner Karriere war es jetzt sicher auch vorbei. Man würde ihn beurlauben, »damit er sich gegen diese schwerwiegenden Vorwürfe verteidigen« könnte – und dann in aller Stille fallen lassen.

Die Tür fiel zu. Auf seltsame Weise war Will beinahe dankbar dafür, jetzt in dieser Zelle sitzen zu dürfen. Seit Freitagmorgen war er unterwegs gewesen, war fieberhaft von hier nach da gehastet, von einem neuen Plan zum nächsten übergegangen. Er war kreuz und quer durch die Stadt gehetzt, hinaus und wieder hinein, nach Brooklyn und nach Long Island, und immer hatte er sich zwingen müssen nachzudenken, sich zu konzentrieren, zu handeln. Selbst wenn er irgendwo gesessen hatte, war ihm der Zug, das Taxi nie schnell genug gefahren, und dauernd hatte er darauf gewartet, dass das Telefon klingelte oder eine E-Mail kam.

Jetzt konnte er nirgends hin, und er konnte nichts tun. Alles Planen und Nachdenken und hektische Kalkulieren war zu Ende. Sie hatten ihm nicht einmal Bleistift und Papier gelassen.

Die Pause ließ Platz für eine Erkenntnis, vor der er sich zweiundsiebzig Stunden lang verschlossen hatte; immer wieder hatte er sie verdrängt. Aber jetzt hatte er keine Kraft mehr dazu.

Alles brach auseinander. Das war die Schlussfolgerung, die er nicht hatte zulassen wollen und die sich jetzt Bahn brach. Seine Frau war verschwunden, entführt von Leuten mit einem tief verwurzelten Fanatismus. Er hatte eine Mordanklage zu erwarten und sah sich einem Berg von Indizien gegenüber, die nur schwer zu widerlegen sein würden. Und schlimmer noch, er war in eine klassische Falle gegangen.

Denn wer hatte ihn schließlich mitten in der Nacht zu diesem Mietshaus geschickt? Sollte er es wirklich für einen Zufall halten, dass ausgerechnet in dem Augenblick, da er am Schauplatz erschien, ein Mord begangen wurde? Und wie seltsam, dass der Mörder sich höchstwahrscheinlich ausgerechnet in einer chassidischen Synagoge versteckt hatte.

All dieser Unfug von ihrer Angst vor dem Ende der Welt. Sie wollten es selbst herbeiführen! Er und TC waren ihrem Komplott auf die Spur gekommen, und Freilich hatte sie mit irgendwelchen Ammenmärchen abgespeist: »Wer immer dahintersteckt, bla bla bla …« Wills erster Instinkt war richtig gewesen. Es gab keine »sie«. Die Chassiden hatten die Identität der Gerechten aufgedeckt, und aus irgendwelchen verqueren Gründen wollten sie sie alle umbringen. Will war ihnen im Weg. Gab es eine bessere Möglichkeit, ihn aus dem Verkehr zu ziehen, als eine Verhaftung durch die Polizei? Er musste es ihnen lassen: Es war ein grandioser Schachzug.

Ein komischer Gedanke, dass noch vor wenigen Tagen die treibende Kraft in seinem Leben der Beruf und die Karriere gewesen war. Seine Karriere! Sie lag in Trümmern: Der Chefredakteur selbst hatte ihn bei einem groben Fehlverhalten ertappt. Und jetzt hatte er in den Augen des Einzigen, dessen Meinung ihm wirklich etwas bedeutete, sein Ansehen verloren: in den Augen seines Vaters. Das sah er jetzt glasklar. Natürlich hatte es sich auswirken müssen, dass er all die Jahre hindurch ohne Vater aufgewachsen war. Gespürt hatte er es so oft. Beim Cricket, wenn die anderen Jungen vom Spielfeldrand angefeuert wurden. Beim Sportfest, wenn er beim Väterwettlauf niemandem hatte zujubeln können. Die Leute hatten immer gefragt, ob sein Dad nicht mehr lebte.

Er hatte sämtliche Phasen durchlaufen. Er war wütend auf seinen Vater gewesen. Er hatte ihm gegrollt, er hatte sich auf die Seite seiner Mutter gestellt und ihn gehasst. Aber vor allem hatte er ihn vermisst. Er hatte vermisst, was die anderen Jungen jeden Tag von ihrem Vater bekommen hatten: eine Hand auf der Schulter, ein freundschaftliches Zerzausen des Haars, eine Geste männlichen Beifalls. Jetzt, in dieser Haftzelle, wo sein Blick nicht von Mehrdeutigkeiten und Nuancen vernebelt war, sah er klarer als je zuvor, warum er den Atlantik überquert und ein neues Leben angefangen hatte. Er hatte den Beifall seines Vaters gesucht. In London hätte er ihn niemals erreicht; er hatte nach Amerika kommen müssen, um ihn zu holen.

Und er hatte einen Plan gehabt. Er würde ein brillanter junger Mann auf der Überholspur sein, Will Monroe, der Star aus Oxford, der nach New York gekommen war, um Aufsehen zu erregen. Er hatte sich vorgestellt, wie er eines Tages, vielleicht in zehn Jahren, in Smoking und schwarzer Fliege über ein Mikrophon gebeugt dastehen würde, das für einen Mann seiner Größe vielleicht ein bisschen zu niedrig eingestellt war, und den Pulitzer-Preisrichtern für ihren Glauben an ihn danken würde. Noch in der vergangenen Woche – zweimal Seite eins – schien dieses Ziel in Reichweite gerückt. Und jetzt war er ein erschöpftes Wrack. Die Frau, die er liebte, und die Zukunft, die er erträumte: Beide waren verschwunden.

Aber während er im Geiste diese Bestandsaufnahme vornahm, kam immer wieder ein störender Gedanke dazwischen und wollte sich in den Vordergrund schieben. Will hatte ihn noch energischer als alles andere verdrängt und gehofft, dass er irgendwann einfach verschwinden werde.

Aber er verschwand nicht, sondern brach sich gewaltsam Bahn. *Wenn die Chassiden nun Recht hatten? Wenn die Welt in dem Augenblick, da die sechsunddreißig Männer tot waren, nicht mehr aufrecht gehalten wurde?* Alles an dieser irrwitzigen Theorie hatte bisher gestimmt. Der Schatzkanzler hatte eine atemberaubend gute Tat getan. Baxter ebenso. Und sie waren getarnt gewesen, wie Mandelbaum gesagt hatte. Konnte es sein, dass alle Details stimmten, aber die Idee an sich nicht?

Heute Nacht war er – beinahe jedenfalls – Zeuge des Mordes an einem Mann gewesen, der vielleicht auch ein *Zadik* gewesen war. Wenn er es war, würde das ein weiteres Mal bestätigen, dass die Chassiden die Wahrheit sagten – zumindest teilweise. Es würde außerdem bedeuten, dass die Mörder der *Lamedvav* ihrem Ziel sehr nah waren. Er sah auf die Uhr: Nach dem, was TC ihm erklärt hatte, wäre Jom Kippur in ungefähr sechzehn Stunden vorüber. Sie hatten nur noch so wenig Zeit.

Er musste es herausfinden: War der Mann in dem Mietshaus ein *Zaddik* gewesen, wie die Chassiden es gesagt hatten? Zum ersten Mal seit Stunden hatte Will eine Idee.

Eine ganze Weile später öffnete sich die Zellentür wieder. Will machte sich darauf gefasst, seinen Vater zu sehen. Aber es war Detective Fitzwalter.

»Kommen Sie mit.«

»Wohin?«

»Das werden Sie gleich sehen.«

Will wurde die Treppe hinunter und in einen von Leuchtstoffröhren hell erleuchteten Raum geführt. Sieben oder acht Männer standen hier. Mindestens drei von ihnen sahen aus, als seien sie stoned, und ein paar andere schienen obdachlos zu sein. Die Tür fiel ins Schloss.

»Okay, Gentlemen«, sagte eine Lautsprecherstimme. »Wenn Sie bitte Ihre Plätze an der Wand einnehmen würden.« Zwei der Männer schienen genau zu wissen, was sie zu tun hatten: Sie schlenderten zur hinteren Wand, stellten sich dort auf und blickten starr geradeaus. Jetzt sah Will die Markierungen an der Wand, die die Körpergröße anzeigten. Hier sollte eine Gegenüberstellung stattfinden.

Hinter der einseitig verspiegelten Glasscheibe stand Mrs. Tina Perez aus dem Mietshaus Greenstreet Mansions und betrachtete die Männer, die vor ihr in einer Reihe standen.

»Ich weiß, es war eine lange Nacht, Mrs. Perez«, sagte Fitzwalter. »Lassen Sie sich nur Zeit. Wenn Sie so weit sind, hätte ich zwei Fragen.«

»Ich bin so weit.«

»Ich möchte, dass Sie aufmerksam hinschauen und mir dann sagen, ob Sie einen dieser Männer schon einmal gesehen haben, und wenn ja, wo. Okay? Ist Ihnen das klar?«

»Die Antwort ist nein. Ich habe noch keinen von denen jemals gesehen. Der Mann, den ich gesehen habe, hatte Augen, die man nicht mehr vergisst.«

»Sie sind absolut sicher, Mrs. Perez?«

»Ja. Er hatte dem armen Mr. Bitensky die Hände um den Hals gelegt, und er sah mich mit diesen Augen an. Mit diesen schrecklichen Augen …«

»Es ist okay, Mrs. Perez. Bitte regen Sie sich nicht auf. Jeannie, Sie können Mrs. Perez nach Hause bringen. Danke sehr. Und jetzt bitte Mrs. Abdulla.«

Will blieb die gefürchtete Begegnung mit seinem Vater erspart. Zwanzig Minuten nach der Gegenüberstellung kam Fitzwalter zu ihm.

»Wieder eine gute und eine schlechte Nachricht. Die

schlechte Nachricht für mich ist, dass zwei Augenzeugen aussagen, Sie waren nicht der Mann, den sie in Mr. Bitenskys Apartment gesehen haben. Eine Frau hat Sie aber doch erkannt. Sie sagt, Sie hätten zum Zeitpunkt der Tat vor dem Haus gestanden. Die gute Nachricht für Sie lautet deshalb: Ich muss Sie laufen lassen. Einstweilen.«

Weitere Formulare mussten ausgefüllt werden, und dann war Will wieder auf freiem Fuß. Als Erstes schaltete er sein Handy ein, und sofort zeigte es eine neue Voicemail-Nachricht an: TC hatte angerufen.

»Hi. Wie ich's vorausgesehen hab: Ich bin verhaftet, und sie befragen mich über den Mord an Mr. Pugachov. Anscheinend wurde er aus nächster Nähe erschossen. Ist das zu fassen? In meinem Apartment. Dieser nette, freundliche Mann. Und das alles nur wegen … Was? O Gott, es tut mir Leid. Sorry, Will, aber das war Joel Brookstein. Erinnerst du dich an ihn? Er war an der Columbia, und er hat sich bereit erklärt, mich als Anwalt zu vertreten. Er sagt, ich soll den Mund halten. Sag mir, wo du bist und was los ist. Ich weiß nicht, ob sie mir erlauben, dieses Telefon eingeschaltet zu lassen.« Ihre Stimme klang plötzlich fern, als rede sie über die Schulter. »Ja, ich komme! Einen Augenblick noch. Will, ich muss Schluss machen. Ruf mich an, sobald du kannst. Wir haben nicht mehr viel Zeit.«

Ihre Stimme oszillierte hin und her zwischen TC und Tova Chaya. Während er ihr noch zuhörte, ertönte ein Signalton. Eine SMS. Er drückte auf die Tasten.

Paul, sortiere die Buchstaben von Hirte Korn! (1, 7, 29).

Im Bombardement der letzten paar Stunden hatte Will das SMS-Phantom ganz vergessen. Im Hinterkopf verband er die Nachrichten weiterhin mit Josef Jitzhok, obwohl inzwischen klar war, dass er nicht der Absender gewesen sein konnte. Diese neueste SMS war der endgültige Beweis: Jemand anderes hatte die verschlüsselten Hinweise geschickt. Aber wer?

Die Bedeutung dieser Nachricht war fast mit Händen zu greifen; so kam es ihm jedenfalls vor. Die achtundvierzig Stunden währende Kommunikation mit diesem Mann hatte ihm ein Gefühl dafür gegeben, wie dessen Denken funktionierte. Kreuzworträtselsüchtigen ging es sicher genauso, dachte Will: Nach einer Weile dachten sie sich ganz in den Rätselmacher hinein.

Und auch das hier schien wieder ein ganz ähnliches Rätsel zu sein. Die buchstäbliche Bedeutung der Worte war ganz sicher irrelevant. TC hatte ihm gezeigt, wie diese Hinweise funktionierten: Ein Teil enthielt Anweisungen zum Umgang mit dem Rest. Aber wer war Paul? Und enthielt die Lösung wirklich ein Wort mit neunundzwanzig Buchstaben?

Er würde mit dem Nächstliegenden anfangen und die Buchstaben von »Hirte Korn« sortieren, also neu ordnen, denn das musste das Anagramm sein. Mit dem Selbstbewusstsein eines freien Mannes nahm er einen Stift vom Schreibtisch des Sergeanten und fing an, auf der Rückseite des Quittungsbelegs, den er bekommen hatte, herumzukritzeln.

Trinke Ohr. Das war nichts. *Rektor hin.* Auch nicht viel besser.

Und dann sah er es, und zum ersten Mal seit Stunden lächelte er wieder. Es traf sich perfekt, dass diese Nachricht ausgerechnet jetzt kam, als er allein war, ohne TC, denn auf diesem Gebiet kannte er sich ausnahmsweise besser aus als sie.

Als Nächstes rief er seinen Vater an, um ihm zu sagen, dass man den Vorwurf gegen ihn fallen gelassen hatte und er wieder frei war, und dass er unterwegs irgendwo – vielleicht in einem Hotel – etwas besorgen sollte, das Will jetzt brauchte.

Eine Bibel.

55

MONTAG, 4.40 UHR, MANHATTAN

Einen Augenblick lang dachte er daran, den diensthabenden Sergeant danach zu fragen, aber dann überlegte er es sich anders. Es würde keinen guten Eindruck machen, wenn ein ziemlich erschöpfter Mordverdächtiger abwechselnd über die Identität des wahren Mörders schwadronierte – »Er hat durchdringende blaue Augen!« – und eine Bibel verlangte. Das wäre gut und schön, wenn er wirklich schuldig wäre und auf verminderte Zurechnungsfähigkeit plädieren wollte, aber jemand, der als freier Mann aus dem Revier spazieren wollte, nachdem er die Polizei davon überzeugt hatte, dass er unschuldig und bei geistiger Gesundheit war, würde sich tunlichst unauffällig verhalten.

Also wartete er auf seinen Vater. Er ging auf und ab und brannte darauf hinauszukommen. Endlich erschien William Monroe Sr. Er trug eine verschlissene Segeljacke, und er sah erschöpft aus. Seine Augen waren rot gerändert, und Will fragte sich, ob er geweint hatte.

»Gott sei Dank, William.« Der Richter schloss seinen Sohn in die Arme und legte die Hand an seinen Hinterkopf. »Ich habe mich gefragt, was um alles in der Welt du getan haben könntest!«

»Vielen Dank, Dad«, sagte Will und löste sich von seinem Vater. »Schön, dass du so viel Vertrauen zu mir hast. Aber wir haben keine Zeit zum Reden. Hast du mitgebracht, was ich wollte?«

Sein Vater nickte betrübt und resigniert wie einer, der einen Sohn bei Laune zu halten hatte, der von den Stimmen in seinem Kopf faselte oder hundert Dollar verlangte, um sich eine Dröhnung Crack zu beschaffen. »Hier.«

Will riss ihm die Bibel aus der Hand. »Pass auf, Dad. Seit Beth entführt wurde, bekomme ich Kurznachrichten von einem anonymen Informanten, verschlüsselte Hinweise, die anscheinend erklären sollen, was hier im Gange ist. Hier ist die Letzte.« Er hielt sein Handy hoch.

Paul, sortiere die Buchstaben von Hirte Korn (1, 7, 29).

»Was zum Teufel soll das heißen?«

Will erläuterte hastig: »›Hirte Korn‹ ist ein Anagramm von ›Korinther‹. Die Zahl Eins bezieht sich auf den ersten Brief des Apostels Paulus an die Korinther – und es muss Kapitel sieben sein, Vers neunundzwanzig. Deshalb wollte ich eine Bibel haben. Und hier steht: ›Das sage ich aber, liebe Brüder: Die Zeit ist kurz.‹ Er gerät allmählich in Verzweiflung.«

»Will ...«

»Moment, Dad. Ich muss dir etwas erklären. Ich weiß, dass es bizarr klingt, aber im Mittelpunkt dieser ganzen beschissenen Geschichte scheint eine religiöse Hypothese aus dem Judentum zu stehen. Dabei geht es um außergewöhnliche Güte.«

Das Mitleid im Blick seines Vaters verwandelte sich in Ungeduld. »Will, was um alles in der Welt redest du da? Die Polizei hat dich heute Nacht wegen *Mordverdachts* festgenommen! Ist dir klar, in welchen Schwierigkeiten du steckst?«

»O ja, Dad, glaub mir, das weiß ich. Ich sitze denkbar tief in der Scheiße. Tiefer, als du wahrscheinlich ahnst. Aber hör mir zu und lass mich zu Ende erzählen. Die Chassiden, die Beth festhalten, behaupten, dass irgendjemand – und nach allem, was ich weiß, können sie es sogar selbst sein – gute Menschen ermordet. Außergewöhnlich gute Menschen.

Nicht nur hier, sondern überall auf der Welt. Heute Nacht war ich um Haaresbreite Zeuge eines dieser Morde. Wenn die Chassiden mit ihrer Hypothese Recht haben, war der Mann, der heute Nacht ermordet wurde, ein so genannter Gerechter. Darum wollte ich, dass du das hier siehst.«

Er zog seinen Blackberry aus der Klarsichthülle der Polizei, startete den Internet-Browser und rief Google auf. Dann gab er die Worte *Bitensky* und *Lower East Side* ein.

Die Google-Suche dauerte auf dem kleinen Gerät ein wenig länger, aber schließlich erschien die Liste der Ergebnisse. Eine Website über Biomedizin. Etwas über einen klassischen Pianisten. Und ein Link zum *Downtown Express*, der »Wochenzeitung für das untere Manhattan«. Er klickte darauf, wartete eine Ewigkeit, bis die Seite geladen war, und scrollte dann nach unten. Es war ein Archivauszug, vielleicht zwei Jahre alt. Er betete zum Himmel, dass er etwas Handfestes enthalten würde, womit Monroe Sr. sich überzeugen ließe, dass sein Sohn noch nicht völlig von Sinnen war.

Bewohner eines Apartmentgebäudes in der Greenstreet erlebten diese Woche einen kalten Beginn des Passah-Festes, als das Gebäude am Dienstag wegen eines Feueralarms geräumt werden musste.

Es war schon nach Mitternacht, als Dutzende Hausbewohner sich im Park versammelten, während die Feuerwehr das Haus inspizierte, ehe sie es wieder zum Betreten freigab.

Die meisten Leute trugen Pyjamas und Bademäntel, aber eine Gruppe war voll bekleidet: Sie war beim traditionellen seder *gewesen, der oft bis in die frühen Morgenstunden andauert.*

Sie waren Gäste bei Judah Bitensky, einem der letzten jüdischen Bewohner des Hauses, das einst ein Zentrum der jüdischen Gemeinde am East Broadway war. Anscheinend ist Mr. Bitensky, der als Hausmeister in einer der letzten Synagogen der Gegend tätig ist, Gastgeber eines jährlichen Seder-*Mahls, zu dem er alle die-*

jenigen in seine Wohnung einlädt, die kein eigenes Zuhause haben.

»Das ist eine Art Tradition«, sagt Irving Tannenbaum, 66, ein Stammgast bei diesem Mahl. »Jedes Jahr öffnet Judah Leuten wie uns seine Tür. Manche sind einfach alt und allein, und andere leben auf der Straße, wissen Sie. Eine bunte Truppe ist das.«

Rivvy Gold, 51 und obdachlos, fügt hinzu: »Es ist das beste Essen, das ich im ganzen Jahr kriege. An diesem Abend glaube ich, ich habe eine Familie.«

Der Downtown Express *zählte sechsundzwanzig Personen, die nach dem Alarm wieder in Mr. Bitensky winziges Apartment zurückkehrten – darunter drei im Rollstuhl und zwei auf Krücken. Mr. Bitensky war nur widerstrebend bereit, einem Reporter Fragen zu beantworten. Wir fragten ihn, wie er es schaffe, so vielen zu essen zu geben, obwohl er doch selbst nur über ein spärliches Einkommen verfüge. »Irgendwie klappt's immer«, sagte er. »Ich weiß nicht genau, wie.«*

56

MONTAG, 14.25 UHR, BROOKLYN

Will blieb auf seinem Posten am Fenster und schlug regelmäßig den Vorhang zurück, um auf die Straße hinunterzuschauen. Er wusste, dass es unvernünftig war. Wenn jemand ihm gefolgt sein sollte, konnte er die Aufmerksamkeit kaum besser auf sich lenken als damit, dass er den Stoff hin und her bewegte, als wolle er Lichtzeichen senden.

Er hatte sich von seinem Vater nur wenige Minuten, nachdem er ihn abgeholt hatte, verabschiedet. Monroe Sr. hatte ihn ratlos angestarrt, als Will ihm auf dem Blackberry die Bitensky-Story zeigte – als wäre diese ganze Sache viel zu verrückt, um sich ernsthaft mit ihr zu beschäftigen. Seine Gesten drückten aus, was er dachte – Hör einfach auf mit all diesem Unsinn –, und dann wollte er Will mit zu sich nach Hause nehmen. Da könnte er dann duschen, schlafen und sich insgesamt etwas beruhigen. Linda würde sich um ihn kümmern. Er selbst musste sich auf einen wichtigen Fall heute Morgen vorbereiten, aber am Abend wäre er wieder zu Hause. Dann könnten Vater und Sohn die Köpfe zusammenstecken und gemeinsam daran arbeiten, Beth wieder zurückzuholen. Es war ein verlockendes Angebot, aber Will lehnte ab. Er hatte schon genug Zeit verschwendet. Er dankte seinem Vater und schickte ihn wieder zu seinem Auto zurück.

Dann tippte er eine SMS an TC.

Zu seiner großen Erleichterung hatte sie schließlich angerufen. Sie war am Morgen um neun freigelassen worden. Die Polizei hatte die Bandaufzeichnung der Überwachungskameras in ihrem Gebäude angesehen, und auf dem Material von Samstagnacht war zu sehen, wie Pugachov TC und einem unbekannten Mann dabei half, in eine Tonne zu klettern, wie er die Tonne aus dem Haus rollte und ein paar Minuten später zurückkehrte. Das bestätigte nicht nur die zugegebenermaßen seltsame Geschichte, die sie der Polizei erzählt hatte, sondern es zeigte auch, dass Mr. Pugachov noch gesund und munter gewesen war, als TC ihn verlassen hatte.

Auch in der rechten Hosentasche des Ermordeten fand man etwas, das hilfreich war: den Ersatzschlüssel zu TCs Apartment. Den hatte er nur brauchen können, wenn sie nicht zu Hause und die Tür verschlossen war. Dieses zweite Alibi genügte: Die Polizei ließ TC frei. Sie bedankten sich sogar bei ihr dafür, dass sie Zeit für sie gehabt hatte – zweifellos, dachte Will, mit einem vorformulierten Satz aus dem PR-Handbuch des NYPD.

Es war Wills Idee gewesen, sich bei Tom zu treffen. Es lag auf der Hand: Seine und TCs Wohnungen waren überwacht worden, und hier bestand zumindest die Chance, dass sie sich unbemerkt treffen könnten.

Außerdem hatte TC einen Plan – ein Bauchgefühl eher, sagte sie –, der einigen Computerverstand erforderte. Jetzt stand sie hinter Tom und beugte sich über seine Schulter, während er mit zwei Fingern auf die Tastatur einhämmerte.

»Und du bist sicher, dass der Domainname stimmt?«, fragte er.

»Ich weiß nur, was auf der Karte steht, die ich mitgenommen habe. Rabbi.Freilich@Moschiachlives.com.«

»Okay, okay, dann versuchen wir's damit. Buchstabierst du Mosh –, du weißt schon, nochmal für mich?«

»Zum dritten Mal: M-O-S-C-H-I-A-C-H.«

Will schaute wieder aus dem Fenster. Tom liebte Beth sehr, aber TC konnte er nicht ausstehen. Auf der Columbia hatte Will es immer auf Eifersucht zurückgeführt; es war nicht immer einfach, ein Dreiergespann zu sein. Aber inzwischen hielt er es einfach für eine chemische Reaktion: Tom und TC waren wie Phosphor und Schwefel. Sie konnten sich nicht begegnen, ohne dass die Funken flogen.

Tom hatte eine neue Strategie entwickelt, um damit zurechtzukommen: Er sprach überhaupt nicht mit TC, sondern mit sich selbst.

»Okay, dann brauchen wir zuerst den Domainnamen.« Er tippte die Worte »host domain name« in die Shell, eine Art Fenster, das er auf dem Monitor geöffnet hatte. Nach ein paar Sekunden erschien eine Zahlenreihe: 192.0.2.233

»Okay, und wer ist 192.0.2.233?« Er gab die Worte ein: »Who is 192.0.2.233?«

Dann kam die Antwort, eine Menge unverständliche Angaben wie »registriert durch …« und »Administratorkontakt«, und dann die Adresse der chassidischen Zentrale in Crown Heights. Das Gebäude, in dem Will und TC am Abend zuvor gewesen waren.

»Gut, und jetzt reden wir mit Arin.«

»Arin? Wer zum Teufel ist Arin?«

»Arin ist die *American Registry for Internet Numbers*, die Organisation, die die IP-Adressen zuweist – weißt du, die Zahlenreihen, die wir gerade gesehen haben.«

»Aber ich dachte, die hast du schon für diese … na … Domain.«

»Ich hatte *eine* der Zahlen. Von Arin erfahren wir *alle* Adressen, die dieser Firma oder Organisation zugewiesen sind. Die Adresse jedes einzelnen Rechners, den sie besitzen. Wenn wir die haben, können wir uns an die Arbeit machen.«

Kurz darauf füllte der Bildschirm sich mit Dutzenden von Zahlenreihen. Dies, erkannte TC, war das komplette Computernetzwerk der Chassiden in numerischer Gestalt.

»Okay, diesen Bereich werden wir jetzt scannen.«

»Was heißt ›scannen‹?«

»Ich dachte, ich sollte nicht zu sehr ins Detail gehen. ›Spar dir den Techie-Kram, Tom‹, hast du gesagt.«

»Ja. Und was tun wir jetzt?«

»Wir warten.«

TC ging zur Couch, legte sich hin und deckte sich mit Toms Mantel zu, ehe sie erschöpft einschlief. Tom arbeitete unterdessen an einem anderen Computer und klapperte auf den Tasten herum. Will schaute abwechselnd aus dem Fenster und auf ein Foto an der Wand: Er selbst, Beth und Tom in dicken Daunensachen in einer Umgebung, die aussah wie ein Wintersportort. Tatsächlich war das Foto mitten in Manhattan aufgenommen worden, sonntagsmorgens in aller Frühe nach einem nächtlichen Schneesturm. Das Lächeln in Beths Gesicht war mehr als nur ein Lächeln für das Foto: In ihm lag das *Wissen* darum, dass das Leben trotz allem wunderschön sein konnte.

Anderthalb Stunden später gab der Computer einen Piepton von sich, nicht das Trillern, das eine neue E-Mail meldete, sondern einen einfacheren Ton. Will drehte sich um und sah, wie Tom mit einem Satz zu dem Rechner zurückkehrte.

»Wir sind drin.«

Jetzt versammelten sich alle drei um den Monitor, aber nur für einen ergab das, was da zu sehen war, einen Sinn.

»Was ist das, Tom?« Will beschloss, als Erster – und höflich – zu fragen, bevor TC Gelegenheit hatte loszupoltern.

»Das hier ist das Systemlog für den Rechner, in den wir uns hineingehackt haben. Hier sollten wir sehen können, wer rein- und rausgegangen ist.«

TC kaute an den Nägeln; das alles ging ihr nicht schnell genug. Will beobachtete nicht den Monitor, sondern Toms Gesicht, und wartete auf einen erkennbaren Fortschritt. Was er sah, gefiel ihm nicht: Tom war verwirrt. Er schob die Lippen vor. Wenn er kurz vor einem Durchbruch stand, teilten sie sich immer, als wollten sie gleich lächeln.

»Da ist nichts. Verdammt.«

»Schau nochmal hin«, sagte TC. »Vielleicht hast du was übersehen. Schau nochmal hin.«

Das brauchte sie Tom nicht zu sagen. Er beugte sich vor und las aufmerksam jede Zeile durch, die vor ihm auf dem Bildschirm erschien.

»Moment«, sagte er. »Das könnte was sein.«

»Was denn? Was?«

»Seht ihr? Diese Zeile in der Logdatei. Da. *Fehler bei Time Service. Programm beendet.* Heute Morgen um ein Uhr achtundfünfzig. Vielleicht hat das nichts zu bedeuten. Programme stürzen oft ab und starten automatisch neu. Ist nichts Besonderes.«

»Aber?«

»Es könnte auf etwas anderes hinweisen.«

»Nämlich?«

TCs Verhörmethode gefiel Tom nicht. Will schaltete sich ein.

»Entschuldige, Tom. Für einen Nichtswisser wie mich: Was ist ein Time Service?«

»Das ist nur ein Teil des Networks. Es wird beim Einrichten installiert, und die Leute vergessen es meistens. Dann sitzt es da rum, überwacht das Netzwerk und registriert, wann du verbunden bist.«

»Und?«

»Das Wichtige daran ist: Die Leute vergessen, dass es da ist. Also widmen sie ihm nicht die liebevolle Aufmerksamkeit, die sie dem übrigen System entgegenbringen. Alte Sicherheitslücken, die anderswo längst geschlossen wurden, sind im Bereich des Time Service manchmal immer noch offen.«

»Du meinst, wie ein Loch im Gartenzaun, ganz hinten, wo kein Mensch hinguckt?«

»Genau. Jetzt frag ich mich nur, ist der Time Service durch eine, sagen wir, natürliche Ursache abgestürzt – oder hat jemand versucht, da einzudringen. Wenn einer weiß, was er tut, kann er einen ›Buffer Overflow‹ verursachen – das heißt, er kann mit einem großen Haufen Daten in einer bestimmten Sequenz den Datenpuffer des Time Service überlaufen lassen und ihn damit flachlegen. Und wenn einer *wirklich* weiß, was er tut, kann er ihn nicht nur einfach abstürzen lassen, sondern sozusagen nach seinem Belieben umsteuern.«

»Was soll das heißen?«, fragte Will.

»Er kann das Programm dazu bringen, seine Befehle auszuführen, und damit hat er effektiv Zugang zum Server.«

»Und das ist hier passiert?«

»Ich weiß es nicht. Ich muss das Zugriffslog des Time Service sehen. Darauf warte ich gerade … hey, halt! Das ist gut. Seht ihr das? Da?« Er deutete auf eine Zahlenreihe neben dem Zeitpunkt des Programmabsturzes, ein Uhr achtundfünfzig. »Hallo, Fremder.«

Es war eine neue IP-Adresse, anders als alle andern, die dem Netzwerk der Chassiden zugewiesen waren. Es war die Signatur eines Außenseiters.

»Kannst du sehen, wer das ist?«

»Ich bin gerade dabei, es herauszufinden.« Er tippte: »Who is 89.23.17.09?«

»Und hier ist eure Antwort.«

Tom deutete auf eine Zeile auf dem Monitor. Will brauchte eine Sekunde, um die Worte zu erfassen. Aber da standen sie – Worte, die alles veränderten. Weder er noch TC brachten ein Wort heraus. Alle drei starrten schweigend auf die Adresse auf dem Bildschirm. Die Organisation, die sich in die Computer der Chassiden gehackt hatte, saß in Richmond, Virginia, und ihr Name leuchtete vor ihnen auf dem Monitor.

Die Kirche des Wiedergeborenen Jesus.

57

MONTAG, 17.13 UHR, DARFUR, SUDAN

Die Nacht des fünfunddreißigsten Mordes war sehr still. Es war heiß, und es gab wenig zu essen, und so waren die Menschen zu teilnahmslos, um viel Lärm zu machen. Der Ruf zum Gebet war das Einzige, was tagsüber zu hören war; der Rest war Stöhnen und Wispern.

Mohammed Omar sah das Hitzeflimmern über dem Horizont und schätzte, dass die Sonne in ein paar Minuten untergehen würde. So war es in Darfur: Morgens kam die Sonne unvermittelt herauf, und verschwand abends genauso schnell. Vielleicht war es überall im Sudan so, vielleicht überall in Afrika. Mohammed wusste es nicht; er war nie aus dieser steinigen Wüste hinausgekommen.

Es war Zeit für seinen abendlichen Rundgang durch das Lager. Als Erstes würde er zu Hawa gehen, dem dreizehnjährigen Mädchen, das sechs Geschwistern die Mutter ersetzen musste. Vor zwei Wochen waren sie ins Lager gekommen, nachdem die Janjaweed-Milizen ihr Dorf angezündet hatten. Die Kleinen waren so verängstigt, dass sie nicht sprachen, aber Hawa hatte Mohammed erzählt, was passiert war. Mitten in der Nacht waren Furcht erregende Reiter gekommen und hatten brennende Fackeln geschwenkt, und sie hatten alles angezündet. Hawa hatte ihre Schwestern an sich gerafft und war weggelaufen. Erst als sie entkommen waren, wurde ihnen klar, dass ihre Eltern zurückgeblieben waren. Sie waren beide umgebracht worden.

Jetzt hockte sie in einer Hütte aus Reisig und Stroh und hielt ihre dreijährige Schwester auf dem Arm. Auf dem Boden vor der Tür stand ein verbeulter Topf mit einer kleinen Ration Grütze.

Mohammed ging weiter und machte sich auf die nächste Station seines Rundgangs gefasst, auf die »Klinik«, die in Wirklichkeit auch nichts weiter war als eine klägliche Hütte. Kosar, die Hebamme, war da, und ihr Gesicht sagte ihm, was er nicht hören wollte. »Wie viele?«, fragte er.

»Drei. Und heute Nacht vielleicht noch eins.«

Seit Wochen verloren sie jetzt jeden Tag drei Kinder. Ohne Medikamente und ohne Lebensmittel wusste er nicht, wie er das Sterben beenden sollte.

Er sah sich um. Ein leerer Wüstenwinkel, geschützt von ein paar verkümmerten Bäumen. Er hatte nicht vorgehabt, hier ein Flüchtlingslager einzurichten. Was verstand er denn von solchen Dingen? Er war Schneider! Kein Arzt, kein Beamter. Aber er sah, was los war. Kolonnen verzweifelter Menschen, oft lauter Kinder, zogen durch die Wüste auf der Suche nach Nahrung und Unterkunft. Sie berichteten, wie ein Dorf nach dem andern von den Janjaweed zerstört wurde, den Männern, die mordeten und brannten und vergewaltigten, während Regierungsflugzeuge am Himmel kreisten. Jemand hatte etwas tun müssen – und ohne je wirklich darüber nachzudenken, hatte er es getan.

Mit ein paar Zelten hatte er angefangen; zwei davon hatte er auf seiner alten Singer-Nähmaschine zusammengeflickt. Er trug ein paar Äxte zusammen und gab sie den Männern, damit sie Feuerholz sammelten. Sie gaben sich Mühe. Einer, Abdul, wollte unbedingt helfen, aber die Verbrennungen an seinen Händen waren so schlimm, dass er keine Axt halten konnte. Mohammed sah es: Seine Hände waren so stark versengt, dass er sich nicht einmal die Tränen abwischen konnte.

Trotzdem hackten sie genug Holz für ein Feuer, und als es brannte, war es ein Signal. Neue Flüchtlinge kamen.

Inzwischen waren ein paar tausend Menschen hier; für eine genaue Zählung war keine Zeit. Sie bündelten ihre kärglichen Kräfte; die Leute waren Bauern, und was sich dem Boden hier abringen ließ, brachten sie irgendwie zum Wachsen. Aber es war niemals genug.

Mohammed wusste, was sie brauchten: Hilfe von außen. In den paar Stunden Schlaf, die er jede Nacht bekommen konnte, träumte er, wie eines strahlenden Morgens ein Konvoi von weißen Lastwagen kam, beladen mit Getreidesäcken und Arzneimittelcontainern. Schon mit fünf solchen Lastwagen – ja, schon mit einem – könnte er so viele Menschenleben retten.

In diesem Augenblick sah er die Scheinwerfer im abendlichen Dunkel, stark und gelb, und sie kamen auf ihn zu. Ihr Licht flimmerte durch den Hitzedunst. Sofort sprang Mohammed auf und ab und wedelte mit den Armen wie ein wild gewordener Signalmatrose. »Hier!«, schrie er. »Hier! Wir sind hier!«

Der Lastwagen fuhr langsamer, und Mohammed konnte ihn jetzt besser erkennen. Das war kein Hilfsteam. In dem Wagen saßen nur zwei Männer. Sie stiegen aus.

»Ich komme im Namen unseres Herrn Jesus Christus«, sagte der eine, und der andere übersetzte hastig.

»Willkommen, willkommen.« Dankbar griff Mohammed mit beiden Händen nach seinen Besuchern.

»Ich habe Lebensmittel und Medikamente auf dem Wagen. Haben Sie Leute, die alles abladen können?«

Schon war eine neugierige Zuschauermenge zusammengekommen. Mohammed beauftragte zwei der kräftigeren Teenager, einen Jungen und ein Mädchen, die Kisten vom Laster zu laden. Dann rief er ein paar Männer zusammen, denen er vertraute, damit sie die Ladung bewachten: Das Letzte, was er gebrauchen konnte, war ein Aufstand, eine Panik, verursacht durch Hunger und Verzweiflung.

»Glauben Sie, wir können miteinander sprechen?«, fragte

der Besucher. Mohammed antwortete mit einer Geste; er deutete auf eine leere Hütte. Der Mann folgte ihm mit einer schmalen dunklen Aktentasche unter dem Arm.

»Ich habe lange gebraucht, um Sie zu finden, Sir. Sie sind doch der Verantwortliche hier, oder? Dieses Lager haben Sie gegründet?«

»Ja.« Mohammed wusste nicht, ob er den Übersetzer oder seinen Boss ansehen sollte.

»Und Sie haben alles allein gemacht? Niemand bezahlt Sie dafür? Sie arbeiten für keine Organisation? Sie tun das alles aus reiner Güte?«

»Ja, aber das ist nicht wichtig. Ich bin nicht wichtig.«

Der Besucher lächelte. »Gut.«

»Die Menschen sterben hier«, sagte Mohammed. »Was können Sie ihnen geben, um ihnen zu helfen? Möglichst schnell?«

Der Besucher lächelte wieder. »Oh, ich kann ihnen die größte Hilfe überhaupt versprechen. Und sie wird nicht lange auf sich warten lassen. Gar nicht lange.«

Er ließ die beiden Schlösser seiner Aktentasche aufschnappen und holte eine Injektionsspritze heraus. »Zunächst möchte ich Ihnen sagen, dass es mir eine Ehre ist, Sie kennen zu lernen. Es ist eine Ehre, zu wissen, dass die Gerechten wahrhaft unter uns leben.«

»Danke, aber ich verstehe nicht, was Sie meinen.«

»Leider muss ich Ihnen das hier geben. Es ist wichtig, dass ein Mann wie Sie keine Schmerzen leidet. Keinen Schmerz, kein Leiden.«

Plötzlich packte der Dolmetscher Mohammeds Arm und drückte ihn zu Boden. Mohammed wollte sich losreißen, aber er war zu schwach und der Fremde zu stark. Jetzt stand der Besucher über ihm und hielt die Spritze gegen das Licht. Er sprach Englisch und beugte sich dabei zu Mohammed herab. Der Dolmetscher flüsterte Mohammed ins Ohr:

Denn der Herr hat die Gerechten lieb und verläßt seine Heiligen nicht; ewiglich werden sie bewahrt; aber der Gottlosen Same wird ausgerottet.

Mohammed wand sich und versuchte verzweifelt freizukommen. Noch immer sprach die Stimme mit heißem Atem an seinem Ohr.

Der Gottlose lauert auf den Gerechten und gedenkt ihn zu töten. Aber der Herr läßt ihn nicht in seinen Händen und verdammt ihn nicht, wenn er verurteilt wird. Der Herr hilft den Gerechten; der ist ihre Stärke in der Not.

Dann durchbohrte die Nadel die Haut an seinem Arm, und als der Himmel sich verfinsterte, hörte er die Worte eines Gebets, bis die Stimme in der Ferne verklang und alles still war.

58

MONTAG, 14.50 UHR, BROOKLYN

Jetzt übernahm Will die Führung. Fast gewaltsam stieß er Tom von seinem Stuhl und kehrte unverzüglich ins Basislager des Journalisten im 21. Jahrhundert zurück: zu Google.

Kirche des Wiedergeborenen Jesus brachte eine ganze Seite mit Treffern, aber die Informationen waren spärlich. Zu Wills Überraschung hatte diese Gruppe keine eigene Website.

Er klickte den ersten Link an und fand einen Vortrag, der auf einer Tagung an der University of Nebraska gehalten worden war.

Zahlenmäßig nie besonders groß, gewann die Kirche des Wiedergeborenen Jesus auf dem Höhepunkt ihrer Entwicklung vor einem Vierteljahrhundert doch großen Einfluss, vor allem unter jungen christlichen Intellektuellen. Im Mittelpunkt ihrer Lehre stand eine radikale Variante der Ersetzungstheologie, des Glaubens also, dass die Christen die Juden als auserwähltes Volk Gottes ersetzt haben.

Ärgerlicherweise stand in dem Artikel nichts weiter darüber; stattdessen folgte eine ausführliche Schilderung des College-Christentums der siebziger Jahre. Aber Will war jetzt in Fahrt. Er sah, dass es TC genauso ging, aber beide wussten intuitiv, dass sie jetzt keine Zeit für Erörterungen hatten. Er ging geradewegs zur Online-Enzyklopädie Wikipedia und gab dort »Ersetzungstheologie« ein.

Ein paar Sekunden lang tappte er, halb bang, halb aufgeregt, mit dem Fuß. Eine halb vergessene Erinnerung zerrte an seinen Nerven. *Die Kirche des Wiedergeborenen Jesus:* den Namen hatte er schon mal gelesen, irgendwo in seinem Büro …

Dann erschien eine Seite mit der Überschrift »Supersessionismus«, und er las, es handele sich um die »traditionelle christliche Überzeugung, das Christentum sei die Erfüllung des biblischen Judentums. Juden, die leugnen, dass Jesus der jüdische Messias sei, erfüllen deshalb nicht ihre Berufung als Gottes auserwähltes Volk.«

Will las weiter. »Israel, wird behauptet, sei in dem Sinne ersetzt worden, dass der Kirche die Erfüllung der Verheißungen anvertraut ist, die das jüdische Israel treuhänderisch erhalten habe …«

Weiter hieß es, zwar hätten mehrere liberale protestantische Gruppierungen die Ersetzungstheologie verworfen und entschieden, dass Juden und »vielleicht auch« andere Nichtchristen durch ihren eigenen Glauben zu Gott finden könnten, aber »andere konservative und fundamentalistische christliche Sekten betrachten die Ersetzungstheologie nach wie vor als gültig … Die Debatte wird fortgesetzt.«

Und ich wette, ich weiß, wo sie fortgesetzt wird, dachte Will und kehrte zu Google zurück, um seine Suche mit »Kirche des Wiedergeborenen Jesus« und »Ersetzungstheologie« zu spezifizieren. Er fand drei Ergebnisse. Das erste war ein Artikel aus der *Christian Review.*

»… geriet die Ersetzungstheologie in dieser Periode zunehmend aus der Mode, diskreditiert durch ›Political Correctness‹, wie ihre Verteidiger behaupteten. Noch wenige Jahre zuvor hatte sie eine beachtliche Renaissance erlebt – hauptsächlich durch eine intellektuelle Gruppierung namens ›Kirche des Wiedergeborenen Jesus‹. Dieser Gruppierung zufolge hatten die Christen durch die Anerkennung Jesu als Messias nicht nur den Status der Juden als auserwähltes Volk Gottes, sondern das Judentum selbst geerbt. Die Juden, so die Ansicht der Kirche des Wiedergeborenen Jesus, hatten Gottes unmittelbare Wünsche ignoriert und damit verwirkt, was sie von Ihm gelernt hatten. Sie hatten sich selbst ihrer Rolle als auserwähltes Volk begeben, aber zudem – und mit dieser Auffassung hebt sich die Kirche des Wiedergeborenen Jesus von anderen Sekten ab – hatten die Juden auch ihre eigenen Traditionen, Gebräuche und sogar ihre Folklore aufgegeben, die somit als Besitz der frommen Christen zu betrachten waren.«

»Halt.« TC war blass geworden. »Das ist der entscheidende Punkt, genau hier. *Ihre eigenen Traditionen, Gebräuche und sogar ihre Folklore.* Diese Sekte glaubt, dass das Judentum die Wahrheit in sich birgt, aber nicht für Juden, sondern für Christen. *Sogar ihre Folklore.* Verstehst du nicht? Sie haben alles für sich genommen. Die Mystik, die Kabbala, alles.«

»Die Geschichte von den Gerechten«, sagte Will.

»Genau. Sie halten sie nicht für eine verrückte chassidische Überlieferung. Sie glauben, die Geschichte gehört ihnen. Sie glauben, sie ist wahr.«

Er klickte das nächste Google-Resultat an. Es war ein Link zu einer evangelikalen Diskussionsgruppe. Jemand, der sich NewDawn21 nannte, hatte ein langes Posting geschrieben, anscheinend als Antwort auf eine Frage nach dem Ursprung der Kirche des Wiedergeborenen Jesus.

»Nein, sie existiert heute nicht mehr, aber zu ihrer Zeit war sie sehr einflussreich – sozusagen das intelligente Ende der ganzen Jesus-Freak-Bewegung mit ihren Sandalen. Ihre Leitfigur war dieser charismatische Prediger, Reverend Jim Johnson, der damals Geistlicher in Yale war.«

Will hob den Kopf und sah TC an. »Den Namen kenne ich«, sagte er. »Er hat in den siebziger Jahren eine merkwürdige evangelikale Bewegung gegründet. Johnson ist vor ein paar Jahren gestorben.«

Aber TC las weiter.

»Anscheinend beeinflusste Rev. Johnson eine ganze Generation der christlichen Elite. Man nannte ihn den Rattenfänger des Campus von Yale, weil er so treu ergebene Anhänger hatte.«

»Das kann ich bestätigen«, hieß es im nächsten Posting. »Ich war damals in Yale, und Johnson war ein Phänomen. Er interessierte sich ausschließlich für die erstklassigen Studenten – Redakteure der juristischen Unizeitung, Jahrgangssprecher, solche Leute. Wir nannten sie die Apostel, weil sie Johnson nachliefen, als wäre er der Messias oder so was. Falls es jemanden interessiert – ich habe ein Foto aus der *Yale Daily News* gescannt, auf dem Johnson und seine Anhänger zu sehen sind. Hier klicken.«

Will klickte und wartete, bis das Bild geladen war. Es war körnig und in tristen Siebziger-Farben, und es dauerte eine Weile, bis es den ganzen Bildschirm ausfüllte. Breit grinsend wie der Captain eines College-Footballteams stand in der Mitte ein Mann, der vielleicht Ende dreißig war. Er trug ein offenes Hemd und eine große, kantige Brille, wie sie damals supermodern war. Er trug keinen Priesterkragen und keinen dunklen Anzug. Er sah aus, fand Will, wie ein »muskulöser Christ«, die es einst im Viktorianismus gegeben hatte.

Um ihn herum standen junge, ernst blickende Männer, die allesamt das Selbstbewusstsein der zum Herrschen Geborenen ausstrahlten, wie es einem aus jedem Jahrbuch von Yale oder Harvard entgegenwehte. Sie trugen langes Haar, große Hemdkragen und breite Jackenaufschläge. Aus ihren Gesichtern leuchtete das Potenzial. Es war klar, diese jungen Männer würden nicht nur die Welt regieren, sondern sie glaubten auch, dass sie es mit dem Segen Jesu tun würden.

»Ich glaube, ihr müsst euch beeilen.« Tom hatte Wills Posten am Fenster übernommen. »Da draußen hat ein Wagen gehalten. Zwei Typen sind ausgestiegen und ins Haus gelaufen. Anscheinend hatten sie es eilig.«

Aber Will hörte ihn kaum. Er lehnte sich überrascht zurück: Er hatte eins der Gesichter auf dem Foto erkannt. Das war nur möglich, weil er erst vor kurzem ein anderes Jugendfoto desselben Mannes gesehen hatte. Die Zeitung hatte es gebracht, als er seine Stellung angetreten hatte. Und hier, an Jim Johnsons Seite, stand niemand anders als Townsend McDougal, der heutige Chefredakteur der *New York Times*.

»Ich glaub's nicht«, sagte Will.

»Er ist es, oder?«

Will war verblüfft. Woher kannte TC McDougal?

»Ich wollte es nicht sagen, weil ich nicht ganz sicher war. Aber es konnte eigentlich niemand anders sein.«

Will sah sie stirnrunzelnd an. »Von wem redest du?«

»Will! Sie kommen herauf! Ihr müsst weg!«

»Schau!« TC zeigte auf die linke hintere Reihe der Studenten, die Will noch kaum genauer angesehen hatte, und ihr Finger verharrte auf einem schlanken, gut aussehenden jungen Mann mit dichtem Haar. Er lächelte nicht.

»Vielleicht irre ich mich, Will. Aber ich glaube, das ist dein Vater.«

59

MONTAG, 14.56 UHR, BROOKLYN

Tom riss Will förmlich vom Stuhl und stieß ihn durch das Fenster hinaus auf die Feuertreppe. Dann schob er TC hinterher und wollte den beiden folgen, als er sich noch einmal umdrehte. Auf dem Monitor leuchteten die Informationen, die sie gefunden hatten. Es wäre furchtbar, dachte Tom, wenn der Rechner, der ihm immer ein treuer Verbündeter gewesen war, sie am Ende verraten würde.

Er stürzte zum Computer zurück und schloss hastig ein Programm nach dem andern. Er war dabei, Windows herunterzufahren, als die Tür aufflog.

Er hörte das krachende Splittern, ehe er es sah. Zwei Männer stürmten ins Apartment. Tom blickte hoch und sah einen von ihnen – groß und mit kräftigen Armen und glasklaren, scharfen blauen Augen. Im Handumdrehen beschloss Tom, etwas zu tun, wogegen alle seine Instinkte rebellierten: Er griff nach dem Stromkabel und riss es aus der Wand. Jetzt waren die Computer und alles, was damit zusammenhing, abgeschaltet.

Aber diese Bewegungen war seinen ungebetenen Gästen zu plötzlich. Sie sahen nur einen Mann, der sich nach unten beugte, wie sie es auch gelernt hatten – jemanden, der nach einer Waffe griff. Während er noch an dem weißen Kabel riss, fuhr die Kugel in seine Brust. Er fiel zu Boden. Die Monitore wurden dunkel.

Will sprang die Feuertreppe hinunter, immer drei Stufen

auf einmal. In seinem Kopf dröhnte es. Wer war da hinter ihm her? Was war aus TC und Tom geworden? Wo sollte er jetzt hin?

Aber während er die Treppe hinunterpolterte, überschlugen sich seine Gedanken an das, was er gerade gesehen hatte. Das Gesicht war unverwechselbar; TC hatte ihn sofort erkannt. Welcher Freud'sche Impuls hatte seinen Blick abgelenkt? Die Augen, das Kinn, die kraftvolle Nase: sein Vater.

Andererseits: Eins wusste er über William Monroe Sr. ganz sicher: Er war ein erklärter Rationalist, ein kühl und weltlich denkender Mann, dessen Skepsis gegen alles Religiöse womöglich verhindert hatte, dass er sein höchstes Ziel erreicht hatte: das Richteramt am Obersten Gerichtshof der Vereinigten Staaten. War es wirklich möglich, dass er einmal ein Bibelschwenker gewesen war – und noch dazu ein so ernsthafter?

Noch drei Treppenabschnitte – und jetzt fühlte er, wie das eiserne Geländer vibrierte. Er schaute hoch und sah Schuhsohlen, die über ihm heruntersprangen, genauso schnell wie er. Noch eine Treppe. Will nahm sie fast mit einem Satz.

Dann spurtete er die Smith Street hinunter und wich Leuten aus, die aus dem Restaurant Saloniki kamen. Er sah sich um; hinter ihm kam Unruhe auf, weil ein Mann durch das Gedränge gestürmt war. »Hey, pass doch auf, Arschloch!« Will hatte das Gefühl, dass sein Verfolger ziemlich blindlings drauflosstürmte.

Will rannte um die Ecke und packte den Wagen eines Brezelverkäufers, um nicht das Gleichgewicht zu verlieren. Vor ihm war die Fourth Avenue: sechs Spuren mit schnell fließendem Verkehr. Bei der ersten Lücke stürzte er los.

Dann stand er auf der schmalen unterbrochenen weißen Linie, die zwei dicht befahrene Verkehrsspuren voneinander trennte. Ringsum gellten Hupen; die Fahrer hielten ihn offensichtlich für einen Irren. Er sah sich um. Hinter der nächsten Autokolonne war sein Verfolger, der Mann, den er vor weniger als zwanzig Stunden beinahe auf frischer Tat bei einem Mord ertappt hätte. Durch den Verkehr geschützt, starrte Will ihn an, und der Blick, den der Mann erwiderte, war wie ein Laserstrahl, der ihn durchbohrte.

Er wirbelte herum, entdeckte wieder eine Lücke im Verkehr und erwischte sie mit knapper Not. Als er sich umdrehte, sah er, dass seinem Verfolger das gleiche Manöver gelungen war. Die Breite eines einzelnen Autos trennte sie voneinander. Will sah eine Ausbeulung an der Hüfte des Mannes – vermutlich ein Pistolenhalfter.

Er schaute nach vorn: Die Ampel war grün. Aber wie lange noch? Bald würde sie auf Rot umspringen, und dann könnte er auf die andere Straßenseite kommen, aber der Mann mit der Pistole ebenfalls. Er könnte aus nächster Nähe auf ihn schießen. Aber da war nirgends eine Lücke. Die Autos fuhren zu schnell.

Will hatte nur eine Möglichkeit: Er rannte nach links, als wolle er mit dem Autoverkehr Schritt halten, immer schneller, und ohne die Ampel aus den Augen zu lassen. Sowie sie rot wäre, würde er handeln. *Na los, los.* Er sah sich um. Der Mann stand immer noch auf der nächsten Fahrspur; er rührte sich kaum von der Stelle. Jetzt war der Augenblick da.

Aus Grün wurde Rot, die Autos bremsten und stauten sich hintereinander auf. Jetzt konnte Will geduckt zwischen ihnen hindurchflitzen. Drei Spuren, vier, fünf – und er war drüben.

Er musste sich zwischen einer Familie hindurchdrängen, die an der Fußgängerampel wartete; dabei riss er einem Kind den Luftballon aus der Hand. Er drehte sich um und sah, wie der Ballon in den Himmel stieg – und dass Laserauge nur einen kurzen Spurt hinter ihm war.

Endlich erreichte er die U-Bahn-Station Atlantic Avenue. Er stürmte die Treppe hinunter und verfluchte die breite Frau, die ihm den Weg versperrte. Unten sprang er mit einer Flanke über die Sperre. Hoffentlich trogen seine Ohren ihn nicht. In jahrelanger Erfahrung mit der Londoner Underground hatte er einen sechsten Sinn für die Mischung aus Wind, Licht und Summen erworben, das ihm verriet, wenn ein Zug kam. Und Will war sicher, dass am Bahnsteig gegenüber gleich einer kommen würde. Er musste in wenigen Sekunden die Treppe hinauf und über die Brücke kommen. Hinter sich hörte er laute Schritte: Der Verfolger war nicht mehr weit.

Als Will über die Brücke rannte, sah er den Zug einfahren. Im nächsten Moment schoss er die Treppe hinunter und stieß die Leute beiseite. Ein Piepsignal und zischende Luft kündigten die Abfahrt des Zuges an. Nur noch eine Sekunde …

In einem einzigen Satz sprang Will von der untersten Treppenstufe und quer über den Bahnsteig. Dann war er im Zug, und die Tür hatte sich fast schon hinter ihm geschlossen, als sie stecken blieb: Vier Finger hielten sie fest. Durch die Scheibe sah Will das Gesicht. Glasklare Augen starrten ihn an, und ihr Blick ließ seine Gedärme zu Eis gefrieren. Langsam, langsam öffnete die Tür sich wieder.

»Was machen Sie denn da? Warten Sie auf den nächsten Zug wie jeder andere auch!« Eine alte Frau, mindestens siebzig, schlug mit ihrem Gehstock auf die Fingerknöchel, die sich um die Türkante krümmten. Als der Zug anfuhr, schlug sie kräftiger zu – und die Finger verschwanden. Der Mann mit den blauen Augen blieb auf dem Bahnsteig zurück und wurde immer kleiner.

»Ich danke Ihnen von ganzem Herzen«, keuchte Will und ließ sich auf den nächstbesten Sitz fallen.

»Die Leute müssen mehr Respekt haben«, sagte die alte Frau.

»Ja, das stimmt«, pustete Will. »Respekt. Ganz meine Meinung.«

Allmählich bekam er wieder Luft, und der Sauerstoff kehrte in sein Gehirn zurück. Er sah immer wieder das gleiche Bild vor sich, wenn er die Augen schloss: seinen Vater mit einundzwanzig Jahren als Soldat in der Armee Jesu. Und nicht bloß in der Armee, sondern in der vordersten Linie. Mitglied einer handverlesenen Elite, die davon überzeugt war, die Geheimnisse des wahren Glaubens zu kennen.

Was genau waren diese Leute? Christen, ja, aber von einer seltsamen, stahlharten Arroganz. Sie, nicht die Juden, waren das auserwählte Volk. Sie, nicht die Juden, betrachteten den Judaismus als ihr Geburtsrecht. Sie, nicht die Juden, zitierten das Alte Testament mit all seinen Prophezeiungen, und sie betrachteten die Verheißungen, die Abraham empfangen hatte, als Verheißungen, die ihnen selbst galten.

Will schaute aus dem Fenster. DeKalb Avenue. Er sprang auf, stieg aus und nahm gleich einen anderen Zug. Sollten Laserauge und seine Freunde nur suchen.

TC hatte sofort begriffen, was dahinter steckte. Wenn sie die Ersetzungstheologie nach dieser strikten Linie auslegten, gehörte die jüdische Religion ihnen, und zwar ganz. Die Geschichte von Abrahams Handel um Sodom wäre Teil *ihres* Erbes – und damit auch die Frucht dieser Geschichte, der mystische jüdische Glaube, dass die Welt von sechsunddreißig Gerechten aufrechterhalten wurde. Aus irgendwelchen Gründen hatten sie sich diesen Glauben angeeignet – und ihn mit einer neuen Wendung versehen. Sie waren entschlossen, die Gerechten einen nach dem anderen umzubringen. Aber wenn es diese verrückte christliche Sekte war, die hinter den Morden steckte, warum um alles in der Welt hatten dann die Chassiden Beth entführt?

Das war zu viel. Will musste in aller Ruhe nachdenken. Er sah auf die Uhr. Viertel vor vier. So wenig Zeit. Er rief TCs Handy an und betete zum Himmel, sie möge irgendwie entkommen sein.

»Will! Du lebst!«

»Alles okay? Wo bist du?«

»Ich bin im Krankenhaus. Mit Tom. Sie haben auf ihn geschossen.«

»O mein Gott!«

»Ich war auf dem Dach. Ich hörte einen Schuss, lief hinunter, und da lag er und blutete. Oh, Will ...«

»Lebt er noch?«

»Sie operieren ihn gerade. Wer war das, Will? Wer tut so etwas?«

»Ich weiß es nicht, TC. Aber ich sage dir, ich werde die Schweine finden, die das getan haben, die Leute, die diese ganze Sauerei angerichtet haben. Ich werde sie finden. Und ich weiß, dass ich dicht dran bin.«

60

MONTAG, 15.47 UHR, BROOKLYN

»TC, ich weiß es genau. Sie sind hier in New York City. Sie müssen hier sein.«

»Wie kannst du dir so sicher sein? Sie bringen die Gerechten auf der ganzen Welt um. Warum sollten sie dann hier sein?«

»TC, hör zu. Alles, was sie wissen, haben sie von den Chassiden. Sie haben sich in ihre Computer gehackt und herausgeholt, was sie finden konnten. Jetzt müssen sie selbst hier anwesend sein, um die Aktion zu Ende zu bringen. Darum haben sie Josef Jitzhok umgebracht. Sie müssen unbedingt Nummer sechsunddreißig finden. Sie sind fest davon überzeugt, dass die Chassiden wissen, wer das ist. Und sie haben Recht. Außerdem nehme ich an, sie *wollen* hier sein.«

»Warum glaubst du das?«

»Heute Abend kommt der Höhepunkt, nicht wahr? Der Augenblick, an dem sich alles zusammenfügt. Da wollen sie an dem Ort sein, wo die Prophezeiung sich erfüllt. Denn hier wird alles enden, TC. Das Sodom des 21. Jahrhunderts: New York City! Es ist dieser Ort, an dem die Welt endlich ihren Handel mit Gott verliert. Nur sechsunddreißig Gerechte: so lange, wie sie am Leben sind, wird die Welt aufrecht gehalten. Aber ohne sie ist alles vorbei. Diese Leute wollen hier sein. Sie wollen dabei sein, wenn das Ende der Welt anbricht.«

»Will, du machst mir Angst.«

»Und da ist noch was.« Will hielt inne. »Hör zu, ich habe keine Zeit mehr. Ich muss los.« Er legte auf und wählte eine Nummer bei der *New York Times*.

»Amy Woodstein.«

»Amy, hier ist Will. Du musst etwas für mich tun.«

»*Will!*« Ihre Stimme war nur ein Flüstern. »Ich sollte nicht mal mit dir reden. Bekommst du gute professionelle Hilfe?«

»Im Moment brauche ich deine Hilfe, Amy. Da liegt ein Flyer auf meinem Schreibtisch, für eine Tagung der Kirche des Wiedergeborenen Jesus. Könntest du mir den einfach vorlesen?«

Amy seufzte hörbar erleichtert auf. »Moment.« Einen Moment danach war sie wieder da. »Also: *Die Kirche des Wiedergeborenen Jesus – Aufwertung der Familie durch Familienwerte. Spirituelle Versammlung, Javits Convention Center, in der West 34th Street* … moment mal, das ist ja heute.«

»Ja!« Er klang, als boxte er triumphierend in die Luft.

»Oh, Will, ich bin so froh, dass du Trost in deinem Glauben findest. Ich weiß, dass viele Leute, die Herausforderungen –«

»Amy, wäre nett zu plaudern, aber ich muss los.«

Dreißig Minuten später stand er vor dem Javits Convention Center. Beim Eintreten sah er eine Delegiertenanmeldung. Freiwillige Helfer mit leuchtenden Augen saßen dahinter. Da würde nichts gehen. Ah, eine Pressetheke.

»Verzeihung, ich komme vom *Guardian* aus London, und ich fürchte, ich stehe noch nicht auf Ihrer Liste. Können Sie mich noch irgendwie unterbringen?«

»Sir, es tut mir Leid, aber die Akkreditierung muss über unser Büro in Richmond laufen. Haben Sie die Präakkreditierung eingereicht?«

Präakkreditierung. Immer wenn er dachte, jetzt habe er

jede Wortschöpfung gehört, die dem amerikanischen Unternehmertum einfallen konnte, kam wieder eine neue.

»Nein, tut mir Leid, ich bin telefonisch nicht durchgekommen. Aber meine Redaktion wäre sehr enttäuscht, wenn ich über diese wunderbare Veranstaltung über christliche Familienwerte nichts berichten könnte. Wir haben so etwas in Großbritannien nicht, wissen Sie. Und ich weiß, es gibt zu Hause eine tiefe Sehnsucht nach einem spirituellen Vorbild dieser Art. Könnten Sie mich nicht einfach für eine halbe Stunde hineinlassen, damit ich meinen Vorgesetzten wenigstens berichten kann, dass ich das alles mit eigenen Augen gesehen habe?«

Jetzt hatte er alle Register gezogen. Mit solchen Sprüchen hatte er schon Zugang zu einem Raketenstart der NASA bekommen, zu einer Elvis-Gedenknacht in Graceland und zu einer Kandidatendebatte in Trenton, New Jersey. Hoffentlich, dachte er, leuchteten seine Augen jetzt eifrig.

Aber die Frau hinter der Theke – nach Auskunft ihres Namensschilds hieß sie »Carrie-Anne, Koordinatorin« – blieb unnachgiebig. »Sie müssen vorher mit Richmond sprechen.«

Verdammt.

»Gut. Geben Sie mir die Nummer?«

Er notierte die Telefonnummer sorgfältig – und rief dann seine eigene Nummer an.

»Hallo, Tom Mitchell hier, vom *Guardian* in London. Es geht um den Kongress heute. Ich wollte fragen, ob vielleicht die Chance besteht … Ja, ganz recht.« Am anderen Ende hörte er seine eigene Stimme auf dem Anrufbeantworter. Er redete weiter. »Ich soll mir also das Programm ansehen. Okay …« Will legte eine Hand auf die Sprechmuschel und flüsterte Carrie-Anne zu: »Sie sagt, ich soll in die Pressemappe schauen.«

Ohne zu zögern, schob sie ihm eine herüber.

»Okay, ich schau mal hinein und sehe, was mich interessiert ... okay. Sie haben mir schon sehr geholfen. Vielen Dank.«

Während er sich noch mit seinem eigenen Anrufbeantworter unterhielt, überflog er das Verzeichnis der Einzelveranstaltungen.

In der Holden Suite: *Das Zusammensein wieder zusammenfügen – Elternschaft nach der Scheidung* mit Rev. Peter Thompson.

Im MacMillan Room: *Was würde Jesus tun? Rat suchen beim Erlöser.*

Aber was er suchte, fand er nicht. Er blickte auf; Carrie-Anne überreichte gerade lächelnd Pressekarten an eine Fernsehreporterin und ihren Kameramann. Unauffällig wandte Will sich ab und nahm Kurs auf die Konferenzräume. Als Akkreditierungsersatz hielt er seine Pressemappe hoch.

Er studierte weiter das Programm. Mittagspause, Kindergarten, Workshops. Dann blieb sein Blick an einem Punkt hängen.

In der Kapelle: *Eintritt ins Messianische Zeitalter. Redner angefragt.*

GESCHLOSSENE VERANSTALTUNG.

Will sah auf die Uhr: Die Veranstaltung hatte schon begonnen. Aber wo in diesem riesigen Komplex von Suiten, Korridoren und Treppenhäusern war »die Kapelle«? Er blätterte seine Pressemappe durch, bis er einen Plan des Gebäudes gefunden hatte. *Dritter Stock.*

Hier gab es viele Türen, aber schließlich entdeckte er eine mit einem Piktogramm: ein kniender Mann im Gebet. Will hielt das Ohr an die Tür.

»... wie viele Jahrhunderte haben wir gewartet? Über zwanzig. Und manchmal wurde unsere Geduld auf eine harte Probe gestellt. Unser Glaube geriet ins Wanken.«

Will hörte die Glocke eines Aufzugs. Drei Männer traten heraus, etwa in Wills Alter, in gepflegten schwarzen Anzügen wie dem, den er nach seinem nächtlichen Ausflug nach

Crown Heights noch immer anhatte. Jeder hielt eine Bibel in der Hand, und sie kamen zielstrebig auf ihn zu.

Als sie näher kamen, sah Will, dass mindestens einer von ihnen außer Atem war. *Sie kamen zu spät zu diesem Meeting.* Das war seine Chance.

»Keine Sorge«, sagte er, als sie bei ihm angekommen waren. »Ich glaube, wir können uns immer noch hinten hineinschleichen.«

Einer der drei öffnete die Tür, und sie konnten alle vier eintreten; in der Gruppe war die Peinlichkeit des Zuspätkommens gemildert. Und Will gehörte einfach dazu; er hatte sogar seine eigene Bibel.

Sie drängten sich an die hintere Wand, und Will ließ den Blick durch den Raum wandern. Zu seiner Überraschung war er ziemlich groß – etwa so groß wie ein Bankettsaal. Mehr als zweitausend Leute mussten hier versammelt sein. Wer sie waren, war schwer zu sagen; alle Köpfe waren wie zum Gebet gesenkt. Will wagte nicht, den Hals zu recken.

Endlich unterbrach eine Lautsprecherstimme die Stille.

»Wir bereuen, o Herr, die Augenblicke unseres Zweifels. Wir bereuen das Leid und den Schmerz, den wir einander zugefügt haben, hier auf diesem Planeten, den unser Vater uns in deinem Namen anvertraut hat. Wir bereuen, o Herr, die Jahrhunderte der Sünde, die dich von uns fern gehalten haben.«

Einstimmig antwortete die Gemeinde: »An diesem Tag der Buße bereuen wir.«

Will hob den Kopf und versuchte zu erkennen, wer da sprach. Ganz vorn stand ein Mann, aber er hatte der Versammlung den Rücken zugewandt. Man konnte nicht einmal erkennen, ob er jung oder alt war: Er trug eine weiße Schädelkappe, die sein Haar fast ganz verdeckte.

»Doch jetzt, o Herr, ist der Tag der Abrechnung gekommen. Endlich wird der Mensch zur Rechenschaft gezogen werden. Das große Buch des Lebens wird zugeschlagen, und wir werden endlich gerichtet werden.«

»Amen«, ertönte es einstimmig.

Der Mann drehte sich um: Er war ungefähr so alt wie Will und sah gebildet aus. Will war überrascht. Er wirkte zu jung für einen Religionsführer, und seine Stimme war zu kräftig für ihn.

»Dein erstes Volk, Israel, ist abgewichen vom Pfad deiner Lehre, o Herr.« Die Stimme sprach weiter, ohne dass der Mann, den Will für den Redner gehalten hatte, etwas sagte. Erst jetzt bemerkte Will die große Leinwand an der Stirnseite des Saales. Nur zwei Worte standen darauf, schwarz auf weiß: Der Apostel. Jetzt begriff er, dass die Stimme, die den Saal erfüllte, keinem der Anwesenden gehörte. Vielleicht war es eine Tonbandaufnahme, vielleicht wurde sie auch live von draußen hereingespielt. Sie klang merkwürdig metallisch. Wie auch immer – der Apostel war nirgends zu sehen.

»Das erste Volk Israel fürchtete sich vor deinem Wort. So fiel es anderen zu, den Bund mit dir zu erfüllen. Wie da geschrieben steht: ›Seid ihr aber Christi, so seid ihr ja Abrahams Same und nach der Verheißung Erben.‹«

Die Gemeinde antwortete: »Wir sind Christi und also Abrahams Same und nach der Verheißung Erben.«

Will überlief es eiskalt. Das also war die Kirche des Wiedergeborenen Jesus in der Version des 21. Jahrhunderts. Und das war die Doktrin, die einmal seinen Vater und Townsend McDougal in ihren Bann geschlagen hatte – und wer weiß, wie viele andere außer ihnen. Die Männer in diesem Saal – und jetzt erkannte Will, dass es nur Männer waren – glaubten alle daran. Sie hatten den Platz der Juden im göttlichen Plan geerbt. Sie hatten die Lehren des Judentums als ihre eigenen übernommen.

»Doch nun, o Herr, brauchen wir deine Hilfe. Wir bitten dich, führe uns. Wir sind fast am Ziel, aber das letzte Wissen fehlt uns noch.«

Nummer sechsunddreißig, dachte Will.

»Bitte führe uns zur Vollendung, auf dass Gottes Gericht auf diese umnachtete Erde regnen möge.«

Wills Blick wanderte durch den Saal, als ein Mann in der vordersten Reihe sich umdrehte. Er sah Will und stutzte. Dann nahm er Blickkontakt mit jemandem auf und deutete mit dem Kopf auf Will.

Will sah die Hand nicht, die seinen Hals packte, und er sah auch nicht, wer ihm den Tritt in die Kniekehle versetzte, der ihn einknicken ließ. Aber als er zu Boden ging, sah er den Mann, der über ihm stand. Seine Augen waren so blau, dass sie zu leuchten schienen.

61

MONTAG, 17.46 UHR, MANHATTAN

Er war wieder wach, das wusste er, aber es war immer noch dunkel. Er wollte die Hände zu den Augen heben, aber ein scharfer, stechender Schmerz durchzuckte seine Schulter. Seine Hände waren gefesselt. Arme, Beine und Bauch fühlten sich an, als habe man ihm eine Hautschicht entfernt und das rohe, rote Fleisch bloßgelegt.

Er zuckte mit den Lidern und fühlte etwas an seiner Haut. Man hatte ihm die Augen verbunden. Er wollte sprechen, aber er hatte einen Knebel im Mund, und er fing an zu husten.

»Nehmt ihn ab.« Eine feste Stimme voller Autorität. Will fing an zu würgen, als der Knebel fort war, und dann spuckte er ein paar Worte aus.

»Wo bin ich?«

»Das werden Sie schon sehen.«

»Wo zum Teufel bin ich?«

»Wagen Sie nicht, uns anzuschreien, Mr. Monroe. Ich habe gesagt, Sie werden es sehen.« Will hörte, dass außer dem Sprecher noch zwei oder drei andere Leute in der Nähe waren. »Bringt ihn jetzt fort.«

»Wohin bringen Sie mich?«

»Sie werden bekommen, was Sie wollten, als Sie herkamen. Anscheinend hat sich Ihre Lügerei bezahlt gemacht, Mr. Tom Mitchell vom *Guardian*. Sie werden Ihr großes Interview bekommen.«

Er spürte eine schwere, flache Hand auf dem Rücken und

wurde vorwärts geschoben. Er ging ein paar Schritte, und dann packten ihn zwei Hände bei den Schultern und drehten ihn nach rechts. Will spürte Teppichboden unter den Sohlen. War er noch im Kongressgebäude? Wie lange hatte man ihn verprügelt? Wie lange war er bewusstlos gewesen? Wenn es jetzt schon Nacht war? Dann war es zu spät. Jom Kippur wäre zu Ende. Im Dunkel der Augenbinde sah Will, wie das Himmelstor zuschlug.

»Sir, er ist hier.«

»Danke, Gentlemen.«

»Lasst uns die Fesseln abnehmen.« Selbst jetzt klang es, als zitiere der Mann die Schrift. »Wir wollen Sie ansehen.« Will fühlte, wie sich Hände an seinen Handgelenken zu schaffen machten. Dann war er frei. Und endlich wurde ihm auch die Augenbinde abgenommen. Helles Licht flutete ihm entgegen. Gott sei Dank, dachte er. Es war noch Tag.

»Gentlemen, lassen Sie uns bitte allein.«

Vor ihm, an einem schlichten Hotelzimmerschreibtisch, saß der Mann, den Will schon gesehen hatte. Er strahlte den Glanz eines Großstadtvikars aus, ein wohlwollendes Gutmenschentum, wie Will es einst in der Christian Union in Oxford gesehen hatte.

»Sind Sie der Apostel?« Will zuckte zusammen; das Sprechen ließ ein schmerzhaftes Vibrieren durch seine Wirbelsäule und seinen ganzen Körper schießen.

»Ich hatte gehofft, Ihr Leiden werde nachlassen. Wir haben Ihre Wunden mit großer Sorgfalt verbunden.«

Will sah erst jetzt, dass seine Arme und Beine und sogar seine Brust mit Pflastern und Verbänden bedeckt waren.

»Ich bitte Sie um Verzeihung für die etwas grobe Behandlung, die Ihnen zuteil geworden ist. ›Aber den Elenden wird er in seinem Elend erretten und dem Armen das Ohr öffnen in der Trübsal.‹ Buch Hiob.«

»Sie haben meine Frage nicht beantwortet. Sind Sie der Apostel?«

Ein bescheidenes Lächeln. »Nein, ich bin nicht der Apostel. Ich diene ihm nur.«

»Ich will mit ihm sprechen.«

»Und warum sollte ich Ihnen das erlauben?«

»Weil ich weiß, was er vorhat. Was Sie alle vorhaben. Und ich werde zur Polizei gehen.«

»Aber ich fürchte, das wird nicht möglich sein. Der Apostel empfängt niemanden.«

»Tja, wenn das so ist ... Die Polizei wird sicher mit großem Interesse hören, was ich weiß.«

»Und was genau wissen Sie, Mr. Monroe?«

Die schmallippige Ruhe des Mannes trieb Will zur Raserei. Er machte ein paar Schritte vorwärts, aber bei jeder Bewegung taten ihm die Beine weh. »Ich werde Ihnen sagen, was ich weiß. Ich weiß, dass die Juden glauben, es gebe zu jeder Zeit sechsunddreißig Gerechte auf der Welt. Und solange diese Menschen leben, kann der Welt nichts geschehen. Ich weiß, dass in den letzten paar Tagen mehrere Leute eines geheimnisvollen Todes gestorben sind. Ermordet wurden, genauer gesagt. Einer in Montana, einer, vielleicht zwei, in New York. Einer in London, und Gott weiß, wo noch. Und ich habe den starken Verdacht, dass Ihre Gruppe dahinter steckt.«

»Ich glaube nicht, dass ein ›starker Verdacht‹ sehr viel Eindruck machen wird, Mr. Monroe. Nicht, wenn er von einem Mann kommt, der selbst noch vor wenigen Stunden in Polizeihaft war.«

Woher zum Teufel wusste er das? Hatte dieser Kult seine Leute überall?

Und was noch schlimmer war: Dieser Vikar hatte Recht. Will hatte nichts in der Hand – nichts als wilde Spekulationen. Er besaß keine Beweise gegen diesen Kerl oder gegen den so genannten Apostel, dem er diente. Er merkte, wie seine Schultern nach unten sackten.

»Aber nehmen wir an, Ihre Theorie sei zutreffend. Rein

hypothetisch gesprochen, natürlich.« Der Mann zwirbelte einen Bleistift zwischen den Fingern, ließ ihn von einer Hand in die andere fallen. Will fragte sich, ob er nervös war. In sanfterem Ton fuhr er fort. »Nehmen wir an, es gebe einen solchen Versuch, die Sechsunddreißig zu identifizieren und sie … zur letzten Ruhe zu betten. Und nehmen wir an, eine heilige Gruppe sei daran beteiligt. Ich habe den starken Verdacht, um Ihre eigenen Worte zu benutzen, dass Sie die göttliche Verpflichtung hätten, dieser Gruppe aus dem Weg zu gehen, meinen Sie nicht auch? Ich denke, Sie könnten die Wunden in Ihrem Fleisch dann als eine Art Zeichen betrachten. Als Warnung, wenn Sie wollen.«

»Drohen Sie mir damit, mich umzubringen?«

»Nein, natürlich nicht. Nichts derart Plumpes. Ich drohe Ihnen mit etwas sehr viel Schlimmerem.«

Will spürte eine Eiseskälte in diesem Mann, die ihn erschreckte. »Mit etwas Schlimmerem?«

»Ich drohe Ihnen mit der Realität der heiligsten Lehren, die die Menschheit je empfangen hat. Die Stunde der Erlösung steht bevor, Mr. Monroe. Das Heil kommt zu jenen, die diese Stunde ermöglicht haben. Diejenigen aber, die sie zu verzögern und die göttliche Verheißung zu vereiteln suchen, deren Seelen werden Qualen leiden in alle Ewigkeit. Da sind tausend Jahre wie ein Tag – und es wird tausend Tage geben, und immer wieder tausend danach. Also überlegen Sie es sich genau, Mr. Monroe. Stellen Sie sich dem Herrn nicht in den Weg. Helfen Sie nicht denen, die sich gegen Ihn stellen wollen. Versuchen Sie lieber, den Weg zu erleuchten.«

Will hatte noch längst nicht verdaut, was der Mann da sagte, als er begriff, dass die Unterredung zu Ende war. Wieder packte ihn jemand von hinten bei den Armen, und die Augenbinde wurde ihm wieder angelegt. Er wurde aus dem Zimmer und in einen Aufzug geführt, in einen Lieferantenaufzug, wie es schien. Es ging schätzungsweise fünf Stockwerke abwärts, und dann kam der Aufzug be-

bend zum Stehen. Die Tür öffnete sich, und er wurde hinausgeschoben. Als er sich die Augenbinde abgenommen hatte und sehen konnte, dass er in einer Tiefgarage stand, war er allein.

Oben vergewisserte sich der Mann, der eben noch mit Will gesprochen hatte, dass über die Sprechanlage alles laut und deutlich zu hören gewesen war. »Ich glaube, wir haben ihm genug mitgegeben«, sagte er zu dem älteren Mann am anderen Ende der Anlage.

»Ja, Sie haben es gut gemacht. Jetzt können wir nur noch warten.« Wenn Will die Stimme gehört hätte, hätte er sie erkannt.

Es war die Stimme des Apostels.

62

MONTAG, 19.12 UHR, CROWN HEIGHTS, BROOKLYN

Sie war schwarz gewesen; heute Abend war sie weiß. Die Synagoge schien zu leuchten wie Mondlicht auf dem Schnee. Es waren ebenso viele Leute da, wie Will am Freitagabend hier gesehen hatte, aber jetzt waren sie fast vollständig weiß gekleidet. Sie trugen weiße Gewänder, die aussahen wie dünne Bademäntel, über ihren schwarzen Anzügen, und statt der üblichen schwarzen Lederschuhe hatten sie weiße Sportschuhe an den Füßen. Die meisten Gebetsschals waren schneeweiß, auch die Schädelkappen derer, die keinen Hut trugen. Dicht zusammengedrängt standen sie da und beteten, ein wogendes weißes Meer.

Dies, hatte TC ihm in einem sehr kurzen Anruf aus dem Krankenhaus erklärt, war *neïla*, der Abschluss eines den ganzen Tag dauernden Marathongottesdienstes. Die Tradition verlangte, dass die Gemeinde – die seit vierundzwanzig Stunden weder Essen noch Wasser zu sich genommen hatte – zum Zeichen der Achtung vor dem Ernst des Augenblicks die ganze Zeit stand. Denn dies war die letzte Stunde des Jom Kippur, des Tags der Buße und des Gerichts. In dieser Stunde schloss sich das Tor des Himmels. Reue war unaufschiebbar dringlich. Bei TCs Beschreibung hatte Will es vor sich gesehen: In letzter Minute schlüpfte der Büßer durch den Türspalt, bevor das große Tor sich donnernd schloss. Und wer nicht bereute oder zu lange gezögert hatte, blieb draußen.

Den ganzen Tag über hatten die uralten Gesänge vieltausendstimmig durch den riesigen Saal gehallt.
Berosch Haschana jichatejvum …

Am ersten Tag des Jahres steht es geschrieben, und am Tag der Sühne wird es besiegelt. Wie viele sterben sollen, und wie viele geboren werden, wer leben und wer sterben soll, wer nach dem Maße eines Menschenlebens und wer davor …

Will spürte das Gewicht dieser Stunde, als er eintrat. Die Gesichter waren ernst wie bei einem Begräbnis; sie begrüßten einander, aber sie lächelten nicht. Die meisten hatten nur Augen für ihre Gebetbücher, während sie sich vor und zurück wiegten.

Sha'arej schamayim petach …

Öffne die Tore des Himmels … Errette uns, o Gott.

»Entschuldigung«, sagte Will und versuchte, sich durch das Gedränge zu schieben, aber es war zu voll, und er kam zu langsam voran. Er musste so schnell wie möglich zu Rabbi Freilich, wenn er noch einen Handel mit ihm schließen wollte: Er würde ihm sagen, wer es in Wahrheit auf die Gerechten abgesehen hatte, und dafür würden sie Beth freilassen. Er sah auf die Uhr. Sieben Uhr. Er hatte weniger als dreißig Minuten zum Handeln. Will hatte ausgerechnet, dass er es jetzt tun musste, solange die Bedrohung am größten war. Wenn er wartete, bis Jom Kippur zu Ende wäre, und wenn der Sechsunddreißigste unversehrt und unentdeckt bliebe, würden die Chassiden zu dem Schluss kommen, dass die Gefahr vorüber sei. Will hätte dann kein Druckmittel mehr gegen sie.

Er fragte herum. »Verzeihung, aber wissen Sie, wo Rabbi Freilich ist? Rabbi Freilich?« Die meisten ignorierten ihn. Hin und wieder deutete einer nach rechts oder links – aber seine Augen blieben dabei starr auf das Gebetbuch gerichtet oder fest geschlossen.

Es war, als wate er durch tiefes Wasser. Lauter unbekannte Gesichter. Wieder schaute er auf die Uhr: noch dreiundzwanzig Minuten.

Dann legte sich eine Hand auf seine Schulter, und ein stechender Schmerz fuhr durch seinen Rücken. Er fuhr herum und ballte verteidigungsbereit die Faust.

»Will?«

»Sandy! Sie haben mich erschreckt.«

»Was machen Sie hier?«

»Keine Zeit zum Erklären. Hören Sie, ich muss mit Rabbi Freilich sprechen. Sofort!«

Sandy antwortete nicht, aber er packte Wills Handgelenk und schleppte ihn nach rechts und dann nach hinten und um die Tische herum, an denen Will drei Tage zuvor die Männer gesehen hatte, die so eifrig studiert hatten. Dort stand, sich vor und zurück wiegend, die Augen geschlossen und das Gesicht zum Himmel gerichtet, Rabbi Freilich.

»Rabbi? Ich bin's, Will Monroe.«

Der Rabbiner senkte den Kopf und öffnete die Augen, als erwache er aus tiefem Schlaf. Er sah sehr müde aus. Als er Wills zerschundenes Gesicht sah, erschrak er.

»Rabbi, ich weiß, wer die Gerechten umbringt. Und ich weiß, warum sie es tun.«

Das Rabbi riss die Augen auf, als wolle er sagen: »Reden Sie weiter.«

»Ich sage es Ihnen, und ich sage es Ihnen sofort, solange Sie noch Zeit haben, sie aufzuhalten. Aber vorher müssen Sie etwas für mich tun. Sie müssen mich zu meiner Frau bringen. Auf der Stelle.«

Freilich zog die Stirn kraus. Er nahm die Brille ab und rieb sich die Nasenwurzel. Ein Blick auf die Uhr: noch zwanzig Minuten. Will sah, dass der Rabbiner die Möglichkeiten gegeneinander abwog.

»Also gut«, sagte er schließlich, aber er machte ein gequältes Gesicht. »Kommen Sie mit.«

Zum Ausgang der *schul* kam man leichter als hinein; die Menge teilte sich ehrerbietig vor dem Rabbiner, auch wenn sein ramponierter Begleiter ein paar neugierige Blicke auf sich zog.

Sie traten hinaus in die Abenddämmerung. Gebete erfüllten die Luft. Der Rabbiner ging schnell; er bog in die Kingston Avenue ein, und wieder sah Will auf die Uhr: noch vierzehn Minuten. Bei jedem Schritt taten ihm die Beine weh, aber er rannte fast.

Vor einem kleinen Brownstone-Haus blieb der Rabbi stehen.

»Sind wir da?«

»Ja, wir sind da.«

Will konnte es kaum glauben. Die Synagoge lag gleich um die Ecke; er musste ein paar Mal an diesem Haus vorbeigegangen sein. So nah war er bei Beth gewesen, ohne es zu ahnen.

Er bekam Herzklopfen. So viel war geschehen, dass er das Gefühl hatte, eine Ewigkeit sei vergangen, seit er seine Frau das letzte Mal gesehen hatte. Die Sehnsucht, sie in den Armen zu halten, war so heftig, dass er sie kaum noch im Zaum halten konnte.

Der Rabbi klopfte an die Tür. Eine Frauenstimme rief etwas in einer Sprache, die Will nicht verstand. Was der Rabbi erwiderte, hielt er für ein Passwort auf Jiddisch.

Die Tür öffnete sich. Die Frau war Mitte dreißig, und sie trug ein Twinset, wie seine Mutter es vielleicht vor zwanzig Jahren getragen hatte. Ihr Haar war geschnitten wie bei allen Frauen in Crown Heights; es sah aus wie eine Perücke. Will seufzte; ihm wurde plötzlich klar, dass er damit gerechnet hatte, Beth zu sehen.

»Dos is ihr man. Bring zie ahehr, biteh«, sagte der Rabbi.

Die Frau verschwand nach oben. Türen wurden geöffnet, und dann hörte er Schritte.

Er drehte sich um und sah einen langen dunklen Rock auf der Treppe. Wieder war er enttäuscht. Aber als die Frau näher kam, erkannte er die Hüften, die Körperhaltung. Und dann sah er ihr Gesicht.

Die Tränen schossen ihm in die Augen, als er sie sah. Erst in diesem Moment spürte er, wie sehr er sie mit jeder Faser seines Körpers vermisst hatte. Er sprang die beiden untersten Stufen hinauf und umarmte sie gleich auf der Treppe. Die Tränen ließen alles verschwimmen, und er konnte ihr Gesicht nicht deutlich erkennen, aber als er sie in den Armen hielt, spürte er, wie sie zitterte, und er wusste, dass sie gleichfalls weinte. Keiner von ihnen brachte ein Wort heraus. Er drückte sie fest an sich, aber sie war immer noch nicht nah genug. Nichts durfte mehr zwischen ihnen sein.

Endlich löste er sich von Beth, und erst jetzt konnte er sie wirklich sehen. Sie blickte zu ihm auf, und in ihren Augen lag eine Scheu, wie er sie noch nie bei ihr gesehen hatte. Es war keine Schamhaftigkeit, sondern etwas anderes – es war Ehrfurcht, Ehrfurcht vor der Unermesslichkeit ihrer Liebe zueinander.

Endlich sagte sie unter Tränen: »Siehst du, ich hab es dir gesagt. Ich sagte, dass ich an dich glaube. So wie in dem Song, Will. Ich wusste, du würdest mich finden. Ich wusste es. Und jetzt bist du da.«

Er barg ihren Kopf an seiner Schulter, und sie hielten sich fest umklammert und wussten nichts von der Frau, wussten nichts von Rabbi Freilich, der unten an der Treppe stand, wussten nicht, dass auch diesen beiden die Tränen kamen, als sie sahen, wie das Paar sich endlich wieder in den Armen hielt.

»Mr. Monroe, es tut mir Leid.« Der Rabbi räusperte sich. »Mr. Monroe?«

»Ja«, sagte Will und wischte sich mit der Manschette seines Hemdes die Tränen von den Wangen. »Ja, natürlich.« Er wandte sich an Beth. »Haben sie dir erzählt, was –«

»Sie weiß nichts«, unterbrach der Rabbi. »Und wir haben jetzt keine Zeit mehr. Bitte.«

Will wusste nicht, wo er anfangen sollte. Eine winzige christliche Sekte, die glaubte, sie habe die Lehren und biblischen Verheißungen des Judentums geerbt, einschließlich der Geschichte der *Lamedvav*. Die die inbrünstige Messias-Erwartung von Crown Heights mitbekommen hatte, in die chassidischen Computernetzwerke eingedrungen war und schließlich die Identität der sechsunddreißig Gerechten entdeckt hatte. Die daraufhin ihre Handlanger auf der ganzen Welt ausgesandt hatte, um sie zu ermorden, einen nach dem andern – und zwar genau in den Tagen der Ehrfurcht, den zehn Tagen der Buße. »Und die«, endete Will, »sind in zwölf Minuten zu Ende.«

»Aber warum das alles?«

»Ich weiß es nicht genau. In diesem Gottesdienst hat der Apostel alles erklärt, aber da bekam ich einen Schlag auf den Kopf. Er und der andere Mann, der jüngere, redeten von Erlösung, vom Gericht und vom Heil, aber das alles ergab keinen rechten Sinn für mich. Es tut mir Leid.« Will sah Beth an und nahm ihre Hand. Sie machte ein ratloses Gesicht.

»Kann mir irgendjemand sagen, was hier los ist?«

Niemand antwortete. Will schüttelte kurz den Kopf. *Keine Zeit. Später.*

Rabbi Freilich hatte sich auf einen Stuhl gesetzt und strich sich gedankenverloren den Bart. »Sie haben diese Leute mit eigenen Augen gesehen?«

»Vor einer Stunde war ich bei ihnen. Sie sind hier in New York. Ich bin fest davon überzeugt, dass sie es sind. Und ich bin davon überzeugt, dass sie hier sind, um ihr Komplott zu Ende zu bringen. Der Apostel hat gesagt, das ›letzte Wissen‹ fehlt ihnen noch. Ich glaube, sie wissen immer noch nicht, wer der sechsunddreißigste Gerechte ist. Aber sie sind entschlossen, ihn zu finden – und zu töten. Sie müssen ihn beschützen. Wo ist er? Ist er in Sicherheit?«

»Er ist am sichersten Ort der Welt.«

»Sie müssen mir sagen, wo. Sonst ist nicht garantiert, dass sie ihn nicht finden.«

Rabbi Freilich sah auf die Uhr und gestattete sich ein leises Lächeln. »Er ist hier.«

63

MONTAG, 19.28 UHR, CROWN HEIGHTS, BROOKLYN

Die Gesänge des *neïlah* wehten herein; nicht nur von der Synagoge, sondern aus den Häusern der ganzen Straße erklangen die inbrünstigen Gebete zum Höhepunkt des heiligsten Tages im Jahr.

»Hier?«, wiederholte Will. »Sie meinen …« Er starrte Rabbi Freilich an.

»Nein, Will, nicht ich.«

Will sah sich um. Sonst war niemand da, kein anderer Mann im Haus. Sein Magen krampfte sich zusammen. War es denkbar? »Nein, das kann nicht sein. Sie wollen doch nicht sagen –«

»Nein, Will.« Das Lächeln des Rabbi wurde breiter. »Sie sind es auch nicht.«

Und dann deutete er mit einer kaum merklichen Neigung des Kopfes auf Beth.

»Beth? Aber ich dachte, die Sechsunddreißig wären lauter Männer. Sie haben mir gesagt, es sind Männer!«

»Es sind Männer. Und Ihre Frau trägt den sechsunddreißigsten in ihrem Leib. Sie ist schwanger mit einem Jungen, Will.«

»Das muss ein Irrtum sein. Wir versuchen seit –« Will brach ab, als er Beths Gesicht sah. Sie lachte und weinte zugleich.

»Es ist wahr, Will. Ich bin endlich dazu gekommen, den Test zu benutzen, den ich seit Ewigkeiten in der Handtasche mit mir herumtrage. Und es stimmt. Wir bekommen ein Baby, Will.«

»Sehen Sie, Ihre Frau wusste nicht, dass sie schwanger ist«, sagte der Rabbi. »Aber die Thora wusste es. Die Thora hat es uns gesagt. Es war die letzte Botschaft des Rebbe, die er in den Stunden seines Todes an Josef Jitzhok sandte. Zunächst hat es niemand verstanden, aber seine letzten Worte führten uns zum sechsunddreißigsten Vers – aus dem Buch Genesis, dem Buch des Neuen Anfangs. Die Botschaft war nicht wie die anderen – nicht festgehalten in den Aufsätzen und Predigten des Rebbe, nicht in den Computern. Aber wir zählten die Buchstaben in der üblichen Weise und erhielten einen Ort: Ihre Wohnung. Zuerst nahmen wir an, dass Sie der *Zaddik* sein mussten. Aber dann untersuchte Josef Jitzhok die Worte selbst noch einmal genauer. Dieser Vers – der zehnte des achtzehnten Kapitels – beschreibt den Moment, an dem Gott zu Abraham spricht und ihm sagt, dass Sarah einen Sohn haben wird. Sie war so lange kinderlos geblieben, aber nun sollte sie ein Kind bekommen. Josef Jitzhok verstand, was der Rebbe uns sagen wollte. Wir sollten uns nicht um Sie kümmern, sondern um Ihre Frau. Wir haben den Verborgenen unter den Verborgenen gefunden, Will. Und er ist Ihr Sohn.«

Will zog Beth an sich. Aber als er sie umarmte und küsste, spürte er plötzlich, wie etwas durch seine Verbände in seine Brust drückte. Es überlief ihn plötzlich eisig. Die Worte des Vikars klangen ihm in den Ohren. *Wir haben Ihre Wunden verbunden. Ich hoffe, Ihr Leiden lässt nach.*

Will riss sich das Hemd auf, zerrte an den Verbänden darunter. Er verfluchte sich. Wie hatte er so dumm sein können? Er war dem Drehbuch gefolgt, das der Vikar für ihn geschrieben hatte! *Versuchen Sie, den Weg zu erleuchten* – und genau das hatte er getan. Und richtig, da war es, mit Pflaster an seiner Brust befestigt: ein Drähtchen mit einem Mikrophon an einem Ende und einem winzigen Sender am anderen.

Eine Sekunde später, vielleicht zwei, brachen sie durch die Tür. Krachend flog sie gegen die Wand, und in der wirbelnden Bewegung sah Will nur zwei Dinge klar und deutlich: ein Paar laserblaue Augen und einen Pistolenlauf mit einem Schalldämpfer. Instinktiv, ohne nachzudenken, stellte er sich schützend vor Beth. Er warf einen hastigen Blick auf die Uhr. Noch neun Minuten.

Rabbi Freilich und die Frau des Hauses erstarrten. Laserauge würdigte sie kaum eines Blickes.

»Danke, William. Du hast getan, worum wir dich gebeten haben.«

Das war nicht Laserauge. Die Stimme gehörte der Gestalt hinter ihm, die jetzt hereinkam. Ihr Klang durchflutete sein Gehirn. Er begriff, dass er dem Oberhaupt der Kirche des Wiedergeborenen Jesus gegenüberstand, dem Mann, der verantwortlich war für den Mord an fünfunddreißig der besten Menschen auf Erden, dem Mann, der nicht weniger herbeiführen wollte als das Ende der Welt. Und das Gesicht, das er vor sich sah, kannte er, solange er denken konnte.

64

MONTAG, 19.31 UHR, CROWN HEIGHTS, BROOKLYN

»Hallo, William.«

Das Herz schlug ihm bis in die Ohren. Das Zimmer schien sich zu drehen. Beth, die sich hinter ihn duckte, schrie auf und packte seine Hand. Rabbi Freilich, die Frau – alle waren starr vor Schrecken.

»Was? Was machst du … Ich verstehe nicht …«

»Ich kann es dir nicht verdenken, Will. Wie könntest du es auch verstehen? Ich habe es dir niemals erklärt. Auch deiner Mutter nicht. Nicht so, dass sie es hätte verstehen können.«

»Aber ich … ich …«, stammelte Will sinnlos. »Du bist doch mein Vater.«

»Das bin ich, Will. Aber ich bin auch das Oberhaupt dieser Bewegung. Ich bin der Apostel. Und du hast uns soeben den größten denkbaren Dienst erwiesen. Ich wusste, dass du es tun würdest. Du hast uns zum letzten der Gerechten geführt. Schon dafür hast du einen Platz in der kommenden Welt verdient.«

Will blinzelte wie ein Fliehender, der sich von Scheinwerfern erfasst sieht. Er begriff nichts von dem, was er sah und hörte.

Sein Vater. Wie konnte sein Vater, ein Mann des Rechts und der Gerechtigkeit, der Architekt so vieler grausamer und unnötiger Mordtaten sein? Glaubte sein Vater, dieser strenge Rationalist, tatsächlich an die Ersetzungstheologie und an all dieses Zeug über Gottes auserwähltes Volk und das Ende der Welt? Natürlich, er musste daran glauben – aber wie hatte er es all die Jahre verbergen und die Welt glauben machen können, er sei ein Mann, der keinen anderen Gott kannte als das Gesetz und die Verfassung der Vereinigten Staaten? Hatte sein Vater wirklich den Plan entworfen, drei Dutzend gute Menschen, die letzte Hoffnung der Menschheit, zu erwürgen und zu erschießen?

Ein Bild schoss ihm durch den Kopf, ein Gesicht, das er seit Jahren nicht mehr gesehen hatte. Es war seine Großmutter, die in ihrem Garten in England den Tee servierte. Die Sonne schien, aber er sah nur ihren Mund, der die Worte sprach, die ihn seitdem nie wieder losgelassen hatten. *Seine andere große Leidenschaft.* Das also war es gewesen. Das war die Macht, die sich zwischen seine Eltern geschoben hatte, als sie beide noch so jung waren. Keine andere Frau, nicht einmal die Hingabe seines Vaters an das Recht. Es war sein Glaube gewesen. Sein Fanatismus.

Will hatte tausend Fragen, aber er stellte nur eine.

»Du wusstest die ganze Zeit über Beth Bescheid?« Er schlang die Arme nach hinten und beschirmte Beth nach beiden Seiten.

»Oh, damit hatte ich nichts zu tun, William. Das geschah ganz allein auf Initiative deiner jüdischen Freunde.« Monroe Sr. deutete auf Rabbi Freilich. »Aber als du mir sagtest, Beth sei entführt worden, hatte ich natürlich schon einen Verdacht. Und als du ihre Entführer in Crown Heights aufgespürt hattest, war ich sicher. Ich habe eine Weile gebraucht, um es mir zu erklären. Zunächst habe ich mich gefragt, ob sie dich damit von der Arbeit an deiner Story abbringen wollten. Du hast deine Sache so gut gemacht. Zuerst Howard Macrae, dann Pat Baxter – es sah aus, als würdest du alles aufdecken. Aber dann wurde mir klar, die Chassiden hatten Beth nicht entführt, weil sie dich stoppen wollten. Das hätte keinen Sinn ergeben. Sie hatten sie entführt, um *mich* zu stoppen. Und dafür konnte es nur eine Erklärung geben: Sie mussten sie schützen, weil sie selbst jemanden schützte – nämlich den sechsunddreißigsten Gerechten.«

»Du wusstest, was vorging, aber du hast mir nicht geholfen, du hast nicht –«

»Nein, William. Ich wollte, dass du *mir* hilfst. Ich wusste, du würdest keine Ruhe geben, bis du Beth gefunden hättest, und dabei würdest du uns zu ihr führen. Und ich hatte Recht.«

Will hatte Mühe, stehen zu bleiben. Das Zimmer drehte sich um ihn. Alle Luft wich aus seiner Lunge. Er brachte kaum ein Wort hervor. »Das ist Wahnsinn.«

»Du glaubst, es ist Wahnsinn, ja? Hast du denn die leiseste Ahnung, was hier vorgeht?«

»Ich glaube, ihr ermordet die Gerechten der Erde.«

»Nun, so würde ich es nicht ausdrücken, William. So ganz sicher nicht. Aber ich möchte, dass du deinen Blick weitest, damit du das ganze Bild erfassen kannst.« Er sprach in einem Tonfall, den Will noch nie gehört hatte, jedenfalls nicht bis vor einer Stunde. Es war der Ton eines strengen Lehrers, der Gehorsam erwartete. Die elektronische Verzerrung in der Kapelle des Kongressgebäudes hatte diesen Ton nicht überlagern können: Es war die Autorität des Apostels.

»Weißt du, das Christentum versteht, was das Judentum nie verstehen konnte. Was die Juden hartnäckig nicht verstehen *wollten*. Sie sahen nicht, was sie vor Augen hatten! Sie glaubten, solange die sechsunddreißig Gerechten auf der Welt seien, sei alles gut. Die Vorstellung gab ihnen Trost. Sie begriffen ihre wahre Macht nicht.«

»Und was ist ihre wahre Macht?«, fragte Rabbi Freilich.

»Wenn diese sechsunddreißig Männer die Welt aufrecht halten, muss auch das Gegenteil wahr sein! Dass die Welt nicht mehr besteht, wenn die Sechsunddreißig nicht mehr da sind.« Monroe Sr. wandte sich wieder an seinen Sohn.

»Siehst du, das interessierte die Juden nicht. Sie dachten, wenn die Welt zu Ende geht, dann war's das. Es wäre das Ende: Tod, Zerstörung, das Ende der Geschichte. Aber das Christentum lehrt uns etwas anderes, nicht wahr, William? Etwas Glorreiches und Unendliches! Denn wir Christen sind gesegnet mit heiligem Wissen: Wir wissen, dass das Ende der Welt die letzte Abrechnung mit sich bringt. Und jetzt stellen wir fest, dass wir es ganz einfach herbeiführen können, wenn wir nur dem Leben von sechsunddreißig Menschen ein Ende machen.

Und wenn wir das tun können, bevor die zehn Tage der Buße zu Ende sind, kommt wahrhaftig der Tag des Jüngsten Gerichts. So einfach und so wunderbar.«

Will konnte nicht fassen, dass diese Worte aus dem Munde seines Vaters kamen. Sie passten nicht zu ihm – es sah aus, als sei er die Bauchrednerpuppe eines Fremden. Entsetzt begriff er, dass dies vielleicht der wahre William Monroe war. Vielleicht gab es den Mann, den er gekannt hatte, gar nicht. Will zwang sich zum Sprechen.

»Und warum wollt ihr den Tag des Jüngsten Gerichts herbeiführen? Warum wollt ihr die letzte Abrechnung?«

»Ich bitte dich, William. Stell dich nicht dumm. Jeder Sonntagsschüler der ganzen Christenheit kennt die Antwort auf diese Frage. Sie steht in der Offenbarung des Johannes. Das Ende der Welt bringt uns die Rückkehr Christi, des Erlösers.«

»Ihr wollt Christus in die Welt bringen, indem ihr sechsunddreißig Unschuldige ermordet?« Will war bewusst, dass die Pistole auf ihn gerichtet war. »Und diese Männer waren nicht nur einfach unschuldig. Sie waren bemerkenswert gute Menschen. Das weiß ich.«

»Schau mich nicht an, als wäre ich ein gemeiner Mörder, William. Du musst doch sehen, wie genial dieser Plan ist. Nur sechsunddreißig. Sechsunddreißig Männer müssen sterben. Lies die Heilige Schrift, mein Sohn. Es steht geschrieben, dass Millionen ihr Leben in der Schlacht von Armageddon verlieren müssen, in der letzten großen Feuersbrunst vor der Wiederkunft Christi. Meere von Blut, und Tote türmen sich auf Tote. ›Und alle Inseln entflohen, und keine Berge wurden gefunden.‹

Aber so kann das alles vermieden werden. Es eröffnet den Weg in ein neues Paradies, einen Weg, der nicht von Gebeinen übersät und von Tränen getränkt ist.« Wills Vater schloss die Augen. »Es ist ein gerechter, friedlicher Weg, den Himmel auf Erden herbeizuführen. Denk nach, William: Kein Leid mehr, kein Blutvergießen. Der Tag des Messias, herbeigeführt durch das Opfer von sechsunddreißig Seelen. Weniger, als in einer Minute auf unseren Straßen sterben, weniger, als unnötigerweise durch Brandkatastrophen und Zugunglücke ums Leben kommen. Und deren Tod ist umsonst. Aber diese hier – sie geben ihr Leben, damit die übrige Menschheit ewig leben kann. Im Paradies. Ist es nicht genau das, was die Gerechten gewollt hätten?

Und es waren keine brutalen Morde, William. Jeder von ihnen wurde mit Liebe und Respekt vor seiner von Gott gesegneten Seele getötet. Sie bekamen ein Betäubungsmittel, damit sie keine Schmerzen litten. Natürlich mussten wir unsere Taten manchmal tarnen. Und manchmal bedeutete das ein gewaltsameres Ende, als uns lieb war.«

Will dachte an Howard Macrae, auf den sie wieder und wieder eingestochen hatten, damit sein Tod aussah wie ein Bandenmord.

»Aber wir haben versucht, allen ein möglichst hohes Maß an Würde zu lassen.«

Will dachte an die Decke, mit der sie Macraes Leiche zugedeckt hatten. Die Frau, die er vor tausend Jahren in Brownsville interviewt hatte – Rosa –, war sicher gewesen, dass dies nur einer getan haben konnte, nämlich der Mörder selbst, und sie hatte Recht gehabt.

Sein Vater sprach noch immer. Seine Stimme klang jetzt

sanfter. »Stell es dir vor, William. Lass die Vorstellung zu. Eine Welt ohne Krieg. Eine Welt des Friedens und der Heiterkeit, nicht nur heute und nicht nur nächste Woche, sondern in Ewigkeit. Und sie könnte Wirklichkeit werden – nicht durch das Opfer von Millionen, sondern durch das von drei Dutzend Gerechten. Wenn du das bewirken könntest, William, würdest du es dann nicht tun? Würdest du es nicht tun *müssen*?«

Der Apostel beendete seine Predigt und ließ seine Worte im Raum stehen. Will schmerzte der Kopf. All diese Reden über das Ende der Zeiten, die Wiederkunft Christi, über Erlösung und Armageddon – es war zu ungeheuerlich. Es schien ihn zu verschlingen. Aus dem Nichts stieg ein neues Bild aus der Vergangenheit in ihm auf: Er war sechs Jahre alt und sprang über die Brandungswellen am Strand in den Hamptons, fest an der Hand seines Vaters. Jetzt war die Hand nicht mehr da.

Sein rationaler Verstand sagte ihm, dass sein Vater dem Wahnsinn verfallen sein musste. Wie lange das schon der Fall war, wusste Will nicht. Vielleicht hatte es schon angefangen, als er sich in Yale diesem Jim Johnson angeschlossen hatte. Aber es war Wahnsinn. Ein internationaler Massenmord, um das Ende der Welt heraufzubeschwören? Um Jesus zurückzubringen? Reiner Irrsinn.

Aber eine andere innere Stimme ließ ihm keine Ruhe. Es klang verrückt, ja, aber die Indizien waren kaum zu widerlegen. Die Chassiden von Crown Heights sehnten sich nach dem Messias, ebenso wie die Christen auf der ganzen Welt. Konnten sich Hunderte Millionen Menschen irren? Eine Welt ohne Gewalt und Krankheit, eine Welt des Friedens und des ewigen Lebens. Sein Vater war ein kluger und ernsthafter Mann, und Will kannte niemanden, dessen Verstand und Geistesschärfe beeindruckender war. Wenn er an die Wahrheit dieser Prophezeiung glaubte, wenn er glaubte, dass dies alles wirklich den Himmel auf Erden bringen würde – war es nicht nackte Arroganz, wenn Will darauf beharrte, es besser zu wissen?

Außerdem war es nun zu spät, um die Gerechten noch zu retten. Zumindest fünfunddreißig von ihnen waren tot. Dieser Schaden war nicht mehr gutzumachen. Und der Geheimcode in uralten Texten – mit dem man diese Gerechten gefunden hatte, indem man Ziffern in Zahlen und Zahlen in Koordinaten auf der Landkarte verwandelte – all das klang verrückt, aber es hatte sich bestätigt. Diese Männer waren in der Tat die Gerechten gewesen. Will hatte es selbst erkannt. Wie konnte er so sicher sein, dass er Recht hatte und nicht sein Vater?

Plötzlich deutete Laserauge auf seine Uhr und drängte Monroe Sr. zur Eile. »Ja, ja. Mein Freund hat Recht. Wir haben so wenig Zeit. Will, ich muss dir noch etwas sagen. Du musst wissen, wie ich darauf gekommen bin, dass Beth die Mutter eines *Zaddik* ist.«

Will zuckte zusammen. Das Wort klang seltsam und unnatürlich aus dem Mund seines Vaters.

»Ich habe erkannt, wie wunderschön es ist. Ich habe das *Muster* gesehen. Siehst du es nicht auch, Will? Nichts von all dem ist Zufall. Nichts. Nicht die Storys, die du für deine Zeitung geschrieben hast, nicht das hier.« Er deutete auf Beth. »Nicht du, nicht ich. Es ist alles kein Zufall. Der Rabbi kann uns mehr darüber sagen. Sie würden es *beschert* nennen, nicht wahr, Rabbi? Es sollte so sein. Es ist die Bestimmung.

Unsere Zeit geht zu Ende, William. Und es wird Zeit, dass du deiner Bestimmung ins Auge siehst. Du bist für die heiligste Rolle ausersehen. Siehst du, wie vollkommen es ist? Gott will, dass es endet, wie alles begann. Es begann mit Abraham und Gottes Wunsch an ihn. Du weißt, was Gott von Abraham wollte, nicht wahr, William?«

Will schluckte, und eiskalt strömte die Erkenntnis durch seine Adern. Seine Zunge schien am Gaumen zu kleben. »Er sollte seinen Sohn opfern.«

»Ganz recht.« Monroe Sr. wandte sich an den blauäugigen Mann, und dieser zog plötzlich ein langes, blitzendes Messer hervor. Wills Vater nahm es behutsam entgegen, respektvoll fast.

»Darum musst du es sein, William. Abraham war bereit, seinen geliebten Sohn Isaak zu töten, nur um seinen Glauben unter Beweis zu stellen. Aber ich bitte dich nun, dich zu opfern für alle Menschen, die jemals gelebt haben. Lass sie alle wieder auferstehen, William! Lass das Reich Gottes beginnen auf Erden!«

Will fuhr die Wut durch alle Glieder. »Und das würdest du tun, Dad? Du würdest deinen eigenen Sohn ermorden? Du würdest mich ermorden, um das Ende der Welt herbeizuführen?«

»Ohne zu zögern.«

Will musste sich setzen. Ihm war schwindlig.

Am Rande seines Gesichtsfelds sah er plötzlich eine verschwommene Bewegung. Es war die Frau, die sich mit einem Stock auf Laserauge stürzte. Will sah, dass es eine Strebe aus dem Treppengeländer war, die sie anscheinend herausgezogen hatte. Fast ohne sich umzudrehen, richtete der Mann seine Waffe auf die Frau und schoss zweimal. Blut und Knochensplitter sprühten durch die Luft. Ein, zwei Sekunden lang war es völlig still. Dann hörte und fühlte Will seine Frau hinter sich. Sie stöhnte, und seine eigenen Hände zitterten.

»Wir müssen schnell handeln, William. Es darf keine Verzögerung mehr geben. Der Allmächtige hat den Zeitpunkt bestimmt und sogar die Person, die diesen letzten Schritt tun muss. Der Zeitpunkt ist jetzt, und die Person bist du.«

Will schätzte, dass ihnen höchstens noch zwei Minuten blieben. Draußen hörte er einen anschwellenden Chor von Stimmen.

Avinu Malkenu Chatmenu besefer hachaim …
Unser Vater, unser König, besiegle uns im Buch des Lebens …

Die Eindringlichkeit ihres Flehens war unüberhörbar, obwohl es gedämpft durch die Wände klang. Er verstand die Worte nicht und wusste doch, was sie bedeuteten. Sie beteten in der neunundfünfzigsten Minute der elften Stunde um Erlösung.

Die Messerklinge blitzte so hell und wild wie das Feuer im Auge seines Vaters. Trotzdem klang Monroe Sr. ruhig und gelassen, als er sagte: »Nimm dieses Messer, Will, und tu, was richtig ist. Tu, was Gott dir befohlen hat. Die Zeit dazu ist gekommen.«

Will sah zu dem Rabbiner hinüber, der jetzt endlich erbost das Wort ergriff. Sein Gesicht war bespritzt mit dem Blut der Frau, die vor seinen Augen ermordet worden war, und er wirkte atemlos. »Ihr Vater hat Recht, Will. Dies ist der Augenblick, in dem Sie handeln müssen. Gott in Seiner Weisheit hat uns allen einen freien Willen gegeben. Er lässt uns die Wahl. Und jetzt haben Sie die Wahl. Sie müssen entscheiden, was Sie tun wollen.«

Will warf einen letzten Blick auf die Uhr. Wenn er noch ein paar Augenblicke herausschinden könnte …

Aber die nächste Sekunde nahm ihm die Entscheidung ab. »Genug geredet!«, rief Laserauge, richtete seine Pistole auf Wills Leib und kniff ein Auge zu, um genau zu zielen. Aber Will sah, dass er gar nicht das eigentliche Ziel war: Der Mörder wollte Beth und das Baby in ihrem Leib erschießen.

Hilflos riss er die Hände hoch. »Nein!« Aber das Wort kam kaum über seine Lippen, und im nächsten Moment wurde er zur Seite gestoßen. Als er zu Boden stürzte, hörte er einen Schuss, dann noch einen – und er sah Rabbi Freilich fallen, ja, fliegen. Der Rabbiner war aufgesprungen, hatte Will aus dem Weg gestoßen und Beth mit seinem Körper gedeckt. Er hatte seine eigene Entscheidung getroffen und die Kugeln, die für Wills ungeborenen Sohn bestimmt waren, mit seinem Körper aufgefangen.

Will nutzte den Augenblick, um sich auf Laserauge zu stürzen und nach der Pistole in seiner Hand zu greifen. Der Mann drückte ab, aber er hatte das Gleichgewicht verloren, und die Kugel zerschmetterte das Fenster zur Straße. Will musste ihm die Waffe abnehmen. Aber jetzt sah er, wie sein Vater mit dem Messer in der Rechten auf den toten Rabbi Freilich zuging. Er hatte es auf Beth abgesehen.

Mit nie gekannter Kraft packte er Laserauges Arm und versuchte, ihn auf den Rücken zu drehen, wie er es beim Ringkampf in der Schule gelernt hatte. Der Mann schrie auf, und sein Griff um die Pistole lockerte sich. Will konnte einen Finger um den Kolben schieben, aber das war nicht genug. Aus dem Augenwinkel sah er, dass sein Vater den Rabbi fast beiseite gezerrt hatte – noch ein paar Sekunden, und er würde Beth das Messer in den Leib stoßen.

Will wollte Laserauge loslassen und seinem Vater in den Arm fallen, aber er wusste, dass das nichts nützen würde: er würde erschossen werden, ehe er das Zimmer durchquert hätte. Er musste die Pistole an sich bringen. Noch einmal riss er am Arm des Mannes, um ihm die Waffe zu entwinden, aber es klappte nicht. Laserauge ließ nicht los, sondern verstärkte instinktiv seinen Griff – und drückte den Abzug.

Will hörte den Schuss und sah auf seine Hände. Er erwartete, dass sie zerschossen, zerschmettert wären. Sie troffen von Blut, aber dann sah er, dass es nicht sein eigenes war: Laserauge hatte sich selbst in den Rücken geschossen.

Jetzt hatte er freie Sicht auf seinen Vater, der sich umgedreht hatte, als er den Schuss hörte. Einen Moment lang schaute er Will in die Augen. Dann wandte er sich mit hochrotem Gesicht wieder ab und schob Freilichs leblosen Körper vollends beiseite. Er hob das Messer hoch über den Kopf, um es Beth in den Leib zu stoßen.

Mit einem Satz sprang Will auf ihn los und warf ihn zu Boden – ein Rugby-Manöver, das sein Vater selbst ihm vor zwanzig Jahren beigebracht hatte. Er riss den älteren Mann zu Boden. Beth war jetzt außer Reichweite, aber Monroe Sr. hielt das Messer noch immer in der Hand. Jetzt kniete Will über ihm und starrte ihm ins Gesicht.

»Geh weg, Will«, keuchte sein Vater; seine Halsmuskeln spannten sich. »Wir haben so wenig Zeit.« Will erschrak vor der Stärke seines Vaters; nur mit äußerster Anstrengung konnte er dessen Arme an den Boden drücken und verhindern, dass sein Vater ihn von sich stieß. Und noch immer hielt er das Messer in der Hand.

Dann spürte Will einen neuen Druck. Sein Vater versuchte ihn mit den Knien wegzudrücken, und es funktionierte. Will fühlte sich zurückgedrängt. Noch ein Tritt, Will flog herunter, und sein Vater war wieder auf den Beinen. Er tat drei zielstrebige Schritte auf Beth zu, die mit dem Rücken an der Wand stand.

Will sah, wie sein Vater ausholte, um Beth die Klinge in den Bauch zu stoßen. Aber Beth hatte sein Handgelenk mit beiden Händen gepackt und drückte es mit aller Kraft zurück. Das Messer hing einen Augenblick lang reglos in der Luft, in der Schwebe gehalten vom Gleichgewicht der Kräfte zwischen dem Verlangen eines wahren Gläubigen nach dem Himmel auf Erden und der Entschlossenheit einer Mutter, ihr ungeborenes Kind zu beschützen. Die beiden Kräfte kamen sich gleich. Will erkannte, dass er das Feuer in den Augen seiner Frau schon einmal gesehen hatte: Es war dieselbe ursprüngliche Entschlossenheit, die er in seinem Traum erlebt hatte. Auch dort hatte Beth ein Kind vor einer schrecklichen Bedrohung beschützt.

Aber dann machte sich die größere Muskelkraft des Mannes bemerkbar. Seine Hand drang vor, die Messerklinge blitzte im Bogen vor Beths Bauch. Die Spitze erreichte sie – und schnitt einen tiefen Riss in den Stoff ihres Rocks.

Adrenalin strömte plötzlich durch Wills Adern, das Adrenalin der wahrhaft Verzweifelten. Er taumelte zu dem zusammengesackten Körper von Laserauge. Er bog dem Killer die Finger auf, die noch immer die Pistole umklammerten, und riss die Waffe an sich. Während er parallel zu Beth stand, zielte er genau auf den Kopf seines Vaters und drückte ab.

Epilog

SECHS MONATE SPÄTER

Will liebte das Kuchenritual im Büro. Eine Lautsprecheransage machte die Runde in der Redaktion und verkündete, dass jemand einen Geburtstag zu feiern hatte, einen entscheidenden Jahrestag oder – in den meisten Fällen – seinen Abschied.

Diese kleinen Feiern – eine kurze Rede des Ressortleiters, eine Erwiderung des Geehrten – bereiteten Will jedes Mal ein wohliges Behagen, hauptsächlich deshalb, weil er immer noch neu genug bei der *Times* war, um das Gefühl der Zugehörigkeit zu einer großartigen alten Institution zu genießen, und bei solchen Gelegenheiten war dieses Gefühl überwältigend.

»Abschied für Terry Walton – 16 Uhr 45 in der Lokalredaktion.« Es machte nichts, dass er immer noch kein Fan Waltons war – Spaß würde es trotzdem geben. Dabei hatte er ihn in den letzten Monaten gar nicht mehr gesehen; Walton war kaum noch im Haus. Vielleicht bereitete er sich auf den Ruhestand vor oder auf die Leitung einer Lokalzeitung irgendwo in Florida – oder was immer er sonst vorhaben mochte.

Sechs Monate. Ihm kam es länger vor. Alles, was in jener Woche passiert war, schien ihm lange her und weit entfernt zu sein, als wäre es auf einem fernen Planeten oder in einem anderen Zeitalter geschehen.

Er hatte viele schwere Gespräche zu führen gehabt, das schwerste mit Tom an seinem Krankenbett. Er hatte ihm erklärt, warum er die Kugel abbekommen hatte. Es gebe keinen guten Grund, hatte Tom gefolgert, von kühler Logik selbst auf der Intensivstation. Ebenso wie es keinen guten Grund dafür gebe, weshalb die Kugel sein Herz nur um eine Hand breit verfehlt und in seiner Schulter stecken geblieben sei. »Wenn ich kleiner wäre, wäre ich jetzt tot«, hatte er benommen festgestellt. »Oder größer? Aber du siehst, was ich meine? Es gibt keinen logischen Grund für das alles. In unserem Leben gibt es keine Vernunft.« Dann war er wieder eingeschlafen.

TC und Will besuchten ihn oft in jenen ersten Tagen, aber Ehrengäste waren sie beide nicht. Dieser Platz gehörte Beth. Als sie hereinkam, schenkte Tom ihr ein breites Grinsen anstelle eines wässrigen Lächelns. Sie beugte sich über ihn, umarmte ihn behutsam und sagte ihm, er habe mitgeholfen, ihr Leben und das ihres Kindes zu retten. »Gern geschehen«, sagte er.

Die Ereignisse der Nacht und der ganzen Woche hatte Will unzählige Male schildern müssen. Zuerst hatte er Polizisten und Staatsanwälten erklären müssen, er habe seinen Vater getötet, um sich selbst, seine Frau und seinen ungeborenen Sohn zu retten – was durch die kriminaltechnische Untersuchung des Hauses in Crown Heights und die nachfolgenden Ermittlungen gegen die Kirche des Wiedergeborenen Jesus bestätigt wurde. Die Polizei hatte außerdem gesehen, welches schreckliche Schicksal Rabbi Freilich und Rachel Jacobson widerfahren war. Will und Beth hatten diesen schrecklichen Abend stundenlang noch einmal durchleben und Aussage um Aussage machen müssen, und sie waren erschöpft.

Als sie allein waren, berichtete Beth ihm, wie gut sie behandelt worden war und wie mütterlich Mrs. Jacobson in diesem Haus zu ihr gewesen war; immer wieder hatte sie sich für die Entführung entschuldigt und ihr versprochen, dass sich bald alles aufklären werde. Anfangs hatte Beth Angst gehabt, dann war sie wütend gewesen, und schließlich hatte sie verzweifelt darauf gedrängt, Will mitzuteilen, dass ihr nichts zugestoßen sei. Aber keinen Augenblick lang, sagte sie, habe sie daran gezweifelt, dass sie am Leben bleiben werde. Die Chassiden hatten ihr geschworen, ihr kein Haar zu krümmen, und aus irgendeinem Grund, den sie selbst nicht verstand, hatte sie ihnen geglaubt.

Und so gingen Beth und Will gemeinsam zu den Trauerfeiern für Rabbi Freilich und Mrs. Jacobson, die, der jüdischen Tradition gemäß, sofort stattfanden, als der Gerichtsmediziner die Leichen herausgab. Riesige Menschenmengen, wohl an die dreitausend für Rabbi Freilich, versammelten sich: ein gemeinschaftlicher Ausdruck der Trauer. Erst zu diesem Zeitpunkt erfasste Will, welche Bedeutung Freilich für die Chassiden gehabt hatte: er war ihr Ersatzvater gewesen, der ihnen seit dem Tod des Rebbe den Weg gewiesen hatte.

Eine Hand voll Menschen gingen bei der Beisetzung auf Beth zu und verbeugten sich kurz, als sie näher kamen. Will begriff, dass sie nicht ihr oder ihm Respekt erwiesen, sondern dem ungeborenen Kind, das ausersehen war, einer der *Lamedvav* zu sein.

Als er ein bekanntes Gesicht erblickte, ging Will sofort auf ihn zu. »Rabbi Mandelbaum, ich möchte Sie etwas fragen.«

»Ich glaube, ich weiß schon, was Sie fragen wollen, William. Darf ich Ihnen einen Ratschlag geben? Denken Sie nicht zu viel über das nach, was wir in jener Nacht besprochen haben. Das wäre nicht gut für Sie. Und auch nicht für Ihren Sohn.«

»Aber –«

»Es sieht in der Tat so aus, als habe der Rebbe gewusst, dass Ihr Sohn eine besondere Verantwortung tragen wird, dass er einer der Gerechten sein soll. Das ist eine große Ehre. Aber die andere Sache, die wir besprochen haben, sollte man ruhen lassen.«

»Ich weiß nicht genau, ob ich Sie verstehe.«

»Nun, ich sagte Ihnen, unsere Tradition lehre uns, dass einer der *Lamedvav* der Kandidat für den Messias sei. Wenn die Zeit gekommen ist, wenn die Menschheit würdig ist, dann wird diese Person der Messias sein. Wenn die Zeit nicht reif ist, dann werden sie leben und sterben wie alle anderen.«

»Aber in den letzten Stunden des Tages der Buße war das Kind, das meine Frau in sich trug, der Letzte, der noch übrig war. All die anderen Gerechten waren ermordet–«

»Und nun ist dieser Moment vorübergegangen – und die Welt steht immer noch. Das bedeutet, dass es wieder sechsunddreißig auf der Welt gibt. Eine neue Generation von *Zaddikim*. Jeder von ihnen könnte der Kandidat sein.« Rabbi Mandelbaum sah Will direkt in die Augen. »Jeder Einzelne von ihnen.«

»Siehst du«, sagte Beth und zog ihren Mann mit sich, »wir müssen uns darum keine Gedanken machen.« Sie hatte Will ermutigt, nicht die ferne Zukunft ins Auge zu fassen, sondern über die gerade vergangenen Ereignisse nachzudenken – besonders über seinen Vater. Er habe ein dreifaches Trauma erlebt, erklärte sie ihm. Als Erstes müsse er über den Schock hinwegkommen, den er durch seine Tat davongetragen habe. Was immer Freud über ödipale Phantasien gesagt habe – den eigenen Vater zu töten, erschüttere die Psyche bis in ihre Grundfesten. Sie warnte ihren Mann: Er werde Jahre brauchen, um zu verarbeiten, was er durchgemacht habe. Zweitens, sagte sie, erlebe er die Trauer eines Sohnes. So irrsinnig die Umstände gewesen sein mochten, Will habe seinen Vater verloren, und dem müsse er ins Auge sehen. Und das Dritte – und vielleicht Schwerste – sei die Trauer um den Vater, den er zu kennen geglaubt habe. Diesen Mann hätte er verloren, selbst wenn William Monroe Sr. am Leben geblieben wäre.

In den Tagen nach jenem Abend in Crown Heights kam

es zu einer ganzen Serie von Festnahmen in der ganzen Welt; Missionare und religiöse Aktivisten von Darfur bis Bangkok wurden unter Mordanklage gestellt – und alle hatten Beziehungen zur Kirche des Wiedergeborenen Jesus. Der Verdächtige im Fall Howard Macrae erwies sich als ein Pfarrer aus der Nachbarschaft, der das Opfer seit Jahren gekannt hatte. In Darwin wurde die Seelsorgerin eines Hospizes wegen Mordes an einem Pflegehelfer vor Gericht gestellt. In Südafrika verhaftete die Polizei ein ehemaliges Starmodel, das nach dem Ende seiner Karriere in die Sekte eingetreten war: Sie hatte einen Aidsforscher ermordet, den sie am Strand kennen gelernt hatte.

Wie sich herausstellte, wusste nur eine relativ kleine Gruppe um den Mann, den die Zeitungen jetzt als den »Apostel« bezeichneten, von seinem Komplott gegen die Gerechten. Die meisten in der Gemeinschaft Christlicher Werte hatten von der Existenz dieser Gruppe nichts geahnt. Anscheinend war die Fraktion des Wiedergeborenen Jesus eine Sekte in einer Sekte gewesen. Die neue Führung der Gemeinschaft gab bekannt, man werde die Doktrin der Ersetzungstheologie »einer Revision unterziehen«, und man hoffe, dass bald alle Mitglieder »zur Linie der Mehrheit der christlichen Familien zurückkehren, die dem Judentum als einem Weg zu Gott nur Ehrfurcht und Respekt« entgegenbringe.

Townsend McDougal gab eine Erklärung heraus. Er habe seine Verbindungen zur Kirche des Wiedergeborenen Jesus vor fast einem Vierteljahrhundert abgebrochen – und er habe nicht gewusst, dass William Monroe Sr. seine geheime Beteiligung an der Sekte aufrechterhalten habe. Er habe angenommen, die Gruppe sei nach Johnsons Tod zerfallen. Er schickte Will ein Beileidsschreiben, entschuldigte sich für die Beurlaubung – »eine übereilte Entscheidung« – und teilte ihm mit, sein Schreibtisch in der Redaktion erwarte ihn, wann immer er zurückkehren wolle.

Will betrachtete die Papierstapel, die immer noch unsortiert vor ihm auf dem Tisch lagen. An seinem Telefon blinkte das Licht: zwei Nachrichten.

»Hi, Will, hier ist Tova. Ich freue mich auf heute Abend. Sag mir Bescheid, wenn ich noch irgendetwas mitbringen soll.«

Das hatte er vergessen: TC kam heute Abend zum Essen. Beth hatte alles genau geplant: Sie hatte einen hinreißenden, unverheirateten Arzt aus der Klinik und zur Tarnung noch zwei andere Singles eingeladen. Will hatte protestiert: Viel zu offensichtlich, hatte er gemeint.

Er fragte sich, wie TC auf ein solches Programm reagieren würde. Ihr Leben hatte sich in jener Woche genauso sehr verändert wie seines. Sie war – nach der Polizei – die Erste gewesen, die wenige Minuten nach dem Ende des Jom Kippur in das Haus gekommen war. Sie hatte panisch versucht, ihn telefonisch oder per SMS zu erreichen, und als er nicht geantwortet hatte, war sie geradewegs nach Crown Heights geeilt und den Blinklichtern der Polizeiwagen gefolgt. Später sagte sie zu ihm: »Ich weiß ja, dass du entschlossen warst, mich mit deiner Frau bekannt zu machen, aber dazu muss es doch einen einfacheren Weg gegeben haben.«

Will hatte gesagt, sie solle nach Hause fahren und sich ausruhen, aber sie hatte abgelehnt.

»Ich habe hier noch etwas zu erledigen«, sagte sie, als sie einander an der Straßenecke umarmten. »Es gibt ein paar Leute, die ich besuchen muss.« Umgeben von Polizisten und blitzenden Blaulichtern wünschte er ihr viel Glück.

»Ach, und – Will?«

»Ja?«

»Darf ich dich um etwas bitten? ich habe nachgedacht. Ich bin nicht mehr Tova Chaya. Aber TC klingt auch nicht nach mir, sondern eher wie eine Tarnung. Also. Nennst du mich Tova?«

Vor sechs Monaten.

»Okay, Leute. Aufgepasst.« Will Harden rief die Kollegen zur Ordnung und riss Will aus seinen Tagträumen. »Es wird Zeit, einen aus unserer Mitte hinauszuwerfen. Also versammelt euch bitte in liebevollem Gedenken an Terence Walton!«

Bald darauf hatten sich ungefähr dreißig Leute in der Lokalredaktion versammelt, und Harden ließ Waltons Karriere bei der *Times* im Galopp Revue passieren.

»Eins muss man diesem Kerl lassen: Er ist vielseitig. Er hat so ziemlich jeden Job bei dieser Zeitung schon gemacht: Polizeireporter, Politikberichterstatter, Wirtschaftsredaktion, überregionaler Redakteur, Korrespondent in New Delhi – was immer euch einfällt, er hat's gemacht. Würdet ihr glauben, dass der Typ zwei Jahre lang die Rätselseite im Magazin verantwortet hat? Hat sogar die verdammten Kreuzworträtselfragen selbst geschrieben. Und jetzt hat er beschlossen, dass er von unserer schönen Stadt die Nase voll hat und seine Talente den guten Leuten in Indien zur Verfügung stellen will. Er wird dort Journalisten ausbilden und ihnen alle seine schlechten Gewohnheiten beibringen. Aber wir sind ihm dankbar. Also erheben wir alle unseren Pappteller mit Kaufhauskuchen und sagen: Auf Terry!«

»Auf Terry!«, antwortete alles im Chor, und dann wurde nach einer Rede gerufen. Walton tat ihnen den Gefallen: Er erzählte von früheren Kollegen, von denen viele längst nicht mehr da und Will ganz unbekannt waren, und riss ein paar bissige Witze über die Geschäftsführung. Dann kam er zum Schluss.

»Wenn ich in Yale irgendetwas gelernt habe, dann das: Besser eine kurze Rede als ein langer Vortrag. Und wie sagt die Bibel? ›Brüder, die Zeit ist kurz.‹ Ich fliege noch heute Abend nach Delhi. Deshalb höre ich jetzt auf. Es war mir eine Freude und ein Privileg …«

Freundlicher Applaus brandete auf, und sogar Amy

Woodstein gestattete sich einen kurzen Jubelruf – aber vielleicht war sie auch nur erleichtert, Walton gehen zu sehen. Will machte sich über seinen Kuchen her, schüttelte seinem Schreibtischnachbarn die Hand und wünschte ihm alles Gute.

Vielleicht lag es an der Bemerkung über Yale, aber fünf Minuten später hatte Will einen Einfall, ein Überbleibsel aus der Zeit vor sechs Monaten. Noch immer am Zuckerguss seiner Möhrentorte knabbernd, setzte er sich an seinen Computer, gab »Kirche des Wiedergeborenen Jesus« ein und suchte in den Ergebnissen, bis er die Diskussionsgruppe gefunden hatte, die Tom entdeckt hatte: die mit dem Foto von Reverend Jim Johnson und seinen Anhängern.

Jetzt fiel sein Blick sofort auf seinen Vater. So ernst, schon damals. Dann schaute er Townsend McDougal an und betrachtete schließlich methodisch die hintere Reihe von rechts nach links. Gesicht für Gesicht für Gesicht …

Er vergrößerte das Bild. In der mittleren Reihe, die Nummer vier neben McDougal, fand er ihn. Mit seinen langen Hippiehaaren war er fast nicht zu erkennen; beim letzten Mal hatte er ihn jedenfalls nicht entdeckt. Aber das herablassende Lächeln war unverkennbar: Terence Walton.

Plötzlich lief ihm ein Schauer über den Rücken. Waltons Stimme klang ihm in den Ohren. Was hatte er vor wenigen Augenblicken gesagt? »Wie sagt die Bibel? ›Brüder, die Zeit ist kurz.‹« Er kannte diesen Satz. Es war die SMS, die der geheimnisvolle Informant ihm geschickt hatte, als er in Polizeihaft gewesen war. Ein Zitat aus dem Brief des Apostels Paulus an die Korinther.

Will lehnte sich zurück, und ein müdes Lächeln trat auf seine Lippen. Was hatte Harden gesagt? Walton hatte jeden Job bei dieser Zeitung irgendwann gemacht – einschließlich der Rätselseite. Er hatte sogar die Kreuzworträtselfragen selbst geschrieben.

»Verdammt«, sagte Will laut. »Er war's.«

Ein Gründungsmitglied der Kirche des Wiedergeborenen Jesus mit einem Talent für Rätsel. Plötzlich spürte Will keinen Zweifel mehr. *Hör nicht auf. Zehn Sprüche. Sind Menschen nur, die Zahl ist klein.* Walton hatte alles gewusst, und er hatte es weitergeben wollen. Er musste Angst gehabt haben. Zu viel Angst, um irgendjemandem einen direkten Hinweis zu geben. Wenn der Apostel oder seine Gorillas seinen Verrat entdeckt hätten, hätten sie ihn ohne Zögern umgebracht. Kein Wunder, dass er zu verschlüsselten Mitteilungen gegriffen hatte.

Aber warum Will? Warum hatte er ausgerechnet ihm diese Hinweise gegeben? Er musste Wills Storys gelesen haben und zu dem Schluss gekommen sein, dass er den Morden an den Gerechten auf die Spur gekommen war. *Hör nicht auf.* Das bezog sich nicht auf die Suche nach Beth, sondern auf die Geschichte der *Lamedvav*. Hör nicht mit Baxter und Macrae auf. *Bald mehr.* Kein Wunder, dass er Wills Notizbuch gestohlen hatte: Er hatte wissen wollen, was Will wusste. Vielleicht hatte er es sogar in Sicherheit bringen wollen.

Dann kamen ihm Zweifel. Wenn Walton der Informant war, ein Maulwurf in Johnsons Zirkel – warum hatte er sich dann nach der Baxter-Story über Will lustig gemacht? Er hätte ihn doch eher ermutigen müssen.

Dann erinnerte er sich, was er gesagt hatte, nachdem die Macrae-Story auf die Seite eins gekommen war. Er hatte über sein Anfängerglück gespottet: *Es ist sehr schwer, diesen Trick zweimal abzuziehen*, hatte er gesagt. Aber genau das hatte Will getan, als er über Pat Baxters Leben und Tod berichtet hatte. Walton hatte ihm praktisch einen Plan gezeichnet – und Will war ihm gefolgt.

Als er den Baxter-Artikel gelesen hatte, musste ihm klar geworden sein, dass Will der Mann war, der die Kirche des Wiedergeborenen Jesus entlarven konnte. Der seinen eigenen Vater entlarven konnte. Oder hatte Waltons Plan etwa noch früher eingesetzt? Hatte er die Baxter-Story gedeichselt? Was hatte Harden gesagt, als er Will in den Westen entsandt hatte? *Ich hab alle meine Reserven durchwühlt und ihnen Walton angeboten, aber der hatte irgendeine lahmarschige Ausrede und hat Sie vorgeschlagen*. War das möglich? Hatte Walton den Auftrag abgewimmelt, weil er wusste, dass Will an seiner Stelle gehen – und über die Baxter-Story stolpern würde?

Er musste ihn fragen, jetzt gleich. Er drehte sich zu Waltons Schreibtisch um, der jetzt noch aufgeräumter aussah als sonst. »Hey«, rief er zu Amy hinüber, »wo ist Terry?«

»Schon weg. Anscheinend geradewegs zum Flughafen.«

Es war zu spät. Enttäuscht sackte Will auf seinem Stuhl zusammen. Gern hätte er sich bei Walton bedankt und ihm tausend Fragen gestellt. Jetzt würde er nie mehr Gelegenheit dazu haben.

»Schade. Ich wollte mich richtig von ihm verabschieden.«

»Hat er dir kein Geschenk hinterlassen? Ich hab ein Buch bekommen.« Sie hielt es hoch. »*Die Kunst des Jonglierens: Wie man die Balance zwischen Arbeit und Familie hält*. Vielen, vielen Dank, Terry.«

Will sah es erst jetzt. Ein säuberlich verpacktes Paket auf der Trennwand zwischen ihren beiden Schreibtischen.

Er holte es herunter und riss das Papier ab. Eine braune Schachtel, höchstens fünfzehn Zentimeter im Quadrat. Er öffnete den Deckel. Watte. Darunter fand er etwas, das aussah wie ein Schreibtischspielzeug, ein Gyroskop vielleicht. Erst als er es aus der Schachtel genommen hatte, begriff er, was Walton ihm geschenkt hatte.

Es war ein Modell der Atlasstatue vor dem Rockefeller Center. Ein Mann, der das Universum auf den Schultern trug und die Welt aufrecht hielt. Ein Zettel lag dabei.

Eine alte jüdische Lehre besagt: Wer eines Menschen Leben rettet, der rettet die ganze Welt. Das eine haben Sie getan, das weiß ich. Und vielleicht haben Sie beides geschafft. Viel Glück. T.

Will stellte das Modell auf seinen Schreibtisch neben die Schneekugel mit Saddam Hussein, die er Walton gestohlen und nie zurückgegeben hatte. Woodstein'sche Maßstäbe hatte er noch nicht erreicht, aber allmählich entwickelte er seine eigene, persönliche Ecke im Revier der Redaktion. Der Ehrenplatz gehörte einem gerahmten Foto von Beth, auf dem die Wölbung ihres Bauches deutlich zu sehen war. Daneben stand ein Bild von Will und seiner Mutter. Und daneben wartete ein leerer Rahmen auf das Bild des kleinen Jungen, den er jetzt schon liebte.

Danksagung

Jedes Buch, habe ich festgestellt, ist eine Gemeinschaftsarbeit, und dieses hier ist keine Ausnahme. Eine ganze Reihe von Leuten hat mich in einem für mich neuen und komplexen Prozess begleitet, und ich schulde ihnen meinen Dank.

An erster Stelle steht die chassidische Gemeinde von Crown Heights, Brooklyn. Der inzwischen verstorbene Gershon Jacobson und seine Frau Sylvia haben mich 1991 im Rahmen meiner Reportertätigkeit in ihr Haus eingeladen – und mich fast fünfzehn Jahre später noch einmal willkommen geheißen. Ihre Anleitung und die Warmherzigkeit und Weisheit ihrer beiden Söhne, Rabbi Simon und Rabbi Josef Jitzhok, waren mir unentbehrlich. Zusammen mit Rabbi Gershon Overlander aus London eröffneten sie mir eine Welt, die mir neu war – und die mich nach wie vor mit großer Bewunderung erfüllt. Zu Dank verpflichtet bin ich auch Dr. Tali Loewenthal, der mich als Lehrer in die tiefergehenden Aspekte jüdischer und chassidischer Lehren eingeführt hat. Für Fehler und Irrtümer in diesem Zusammenhang bin ich selbstverständlich allein verantwortlich.

Dank schulde ich auch den Mitarbeitern der *New York Times*, die mir einen Einblick in die Strukturen dieser großartigen Zeitung gegeben haben. Warren Hoge war besonders großzügig; er hat mir die unbezahlbare Unterstützung Bill Kellers und Craig Withneys sowie der Lokal- und der überregionalen Redaktion verschafft. Aber damit keine Missverständnisse aufkommen: Die *New York Times* der »Gerechten« ist ein Produkt meiner Phantasie.

Alex Bellos und Hilary Cottam haben mich über Alltagsdetails in lateinamerikanischen Slums informiert, Peter Wilson über Australien, Stephen Bates über die Kirche. Das Jiddische in einigen Passagen verdanke ich der großartigen Anna Tzelniker. Lee deBeer ist buchstäblich an meiner Stelle durch die Straßen von New York gelaufen, um sich der verschlungenen Wege Will Monroes und seiner Verfolger zu vergewissern. Eleanor Yadin und ihr Team in der New York Public Library hätten hilfsbereiter nicht sein können. Sharyn Stein erwies sich als unschätzbare Informationsquelle zu allem, was New Yorker Gesetze und Polizeiarbeit angeht.

Tom Cordiner und Steven Thurgood haben mir ihre enormen Fachkenntnisse auf dem Gebiet der Computertechnologie zur Verfügung gestellt. Monique El-Faizy verdient besonderen Dank für ihren Rat als Kennerin New Yorks; sie hat mich auf große und kleine Details hingewiesen. Kate Cooper bei Curtis Brown erwies sich als engagierte Fürsprecherin dieses Buches – und als aufmerksame Leserin. Chris Maslanka hat gezeigt, warum er der König der Rätselmacher ist; er hat mir ein raffiniertes Rätsel nach dem anderen geliefert und Will und TC so manche harte Nuss zu knacken gegeben. Ich bewundere sein Talent.

Meine Eltern haben die ersten Entwürfe gelesen und mir klugen Rat, aber auch moralische Unterstützung gegeben; ihr Einfluss ist in mehreren Passagen des Buches spürbar. Meine Schwiegereltern, Jo und Michael, haben mir wieder einmal erlaubt, ihr Haus in Suffolk in eine Schriftstellerklause zu verwandeln. Besondere Erwähnung verdient meine verstorbene Großtante Yehudit Dove, deren »Gerechtigkeit« mich zu dieser Geschichte inspiriert hat.

Cordelia Borchardt beim Scherz Verlag war eine entschlossene Verbündete und kluge Ratgeberin, die aus der Fernbeziehung zwischen Lektorin und Autor eine enge Verbindung werden ließ. Bei HarperCollins erwies Jane Johnson sich als beispielhafte Lektorin, die ihren überragenden

Ruf ganz zu Recht genießt. Sie hat für dieses Buch nicht nur die Trommel gerührt, sondern es auch – unterstützt von der überaus fähigen Sarah Hodgson – in jeder Phase verbessert. Sie ist eine Autorenlektorin, und ich kann von Glück sagen, dass ich mit ihr arbeiten durfte.

Drei Namen sind besonders zu nennen. Jonathan Cummings hat mehr beigetragen als bloße Recherche; er hat diesem Projekt endlose Mengen von Brainpower gewidmet. Jonny Geller habe ich viel zu verdanken; er ist nicht nur ein Agent von Weltklasse, sondern auch ein wahrer Freund, ein Mann, der daran glaubte, dass aus einer nächtlichen Unterhaltung ein Roman werden könne – unterschütterlich in seinem Vertrauen, seiner Unterstützung und seinem Verständnis. Es ist nicht übertrieben, wenn ich sage: Ohne ihn wäre dieses Buch niemals zustande gekommen.

Und schließlich meine Frau Sarah. Sie hat die Begeisterung für dieses Projekt von Anfang an geteilt. Sie hat es geschafft, nicht nur eine wunderbare Mutter für unsere Kinder Jacob und Sam zu sein, sondern mir scharfsinnigen Rat, einen wachen Blick und beständige Liebe zu schenken. Die Ehe ist eins der Themen dieses Buches – und unsere genieße ich in jedem Augenblick.

Anmerkung des Verfassers

»Die Gerechten« ist ein Roman – aber die Geschichte basiert auf ein paar entscheidenden Tatsachen. Da ist zunächst die Legende von den *lamedvav*, dieser sechsunddreißig außergewöhnlichen Individuen, deren Tugend die Welt aufrechthält. Sie zieht sich wie ein roter Faden durch die jüdische Überlieferung. Die Bücher und Aufsätze, die Rabbi Mandelbaum in seinem Gespräch mit Will zitiert, existieren tatsächlich – und für jemanden, dessen Interesse hier geweckt worden ist, lohnt es sich, einen Blick hineinzuwerfen. Der nahe liegende Ausgangspunkt ist Gershom Scholems *The Messianic Idea in Judaism* (New York 1971), und darin vor allem das Kapitel über die Überlieferung von den sechsunddreißig verborgenen Gerechten. (Diese Texte finden sich auf deutsch in Scholems *Judaica I* (Frankfurt am Main 1963))

Scholem erzählt die Geschichte, die Mandelbaum hier wiedergibt; sie erscheint im palästinischen Talmud und stammt aus dem 3. Jahrhundert. Darin wird von einem Rabbi berichtet, der entdeckt, dass die Gebete der Gemeinde um Regen erhört werden, wenn ein bestimmter Mann dabei anwesend ist. Dieser Mann heißt Pentakaka; der Name stammt aus dem Griechischen und bedeutet wörtlich »Fünf Sünden«: Der Mann führt ein Bordell, und er trommelt und tanzt sogar vor seinen Huren. Aber als eine Frau ihm anbietet, für ihn als Hure zu arbeiten, damit sie ihren Mann aus dem Gefängnis freikaufen kann, verkauft Pentakaka lieber sein Bett, als zuzulassen, dass sie diese Entwürdigung auf sich nimmt. Mit anderen Worten: Howard Macrae ist keine frei erfundene Gestalt: Die Tat dieses Gerechten ist dokumentiert – und mindestens 1700 Jahre alt.

Jean-Claude Pauls gute Tat in Haiti – die Einrichtung

einer geheimen Kammer, die sicherstellt, dass Spender und Empfänger mildtätiger Gaben anonym bleiben – hat noch ältere Wurzeln. Die »Kammer der Geheimnisse« gehörte zum Tempel Salomos, der als heiligste Stätte des Judentums von 953 bis zu seiner Zerstörung im Jahr 586 v. Chr. in Jerusalem stand. Sie war die steingewordene Verkörperung eines Kernprinzips: dass der Akt des Schenkens für die Beteiligten weder Ruhm noch Demütigung mit sich bringen dürfe, sondern stattdessen ein Akt schlichter Gerechtigkeit zu sein habe.

Tatsache ist auch die Existenz einer großen chassidischen Gemeinde in Crown Heights, die noch heute um einen Rebbe trauert, den sie vor einigen Jahren verloren hat, und deren seelsorgerische Tätigkeit noch immer den ganzen Globus umspannt. Der Rebbe der Lubavitch- oder Chabad-Bewegung war eine bemerkenswerte Persönlichkeit, und manche seiner Anhänger hielten ihn für den Messias. Einige tun es heute noch.

Und schließlich: Ersetzungstheologie und Supersessionismus sind keine Erfindung. Viele Christen vertreten tatsächlich die Überzeugung, dass die Juden ihre Rolle als auserwähltes Volk Gottes verwirkt haben und dass dieser Status auf diejenigen übergegangen sei, die Jesus Christus nachfolgen. Der Wikipedia-Eintrag, den Will zu diesem Stichwort entdeckt, ist nicht erfunden, sondern direkt aus der englischsprachigen Wikipedia zitiert.

Das sind die Tatsachen. Was den Rest angeht – wer weiß das schon?